LE MEILLEUR DU LIVRE
LES MEILLEURS DES LIVRES

SÉLECTION DU LIVRE

Sélection
READER'S DIGEST

PARIS - MONTRÉAL - ZURICH

Robert Crais
La Sentinelle de l'ombre

Victimes de l'ouragan Katrina, Wilson Smith et sa nièce Dru Rayne ont quitté La Nouvelle-Orléans et trouvé refuge à Los Angeles où ils ont ouvert un snack. Cinq ans après la catastrophe, le sort s'acharne à nouveau sur eux : un gang latino braque leur établissement. Wilson est blessé. Un témoin, et pas n'importe lequel, a assisté à la scène : l'ex-marine Joe Pike. Il porte aussitôt secours aux victimes et le fait d'autant plus volontiers qu'il n'est pas insensible au charme de Dru. Mais pourquoi l'oncle et la nièce sont-ils si réticents à accepter son aide ?

Page 9

Martine Marie Muller
La Servante noire

L'amour est aveugle, qui porte l'un vers l'autre deux jeunes êtres qu'a priori tout sépare : Tancrède de Miromesnil, cadet d'une importante famille de la noblesse normande, et Sophie, la servante du château. Pourtant, ils ont en commun leur « différence ». Tancrède est affligé d'une bosse ; quant à Sophie, elle est reconnaissable à sa peau noire. À l'heure où le peuple de Rouen se révolte contre l'arbitraire royal, cet amour naissant est bientôt contrarié par les vicissitudes de l'Histoire. Tancrède prend fait et cause pour les insurgés et part se battre à leurs côtés.

Page 153

   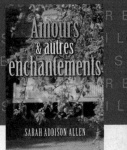

Jean Contrucci
La Somnambule de la Villa aux Loups

Juin 1908. Un épais mystère plane sur la Villa aux Loups, résidence estivale d'un médecin réputé de Marseille. Son épouse y a trouvé la mort en compagnie d'un étudiant de vingt ans. Étaient-ils amants? Se sont-ils suicidés? Ont-ils été victimes d'une effrayante manipulation? Eugène Baruteau, vieux commissaire aux répliques dignes de Marcel Pagnol, et son neveu Raoul Signoret, fringant reporter toujours prêt à se jeter à l'eau la tête la première, vont devoir se surpasser pour répondre à ces questions.

Page 283

Sarah Addison Allen
Amours et autres enchantements

Dans la petite ville de Bascom, en Caroline du Nord, tout le monde connaît la famille Waverley. Il y a Evanelle, fantasque vieille dame qui passe son temps à offrir des objets en apparence incongrus, et Claire, cuisinière de génie, qui trompe sa solitude en mitonnant philtres d'amour au géranium, cakes aux pétales de rose et autres gâteaux à la violette. Et puis il y a Sydney, la cadette qui, après dix ans d'absence, est de retour avec sa petite fille. Elle cache un lourd secret. Son arrivée inopinée va mettre sens dessus dessous la petite vie bien réglée de Claire…

Page 469

Traduit de l'américain par Hubert Tézenas

LA SENTINELLE DE L'OMBRE

ROBERT CRAIS

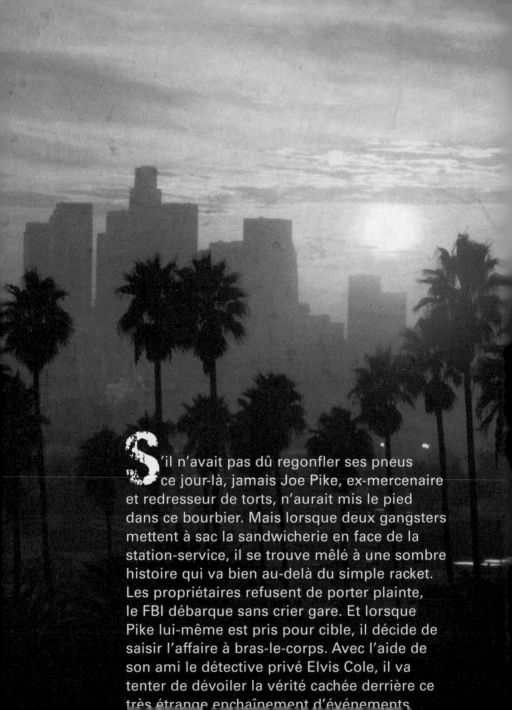

S'il n'avait pas dû regonfler ses pneus ce jour-là, jamais Joe Pike, ex-mercenaire et redresseur de torts, n'aurait mis le pied dans ce bourbier. Mais lorsque deux gangsters mettent à sac la sandwicherie en face de la station-service, il se trouve mêlé à une sombre histoire qui va bien au-delà du simple racket. Les propriétaires refusent de porter plainte, le FBI débarque sans crier gare. Et lorsque Pike lui-même est pris pour cible, il décide de saisir l'affaire à bras-le-corps. Avec l'aide de son ami le détective privé Elvis Cole, il va tenter de dévoiler la vérité cachée derrière ce très étrange enchaînement d'événements.

La Nouvelle-Orléans
2005

CE lundi matin-là, à 4 h 28, la chambre étroite était enfumée par des bougies au miel premier prix. Daniel scruta le bout de l'impasse à travers les persiennes intérieures délabrées. On distinguait Jackson Square malgré les trombes d'eau portées par les rafales qui tourbillonnaient sur le Quartier français de La Nouvelle-Orléans comme des chauves-souris en délire. C'était la première fois qu'il voyait pleuvoir de bas en haut.

Daniel adorait les ouragans. Il replia les persiennes et ouvrit la fenêtre. La pluie lui flanqua une belle claque. Elle avait un goût de sel et sentait l'algue et le poisson mort. Une tempête de catégorie cinq balayait La Nouvelle-Orléans à plus de deux cents kilomètres à l'heure, mais au fond de cette impasse, dans cette piaule minable aménagée au-dessus d'un snack à *po'boys*[1], le vent soufflait à peine plus fort qu'une brise arrogante.

Le courant avait sauté depuis près d'une heure – d'où les bougies, dégottées par Daniel dans la loge du concierge. Des lampes à piles éclairaient encore certains immeubles voisins, projetant un halo bleu spectral sur les façades détrempées. Les gens du coin avaient foutu le

---

1. Le *po'boy* est un sandwich de La Nouvelle-Orléans, le plus souvent aux fruits de mer frits, servi dans une baguette. (*Toutes les notes sont du traducteur.*)

camp. Pas tout le monde, mais presque. Les têtes de lard, les démunis et les imbéciles étaient restés.

Comme Tolley James.

À présent, Daniel et Tolley se retrouvaient dans cet immeuble vide entouré d'immeubles vides, au beau milieu d'une tempête de folie qui avait chassé de la ville plus d'un million de personnes, mais Daniel trouvait ça sympa. Tout ce bruit et tout ce vide, personne pour entendre hurler Tolley.

— Tu sens ça? demanda Daniel. C'est l'odeur des zombies, des morts-vivants. Tu as déjà vu un zombie?

Tolley aurait été bien en peine de répondre, saucissonné sur son lit par dix mètres de cordelette en Nylon. Sa tête pendouillait, enflée et défoncée de partout, mais il respirait encore. Daniel ne se laissa pas démonter par son absence de réaction.

Il revint nonchalamment vers le lit. Cleo et Tobey s'effacèrent pour le laisser passer.

Daniel transportait un lot de seringues dans son sac, ainsi que quelques substances pharmaceutiques de choix. Il sortit le kit d'injection, administra un shoot de « crystal meth » à Tolley et attendit que la défonce fasse effet.

Tolley se mit à cligner frénétiquement des paupières et recouvra peu à peu la vue. Il tenta de se dégager mais, franchement, à quoi bon?

— Je t'ai demandé si tu avais déjà vu un zombie, insista Daniel d'un ton grave. Y en a dans le coin, c'est sûr.

Tolley secoua la tête, ce qui eut le don de mettre Daniel en pétard. Quand il avait appris six jours plus tôt – un tuyau en or massif – que Tolley était à La Nouvelle-Orléans, il avait décidé qu'il tenait enfin sa chance de voir un zombie. Il ne pouvait pas blairer les zombies et trouvait leur existence offensante. Les morts devraient rester morts au lieu de continuer à traîner parmi les vivants, ignobles et flasques. Il n'aimait pas beaucoup plus les vampires, mais les zombies lui tapaient sur le système. Et Daniel savait de source sûre qu'il y en avait un paquet à La Nouvelle-Orléans.

— Faut pas me la faire, Tolliver. La Nouvelle-Orléans est une ville à zombies, oui ou merde? Avec tout ce vaudou et les conneries d'ici, les zombies haïtiens… Tu as forcément vu des trucs.

Le crystal faisait pétiller les yeux de Tolley. L'un d'eux, le gauche, ressemblait à une agate flamboyante avec ses vaisseaux éclatés.

Daniel essuya la pluie de son visage. Il se sentait las.

— Bon. Elle est où ?

— Ve fais pas… Ve vous vure…

— Elle t'a dit où ils allaient ?

— Ve fais pas du tout fe…

Daniel lui cogna brutalement la poitrine puis chopa son ASP, une matraque télescopique en acier d'une soixantaine de centimètres. Il se mit à le frapper furieusement au thorax, au ventre, aux cuisses, aux tibias. Tolley hurla, mais il n'y avait plus personne pour l'entendre. Daniel finit par lâcher l'ASP et repartit vers la fenêtre ouverte. Tobey et Cleo s'écartèrent précipitamment.

La pluie s'engouffrait dans la pièce, drue, chaude et salée comme du sang. Daniel n'en avait rien à secouer. Il était là, il s'était tapé tout ce trajet, et pas l'ombre d'un zombie à l'horizon. Il se retourna vers Tobey et Cleo. Ils étaient flous et indistincts dans la clarté vacillante, pas faciles à localiser, mais il les devinait quand même.

— Je parie que je pourrais m'en faire un, sans déconner, ça m'éclaterait d'essayer. Vous croyez que j'y arriverais ? À tuer un zombie ?

Ni Tobey ni Cleo ne répondirent.

Daniel revint vers le pieu et secoua Tolley pour le réveiller. Les yeux rouges chavirèrent, et du sang s'écoula de la bouche en compote, accompagné d'une sorte de chuintement. Daniel se pencha vers lui.

— T'as dit quoi ?

Tolley remua les lèvres. Daniel sentit qu'il était sur le point de lâcher le morceau, mais ce fut alors que le peu d'air qui lui restait s'échappa en sifflant.

Tolley était mort.

Daniel resta un certain temps les yeux baissés sur le cadavre, puis dégaina son calibre et tira cinq balles dans la poitrine de Tolliver James. Cinq détonations rageuses, audibles par tout humain dans les parages malgré les hurlements du vent. Mais personne ne vint – ni flic, ni voisin, personne.

Daniel rechargea le flingue, le rangea, et sortit son portable. Les antennes-relais du réseau local étaient HS, mais les communications par satellite passaient au poil. Il regarda sa montre, composa un numéro abrégé et patienta. Ça prenait toujours quelques secondes.

Sitôt la liaison établie, Daniel fit son rapport :

— Tolliver James est mort. Il ne m'a rien apporté d'utile. (Il écouta quelques instants avant d'ajouter :) Non, monsieur, ils sont partis. Je peux au moins vous confirmer ça. James aurait pu être le bon cheval, mais je crois qu'elle ne lui a rien dit.

Il écouta encore, plus longtemps cette fois-ci.

— Non, monsieur, ce n'est pas entièrement exact. Il y a trois ou quatre personnes ici avec qui j'aurais bien aimé discuter, mais l'ouragan a foutu un sacré bordel dans le coin. Ils ont sûrement été évacués. Non, je ne peux pas vous répondre. Ça va me prendre du temps pour les localiser.

Encore du bla-bla au bout de la ligne, même si tout était dit.

— Oui, monsieur, je comprends. Ce sera donnant-donnant. Je ne vous laisserai pas tomber. Je vous tiendrai au courant.

Daniel ferma le téléphone et le remit dans sa poche.

Il retourna à la fenêtre et se laissa fouetter par la pluie. Il était trempé jusqu'aux os : chemise, pantalon, chaussures, cheveux. Il se pencha pour voir un peu mieux la place. Un baril de deux cents litres d'essence traversa l'impasse en roulant.

Daniel cria dans la tempête, à pleins poumons :

— Venez me chercher, espèces de zombies ! Allez, montrez-moi vos sales tronches !

Il renversa la tête en arrière et hurla. Puis il aboya comme un chien, puis se remit à hurler, puis s'éloigna de la fenêtre pour remballer son matos. Tolliver James avait planqué huit mille dollars entre le matelas et le sommier. Daniel les avait découverts en fouillant la chambre. Un cadeau de la fille, à tous les coups. Il fourra les liasses dans son sac, s'assura que le pouls de Tolliver ne battait plus.

— Faut y aller, Daniel, dit Cleo. Arrête tes conneries.

— Aller où ? dit Tobey. Tu as vu ce qui tombe ? C'est mieux de rester.

Tobey avait raison. Tobey était le plus futé des deux et il avait souvent raison, même si Daniel ne le comprenait pas toujours.

— D'accord, dit-il. Je crois qu'on va attendre que ça se tasse.

— Attendre, dit Tobey.

— Attendre, attendre, dit Cleo.

Comme un écho de plus en plus faible.

Daniel retourna à la fenêtre. Il s'exposa encore une fois à la pluie pour surveiller l'extrémité de l'impasse – au cas où un zombie passerait dans le coin.

— Allez, laissez-moi voir un zombie, c'est tout ce que je demande.

Si un zombie se pointait, il sauterait par la fenêtre, lui courrait après et le taillerait en pièces à coups de dents. Après tout, lui-même était un loup-garou, d'où ses talents de chasseur. Les loups-garous n'ont peur de rien.

Daniel leva la tête et cria plus fort que le vent, puis moucha les bougies et s'assit pour attendre, en compagnie du cadavre, que la tempête passe. Dès que ce serait fini, il retrouverait leur piste et les traquerait sans répit, jusqu'à ce qu'ils soient à lui. Peu importait le temps ou la distance. C'était pour cette raison que les mecs du Sud le payaient aussi cher.

Les loups-garous finissent toujours par attraper leurs proies.

Los Angeles
AUJOURD'HUI

1

IL ne fut pas réveillé par le vent. Mais par le rêve. Il entendit les rafales avant d'ouvrir les yeux, mais ce fut son rêve qui le tira du sommeil dans la pénombre de l'aube. Avec un chat pour témoin. Ramassé au bout du lit, les oreilles basses, un feulement sourd dans la poitrine, ce chat noir ébouriffé fixait Elvis Cole quand celui-ci souleva les paupières. Sa face de guerrier montrait de la colère, et Cole comprit qu'ils avaient partagé le même cauchemar.

Un halo de lune bleuté baignait sa chambre en mezzanine, et la maison tout entière tremblait, secouée par des bourrasques tellement féroces qu'elles semblaient vouloir l'arracher à son perchoir des collines de Hollywood. Un monstrueux front dépressionnaire installé au-dessus du Midwest attirait de l'océan des vents de cinquante à soixante-dix nœuds, qui pilonnaient Los Angeles depuis plusieurs jours.

Cole s'assit sur son lit, bien réveillé et impatient de dissiper ce rêve, un cauchemar aussi troublant que déprimant. Il regarda l'heure. Par réflexe. 3 h 12. Il tendit le bras vers la table de chevet pour s'assurer que son arme y était – par réflexe – mais interrompit son geste en prenant conscience de son inutilité.

Ce pistolet était là en permanence, parfois nécessaire mais le plus souvent inutile. Vivant seul, avec un chat hargneux pour toute compagnie, Cole ne voyait aucune raison de le déplacer. Mais ce jour-là, à 3 h 12, sa seule présence lui remit en mémoire ce qu'il avait perdu.

Cole s'aperçut qu'il tremblait et sortit de son lit. Ce rêve l'avait empli de terreur. La flamme de tir d'une arme, puissante au point de l'éblouir ; l'odeur âcre de la cordite ; une nuée rouge éclaboussant sa peau de gouttelettes scintillantes ; des lunettes noires détruites traçant un arc de cercle dans le vide – perceptions si acérées qu'elles l'avaient réveillé en sursaut.

Il frissonnait toujours, son corps évacuait la peur.

La façade arrière de sa maison en forme de A était une flèche de verre offrant une vue imprenable sur le canyon, au-delà duquel se devinait la poussière de diamants de la ville. Une lune radieuse éclairait le paysage. En contrebas, les maisons endormies étaient cernées d'arbres gris-bleu qui avaient la danse de Saint-Guy. Cole se demanda si d'autres que lui s'étaient réveillés. Il se demanda s'ils avaient jamais fait un cauchemar pareil au sien – voyant leur meilleur ami mourir par balles en pleine nuit.

La violence faisait partie de lui.

Elvis ne la désirait pas, ne la recherchait pas et n'en tirait aucun plaisir, mais peut-être y réfléchissait-il seulement dans des moments aussi froids que celui-ci. Sa façon de vivre lui avait fait perdre la femme qu'il aimait et le petit garçon qu'il avait appris à aimer, le laissant seul dans cette maison avec un chat teigneux et un pistolet qui n'avait plus besoin d'être rangé.

Et voilà que ce rêve lui donnait la chair de poule – tellement réel qu'il résonnait telle une prémonition. Il posa les yeux sur le téléphone et se dit que non. Non, c'est idiot, il est 3 heures du matin.

Il composa le numéro.

Une seule sonnerie, et on lui répondit. À 3 heures du matin.

— Pike.

— Salut, vieux.

Cole se sentait tellement idiot qu'il ne trouva rien à ajouter.

— Ça va ?

— Ça va, répondit Pike. Et toi ?

— Ouais. Excuse-moi, il est tard.

— Tu es sûr que ça va ?

— Ouais. Juste… un mauvais pressentiment, c'est tout.

Ils se replièrent dans un silence qui embarrassa Cole, mais que Pike fut le premier à rompre.

— Si tu as besoin de moi, je suis là.

— Ça doit être ce vent. Un truc de dingue.

— Hum-hum.

— Fais attention à toi.

Il promit à Pike de le rappeler bientôt et raccrocha.

Ce coup de fil ne lui procura aucun soulagement, contrairement à ses espérances. Le cauchemar aurait dû s'effacer mais il était toujours là. Parler à Pike n'avait fait qu'accroître la sensation de sa réalité.

Si tu as besoin de moi, je suis là.

Combien de fois Joe Pike avait-il risqué sa vie pour lui ?

Ils s'étaient souvent battus ensemble ; ils avaient remporté des victoires et connu quelques défaites. Ils avaient descendu des malfaiteurs et s'étaient pris des balles. Joe Pike lui avait plusieurs fois sauvé la peau, tel un archange descendu du ciel.

Et pourtant ce rêve était là, refusant de disparaître…

Cole descendit à pas de loup au rez-de-chaussée et sortit sur la terrasse.

Des feuilles et des brindilles lui mordirent le visage comme le sable d'une plage fouettée par les vents. Les quelques lumières visibles en contrebas ressemblaient à des étoiles déchues.

Dans les moments de cafard nocturne comme celui-là, quand il repensait à cette femme et à ce petit garçon, Cole avait tendance à se dire que la violence lui avait tout pris, mais ce n'était pas vrai. Même s'il se sentait souvent seul, il lui restait quelqu'un à perdre.

Son meilleur ami.

Ou lui-même.

Six minutes avant de voir les deux hommes, Joe Pike avait fait halte au poste de gonflage d'une station Mobil. Il sentit qu'ils mijotaient un sale coup à la seconde où il les vit. Venice, Californie, 10 h 35 ce matin-là, il faisait beau et doux aux abords de l'océan. Sans ce pneu sous-gonflé, il n'aurait pas vu ces deux types et ne s'en serait pas mêlé, mais il s'était arrêté à la station.

Pike ajouta 0,2 bar, puis il alla faire le plein. Il fit le tour de sa Cherokee. Cette Jeep, pourtant loin d'être neuve, était impeccable. Pike l'entretenait méticuleusement. L'habitude de prendre soin de sa personne et de son matériel lui avait été inculquée dès l'âge de dix-sept ans, à son entrée dans les marines. Et cette leçon lui avait toujours rendu de fiers services.

Au moment où il refermait le capot, trois jeunes femmes passèrent à vélo sur la chaussée, pédalant de toute la force de leurs jolies jambes, le dos lisse et bombé. Pike les suivit des yeux. Les filles guidèrent son regard jusqu'à deux hommes marchant sur le trottoir en sens inverse et Pike sut d'emblée que quelque chose clochait : deux types entre vingt et trente ans, au cou cerclé de tatouages.

Joe Pike avait porté trois ans l'uniforme du LAPD, la police de Los Angeles, et il y avait appris à décrypter les gens. Il avait changé de métier par la suite, travaillant aux quatre coins du monde dans des zones de conflit ultradangereuses où il avait encore affiné sa lecture des indices les plus subtils du langage corporel. Sa vie en dépendait.

Il ressentit une pointe de curiosité. Les deux types s'arrêtèrent devant une boutique de fringues d'occasion pour femmes, pile en face de lui. Quelque chose dans leur gestuelle et leur attitude déclencha en lui un signal d'alarme.

Son réservoir était plein, mais Pike ne remonta pas dans sa Jeep. Il vit les deux hommes échanger quelques mots puis s'éloigner de la friperie en direction du snack voisin. Chez Wilson – *po'boys* & sandwichs à emporter, disait l'enseigne peinte à la main sur la vitrine.

Alors qu'ils s'apprêtaient à entrer, les deux voyous battirent en retraite en voyant une dame d'un certain âge se diriger vers la sortie. L'un se tourna vers la rue pendant que l'autre se cachait les yeux de la main. La ficelle était si grosse que le coin de la bouche de Pike se contracta imperceptiblement, l'équivalent pour lui d'un sourire.

Dès que la dame se fut éloignée, les hommes pénétrèrent dans le snack.

Pike traversa la rue entre deux vagues de véhicules. La salle du snack était minuscule, avec deux tables au format timbre-poste sous la vitrine et, dans le fond, un bout de comptoir pour passer les commandes. Le menu du jour était écrit sur une ardoise, et un poster à la gloire de l'équipe des Saints de La Nouvelle-Orléans, vainqueurs du Superbowl 2009-2010, recouvrait le mur derrière le comptoir, près d'une porte menant sans doute à une réserve ou à un bureau.

À l'intérieur, tout s'était enchaîné très vite. Quand Joe Pike atteignit la porte, les deux gangsters étaient en train de frapper un homme à terre ; l'un lui martelait la tête de ses poings, l'autre le rouait de coups de pied dans le dos. La victime s'était mise en boule pour se protéger.

Ils s'interrompirent net quand Pike apparut sur le seuil. Le boxeur se remit à cogner l'homme à terre pendant que son comparse restait face à Pike, les traits congestionnés, un rictus menaçant sur les lèvres.

— T'en veux aussi, toi ? Allez, dégage !

Pike fit un pas en avant et referma la porte.

Une étincelle d'étonnement passa dans les yeux du gangster, et le boxeur marqua un deuxième temps d'arrêt. Ils s'étaient attendus à le voir disparaître.

Le type qui faisait face à Pike prit un air menaçant, leva les poings et s'avança pesamment, en habitué de la baston shooté à la violence.

Pike vint à sa rencontre, l'arrêtant net. Il lui attrapa le bras et le replia en arrière. Le gangster chuta lourdement, le radius fracturé et le cubitus démis. Après l'avoir frappé à la pomme d'Adam du tranchant de sa main, Pike se redressa en pivotant sur lui-même pour affronter le boxeur, mais celui-ci en avait assez vu. Il se faufila à reculons derrière le comptoir et détala par la porte de service.

Son comparse toussait comme un chat asphyxié par une touffe de poils, tentant à la fois de respirer et de crier. Pike s'accroupit et le palpa. Il le délesta d'un pistolet 9 mm, le fit rouler sur le ventre et lui ôta sa ceinture pour attacher ses poignets. L'homme hurla quand Pike empoigna son bras cassé pour le plier derrière son dos. Il voulut se redresser, mais Pike lui écrasa le visage contre le lino.

— Stop ! dit-il.

Pike avait neutralisé l'agresseur et sécurisé les lieux en moins de six secondes. Pendant ce temps, l'homme agressé tentait de se relever.

— Ça va ? lui demanda Pike.

— Ça va. Je vais très bien.

Il n'avait pas l'air d'aller si bien que ça. Du sang dégoulinait de son visage. Il remarqua les taches sur le lino, se toucha le front et considéra ses doigts rougis.

— Merde ! Je saigne.

Il voulut se hisser sur un genou mais bascula et atterrit sur les fesses. Pike sortit son portable et composa le 911.

— Restez assis. J'appelle les secours.

L'homme le fixa en plissant les yeux.

— Vous êtes flic ?

— Non.

— Je n'ai pas besoin d'aide. Le temps de reprendre mon souffle et ça ira.

Le gangster se tordit le cou pour regarder Pike.

— Vous me pétez le bras, et vous êtes même pas flic? Vous avez intérêt à me laisser partir…

Pike lui arracha un petit cri en le clouant au sol d'un coup de genou.

Quand l'opératrice du 911 prit son appel, Pike lui décrivit la situation et l'état de la victime de l'agression. Il ajouta qu'il avait un suspect sous la main et la pria d'envoyer aussi une unité de police.

Il redressa le blessé pour faciliter sa respiration et lui prit le pouls. Aucune inquiétude de ce côté-là, mais ses pupilles étaient asymétriques, signe de commotion cérébrale. Pike pressa une pile de serviettes en papier contre la plaie pour stopper l'hémorragie.

— Restez assis. Vous êtes commotionné.

— Vous êtes qui, merde? gémit le gangster.

— La ferme.

Si Pike ne s'était pas arrêté à la station d'en face, il n'aurait pas vu les deux hommes ni traversé la rue. Il n'aurait pas rencontré la femme qu'il s'apprêtait à rencontrer, et rien de ce qui allait suivre ne se serait passé. Mais Pike s'était arrêté. Et le pire restait à venir.

L'ambulance arriva six minutes plus tard.

PIKE briefa les ambulancières, deux quadragénaires râblées, pendant qu'elles se penchaient sur la victime.

— Ce mec m'a pété le bras, couinait le gangster, toujours cloué au sol par le genou de Pike. Il m'a agressé, OK? J'ai besoin d'un truc pour la douleur.

La chef d'équipe tourna la tête vers Pike. Elle s'appelait Stiles.

— Il a vraiment le bras cassé?

— Oui.

Stiles fit signe à sa collègue.

— Occupe-toi du prince charmant. Je reste avec celui-là.

D'abord confuses, les réponses du blessé gagnèrent en clarté tandis qu'elle vérifiait son pouls puis sa tension artérielle. L'homme déclara s'appeler Wilson Smith. Originaire de La Nouvelle-Orléans, il en était parti à la suite de l'ouragan Katrina. Pike trouva intéressant que M. Smith n'ait pas la moindre trace d'accent sudiste. Il s'exprimait plutôt comme un New-Yorkais.

Quand Stiles lui braqua sa lampe-stylo dans les yeux, Smith tenta de l'en empêcher.

— Je vais très bien.

— Non, monsieur. Vous venez de subir une commotion. On vous emmène à l'hôpital.

Smith voulut se dégager mais se mit soudain à vomir, ce qui le calma instantanément. Il ferma les paupières, et Pike regarda travailler les ambulancières en attendant l'arrivée des flics.

La première voiture pie arriva quelques minutes plus tard, conduite par une Latino d'âge moyen au regard placide qui arborait des galons d'officier de niveau 3. Elle s'identifia comme l'agent Hydeck, un patronyme sûrement acquis par mariage. Son jeune coéquipier, un gros dur nommé Paul McIntosh, s'avança comme s'il avait envie d'en découdre.

Hydeck s'entretint quelques minutes à mi-voix avec Stiles, puis se dirigea vers Pike.

— C'est vous, l'appel ?

— Oui.

— Et vous êtes ?

— Pike.

— Ce mec m'a cassé le bras, d'accord ? s'exclama le gangster, à qui on était en train de poser une attelle. Faut l'embarquer. Je vais porter plainte.

Hydeck demanda à voir leurs papiers. Pike présenta son permis de conduire. Le suspect n'avait aucune pièce d'identité à fournir. Il déclara s'appeler Reuben Mendoza et prétendit ne jamais avoir été arrêté.

McIntosh le toisa de toute sa hauteur.

— T'es dans un gang ?

— Ah ! ça non, mon frère. J'ai rien à voir avec ces trucs-là, moi.

McIntosh pointa du doigt les initiales « VT » tatouées sur son cou. « Venice Trece » – le Venice 13, un gang latino.

— Et ce tatouage du Trece ?

— Ça ? C'est mes initiales.

— VT ? intervint Hydeck, sceptique. Pour Reuben Mendoza ?

Pike leur résuma les faits en quelques phrases concises, comme on lui avait appris à le faire au LAPD, puis il tendit à Hydeck le pistolet récupéré sur Mendoza.

— Il avait ça sur lui.

— C'est pas à moi, qu'est-ce qu'il raconte ?

McIntosh lui ordonna de la mettre en sourdine.

— Et l'autre ? Il était armé ?

— Je ne peux pas vous dire. Il s'est tiré par la porte du fond. Je n'ai pas vu d'arme.

Hydeck confia le pistolet à McIntosh pour qu'il aille le mettre sous clé dans leur voiture, et lui demanda d'appeler une autre ambulance. Il était hors de question de transporter victime et suspect dans le même véhicule.

Une autre patrouille se pointa quelques minutes plus tard. Les deux agents escortèrent Mendoza jusqu'à la seconde ambulance, arrivée juste avant eux, tandis que Stiles et sa collègue apportaient un brancard à l'intérieur du snack. Hydeck posa quelques questions à Smith pendant que les ambulancières s'occupaient de lui. Smith expliqua que les deux jeunes voulaient lui commander des *po'boys*, mais qu'il s'apprêtait à fermer boutique pour aller à la banque et les avait priés de partir. Ils avaient refusé et la bagarre avait éclaté.

Hydeck parut dubitative.

— Ils n'ont pas essayé de vous voler ? Vous vous êtes juste battus parce qu'ils voulaient un *po'boy* et que vous étiez pressé de partir ?

— J'ai peut-être eu un mot déplacé. Ça a dégénéré.

Les ambulancières étaient en train de l'installer sur leur brancard quand Pike la vit entrer par la porte du fond. Elle n'avait remarqué ni les ambulances ni les véhicules de police amassés devant le snack. En voyant tous ces uniformes dans la petite salle, elle stoppa net, comme si elle venait de heurter un mur invisible. Pike vit ses yeux prendre en photo les ambulancières, puis le brancard, puis les agents de police – *clic, clic, clic* –, enregistrant la scène jusqu'à – *clic* – se poser sur lui, et ce fut là qu'ils restèrent. Elle le regardait comme si elle n'avait jamais rien vu de pareil. Pike lui donnait la trentaine. Son teint était mat, ses cheveux bruns et courts, et elle avait des pattes-d'oie au coin des yeux. Des yeux intelligents. Elle portait une chasuble en lin et des sandales à talons plats. La robe était froissée. Les yeux intelligents plurent à Pike.

Hydeck et McIntosh se retournèrent, et les yeux le quittèrent pour se poser sur eux.

— On peut vous aider ? demanda Hydeck à la nouvelle venue.

— Qu'est-ce qui s'est passé ? Ça va, Wilson ? Je suis sa nièce.

— C'est Dru, confirma Smith. C'est ma nièce.

Elle s'appelait Dru Rayne. Elle se faufila entre Smith et les agents pendant que ceux-ci lui expliquaient ce qui s'était passé.

— Ils ont fait ça ici ? Au snack ? Ils t'ont attaqué ici ?

— Je leur ai donné du fil à retordre, et puis ce type est intervenu.

Dru Rayne étudia à nouveau Pike, et, cette fois, ses lèvres articulèrent un « merci » silencieux, comme si les agents de police et les ambulancières n'existaient pas, créant un instant qui n'appartenait qu'à eux.

Pike opina brièvement du chef.

Elle se tourna vers les ambulancières.

— C'est grave ?

— Il va être mis en observation. Ce genre de blessures à la tête, ils aiment bien les garder pour la nuit.

— Pas question que je dorme à l'hosto. Je sortirai dès qu'ils m'auront recousu.

Dru Rayne s'approcha du brancard et affronta le regard de son oncle.

— Wilson…, s'il te plaît, arrête !

Hydeck donna sa carte à Mlle Rayne et l'avertit que des inspecteurs iraient vraisemblablement interroger Wilson Smith à l'hôpital. Les ambulancières achevèrent de le sangler sur le brancard, et Pike regarda sa nièce les suivre à l'extérieur.

Hydeck attendit qu'ils soient tous sortis pour se tourner vers Pike.

— Vous croyez vraiment qu'ils se sont battus pour un sandwich ?

Pike secoua la tête.

— J'ai l'impression de vous avoir déjà vu. On se connaît ?

— Non.

— Ces tatouages me disent quelque chose.

Pike arborait une flèche rouge vif sur chaque deltoïde, d'autant plus visible qu'il portait un sweat-shirt gris aux manches coupées. Son regard était dissimulé par des lunettes noires de modèle militaire, mais les flèches se détachaient sur ses épaules comme des enseignes au néon. Elles étaient pointées vers l'avant. Pike mesurait un mètre quatre-vingt-cinq et pesait un peu plus de quatre-vingt-dix kilos. Il avait les cheveux coupés ras et la peau burinée, les mains calleuses et lardées de cicatrices.

— La plupart des gens qui tombent sur une bagarre prennent leurs jambes à leur cou. Que faites-vous dans la vie, monsieur Pike ?

— Du commerce.

— Bien sûr.

Si elle avait remarqué le renflement d'un des deux pistolets qu'il portait ce jour-là, elle n'en montra rien. Elle lui remit une carte de visite.

— Les inspecteurs vont sûrement vous contacter, mais si quelque chose vous revient d'ici là, passez-moi un coup de fil.

Pike prit la carte, et Hydeck alla rejoindre McIntosh devant leur voiture pie. Dru Rayne attendait à côté de son oncle que les ambulancières ouvrent l'arrière de leur fourgon. Elle semblait lui parler avec une intense conviction, en lui pressant la main. Elle s'écarta enfin, et les ambulancières chargèrent le brancard.

Dru Rayne suivit des yeux l'ambulance, puis se replia dans la sandwicherie avec une précipitation que Pike trouva de mauvais aloi. Comme si elle courait se mettre à couvert.

— Pourquoi est-ce qu'il ment ? lui demanda-t-il.

Elle tressaillit, puis passa derrière le comptoir avec un sourire.

— À votre avis ? Il a peur qu'ils reviennent.

— Ils étaient déjà venus ?

Elle répondit en éteignant les friteuses et en refermant les bocaux à condiments. Pike trouva son accent plus doux que celui de Wilson, peut-être parce que c'était une femme.

— Les gens comme eux, ils reviennent toujours.

— Si vous pensez qu'ils peuvent remettre ça, vous devriez le dire aux flics.

Elle inclina la tête.

— Vous n'êtes pas flic ?

— Non. Je passais par là, c'est tout.

Elle lui tendit la main par-dessus le comptoir, à nouveau tout sourire.

— Dru Rayne. Vous pouvez m'appeler Dru.

— Joe Pike.

Dru Rayne se remit au travail et ajouta par-dessus son épaule :

— C'est hyper-sympa d'être venu à son aide, monsieur Pike. Merci. Je ne voudrais pas paraître grossière, mais je dois fermer. Il faut que j'aille le voir à l'hôpital.

Pike hocha la tête, conscient de n'avoir plus rien à faire là, mais ne bougea pas d'un pouce. Son regard effleura les mains de la jeune femme. Pas d'alliance.

— Prévenez les flics.

— On va se débrouiller. Vous ne connaissez pas mon oncle. Il a dû les traiter de tous les noms.

Pike eut droit à un chaleureux sourire mais sentit qu'elle n'en dirait pas davantage que son oncle aux policiers. Après avoir empilé les bacs en métal, elle les transporta dans l'arrière-salle. En attendant qu'elle revienne, Pike nota son nom et son numéro de portable sur un carnet à souches placé à côté de la caisse enregistreuse.

— Je vous laisse mon numéro, dit-il. Si vous avez besoin de quoi que ce soit, appelez-moi.

— D'accord, dit-elle depuis la pièce du fond. Et merci encore.

Pike récupéra sa Jeep mais n'alla pas loin. Il se gara à l'extrémité de l'allée de service qui bordait l'arrière de la sandwicherie. Dru Rayne émergea quelques minutes plus tard, ferma la porte à clé et rejoignit à pas vifs une Tercel gris métallisé. Pike lui trouva la mine inquiète.

Au bout d'un certain temps, il redescendit de sa Jeep et parcourut le quartier à pied, scrutant tout le monde sur les trottoirs et dans les magasins. Il observa aussi le défilé des automobilistes en repensant à la phrase de Dru Rayne : *Ils reviennent toujours.*

Pike était en face de la station-service quand une Chevrolet Monte Carlo bordeaux arriva à sa hauteur au ralenti, vitres baissées, avec deux jeunes hommes à l'avant et un troisième à l'arrière. Tous avaient des gueules de truands et des tatouages. Ils le dépassèrent sans le quitter des yeux, et Pike soutint leurs regards.

L'homme assis à l'arrière mima un flingue de sa main droite, le visa, et fit mine d'appuyer sur la détente.

Pike les regarda s'éloigner.

Ils reviennent toujours.

« Non, pensa-t-il. Pas si on leur fait peur. »

S'AGISSANT de n'importe qui d'autre, Hydeck aurait informé le commandant des patrouilles que victime et suspect étaient en route pour l'hôpital. Le commandant des patrouilles était censé transmettre l'information à l'inspecteur de garde, qui enverrait des enquêteurs en civil à l'hôpital pour questionner Smith et Mendoza. Si Mendoza refusait de coopérer, les inspecteurs contacteraient Pike. Ils proposeraient de passer le voir pour un entretien discret et amical. Mais Pike savait que ce serait différent avec lui. Quelqu'un reconnaîtrait son nom et les enquêteurs opteraient pour une autre approche.

Il ne se trompait pas.

Huit heures après s'être fait doubler par la Monte Carlo bordeaux, Pike rentra chez lui et trouva deux flics en civil sur son parking. Il vivait dans une résidence de Culver City. Pour y accéder, il fallait une carte magnétique commandant l'ouverture des portails. Et pourtant, ces deux inspecteurs étaient là, un homme et une femme, assis dans une Crown Victoria beige archi-reconnaissable.

Ils en descendirent pendant que Pike effectuait sa manœuvre. Quand il sauta de sa Jeep, ils l'attendaient de pied ferme, leurs insignes à la main. L'homme, un quinquagénaire en veste d'été bleue, avait un visage adipeux et des cheveux roux clairsemés. La femme avait quinze ans de moins, les cheveux et les yeux noirs, un tailleur-pantalon bleu marine. Son arme de service faisait rebiquer le bas de sa veste et sa main planait à la hauteur de sa hanche comme si elle s'attendait à devoir dégainer. Nerveuse. Pike se demanda ce qu'on lui avait dit sur son compte.

— Joe Pike, lui dit son collègue avec un petit coup de coude, comme s'il montrait une bête de cirque. (Et il ajouta à haute voix, cette fois à l'intention de Pike :) Vous savez ce que j'ai pensé quand on m'a dit que c'était vous ? S'il ne te bute pas, mon vieux, ça sera vraiment ton jour de chance.

Cet homme lui rappelait quelqu'un, mais Pike ne parvenait pas à le situer.

L'inspecteur sentit sa perplexité et leva son insigne pour que Pike le voie bien.

— Alors, Pike, vous ne vous souvenez pas de moi ? Jerry Button, de la division Rampart. Aujourd'hui au commissariat de Pacific. Et voilà l'inspectrice Furtado. On est là pour l'affaire Smith, alors ne tirez pas tout de suite, OK ?

Le nom provoqua un déclic dans le cerveau de Pike, même si ce Jerry Button-ci n'avait plus grand-chose à voir avec le jeune officier anguleux de ses souvenirs. Jerry Button était déjà bien engagé dans la hiérarchie quand Pike avait effectué ses premières patrouilles. Sans être amis, ils avaient sympathisé. Button lui avait tourné le dos à l'époque de sa démission, mais la plupart de ses collègues avaient fait de même. Pike ne leur en voulait pas.

Il déchiffra leurs insignes. Furtado était inspectrice de niveau 1, ce qui suggérait qu'elle ne devait pas avoir quitté depuis longtemps les patrouilles pour entrer au bureau des enquêtes. Button était inspecteur de niveau 3 – un grade élevé. Un inspecteur de niveau 3 en a beaucoup trop sous le capot pour être affecté à une banale affaire de coups et blessures.

— Comment va M. Smith ? demanda Pike.

Ignorant sa question, Button rempocha son badge.

— Vous portez une arme ?

— Deux. Et les permis qui vont avec.

Button décocha un deuxième coup de coude à Furtado.

— Qu'est-ce que je vous disais ? Il ne sort qu'enfouraillé.

Pike regarda fixement Button. Celui-ci finit par éclater de rire et leva les mains.

— Bon, entrons, il faut qu'on parle.

— On est très bien ici.

— Ici, sur ce parking ?

— Ici.

Button fit signe à Furtado de sortir son calepin.

— OK, va pour ici. Vous savez ce dont on a besoin. Racontez-nous ce qui s'est passé.

Pike leur exposa l'enchaînement des faits dans les mêmes termes qu'à Hydeck, en décrivant le second agresseur puis l'arrivée de l'ambulance et de la patrouille. Furtado prenait des notes à toute vitesse mais Button semblait s'ennuyer ferme, comme s'il connaissait déjà tout ça par cœur et s'en contrefichait. Il regarda brièvement Furtado.

— OK, envoyez les photos.

Furtado sortit de sa veste une enveloppe, qu'elle secoua pour en sortir plusieurs feuillets. Chacun comportait six gros plans d'hommes de vingt à trente ans, tous à peu près de la même taille et du même poids. En raison du nombre de clichés présentés, on appelait ces feuillets des « packs de six ».

Pike reconnut le complice de Mendoza au centre de la rangée inférieure du deuxième feuillet.

— Celui-là.

Furtado inclina la tête pour mieux voir.

— Ça pourrait coller, dit-elle. Alberto Gomer.

Elle sortit de sa veste un stylo qu'elle tendit à Pike en même temps que le feuillet. Ses doigts tremblaient.

— Veuillez entourer le portrait de l'homme que vous déclarez avoir vu agresser M. Wilson Smith à la date indiquée, et signer.

Pike entoura et signa.

— M. Smith l'a reconnu aussi?

Button ricana.

— M. Smith n'a reconnu aucun de ces messieurs. M. Smith n'est pas ce qu'on appelle un témoin coopératif.

— Il a peur, dit Furtado, imperceptiblement radoucie, en récupérant les photos.

Nouveau ricanement de Button.

— Des questions, inspectrice?

Furtado leva les yeux vers Pike.

— Revenons au moment où vous avez vu pour la première fois M. Mendoza et son ami. Que faisiez-vous à Venice?

— Le plein.

— Bref, vous étiez là par hasard.

— J'aurais dû être ailleurs?

— Aviez-vous déjà rencontré M. Mendoza auparavant?

Furtado l'observait avec une extrême attention, et Pike sentit que Button aussi. Comme s'ils avaient cette question en tête depuis le début. Alors qu'ils auraient dû se focaliser sur Wilson Smith et Mendoza, c'était lui qu'ils cuisinaient.

— Où voulez-vous en venir?

— Peu importe. Il y a plein de stations-service à Los Angeles, et il a fallu que vous veniez mettre les pieds dans cette merde-là.

— Je n'ai rien à voir là-dedans.

— Ça, c'est à moi d'en décider.

Pike comprenait maintenant pourquoi un inspecteur de niveau 3 s'occupait d'une banale affaire de coups et blessures.

— On arrête, dit-il, d'une voix aussi calme qu'une feuille flottant sur un étang.

— On arrêtera quand j'aurai décidé qu'on arrête.

Affolée, Furtado intervint pour désamorcer la crise:

— Voilà comment ça va se passer, monsieur Pike. On va taper votre déclaration et…

— Il sait tout ça, gronda Button. Remontez en voiture. J'arrive dans une minute.

Furtado rangea ses photos et s'éloigna, visiblement soulagée.

— Qu'est-ce que vous lui avez raconté pour qu'elle ait aussi peur de moi? demanda Pike à Button.

— La vérité.

— Vous n'êtes pas là pour enquêter sur Mendoza.

— Des agressions à la petite semaine comme celle-là, on en voit cent par jour. Ça n'a aucun intérêt.

— Qu'est-ce qui vous est arrivé? Vous valiez mieux que ça dans le temps.

Button fixa Pike le temps de peaufiner sa réponse.

— Je suis officier de police. Je crois à la loi et j'ai décidé de consacrer ma vie à la faire respecter, mais pour les gens comme vous, la loi ne représente rien. Les jeunes flics vous voient comme une espèce de légende, mais moi je sais que c'est du vent. Je n'ai pas du tout apprécié ce qui s'est passé quand vous faisiez partie de la maison, ni comment vous vous êtes démerdé pour salir un maximum de monde quand on vous a mis dehors. Vous êtes dangereux, Pike. Il y a quelque chose qui ne tourne pas rond chez vous, et on vous mettra à l'ombre tôt ou tard.

Button repartit vers sa voiture en lui lançant par-dessus l'épaule :

— Ah! et merci de votre coopération. On reste en contact.

Avec n'importe qui d'autre, Button et Furtado auraient tenté de faire le nécessaire pour que Mendoza et son complice ne puissent plus nuire à Wilson. Mais Pike savait que ce serait différent avec lui. Button se fichait pas mal que Wilson Smith puisse être de nouveau agressé ou volé. Il n'était là que pour se payer Pike, ce qui signifiait que Smith et sa nièce étaient seuls.

Pike se félicita d'avoir laissé son numéro à Dru Rayne.

2

IL ne s'attendait pas qu'elle le rappelle aussi vite.

À 8 h 22 le lendemain matin, pendant qu'il roulait vers son armurerie, son portable sonna.

— Pike.

— Ils sont revenus. Vous m'avez dit de vous appeler, et euh…

Dru Rayne.

Il consulta sa montre et bifurqua vers Venice.

— Vous êtes au snack?

Il entendit des voix derrière elle et appuya sur le champignon.

— Mademoiselle Rayne? Ça va?

— Ils ont cassé la vitrine, et… oui, ça va. À mon avis, ça s'est passé cette nuit. Wilson est… Désolée, je dois vous laisser.

Pike leva un peu le pied et alla se garer en face du snack. Il s'avança jusqu'au trottoir. La vitrine était en grande partie détruite. Un adolescent s'appliquait à faire tomber les derniers morceaux de verre. À ses côtés, une femme en robe turquoise lui montrait où porter ses coups. Des ombres se déplaçaient à l'intérieur.

Pike balaya les environs du regard sans rien remarquer de suspect. Mendoza était sans doute encore en garde à vue, attendant sa mise en examen. Cet acte de vandalisme devait être l'œuvre de Gomer ou d'autres membres du gang. Histoire de venger l'arrestation de leur pote.

Pike roula jusqu'à l'allée de service, se gara derrière la Tercel et entra dans le snack par la porte du fond.

Il trouva Wilson et Dru dans la salle, en compagnie d'un deuxième ado et de la femme en robe turquoise. Les petites tables avaient été repoussées contre le mur. Dru parlait dans son portable pendant que Wilson poussait à coups de balai une montagne d'éclats de verre vers un grand morceau de carton que le deuxième ado tenait comme une pelle à poussière. Un gros pansement carré de couleur jaune lui mangeait la moitié du front.

La femme en turquoise s'efforçait de le ramener à la raison.

— Écoutez au moins ce que vous dit Dru. Vous ne devriez pas faire ça, Wilson. Vous allez y rester.

— Tant mieux. Ça abrégera mes souffrances.

Pike constata que les vandales ne s'étaient pas contentés de démolir la vitrine. Une grosse éclaboussure de peinture verte s'étalait sur le sol, et une autre tache de même couleur traçait un arc de cercle bizarroïde sur le mur derrière le comptoir.

Dru fut la première à repérer Pike. Un sourire illumina son regard, et elle leva l'index pour lui faire signe de patienter.

Ce fut ensuite le tour de Wilson qui, d'un coup de balai rageur, tenta de pousser son tas de verre sur le carton de l'ado.

— Regardez-moi ce merdier ! Je vous avais dit qu'il suffisait de le foutre dehors, mais non. Résultat, on se tape une vendetta de ces connards !

La femme en turquoise fit signe à l'ado au carton.

— Attention au verre, Ethan. Ne va pas te couper.

Dru referma son portable et les rejoignit.

— C'était le vitrier. Il passera dès que possible.

Wilson se mit à balayer encore plus fort.

Pike n'avait d'yeux que pour Dru. Il crut déceler une lueur d'inquiétude dans ses prunelles mais ne pouvait pas s'empêcher de la dévorer du regard – comme si elle était un livre qu'il voulait lire.

— Ça va ? demanda-t-il.

Le sourire revint, et elle s'approcha.

— Ça va. Merci mille fois d'être venu. Je ne voulais pas vous faire perdre votre temps.

— Vous devriez prévenir les flics.

Dru regarda la femme en turquoise.

— Ils sont déjà passés. Betsy a vu la vitrine défoncée en arrivant ce matin. Ils ont été prévenus avant nous.

La femme en turquoise se présenta.

— Betsy Harmon. Je tiens la friperie d'à côté. Bravo, vous avez sauvé Wilson.

— Personne ne m'a sauvé, grommela Wilson. J'avais la situation en main.

Betsy leva les yeux au ciel.

Wilson avait très certainement quitté l'hôpital contre l'avis des médecins et était déjà de retour au snack pour réparer lui-même les dégâts. Un trait de caractère que Pike ne pouvait qu'apprécier : il aurait fait pareil.

Dru chercha le regard de Pike.

— C'est sûrement le même qu'hier, non ? Avec l'autre ?

Pike leur expliqua que Mendoza était encore en garde à vue, ce qui eut le don d'écœurer Wilson Smith.

— Que ce soit lui, ses amis ou sa famille, je peux déjà vous dire un truc : une fois dehors, il reviendra tout péter lui-même !

Wilson souleva son balai pour reprendre sa tâche mais marqua un temps d'arrêt, comme s'il venait de perdre le fil. Il chancela et se cogna à une table.

— Wilson ! s'écria Dru.

Ethan fut le premier à le rattraper. Il ploya sous le poids de Wilson jusqu'à ce que Pike vienne à la rescousse en le ceinturant au niveau des aisselles.

Wilson agrippa le bord de la table et s'assit péniblement sur un tabouret.

— Ça va aller. Laissez-moi juste m'asseoir.

— Calme-toi, dit Dru, très pâle. Respire. Dès que tu seras calmé, je te ramène à la maison.

— Il faut qu'on nettoie ce bordel. Je rentrerai à la maison quand ce sera fait, mais bon sang, lâchez-moi un peu la grappe !

Pike échangea un regard avec Dru puis les laissa entre eux. Il sortit côté devanture et, immobile sur le trottoir, pensa aux flics. Button et Furtado n'allaient pas consacrer plus de temps que ça à une simple affaire de coups et blessures.

Pike regagna la boutique.

Il regarda Wilson, puis Dru.

— Ça n'arrivera plus.

Wilson fit la grimace.

— Qu'est-ce qui vous fait dire ça ?

— Je vais aller leur parler.

Wilson se pencha en arrière sur son tabouret, comme s'il trouvait Pike à peu près aussi débile que les inspecteurs de l'hôpital.

— Bon, c'est fini. D'accord ? On va éviter de jeter de l'huile sur le feu.

Dru, qui observait Wilson d'un œil inquiet, tourna soudain les talons et disparut dans la pièce du fond. Pike l'y suivit et la trouva en pleurs. Elle ferma les yeux puis les rouvrit.

— Il est impossible, dit-elle. On s'est donné un mal de chien pour monter cette boutique, et voilà qu'on se retrouve avec ces gens sur le dos.

Elle ferma de nouveau les yeux et agita la main avant d'ajouter :

— Excusez-moi...

Pike lui toucha brièvement l'avant-bras.

— Ça va aller, dit-il.

De retour à sa Jeep, Pike jeta un coup d'œil à sa montre. Reuben Mendoza devait avoir été transféré au commissariat de Pacific pour sa mise en examen. Son dossier avait de bonnes chances de se retrouver en haut de la pile en raison de sa blessure. Il passerait probablement devant le juge dans la journée. Et serait remis en liberté, s'il réglait la caution.

Pike téléphona à son armurerie. Il employait cinq salariés, dont trois anciens officiers de police. Le gérant du magasin s'appelait Ronnie et travaillait pour lui depuis des années.

— Tu peux te débrouiller sans moi ce matin ?

— Ouaip. Prends ton temps.

— Liz pourrait m'avoir une info ?

— Si c'est dans ses cordes. Dis toujours.

La plus jeune des filles de Ronnie travaillait pour le procureur de Compton, dans une antenne spécialisée dans la lutte contre les gangs. Pike expliqua que Reuben Mendoza attendait sa mise en examen au commissariat de Pacific.

— Je te rappelle tout de suite.

Ronnie rappela huit minutes plus tard.

— C'est pour aujourd'hui. À l'Airport Courthouse, sur La Cienega. Tu as besoin d'un coup de main ?

— Ça va aller.

Pike referma son portable et se mit en chasse.

L'AIRPORT COURTHOUSE hébergeait l'une des quarante-huit cours supérieures de justice disséminées sur les dix mille kilomètres carrés du comté de Los Angeles. Construit à l'angle sud-ouest de l'échangeur autoroutier Century Freeway-San Diego Freeway, l'immeuble ressemblait à une gigantesque phalène verte aux ailes déployées.

Pike trouva une place sur le parking qui donnait sur l'entrée arrière. Il savait d'expérience que les prévenus libérés sous caution sortaient toujours par là. Attendre ne lui posait aucun problème : il était prêt à rester toute la journée si nécessaire.

Il s'installa confortablement. Il inspira à fond, expira par le ventre, puis recommença. Il sentit ses muscles se détendre et son rythme cardiaque diminuer. Les yeux fixés sur la porte, il respirait sans penser à rien. Pike pouvait y passer plusieurs jours : il l'avait déjà fait dans des lieux nettement moins agréables qu'un véhicule propre et sec, à l'ombre d'une phalène géante. Attendre lui procurait une paix profonde.

À 11 h 7 ce matin-là, la Monte Carlo bordeaux s'engagea au ralenti sur le parking. Le coin de la bouche de Pike se contracta. La présence de cette voiture suggérait que Mendoza avait trouvé un garant pour sa caution, demandé à ses potes de venir le chercher et déjà entamé le processus administratif de remise en liberté.

Pike observa l'unique occupant de la Monte Carlo. Il aurait aimé que ce fût Gomer, mais non. Le conducteur était un jeune Latino maigrichon à la moustache fine comme un trait de crayon. Il se rangea au bord du trottoir, près de la porte de sortie du tribunal.

Quatre-vingt-dix secondes plus tard, Reuben Mendoza émergea de la phalène avec le sourire aux lèvres et le bras droit plâtré de la main au coude. Mendoza pointa les deux index vers son pote, lança un double doigt d'honneur au tribunal et grimpa dans la Monte Carlo.

Pike s'engagea dans leur sillage, laissant cinq ou six véhicules s'intercaler entre eux dans la circulation relativement fluide de cette fin de matinée. La Monte Carlo bifurqua en direction de Marina Del Rey, puis s'enfonça dans une zone d'activité pouilleuse proche de Venice Boulevard. Elle s'immobilisa enfin devant un atelier de carrosserie. GARAGE OUR WAY, disait l'enseigne. Un atelier à double baie se dressait au fond d'un petit parking encombré de véhicules soit en attente de réparation, soit fraîchement retapés. Il y avait surtout des américaines classiques au châssis surbaissé du genre Bel Air ou Impala, repeintes en couleurs pétantes.

Dès que la Monte Carlo fut à l'arrêt, plusieurs hommes surgirent de l'atelier de réparation pour accueillir Mendoza. Beaucoup de garages de ce type appartenaient à des gangs. Leurs activités étaient légales ou semi-légales, mais leur fonction première était autre : prouver que les membres des gangs avaient un emploi quand ils faisaient appel de la décision d'un juge ou d'un conseiller de probation.

Tandis que les hommes se pressaient autour de Mendoza, Pike scrutait leurs visages. La plupart avaient le crâne rasé – la tradition des cheveux plaqués en arrière se perdait – et portaient des tatouages complexes. Pike reconnut l'homme qui avait fait semblant de lui tirer dessus depuis la banquette arrière de la Monte Carlo, mais pas Gomer. N'importe lequel de ces types pouvait avoir saccagé la boutique de Wilson. Pike n'avait aucun moyen de savoir qui avait fait le coup, mais il pensait connaître quelqu'un qui pourrait l'aider.

Il consulta le répertoire de son portable, sélectionna un numéro et appela.

— Angel Eyes, répondit une jeune femme enjouée. Vous désirez ?

— Artie est là ?

— Oui. C'est de la part ?

— Dites-lui que Joe Pike va passer.

Il mit le cap sur un quartier résidentiel, à l'est de Lincoln Boulevard, que ses habitants appelaient Ghost Town – la « ville fantôme ». Les rues étaient bordées de modestes bicoques. Certaines avaient connu un embourgeoisement progressif, mais les autres étaient autant de réminiscences d'illusions perdues. Des hommes comme le père Arturo Alvarez s'efforçaient d'y remédier.

Le père Arturo n'était pas prêtre, même si les femmes et les enfants qu'il avait pris sous son aile l'appelaient « mon père » et lui témoignaient autant de respect et d'amour qu'à un homme de Dieu. Arturo Alvarez était un meurtrier. Il avait tué son unique victime à l'âge de onze ans à Venice : Lucious T. Jefferson, un Shoreline Crip[1] de deux ans son aîné. Artie faisait preuve d'une franchise brutale quand il racontait le pourquoi et le comment de son geste – et il le racontait souvent à des enfants du primaire, à des responsables locaux et aux associations. Il en parlait aux gosses dans l'espoir de changer leur vie en mieux. Il en parlait aux autres pour lever des fonds et financer ses programmes de soutien.

Il avait commis son meurtre par un torride après-midi d'août. Artie, ses deux frères cadets et la petite dernière de la famille, qui n'était encore qu'un bébé, attendaient assis sur leur perron que leur mère rentre de son boulot de femme de ménage. Leur père était absent – il devait purger une énième peine à la prison de Soledad. Pour tromper l'ennui, ils inventaient des histoires sur leur père, qu'ils imaginaient comme un redoutable hors-la-loi au lieu de l'ivrogne porté sur la violence qu'il était. Artie tenait sa petite sœur Tina sur ses genoux quand il vit passer Lucious Jefferson sur un vélo d'un bleu étincelant. Sans autre motif que la rage qui bouillait dans son cœur, Artie lui lança :

— Fous le camp de notre rue, sale Crip.

Jefferson riposta en lui faisant de la main le salut des Crips.

— Va te faire foutre, Latino de mes couilles.

1. Les Crips forment un des plus gros gangs de Los Angeles. Leur couleur emblématique est le bleu.

Artie ne se souvenait pas d'avoir éjecté sa sœur de ses genoux. Aveuglé par la colère, il se précipita à l'intérieur, empoigna la carabine de calibre 22 que son père dissimulait sous le lit, et ressortit comme une fusée. Il rattrapa Lucious Jefferson au carrefour. Lucious était à l'arrêt, attendant de pouvoir traverser. Artie lui enfonça le canon de sa carabine au creux du dos, pressa la détente et le tua.

Artie raconterait plus tard que c'est à cet instant-là que la réalité et la conscience de son geste l'avaient submergé à la façon d'un raz de marée, l'arrachant à sa rage absurde et le noyant d'horreur. Lucious s'affala sur son vélo, puis tomba sur le dos. Les yeux comme des soucoupes. Artie lut la terreur et la souffrance dans son regard agonisant, une souffrance atroce qui s'échappait par ses yeux comme un esprit quittant son enveloppe corporelle pour prendre possession d'Artie et bouleverser sa vie à tout jamais.

Après ce terrible drame, Arturo Alvarez avait passé trois ans dans un centre pour mineurs, restant à l'écart des autres, suivant des séances régulières de psychothérapie et revoyant chaque nuit dans son sommeil les yeux de Lucious Jefferson. À l'arrogance de la jeunesse se substitua un mélange de culpabilité et de honte méditative. Il réussit à passer son bac, puis une maîtrise en psychologie, et anima ensuite des groupes de parole destinés aux jeunes des quatre coins de la ville. Il finit par fonder Angel Eyes – « les yeux de l'ange » –, pour venir en aide aux enfants en danger, ce qui l'amena à nouer des contacts avec bon nombre de gangs. Le message d'Angel Eyes était simple : « Fais comme si quelqu'un t'observait. » D'où la devise de l'association : « Quelqu'un t'observe. »

Angel Eyes avait son quartier général dans une maisonnette en stuc d'une rue résidentielle. Quand Pike s'arrêta devant, une vingtaine d'adolescents s'affairaient sur le terrain. La plupart de ces gamins étaient latinos, mais il y avait aussi des Noirs, des Blancs et des Asiatiques. Armés de pinceaux et de rouleaux, ils repeignaient la façade en beige, sous la direction d'Artie.

Dès qu'il vit Pike, il vint lui ouvrir le portail. Il portait un short, des sandales et un tee-shirt au logo d'Angel Eyes.

— Marisol m'a prévenu que tu passerais. Content de te revoir, l'ami.

— Tu as une minute ?

Pike le suivit à l'intérieur. L'ancien séjour était devenu un secrétariat-accueil. Assise à un bureau, une jeune et jolie Latino, qui devait être Marisol, pianotait sur son clavier d'ordinateur tout en parlant au téléphone. Au passage, Artie se chargea des présentations :

— Joe, Marisol. Marisol, Joe.

Marisol leva la main pour saluer Pike sans interrompre sa conversation.

Artie l'introduisit dans son bureau. Il se laissa tomber dans son fauteuil déglingué, derrière un ancien bureau de maître d'école.

— Assieds-toi. Qu'est-ce que je peux faire pour toi ?

— Le Venice Trece.

— D'accord.

— Je veux parler à leur *jefe*.

Artie se renversa sur son siège.

— Parler-parler, ou faire en sorte qu'il ne parle plus jamais ?

— Parler-parler. Sinon, je ne te mêlerais pas à ça.

Pike raconta l'agression commise par Mendoza et Gomer, puis le saccage de la sandwicherie. Il avait souvent eu affaire à des jeunes des gangs du temps où il portait l'uniforme. Les tuer était possible, leur faire entendre raison non. Seul leur *jefe* détenait ce pouvoir. S'il leur ordonnait de laisser Smith tranquille, ils le laisseraient tranquille.

— Mmm, fit Artie. Tu veux lui lancer un appel personnel ?

Pike acquiesça. Artie se rencogna une fois de plus sur son siège.

— Après tout, pourquoi pas ? C'est un petit jeune qui a pris les manettes, là-bas. Miguel Azzara. Mikie. Ce gamin te surprendra.

— Tu es en contact ?

— Je leur parle à tous, mon ami. Même s'ils ne m'apprécient pas forcément, ils savent que j'essaie de bien faire. Ils ont tous des petits frères et sœurs.

Pensif, Artie tapota un instant le bord de son bureau, puis leva les yeux sur Pike.

— Tu veux qu'il sache à qui il a affaire ?

— C'est à toi de voir.

Après un nouveau temps de réflexion, Artie haussa les épaules.

— Je peux lui demander ça comme un service personnel. Accorde-moi une minute. Je vais voir ce que je peux faire.

Pike capta le message et sortit pour le laisser passer son appel. Quelques minutes plus tard, Artie le rejoignit avec la réponse. Miguel Azzara acceptait de rencontrer Pike le jour même, à 15 heures.

AZZARA rencontra Pike dans un café d'Abbot Kinney Boulevard, près des canaux de Venice. Pike était surpris qu'Artie fixe le rendez-vous dans ce coin. Abbot Kinney était un haut lieu de la branchitude bobo, envahi de restaurants, de boutiques de mode et de galeries d'art. La terrasse du café était peuplée de jolies femmes friquées parfaitement assorties au décor. La plupart minces et bronzées. La plupart en robe d'été légère. Pas une seule ne fumait. Pas le genre d'endroit fréquenté par les gangs.

Pike arriva en avance, prit une table en terrasse comme convenu, et trempa ses lèvres dans un café noir. Un peu fadasse, mais peu lui importait.

À 15 h 5, une Prius noire stoppa le long du trottoir d'en face. Un homme de vingt-huit ou vingt-neuf ans en descendit et traversa à grands pas la chaussée en direction du café. Il portait une veste légère Hugo Boss sur un tee-shirt AC/DC, un jean de marque et des sandales Huarache. Il était svelte, rasé de près et assez mignon. Les femmes de la table voisine le suivaient des yeux.

L'homme balaya du regard la clientèle du bar en montant sur le trottoir, repéra Pike et le rejoignit. Il lui tendit la main avec un sourire qui creusa ses fossettes et révéla une dentition aussi parfaite qu'éclatante.

— Monsieur Pike? Michael Azzara. Le père Art m'a dit que je vous reconnaîtrais aux flèches. Je peux m'asseoir?

Pike acquiesça en notant que son interlocuteur disait s'appeler Michael – pas Mikie, ni Miguel. Il était propre sur lui, et aussi différent des *veteranos* aperçus à l'atelier de carrosserie que sa Prius d'une Bel Air 56 rose bonbon. Miguel Azzara semblait frais émoulu d'une grande école – à ceci près qu'il était puissamment bâti, comme un ancien champion de lutte junior.

Azzara s'assit, croisa les doigts et observa Pike d'un air de curiosité innocente.

— Je suis fan du père Art. Il fait tellement de choses pour le quartier...

Pike hocha la tête, attendant la suite.

— En quoi puis-je vous aider?

Maintenant qu'Azzara était assis, Pike remarqua que la peau de son cou, sur les côtés, présentait des marbrures quasi imperceptibles. Il avait dû se faire tatouer adolescent, mais depuis, il avait fait des séances de laser. De fines cicatrices s'entrecroisaient sur sa main gauche. Peut-être avait-il un jour ressemblé aux truands de l'atelier de carrosserie.

Pike souleva sa tasse.

— Vous prenez quelque chose ?

— Ça ira, merci. En quoi puis-je vous aider ?

— Reuben Mendoza et Alberto Gomer.

— Des crétins. Mendoza vient d'être arrêté. C'est de lui que vous vouliez me parler ?

— Je suis l'homme qui l'a fait arrêter. Ça risque de poser un problème entre nous ?

Azzara parut surpris.

— Tout dépend de ce que vous voulez.

Pike lui relata les faits exactement dans les mêmes termes qu'à Hydeck, Button et Artie. Il ajouta que Wilson Smith était un ami et que le jour même, en début de matinée, quelqu'un avait vandalisé sa boutique.

Azzara l'écouta pensivement, hochant la tête de-ci de-là. Il laissa Pike finir avant de répondre.

— OK, je pige. Ces gens sont vos amis. Et vous n'avez pas envie qu'on les harcèle.

— Exact.

— C'est réglé.

Pike attendit la suite, mais rien ne vint. Au bout de quelques secondes, Azzara sentit que son interlocuteur resterait muet et reprit la parole, histoire de meubler le silence :

— C'est vraiment de la connerie, ces petits rackets à deux balles. Ça nous met la pression, ça énerve l'antigang, et tout ça pour quoi ? Pour qu'un abruti comme Mendoza aille secouer un pauvre type ? Tu parles !

— Le Trece laissera M. Smith tranquille. Plus de vandalisme. Plus de problèmes.

Azzara changea de position, exaspéré de devoir s'occuper d'affaires aussi insignifiantes.

— C'est réglé. Écoutez, je n'étais même pas au courant, mais ça n'arrivera plus. Je ne veux pas que ces types jouent à ce genre de trucs. C'est absurde.

— Merci, dit Pike.

Azzara jeta un coup d'œil à sa montre, et dévisagea Pike. Il se pencha en avant et, baissant le ton, reprit :

— Le père Art m'a dit que vous étiez quelqu'un de dangereux. Je lui ai répondu : « Hé, Art, vous voulez m'envoyer un type qui cherche les embrouilles ? »

Pike secoua la tête.

— Je ne cherche aucune embrouille.

— Art m'a expliqué que vous n'étiez porteur d'aucune menace et que vous lui aviez demandé de me le faire savoir. Ça m'a plu. C'est important, ces questions de respect.

Pike sentit qu'Azzara avait quelque chose à ajouter et le laissa venir.

— Je tiens à ce que tout soit clair entre nous. Vous venez juste me trouver d'homme à homme pour me demander d'aider vos amis.

— Oui.

— Si j'accepte, ce n'est pas sous une menace implicite.

— Entendu.

— Vous connaissez *La Eme* ?

— Bien sûr.

— Alors vous comprenez pourquoi je n'ai pas peur.

La Eme était la mafia mexicaine. Elle contrôlait le trafic de drogue dans le sud-ouest des États-Unis et était quasi-propriétaire des prisons de Californie. Une véritable armée criminelle, déployée au cœur même du pays.

— Je comprends.

Azzara se leva.

— C'est réglé. Dites à vos amis de se détendre. Ça n'arrivera plus jamais.

Pike lança un regard en direction du trottoir d'en face.

— Ça vous plaît, la Prius ?

— J'adore. Il faut penser à l'environnement. Et vous, vous avez quoi ?

— Une Jeep.

— Vous devriez rouler vert, monsieur Pike. La planète a besoin d'amour.

Azzara joua une dernière fois des fossettes, lui serra la main et repartit vers sa voiture.

Un coup de fil. Simple comme bonjour. *C'est réglé.*

Tout aurait dû s'arrêter là.

3

QUAND Pike retourna au snack, le vitrier avait achevé son travail et la vitrine neuve était en place. Un panonceau FERMÉ ornait la porte, mais Pike vit quelqu'un bouger à l'intérieur.

Il fit le tour pour entrer par l'arrière. À quatre pattes au pied du comptoir, Dru Rayne frottait le lino avec ce qui ressemblait à un drap de bain. Les deux petites tables étaient toujours contre le mur, couvertes de chaises renversées. Une forte odeur de térébenthine s'échappait de la salle.

Pike la regarda faire. Elle lui tournait le dos et, la croupe en l'air, maniait sa serpillière improvisée à deux mains. Il regarda onduler ses hanches au rythme de ses mouvements, s'élevant puis redescendant vers ses talons.

Pike tapota la cloison, *toc, toc, toc.*

Elle lui jeta un regard par-dessus l'épaule et se remit à frotter en souriant, comme si le retour de Pike n'était pas une surprise.

— Salut! dit-elle. Alors, qu'en pensez-vous?

— C'est mieux.

— Le mur, ça va, mais le sol est fichu. Ces connards l'ont massacré.

— Ils ne reviendront pas, dit Pike.

Elle s'interrompit à nouveau et, cette fois, se leva, chassant une mèche de son visage. Elle haussa les sourcils.

— Et qu'est-ce qui vous fait dire ça?

— Ces types sont membres d'un gang. Et comme toutes les organisations, ce gang a un chef. Je lui ai parlé.

Après l'avoir observé une seconde, elle reprit en imitant la voix de Marlon Brando dans *Le Parrain* :

— Et vous lui avez fait une offre qui ne se refuse pas?

Ne sachant que répondre, Pike jeta un coup d'œil aux tables.

— Un coup de main pour les déplacer?

— Ça va aller. Je sais faire.

Il hocha la tête. Il avait fait ce qu'il pouvait et annoncé à Dru que ses ennuis étaient finis. Son rôle s'arrêtait là, et pourtant, comme la veille, Pike n'avait aucune envie de partir. Il passa derrière le comptoir et vit son numéro de portable punaisé sur le tableau des commandes.

— Bon. En cas de besoin, n'hésitez pas à m'appeler.

— *Dring!*

Il se retourna. Elle souriait.

— Je vous appelle.

Elle jeta sa serpillière dans le seau et se regarda de haut en bas.

— Je suis trempée, j'ai faim, je pue la térébenthine. Et j'ai très envie d'une bière. Si on allait en boire une? Je connais un endroit très sympa à deux pas d'ici, le Sidewalk Café. Ça vous dit? C'est ma tournée.

— D'accord.

Le Sidewalk Café contrastait avec la minuscule échoppe de Wilson, avec son bar immense, de nombreuses tables à l'intérieur, comme en terrasse et un emplacement privilégié sur le front de mer. La terrasse grouillait d'habitués venus profiter du soleil couchant, mais la serveuse reconnut Dru et les escorta en souriant jusqu'à la dernière table libre. Joggeurs, skateurs, touristes et plagistes défilaient sur le trottoir.

Dru savait déjà ce qu'elle voulait et repoussa le menu.

— Pour moi, ce sera un hamburger et un Blue Moon. Leurs hamburgers sont délicieux, épais à souhait et ultra-juteux. Vous en voulez un?

— Je ne mange pas de viande. Juste une bière. Corona.

Dru se carra sur son siège et dévisagea Pike d'un air amusé.

— La vache! Vous avez pourtant l'air d'un carnivore pur jus.

Pike étudia les vendeurs et les passants. Par habitude. Et il étudia Dru Rayne. Son visage rond, ses incisives qui se chevauchaient légèrement. À peine plus de trente ans. Malgré le flot continu de rolleuses en Bikini et de bimbos gorgées de soleil qui paradaient à trois mètres d'eux, Dru Rayne attirait son regard comme un aimant.

Elle lui toucha l'avant-bras.

— Merci. D'avoir aidé Wilson, et pour tout le reste. Vraiment, merci.

Pike se contenta de hocher la tête, et elle fit de son mieux pour relancer la conversation.

— Je suis peut-être curieuse, mais… vous faites quoi dans la vie? Comme métier, je veux dire?

— Commerçant.

Dru éclata de rire, leva une main comme pour s'excuser et se couvrit la bouche.

— Excusez-moi. Ce n'est pas bien. Je ne devrais pas rire.

Son rire plut à Pike. Un rire énergique et confiant, comme si elle se sentait parfaitement à l'aise. Sa décontraction aussi lui plut. Il avait passé l'essentiel de sa vie à se contrôler.

Son regard se fit timide, comme si elle était sur le point d'aborder un sujet qui lui trottait dans la tête.

— Je peux vous demander quelque chose?

Pike opina sans la quitter des yeux.

— Ces inspecteurs qui sont venus à l'hôpital… Ils ont posé un tas de questions sur vous, vous vous souvenez?

Pike tourna la tête vers l'océan, sachant déjà où elle voulait en venir.

Elle lui toucha à nouveau l'avant-bras, sollicitant son attention.

— Ils nous ont dit que vous aviez fait partie de la police, mais qu'on vous avait renvoyé parce que vous étiez dangereux. L'inspecteur Button dit que vous avez tué un nombre incalculable de gens. Il dit que vous aimez tellement tuer que vous êtes devenu un mercenaire et qu'on ferait mieux de vous éviter.

Pike avait tué. Il s'était retrouvé dans des situations où la mort était inéluctable et il savait que la plupart des gens ne pouvaient comprendre ni ses raisons ni ses motivations. Il abordait rarement ces sujets-là.

— J'ai été policier. J'ai travaillé pour des sociétés militaires privées après ma démission. Quant au plaisir de tuer, ça fait partie des choses que les gens comme Button ont envie de croire.

Elle acquiesça, et il se demanda ce qu'elle pensait.

— Vous êtes dangereux?

— Demandez à Mendoza.

Elle sourit.

— C'est une blague?

Pike balaya une nouvelle fois des yeux les alentours. Ce n'était pas une blague, mais si elle avait envie de rire, ça lui faisait plaisir.

— Ça vous perturbe, ce qu'a dit Button?

— Non. J'aime bien être avec vous. Je me sens protégée. C'est bizarre, non?

Pike profita de l'arrivée de la serveuse pour changer de sujet.

— Et vous ? Vous pensez rentrer à La Nouvelle-Orléans ?

Dru considéra un moment l'océan, songeuse. Elle mordit dans son hamburger et but une gorgée de bière.

— C'est bien, ici. J'ai pas mal bougé depuis la tempête, mais je n'avais encore jamais vu d'endroit de ce genre.

— Vous y êtes retournée ?

— À un moment donné, oui, mais je n'avais plus personne là-bas. Même pas un petit ami, et ma famille était éparpillée. Ensuite, Wilson est arrivé ici, ça lui a plu, et je me suis dit qu'il fallait que je tente ma chance. Je me sens bien. J'aimerais rester.

Pike regardait avec plaisir les expressions se succéder sur son visage pendant qu'elle parlait.

Elle s'étira, tendant vers le ciel ses paumes ouvertes, et son sourire revint.

— J'adore cette brise. Et vous ? Vous n'aimez pas l'air marin ?

— Si.

Ce fut à cet instant que Pike repéra un homme devant un magasin de surf, à quelques pas. Une statue grandeur nature de surfeur à tête de requin montait la garde à l'extérieur de la boutique, et l'homme était posté derrière la statue. Il recula quand Pike tourna la tête. Un mouvement infime, comme le ballottement d'une bouée dans les vagues.

L'homme était maigre et brun de peau – sans doute latino, même si l'angle de vue était trop étroit pour permettre à Pike d'en être sûr. Il avait le crâne rasé. La quarantaine.

Dru sourit paresseusement.

— On est bien, là.

— Oui.

Les yeux de Pike étaient invisibles derrière ses verres noirs ; elle ne pouvait pas savoir où il regardait.

L'homme ressortit tranquillement de derrière la statue pour emboîter le pas à un groupe de touristes passant à sa hauteur. Il portait une chemise à manches courtes orange clair ouverte sur un tee-shirt blanc, un jean noir et des lunettes de soleil. La chemise et le crâne chauve provoquèrent un déclic dans le cerveau de Pike : cet homme était déjà passé devant eux tout à l'heure. Il ne l'avait pas vu faire demi-tour. Dans le monde de Pike, tout ce qu'on ne remarquait pas devenait fatalement un danger.

L'homme se détacha du groupe pour se poster derrière un vendeur ambulant de chapeaux et de tee-shirts. Il avait à présent un portable collé contre l'oreille.

— On ferait mieux d'y aller, dit Pike en se levant.

Dru esquissa une grimace de dépit.

— Waouh! Plutôt court, comme rancard.

— C'était un rancard?

— Ç'aurait pu.

Pike posa un billet sur la table en disant qu'il était inutile d'attendre la monnaie. Quand il regarda à nouveau derrière Dru, l'homme en chemise orange n'était plus là.

— Venez. Je vous raccompagne.

Il exerça une légère pression sur sa main avant de la lâcher.

Il la suivit jusqu'à sa voiture, la Tercel grise était garée derrière la sandwicherie.

— Vous voulez que j'entre avec vous?

— Je ne vois pas ce que je pourrais faire de plus ici. Il faut que j'aille m'occuper de Wilson.

Ils étaient face à face, sans bouger.

— On peut se revoir? demanda Pike.

Le sourire revint, vite effacé par ce que Pike interpréta comme une ombre d'incertitude.

— Qu'est-ce qu'il y a?

Elle sortit son portefeuille et lui montra la photo d'une petite fille, debout à côté d'un canapé vert.

— C'est Amy. Ma sœur la garde en attendant que je sache si je peux m'installer ici.

— Jolie, dit Pike.

— L'amour de ma vie. Elle a trois ans.

Dru contempla un moment la photo et rempocha le portefeuille. Elle leva les yeux sur Pike.

— J'avais juste envie que vous sachiez.

Elle semblait craindre qu'il ne refuse de sortir avec une femme qui avait un enfant. Il répéta sa question.

— Vous voulez qu'on se revoie?

Le sourire réapparut, plus éclatant que jamais. Elle prit son portable et lui demanda son numéro. Pike le dicta et la regarda lui envoyer un texto.

— C'est mon numéro, dit-elle. Appelez-moi. Je serais super-contente qu'on se revoie. Pour un vrai rancard.

Elle rangea son téléphone, se hissa sur la pointe des pieds et lui déposa un baiser sur la joue. Pike était ému. Elle lui avait offert une part secrète d'elle-même en lui parlant de cette petite fille, et l'envie le prit de lui rendre la pareille tandis qu'elle s'écartait.

— Ce que vous a dit Button… Il ne sait rien de moi.

Pike retomba dans le silence. Comment lui expliquer son mode de vie et ses actes ?

— J'ai toujours essayé d'aider les gens. Je sais faire.

Il en resta là, gêné d'avoir abordé le sujet.

Dru lui posa une main sur le torse, et ce fut comme si elle touchait son cœur.

— Et comment.

Elle s'installa dans la Tercel et lui lança un sourire d'adieu.

— Si vous êtes dangereux, vous pouvez aussi l'être pour moi.

Pike observa la Tercel disparaître au coin de la rue et rejoignit sa Jeep à pied. De loin, il aperçut un prospectus coincé sous l'essuie-glace. Il constata en s'approchant que ce n'était pas un prospectus, mais une feuille de papier pliée en deux. Son radar intérieur lui signala qu'on l'observait.

Il retira la feuille et l'ouvrit. « Malibu verte 4 places devant. »

Pike repéra une Malibu verte stationnée quatre places devant sa Jeep. Au même instant, l'homme en chemise orange sortit de la friperie et lui montra la Malibu du pouce. Jerry Button s'extirpait tant bien que mal du siège avant. Un deuxième homme émergea côté conducteur, tout en arêtes et en angles, comme un miroir aux morceaux recollés. Il semblait impatient et, avec Button, marcha droit sur Pike en le fixant des yeux.

— Je vous présente Joe Pike, dit Button. Pike, je vous présente Jack Straw. Du FBI.

— Vous me salopez le boulot ! lui lança Straw de but en blanc. Il va falloir arrêter ça !

L'HOMME en chemise orange s'était éclipsé pendant que Button et Straw sortaient de leur voiture. Sans un regard pour eux ni pour Pike.

— On vous emmène faire un tour, dit Button. Mieux vaut rester discrets.

La Malibu empestait la clope. Pike s'assit à l'arrière, Straw au volant et Button à la place du mort. Button se tordit le cou pour le regarder tandis que Straw démarrait. Il n'était pas ravi d'être là.

— L'agent spécial Straw a une enquête en cours et on a mis les deux pieds dedans, grâce à vous.

Pike leva les yeux vers le rétroviseur. Straw l'observait.

— Le type en chemise orange…

— Je vais être obligé de vous dire deux ou trois trucs que j'aurais préféré garder pour moi, l'interrompit Straw, mais je ne peux pas divulguer la position de mes hommes. Vous comprenez pourquoi ?

— C'est à voir.

— D'accord. Une minute, laissez-moi le temps de me garer. Ce sera plus commode pour discuter.

Straw immobilisa la Malibu derrière une rangée de boutiques de plage, puis il baissa sa vitre et alluma une cigarette. Pike et Button baissèrent aussi les leurs.

Straw se retourna et dévisagea Pike à travers un rideau de fumée.

— Qu'avez-vous pensé de Mikie Azzara ?

Pike ne montra rien de sa surprise. Straw décrypta son silence et se mit à sourire.

— Pas grand-chose à voir avec le mafioso mexicain traditionnel, hein ? C'est la nouvelle génération, et on lui colle aux basques. Je sais que vous l'avez rencontré il y a deux heures. Après quoi vous avez rejoint Mlle Rayne, avec qui vous êtes allé au Sidewalk Café.

Straw se tordit le cou pour expulser un geyser de fumée par la fenêtre puis regarda brièvement Button.

— Mlle Rayne vous a expliqué ce dont il s'agit ?

— Qu'est-ce qu'elle aurait dû m'expliquer ?

— Ces deux *carnales* que vous avez matés, Mendoza et Gomer, ce n'était pas la première fois qu'ils venaient voir son oncle, et ils ne l'ont pas tabassé pour une histoire de sandwich. Ils lui envoyaient un message.

— On en a parlé, Pike, dit Button. Smith a menti. Ces enfoirés cherchaient à le racketter.

Straw tira sur sa clope.

— Mikie est en train de mettre en place un racket de protection. Ça ne vole pas haut, mais ce n'est qu'une de ses nouvelles combines.

— Le FBI se mobilise pour un petit racket de quartier ?

— Les nouveaux *jefes* comme Azzara testent de nouvelles pistes, et cette forme de racket n'en est qu'un des nombreux exemples. Ils sont aussi en train de nouer des liens internationaux avec plusieurs cartels, et ça, ça m'intéresse au plus haut point. D'où ma surveillance, et cette conversation.

Straw finit sa cigarette et la jeta d'une chiquenaude par-dessus son épaule.

— On a une chance d'accéder à la nouvelle source de profits de *La Eme* si on arrive à infiltrer la bande de Mikie, et c'est ce qu'on était en train de faire quand vous avez déboulé. (Straw marqua un léger temps d'arrêt avant d'ajouter :) Franchement, mon vieux, vous avez bien fait. Si j'avais vu ces deux clowns tabasser comme ça un pauvre bougre, moi aussi je leur serais tombé dessus. Respect. Mais maintenant, je vous demande de calmer le jeu. Prenez vos distances vis-à-vis de Smith, laissez-le redevenir Smith. Ne faites plus la sentinelle. Laissez Azzara être Azzara.

Pike comprit ce que voulait Straw, et il n'apprécia pas.

— Laisser Azzara être Azzara, c'est remettre Smith en danger. Mendoza et Gomer auront le champ libre pour revenir le harceler.

— J'ai besoin d'attraper des petits pour atteindre les gros. En clair, j'ai besoin que les petits s'exposent pour les coincer. Quand ils sont bien coincés, on peut en faire des indics.

Button opina vigoureusement du bonnet, sans cesser de fixer Pike.

— Smith n'est pas le seul que ces truands essaient de faire cracher, Pike. Il y en a d'autres. Straw et ses hommes surveillent cinq ou six commerces du…

Pike se pencha vers Straw.

— Vous avez laissé ces hommes l'agresser. Vous avez vu une brique traverser sa vitrine.

— Nous n'avons pas *permis* que ces incidents arrivent. Ils sont arrivés, voilà tout, et nous allons renforcer notre surveillance.

— Je ne laisserai pas tomber ces gens, dit Pike.

— Ce n'est pas le cas. Je les couvre.

— Vous les couvriez déjà quand Smith s'est fait dérouiller.

Straw ouvrit brusquement sa portière.

— Descendez, Pike. Excusez-nous une minute, inspecteur.

Pike descendit, laissant Button seul. Straw contourna la Malibu pour le rejoindre sur le trottoir.

— On a merdé, d'accord ? On ne sait pas encore très bien comment ces gangs fonctionnent. Laissez-nous le champ libre. Voilà ce que je vous demande.

Pike étudia l'homme. Malgré son air sérieux, Straw lui semblait nerveux. Comme s'il avait misé extrêmement gros sur cette affaire et risquait de tout perdre.

Devant l'absence de réaction de Pike, il haussa les épaules.

— Wilson Smith aurait pu expédier ces deux branleurs aux urgences, mais il ne l'a pas fait. Il a peur. Laissez-moi obtenir ce dont j'ai besoin d'Azzara, et je pourrai l'aider pour de bon.

Rien de tout ça ne plut à Pike.

— Combien de temps ?

— Deux ou trois semaines. Peut-être moins. En attendant, ne dites rien à Smith ni à sa nièce. Il faut qu'ils gardent un comportement naturel. Si vous leur racontez qu'on les surveille, autant que je reparte tout de suite au Texas.

Straw fit demi-tour vers sa voiture.

— Venez. On vous ramène.

— Ça va.

Pike repartit à pied.

PLUS tard dans la soirée, peu après 22 heures, la température avait nettement fraîchi quand Pike traversa Santa Monica au pas de course, un sac de vingt kilos sur le dos. Il pouvait même courir deux fois dans la journée, le matin puis le soir, et il le faisait un jour sur deux avec un sac à dos renfermant quatre sacs de cinq kilos de farine. Une bagatelle par rapport aux quarante kilos dont on le lestait du temps où il était jeune soldat, mais c'était quand même bon pour son cœur.

Sur le chemin du retour, il fit un crochet par le snack de Wilson. La boutique était déserte. Pike avait décidé de ne pas dire à Wilson et à Dru que le FBI surveillait le coin, mais ce silence serait sa seule concession. Si Mikie tenait parole, il n'y aurait plus de problèmes. Sinon, Pike se rangerait du côté des victimes, pas de celui de Straw. Il ne reculerait pas. Ses flèches étaient pointées vers l'avant, pas vers l'arrière.

Une fois chez lui, il désactiva son système d'alarme et ôta son sweat-shirt. Sa maison était austère et fonctionnelle. Un coin salle à manger ouvert sur la cuisine ; un canapé, un fauteuil, une table basse dans le séjour; un écran plat pour le sport et les infos. Une fontaine zen en pierre noire gargouillait dans un coin.

Son logement était calme et vide, mais ce vide se faisait parfois pesant. Il repensa à Dru Rayne et à la photo de la petite fille, se demandant pourquoi Dru avait éprouvé le besoin de la lui montrer. Pike était content qu'elle l'ait fait. Ce geste suggérait qu'il représentait un peu plus pour elle qu'un type avec qui prendre une bière à la plage.

Il dîna d'un reste de polenta, de haricots noirs et de brocolis, le tout saupoudré de piment serrano. Son repas terminé, il médita exactement un quart d'heure. Il n'eut pas besoin de regarder sa montre. Dès que le quart d'heure fut écoulé, sa conscience revint à la surface. Joe Pike était de retour. Inspiration. Expiration.

À 23 h 15, il monta dans sa chambre, il se doucha. Il redescendit chercher une bouteille d'eau et aperçut son portable, posé sur le bar de la cuisine. L'écran signalait un appel en absence. Il fixa le numéro – c'était celui de Dru. Elle n'avait pas laissé de message.

Pike la rappela et tomba sur sa boîte vocale.

— C'est Joe. Rappelez-moi quand vous voulez. À n'importe quelle heure.

Il remonta à l'étage avec son portable, éteignit la lumière et s'installa dans son lit. Le matelas était dur. Les draps immaculés et tendus comme une peau de tambour. Il écouta l'eau de la fontaine chantonner au rez-de-chaussée de sa maison vide. Il se demanda quel effet cela lui ferait d'entendre quelqu'un d'autre chez lui.

Pike attendit qu'elle rappelle, mais son téléphone resta muet.

4

HYDECK lui téléphona à 10 h 8 le lendemain matin.

— Ici l'agent Hydeck. Désolée de vous déranger, mais sauriez-vous où joindre Mlle Rayne?

La neutralité professionnelle de son ton indiqua à Pike qu'il s'était passé quelque chose.

— Pourquoi?

— Leur boutique a encore été saccagée. J'ai le numéro de Smith, mais ça ne répond pas. Je me disais que vous auriez peut-être celui de sa nièce.

L'image de Miguel Azzara au café lui vint à l'esprit. Souriant. *C'est réglé.*

Pike donna à Hydeck le numéro de Dru, et le composa aussitôt après avoir raccroché. Son appel fut transféré sur boîte vocale. Pike laissa un message et décida d'aller faire un tour au snack.

Il s'attendait à voir la nouvelle vitrine en miettes mais constata en arrivant que la devanture de Wilson était intacte. Une unité de patrouille du LAPD stationnait le long du trottoir, cependant ni Hydeck ni McIntosh n'étaient visibles. Pike fit le tour pour passer par l'entrée de service. Il trouva les agents près de la porte de derrière en compagnie de Betsy Harmon et de son fils Ethan. Tous les quatre tournèrent la tête en voyant approcher sa Jeep, et Hydeck vint à sa rencontre.

— Vous avez réussi à les joindre ? lui demanda Pike.

— Je leur ai laissé plusieurs messages. Les pauvres, ça va être un cauchemar pour eux de voir ça. Ces fumiers ont mis le paquet.

— Vous devriez entrer, dit Betsy Harmon. C'est infect.

Elle portait ce jour-là une robe jaune citron et se tenait très raide, les bras croisés, les traits tirés.

Pike constata que la porte métallique était déformée à la hauteur de la poignée : forcée au pied-de-biche. Il passa entre les agents et poussa la porte.

Une odeur poisseuse de sang et de viande crue l'assaillit. Pike s'immobilisa à côté du comptoir. Il était recouvert d'une mare visqueuse de sang à demi coagulé, jonchée de gros morceaux d'abats, vraisemblablement du foie, des rognons et des tripes de bœuf. Ce qui ressemblait à un gros cœur de bœuf grisâtre était cloué sur le poster des Saints de La Nouvelle-Orléans. Trois têtes de chèvre écorchées, aux yeux globuleux infestés de mouches, pendaient sous les plafonniers.

Trois mots avaient été tracés en lettres de sang sur le mur, au-dessus du plan de travail : « JE SUIS LÀ. »

Je, pas *nous*. Au singulier. Pike se demanda ce que ça pouvait bien vouloir dire.

Hydeck le rejoignit.

— Allez, sortez !

Pike passa entre les têtes de chèvre pour s'approcher de l'entrée. Il étudia les immeubles d'en face en se demandant si les hommes de Straw avaient vu quelque chose.

— Allons-y, Pike, insista Hydeck. Vous ne devriez même pas être là.

Pike la suivit à l'extérieur.

Betsy Harmon les attendait, les bras toujours croisés.

— Madame Harmon, M. Smith arrive à quelle heure, d'habitude ?

— Wilson est toujours là à 9 heures, sauf le dimanche.

Pike regarda sa montre et vit qu'il était presque 10 heures et demie.

Betsy Harmon serra encore plus fort les bras sur sa poitrine.

— Il va bien falloir que quelqu'un nettoie ce merdier.

— On leur a laissé des messages. Je ne vois pas ce qu'on pourrait faire d'autre.

Le portable de Hydeck bourdonna. Elle jeta un coup d'œil au numéro et s'éloigna pour prendre l'appel.

— C'est Button. Je vais voir ce qu'il compte faire.

Que Dru et son oncle ne soient pas joignables déplaisait à Pike. Le sang, les têtes de chèvre et le message sur le mur semblaient dépasser le stade du vandalisme. Il sentait là-dedans une menace inquiétante, telle une immense ombre mouvante sous la surface de l'océan.

Hydeck le regarda par-dessus son épaule tout en parlant à Button, et Pike sentit que quelque chose n'allait pas. Elle finit par ranger son portable et les rejoignit.

— M. Smith et Mlle Rayne ne viendront pas aujourd'hui, annonça-t-elle. Ils partent pour l'Oregon.

Betsy Harmon sursauta.

— L'Oregon ? Qui a dit ça ?

— M. Smith. Apparemment, il est passé ici en début de matinée, et il a décidé que la coupe était pleine. Il a téléphoné tout à l'heure à l'inspecteur Button pour l'avertir.

— Mais… qui va nettoyer ?

— Je regrette, mais c'est tout ce que je peux vous dire.

Pike était surpris. Il se demanda pourquoi Dru ne l'avait pas rappelé. Il regarda Hydeck et McIntosh partir vers leur voiture pie, puis il sortit son portable et tenta à nouveau d'appeler Dru. Cette fois, il ne laissa pas de message.

— Je ne les vois pas s'en aller comme ça, grommela Betsy Harmon à côté de lui. Je n'y crois pas.

Pike rangea son portable.

— Vous savez où ils habitent ?

— Oui, oui. C'est juste à quelques rues d'ici.

Elle indiqua le trajet à Pike et lui décrivit leur maison, située au bord d'un canal de Venice. Elle lui donna aussi le numéro de portable laissé par Wilson.

Au moment où Pike repartait vers sa Jeep, Betsy Harmon lui dit :

— Je vous ai vus, au fait. Avec Dru. Je vous ai vus hier. Elle avait l'air très heureuse.

Pike hocha la tête si légèrement qu'elle ne s'en aperçut peut-être pas, et remonta dans sa Jeep. Dru aurait dû le rappeler. Il ne comprenait pas pourquoi elle ne l'avait pas fait.

Les canaux de Venice étaient un rêve de milliardaire, Abbot Kinney, qui avait transformé les marécages en quartier balnéaire. À l'origine, les canaux étaient destinés à assécher un terrain insalubre, mais Kinney s'était dit qu'une Venise en valait bien une autre et avait décidé de reconstituer le joyau de l'Italie. Vingt-cinq kilomètres de canaux avaient donc été creusés qui, au fil des ans, avaient été raccourcis ou comblés. Les six canaux restants dessinaient un carré, vite envahi par des bungalows branlants, des hippies et des artistes. Et puis la proximité de la plage avait transformé le quartier, et les bungalows avaient cédé la place à des maisons d'architecte.

Suivant les indications de Betsy Harmon, Pike entra dans le quadrillage de ruelles étroites. Après avoir franchi une passerelle, il s'engagea dans une impasse résidentielle. La maison de Wilson et Dru était la troisième à gauche en partant du bout, selon Betsy – une maison en séquoia, dissimulée par une palissade couverte de lierre. Pike la repéra sans difficulté et se gara devant.

Du fait de l'exiguïté des parcelles donnant sur le canal, toutes les maisons étaient contiguës. Un garage occupait une partie du rez-de-chaussée de celle de Wilson, mais la maison proprement dite était masquée par la palissade. Aucune voiture dans le garage. Ce décor surprit Pike. C'était une adresse chic.

Il s'avança jusqu'au portail et vit qu'il était verrouillé. Il enfonça le bouton de l'Interphone. Un carillon tinta à l'intérieur, mais personne ne répondit. En sonnant pour la seconde fois, il aperçut un jeune homme maigre, aux cheveux noirs hirsutes, qui l'épiait depuis le premier étage de la maison voisine. Il s'éclipsa dès que Pike leva les yeux vers lui.

N'ayant toujours pas de réponse, Pike entra dans le garage et frappa du poing contre la cloison du fond. Si Wilson et Dru s'apprêtaient à partir, l'un d'eux bouclait peut-être les bagages à l'intérieur pendant que l'autre était sorti faire des achats de dernière minute. Ce qui pouvait expliquer l'absence de voiture.

Pike avait frappé trois fois, sans résultat. Il recommençait à tambouriner quand une femme sortit de la maison voisine et lui lança de son palier :

— S'il vous plaît !

Dans les quarante-cinq ans, bronzée, jean moulant, et tee-shirt plus moulant encore.

— Vous voulez démolir cette maison, ou quoi ? Je vous entends de chez moi.

— C'est bien ici qu'habite Wilson Smith ?

— Si on veut. Ils gardent la maison. Le propriétaire est à Londres.

Voilà qui expliquait l'adresse chic. Ils faisaient du gardiennage.

— Mais Wilson habite bien ici en ce moment avec Dru ?

— Exact. Il y a un problème ?

— Il faut que je leur parle.

— Je les préviendrai si je les vois.

Le jeune homme dégingandé apparut sur le seuil. Vu de près, il ressemblait à un adolescent. Il mangeait une banane, les yeux plissés comme si le soleil brillait trop pour lui. Pike supposa que c'était le fils de la maison.

— S'passe ?

— Ce monsieur cherche Wilson.

Le jeune tourna les talons.

— Je vais m'allonger.

— Si tu te cherchais plutôt un travail ?

Elle regarda son fils repartir en traînant les pieds avec une moue de dégoût ostensible.

— Trois ans à Berkeley, et il passe sa vie allongé.

Elle tendit la main.

— Je m'appelle Lily Palmer. Et vous ?

— Pike.

— Eh bien, *Pike*, voulez-vous que je leur transmette un message ?

— Dites-leur de m'appeler. Ils ont mon numéro.

Pike retourna à sa Jeep mais ne démarra pas. Il rappela Dru, puis essaya le numéro de Wilson fourni par Betsy Harmon. Par deux fois, une boîte vocale prit directement son appel. Pike trouva cela suspect.

Il redescendit de sa Jeep et revint vers la maison. Il vérifia que le fils de Lily ne l'observait pas, se hissa par-dessus le portail et atterrit dans une cour minuscule. La porte d'entrée était fermée à clé et ne présentait aucune trace d'effraction.

Pike contourna la maison par le flanc et regarda par la fenêtre de la cuisine. Il remarqua des assiettes sales, trois bouteilles de bière vides et une planche à découper sur le plan de travail. Pike se dit que Wilson et Dru comptaient repasser par ici, jusqu'à ce que la vision des têtes de chèvre et des mouches revienne planer au-dessus de lui, telle la fumée au-dessus d'un champ de bataille.

Après avoir inspecté l'autre côté de la maison, Pike regagna le portail, sauta par-dessus en sens inverse et frappa à la porte de Lily Palmer.

— Oh !… Coucou, dit-elle avec un charmant sourire. Je vous croyais parti.

— Je ne vous ai pas dit toute la vérité. Wilson a des ennuis avec des gens dangereux, et l'idée qu'ils aient pu le suivre jusqu'ici m'inquiète un peu. Avez-vous vu ou entendu quelque chose de suspect ?

Le sourire vira au froncement de sourcils.

— Non. Je ne crois pas. Quel genre de chose ?

— Des éclats de voix. Des voitures qui n'avaient rien à faire là.

Lily se tourna vers l'intérieur de sa maison.

— Jared ! Jared, viens ici.

Jared arriva au bout de quelques secondes, sans tee-shirt et la peau luisante de crème solaire.

— J'allais sortir.

— Le monsieur voudrait savoir si tu as vu ou entendu quoi que ce soit de suspect à côté.

Jared chassa une mèche de son visage.

— J'ai rien vu de suspect ni quoi que ce soit. Y a rien à voir, ici.

Pike leva les yeux vers la fenêtre de Jared.

— Quand les as-tu vus pour la dernière fois ?

— Hier soir, je dirais. J'étais sorti faire un tour, et Dru est arrivée en bagnole au moment où je revenais.

Pike fit un pas en avant.

— Et ce matin ?

— Ce matin, je les ai pas vus. Ni l'un ni l'autre.

Jared tendit le bras vers le garage.

— J'ai vu leur bagnole, par contre. Quand je suis sorti m'acheter un lait choco.

La mère jugea bon d'intervenir.

— La deuxième heure de *Today* venait de démarrer quand il est sorti, donc c'était juste après 8 heures.

— La voiture était encore là quand tu es rentré ?

— Ouais. Sûr et certain.

— Quand tu es revenu, as-tu vu des gens que tu ne connaissais pas ? Ou peut-être une voiture ?

Jared fit non de la tête.

— Rien qui puisse vous intéresser. Des jardiniers qui venaient bosser à côté. Deux Latinos.

La quasi-totalité des jardins du quartier devaient être entretenus par des jardiniers professionnels, et la plupart de ces jardiniers devaient être latinos.

— Tu sais qu'ils étaient jardiniers parce que tu les avais déjà vus travailler ici, ou tu dis ça parce qu'ils étaient latinos ?

Jared vira au cramoisi, comme si on l'accusait de discrimination raciale.

— Hé ! j'ai vu ces mecs débarquer en salopette, OK, et je les ai vus ouvrir le portail. Vous auriez pensé quoi, à ma place ?

Pike se toucha le côté du cou.

— Des tatouages ?

Jared pinça les lèvres et se creusa la cervelle. Son visage s'éclaira d'un coup.

— Ouais, je crois. Et il y en a un, ça me revient, il avait un bras dans le plâtre.

Pike resta calme. Pendant quelques secondes, il n'entendit plus que le murmure de sa respiration et les battements de son cœur au ralenti. Mendoza portait un plâtre lorsqu'il était ressorti libre du tribunal.

— Et la voiture ? Elle était encore là quand tu as vu ces types arriver ?

— Ouais. Elle était là.

Pike se retourna vers la maison de Smith. Les lents battements de son cœur résonnaient de plus en plus fort, presque comme des coups de tonnerre. Il avait vu l'extérieur de cette maison, mais pas grand-chose de l'intérieur. Peut-être un cauchemar cent fois pire qu'une guirlande en têtes de chèvre l'attendait-il derrière cette porte ?

Lily Palmer lui effleura l'avant-bras.

— Ce sont les gens dont vous parliez ?

Pike acquiesça, les yeux toujours rivés sur la façade en séquoia.

— Quand vous verrez Wilson ou Dru, dites-leur de m'appeler. Ils ont mon numéro.

— Bien sûr. À la seconde où ils rentreront.

Pike retourna à sa Jeep et quitta l'impasse en marche arrière, mais se gara juste après avoir tourné au coin de la rue. Il revint sur ses pas au trot, s'assura que personne ne le regardait, puis passa par-dessus la clôture des autres voisins de Wilson.

Dans ce mur, une petite fenêtre servant à aérer la buanderie avait attiré son attention. Elle ne portait aucune trace d'effraction. Il l'ouvrit à l'aide d'un petit pied-de-biche et entra au prix de quelques contorsions.

Une fois à l'intérieur, il se lança dans une visite éclair. Il quitta la buanderie pour un couloir, visita la cuisine, un vaste séjour, puis une petite chambre avec salle de bains attenante. Il ne toucha à rien et ne vit ni signes de lutte ni corps. Il grimpa au premier quatre à quatre et traversa un grand bureau, une gigantesque suite parentale, et une salle de bains.

Il mit moins de soixante secondes à explorer toute la maison et ne ralentit que lorsqu'il eut la certitude qu'il ne trouverait pas de corps. Wilson et Dru n'avaient pas été assassinés ici.

Pike ressortit de la chambre parentale et s'immobilisa sur le palier. Ce ne fut qu'à partir de ce moment-là que la conscience du monde extérieur lui revint peu à peu. Il sentit un parfum de lilas et sut que c'était celui de Dru.

Pike quitta la maison comme il y était entré et rejoignit sa Jeep. Il revit Reuben Mendoza et les têtes de chèvre suspendues dans la sandwicherie. Il revit Miguel Azzara et son sourire flamboyant de mannequin, jurant que ça n'arriverait plus. Il vit deux hommes ouvrir le portail de Wilson, l'un d'eux avec le bras droit plâtré.

Salut, Reuben.

Salut, Miguel.

Je suis là.

5

JOE PIKE passa en voiture devant le garage Our Way, tourna au coin de la rue, puis encore une fois dans la même direction, avant de s'arrêter devant un entrepôt flanqué de plusieurs quais de déchargement. La position de l'atelier de carrosserie, à l'angle de deux rues, allait faciliter sa reconnaissance.

Il voulait Gomer ou Mendoza, mais ni l'un ni l'autre n'étaient là. Pas plus que Miguel Azzara et sa Prius rutilante, mais la Monte Carlo bordeaux attendait le long du trottoir, devant les grilles. Pike compta les hommes présents et observa leurs positions ainsi que celles des véhicules stationnés sur le parking. Il y avait un homme à l'intérieur de l'atelier et deux autres sur le parking, devant une Camaro SS396 modèle 69 dorée. Pike ne reconnut aucun des trois, mais les deux types de la Camaro attirèrent son attention. L'un d'eux, assez jeune et vêtu d'un bleu de travail barbouillé de cambouis, montrait à l'autre quelque chose sous le capot. Le second était sapé comme un cow-boy de luxe : bottes en lézard, Stetson d'un blanc immaculé et chemise rose et blanc. Au bout de quelques minutes, le cow-boy dit quelque chose au mécano, et ce fut alors qu'apparut un des passagers de la Monte Carlo, celui qui avait fait mine de tirer sur Pike. Le nouveau venu échangea une poignée de main avec l'élégant, qui s'en alla au volant d'une Buick anonyme.

Pike alla se garer dans une rue résidentielle située en retrait du garage. Il ôta son sweat-shirt pour enfiler un gilet pare-balles léger. Une fois prêt, il descendit de sa Jeep et approcha du garage par l'arrière.

Il entra par la première baie et vit l'homme de la Monte Carlo assis dans un bureau vitré au fond du bâtiment. Il tournait le dos à la porte et regardait la télé. Les Dodgers jouaient. Pike se coula vers le bureau, silencieux comme un poisson.

Les Dodgers marquèrent sur un coup de circuit de David Snell. L'homme de la Monte Carlo lança le poing en l'air.

— Bien joué, les gars ! Montrez-leur ce qu'on a dans le slip, à ces tapettes !

Pike lui passa un bras autour du cou, lui décolla les deux pieds du sol et lui bloqua la carotide. Son cerveau fut instantanément privé de sang. L'homme se débattit de toutes ses forces pendant une poignée de secondes puis perdit connaissance. Pike continua à serrer jusqu'à ce qu'il soit complètement flasque, l'allongea au sol et lui attacha les poignets dans le dos.

Quand l'homme reprit conscience, Pike le remit debout, puis lui envoya un coup de poing dans l'arête nasale. Ses yeux devinrent vitreux, mais Pike le força à rester debout.

— Regarde-moi. Allez !

Ses pupilles retrouvèrent un peu de lucidité.

— Ton nom ?

— Hector Perra.

— Où est Mendoza ?

— Qu'est-ce que j'en sais, moi ? Il s'occupe de ses affaires.

Pike le frappa, puis le secoua pour l'aider à remettre de l'ordre dans ses idées.

— Quand l'as-tu vu pour la dernière fois ?

— Hier. Après sa libération.

Pike le palpa mais ne trouva pas d'arme, juste des clés, un portable et un portefeuille. Il lui agita les clés sous le nez.

— La Monte Carlo ?

Hector hocha la tête, et Pike le poussa sans ménagement vers la sortie.

— Allez ! On sort.

— Vous prenez ma bagnole ?

— Et toi avec.

Pike le poussa sur le siège passager, s'assit au volant et démarra en trombe.

— Vous faites quoi ? On va où ?

Pike ne répondit pas. Il s'éloigna de cinq ou six rues, histoire de mettre un peu de distance avec le garage, avant de stopper le long du trottoir.

Pike fouilla le portefeuille d'Hector. Il y trouva trente-deux dollars, des photos de ses proches, et un permis de conduire au nom d'Hector Francis Perra, qui donnait une adresse à Ghost Town. Pike leva les yeux vers Hector.

— Mendoza.

— Je sais pas où il est. Je vous l'ai déjà dit.

Pike sortit son Python et appuya le canon contre la cuisse d'Hector.

— Montre-moi où il crèche.

Hector le guida jusqu'à un petit bungalow aux confins de Ghost Town, près d'Inglewood. Une Honda Maxima dormait dans l'allée.

— C'est sa voiture ?

— Celle de sa copine. La baraque est à elle. Il squatte chez elle.

— Son nom ?

— Carla Fuentes.

Il n'y avait aucun signe de vie dans le bungalow. Pike aurait préféré le surveiller jusqu'à ce que Mendoza en émerge ou y revienne, mais le temps pressait. Son tempérament l'incitait à mener le jeu, donc à aller de l'avant.

Il rengaina son arme, ôta la clé du contact, descendit de la Monte Carlo et poussa Hector côté conducteur. Il ouvrit ses entraves mais lui rattacha immédiatement le poignet droit en haut du volant, et le poignet gauche en bas. Bien serré.

— Putain, mec, ça fait mal !

Pike referma la portière.

— Essaie de crier, et la suite ne te plaira pas !

Pike se dirigea droit sur le bungalow de Mendoza, accéléra à la hauteur de l'allée et continua jusqu'au coin de la baraque. Il passa en trombe devant une porte vitrée qui lui offrit une vue partielle sur un séjour. La télé était en marche, mais Pike n'était pas en position de dire s'il y avait quelqu'un devant. Mendoza et Gomer pouvaient être là ; il ne le saurait qu'une fois à l'intérieur.

Il observait toujours le séjour quand une jeune femme passa, un gros ballot de linge dans les bras. La petite amie de Mendoza, Carla.

Pike fit volte-face et tourna au coin du bungalow au moment où la porte vitrée s'ouvrait. Carla Fuentes sortit et se dirigea vers le garage avec son ballot. Elle était pieds nus, vêtue d'un short violet et d'un débardeur trop juste pour contenir ses bourrelets. Elle poussa du coude la petite porte latérale et entra dans le garage. L'heure de la lessive.

Pike se faufila dans le garage pendant qu'elle enfournait des draps dans le lave-linge. Elle ne se rendit compte de sa présence que quand il lui plaqua une main sur la bouche et lui emprisonna la taille de son bras libre. Elle se cambra, se débattit, lança des coups de talon, tenta de lui écraser les pieds. Sans desserrer sa prise, Pike murmura d'une voix calme :

— N'ayez pas peur. C'est Mendoza que je veux. Il est là ?

Elle cessa enfin de lutter mais garda tous les muscles bandés. Pike écarta lentement la main de sa bouche, prêt à recommencer si elle s'avisait de hurler. Elle ne le fit pas.

— Vous êtes qui ? Vous êtes flic ?

— C'est ça, je suis flic. Mendoza est là ?

— Y a personne. Je sais pas où il est, ce salaud-là.

— Allons voir.

Pike la ramena vers la maison, l'arme au poing. On percevait le brouhaha de la télé, mais ni voix humaines ni mouvements. Pike la mena d'abord dans le séjour, puis dans le reste de la maison. Il ne la relâcha qu'une fois de retour dans la cuisine. Il écarta une chaise de la table et lui ordonna de s'asseoir.

Les yeux de la jeune femme s'arrêtèrent sur ses flèches tatouées comme si elles lui étaient familières, et elle s'assit.

— Vous êtes pas flic. Vous êtes le mec qui lui a pété le bras.

— Où est-il ?

— Je compte sur vous pour me le dire quand vous l'aurez chopé. Et j'espère que vous allez lui casser la gueule pour de bon.

— Vous savez qui je suis, ça veut dire que vous l'avez revu depuis.

— Revu, mon cul ! Ce que ça veut dire, c'est qu'il m'a appelée pendant sa garde à vue. Il m'a dit qu'il rentrerait hier soir, mais je l'attends toujours.

Pike remarqua un téléphone portable rose posé sur le comptoir. Il l'ouvrit et fit défiler les noms du répertoire. Il trouva un Reuben dans le répertoire. Il mémorisa le numéro et lui tendit l'appareil.

— Appelez-le. On verra bien où il est.

— Ça répondra pas. Je l'ai appelé toute la journée.

Pike consulta l'historique des appels sortants et vit qu'elle disait vrai.

— Où est-ce qu'il habite quand il n'est pas chez vous ?

— Ici. On va se marier.

— Il a quoi comme voiture ?

— Une El Camino 86. Marron.

— Où est-ce qu'il range ses papiers ? Son assurance de voiture, ses factures, ces trucs-là ?

Pike suivit Carla jusqu'à la chambre. Elle sortit une boîte à chaussures du tiroir supérieur d'une armoire décolorée. La boîte contenait quelques photos de famille, un extrait de naissance, des factures et des bons de garantie divers. Pike trouva la facture d'achat de l'El Camino et une attestation d'assurance mentionnant à la fois son numéro d'immatriculation et son numéro de carte grise. Il prit la boîte sous son bras.

— Hé, ça va pas? C'est à lui!

Pike vit un gros sac à main bleu sur la commode. Il fouilla dedans et en retira le portefeuille de Carla.

— Y a pas de fric dedans.

Pike ne cherchait pas de fric. Le portefeuille contenait un porte-photos en plastique, et le premier cliché représentait Reuben Mendoza. Pike prit la photo et replaça le sac sur la commode. Estimant qu'il n'y avait plus rien à prendre, il sortit de la chambre. Carla le suivit et lui empoigna le bras.

— Vous lui ferez quoi, si vous le retrouvez?

— Qu'est-ce que vous aimeriez que je lui fasse?

— Pétez-lui l'autre bras. Pétez-le-lui pour de bon.

Pike ressortit sous le soleil et s'éloigna vers la Monte Carlo.

PIKE remonta dans la voiture, mais cette fois côté passager, laissant Hector attaché au volant. Hector se recroquevilla le plus loin possible de Pike.

— Z'avez vu mes mains? Regardez! Elles sont toutes bleues.

Pike ouvrit la boîte à chaussures et entreprit d'inventorier son butin.

— Alors, vous me laissez partir, ou quoi? Faut me laisser, ça s'appelle un kidnapping. C'est un crime.

— La ferme!

Hector n'insista pas mais continua de marmonner dans sa barbe.

Pike trouva les factures ainsi que les modes d'emploi de trois portables prépayés achetés par Mendoza dans un Best Buy. Il se demanda si son ami Elvis Cole pourrait exploiter ces informations pour localiser Mendoza ou identifier ses correspondants. Cole était détective privé et avait des contacts chez la plupart des opérateurs téléphoniques.

Pour finir, Pike étudia la photo de Reuben Mendoza puis la laissa retomber dans la boîte. Un plan pour forcer sa proie à sortir du bois commençait à se former dans son esprit, et cette photo allait lui être utile.

— Ne bouge pas !

Hector ouvrit des yeux ronds en voyant Pike sortir son couteau, puis sectionner ses entraves.

— Descends !

— Comment ça, que je descende ? C'est ma caisse.

— Du balai !

Hector descendit. Il claqua la portière pendant que Pike le remplaçait au volant et partait chercher sa Jeep. Pike laissa le portefeuille d'Hector dans la Monte Carlo mais mit son portable dans la boîte de Reuben Mendoza.

Arrivé aux canaux de Venice, il rangea la Jeep dans le garage de Smith et sonna chez Lily Palmer. Elle vint ouvrir au deuxième coup de carillon.

— J'étais sûre que vous reviendriez. Alors, vous avez retrouvé Wilson et Dru ?

— Pas encore. Jared est là ?

Elle soupira.

— Jared est toujours là.

Elle l'appela, et un claquement de tongs annonça l'arrivée de Jared, frais tartiné d'écran total et une bouteille de bière à la main. Il fronça les sourcils en reconnaissant Pike.

— Je vous ai tout dit. Je sais rien de plus.

— L'homme au plâtre, dit Pike en sortant la photo de Mendoza. C'est lui ?

Jared considéra la photo et se fendit d'un sourire étonné, presque fier.

— La vache ! Ouais, c'est lui. C'est le plâtré.

Pike disposait à présent d'un témoin visuel qui attesterait la présence de Mendoza sur les lieux. Il y avait de très fortes chances que le deuxième homme soit Gomer, mais Mendoza lui suffisait.

Il regagna sa Jeep pour préparer la suite mais savait déjà qu'il devrait revenir vers Button à un moment ou à un autre. Button était la dernière personne à avoir été en contact avec Smith. Pike voulait savoir précisément ce que Smith lui avait dit, comment il l'avait dit, et quand.

Il récupéra le portable d'Hector dans la boîte à chaussures et afficha le répertoire. Il y trouva un numéro au nom de Miguel.

Pike enfonça la touche d'appel. Au bout de deux sonneries, Miguel Azzara décrocha en disant :

— Lâche-moi la grappe avec ton garage à la con !

Bien sûr, son portable avait affiché le numéro d'Hector.

— Je suis là, répondit Pike.

Azzara hésita.

— Qui est à l'appareil ?

— Un de vos gars a écrit ça sur leur mur.

Azzara marqua un nouveau temps d'arrêt, mais il avait reconnu Pike.

— Comment avez-vous eu ce numéro ?

— Mendoza est allé chez Smith ce matin. Depuis, sa nièce et lui sont introuvables.

Azzara s'efforça de prendre un ton rassurant, et Pike se demanda pourquoi Azzara cherchait à le tranquilliser.

— Écoutez, je ne suis absolument pas au courant, mais je vais me renseigner. Calmez-vous. Laissez-moi juste quelques heures, et…

— Trop tard.

Plusieurs secondes s'écoulèrent avant qu'Azzara reprenne la parole – d'une voix plus basse, mais plus véhémente.

— Vous faites une grosse erreur, mon vieux. Vous croyez parler à un beau gosse mexicain, alors que vous parlez à *La Eme*. On a deux cent mille hommes. Vous n'avez pas intérêt à nous déclarer la guerre.

— Vous ne comprenez pas.

— Quoi ? Qu'est-ce que je ne comprends pas ?

— La guerre est mon métier.

Pike raccrocha, puis appela son ami Elvis Cole.

COLE était un enquêteur privé que Pike avait rencontré du temps où il portait encore l'insigne du LAPD. Ils formaient un duo improbable compte tenu du caractère taciturne et distant de Pike. Cole, lui, faisait partie de ces gens qui se croient drôles, mais les deux hommes avaient plus de points communs qu'il n'y paraissait. Débutant à l'époque, Cole travaillait pour un vieux limier de Los Angeles nommé George Feider, en vue d'accumuler les trois mille heures d'expérience exigées par l'État pour la licence. Il venait d'engranger sa trois millième heure quand Feider décida de prendre sa retraite. Cole rêvait de lui racheter son fonds de commerce. Pike, qui entre-temps avait démissionné du LAPD, gagnait alors royalement sa vie en enchaînant des missions militaires ou de sécurité. Ils s'étaient offert l'agence ensemble, même si Pike avait choisi de rester dans l'ombre.

Vingt-cinq minutes après son coup de fil à Elvis Cole, celui-ci le rejoignit dans sa Jeep devant un bar d'Abbot Kinney Boulevard, à quelques encablures des canaux.

— Alors? demanda-t-il. Qu'est-ce qui se passe?

Pike lui décrivit l'arrestation de Mendoza deux jours plus tôt, évoquant dans leurs grandes lignes les faits qui s'étaient succédé depuis, et termina par sa traque de Mendoza et son coup de fil à Miguel Azzara. Cole étudia longuement le portrait de Mendoza avant de lever les yeux.

— Bref, tu ne crois pas qu'ils sont partis dans l'Oregon.

— Non. Je pourrais y croire si Mendoza n'avait pas été vu devant chez eux, mais sa visite change tout.

— Tu as essayé de les rappeler?

— Je tombe toujours sur leurs messageries. Et ils ne rappellent pas.

— Comme si on leur avait pris leurs portables.

— Oui.

— Oublions Mendoza une minute. Si ça se trouve, ils sont tellement flippés qu'ils ont éteint leurs portables pour ne plus avoir à entendre de mauvaises nouvelles.

— Wilson, peut-être, mais pas Dru. Elle m'aurait appelé.

— Ah?

Pike se rendit compte que Cole le regardait fixement.

— Je la connais.

— Ah!

— On devait se revoir. Je devais la rappeler.

— Je comprends.

Cole lui demanda les numéros de Wilson et de Dru et proposa de se renseigner sur l'historique de leurs appels auprès de leur opérateur. Pike lui confia également la boîte à chaussures de Mendoza et le portable d'Hector. Cole examina sommairement le contenu de la boîte.

— OK, ça me fera une base de travail. Et les flics? Ils pensent qu'il s'agit d'un enlèvement?

— Ils ne savent pas pour Mendoza. Je veux que tu voies la maison d'abord. Avec un regard neuf, tu verras des choses qu'ils louperont. Je t'emmène là-bas et j'irai trouver Button dans la foulée.

Cole jeta un dernier coup d'œil à la photo de Mendoza avant de la rendre à Pike.

— Au boulot, dit-il.

Anticipant des difficultés de stationnement, ils laissèrent leurs véhicules sur Venice Boulevard et rejoignirent à pied l'impasse de Smith. Pike ne tenait pas à reparler aux Palmer, aussi s'arrêta-t-il à distance respectable pour montrer à son ami la maison en séquoia. Il l'avait déjà averti, pour Jared.

En découvrant la maison, Cole se tourna vers Pike.

— C'est la baraque d'un mec qui vend des *po'boys*, ça?

— Ils la gardent en l'absence du propriétaire.

— Tu es entré?

— Seulement pour vérifier qu'il n'y avait pas de macchabs à l'intérieur. Je suis passé par la petite fenêtre de la buanderie, sur le côté, mais je n'ai touché à rien. Concentre-toi sur l'intérieur. Je t'appelle dès que j'aurai quitté Button. Ensuite, j'irai en planque devant la maison de la petite amie de Mendoza. Je lui ai mis la pression, comme à Azzara, histoire de stresser Mendoza. L'entrée en jeu de Button en remettra encore une couche, et Mendoza sera peut-être tenté de rentrer au nid pour souffler un peu.

Soumise à un certain niveau de stress, la cible paniquait et s'enfuyait. Elle retournait presque toujours chez elle.

— Ça me paraît bien, approuva Cole. Je vais voir ce que je peux trouver sur Mendoza et Gomer, et je viendrai te relever en fin de soirée.

Tout était dit. Bien que n'ayant plus rien à faire là, Pike gardait les yeux fixés sur la maison. Il imagina Mendoza et son complice s'approcher du portail mais chassa de ses pensées ce qui lui vint ensuite.

Pike s'aperçut que Cole le regardait d'un drôle d'air, et répétait à mi-voix :

— Ça va?

— Je lui ai dit que j'avais fait ce qu'il fallait. Que plus personne ne viendrait les emmerder.

Pike détourna la tête.

— Hé! dit Cole.

Pike le regarda.

— Je suis le meilleur détective du monde, oui ou non?

Pike acquiesça.

— Je m'en occupe, Joseph. On va la retrouver.

Cole s'éloigna avant que Pike ait pu ajouter quoi que ce soit.

Pike le suivit un instant des yeux puis rebroussa chemin vers sa Jeep.

L'IMMEUBLE trapu du commissariat de Pacific, entouré de pins clairsemés et d'un muret de parpaing, étirait sa façade de brique au bord de Culver Boulevard, à moins de deux kilomètres de la résidence de Pike.

Pike laissa sa Jeep le long du trottoir à 15 h 7. La relève avait lieu à 16 heures : les enquêteurs qui n'étaient pas au tribunal ou sur le terrain devaient être à l'intérieur, occupés à boucler leurs travaux du jour. Pike rejoignit le parking où les flics laissaient leurs véhicules. L'attente fut de courte durée.

Quatorze minutes plus tard, Button apparut au milieu d'une file clairsemée d'inspecteurs qui se dirigeaient vers le garage. Il portait une mallette et avait jeté sa veste et sa cravate sur son bras libre. Deux auréoles de sueur fonçaient les aisselles de sa chemise bleu ciel. Un petit revolver était fixé à sa ceinture.

Pike était posté derrière un poteau quand il passa à sa hauteur et s'approcha d'un pick-up Toyota beige. Button était en train de chercher ses clés dans sa poche quand Pike se montra.

— Button...

Button fit un bond de côté en le voyant. Il lâcha sa mallette et ses clés. Il se prit la main dans sa veste en voulant attraper son revolver.

Pike leva lentement les mains en l'air.

— Ça va, dit-il.

Button s'employa à cacher son embarras. Il ramassa sa mallette et ses clés, et se remit en marche vers le pick-up.

— C'est un parking de police interdit au public, dit-il. Sortez!

— Ils ont été enlevés.

— Ils sont en route pour l'Oregon, Pike.

— Reuben Mendoza et un deuxième homme ont été vus chez Smith ce matin à 8 h 45. À quelle heure vous a-t-il appelé?

Button avait déjà un pied dans le pick-up. Il le reposa au sol et fixa Pike en plissant les yeux.

— Dites-moi que je rêve.

— Le fils de la voisine a vu Mendoza et un deuxième homme entrer par le portail à 8 h 45. Jared Palmer. Demandez-lui.

Les traits figés, Button mit en balance sa haine de Pike et ce qu'il venait d'entendre.

— Comment ce gosse peut-il savoir que c'est Mendoza?

— Il ne le savait pas. Mais je lui ai montré ça.

Pike lui tendit la photo. L'inspecteur y jeta un coup d'œil sans la toucher.

— À quelle heure avez-vous eu Smith au téléphone?

— Vers 9 heures, à quelques minutes près.

Button réfléchit à ce que l'information de Pike impliquait.

— Il n'en a rien dit.

— Peut-être qu'il avait le canon de Mendoza sur la tempe.

— Impossible. Ce gosse doit se gourer.

— Il a vu le plâtre. Je ne lui ai pas tiré les vers du nez, Button. Il m'a dit de lui-même qu'un des types avait un bras dans le plâtre.

Button fixa à nouveau la photo.

— Il ne parlait pas comme quelqu'un qui a un calibre sur la tempe.

— Qu'est-ce qu'il vous a dit?

— Que les gens comme nous – et vous êtes dans le lot, Pike, il vous a cité – allaient juste réussir à le faire tuer. (Il détourna le regard, soudain mal à l'aise.) Qu'est-ce qui vous fait croire qu'ils ont disparu?

— Plusieurs personnes ont essayé de les joindre depuis, mais ils ne répondent plus et ne rappellent pas.

— Je pourrais vous trouver cent explications à ça.

— Sauf que Mendoza est passé par là.

Button baissa les yeux et soupira.

— Comment s'appelle ce gamin, déjà?

— Jared Palmer. Il habite dans la maison blanche, juste à côté de chez Smith.

Button sortit un carnet de sa poche et prit note.

— OK. Je lui montrerai le pack de six de Gomer.

Button fit mine de s'éloigner puis se retourna. Pike vit qu'il tenait toujours la photo de Mendoza. Button la lui tendit, mais ne la lâcha pas quand Pike referma les doigts dessus.

— Je suppose que vous avez oublié les règles du métier. Au cas où on monterait un dossier contre cette raclure de Mendoza, le petit Jared est déjà rayé de la liste des témoins – par votre faute. Son avocat vous accusera d'avoir persuadé le gosse que c'est bien Mendoza qu'il a vu.

Button lâcha la photo et repartit vers son pick-up.

Le montage du dossier n'était pas le problème de Pike. Une seule chose comptait : sauver Dru Rayne.

Il était à mi-chemin de sa Jeep quand Elvis Cole lui téléphona.

IMMOBILE dans l'impasse entre les canaux, les yeux rivés sur Joe Pike qui s'en allait trouver Button, Cole sentit que son ami envisageait le pire et avait d'ores et déjà basculé en mode Terminator. Pike s'était fixé un objectif et ferait tout pour l'atteindre, telle une machine implacable. Chez les rangers, dont Cole avait fait partie, on appelait cela l'engagement opérationnel, et celui de Pike était hors norme.

Il passa devant le portail de Smith comme un promeneur. Après s'être assuré que personne ne le regardait, il enjamba le portail.

L'entrée de la maison était défendue par une porte en bois standard, équipée d'une serrure Master un peu au-dessus du bouton. Cole enfila une paire de gants en latex, choisit un crochet et une barre de tension dans sa trousse, et se mit à l'ouvrage. Deux minutes pour la serrure, une pour le bouton : il avait été formé sur le tas par l'armée des États-Unis.

Il ouvrit lentement la porte et s'avança dans une petite entrée carrelée. Il faisait frais à l'intérieur. L'air était empreint d'une odeur de graisse et de fruits de mer, mêlée d'une senteur florale indéfinissable. Il tendit l'oreille.

Il laissa passer dix secondes avant de refermer le verrou intérieur. Sans bouger, il examina le carrelage et les murs de l'entrée. Il ne vit ni taches de sang, ni éraflures, ni douilles, ni autre signe de lutte.

Son plan d'action consistait à visiter d'abord l'étage au cas où les flics se pointeraient plus vite que prévu. Il prit donc l'escalier en scrutant chaque marche avant de poser le pied dessus. Il explora le palier en vitesse et entra dans le bureau. Pike lui avait dessiné le plan de la maison.

Le bureau, joliment meublé, appartenait à l'évidence à quelqu'un qui avait fait une brillante carrière à la télévision. Les murs étaient tapissés d'images d'anciennes séries policières, que Cole reconnaissait à leurs acteurs. Un nom revenait partout. Steve Brown.

Il passa à la suite parentale. Elle était vaste, en désordre, et décevante. Cole pensait pouvoir en déduire si Smith était parti de son plein gré ou non, mais la grande penderie et la salle de bains attenante contenaient tellement de vêtements et de serviettes qu'il était impossible de dire si des affaires avaient disparu.

Cole ne trouva qu'un objet appartenant incontestablement à Wilson Smith : une boîte en métal cabossée, posée par terre à côté du lit. Elle contenait des bons de commande, des factures et des relevés de compte de la sandwicherie, ainsi que le justificatif d'achat d'une Tercel 2002, plusieurs bordereaux d'assurance et autres papiers courants.

Une fois l'étage visité, Cole redescendit au rez-de-chaussée. Il commença par la buanderie et passa rapidement à la deuxième chambre. Wilson dormait en haut, sa nièce en bas. La pièce était propre et rangée. Cole trouva quelques hauts féminins, des robes et des jeans dans le placard. Ce n'était pas grand-chose, mais il n'avait aucun moyen de savoir si tout ce que possédait la jeune femme était là ou si elle avait pris quelques vêtements pour partir en voyage.

Il se rendit ensuite dans la cuisine, ouverte sur un vaste séjour dont les portes-fenêtres offraient une jolie vue sur le canal. L'évier était encombré d'assiettes sales. Personne ne part en voyage en laissant autant de vaisselle sale, et pourtant, à en croire Button, c'est bien ce qu'avaient fait Wilson et Dru. Cole fut pris d'un mauvais pressentiment, même si ces assiettes ne prouvaient pas grand-chose. Sinon que Wilson était bordélique.

La porte du réfrigérateur était tapissée de prospectus retenus par des aimants. Cole l'ouvrit et trouva à l'intérieur un stock de lait, de bières et de sodas, ainsi que plusieurs boîtes en carton blanc graisseuses contenant ce qui ressemblait à des huîtres et à des crevettes frites. Des professionnels de la restauration seraient-ils partis en laissant au frigo des denrées aussi périssables ?

En refermant la porte, Cole repéra un petit mot écrit à la main, aux trois quarts enfoui sous les publicités. « Si vous avez besoin de me joindre à Londres : 310 555 369. Steve. »

Londres avait huit heures d'avance sur Los Angeles. Cela faisait un peu tard, mais Steve Brown n'était peut-être pas encore couché. Cole lui téléphona.

Une boîte vocale prit son appel à la sixième sonnerie.

— Allô, monsieur Brown ? Bonjour, je m'appelle Elvis Cole et je suis à Los Angeles. C'est au sujet de Wilson Smith et de Dru Rayne. Pourriez-vous me rappeler, s'il vous plaît?

Il laissa son numéro puis s'approcha de la fenêtre coulissante au-dessus de l'évier, la dernière ouverture qu'il lui restait à inspecter. À peine eut-il commencé d'examiner la clenche et l'encadrement intérieur de la fenêtre qu'il remarqua une éraflure très nette dans le métal, près de la poignée, plus brillante que le reste. Il actionna la poignée, et le panneau coulissa en douceur. Une fois la fenêtre ouverte, il repéra une profonde déformation dans l'encadrement extérieur. Il referma la fenêtre, l'observa de longues secondes puis appela Joe Pike.

— Tu as vérifié la fenêtre de la cuisine qui est au-dessus de l'évier?

— Oui. Toutes les fenêtres. Tu as trouvé quelque chose?

— Elle a été forcée. Le cadre extérieur est enfoncé au niveau de la poignée.

— Elle ne l'était pas ce matin.

— Ce qui veut dire que l'effraction a eu lieu au minimum trois ou quatre heures après le passage de Mendoza.

— Je comprends.

— Pas moi.

— Tu comprendras plus tard. Je viens de quitter Button. Tu n'as plus beaucoup de temps.

Elvis Cole rangea son portable et fixa à nouveau la fenêtre. Il retourna dans l'entrée et allait sortir quand ses yeux s'arrêtèrent sur une petite bibliothèque aux étagères vides. Il promena une main sur le dessus et y trouva un jeu de deux clés. Il en testa une sur la porte d'entrée : elle s'ouvrit. Cole quitta la maison. Il referma la serrure, déverrouilla le portail avec la deuxième clé puis cacha le jeu au pied de la palissade.

Il traversa pour avoir une vue d'ensemble de la maison, puis observa l'impasse d'un côté et de l'autre. Il n'y avait qu'un seul accès possible en voiture. C'était un endroit merdique pour un crime, mais pratique pour trouver des témoins.

Cole venait de se décider à faire un peu de porte-à-porte quand une Crown Victoria beige s'engagea dans l'impasse, roulant vers lui. Un homme au volant, une femme à côté de lui. Ils sentaient le flic à plein nez, et Cole se demanda si l'homme était Button.

La Crown Vic s'immobilisa devant la maison des Palmer. L'homme et la femme en descendirent. Cole revint au milieu de la chaussée. Son objectif était de repérer les baies vitrées ou terrasses sur rue, mais il trouva encore mieux : une maison vert foncé de l'autre côté de l'impasse, à deux maisons de celle de Brown. Une caméra de surveillance était vissée dans le mur près de la porte.

Cole se rapprocha négligemment de la caméra. Orientée vers le portail, elle n'offrait sans doute pas une vue complète de la rue, mais peut-être ses images permettraient-elles d'entrevoir le passage d'une voiture ?

Cole ressentit le subtil picotement électrostatique qui lui parcourait la nuque chaque fois qu'il découvrait une piste. La plupart des systèmes de vidéosurveillance sont reliés à un enregistreur numérique. Certains ne se déclenchent que quand quelqu'un appuie sur la sonnette, mais d'autres stockent des images en continu. Cette caméra n'avait peut-être rien à donner, mais elle pouvait aussi lui rapporter gros.

6

LES *ténèbres amoncelaient au-dessus de Pike un effrayant nuage noir. Il ne savait ni où il était, ni quand, ni comment il s'était retrouvé pris au piège. Il savait seulement que l'ombre géante allait s'abattre sur lui avec la gracieuse légèreté du brouillard et le poids écrasant du béton. Il sentit une eau noire lui emplir la bouche, le nez, les oreilles. Pike se débattit éperdument mais ses bras et ses jambes refusaient de lui obéir. Il ne comprenait ni comment l'ombre le retenait prisonnier, ni pourquoi il ne parvenait pas à s'en libérer. Elle avait surgi de l'obscurité, comme toujours, et finirait par le tuer…*

PIKE se réveilla, un drap poisseux entortillé autour des jambes. Son esprit était lucide et il ne gardait aucun souvenir de son cauchemar. Il ne s'en souvenait jamais. Parfois, dans ses premiers instants de conscience, il discernait des formes indistinctes, des ombres superposées, mais jamais plus.

Il regarda sa montre. 3 h 17. Cole l'avait relevé quatre-vingt-dix minutes plus tôt et était à présent posté près de la maison de Carla Fuentes, attendant Mendoza. Pike était rentré chez lui se reposer un peu, mais sa nuit de sommeil était terminée.

Il s'extirpa des draps et projeta les jambes hors du lit. Son portable posé sur le chevet lui fit penser à Dru. Il vérifia ses messages et ses appels en absence : rien.

Pike enfila un short bleu ciel et son sweat-shirt de la veille puis descendit au rez-de-chaussée. Il but une demi-bouteille d'eau, mit ses baskets et fixa une banane sur ses hanches. Il y rangea son portable, ses clés, son permis de conduire et un petit Beretta 25 puis il sortit.

Il s'arrêta sur le seuil, s'imprégnant de l'atmosphère nocturne, effectua quelques étirements et se mit à courir. Pike empruntait toujours les mêmes itinéraires, soit en traversant Santa Monica, soit en contournant Baldwin Hills. Cette nuit-là, il prit la direction de l'océan, avant de bifurquer vers les canaux de Venice. Il monta sur une passerelle et fit halte au sommet pour observer le canal.

Pike avait choisi ce pont pour la vue qu'il offrait sur la maison de Dru. Le jardin était éclairé par des projecteurs, dont l'allumage et l'extinction devaient être programmés. Ce fut alors qu'il aperçut de la lumière dans la chambre de l'étage. Il observa longuement la fenêtre, cherchant des ombres. Il n'en vit aucune.

Pike redescendit du pont et s'engagea au trot dans l'étroite impasse. Il s'immobilisa devant la maison de Dru. Tout le monde dormait. Même la fenêtre de Jared était éteinte.

Pike sortit son portable et appela Elvis Cole. Celui-ci décrocha à la deuxième sonnerie.

— Tu en es où ? dit-il d'une voix étouffée.

— Tu as laissé une lampe allumée chez Dru ? murmura Pike. À l'étage ?

— J'y suis entré. Je ne me souviens pas d'avoir allumé, mais je ne me souviens pas non plus de ne pas l'avoir fait. Je ne sais pas quoi te dire.

— Mmm.

— Tu crois qu'il y a quelqu'un à l'intérieur ? En ce moment ?

— Oui.

— J'ai mis la clé que j'ai trouvée tout à l'heure au pied du portail.

— Et de ton côté, du nouveau ?

— Tout est éteint. Elle est dans le coma. Appelle-moi avant de repartir, d'accord ? Parce que si tu n'appelles pas, je vais me sentir obligé de rappliquer, et je louperai Mendoza.

Pike remit son portable dans la banane. Il inspira lentement l'air de la rue et de la mer, tendit l'oreille mais n'entendit rien d'autre que de rares sons ambiants. Il disparut dans l'ombre du portail, se hissa par-dessus et retomba sans bruit dans la cour. Après avoir de nouveau écouté le silence pendant un moment, il chercha la clé à tâtons.

Il mit toute une minute à l'insérer dans la serrure et ouvrit la porte. L'entrée était dans le noir, à peine effleurée par la faible lueur qui s'échappait de l'étage. Pike se concentra au maximum sur les sons de la maison mais ne décela rien d'anormal. Il referma la porte.

Il se déplaça de pièce en pièce sans allumer, évitant de passer devant les fenêtres. Il atteignit la chambre du haut mais n'y entra pas. Une lampe de chevet était allumée.

Il fit demi-tour, quitta la maison, referma la porte à clé et cacha la clé au pied de la palissade. Il resta un moment immobile dans la cour, aux aguets, avant de s'enfoncer parmi les ombres qui noyaient le flanc de la maison. Il traversa le jardin jusqu'au bord du canal et scruta la passerelle au sommet de laquelle il s'était arrêté. Mille petites aiguilles se plantèrent dans son échine lorsqu'il revit les mots écrits sur le mur du snack.

Je suis là.

Pike se replia parmi les ombres. Il ralentit son souffle et imposa le silence à son corps pour mieux entendre. Il balaya des yeux la berge à l'affût d'un reflet, d'un mouvement. L'eau clapotait. Des lumières ricochaient sur sa surface couleur d'obsidienne. Pike se demanda si les prédateurs marins pouvaient s'aventurer aussi loin. Il se demanda s'ils se cachaient sous le miroir de l'onde.

DANIEL le regarda franchir le pont : un grand mec sorti faire son jogging en pleine nuit, avec des lunettes noires sur la tronche – ces gens de L.A., qu'est-ce qu'ils n'allaient pas inventer !

— Chut, dit Cleo. Il va t'entendre penser.

— Chut, dit Tobey. On entend tes méninges.

— Bouclez-la ! dit Daniel. Vous feriez mieux de profiter du bain. Elle est bonne, non ?

— Froide.

— Froide.

Daniel était immergé jusqu'au nez, accroupi derrière un ponton en bois sur l'autre rive du canal. À l'affût.

Le grand mec quitta le pont, traversa une colonne de lumière bleutée, tout en muscles saillants – mais qu'est-ce que c'était que ces trucs sur ses épaules ? « Plisse les yeux. Concentre-toi. » Deux grosses flèches rouges, qui luisaient comme des braises dans la clarté mauve. Daniel les trouva cool.

Dès que le grand mec fut hors de vue, Daniel se mit à ramper dans la vase, traînant son fardeau derrière lui – lentement, pour éviter de faire des vagues. Direction le pont.

Il arriva sous l'arche, son fardeau blotti contre lui. Daniel surveillait la maison depuis midi, et sa patience avait été deux fois récompensée. D'autres aussi étaient venus y faire un tour, et il savait maintenant que c'était lui qu'ils cherchaient. Il avait décidé que c'était bon signe, et la preuve qu'il touchait au but.

— Vous sentez ça, les gars ? On est tout près. À portée de main.

— À portée de main, main, main.

— On pourrait presque y goûter, goûter.

Daniel se demandait qui était cet homme et ce qu'il faisait là. Voilà qui méritait un petit coup de fil à ses amis dans la matinée.

Il attendit encore vingt minutes. Comme tout bon chasseur, il savait se montrer patient, mais il finit par décider qu'il pouvait passer sans risque à l'étape suivante.

— Ravi de t'avoir rencontré.

Daniel retenait le corps depuis plus d'une heure. Le moment était venu de lui rendre sa liberté. Le cadavre roula une fois sur lui-même, levant une main comme pour dire au revoir, puis s'enfonça lentement sous la surface noire et froide.

À 7 h 4 le lendemain matin, Pike reçut le coup de fil qui changea tout. Il était en train de surveiller le bungalow de Carla Fuentes, derrière un camélia de son jardin, et le ciel laiteux semblait promettre un jour de brume.

Il était venu relever Cole à 4 heures. Il jouissait d'une vue dégagée sur la porte vitrée du jardin, une bonne partie de l'allée et l'intérieur de la cuisine.

Son portable vibra.

— Pike.

— Vous êtes rapide à la détente, à cette heure-ci.

Il reconnut la voix de Button, chargée de sous-entendus.

— Vous vous êtes renseigné au sujet de Mendoza ?

— Ouais. Je crois qu'il y a du vrai dans ce que vous disiez. J'ai quelque chose ici qui vous intéressera. Venez donc jeter un œil. Je suis sur Washington Boulevard, à la hauteur du canal. Vous ne pouvez pas me louper.

Le ton de Button était tellement monocorde que Pike comprit qu'il ne s'agissait pas d'une requête amicale.

— Ça concerne Wilson et Dru ? Dites-moi si c'est ça, Button.

Button raccrocha sans répondre, et Pike sortit de sa planque, sauta par-dessus la clôture du jardin voisin et courut jusqu'à sa Jeep. Il était à moins de dix minutes de l'endroit où se trouvait Button et appela Cole en conduisant.

— Tu veux que je retourne chez Carla ? proposa Cole.

— Pas maintenant. S'ils ont ramassé Wilson ou Dru, les flics vont se précipiter chez eux. S'il y a encore quelque chose à trouver sur place, il faut qu'on le trouve tout de suite.

— Je m'en occupe, Joe, mais, écoute-moi : il faut encore y croire, OK ?

Pike coupa la communication. Quelques instants plus tard, coincé dans un bouchon à trois rues du canal, il sut qu'il arrivait sur les lieux d'un crime grave. Pike s'identifia, et l'agent lui indiqua un parking. Plusieurs voitures radio stationnaient sur les deux berges du canal, à côté d'une camionnette des services du coroner.

En se garant, Pike repéra Furtado en compagnie d'un petit groupe d'inspecteurs figés au bord du canal. Ils avaient tous les yeux baissés sur l'eau. De l'autre côté du pont, avec Straw, Button fut le premier à apercevoir Pike. Il traversa le pont pour rejoindre Furtado et fit signe à Pike d'approcher.

Pike sentait son rythme cardiaque augmenter à chaque pas. Deux hommes équipés de cuissardes s'avancèrent dans l'onde pendant que deux autres étalaient une grande bâche en plastique bleu sur la vase découverte par la marée. Tous les quatre avaient enfilé de longs gants en caoutchouc. Un brancard était posé à proximité.

Le visage de Button était vide d'expression, mais une ride profonde creusait le front de Furtado. Pike se demanda à quoi elle pensait. Button se contenta de lui indiquer le canal d'un signe du menton.

— Et voilà.

Pike suivit son regard et comprit que toutes ses hypothèses étaient erronées.

LE corps de Reuben Mendoza gisait sur le flanc dans le ruisselet laissé par la marée au centre du canal. Son bras plâtré tendu vers la berge donnait l'impression qu'il était mort en cherchant à regagner la rive, mais Pike savait que ce n'était pas le cas. Sa gorge était si profondément entaillée qu'on apercevait l'éclat blanc d'une vertèbre, et son teint bleuâtre indiquait qu'il s'était vidé de son sang bien avant de dériver jusqu'ici.

Button fit claquer sa langue.

— Votre pote Mendoza n'a enlevé personne, Pike.

Furtado s'approcha de lui en le fixant comme un flic fixe un suspect.

— Reconnaissez-vous cet homme ?

Pike fit oui de la tête.

— Quand l'avez-vous vu pour la dernière fois ?

Pike vit Button sourire.

— L'agent Furtado vous considère comme un témoin intéressant.

Furtado vira au cramoisi et pinça ses lèvres fines pendant que Button continuait de la sermonner :

— Ce n'est pas du tout le style de Pike, Furtado. Notre ami l'aurait descendu à bout portant ou tué à mains nues, mais pas comme ça. Hé, Eddie !

Un des hommes en cuissardes se retourna.

— Mets-le de ce côté-ci et ouvre un peu sa chemise, s'il te plaît. On a besoin de voir la plaie.

Le corps était encore en partie immergé. Ils le firent basculer vers Button puis écartèrent les pans de sa chemise. Le tee-shirt dessous était lacéré du haut en bas. Les côtes de Mendoza lui sortaient du thorax comme des piquets de clôture, et ses organes internes débordaient de son abdomen comme autant de ballons violets.

— Il a été éventré. Il est mort égorgé, mais on l'a éventré ensuite pour que le corps reste au fond. Merci, Eddie. Ça va aller.

Les techniciens se remirent au travail.

— Il est dans l'eau depuis combien de temps ? demanda Pike.

— Vu la température de l'eau, répondit Button, la fourchette est très large. Pas moins de six heures, mais pas plus de vingt-quatre. Le gars du coroner ne peut pas être plus précis pour le moment.

— Ça s'est peut-être passé après. Mendoza les enlève, et quelqu'un le tue ensuite.

— Si vous y tenez, Pike.

— Vous avez retrouvé Gomer ?

— Vous croyez que c'est Gomer qui a fait ça ? Je doute que ce soit lui. Gomer est un poids plume. Seul un poids lourd peut tuer de cette façon.

Button décocha un coup d'œil à Furtado qui s'éloignait, puis se tourna vers Pike.

— Laissez-moi vous poser une question. Ça restera entre vous et moi. Vous croyez que c'est Smith qui l'a tué ?

L'idée avait effleuré Pike, qui hésita avant de répondre.

— Il faut être costaud pour écarter des côtes comme ça, et il faut savoir ce qu'on fait. Je ne suis pas sûr qu'il ait la force et la compétence nécessaires.

Button grogna.

— Les cuisiniers savent se servir d'un couteau. Supposez que Mendoza et Gomer soient retournés le menacer comme l'autre jour dans sa boutique mais qu'il leur ait réservé une surprise ?

Pike haussa les épaules : Button pouvait bien penser ce qu'il voulait. Furtado les rejoignit à ce moment-là, tout excitée.

— On a besoin de vous là-bas, chef. C'est important.

Button demanda à Pike de rester dans les parages et alla voir ce que lui voulaient les inspecteurs.

Pike sortit son portable. Il allait appeler Cole pour le mettre au courant quand il vit approcher Straw.

— Nos amis inspecteurs sont divisés. Certains pensent que c'est vous, d'autres que c'est Smith, le responsable de ce merdier, dit Straw. Ils sont même en train de lancer des paris.

— Et vous ? Vous miseriez combien ?

— Je ne crois pas que Smith ou vous ayez quoi que ce soit à voir avec ça. Quant au saccage de la sandwicherie, avec les têtes et le sang, ce n'est pas le style des gangs. Il y a quelque chose de plus complexe en jeu.

Pike dévisagea l'agent du FBI, songeant qu'il avait probablement raison.

— Comme quoi ?

— Aucune idée. Vous savez où sont les gens de la sandwicherie ?

Pike lui montra le corps de Mendoza.

— Je pensais que c'était lui qui les tenait.

— Alors ils sont maintenant aux mains de quelqu'un d'autre.

Straw tendit une carte de visite à Pike.

— N'hésitez pas à m'appeler si vous apprenez quoi que ce soit ou si vous avez besoin d'un coup de main. J'aimerais vraiment les retrouver avant le salaud qui a fait ça à Mendoza.

Button et Furtado les rejoignirent. Button avait le sourire aux lèvres et une nouvelle à leur annoncer :

— Alberto Gomer a refait surface. Un SDF l'a découvert il y a une heure dans une voiture en stationnement à l'extrémité nord du canal. La gorge tranchée d'une oreille à l'autre.

QUAND Pike lui téléphona ce matin-là, Cole sentit de la tension dans sa voix. Son ami était un homme qui ne montrait rien et dégageait un détachement zen qu'il trouvait quelquefois amusant, mais surtout admirable. Il s'était souvent demandé ce qu'un tel calme lui coûtait.

Le matin, traverser Hollywood en direction de l'ouest était une vraie galère. Cole était encore à plus de trois bornes de l'autoroute quand son portable sonna. Le numéro lui était inconnu.

— Elvis Cole.

— Ici Steve Brown. Je vous appelle de Londres.

Cole fit le calcul : 17 heures à Londres.

— Merci de me rappeler, monsieur Brown. Je cherche à localiser Wilson Smith et Dru Rayne. J'ai cru comprendre qu'ils gardaient votre maison.

— C'est à quel sujet ?

— Le snack de Wilson vient d'être vandalisé. J'essaie de le prévenir, mais ils se sont apparemment absentés pour quelques jours. Je pensais que vous pourriez peut-être me dire où les joindre.

— Permettez-moi de vous poser une question. Ces personnes habitent chez moi ? Dru et ce type ?

Cole sentait la colère monter dans sa voix.

— Vous voulez dire qu'ils sont là-bas à votre insu ?

— J'ai prêté ma maison à Dru. Je ne connais aucun Wilson Smith.

— C'est son oncle.

— Ça n'y change rien. Ça ne faisait pas partie de notre accord. Je lui ai dit que je ne voulais personne d'autre qu'elle chez moi, et ça lui allait très bien. C'est à cette condition que je lui ai laissé la maison.

Dans l'esprit de Cole, c'était Smith qui avait trouvé cette maison à garder ; ensuite seulement, il avait proposé à Dru de venir s'y installer quand elle l'avait rejoint à Los Angeles pour l'aider à tenir le snack. Le revirement était complet. Contraint de poser une question délicate, Cole s'humecta les lèvres.

— Pourquoi lui avez-vous laissé les clés ?

— Parce que je la sautais, qu'est-ce que vous croyez ? Elle rêvait de quitter sa piaule minable et je devais partir, donc ça semblait être une bonne affaire pour nous deux. Ça m'évitait de m'emmerder à trouver quelqu'un pour garder la maison.

— Je vois, dit Cole, l'estomac noué. Avez-vous eu Dru au téléphone depuis votre départ ?

— Et comment ! Je l'appelle à peu près tous les quinze jours pour m'assurer que tout va bien.

— Et elle n'a jamais mentionné M. Smith ?

— C'est la première fois que j'entends ce nom. Si vous la retrouvez, dites-lui qu'elle a intérêt à m'appeler. Je ne veux plus de ce type chez moi.

Cole se sentait encore plus mal en refermant son portable. L'image qu'il se faisait à présent de Dru était à des années-lumière de celle décrite par Joe. Toutes sortes d'interrogations se bousculaient, mais il se força à rester concentré sur le problème de sa disparition. Il allait devoir exploiter le filon des voisins de Wilson Smith avant que les flics ne condamnent la mine.

Il arriva aux canaux quelques minutes plus tard et termina cette fois encore le trajet à pied. Mendoza et son complice étaient forcément passés devant ces mêmes maisons pour aller chez Smith puis en repartir, et Cole voulait savoir si quelqu'un d'autre que Jared les avait vus, mais il décida de s'occuper d'abord des maisons équipées de caméras.

La veille, il avait repéré trois dispositifs de vidéosurveillance. Après avoir sonné en vain à une première porte, il glissa sa carte de visite dessous, avec un mot priant qu'on le rappelle. Une femme d'âge mûr lui ouvrit la deuxième et chercha à savoir s'il travaillait avec les policiers venus la veille, ce qui indiqua à Cole que Button et sa coéquipière avaient effectué une enquête de voisinage après avoir entendu Jared. Il répondit que oui et demanda si Button avait visionné les images de ses caméras de surveillance, mais Button n'avait pas parlé de cela – et il avait bien fait : ces caméras filmaient en direct mais n'étaient pas reliées à un enregistreur.

Cole eut plus de chance à la troisième maison. Une femme de ménage lui déclara qu'elle ne connaissait pas grand-chose à la vidéo-surveillance mais que les images, à son avis, étaient enregistrées. Son patron était au travail mais ne demanderait sans doute pas mieux que de l'aider. Cole laissa sa carte et décida de revoir son plan.

Il retourna devant la maison de Smith et trouva Jared posté à sa fenêtre, torse nu, les cheveux noirs en bataille, un fil d'écouteur dégoulinant de chaque oreille. Les yeux rivés sur lui.

Cole esquissa un petit coucou de la main, que Jared lui rendit. Cole lui fit signe de descendre, et il quitta sa fenêtre.

Quand Jared lui ouvrit, Cole était déjà sur son paillasson.

— Salut. Vous êtes avec les flics, ou avec le baraqué?

— Le baraqué.

— Il est trop cool. Je lui ai déjà parlé de ces faux jardiniers que j'ai vus. Aux flics aussi, d'ailleurs. Ils sont venus hier.

— Je ne suis pas là pour les jardiniers, dit Cole. J'aimerais surtout savoir depuis combien de temps Dru habite à côté.

— Ça doit faire dans les trois mois, lâcha le jeune homme en haussant les épaules. Steve est reparti en Europe il y a trois mois.

— Et son oncle? Il est arrivé quand?

Jared jeta un coup d'œil à la rue avec un sourire narquois qui intrigua Cole.

— Le lendemain, répondit Jared.

Son regard s'échappa à nouveau vers la rue, et Cole sentit qu'il avait quelque chose à dire.

— Qu'est-ce qu'il y a?

— Je vois des choses, moi. Ça m'étonnerait que tonton Wilson soit tonton Wilson. Ils font des trucs qui se font pas tellement en famille, si vous voyez ce que je veux dire.

Cole dévisagea Jared pendant un temps interminable. Il se sentait glacé à l'intérieur, mais sa bouche était sèche et le soleil matinal lui grillait la peau. Une boule de colère enflait dans sa poitrine.

— Ne me racontez pas de conneries.

— Je vois ce qui se passe derrière leurs fenêtres, mon vieux.

Le froid se propagea dans les entrailles de Cole, l'engourdit. Il étudia la maison de Steve Brown en se demandant qui étaient ces gens et si la fille n'avait fait que mentir à Pike.

Cole ne chercha même pas à se cacher de ce qu'il fit après avoir quitté le jeune homme. Peut-être Jared était-il rentré chez lui, ou peut-être pas : ça lui était égal.

Il récupéra la clé au pied de la palissade, ouvrit le portail et pénétra dans la maison. Il savait déjà quoi chercher et ce qu'il en ferait.

Il enfila des gants de latex en se dirigeant vers la cuisine. Il remarqua plusieurs sacs de provisions en papier. Il en sortit quelques-uns et les posa sur le plan de travail. Il sélectionna ensuite trois verres dans la vaisselle sale de l'évier, les mit chacun dans un petit sachet, et glissa soigneusement les trois sachets dans un grand sac. Il recueillit ensuite dans le salon deux boîtes vides de soda allégé et une bouteille d'eau qu'il emballa de façon similaire, puis il monta chercher dans la suite parentale la boîte en métal contenant les papiers de Wilson.

Cole fit un tour dans la chambre d'amis du rez-de-chaussée avant de quitter la maison. Dru y avait laissé quelques affaires, mais il se demanda si elle avait vraiment dormi là ou si c'était pour la galerie. Un stick de déodorant vide était posé sur la coiffeuse. Cole l'ajouta à son butin et sortit en refermant à clé la porte d'entrée puis le portail.

Il rejoignit sa voiture et téléphona à John Chen, criminaliste à la SID, la division d'investigation scientifique.

— John ? J'aurais besoin que vous m'analysiez quelques empreintes. C'est hyperurgent.

— La vache… Je suis à Hawaiian Gardens, sur un mitraillage en bagnole. Je viens de me taper une nuit blanche.

— J'en ai vraiment besoin, John. C'est pour Joe.

L'hésitation de Chen indiqua à Cole qu'il allait accepter.

— Pour Joe. OK, bien sûr. Retrouvez-moi d'ici une heure. Devant le tribunal pénal.

Cole referma son portable et mit le cap sur le centre de Los Angeles.

7

EN sa qualité de membre du LAPD, John Chen, comme tous les policiers assermentés, n'avait le droit ni de travailler sur des affaires non officielles, ni de dépanner en sous-main des enquêteurs privés. Ces interdits frappés au coin du bon sens visaient à préserver l'intégrité de la preuve et décourager la corruption au sein des forces de l'ordre.

John Chen était corrompu.

Paranoïaque et complexé, Chen ne vivait que pour les feux de l'actualité – l'atout maître de Cole, qui lui avait plusieurs fois fourni des tuyaux décisifs. Cela lui avait donné une visibilité médiatique dont jouissaient très peu d'autres criminalistes : il avait été cité plus d'une dizaine de fois dans le *Los Angeles Times* et interviewé par diverses chaînes de télé locales.

Cole rejoignit péniblement l'autoroute I-10 et entama une laborieuse procession de vingt-cinq kilomètres à travers la cuvette de Los Angeles. Il n'en avait pas encore parcouru la moitié quand son portable sonna. C'était Pike.

— C'étaient eux ? demanda-t-il.

— Mendoza et Gomer. Ils sont morts.

Ce fut un choc pour Cole. Mendoza et Gomer étaient les prédateurs. Ils n'étaient pas censés mourir. Que devenaient les proies s'il n'y avait plus de prédateurs ?

Pike décrivit brièvement la façon dont les deux hommes avaient été assassinés, ce qui ne fit qu'accentuer le malaise de Cole.

— Ça s'est passé quand ?

— On verra ça plus tard. Ils veulent m'interroger.

— Tu es suspect ?

— Ce n'est pas un problème. Ils ratissent large.

— Il y a quelqu'un d'autre dans la partie, Joe. La personne qui a forcé la fenêtre de la cuisine.

— Je sais. J'y pense.

Pike raccrocha. Cole poursuivit son trajet, porté par le flot lent de la circulation vers des pensées de plus en plus sombres.

Cole arriva en avance et dut patienter vingt minutes avant que Chen s'installe avec une telle hâte dans le fauteuil passager de sa décapotable que ce fut comme s'il tombait du ciel. Il portait des lunettes noires surdimensionnées et une casquette des Dodgers enfoncée au maximum.

— Je ne crois pas qu'on m'ait vu, mais dépêchez-vous de démarrer. Je suis peut-être suivi.

Toujours aussi parano.

Cole rejoignit le flot des voitures, déterminé à faire un tour aussi bref que possible. Ce que venait de lui apprendre Pike avait encore accru son inquiétude concernant Smith et Dru Rayne.

Il tendit le bras vers la banquette arrière, attrapa le sac de provisions et le posa sur les genoux de Chen, très à l'étroit à l'avant de la Corvette. Grand et maigre, il avait l'air d'une mante religieuse recroquevillée.

— Il y a quoi dedans?

— Des verres. Deux canettes de soda. Ce genre de choses.

Chen plongea le regard à l'intérieur du sac.

— La vache, il y en a un sacré paquet. Je suis débordé, mec. On a tellement de dossiers en retard qu'il y a une liste d'attente longue comme ça pour entrer sur la liste d'attente.

— Ne vous emballez pas! Toutes les empreintes appartiennent vraisemblablement à deux personnes – un homme et une femme. Vous devriez trouver celles de la femme sur le déodorant et celles de l'homme sur les verres. Si ça vous donne quelque chose de propre, vous n'aurez pas besoin de vous occuper du reste.

Cette concession ne parut pas ravir Chen.

— Je n'ai pas dit que je ne pouvais pas le faire. Il faut juste que j'arrive à caser tout ça. Ça risque de prendre plusieurs jours.

— C'est trop long, dit Cole.

Chen tourna la tête vers lui, agacé mais pensif.

— Pour Joe?

Cole acquiesça.

Chen changea de position, peut-être pour plus de confort, mais sans doute aussi par nervosité. Il regarda à nouveau dans le sac avant de vriller sur Cole ses gros yeux de chouette.

— Quand je l'ai rencontré pour la première fois, Joe m'a foutu une trouille d'enfer. Il incarnait tout ce qui me terrifie le plus. Un vrai monstre des rues. Mais de tous les gens que je connais, il n'y en a pas un qui me traite avec autant de respect que lui.

Chen souleva le sac.

— Bref, je vais trouver un moyen de vous faire ça. Arrêtez-vous. Il faut que je m'y mette.

Dès son retour à l'agence, Cole étala sur son bureau ce qu'il avait pris dans la boîte d'archivage de Smith. Mendoza et Gomer étant hors jeu, il avait décidé de se concentrer sur Wilson et Dru.

Il se rendit vite compte que le gros des papiers concernait le commerce de Wilson, avec des chemises distinctes pour les factures, les recettes, les notices et certificats de garantie, et la location de son fonds. Cole éplucha les documents en quête d'une adresse antérieure, mais tout le courrier présent dans la boîte avait été envoyé au snack de Smith. Il mit de côté le dossier professionnel pour s'attaquer au volet financier. Celui-ci se composait de deux sous-dossiers, un pour le compte courant et un autre pour le compte d'épargne, tous deux ayant été ouverts le même jour à l'agence de Venice de la Golden State Bank & Trust. Les premiers relevés remontaient à huit mois. Le compte d'épargne avait été ouvert avec un dépôt de neuf mille six cents dollars, dont deux mille dollars avaient été immédiatement virés sur le compte courant. Les deux relevés initiaux avaient été adressés à une boîte postale à Venice, mais les sept suivants, y compris les plus récents, portaient l'adresse « Chez Wilson – *po'boys* & sandwichs à emporter ».

Tous les documents de la boîte étaient postérieurs à la date d'ouverture des deux comptes. Elle ne contenait par ailleurs aucun papier de nature personnelle, ni rien qui permette de relier Wilson Smith à la Louisiane ou à un autre endroit. À croire que l'homme avait vu le jour huit mois plus tôt, au moment de ce dépôt de neuf mille six cents dollars. Le nom de Dru Rayne ne figurait nulle part. Elle aurait pu aussi bien ne pas exister.

Au pays de Dru Rayne et de Wilson Smith, tout sonnait faux.

Parmi les documents divers, il y avait un relevé de ligne téléphonique. Cole le composa et tomba sur un message enregistré l'informant que « Chez Wilson – *po'boys* & sandwichs à emporter » était actuellement fermé et fonctionnait aux horaires suivants. Une voix de femme, qui devait être celle de Dru. Une jolie voix. Une voix agréable, chaleureuse, avec une pointe d'accent sudiste. Un accent familier, qui raviva une vieille douleur dans sa poitrine. Cole avait aimé une Louisianaise. Lucy Chenier était venue s'installer chez lui avec son fils de huit ans. Un pari pour eux trois, et il avait échoué : Lucy et son fils étaient repartis pour la Louisiane. Sur décision de Lucy, pas de Cole. Lui serait allé au bout.

Quand il se rendit compte qu'il pensait davantage à Lucy Chenier qu'à Dru Rayne, il regarda sa montre. Lucy devait être à son bureau ou au tribunal. Elle était avocate dans un cabinet en vue de Baton Rouge, et l'idée effleura Cole qu'elle pourrait peut-être l'aider. L'idée que c'était juste un prétexte pour entendre sa voix l'effleura aussi.

Cole se retrouva en attente, à écouter de la musique en boîte.

Harry Connick Jr au piano. Son attente s'éternisa et Harry céda la place à Branford Marsalis avant que Lucy prenne son appel.

— Allô ? Excuse-moi d'avoir été si longue, j'étais en ligne avec un client.

Le son de sa voix réchauffa le cœur de Cole, malgré la pointe d'embarras qu'il ressentait chaque fois qu'il l'appelait. Il essayait de le faire moins souvent que par le passé, pour elle plus que pour lui. Il ne voulait pas avoir l'air de s'accrocher. Il ne voulait pas que ses appels deviennent pénibles.

— Aucun problème, dit-il. Je facture mes services à l'heure.

Elle rit.

— Dans ce cas, tu ne pouvais pas mieux tomber. L'objectif du cabinet Rotolo, Fourrier, Day & Chenier est de faire gagner le plus d'argent possible à ses clients.

— J'aurais besoin de me renseigner sur deux personnes, une certaine Dru Rayne et un Wilson Smith. À les en croire, ils viennent de La Nouvelle-Orléans.

— Hmm-hmm. Et comment se fait-il que l'expression « à les en croire » retienne mon attention ?

— Joe connaît la nana, et je ne suis pas convaincu qu'elle ait été sincère avec lui.

— Quand tu dis qu'il la connaît, tu entends par là qu'ils couchent ensemble ?

Cole lui décrivit la façon dont Pike avait sauvé Wilson Smith d'un tabassage en règle et rencontré Dru Rayne dans la foulée. Il laissa de côté le gang latino, le double enlèvement et les cadavres à la gorge tranchée. La violence qu'il rencontrait dans l'exercice de sa profession était à l'origine de la fuite de Lucy.

— D'accord, dit Lucy, retrouvant ses réflexes d'avocate. Y a-t-il un crime là-dessous ?

— Ils ont disparu. Il se pourrait qu'ils soient en danger, et on essaie de les retrouver.

— Quand tu dis « disparu », tu parles d'une disparition volontaire ou d'une disparition forcée ?

— Ça pourrait être l'une comme l'autre.

— Bon sang, Elvis, c'est aux flics que tu devrais parler de ça, pas à moi.

— Les flics font leur boulot. Je commence à me faire du mouron pour Joe. Il est à fond sur ce truc, et je voudrais vérifier qu'il y est pour de bonnes raisons. J'aimerais aussi comprendre dans quel genre d'embrouilles se sont mises ces deux personnes.

— OK, trésor, dis-moi ce que je peux faire pour toi.

Cole sourit, émerveillé par la spontanéité de Lucy. « Dis-moi ce que je peux faire pour toi. »

— Si j'arrivais à trouver quelqu'un qui les connaît, ça me donnerait peut-être une piste pour comprendre ce qui se passe. Je n'ai que ces noms. Aucune ancienne adresse, aucun numéro de Sécu, rien. Je n'ai même pas de photos.

— Ce Smith avait un restaurant à La Nouvelle-Orléans ?

— Je ne peux pas te dire s'il en était le propriétaire ou s'il y travaillait. Je ne sais même pas si c'est vrai. Mais il est cuisinier.

Elle fit une pause, avant de reprendre :

— Tu as eu l'occasion de rencontrer Terry, ici ?

Terry Babinette était un détective privé dont le cabinet de Lucy utilisait les services. Il avait été inspecteur de police à Baton Rouge avant de prendre sa retraite.

— On s'est serré la main, oui.

— Laisse-moi lui en toucher un mot. Il aura peut-être une idée. Tout à l'heure, tu as dit que tu n'étais pas convaincu de la sincérité de ces gens vis-à-vis de Joe. Qu'est-ce qui t'en fait douter ?

Cole posa les pieds sur un coin de son bureau, brusquement rattrapé par la hantise de perdre quelque chose de précieux.

— J'ai des raisons de croire que leurs relations ne sont pas celles qu'ils disent.

— Joe et Dru ?

— Dru et son oncle.

Elvis résuma à Lucy son échange avec Steve Brown, puis les propos de Jared Palmer.

— Seigneur ! fit-elle d'une voix blanche. Qu'en pense Joe ?

Cole hésita.

— Il n'est pas au courant. Je ne lui en ai pas parlé.

Silence.

— Tu me manques, Luce.

— Je sais, chéri. Toi aussi, tu me manques. Bon, qu'est-ce que tu comptes faire ?

— Te parler. J'imagine que je t'appelle pour ça.

Elle soupira. Une longue et lente expiration dans le combiné, qu'il aurait préféré sentir sur sa peau.

— Mets-le au courant. Plus tu attendras, plus ce sera dur. Tu le sais, non ?

— C'est dur d'être un ami.

— Si c'était facile, n'importe qui y arriverait.

— J'adore les filles futées.

— Les filles futées te le rendent bien.

— Je ferais mieux d'y aller.

— Rappelle-moi.

COLE était toujours à l'agence quand Pike lui téléphona plus tard dans la journée pour dire qu'il allait passer. Cole suggéra qu'ils se retrouvent plutôt chez lui : il préparerait à dîner pendant qu'ils discuteraient. Il ne fit aucune allusion à Dru, ni à Wilson, ni à la nausée que lui inspiraient les dernières nouvelles.

Le soleil crépusculaire se dissolvait dans une brume magenta lorsqu'il rejoignit les collines. Cole vivait dans une maison de séquoia en A, accrochée à un versant. Une petite maison à deux chambres et deux salles de bains acquise au terme d'une année faste – et avant que les prix flambent de façon délirante : il aurait été bien incapable de se l'offrir à présent. Construite sur un à-pic, elle n'avait pas de jardin, mais la terrasse en bois qui saillait comme un tremplin de sa façade arrière offrait une vue somptueuse sur le canyon et, au-delà, sur la ville.

Il laissa sa voiture sous l'auvent du garage et entra par la cuisine. Un chat noir était perché sur le plan de travail. Il regarda sa gamelle à l'arrivée de Cole et poussa un miaulement étouffé.

— D'accord, d'accord. On va s'occuper de toi.

Cole lui servit des croquettes et de l'eau fraîche, puis s'ouvrit une bière.

Ce chat, dont Cole avait hérité en devenant propriétaire de la maison, faisait partie de son existence depuis plus longtemps que tout autre être vivant à l'exception de Joe Pike.

— La soirée va être dure, mon vieux.

Le chat vint se frotter contre sa main puis se remit à manger.

Il faisait chaud dans la maison, qui était restée close toute la journée, et Cole ouvrit en grand la baie vitrée de la terrasse. Il mit à décongeler une tranche de bavette, rinça le contenu d'une grande boîte de haricots blancs et le laissa égoutter. Sa première bière n'était plus qu'un souvenir ; il en ouvrit une deuxième, qu'il siffla en coupant en rondelles une courgette, une aubergine et deux grosses tomates.

Une fois ses légumes prêts à griller, Cole alluma le barbecue. Le ciel, entre-temps, s'était mué en une superbe sangria, ce qui lui donna envie d'une autre bière.

Quand il revint à la cuisine, Joe Pike s'y trouvait, surgi à l'improviste, aussi silencieux qu'un spectre. Le chat s'entortillait en ronronnant entre ses chevilles. En dehors de Cole, Pike était la seule personne dont ce chat tolérait la présence.

Cole pointa le goulot de sa bière vide vers les rondelles.

— Salade de haricots blancs et légumes grillés, à partager. Éventuellement un peu de semoule pour toi. Un steak pour moi. Ça te va ?

— Ça me va.

— Je vais reprendre une bière. Sers-t'en une, et tu me mettras au parfum pendant que j'allume le barbec.

Pike sortit une bière du réfrigérateur. Cole ouvrit sa troisième et le suivit dehors. Le matou leur emboîta le pas.

— Dis-moi ce qui est arrivé à Mendoza et à Gomer.

Pike commença par raconter ce qu'il savait du meurtre de Mendoza, puis passa à Gomer. Le cadavre de Gomer avait été retrouvé au volant d'une voiture à l'extrémité nord du Grand Canal. La quantité de sang dans l'habitacle suggérait qu'il avait été tué sur place.

— Sans doute entre 11 heures du soir et 1 heure du matin, ajouta Pike. Quand les flics m'ont relâché, je suis allé faire un tour où ils l'ont retrouvé. De sa bagnole, Gomer avait une vue directe sur la maison de Dru.

Cole comprit ce que suggérait Pike et leva une main.

— Minute. Ça ne tient pas debout. S'ils ont enlevé Wilson et Dru ce matin, pourquoi seraient-ils retournés sur place ? Pour chercher quelque chose ?

— Ou quelqu'un dont Wilson et Dru leur auraient parlé, mais ce n'est qu'une supposition. Probablement l'homme qui les a tués. Celui qui a forcé la fenêtre de la cuisine.

Cette perspective et ses implications déplurent à Cole.

— Bref, Mendoza et Gomer reviennent tendre une embuscade à ce type, sauf qu'il est déjà sur place. Il les voit en premier et décide de les liquider, c'est ça ?

— Oui. Et je pense qu'il était encore là quand j'y suis allé ce matin.

Cole tisonna le charbon et regarda une nuée de minuscules brandons virevolter dans l'air brûlant. Tout avait changé en l'espace d'une journée. Le vandalisme et l'agression n'étaient que des tours de passe-passe visant à cacher quelque chose de beaucoup plus grave. Il n'y avait pas une once de vérité dans cette histoire.

— À toi, dit Pike.

Cole leva les yeux vers son ami.

— J'ai eu Steve Brown au téléphone tout à l'heure, le propriétaire de la maison de Smith, et j'ai aussi eu une petite discussion avec Jared. Il y a deux ou trois choses que je dois te dire et que tu ne vas pas aimer. Je ne crois pas que Dru ait été honnête avec toi.

Cole attendit que Pike réagisse, mais son ami resta aussi placide qu'un mannequin dans une vitrine. Le chat quitta le bord de la terrasse, se frotta contre les tibias de Pike puis s'assit, les yeux plissés et attentifs.

— Brown n'a jamais rencontré Wilson Smith. Il a laissé sa maison à Dru parce qu'ils étaient ensemble. Brown a pété un câble en apprenant qu'il y avait quelqu'un chez lui avec elle.

Pike semblait en suspens au bord de la terrasse. Cole aurait aimé voir derrière ses lunettes noires, mais c'était impossible.

— Après le coup de fil de Brown, j'ai parlé à Jared, et ce qu'il m'a dit jette un sacré doute sur tout ce que cette nana t'a raconté. Ce n'est pas bon, Joe. C'est même mauvais.

— Quoi ?

Le chat se tapit aux pieds de Pike, sa queue fouettant l'air pendant que Cole répétait ce que lui avait dit Jared en tâchant d'être bref mais sans rien omettre.

— Je pense qu'il dit vrai. Je suis retourné dans la maison prendre deux ou trois objets sur lesquels ils doivent avoir laissé des empreintes, et je les ai apportés à John Chen. Je ne sais pas si ces gens sont fichés mais c'est possible, et leurs empreintes vont nous aider à en avoir le cœur net. J'ai aussi appelé Lucy. Je n'avais que leurs noms à lui donner, mais le privé qui travaille pour son cabinet va quand même voir ce qu'il peut trouver sur eux à La Nouvelle-Orléans. C'est tout. Voilà le bilan de ma journée.

Pike tangua légèrement, comme sous l'effet d'une brise imperceptible, sauf qu'il n'y avait pas un souffle de vent.

— Je suis désolé, mon vieux. Si tu veux que j'annule Chen et Lucy, je le ferai.

— Non. N'annule pas.

— D'accord. Qu'est-ce que tu comptes faire ? s'enquit Cole.

— Comment ça ?

— On est là-dedans parce que tu veux aider cette nana. Ça me va très bien, mais là, peut-être que les choses ont changé, non ?

— Elle a toujours besoin d'aide.

— OK. Si c'est ce que tu veux.

— C'est ce que je veux.

La queue du chat s'agitait furieusement dans tous les sens, et ses yeux étaient devenus deux meurtrières.

— Désolé, mon vieux, répéta Cole.

Le téléphone sonna. Cole n'avait aucune envie de répondre mais décida de laisser un peu de répit à Pike. Il couvrit la grille du barbecue et regagna le séjour. Il décrocha le combiné une seconde après le déclenchement de son répondeur.

— Allô ? Ne raccrochez pas, ça va bientôt s'arrêter.

— Monsieur Cole ? Je m'appelle Charles Laine. Vous êtes passé chez moi tout à l'heure. Vous avez interrogé ma femme de ménage sur mon système de vidéosurveillance.

— En effet, monsieur. Merci de me rappeler. Nous cherchons à identifier deux hommes qui pourraient être passés devant chez vous hier matin.

— Mon système est équipé d'un enregistreur, mais je ne suis pas certain qu'on voie grand-chose de la rue. Cette caméra-là est orientée sur les gens qui se tiennent devant le portail.

— Je comprends. Et vous me laisseriez jeter un coup d'œil à vos images ?

— Bien sûr. Je vais essayer de vous faire une copie du disque dès ce soir. Vous aurez ça demain.

— Ce serait formidable, monsieur Laine. Merci beaucoup.

Après avoir raccroché, Cole fit demi-tour vers la terrasse, impatient de partager avec son ami l'unique bonne nouvelle du jour, mais Joe Pike avait disparu.

Le chat aussi s'était volatilisé.

— Joe ?

Le canyon avala sa voix.

Cole s'approcha du garde-corps. En bas, les premières lumières vacillaient parmi les ombres. L'obscurité créait par endroits des flaques de brume violette.

— Tu t'en remettras, vieux, murmura-t-il. La douleur finit par passer.

Ce fut alors que le chat gronda, quelque part en contrebas sur sa droite. Un grondement étouffé, qui s'amplifia pour devenir un terrifiant cri de guerre et emplir le canyon d'une plainte déchirante. Cole supposa que c'était le chat. Il en était à peu près sûr.

PIKE se gara le long du trottoir devant le snack. Deux cafés étaient encore ouverts à côté, tout comme la station Mobil d'en face. Il attendit qu'un couple de piétons le dépasse pour s'approcher de la vitrine neuve et éclairer l'intérieur avec sa lampe torche. Les têtes et les entrailles avaient disparu : tout avait été nettoyé. Soit la municipalité avait envoyé une équipe de spécialistes des déchets toxiques, soit Betsy Harmon et son fils s'y étaient collés eux-mêmes. Peu importait.

Il braqua son faisceau sur le mur où avaient été inscrites les lettres de sang.

Je suis là.

Comme les flics, Pike s'était imaginé que Mendoza et Gomer avaient saccagé la boutique puis enlevé Wilson et Dru, mais la nature même de ce message l'avait perturbé depuis le début, et il comprenait à présent pourquoi. *Je suis là* était une formulation incongrue de la part de Mendoza et Gomer, mais nettement moins pour leur assassin si celui-ci était aux trousses de Wilson et de Dru.

Je suis là. Au singulier. Je suis arrivé. Tremblez.

Pike était persuadé que c'était cet homme-là qui avait apporté les têtes de chèvre et répandu le sang. Pour annoncer son arrivée. Il les avait cherchés, il venait de les retrouver et il tenait à ce qu'ils le sachent. Wilson avait vu le message, compris sa signification, et aussitôt disparu. Son désir de fuir n'avait rien à voir avec Mendoza et Gomer et tout à voir avec l'arrivée de ce personnage.

Pike éteignit sa torche et tourna le dos à la vitrine. Wilson avait vu le message, ce qui l'avait fait paniquer et prendre ses jambes à son cou. Peut-être était-ce le but. L'homme devait rôder autour de la boutique quand Wilson était arrivé. Ensuite, il l'avait suivi jusque chez lui, mais l'intervention de Mendoza et Gomer avait contrarié ses plans.

Pike retourna à sa Jeep chercher le numéro de Jack Straw. L'agent spécial du FBI répondit à la troisième sonnerie.

— Vos gars ont surveillé le snack ces derniers jours?

— Ouaip, dit Straw. Par intermittence. Pourquoi?

— Ils ont peut-être vu l'assassin de Mendoza et Gomer. La boutique de Smith n'a pas été saccagée par Mendoza et Gomer. C'est leur assassin qui a fait le coup, et vos gars l'ont peut-être vu.

— On surveillait les hommes d'Azzara. On ne mettait jamais la caméra vidéo en route quand il n'y avait personne du gang en vue. On n'a rien d'autre qu'eux.

— Vérifiez quand même, dit Pike. On ne sait jamais.

Straw promit à Pike de le rappeler si un de ses hommes se souvenait de quelque chose, puis raccrocha brusquement comme s'il lui avait déjà fait perdre assez de temps comme ça.

8

À 9 H 20 le lendemain, Elvis Cole l'appela.

— Laine m'a envoyé un DVD par coursier.

— Et alors?

— Le disque vient d'arriver, mais je vais avoir besoin de toi pour le visionner. Je n'ai jamais vu ces gens. Je ne sais pas à quoi ils ressemblent.

— On a combien d'heures à visionner?

— Sept jours. Pourquoi?

Pike expliqua à Cole que si le tueur était venu repérer la maison de Dru, il y avait des chances qu'il soit l'auteur de l'effraction sur la fenêtre de la cuisine. Il se pouvait donc qu'il soit passé devant la caméra de Laine.

— D'accord. Ramène-toi, et on verra bien s'il y a quelque chose à tirer de ce truc. Laine m'a dit qu'on voit un bout de la rue, mais il va falloir regarder les images pour en avoir le cœur net.

Quarante minutes plus tard, Pike se gara devant la maison de Cole et entra par la cuisine. Il se servit une tasse de café noir, piocha un pain aux raisins dans la réserve de Cole, et le suivit jusqu'à la salle de séjour. Il approcha une chaise pendant que Cole s'asseyait devant son ordinateur. Cole introduisit le disque dans le lecteur. Ni l'un ni l'autre ne parla en attendant le lancement du logiciel, comme si l'attente les rendait muets.

Le menu du disque s'afficha quelques secondes plus tard, composé de quatre fichiers, chacun contenant les images des quatre caméras installées aux abords de la maison de Laine : une de chaque côté, une sur l'arrière, et enfin celle du portail.

— Nous y voilà, dit Cole. Les caméras enregistrent en simultané sur quatre pistes différentes. Laine m'a dit qu'on pouvait les regarder séparément et avancer ou revenir en arrière, comme pour un DVD de film.

Cole cliqua sur l'image du portail, qui s'afficha en mode plein écran. Un cafouillis spectral de gris et de noirs apparut, avec, dans l'angle inférieur, une série de chiffres indiquant que l'image avait été enregistrée la veille à 23 h 13 min 42 s. Cole lança un regard à Pike par-dessus son épaule.

— Pas mal. On voit un petit bout de rue ici, à l'arrière-plan, et c'est assez net.

La caméra était orientée parallèlement à la rue pour filmer les visiteurs en attente devant le portail. Dans le troisième tiers de l'écran, on distinguait un pan de rue. S'ils devaient découvrir un élément utile, ce serait là.

Cole fit glisser le curseur de la barre de progression pour revenir au matin de l'enlèvement. La nuit céda la place au jour, et les images gagnèrent en netteté, en profondeur de champ et en couleurs.

À 5 h 13 min 42 s, le matin de l'enlèvement, Cole cliqua sur le bouton de lecture accélérée.

Le premier signe de vie apparut à 5 h 36. Une joggeuse passa à toute vitesse sur la gauche de l'écran. Un autre joggeur apparut à 5 h 54, un jeune homme à dreadlocks. Cole mit sur pause pour l'observer.

— Tu peux imprimer cette image ? demanda Pike.

— Bien sûr. Tu crois que c'est lui ?

— On verra.

Cet homme ne lui inspirait rien de particulier, mais Pike voulait avoir la photo de tous les types passés devant la maison ce matin-là.

Ils ne virent rien d'autre jusqu'à 6 h 22, quand la Tercel gris métallisé traversa le champ en un éclair.

— C'est eux, dit Pike.

Cole revint en arrière et repassa la séquence image par image pour avoir la meilleure vue possible sur la personne qui conduisait. Pike reconnut sans peine les traits de Wilson Smith. Il n'y avait que lui dans la voiture.

— C'est Wilson, dit-il. Il part au snack.

Cole imprima l'image puis relança le défilement en mode accéléré.

L'activité dans l'impasse s'intensifiait au fil des minutes. Cole figeait les images chaque fois qu'une silhouette traversait l'écran, puis revenait en arrière et Pike et lui la regardaient passer à vitesse normale. La Tercel réapparut à 6 h 55 sur la gauche du cadre : Wilson rentrait. Il semblait n'y avoir personne d'autre dans le véhicule.

Entre 7 et 8 heures du matin, ils effectuèrent dix-huit arrêts sur image et imprimèrent sept photos, mais les vingt-deux personnes qui défilèrent sous leurs yeux semblaient toutes des gens ordinaires sortis se promener ou courir.

Jared fit son apparition à 8 h 7. Sa silhouette grandit rapidement puis disparut du cadre : il allait chercher son lait choco.

— Avant son retour, dit Pike, on devrait voir débarquer Mendoza et Gomer.

Cole hocha la tête sans détacher les yeux de l'écran.

Deux femmes passèrent, accompagnées de petits chiens, puis un joggeur. À 8 h 42, une silhouette traversa l'écran, et Cole cliqua sur pause.

— Jared. Il revient.

Jared tenait un sachet en plastique. Son lait choco.

Cole regarda Pike.

— À ce moment-là, en théorie, Mendoza et Gomer sont devant la maison. Jared les a vus en revenant.

— Donc ils sont arrivés par la passerelle.

— Ouaip. Si ton tueur a fait comme eux, on ne le verra pas non plus.

— Continue.

Cole reprit le défilement à vitesse normale et, à 8 h 53, la Tercel réapparut. Pike se pencha en avant. Cole figea la séquence, revint en arrière et la repassa image par image.

La Tercel grossit progressivement, ce qui permit à Pike de discerner trois personnes à bord. Wilson conduisait. Dru était assise à côté, et on devinait une silhouette derrière elle. Voilà qui confirmait que les truands étaient arrivés à pied par la passerelle et qu'ils avaient forcé leurs victimes à les emmener en voiture.

— C'est Mendoza à l'arrière, dit Pike. Mais je ne vois que trois personnes.

— C'est Dru, devant?

— Oui.

Cole imprima la photo de la jeune femme puis reprit le défilement. Six images plus loin, l'angle s'ouvrit et révéla la présence d'un quatrième individu à bord de la Tercel.

— Nous y voilà, dit Cole.

Quelqu'un était assis derrière Wilson, même si cet homme n'était pas identifiable. Cole avança de deux images, et sa tête apparut derrière celle de Wilson.

L'aiguillon de surprise que ressentit Pike lui injecta un calme mortel, comme chaque fois qu'une cible se matérialisait dans son collimateur. Il détourna les yeux de l'écran, Cole le fixait.

— Qu'est-ce qui se passe?

— Ce n'est pas Gomer, dit Pike. C'est Miguel Azzara.

— Je croyais qu'il n'était au courant de rien.

— Il a menti.

Cole considéra l'image d'Azzara.

— Deux personnes sont mortes, deux autres ont disparu, et voilà qu'*El Jefe* en personne participe à l'enlèvement. Ça va bien au-delà d'une histoire de petits malfrats qui piquent leur crise parce qu'ils se sont fait coffrer.

Cole était en train d'imprimer la photo du caïd quand son portable sonna. C'était Lucy Chenier. Il sortit prendre l'appel sur la terrasse, et Pike poursuivit seul le visionnage.

D'autres joggeurs passèrent dans les deux sens, mais la plupart étaient des femmes et les rares hommes n'avaient rien d'égorgeurs potentiels. Pike se vit lui-même arriver puis repartir. Il avait visionné une heure vingt d'images sur les trois heures de leur fourchette quand Cole revint de la terrasse, l'air déconfit.

— Qu'est-ce qu'il y a? demanda Pike en mettant sur pause.

— C'était le détective de Lucy, Terry Babinette.

Pike attendit la suite, sachant déjà à l'expression de son ami que les nouvelles n'étaient pas bonnes.

— Terry n'avait que leurs noms pour travailler, donc rien n'est sûr, d'accord ?

— Vas-y.

— Drusilla Rayne et Wilson Smith figurent sur une liste de personnes décédées. Drusilla Rayne était une SDF blanche de quarante-deux ans, morte au Charity Hospital trois jours avant l'ouragan. Wilson Smith était un Afro-Américain de soixante-six ans. Il est mort d'une crise cardiaque pendant son évacuation vers Natchez, dans le Mississippi. Aucune famille connue dans les deux cas. Voilà, c'est tout.

Pike restait sans réaction. L'homme et la femme qui s'étaient présentés à lui sous les noms de Wilson Smith et Dru Rayne avaient volé leurs identités à des morts, vraisemblablement en récupérant leurs numéros de Sécurité sociale.

Il ne trouva rien à dire.

— Qu'est-ce que tu comptes faire ?

Pike décocha un coup d'œil à l'image figée sur l'écran.

— Je vais prendre une douche, et ensuite j'irai à leur recherche.

Pike laissa Cole devant son ordinateur et se dirigea vers la chambre d'amis.

— Si notre tuyau sur le Mexicain est exact, dit Daniel, je les aurai localisés avant midi.

Le Bolivien avait l'air encore plus excité que d'habitude, ce qui voulait dire que tous ses potes devaient l'être aussi à l'idée de tenir enfin leur vengeance. La vengeance était le plat préféré de ces petits fumiers, et ils allaient y goûter. Grâce à qui ? Grâce à Daniel.

— Ne quittez pas, monsieur.

Daniel attendit que le tonnerre du jet privé qui venait de décoller se soit estompé.

— Excusez-moi, monsieur, reprit-il, je suis à l'aéroport. Sommes-nous en mesure de confirmer que le vol est bien parti ce matin ?

Bla, bla, bla, bla.

— D'accord, oui, parfait. Avons-nous le numéro d'immatriculation de l'appareil, ou sa marque et son modèle ?

Bla, bla.

— Bla, bla, dit Cleo.

— Bla, bla, dit Tobey.

— Chut, dit Daniel.

Il fit un effort de concentration pour écouter le Bolivien lui débiter les dernières nouvelles. Les informations en provenance du Mexique depuis quarante-huit heures s'étaient révélées plus que précieuses, mais rien de tout ça n'aurait été possible sans son travail à lui, et les Boliviens le savaient. Il avait enfin retrouvé ces empaffés, et ils avaient tenté de marchander au lieu de déguerpir. Leur marchandage allait les tuer.

Et une victoire de plus pour le loup-garou.

— Oui, monsieur, je vous tiendrai informé. Absolument.

Daniel aurait bien raccroché mais le Bolivien continua sur sa lancée, disant qu'ils étaient tous très contents de lui, et patati et patata.

— Merci, monsieur. J'apprécie la confiance que vous me témoignez. Merci.

Daniel coupa.

— Connard.

— Sale con, dit Cleo.

— Sale clown, clown, clown, dit Tobey.

Plissant les yeux, Daniel considéra la tour de contrôle, tout au bout de la piste, puis la légère brume blanchâtre. Adossé au garde-corps, il renversa la tête en arrière et scruta le ciel à la verticale, savourant l'instant présent. Daniel avait assassiné dans des aéroports du même genre un peu partout en Amérique centrale et du Sud.

L'aéroport de Santa Monica se réduisait à une seule piste, bordée de hangars et de bureaux, avec une terrasse panoramique très chouette où Daniel était assis. Il allait pouvoir assister à l'atterrissage de son client et aurait largement le temps de se mettre en position ensuite. Il savait déjà où irait se ranger l'appareil. Une limousine, une Camaro SS396 couleur or, et une Monte Carlo surbaissée patientaient au bord de la piste. Il fallait être con pour organiser un comité d'accueil pareil. Mais cette limousine noire aux allures de gros cafard allait le mener à la Terre promise.

Daniel regarda sa montre. Si le Bolivien avait vu juste, le Mexicain se poserait d'ici moins d'une heure. Et rejoindrait ensuite leur point de rendez-vous.

— Vous êtes prêts à dégainer, les gars ?

— Ouais, dit Tobey.

— On va leur régler leur compte, leur compte, dit Cleo comme en écho.

Daniel pouffa.

— Moi aussi ça me démange, mais pas avant qu'on ait eu ce qu'on veut.

— Et après on se les fait ?

— On se les fait ?

— Absolument.

Daniel attendit, savourant la caresse du soleil sur son visage et l'agréable compagnie des voix pleines d'écho de Tobey et de Cleo.

COLE regarda partir Pike, puis il retourna à son bureau examiner les photos de la fausse Dru Rayne et du faux Wilson Smith. On change de nom pour se cacher, mais se cacher de qui ? De quoi ? Il enquêtait depuis assez longtemps pour savoir que si les gens peuvent avoir d'excellentes raisons de se cacher, elles sont le plus souvent mauvaises. Ces deux-là ne l'inspiraient pas ; et plus il en apprenait sur eux, plus il se méfiait.

La photo de la femme était la meilleure. La tête tournée vers la gauche, comme pour parler à Mendoza ou à Azzara, elle faisait face à l'objectif. Wilson, lui, conduisait en regardant droit devant lui : on le voyait de trois quarts, une partie de son visage masquée par le rétroviseur intérieur.

Quelque chose dans leur expression perturbait Cole, sans qu'il puisse mettre le doigt dessus. Contrarié, il mit les photos de côté quand son portable sonna.

— Vous pouvez parler ? souffla John Chen.

— Oui. Où êtes-vous ?

— En route vers Los Feliz. Un imbécile a perdu à la roulette russe. Il n'y a que dans ces moments-là que je suis un peu tranquille : quand je roule vers une scène de crime. J'attends depuis le début de la matinée l'occasion de vous appeler.

— Vous avez relevé des empreintes ?

— Je suis le Chen, oui ou non ? Onze échantillons distincts, et je suis à peu près sûr que certaines ont été laissées par une femme. Question de taille, donc c'est une simple hypothèse, mais en tout cas, cette personne-là n'est fichée nulle part. Le mec, en revanche, c'est une autre histoire.

— Vous avez une touche ?

— Si on veut.

— Ça veut dire quoi : « Si on veut » ? Allez, John… Comment s'appelle-t-il ?

— Je n'en sais rien. C'est pour ça que j'ai dit : « Si on veut. » Je suis tombé sur un dossier sous scellés. Tout ce que j'obtiens, c'est un numéro de dossier et une indication de contact.

— Ce qui signifie ?

— Ça pourrait vouloir dire n'importe quoi. Que votre client est flic, ou agent du FBI, ou encore témoin sous protection, ce genre-là. On a aussi ça pour les militaires, la Delta Force, les SEAL et autres unités ultra-secrètes.

— Vous êtes en train de me dire que ce type est un agent secret ?

— Je vous donnais juste des exemples. À mon avis, c'est soit un criminel, soit un flic. L'indication de contact dit de s'adresser au FBI ou au DOJ[1] de la Louisiane pour toute information complémentaire. Il me semble que cela élimine la piste de l'agent secret.

— Vous les avez appelés ?

— Et puis quoi encore ? Ils sauraient que je suis impliqué. Ils seraient capables de venir fureter chez nous pour voir d'où on a sorti ses empreintes.

Cole ressentit une pointe d'inquiétude.

— Ça pourrait vous valoir des ennuis ?

— Non. J'ai utilisé le mot de passe d'Harriet. Ils ne pourront pas remonter jusqu'à moi.

Harriet était la chef de service de John.

— Désolé de ne pas avoir plus d'infos pour vous, vieux, mais je ne peux vraiment pas faire mieux. J'aurais vraiment voulu vous aider. Dites-le à Joe, d'accord ?

— Vous nous avez aidés, John. Je vous assure. Vous me donnez le numéro du dossier ?

Cole le nota et appela Lucy Chenier aussitôt après. Il lui parla du dossier sous scellés et de l'indication de contact. Lucy émit un sifflement pensif.

— Le DOJ, le FBI. Je n'aime pas trop la tournure que ça prend.

— Moi non plus. Je te donne le numéro ?

Cole dicta, et la laissa le relire pour vérifier qu'elle ne s'était pas trompée.

1. Département de la Justice.

— OK. Je vais voir comment Terry compte s'y prendre.

— Merci, Lucy.

— Encore une chose.

Il attendit.

— Ces dossiers sous scellés recouvrent à peu près tout et n'importe quoi, mais une chose est sûre : quelqu'un tient à ce que l'identité de cette personne reste secrète. Une fois que Terry aura lancé la demande de renseignements, il n'y aura plus moyen de faire rentrer le génie dans sa bouteille. Et ce génie risque de rendre très agressifs ceux qui cachent cet homme.

— Je comprends.

— Tu es sûr de vouloir continuer ?

— Oui.

— On te rappelle dès que possible.

Cole raccrocha avec la pénible sensation qu'un torrent furieux d'événements et de personnages mystérieux déferlait sur lui, l'emportant irrépressiblement. Il s'étira jusqu'à faire craquer ses épaules, repensa aux photos et comprit enfin ce qui le perturbait.

Il plaça les deux tirages sur son clavier et étudia encore une fois les visages de Wilson et de Dru. Leurs yeux ne trahissaient pas l'angoisse de ceux qui ont un flingue pointé dans le dos. Ils n'avaient pas peur. Cole se demanda pourquoi.

9

PIKE redescendit à fond de train vers la ville. Arrivé en bas, il téléphona à Arturo Alvarez. La sonnerie s'égrena si longtemps qu'il ne s'attendait plus qu'on lui réponde quand une voix féminine décrocha enfin, tellement atone qu'il ne fut pas sûr de reconnaître la jeune assistante rencontrée chez Angel Eyes.

— Allô ?

— Marisol ?

— Oui. Vous désirez ?

— C'est Joe Pike. Vous me passez Artie ?

— Allez vous faire voir !

Elle raccrocha sans un mot de plus, et Pike comprit qu'il était arrivé quelque chose de grave.

Bien que repeinte de frais, la maison en stuc semblait aussi atone que la voix de Marisol quand il gara sa Jeep devant. La foule de gamins de l'autre jour n'était plus là, et il n'y avait personne en vue à l'exception d'un animateur torse nu qui, à califourchon sur le faîtage, remplaçait un bardeau sous l'ardent soleil de cette fin de matinée.

La porte était ouverte afin de créer un courant d'air ; Pike entra sans frapper. La pièce était vide.

— Il y a quelqu'un ?

Marisol apparut dans le couloir, les bras croisés. Ses yeux noirs lançaient des éclairs de colère.

— Fichez le camp d'ici !

— Où est Artie ?

— C'est vous qui les avez fait venir. Dégagez !

Pike appela son ami.

Un marmonnement sourd s'éleva d'une pièce du fond. Pike reconnut la voix d'Artie.

Pike contourna Marisol et découvrit le père Arturo dans une des chambrettes, allongé sur un lit étroit. Il avait un gros cocard aux deux yeux, et le gauche avait tellement enflé qu'il se réduisait à une fente. Tordu vers la droite, son nez avait doublé de volume. Son tee-shirt blanc trop large l'amincissait.

— Azzara, dit Pike.

Ce n'était pas une question.

Marisol arriva par-derrière et lui balança un coup de poing dans le dos.

— Il ne veut pas vous voir. Foutez le camp !

Artie leva une main et murmura :

— Marisol… Pas comme ça.

Ignorant la jeune femme, Pike considéra l'œil valide d'Artie.

— Il faut t'emmener à l'hôpital.

— Pas question. Je n'irai pas à l'hosto.

Artie regardait Pike de son œil valide

— C'est à cause de moi ? demanda Pike.

— Qu'est-ce que vous croyez ? lança Marisol derrière lui. Ils ont dit que c'était sa faute si vous aviez foutu le boxon.

Pike souleva le tee-shirt d'Artie. Son torse et son abdomen étaient marbrés d'ecchymoses violettes, les stigmates d'une grêle de coups de poing et de coups de pied.

— Laisse-moi t'emmener chez un toubib.

— C'est fini. Oublie ça. Maintenant, je vais devoir batailler pour restaurer la confiance.

— Où est-ce que je peux le trouver, Artie ? Dis-moi où il habite.

— Pour que tu le tues ? Non.

Pike sortit la photo de la Tercel montrant Azzara et Mendoza derrière Wilson et Dru.

— Pour que je puisse sauver ces gens ou retrouver leurs corps. Azzara m'a promis que Mendoza arrêterait de les emmerder. Il m'a dit qu'il ne savait pas ce que ces gens étaient devenus, sauf que cette photo le montre avec eux et Mendoza. Miguel me dira où ils sont, Art. Il le sait.

— Non, je ne veux plus entendre parler de ça. Si je me retrouve sur la touche, qui aidera tous ces gosses ? Qui leur tendra la main ? Va-t'en, Joe. Sors d'ici !

Artie se détourna vers la fenêtre.

Pike jeta un coup d'œil à Marisol et sortit. Elle lui emboîta le pas comme un chien de garde hargneux, mais Pike s'arrêta dans le bureau et, baissant le ton, lui demanda :

— Il a de la fièvre ?

— Je ne sais pas. Pourquoi ?

— Vérifiez. S'il a de la fièvre ou des bouffées de chaleur, appelez-moi.

Elle croisa les bras, et son regard se durcit.

— Dommage que je n'aie pas été là, dit-elle. Je l'ai trouvé dans cet état le lendemain matin.

— Ils vous auraient tabassée aussi.

Les yeux noirs de Marisol rencontrèrent ceux de Pike.

— Peut-être que je les aurais butés.

Son regard se détourna, sans rien perdre de son intensité.

— J'étais prête à appeler la police, mais il n'a pas voulu.

— Parlez-lui, Marisol. Je veux Miguel.

— Vous croyez quoi, qu'il nous envoie des cartes de vœux à Noël ? Art ne sait pas où il habite. Il sait peut-être où il a grandi, mais Miguel nous a quittés il y a des années. C'est un *jefe*, maintenant.

Quelque chose allait au-delà du dédain dans sa voix, et Pike vit que la peau de son cou était imperceptiblement dépigmentée par une exposition au laser, un peu comme celle de Miguel Azzara.

— Vous avez été Maleva ?

Elle se redressa de toute sa hauteur – une fille des quartiers, qui avait grandi au milieu des gangs.

— Comme mon frère. Il s'est fait tuer.

Peut-être que je les aurais butés.

— Vous savez où Miguel vit ? Je dois le retrouver. Pour mes amis, et pour Art.

Elle acquiesça, mais mit du temps à répondre.

— Je connais des filles qui le connaissent. Elles sont même allées chez lui, dans sa super-baraque toute neuve.

Marisol passa un coup de téléphone. Quelques minutes plus tard, Pike disposait d'une adresse. Il fit halte sur le seuil en repartant.

— Surveillez sa température. Si elle grimpe, je reviendrai avec un toubib, que ça lui plaise ou non.

— Il ne veut pas avoir à payer. Il ne le dira jamais, mais je le sais bien. Tout son fric part dans Angel Eyes, et il n'y en a jamais assez.

— Ne vous inquiétez pas pour ça. Je paierai.

— Il ne vous laissera pas faire.

— Il n'aura pas besoin de le savoir.

Elle croisa encore une fois les bras, mais il y avait moins de colère dans son geste. Pike écouta l'animateur qui rabotait toujours son bardeau, faisant de son mieux pour renforcer le toit.

Azzara avait tellement mordu à l'hameçon du glamour hollywoodien qu'il avait émigré sur le Sunset Strip – difficile de s'éloigner davantage de ses racines, pour un gamin de Ghost Town. Il louait une petite maison de plain-pied dans une rue donnant sur Sunset Boulevard, derrière une enfilade de boîtes de nuit, de bars, de restaurants et d'immeubles résidentiels.

Ne voulant pas prendre le risque d'être coincé – ni repéré – devant la maison du *jefe*, Pike se gara deux rues plus loin et revint à pied.

En tournant au coin de la rue d'Azzara, il vit deux gardes et rebroussa nonchalamment chemin. Devant le mur d'enceinte de la maison, la Monte Carlo était à l'arrêt, avec Hector au volant. Un deuxième homme surveillait l'angle de l'allée, adossé au mur. La Tercel grise de Dru était garée derrière la Monte Carlo.

Pike traversa la rue au milieu d'une foule de piétons quand le feu passa au rouge et longea Sunset jusqu'à la rue suivante, dans le but d'approcher la maison d'Azzara par l'arrière. Mais au bout de l'allée, il s'immobilisa en repérant deux hommes dans un pick-up. Encore des gardes.

Pike revint au coin de la rue d'Azzara et se posta dans un magasin de cigares pour étudier les environs. Sur Sunset, il remarqua un vieux bâtiment commercial sur deux niveaux, dont le toit en terrasse portait un panneau d'affichage géant. Le panneau faisait face au boulevard, mais l'arrière projetait son ombre jusque sur le jardin d'Azzara.

Seize minutes plus tard, Pike montait sur la terrasse par un escalier de service. Il rampa jusqu'au bord du toit et étudia le panneau d'affichage maintenu au dos par un cadre de poutrelles entrecroisées. Sur le pilier central, une échelle permettait d'atteindre la passerelle qui faisait le tour complet du panneau.

Il grimpa jusqu'au cadre et s'avança sur la passerelle pour trouver le meilleur point de vue. Il dominait à présent une bonne partie du jardin et la façade arrière de la maison.

L'immense baie vitrée du salon ouvrait sur les lignes épurées d'une terrasse et d'une piscine rectangulaires. Dru Rayne était installée dans une chaise longue face à la piscine, le visage masqué par d'énormes lunettes de soleil. Wilson Smith se tenait debout à quelques pas en retrait, avec Azzara et trois autres Latinos dont le cow-boy aperçu au garage. Les cinq hommes riaient. Un autre cow-boy était assis dans un transat à l'autre bout de la terrasse, et il y en avait un de plus dans le salon, sur un canapé.

Une armoire à glace, au visage rugueux et aux bras constellés de tatouages de taulard, sortit de la maison avec une bouteille de bière ; Azzara quitta aussitôt le cercle pour lui céder la place. Sa déférence se voyait comme le nez au milieu de la figure. Azzara disparut dans la maison et revint peu après avec trois bouteilles brunes. Après en avoir tendu une à un cow-boy râblé d'un certain âge et une autre à Smith, il apporta la troisième à Dru. Elle le remercia d'un très charmant sourire, et Azzara rejoignit les autres.

Personne n'avait été enlevé.

Pike se sentait vide, comme une bulle dérivant sur l'eau : un vide emprisonné dans une fine pellicule, sans poids ni substance. Il se concentra sur la bulle. Il la força à se rétracter pour la faire disparaître. Et Pike ne sentait plus rien.

L'armoire à glace serra la main du cow-boy râblé. Ils échangèrent un sourire et puis un rire. Pour Pike, ça ne faisait aucun doute, le premier était un *veterano* de haut rang de *La Eme*, mais il s'interrogeait toujours sur le cow-boy.

Il était évident que Dru Rayne et Wilson Smith étaient là de leur plein gré et ne couraient aucun danger immédiat. Pike décida d'attendre un peu.

Une longue limousine noire s'engagea dans l'allée d'Azzara. Wilson, le cow-boy râblé et l'armoire à glace suivirent Azzara à l'intérieur de la maison, mais Dru ne bougea pas. Pike devait décider : surveiller la maison ou prendre la limousine en filature – sans savoir ce que feraient Wilson et Dru. Il aurait besoin de quelques minutes pour regagner sa Jeep ; il fallait qu'il se mette en mouvement sur-le-champ.

Pike choisit de suivre la limousine.

Il redescendit du panneau avec l'agilité d'une araignée et sprinta sur Sunset jusqu'à sa Jeep, craignant d'arriver trop tard. Mais lorsqu'il déboucha en voiture au bout de la rue d'Azzara, l'arrière de la limousine était encore visible dans l'allée. Cinq minutes plus tard, elle effectua une marche arrière puis s'approcha. Pike se plia en deux. Elle s'arrêta pile à sa hauteur, attendant une accalmie dans le trafic. Les vitres arrière opaques masquaient entièrement les passagers. La limousine finit par s'engager sur le boulevard. Pike laissa passer deux véhicules et démarra dans son sillage.

De La Cienega Boulevard, Pike la suivit jusqu'à l'autoroute I-10, puis elle prit vers l'ouest en direction de Santa Monica. À l'aéroport, Pike dut décrocher. La limousine roula jusqu'à un portail d'accès aux hangars qui s'ouvrit pour la laisser passer, puis s'immobilisa peu après à hauteur d'un jet privé – un Citation blanc. La porte de l'appareil était ouverte, la passerelle déployée.

Pike observa Wilson, Miguel Azzara, l'armoire à glace et le cow-boy râblé mettre pied à terre. Dru était restée à la maison.

Les quatre hommes s'approchèrent du jet et il y eut un nouvel échange de poignées de main. Après avoir tapoté l'épaule de Wilson comme s'ils étaient les meilleurs amis du monde, le cow-boy râblé monta à bord de l'appareil. Il releva lui-même la passerelle et ferma la porte, pendant que le reste du groupe s'en retournait vers la limousine.

Pike mémorisa le numéro de queue. XB-CCL. Le préfixe XB désignait un avion immatriculé au Mexique.

Après le départ du jet, l'armoire à glace passa un bras autour des épaules de Miguel Azzara et le gratifia d'une robuste accolade. Azzara lui ouvrit la portière avec son sourire de star, et remonta dans la limousine.

Pike en avait assez vu. Il redémarra, fit demi-tour et téléphona à Elvis Cole.

DANIEL décocha un rapide coup d'œil au sac à merde assis au volant de la Monte Carlo devant la maison ; ce connard était en train de piquer du nez. Daniel adorait les amateurs parce qu'ils étaient hyper-faciles à liquider, mais il y avait trop d'hommes du gang dans les parages pour qu'il se permette de passer à l'action.

Il continua à pied jusqu'au carrefour suivant et remonta dans la camionnette. L'AS DU DÉBOUCHAGE, proclamait le logo peint sur la carrosserie. SAUVEZ VOTRE JOURNÉE EN FAISANT APPEL À UN AS ! VOS CANALISATIONS DÉBOUCHÉES 24 HEURES SUR 24 ! Daniel l'avait choisie pour son absence totale de vitre arrière et parce qu'elle passerait inaperçue à peu près n'importe où. Il avait balancé son conducteur dans un local à poubelles derrière un restaurant nigérian de Long Beach.

Daniel avait suivi le Mexicain et les blaireaux qui l'accompagnaient depuis l'aéroport. Il savait qu'ils étaient tous à l'intérieur de la maison avec le cuistot et la serveuse. Les Boliviens avaient décroché la timbale en le rancardant sur le Mexicain, mais il lui fallait désormais trouver un moyen d'atteindre ses cibles.

Daniel fit le tour par Sunset. Il s'apprêtait à prendre l'allée qui longeait l'arrière de la maison d'Azzara quand il vit le grand mec aux flèches tatouées descendre d'une Jeep Cherokee rouge. Il le reconnut instantanément et fut envahi par une bouffée d'angoisse.

— Visez-moi ces flèches, dit Tobey.

— C'est le mec du pont, du pont, dit Cleo.

C'était la deuxième fois, et ça faisait une de trop. Daniel l'avait vu sur le canal, et voilà qu'il se repointait à cent mètres du cuistot et de la serveuse.

Daniel ralentit puis s'arrêta au feu. Le mec aux flèches atteignit le coin de la rue d'Azzara, s'y engagea, et fit tout à coup demi-tour pour se mêler à une grappe de piétons.

— Il les cherche, dit Tobey.

— On devrait le tuer, le tuer, dit Cleo.

Daniel secoua la tête. Il tenta de décrypter le mec aux flèches. Ça devait être un flic. De l'antigang, peut-être. Comment il serait au courant, sinon ? Mais un flic serait-il venu tout seul ?

Daniel bifurqua au carrefour suivant et reprit Sunset, cherchant des yeux la Jeep. Il la retrouva vite, nota son numéro d'immatriculation, et se gara sur un parking pour appeler le Bolivien.

Celui-ci lui demanda d'emblée si le boulot était fait.

— La situation est sous contrôle, monsieur, mais j'aurais quand même besoin de votre aide sur un point. Il y a dans le secteur un homme qui pourrait être policier. J'ai le numéro d'immatriculation de son véhicule.

Daniel énuméra les chiffres puis raccrocha. Le mec aux flèches faisait désormais officiellement partie du décor. Daniel décida de l'effacer s'il le revoyait, flic ou pas flic, histoire de l'empêcher de lui saloper le boulot quand il choperait le cuistot et la serveuse. Daniel avait besoin d'eux vivants – le plaisir de la mise à mort viendrait plus tard.

— Tue-les, dit Tobey.

— Coupe-leur la tête, la tête, dit Cleo.

C'était le plan. Leur couper la tête et les envoyer aux Boliviens. Les Boliviens aimaient les trucs gore.

Daniel arriva dans la rue d'Azzara et se gara face à Sunset Boulevard, de manière à garder un œil sur la situation. Il regardait le crétin de la Monte Carlo quand une limousine noire le doubla et s'engagea dans l'allée. C'était celle qui avait ramené le Mexicain de l'aéroport, ce qui voulait dire qu'il allait repartir.

Pendant que Daniel surveillait la limousine, un mouvement du côté du panneau d'affichage, entre les arbres, capta son attention. Il vit une silhouette descendre du pilier et comprit que c'était le mec aux flèches. Trente secondes plus tard, au feu rouge, ce dernier courut vers sa Jeep. Lui aussi avait dû voir rappliquer la limousine. Et il voulait la prendre en filature.

Le Mexicain, Azzara, un gros truand et le cuistot sortirent pour embarquer dans la limousine. Daniel sentit son cœur bondir en voyant le cuistot et se redressa sur son siège.

— Non ! Pas toi ! Reste. Ne pars pas avec eux !

Le cuistot et la serveuse se séparaient. Le cuistot mettait les voiles avec le Mexicain pendant que la serveuse restait chez Azzara. Daniel s'était fait avoir comme un bleu !

Les voix l'aidèrent à réfléchir.

— La serveuse est là, il faut la choper, roucoula Tobey.

— Chope la serveuse et le cuistot suivra, il suivra, murmura Cleo.

Daniel comprit qu'ils avaient raison. Il laissa la limousine disparaître au coin de Sunset.

Il allait d'abord choper la serveuse. Il s'occuperait du cuistot après, et tout serait réglé.

LE téléphone coincé sous l'oreille, Cole s'efforça de concilier ce que lui disait Pike avec ses propres informations. Tout se passait comme si son ami lui décrivait une réalité différente de celle que lui-même tentait d'appréhender.

— Tu es en train de me dire qu'ils ne sont pas du tout traités comme des prisonniers.

— J'ai vu quatre gardes à l'extérieur de la maison. Quand on poste des gardes à l'extérieur, ce n'est pas pour empêcher quelqu'un de sortir, c'est pour empêcher quelqu'un d'entrer.

— Je ne pige pas. Comment ces mecs du Trece qui voulaient racketter Smith il y a trois jours ont-ils pu l'inviter chez eux ?

— La façon dont ils se sont serré la main suggère qu'ils sont en relations d'affaires, et le jet privé mexicain que c'est une grosse affaire.

— Tu as le numéro de queue ?

Pike le lui donna, et Cole en prit note.

— OK, je vais tâcher de trouver le nom du proprio. Tu fais quoi, là ?

— Je retourne chez Azzara.

— Passe d'abord ici. Je veux y aller avec toi. Je me demande pourquoi un gang lié au Trece et des cow-boys mexicains voyageant en jet privé fricoteraient avec un cuistot.

— C'est ce qu'on va découvrir. J'arrive.

Cole passa dix minutes à tenter d'identifier le propriétaire du Citation XB-CCL, en vain. Il était toujours en attente sur une ligne de la FAA[1] quand l'écran de son téléphone lui signala un appel de Lucy Chenier. Il laissa en plan la FAA et prit Lucy.

— Elvis ? Tu peux parler ? demanda-t-elle.

— Absolument. Tu as trouvé quelque chose ?

1. Federal Aviation Administration.

— Je vais mettre le haut-parleur. Terry est à côté de moi.

— Salut, Terry, dit Cole. Et merci pour le coup de main.

— C'est bien normal, Elvis.

Terry avait une voix de velours et un net accent de la Louisiane. Né dans une famille de policiers, il avait lui-même été flic avant de mener des enquêtes privées pour le cabinet de Lucy.

— Je t'envoie deux photos par mail, dit Lucy. Dis-moi si ces deux personnes sont celles que tu connais sous les noms de Dru Rayne et de Wilson Smith.

Le mail était déjà dans sa boîte de réception quand Cole l'ouvrit. Il ne fut pas surpris de voir apparaître le portrait anthropométrique de Smith. Quant à Dru Rayne, un instantané la montrait derrière le comptoir d'un bar, un sourire malicieux aux lèvres.

— Oui, dit-il. C'est eux.

— Nom de nom ! s'exclama Terry, apparemment satisfait.

— Nous tenons ce que nous allons te dire d'un enquêteur haut placé du DOJ de l'État, annonça Lucy. Vous avez mis les pieds dans un truc chaud bouillant. Le DOJ enquête sur une série de meurtres liés à cette affaire, et la liste continue de s'allonger.

Cole fixa le cliché anthropo de Smith.

— Smith est un assassin ?

— Probablement, mais, en l'occurrence, il ne s'agit pas de lui. Au moins huit meurtres, peut-être neuf, ont été commis par la ou les personnes qui cherchent à mettre la main sur votre Wilson Smith.

Un fourmillement glacial envahit le plexus de Cole.

— Il les a trouvés. Il est là.

— Comment le sais-tu ?

Cole les informa du décès de Mendoza et de Gomer. Il entendit Terry inspirer profondément.

— Smith s'appelle en réalité William Allan Rainey. Il a longtemps pratiqué la contrebande d'argent sale pour des truands d'ici en cheville avec un cartel bolivien. D'après mon contact, il a très probablement sorti six ou sept cents millions de dollars du pays avant de raccrocher.

Le trafic de drogue générait d'énormes quantités de cash, et le principal problème des narcotrafiquants était de les rapatrier dans leur pays.

— Sortir du pognon en douce ne justifie pas un dossier sous scellés, observa Cole.

— Ça, c'est la DEA[1]. Ils lui sont tombés dessus et ils ont conclu un deal avec lui pour qu'il leur livre des infos sur le cartel.

— Il est devenu indic.

— Oui, pendant deux ou trois ans. Rainey et la fille ont disparu deux semaines avant Katrina avec douze millions de dollars appartenant aux Boliviens. Depuis, ils sont introuvables.

Cole se laissa aller en arrière sur sa chaise.

— Douze millions? Vous me faites marcher.

— Les patrons du cartel ont mis à prix la tête de Rainey – un million de dollars – et demandé à un spécialiste de s'occuper de son cas.

— Un spécialiste de l'assassinat, vous voulez dire?

— Un spécialiste dans l'art de retrouver les gens que les Boliviens veulent retrouver – et de faire à ces gens tout ce que les Boliviens veulent qu'on leur fasse. Au DOJ, ils l'ont surnommé l'exécuteur. Voilà le type d'individu auquel vous êtes confronté.

Cole attendit en frissonnant la suite des explications.

D'après son contact au DOJ, William Allan Rainey était poissonnier en gros : il achetait des crevettes et du poisson aux pêcheurs locaux pour les revendre aux restaurants. C'est à cette époque-là que Rainey avait fait la connaissance des truands à la solde du cartel bolivien. Les Boliviens étaient en quête de nouvelles filières pour rapatrier leur cash, et Rainey en avait une à leur proposer. Ses relations quotidiennes avec les pêcheurs lui avaient permis de recruter des candidats au transport de cargaisons douteuses.

— Et Rainey a raconté tout ça à la DEA?

— Oh que non! De temps à autre, il les tuyautait sur une livraison de came ou leur balançait un sous-fifre. Juste assez pour qu'on lui fiche la paix. Puis tout a pété.

— Qu'est-ce qui s'est passé?

— La fille, répondit Lucy. Dru Rayne s'appelle en réalité Rose Marie Platt. Rainey a fait sa connaissance alors qu'elle travaillait dans un resto pour un certain Tolliver James. Elle vivait avec James.

— Au bout de quelques mois, reprit Terry, elle a rompu avec James et s'est mise en ménage avec Rainey. Et quinze jours avant la tempête, Rainey et Rose Platt se sont fait la malle. Le même jour, un pêcheur de crevettes nommé Mike Fourchet a pris la mer. Son rafiot

1. Drug Enforcement Administration.

a été retrouvé le long d'un appontement de Quarantine Bay. Fourchet avait été abattu d'une balle dans la nuque.

— Et Fourchet était un des pêcheurs de Rainey ?

— C'est ce qui a permis à la DEA de faire le rapprochement. Ils ont trouvé son nom dans les factures de Rainey. Et la bave leur est venue aux lèvres quand ils ont appris que l'ex de la nana, Tolliver James, avait été assassiné pendant la tempête.

— Par Rainey ?

— Aucune chance. Non, la DEA pense que c'est votre spécialiste qui a fait le coup. James a été battu à mort et très longtemps, comme si on l'avait torturé.

— Vous avez dit que Rainey était probablement un assassin.

— Les inspecteurs chargés du meurtre de Fourchet ont découvert que Rainey lui avait apporté les douze millions de dollars le matin où il a pris la mer pour la dernière fois. Ils pensent que Rainey l'a rejoint un peu plus tard. Ce qui est sûr, c'est que Rainey et Rose Platt se sont tirés avec le fric.

— Fourchet a été assassiné par Rainey ?

— Tout le monde ici en est persuadé, y compris les Boliviens. C'est pour ça qu'ils ont mis leurs têtes à prix et fait appel à ce tueur. Il les pourchasse depuis plusieurs années.

— Vous savez qui c'est ?

— Je ne sais rien de plus que ce que je vous en ai déjà dit. On l'appelle l'exécuteur. Quel autre nom lui donner… Ah, j'y pense, un dernier détail : les gens qu'il a tués avaient tous des liens avec Rainey et Platt – soit ils faisaient partie de leurs familles, soit ils avaient travaillé avec eux, soit ils étaient susceptibles de savoir où les trouver. Il a grignoté du terrain en liquidant leurs parents et amis. Comme James.

Il y eut un nouveau silence, auquel Cole mit fin en raccrochant, après avoir promis à Lucy de la rappeler, puis il imprima les nouvelles photos de Wilson et de Dru. Ou plutôt de William Rainey et de Rose Platt.

— C'est de mieux en mieux, grommela-t-il.

Il entendit Pike se garer devant chez lui au moment où le deuxième tirage sortait de son imprimante et alla l'accueillir dans la cuisine. Cole lui trouva l'air fatigué, le visage hâve, les traits tirés. Pike but une bouteille d'eau entière sans reprendre son souffle.

— On tient enfin quelque chose. Lucy a découvert leur identité. Les nouvelles ne sont pas bonnes.

Adossé au plan de travail, les bras croisés, immobile, Pike écouta Cole relater ce qu'il venait d'apprendre.

— Qu'est-ce que tu vas faire ?

— Appeler la police.

— Bien. Je crois que c'est le bon choix. Tu as le numéro de Button ?

Pike plongea une main dans sa poche, mais son portable se mit à vibrer avant même qu'il l'ait sorti. Il vibra une deuxième fois pendant que Pike fixait le numéro affiché sur l'écran. Cole se demanda ce qu'il attendait. Pike leva les yeux à la troisième vibration.

— C'est Dru.

10

ELLE n'avait pas utilisé son téléphone depuis trois jours mais voilà que son prénom, Dru, illuminait le petit écran du portable de Pike.

Il porta doucement l'appareil à son oreille.

— Allô ? souffla-t-il, les yeux rivés sur Cole.

— Willie, tu dois lui donner l'argent vite donne-le-lui il me tient il…

L'explosion de mots s'interrompit net, comme tranchée par la hache d'un bourreau.

— Alors ? demanda Cole en faisant un pas en avant. C'était elle ?

Pike leva le doigt pour lui signifier de patienter pendant qu'il la rappelait, mais son appel bascula directement sur la boîte vocale de Dru.

— Qu'est-ce qu'elle t'a dit ?

— Elle m'a appelé Willie. Comme si elle s'adressait à Rainey. Elle l'a supplié de donner l'argent. Elle a dit qu'il la tenait. C'est tout.

— Qui la tient ? L'exécuteur ?

— C'est ce que je crois comprendre.

Pike se repassa mentalement les paroles de Dru. Même si elle lui avait paru sincère, peut-être appelait-elle depuis le bord de la piscine d'Azzara, entourée de cow-boys applaudissant ses talents de comédienne.

— Allons voir si Dru est toujours chez Azzara.

— Rose.

Pike se figea sur le seuil, sans comprendre.

— Elle s'appelle Rose, poursuivit Cole. Pas Dru.

— Il est possible qu'elle ait dit la vérité et que le tueur lui ait mis la main dessus. Allons jeter un coup d'œil chez Azzara.

La Jeep de Pike dévala Laurel Canyon jusqu'à Sunset puis fila plein ouest vers l'adresse d'Azzara. En chemin, Pike décrivit à Cole le plan de la maison et la position des gardes. Il se gara à une centaine de mètres du panneau d'affichage, l'entraîna jusqu'au coin de la rue et lui demanda d'observer les abords de la maison.

La Monte Carlo et la Tercel étaient toujours garées devant la maison d'Azzara, mais il n'y avait personne en vue.

— Il y avait un garde dans l'allée privative, et un autre dans la Monte Carlo. Tu les vois ?

— Je vois la Monte Carlo. Mais pas de garde, dit Cole. Ces mecs ne me connaissent pas. Attends, je vais aller voir ça de plus près.

Cole descendit sur le trottoir comme un piéton lambda. Pendant que Pike surveillait l'allée et les véhicules environnants, il passa devant la maison sans que personne se manifeste. Il s'immobilisa à hauteur de la Monte Carlo, considéra longuement l'habitacle, et fit signe à Pike d'approcher.

Pike le rejoignit au trot, sachant déjà, au masque impassible de Cole, qu'il s'était passé quelque chose.

— Regarde.

Pike distingua le corps et s'approcha de la Monte Carlo. Couché en chien de fusil sur la banquette avant, un homme semblait dormir sur un coussin de satin rouge. Hector.

Pike se retourna vers la maison.

— Par les côtés, dit-il. Toi à droite, moi à gauche. Tout l'arrière est vitré.

Ils se séparèrent sans un mot, Cole traversant en diagonale le jardinet de devant pendant que Pike remontait l'allée privative. Pike escalada le portail latéral et courut jusqu'à la façade arrière tout en sortant le 357 dissimulé sous son sweat-shirt. Cole émergea à l'autre bout de la terrasse au moment où Pike surgissait au coin de la maison.

La bouteille de bière de Dru, aux trois quarts pleine, attendait sur la terrasse à côté de sa chaise longue. Le cow-boy que Pike avait vu assis seul dans son coin gisait sur le sol jambes écartées, son impeccable chapeau crème à l'envers à un mètre de là. L'immense baie vitrée était toujours grande ouverte, offrant à Pike et Cole une vue dégagée sur l'hécatombe.

— La vache! souffla Cole.

Le cow-boy de l'atelier de carrosserie était vautré dans un canapé, toujours coiffé de son chapeau mais la tête en arrière, comme s'il était absorbé dans la contemplation du plafond. Un jeune tatoué du Trece était affalé près d'une grande table basse, les yeux ouverts, mais aveugles.

Cole entra dans la maison. Le cadavre d'un deuxième homme du gang était allongé au pied de l'îlot central de la cuisine, et un autre cow-boy s'était écroulé devant la porte des toilettes. Un pistolet Heckler & Koch noir reposait sur le sol à proximité de son corps.

— Aucun n'a eu le temps de tirer un seul coup de feu, murmura Cole. Je comprends qu'ils l'appellent l'exécuteur.

Pike se dirigea vers un petit couloir.

— Je prends les chambres, occupe-toi du garage.

Il avança jusqu'à une première chambre, où il découvrit des vêtements appartenant à Rainey et à Dru. La chambre suivante, envahie de futons et de sacs de couchage, devait avoir hébergé les gardes du corps. La dernière était celle d'Azzara. Pike les explora toutes en un clin d'œil et revint en courant dans le vaste séjour. Accroupi devant le cow-boy du canapé, Cole leva les yeux.

— Tu en as trouvé d'autres?

— Non, dit Pike en secouant la tête. Le garage?

— Vide. Azzara n'est plus là, mais regarde ça.

Cole brandit le portefeuille du cow-boy et le rabat s'ouvrit sur un insigne orné d'une photo, d'une étoile bleu et or et de l'inscription POLICIA FEDERAL – MEXICO.

— Des *federales*. Qu'est-ce qu'ils fichaient ici, à ton avis?

— Le cow-boy de la terrasse et celui des chiottes ont le même, et les trois portaient un HK. L'arme de service des *federales*.

Pike secoua la tête. Peu lui importait de savoir qui étaient ces hommes ou ce qu'ils faisaient là. Seule comptait Dru.

— La limousine a dû ramener Azzara, Rainey et le *veterano* ici.

Ils ont découvert ce carnage, et ils se sont tirés. La Tercel n'a pas bougé, ce qui veut dire que Rainey est reparti avec Azzara.

— Qu'est-ce que tu veux qu'on fasse?

— Appelons les flics. On localisera Azzara plus vite avec eux.

Cole téléphona à Button. Il lui dressa un portrait sommaire de William Allan Rainey et de Rose Marie Platt, en promettant plus de détails dès qu'il les aurait rejoints.

Ils retournèrent attendre l'arrivée de la police dans la Jeep. Pike sentait chaque seconde s'égrener jusque dans ses veines. Cole lâcha deux ou trois phrases auxquelles il ne répondit pas. Pike pensait à Dru et se demandait pourquoi elle l'avait appelé à l'aide.

DANIEL arracha le portable à la fille, la fit rouler sur le ventre et lui ligota les poignets dans le dos. L'avantage de piquer la camionnette d'un plombier, c'était qu'il y avait plein de choses utiles dedans. De l'adhésif, de la corde, du câble.

La fille resta muette et ne le regarda pas, ce qui lui allait très bien. Une fois ses poignets entravés, il la retourna comme une crêpe et lui scotcha la bouche avec un gros rectangle d'adhésif argenté qui lui donnait de faux airs de robot. Il la préférait comme ça.

Ils étaient sur un parking de Wilshire Boulevard, pile en face des La Brea Tar Pits[1]. Daniel aimait bien la statue du mammouth à l'agonie en train de s'enfoncer dans le goudron. Il prit plaisir à imaginer ce gros couillon se noyer là-dedans.

Son téléphone sonna au moment où il remontait à l'avant de la camionnette. Daniel répondit de sa voix la plus professionnelle, la plus lèche-couilles.

— Ici Daniel. Avons-nous du nouveau sur la plaque?

Au lieu de lui répondre, ce foutu Bolivien se lança dans un déluge de conneries qui se termina par la question rituelle. Il répondit :

— Oui, monsieur, j'ai Mlle Platt. Non, monsieur, M. Rainey est actuellement avec son ami mexicain, mais je l'aurai dans quelques minutes.

Bla-bla, jurons. Bla-bla, jurons.

— Avez-vous des renseignements sur la plaque d'immatriculation, monsieur? J'aimerais savoir à qui j'ai affaire.

1. Ensemble de puits de goudron contenant toutes sortes de fossiles issus de la dernière glaciation américaine, le site a été aménagé en un vaste parc.

Le Bolivien se mit à vomir ses infos sur le mec aux flèches. Il s'appelait Pike. C'était un ancien marine devenu flic, puis mercenaire.

— Un mercenaire ? Vous en avez la preuve ?

Daniel écouta la suite en redoublant d'attention. Le mec aux flèches avait dit merde à la grande maison et depuis, travaillait pour le gratin des sociétés militaires privées de Londres et de Washington partout dans le monde, y compris en Amérique centrale. « Chouette », pensa Daniel en se demandant si leurs chemins avaient pu se croiser.

— On sait pour qui il travaille ?

Le Bolivien n'eut pas grand-chose à répondre. Ils étaient en train de se renseigner, ils continuaient à chercher, et bla, bla, bla. Daniel se demanda s'il faisait exprès de rester évasif.

— Il faut que je vous laisse, monsieur. La prochaine fois, j'aurai d'autres bonnes nouvelles pour vous. C'est promis.

Il raccrocha.

Le mec aux flèches avait dû entendre parler de la prime et se mettre sur le coup en free-lance. Ça allait très bien à Daniel. Vu la façon dont il s'était pointé sur le canal, puis était descendu du panneau d'affichage, ce type était ultra-dangereux. Daniel allait devoir se méfier.

— Il va falloir faire gaffe, dit Tobey.

— Gaffe à nous, à nous, dit Cleo.

Daniel reprit le portable de la fille et se tourna vers elle. Toujours allongée dans le fond, elle faisait la morte. Tant mieux. C'était comme ça qu'il les aimait.

Les morts valent mieux que les vivants.

Les deux extrémités de la rue d'Azzara étaient barrées par des voitures pie quand Button et Furtado arrivèrent sur les lieux. Des barrières du LAPD et des rubans de police isolaient déjà la maison de la chaussée, et la Monte Carlo d'Hector était masquée par un paravent.

Button bombarda Pike et Cole de questions en arpentant avec eux le théâtre du carnage, mais Pike voulait qu'il se concentre sur Azzara.

— On pense qu'il est repassé par ici après l'aéroport, dit-il, car sa voiture a disparu. Une Prius noire. Retrouvez son numéro d'immatriculation et transmettez-le au commandant des patrouilles.

— C'est Azzara qui a tué tous ces gens ?

— On vous a déjà dit qui les a tués, répliqua Cole. Azzara tient probablement Rainey, et l'un ou l'autre devrait pouvoir nous aider à localiser Rose Platt.

Il montra à Button le portrait anthropométrique de Rainey.

— J'ai noté le numéro de dossier au dos, ajouta-t-il. Appelez le DOJ de la Louisiane. Ils vous confirmeront notre version.

Button étudia l'image en contractant les mâchoires et finit par la tendre à Furtado.

— Passez-leur un coup de fil. Voyez si vous arrivez à trouver quelqu'un qui est au courant. Avant, procurez-vous le numéro d'immatriculation d'Azzara et envoyez-le au commandant des patrouilles. Dites-lui qu'il est soupçonné d'homicides multiples.

Il la laissa partir et se retourna vers Pike.

— Douze millions de dollars, et ce mec vend des sandwichs à Venice ?

Juste après le départ de Furtado, un inspecteur de l'antigang du nom d'Eduardo Valenti leur fit signe d'approcher du cadavre affalé près de la table basse.

— Celui-là aussi, je le connais. Bobby Ruiz, alias Lil Rok. Un Malevo de Ghost Town pur jus.

Leurs noms n'intéressaient pas Pike. Toutes les patrouilles de Los Angeles devaient d'ores et déjà être en train de chercher la Prius d'Azzara. Il n'en demandait pas davantage. La suite, il s'en chargerait lui-même. Il vit Straw entrer dans l'immense salon et présenta sa carte à un agent en tenue, qui lui montra Button.

Pike s'approcha de la chaise longue où il avait vu Dru Rayne se prélasser au soleil. Il s'assit là où elle s'était assise et considéra longuement sa bouteille de bière. Il rouvrit son téléphone et l'appela. Messagerie. Il rempocha l'appareil et réfléchit à ses choix tout en observant Cole, Button, Straw et Valenti qui discutaient. Straw l'aperçut et lui adressa un signe de la main auquel il ne réagit pas.

Le coup de fil de Dru indiquait que le tueur la garderait en vie jusqu'à ce qu'il mette la main sur Rainey. Il l'utilisait comme appât, ce qui ne voulait pas dire qu'il resterait les bras croisés en attendant Rainey. C'était un prédateur, donc il allait demeurer en chasse. Il devait être en train de suivre une piste en ce moment même, pendant que Pike réfléchissait au soleil sur une chaise longue d'Azzara. Anticiper les réactions du tueur lui était facile, mais il était moins sûr de lui quant à Rainey.

Il ne savait pas s'il négocierait avec le tueur ou s'il préférerait fuir. L'appel de Dru suggérait que l'argent était en sa possession ; il y avait donc de grandes chances qu'il opte pour la fuite. D'autant qu'Azzara ne lui laisserait peut-être pas le choix, même s'il avait envie de rester. Ses relations d'affaires, de quelque nature qu'elles soient, avec Azzara et les Mexicains risquaient de lui valoir un embarquement forcé à bord d'un jet privé.

Il en était là de ses réflexions quand Button sortit et l'appela.

— Hé, Pike, laissez tomber la bronzette et venez un peu par ici. Valenti a une question pour vous.

Pike rejoignit les autres à l'intérieur.

— Ce type que vous avez décrit comme un *veterano*, demanda Valenti, vous avez parlé d'un fantôme sur son bras, exact ?

— Oui.

Valenti se tourna vers Button.

— José Eschuara. Il a été surnommé le fantôme parce qu'il bute ses victimes par-derrière – elles ne le voient jamais.

— Quelle créativité, dit Cole.

— Eschuara est un gros poisson – un ponte de *La Eme*. S'il est venu rencontrer les *federales* – et à condition que ces mecs soient vraiment des *federales* –, on peut parler d'une réunion au sommet. Largement au-dessus du niveau d'Azzara.

— Merci, Eddie, dit Button. Tâchez de nous dégotter une photo de lui. On la montrera à Pike.

Pendant que Valenti s'en allait, Straw examina le cow-boy mort sur le canapé.

— Ils ont été tués par le même individu que Mendoza et Gomer ?

— Il semblerait. Un tueur bolivien, d'après Cole. Rainey a travaillé pour un cartel bolivien.

Straw jeta un regard incrédule à Pike et à Cole.

— Vous êtes sûrs de ça ?

— Ces nouvelles sont toutes fraîches, répondit Cole. On en saura un peu plus après si on arrive à joindre l'antenne louisianaise du FBI. Le dossier est chez eux.

Straw haussa les sourcils.

— L'antenne louisianaise ? OK, je vais leur passer un coup de fil. Ils se bougeront peut-être plus pour un collègue. Ils ont peut-être aussi l'identité du malade qui a fait ça.

Cole reçut un appel sur son portable et quitta la pièce pour le prendre.

— Vous avez demandé à vos gars s'ils se souvenaient de quelqu'un? l'interrogea Pike.

— Ouais. Ça ne leur dit rien.

Button fronça les sourcils, soupçonnant les deux hommes d'avoir eu une conversation dont il ignorait tout.

— De quoi est-ce que vous parlez?

— Du tueur. Straw a été en planque devant le snack. Sa caméra l'a peut-être filmé.

— Je leur demanderai de vérifier, mais je vous l'ai déjà dit, on ne s'intéressait qu'au gang. À moins que ce mec ne soit venu rôder autour de la boutique en même temps que les gros bras d'Azzara, on n'aura rien sur lui.

Pendant que Straw partait appeler ses hommes, Cole effleura le bras de Pike.

— Lou Poitras va arriver, dit-il.

Lou Poitras dirigeait la brigade criminelle du commissariat de Hollywood, et la tuerie relevait de sa juridiction. C'était un des meilleurs amis de Cole mais il détestait Pike.

— C'est une bonne chose pour nous, ajouta Cole. Lou me tiendra au parfum, mais il veut que je l'attende.

— Je vais chercher Dru. Je vais commencer par le garage.

— OK. Je t'appelle dès que j'ai du neuf.

Pike s'éloigna de quelques pas puis fit halte.

— Merci de ne pas me rappeler qu'elle s'appelle Rose.

Il partit avant que Cole ait pu répondre.

PIKE ne voyait pas Azzara se réfugier à l'atelier de carrosserie, mais c'était son seul point de départ. Si Azzara avait besoin de changer de véhicule ou d'un coup de main pour quitter le pays, il se tournerait vers des personnes de confiance.

Pike mit plus d'une demi-heure à regagner Venice. Il n'était plus très loin du garage quand Cole lui téléphona.

— Tu es où?

Pike lui expliqua où il allait et pourquoi.

— Ne te fatigue pas. Azzara et Eschuara sont morts.

Pike leva le pied et se rangea le long du trottoir.

— Et Rainey?

— Introuvable. J'imagine que Rainey et les mecs du Trece n'ont pas réussi à se mettre d'accord sur un plan. On dirait qu'il les a butés dans la bagnole, puis il a largué les corps et s'est tiré. On n'a aucune trace de la Prius.

Pike réfléchit un moment.

— Button a eu le temps de joindre les enquêteurs de la Louisiane?

— Ouaip. Ils doivent lui envoyer le dossier par mail.

— Ils ont la photo de l'exécuteur?

— Non. Il n'y aura pas de photo.

— Tiens-moi au jus.

Pike referma son portable. En toute logique, il pensait que quelqu'un du garage aurait des nouvelles d'Azzara, mais sa mort changeait tout, et il décida de se concentrer sur Rainey. Avec douze millions de dollars, l'homme pouvait s'être payé des maisons, des apparts et des voitures un peu partout en ville. À moins qu'il ne soit en train de quitter la marina à bord d'un yacht, pendant que lui-même restait en rade sur le trottoir.

Pike repensa à la façon dont Dru l'avait appelé, en faisant semblant de parler à Rainey. Peut-être ignorait-il qu'elle était aux mains du Bolivien?

Pike retrouva le numéro de Rainey dans son répertoire et tenta sa chance. La messagerie se déclencha dès la première sonnerie. Il laissa un message :

— Il la tient.

Pike donna son numéro, puis il appela Straw.

— Jack Straw, j'écoute.

— Quand est-ce que vous allez vérifier les images?

— Un de mes gars travaille dessus en ce moment même.

— La Louisiane n'a aucune photo du Bolivien.

— Je sais. J'ai eu un collègue de là-bas il y a vingt minutes. C'est pour ça que je viens de mettre Kenny sur les images. S'il remarque le moindre individu suspect, il me le signalera.

Straw raccrocha.

Pike pensa à Rainey. Il avait fui pendant des années, sauf cette fois, et les gens ne changent jamais de mode opératoire sans une excellente raison. Au lieu de prendre la tangente, Rainey et Dru étaient allés se réfugier sous le toit d'Azzara tout en laissant un certain nombre d'affaires chez Brown, ce qui suggérait qu'ils envisageaient de retourner à Venice. Peut-être Rainey avait-il aussi laissé chez Brown quelque chose qu'il voudrait récupérer avant de partir pour de bon.

Pike retourna au canal. La police avait barré toutes les rues du quartier. Il laissa sa Jeep sur le boulevard non loin de la passerelle. Il se retrouva sur le site où Gomer s'était fait égorger. Il observa les flics en tenue et en civil, occupés à perquisitionner le domicile de Brown.

Un certain nombre de curieux s'étaient massés autour des passerelles et le long de la piste cyclable. Pike chercha en vain Rainey parmi la foule de visages. Le tueur bolivien faisait peut-être partie du lot. Si cet homme était toujours à la poursuite de Rainey, il pouvait tout à fait rôder dans les parages pour la même raison que Pike.

Pike observa les passerelles, les façades. Rainey rebrousserait certainement chemin s'il se pointait maintenant pour récupérer quelque chose chez Brown, mais il reviendrait après le départ des flics. Faute d'une meilleure piste, Pike décida d'attendre.

Quarante minutes plus tard, il remarqua deux hommes qui venaient de se détacher de la foule au bout de la passerelle. Les agents spéciaux Straw et Kenny présentèrent leurs cartes au policier en tenue qui filtrait l'accès au quartier, et celui-ci les laissa aussitôt passer. Ils quittèrent le champ de vision de Pike en atteignant l'autre rive, mais réapparurent peu après dans le jardin de Rainey.

Ils discutèrent un moment, puis contemplèrent la maison comme s'ils faisaient face à une énigme insoluble. Pike se demanda si Kenny avait déjà fini le visionnage, ou si Straw s'était payé sa tête.

Il appela l'agent spécial sur son portable. Straw répondit.

— Allô ?

— Ici Pike. Vous en êtes où pour les images ?

— Vous commencez à me gonfler, vous savez. C'est en cours.

— Kenny a déjà quelque chose ?

— Non, Pike, je vous ai déjà dit que je vous tiendrais au courant, mais vous passez votre temps à me relancer et ça ne fait que nous ralentir. Fichez-moi la paix !

Pike vit Straw fermer son portable et dire quelque chose à Kenny, qui éclata de rire.

Il regagna sa Jeep au trot, longea au ralenti Venice Boulevard et trouva finalement la Malibu verte des fédéraux. Puisque Straw ne voulait pas visionner ces enregistrements, il allait s'en charger lui-même.

Des sacs marins et des duvets étaient empilés sur la banquette arrière de la Malibu. Après s'être assuré que personne ne le regardait, il ouvrit une portière au moyen d'une clé de serrurier.

Cherchant la housse de la caméra, il décida d'ouvrir les sacs. À peine eut-il ouvert le second sac qu'une épaisse enveloppe en papier kraft lui sauta aux yeux. Un nom était écrit à la main dessus.

Rainey.

L'état de l'enveloppe et l'encre délavée lui indiquèrent qu'elle n'avait rien de récent. Jack Straw n'était pas franc du collier.

Il y trouva un certain nombre de rapports et de documents sur William Allan Rainey, à l'en-tête de la DEA. Ils paraissaient authentiques et contenaient, entre autres, de mauvaises photocopies en noir et blanc d'images de vidéosurveillance. À l'instar de l'enveloppe, ils portaient tous la marque du temps avec leurs bords écornés, leurs traces de café et les notes griffonnées dans les marges. En les feuilletant, Pike tomba sur une photo floue de Rose Marie Platt. Malgré la médiocre qualité de l'image, qui rendait la jeune femme quasi méconnaissable, il sut immédiatement que c'était elle.

Il rangea le tout à l'intérieur de l'enveloppe et se remit à chercher la caméra. Il la découvrit quelques secondes plus tard au fond du sac marin, le referma, puis replaça les bagages et les duvets dans la position où il les avait trouvés sur la banquette.

L'envie le tenaillait maintenant de savoir à quel jeu jouait Straw. Il regagna sa Jeep avec l'enveloppe et la caméra, roula sur quelques centaines de mètres et se gara à nouveau dans une rue tranquille.

Il commença par la caméra. Après avoir cerné son fonctionnement, il visionna quelques secondes d'images. Il activa l'avance rapide, puis se mit à sauter d'une séquence à l'autre pour balayer encore plus large. Un nœud dur comme une pierre se forma entre ses omoplates. Grossissant un peu plus à chaque scène, il lui prit bientôt tout le dos.

Straw et son équipe de surveillance n'avaient jamais filmé Azzara ni ses hommes de main. Ils suivaient les allées et venues de Rainey et de Dru. Entrant ou sortant du snack. Entrant ou sortant de la maison. Dru dans le jardin. Rainey au volant de leur Tercel.

Ces images ne firent que confirmer ce que soupçonnait Pike depuis qu'il avait découvert l'enveloppe fatiguée au nom de Rainey. L'agent spécial Jack Straw était un menteur. Son équipe et lui n'avaient jamais eu Miguel Azzara dans le collimateur. Ils connaissaient depuis le début l'identité de Wilson et de Dru. Leurs véritables cibles s'appelaient Rainey et Platt.

Pike posa la caméra et s'attaqua à la liasse de documents. Elle se composait surtout de comptes rendus de rendez-vous ou de conversations entre Rainey et un agent de la DEA nommé Norman Lister, chargé apparemment de son cas. La plupart dataient de l'époque où Rainey jouait les indics, mais d'autres étaient postérieures à sa disparition. Pike les mit de côté, Rainey ne l'intéressait pas. Il voulait des informations sur Dru.

Il feuilleta les pages pour retrouver la photo de Rose Marie Platt qu'il découvrit derrière plusieurs feuillets agrafés. Le premier résumait les déclarations d'un certain nombre de personnes de l'entourage de Rainey : comment elles avaient connu Rose Platt, et ce qu'elles savaient, le cas échéant, de ses relations avec lui.

Puis il y avait la mère de Rose et deux hommes présentés comme ses frères. Ils affirmaient être sans nouvelles de leur sœur depuis cinq ou six ans. La mère se plaignait de ce que sa fille ne lui avait plus fait signe depuis presque dix ans. Rose était alternativement décrite comme une rebelle, une camée, une égoïste et une salope.

Pike survola les documents suivants, mais s'arrêta à la photocopie du mandat d'arrestation au nom de Rose Marie Platt. Il était accompagné d'une fiche de renseignements avec une seconde photo de Dru, son signalement, ainsi que diverses informations utiles aux enquêteurs, dactylographiés avec soin dans les cases correspondantes.

Pike examina la fiche avec une extrême attention. Selon les enquêteurs, Rose Marie Platt était née à Biloxi, dans le Mississippi. Elle s'était mariée trois fois, la première à dix-sept ans, la deuxième à dix-neuf et la troisième à vingt-deux. Les deux premiers mariages avaient été célébrés à Biloxi ; le dernier à Slidell, en Louisiane. Les noms et dernières adresses connues des trois hommes étaient cités, suivis chaque fois d'un descriptif laconique : DVR, SS EFT, c'est-à-dire divorcé, sans enfants.

Pike repensa à la petite fille de la photo que lui avait montrée Dru. Il la voyait aussi clairement que si elle était sous ses yeux. Amy. Une gamine mignonne au sourire radieux, debout à côté d'un canapé. *L'amour de ma vie.*

Le formulaire dressait la liste de ses parents, frères et sœurs. Les noms des parents apparaissaient en premier, puis ceux des deux frères, également dactylographiés. Dessous, la case « sœurs » affichait la mention « néant ». Pike s'attarda sur cette ligne plus longtemps que sur toutes les autres. Sœurs : néant. Dru lui avait dit qu'elle avait laissé Amy en garde chez sa sœur.

Le regard dans le vide, Pike fixait le pare-brise, indifférent aux véhicules qui passaient et aux petites touches de lumière filtrées par les branches tourmentées d'un orme. Il revoyait parfaitement la scène et se souvenait de chaque expression de Dru. L'ombre d'incertitude qui voilait ses traits lorsqu'elle avait sorti son portefeuille. Son petit haussement d'épaules quand elle lui avait montré la photo, comme si elle s'attendait à une réaction de rejet. Le retour fulgurant de son sourire quand il lui avait proposé un rendez-vous.

Mais l'absence de sœur signifiait qu'il n'y avait pas d'Amy, et donc que tout était faux.

Pike inspira un grand coup, reconstitua la liasse et la rangea dans l'enveloppe. Après un moment de réflexion, il démarra, fit demi-tour et mit le cap sur le commissariat de Pacific, qui n'était qu'à cinq minutes.

Il sortit son portable et appela Jerry Button.

— Qui est Straw ? Qu'est-ce qu'il cherche ?

— Qu'est-ce que vous racontez, bon sang ?

Pike jugea que l'exaspération de Button était réelle, ce qui signifiait que Straw l'avait mené lui aussi en bateau.

— Straw n'est pas ici pour serrer Azzara. Ses gars et lui surveillent Rainey. Ils savent depuis le début que c'est le vrai nom de Wilson Smith.

Pike lui parla des rapports de la DEA et des images de la caméra.

— Retrouvez-moi dehors dans cinq minutes. Je vous apporte la caméra et le dossier.

Button resta silencieux, et Pike comprit pourquoi. Il avait honte.

— Vous auriez dû vérifier, Jerry.

— Ces prétentieux cherchent toujours à nous embrouiller.

— Si vous aviez fait consciencieusement votre travail, on y verrait clair depuis longtemps. On aurait pu coincer le Bolivien.

Button s'éclaircit la gorge, pressé de changer de sujet.

— Au fait, j'ai établi le contact avec l'antenne de La Nouvelle-Orléans. Cole vous l'a dit ?

— Oui. Ils n'ont pas sa photo.

— Non, mais ils sont à peu près sûrs que c'est un citoyen américain du nom de Gregg Daniel Vincent. Il n'est pas bolivien.

— Qu'est-ce qu'ils savent d'autre?

— Pas grand-chose. Il s'est fait une réputation en liquidant des mouchards et des flics dont les Boliviens voulaient se débarrasser. Il est connu pour torturer ses victimes jusqu'à ce que mort s'ensuive.

Pike n'était pas impressionné.

— On a un signalement?

— On sait qu'il est blanc, mais c'est tout.

Pike se gara le long du trottoir devant le commissariat de Pacific, à hauteur du mât porte-drapeau. Il mit sa Jeep au point mort mais laissa tourner le moteur.

— Je suis là, Button. Devant l'immeuble, au pied du drapeau. Venez chercher les affaires de Straw.

Pike raccrocha et descendit avec l'enveloppe et la caméra, qu'il déposa sur le trottoir. Moins d'une minute plus tard, tandis qu'il s'éloignait en voiture, son portable se mit à vibrer. Il crut à un appel de Button, mais ce n'était pas lui.

— Pike? Joe Pike?

Pike reconnut la voix de l'homme.

— Ici Bill Rainey. Vous me connaissez sous le nom de Wilson Smith.

11

JERRY Button avait les mains qui tremblaient quand il revint à son poste de travail avec la caméra et le dossier. Il lança un coup d'œil de biais à Furtado, qui pianotait sur son clavier dans le box près de la porte.

Button était furieux, humilié, et inquiet. Straw lui avait fait un coup fourré typique du FBI. Comme tous les enfoirés de Quantico, il considérait les simples flics comme des tocards, dont on pouvait user et abuser. Et lui-même venait d'ajouter de l'eau à son moulin.

Il feuilleta les documents de la DEA et visionna quelques minutes d'enregistrement. Il se sentait encore plus mal en reposant la caméra. Il décrocha son téléphone pour appeler Straw, mais se ravisa. Il allait lui foutre le nez dans son caca, mais mieux valait d'abord tout tirer au clair. Il rappela donc Dale Springer, l'agent du FBI de La Nouvelle-Orléans avec lequel il avait évoqué l'affaire Rainey moins d'une heure plus tôt.

— Agent spécial Springer.

— C'est de nouveau le sergent Jerry Button, de Los Angeles. Dites, je viens de tomber sur un truc et j'aurais quelques questions à vous poser.

— Bien sûr. De quoi s'agit-il ?

Button s'aperçut que Furtado le regardait, ce qui lui noua les tripes. Il allait devoir lui avouer sa bourde.

— Vous connaissez un agent du nom de Jack Straw ?

— Bien sûr. Jack est un ami.

— J'aimerais parler à son supérieur hiérarchique. Votre M. Straw a menti au département de police de Los Angeles sur l'objet de sa mission. J'ai besoin de mettre les points sur les « i ».

Springer s'éclaircit la gorge.

— Ne quittez pas, sergent. Je vous le passe.

Quelques secondes plus tard, une autre voix masculine prit la ligne.

— Ici Jack Straw. À qui ai-je l'honneur ?

Button sentit quelque chose se figer au fond de lui.

— Sergent Jerry Button, du LAPD. Vous vous appelez Jack Straw ?

— Exact. On se connaît ?

— Vous travaillez sur l'affaire William Rainey ?

— J'ai été un des premiers à travailler dessus, inspecteur.

— Eh bien, euh… y a-t-il un autre Jack Straw sur ce dossier ?

Le Jack Straw de La Nouvelle-Orléans éclata de rire.

— Pas que je sache, non. Qu'est-ce que c'est que cette histoire, inspecteur ?

— Nous avons ici un homme qui prétend être l'agent spécial Jack Straw, de votre antenne en Louisiane. Il a la carte du FBI.

— Ce n'est pas possible.

— Je vous rappelle tout de suite.

Button se laissa aller en arrière sur sa chaise, les yeux rivés sur ses mains. Stables comme des voitures sur un parking. Il leva les yeux vers Furtado et alla la rejoindre. Elle se leva en le voyant arriver, mais il lui fit signe de rester assise et approcha une chaise.

— Rasseyez-vous, Nancy.

— J'ai fait une bêtise ?

Ses yeux étaient ronds comme des soucoupes. Elle devait s'attendre qu'il lui passe un savon, ce qui arrivait souvent – mais cette fois, il avait quelque chose à lui apprendre.

— Non, Nancy, vous n'avez pas fait de bêtise. C'est moi. Vous vous rappelez ce blaireau du FBI qui est passé nous voir, Jack Straw ? Il avait la carte, l'insigne et la tchache, mais c'est un imposteur. J'aurais dû me renseigner sur ce mec, je ne l'ai pas fait. C'est une erreur grossière, qui a peut-être mis la vie d'une femme en danger.

Furtado le fixait toujours de ses yeux écarquillés.

— Vous ne commettrez jamais cette erreur-là, Nancy. Jusqu'à la fin de votre carrière et même au-delà, vous mettrez systématiquement en doute tout ce que vous entendrez et vous vérifierez toujours tout ce qu'on vous dira. C'est clair ?

— Oui, chef.

Button retourna à son bureau et rappela le vrai Jack Straw. Il lui exposa la situation et lui donna une description aussi détaillée que possible de l'imposteur.

Il raccrocha. Il inspira, expira, puis composa le numéro que lui avait donné le faux Jack Straw.

— Jack Straw, j'écoute.

— Ici Jerry Button. On vient d'avoir un tuyau décisif. Je pars coffrer Rainey dans cinq minutes. Un de nos motards a repéré la Prius. Vous voulez en être ?

— Euh, bien sûr. Où voulez-vous qu'on se retrouve ? Je suis à Santa Monica.

— OK, c'est sur mon chemin. Je passe vous prendre.

Button lui fixa un rendez-vous et raccrocha. Il vérifia son revolver et l'attacha à sa ceinture. Rares étaient les inspecteurs qui trimballaient encore comme lui un vieux 38 à canon court, mais Button ne voyait aucune raison de changer d'arme. Elle était légère, compacte, et n'avait jamais tué.

Il enfila sa veste et se dirigea vers la sortie. Il vit Furtado rafler son sac et bondir pour l'intercepter.

— Qu'est-ce que vous allez faire ?

— Serrer cet enculé, Nancy. C'est mon boulot.

— Je veux venir avec vous. Je peux ? S'il vous plaît ?

Une vraie môme. Piaffant d'impatience et d'enthousiasme, avec peut-être aussi une pointe de frayeur.

Button faillit dire oui mais secoua la tête.

— Finissez de taper votre rapport.

Et il partit serrer le faux Jack Straw, sans se rendre compte qu'elle le suivait.

STRAW l'attendait adossé à sa voiture sur le parking d'un supermarché Ralph's de Wilshire Boulevard. Button le repéra et mit son clignotant. Il se demanda ce que ce type avait en tête, mais le pactole de Rainey n'y était sans doute pas pour rien.

Il s'engagea sur le parking et stoppa à hauteur de Straw. Celui-ci voulut monter côté passager, mais Button l'arrêta.

— Une seconde. Je dois vous passer un gilet avant qu'on y aille. J'en ai dans le coffre.

Straw hésita en le voyant descendre.

— Le règlement du LAPD, mon pote. Je sais que c'est idiot.

Button fit mine de mesurer la largeur des épaules de Straw en écartant les mains et eut un grand sourire.

— Taille unique, dit-il sur le ton de la blague, mais ça devrait vous aller.

Le coup des épaules permit à Button de s'approcher de Straw. Il lui attrapa le poignet, lui tordit le bras derrière le dos, et le plaqua à la carrosserie.

— Reste comme ça. Contre la voiture.

Button lui passa une menotte au poignet droit puis la deuxième au gauche. Quand le faux Straw fut entravé, Button recula d'un pas et le palpa de haut en bas.

— Je t'arrête. Ne te retourne pas.

— Qu'est-ce qui vous prend, Button ? Qu'est-ce que vous faites ?

— Jack Straw, mon cul ! Je viens d'avoir le vrai Jack Straw au téléphone, fils de pute !

Le sergent inspecteur Jerry Button détecta un mouvement entre deux véhicules à la périphérie de son champ de vision, mais il ne vit pas l'homme à temps, malgré le hurlement de Klaxon destiné à attirer son attention. Une plainte interminable, déchirante.

Quelque chose de dur le frappa à deux reprises, si fort qu'il chancela, et Kenny ouvrit à nouveau le feu sur lui. Button tomba à genoux et chercha à tâtons son 38 à canon court pendant qu'une Crown Victoria beige coupait le boulevard à toute allure, projetait une gerbe d'étincelles en bondissant par-dessus le trottoir et s'engouffrait sur le parking. Button reconnut Furtado, avec ses grands yeux ronds couleur de chocolat, volant à son secours.

— Non, pas ça…

Kenny alluma Furtado à travers le pare-brise puis s'approcha prestement de sa portière et tira encore.

Button avait maintenant son 38 en main, mais le faux Jack Straw criait :

— Button! Occupe-toi de Button!

Button eut le temps d'appuyer une fois sur la détente mais Kenny tira à nouveau, et son 38 tomba par terre.

Kenny ramassa le 38, renversa Button sur le dos et le fouilla pour prendre la clé des menottes et détacher Straw.

Kenny pointa son pistolet vers le bas, masquant le soleil, tandis que Button fixait le petit sphincter noir du canon.

Un coup de feu claqua et Button se crut mort, mais Kenny fit un pas de côté puis s'écroula. Button aperçut Furtado, le visage en sang, affalée contre sa portière, luttant pour trouver la force de tirer une balle de plus.

Le faux Jack Straw récupéra calmement l'arme de Kenny et acheva Nancy de deux balles à travers la vitre.

Button tenta de lui attraper la jambe mais ses bras refusèrent d'obéir. Il voulut appeler à l'aide mais ne parvint à émettre qu'une espèce de gargouillis.

Le faux Jack Straw baissa une deuxième fois les yeux sur lui, visa, et tira.

— Ici Bill Rainey. Vous me connaissez sous le nom de Wilson Smith.

Pike remit le contact, prêt à partir sur les chapeaux de roue.

— Je sais qui vous êtes. Où est-elle? Elle est vivante?

— Ouais, j'imagine, mais il va la tuer.

Rainey fit entendre un hoquet. Il sanglotait. Pike lui accorda dix secondes de répit. Rainey craquait. Il fallait qu'il se calme pour réfléchir.

— À quoi est-ce qu'il ressemble?

— Aucune idée. Ça fait des années qu'on le fuit, mais on ne l'a jamais vu. Il a tué l'ex de Rose. Il a tué ma sœur, mon ex-femme – et il est toujours là!

— Pourquoi est-ce que vous m'appelez ?

Rainey resta muet. Il réfléchissait.

— Je ne peux pas appeler les flics. Vous les connaissez, ces Boliviens. Combien de temps je resterais vivant en prison, selon vous ? Et elle ? Si je préviens les flics, je signe notre arrêt de mort à tous les deux.

Pike laissa s'écouler un nouveau silence, que Rainey finit par briser.

— Vous êtes mercenaire, pas vrai ? Je suis prêt à vous payer.

— Douze millions de dollars ?

Rainey éclata de rire.

— C'est les flics qui vous ont dit ça ? Ils nous croient riches à ce point ?

— Oui.

— On est partis avec huit millions deux.

— D'accord. Vous allez me payer huit millions deux ?

— On ne les a plus. Je veux bien vous filer tout ce qui me reste. Trois cent quarante-deux mille dollars et des poussières.

— Je n'en veux pas. Pourquoi avez-vous tué Azzara et Eschuara ?

— Vous êtes au courant de tout, bon Dieu ! Elle ne s'est pas trompée sur votre compte.

Pike se demanda ce que Rainey voulait dire mais décida de maintenir la pression.

— Pourquoi est-ce que vous les avez tués ?

— Ils voulaient que je me tire. Ils voulaient m'emmener au Mexique ou je ne sais quoi. Je ne peux pas partir sans elle. Je l'aime à la folie.

Pike inspira lentement.

— Vous avez la certitude qu'elle est vivante ?

— Elle l'était il y a, voyons… seize minutes. Quand elle m'a laissé son dernier message.

Pike regarda l'heure. 16 h 22.

— Elle vous laisse des messages ?

— Je ne décroche plus mon téléphone. J'ai trop la trouille. C'est la seule chose que je peux faire pour gagner du temps. Mais ça ne va pas pouvoir durer.

— Pourquoi ?

— Elle m'a demandé de rappeler à 18 heures. Il doit commencer à s'énerver de voir que je suis injoignable. Si je ne rappelle pas à 18 heures, elle dit qu'il la tuera.

Dans une heure et trente-huit minutes.

— Il veut votre argent.

— C'est ce qu'il dira, mais c'est de la foutaise. Les Boliviens veulent notre peau. C'est tout ce qui les intéresse.

— Où êtes-vous ?

— À Hollywood. Derrière un restaurant, le Musso & Frank Grill, vous connaissez ?

Pike pensait avoir compris de quelle façon le tueur allait la jouer, et un plan commençait à germer dans son esprit. Il fixa rendez-vous à Rainey à 17 h 30 précises. Cela lui laisserait le temps de se procurer deux ou trois petites choses et d'alerter Elvis Cole. Quand ils agiraient, ils devraient aller très vite.

— Vous allez m'aider ? demanda Rainey.

— Oui.

— Qu'est-ce que vous comptez faire ?

— Vous vendre.

SOIXANTE-DEUX minutes plus tard, Pike descendit de sa Jeep en même temps que Rainey de la Prius, sur le parking d'un petit fast-food de Sunset Boulevard, à moins de cinq minutes de la maison de Miguel Azzara.

Rainey avait l'air faible et ratatiné, comme si son corps était en train de s'écrouler en même temps que sa vie.

Pike lui tordit le bras droit derrière le dos et le plaqua contre la Jeep d'un coup d'épaule.

— Les doigts croisés derrière la tête. Les jambes écartées.

Rainey s'exécuta sans résister.

Pike ne trouva sur lui rien d'autre que des clés, son portefeuille et un portable. Il ouvrit la portière côté passager, poussa Rainey à l'intérieur, contourna la Jeep et s'installa au volant. Au moment où il refermait sa portière, Cole se redressa sur la banquette arrière et toucha l'épaule de Rainey.

— S'il n'en veut pas, c'est moi qui prendrai le fric.

Rainey sursauta.

— Vous êtes qui, vous ?

— Le mauvais esprit de Pike.

Pike tendit son portable à Rainey.

— Faites-nous écouter les messages de Dru. Mettez le haut-parleur.

Le premier message était quasi identique à l'appel reçu par Pike : Dru disait qu'elle était aux mains du tueur et suppliait Rainey de lui apporter l'argent. Le deuxième était d'une teneur similaire, à une différence près. Dru suppliait Rainey de la rappeler. Et cette fois, elle laissait son numéro.

Cole fit signe à Rainey d'interrompre la diffusion de l'enregistrement.

— Elle sait qu'il ne vous reste qu'un peu plus de trois cent mille dollars ? À l'entendre, dit Cole, on dirait que vous avez encore les huit millions.

— Elle dit ça pour me faire comprendre que c'est ce qu'il croit. Ce n'est pas le fric qui intéresse les Boliviens. Je le sais parce que j'ai essayé de les rembourser, avec les intérêts en prime.

— Comment auriez-vous pu les rembourser si vous n'aviez plus leur argent ? demanda Pike.

Cole fut le premier à saisir.

— Les *federales* et *La Eme*. Vous avez passé un marché avec eux.

— Et quel marché ! Ces *federales* sont maqués avec un cartel de Basse-Californie. Ils font remonter la came grâce à vos Mexicains d'ici… Cette fuite de pétrole dans le golfe du Mexique a changé la donne. Les gars de là-bas n'ont toujours pas pu reprendre la pêche. J'en ai parlé aux Mexicains d'ici, qui en ont parlé aux Mexicains du Mexique. J'étais sûr de pouvoir importer leur dope et exporter leur cash exactement comme avant. Ça a plu aux Mexicains du Mexique, et les Boliviens ont fait semblant d'accepter, mais c'était du pipeau. Voilà comment on s'est fait baiser.

Pike se remit à fixer Rainey. Quelque chose ne collait pas dans son histoire.

— Si vous étiez en affaires avec ce gang, comment se fait-il que Mendoza et Gomer soient venus vous tabasser ?

— On n'était pas encore en affaires, à ce moment-là. Ces deux imbéciles voulaient vraiment me plumer. Ensuite, Azzara aussi m'a mis un coup de pression, et c'est alors que l'idée m'est venue. Je lui ai exposé mon plan. « Voilà ce que je peux faire pour vous, mais voilà ce que vous devrez faire pour moi. »

— Calmer les Boliviens.

— Ouais.

Rainey marqua une pause puis secoua la tête.

— C'est dire à quel point ils m'en veulent. Ils se retrouvent en guerre contre un cartel de Basse-Californie.

— Faites-nous écouter son dernier message, dit Pike.

Le souffle court de Dru trahissait la peur qui étranglait sa voix : « Arrête ça, tu m'entends, Willie ? Il faut absolument que tu me rappelles à 18 heures. Je t'en supplie, il faut que ça bouge. S'il te plaît. Tu sais comment faire bouger les choses. Si tu ne rappelles pas, il me tuera. »

L'appel s'interrompait net.

Rainey leva les yeux sur Pike.

— Quand elle dit : « Il faut que ça bouge, tu sais comment faire bouger les choses », elle me demande de vous appeler.

Pike lut un mélange d'impuissance et d'embarras dans le regard de Rainey.

— Quand ces racketteurs sont venus me tabasser et que vous êtes intervenu, elle m'a dit que vous étiez du genre à faire bouger les choses. Ça lui plaisait.

Pike scruta Rainey avec une telle intensité que celui-ci détourna le regard. Il lui reprit le portable des mains.

— Elle a une sœur ? Rose. Elle a deux frères. Est-ce qu'elle a aussi une sœur ?

Rainey plissa les yeux comme s'il soupçonnait Pike d'utiliser un langage codé.

— Non. Quel est le rapport ?

— Où est le fric ? demanda Cole.

— Dans un box de garde-meuble à Van Nuys.

Cole chercha le regard de Pike.

— À cette heure-ci, on en a pour deux heures aller-retour. C'est trop.

— On n'en a pas besoin, du fric.

— Comment est-ce qu'on va faire ? demanda Rainey à Pike.

Pike regarda sa montre. Plus que trois minutes. Il avait tout ce qu'il lui fallait.

— Je suis prêt.

Cole tapota le crâne de Rainey.

LA SENTINELLE DE L'OMBRE

— Descendez. On va attendre dehors.

— Pourquoi ? Qu'est-ce qu'il va faire ?

Pike regarda sa montre.

— Le moment est venu de vous vendre.

Cole descendit de la Jeep, tira Rainey par le bras et referma la portière, laissant Pike seul avec le portable à la main.

Une quinzaine de mètres plus loin, les voitures roulaient au pas sur Sunset Boulevard à l'heure de pointe. Faisant abstraction de son environnement, Pike appela Dru Rayne.

Elle décrocha à la troisième sonnerie.

— Allô ? dit-elle, hésitante.

— Il écoute ?

Vingt secondes au moins s'écoulèrent avant qu'elle réponde, sans doute le temps pour Daniel Vincent de prendre une décision.

— Oui, il écoute. Où est Willie ? C'est lui qui était censé appeler.

— Il ne peut pas. Ça va ?

— Euh, oui, ça va. Il ne m'a pas fait de mal.

— Passez-le-moi.

— Il… Il veut savoir qui vous êtes.

— Dites-le-lui.

Pike l'entendit dire son nom à Vincent, qui répondit d'une voix trop sourde pour être audible.

— Et lui, comment s'appelle-t-il ?

Le marmonnement reprit à l'arrière-plan.

— Euh, il s'appelle David.

— Vous êtes un menteur, monsieur Vincent. Vous vous appelez Gregg Daniel Vincent. Prenez l'appareil. Si vous ne voulez pas de Rainey, je le vends moi-même aux Boliviens.

Trente secondes de silence, cette fois-ci, avant qu'une voix masculine reprenne :

— Vous offrez quoi, mec ? Qui vous a dit mon nom ?

— Un ami.

— Je vais le crever, votre ami, et ça vaut aussi pour vous, votre famille et tous les connards que vous avez connus dans votre vie de merde ! Il vous a expliqué ça aussi, votre ami ?

— Je sais qui vous êtes. Et ça ne m'intéresse pas.

— J'ai des amis, moi aussi. Vous avez bossé au Nicaragua ou au

Honduras? En Équateur, en Colombie? Vous croyez qu'on s'est déjà croisés?

Le coin des lèvres de Pike se contracta. Il n'avait jamais dit un mot à Dru de ses déplacements : ce n'était donc pas d'elle que Vincent tenait cette information. S'il s'était renseigné à son sujet, c'est qu'il le considérait comme une menace.

— J'ai Rainey. Je suis prêt à vous le vendre.

— Me le vendre? Vous avez plutôt intérêt à disparaître et à prier pour que je ne vienne pas vous chercher.

— Si c'est comme ça, je vais le vendre aux Boliviens. Ils m'ont déjà offert un million. Je pourrai peut-être obtenir une rallonge.

Nouveau silence. Quand Vincent reprit la parole, sa voix était hésitante :

— Et pourtant vous êtes là, à me parler. Je dois bien avoir quelque chose qui vous intéresse.

— La fille.

— Ah!

— La fille, plus la moitié du fric. De votre côté, vous récupérez Rainey et l'autre moitié.

— Vous pouvez toujours courir. Je vais la couper en deux, cette salope!

— Ça ne vous donnera pas Rainey.

— Toi aussi, je vais te couper en deux!

Pike sentit qu'il prenait le dessus. Vincent s'énervait. Il répondit calmement, à voix basse :

— Vous n'allez pouvoir en ramener qu'un seul aux Boliviens. Lequel voulez-vous? C'est Rainey qui l'a dépouillé. Rose n'a fait que prendre le train en marche.

Pike attendit que ses mots portent. Cole et Rainey le regardaient fixement, tandis que les voitures avançaient au rythme d'un pouls languissant.

— D'accord, lâcha enfin Vincent. Vous voulez faire ça comment?

— On se retrouve quelque part. Laissez la fille à un endroit où je pourrai la voir. Si elle va bien, je vous envoie Rainey avec la moitié de l'argent. Ils se croisent à mi-parcours, puis elle continue vers moi et lui vers vous. Ça vous va?

— Minute. Et si ce con essaie de se tirer?

— Vous le descendez.

C'était un scénario stupide et plein de failles, mais Pike en avait voulu ainsi. Vincent considérerait ces failles comme autant de perches à saisir. Une seule chose comptait pour Pike, l'amener à montrer Dru Rayne. Vincent ne s'exposerait pas, il surveillerait Pike de sa cachette et essaierait de l'abattre.

— D'accord.

Vincent marmonna dans sa barbe. Pike crut qu'il s'adressait à Dru, mais le tueur parlait tout seul.

Deux minutes plus tard, le lieu, l'heure et les modalités de l'échange étaient fixés.

Pike abaissa sa vitre et fit signe à Cole.

— C'est bon. On y va.

12

DANIEL reposa le téléphone en fixant Dru. Ils étaient à l'arrière de la camionnette, tous les quatre.

— Tu t'envoies en l'air avec ce mec ?

— Et comment qu'ils s'envoient en l'air, ricana Tobey.

— Ils s'envoient en l'air comme des malades, gloussa Cleo.

— Non, dit-elle, ce n'est pas du tout ça.

— Pourquoi il tient tant à t'avoir, alors ?

Daniel découpa un nouveau rectangle d'adhésif argenté et le lui colla sur la bouche.

— Tu sais ce que t'es ?

Dru secoua la tête.

— T'es la chèvre attachée au piquet. Les Swahilis, en Afrique, ont cette habitude d'attacher une chèvre blessée à un arbre pour appâter le lion. Ils grimpent ensuite dans l'arbre pour attendre. Et ce couillon de lion ne sent rien d'autre que l'odeur du sang de la chèvre. Ça marche aussi du feu de Dieu pour chasser le zombie.

Daniel laissa la fille à l'arrière et reprit le volant. Il pensait avoir une idée assez claire de la façon dont cet enfoiré allait s'y prendre. Il ne faisait aucun doute que Pike chercherait à le tuer et qu'il savait que la réciproque était vraie. Tout ça allait sans dire. L'important était donc d'anticiper.

Il rejoignit le flot de la circulation en analysant les variables de la confrontation. Il tenait à être sur place le plus tôt possible, mais il lui restait quelques petits détails à régler.

Pendant sa traversée de Hollywood, Daniel concocta différents scénarios tactiques et s'arrêta sur celui qui se détachait du lot.

Trois minutes plus tard, en passant sous le viaduc autoroutier de Vine, il repéra un clodo en train de se la couler douce sur un banc d'abribus. Il avait un petit écriteau en carton : ÉCHANGE TRAVAIL CONTRE NOURRITURE.

— Il m'a l'air bien, dit Tobey.

— Il fera l'affaire, dit Cleo.

Daniel stoppa à sa hauteur et lui lança par-dessus la portière :

— Salut, l'ami. C'est du sérieux, votre écriteau ? J'ai deux heures de boulot pour vous.

Le clodo déchiffra le logo de l'as du débouchage puis secoua la tête.

— Chuis pas plombier.

— J'ai juste besoin qu'on me tienne la lampe pendant que je bosse. Mon coéquipier habituel a la crève. Y a quarante sacs à gagner. Vous les voulez ou non ?

— Quarante sacs ?

— Allez, je suis à la bourre. Vous les voulez, oui ou merde ?

Le clodo s'arracha enfin à son banc et embarqua côté passager avec son odeur de chou pourri. Il claqua la portière et jeta un regard à la ronde en s'installant. Quand il vit ce qu'il y avait à l'arrière, c'était trop tard.

Daniel le poussa entre les sièges, en plein sur la fille.

— Crève-le, dit Tobey.

— Crève-moi ce connard, dit Cleo.

— Plus tard, dit Daniel.

PIKE étudia la camionnette dans la lumière cuivrée du soir. L'AS DU DÉBOUCHAGE. Il ne savait pas grand-chose de Vincent mais estima qu'il avait choisi un site quasi parfait. Lui-même n'aurait pas trouvé mieux.

La camionnette était garée à une centaine de mètres de Mulholland Drive, sur un replat qui dominait la vallée de San Fernando. En amont, il n'y avait qu'une pente abrupte et mouchetée de pins moribonds. Aucune possibilité de repli dans ce secteur, contrairement à l'autre côté, qui offrait une vue dégagée.

— Tu vois quelqu'un ? demanda Cole.

Cole et Rainey attendaient son feu vert sur une petite aire de stationnement à quatre cents mètres à l'est.

— Ne quitte pas, dit Pike en scrutant la camionnette.

Dru devait être à l'intérieur, et Vincent à l'affût quelque part sur la pente. Le programme était simple. Quand la Prius de Rainey apparaîtrait sur la route, Dru descendrait de la camionnette. Si elle était indemne, Rainey descendrait à son tour avec l'argent et effectuerait à pied la moitié de la distance qui les séparait. Dru viendrait à sa rencontre, vérifierait qu'il avait l'argent, puis Rainey continuerait jusqu'à la camionnette pendant que Dru rejoindrait la Prius.

Tel était le plan concocté par Pike et Vincent, mais il n'avait aucune chance. Ils le savaient tous les deux. Vincent chercherait à éliminer Pike, et vice versa. Si Vincent l'emportait, il tuerait Rose Platt, torturerait Rainey pour lui arracher l'argent et le liquiderait à son tour. Vincent adorait torturer jusqu'à la mort.

Pike scruta les broussailles à l'endroit où Rainey déboucherait sur le replat, devant la camionnette. Vincent se trouverait dans son dos et en hauteur, ce qui lui permettrait à la fois de voir approcher Rainey et de tenir Pike à l'œil.

Pike observa les deux zones suspectes. Rien.

— Je bouge, annonça-t-il au téléphone. Laissez-moi huit minutes.

Plié en deux, Pike passa sous un chêne vert tordu et entama sa descente parmi les éboulis. En plus de son Python, d'un Kimber 45 et d'une carabine à verrou Remington modèle 700 restaurée de ses mains, il était équipé d'une sacoche contenant une caméra thermique FLIR pour détecter les rayonnements infrarouges émis par le corps humain. La FLIR l'aiderait à localiser Vincent dans les broussailles.

Il accéléra progressivement, dévala la dernière partie de la pente en louvoyant entre les buissons, s'engagea dans le canyon voisin et s'arrêta pour prendre ses marques. Le sommet de la butte se trouvait à présent devant lui, avec Mulholland Drive sur sa gauche. Il choisit deux chênes verts comme points de repère, traversa une mer de broussailles grises puis remonta par une ravine creusée par l'érosion. Il ne voyait pas encore la camionnette, mais il savait qu'il était maintenant à mi-chemin. Il jeta un coup d'œil à sa montre. Neuf minutes. Rainey et Cole étaient en route.

Après avoir gravi les derniers mètres, Pike rampa dans les

broussailles à la recherche d'un point de vue dégagé sur le replat. La camionnette était à trente mètres. Il sortit sa FLIR et la pointa sur le véhicule. Impossible de détecter une présence humaine derrière une paroi de métal, mais Pike tenait à vérifier que Vincent n'était pas sous la camionnette.

Un paysage en gris et noir s'afficha à l'écran. Plus un objet est froid, plus son image est sombre, et vice versa. La camionnette donnait une masse grise scintillante, plus claire que son environnement en raison de la chaleur du soleil accumulée. Le ciel au-dessus de l'horizon était noir.

Pike pointa ensuite sa caméra vers l'aval. Rien. Il s'attendait plus ou moins à trouver Vincent derrière les buissons près du replat, mais il n'y avait pas âme qui vive. Il changea de position pour explorer un nouvel angle mais n'obtint là encore qu'une lecture froide. Il n'y avait personne dans les broussailles ni près de la route ni au-dessus du replat.

Il balaya lentement les environs, le long du talus, puis la pente douce à l'arrière-plan, et ce fut là qu'il le trouva. La forme gris clair d'un homme face au versant sous un gros pied de sauge s'afficha sur l'écran de contrôle, en position du tireur couché. Pike troqua sa FLIR contre ses jumelles. L'homme était invisible, mais il ne lui fallut que quelques secondes pour repérer la saillie rectiligne d'un canon de carabine dans les branchages. Un superbe endroit pour une embuscade.

— Il est sur la butte au-dessus de la camionnette, murmura Pike dans son portable. Carabine.

Pike redescendit à toute vitesse, contourna la camionnette et remonta jusqu'au sommet du versant opposé. La Prius s'engagea sur le replat au moment où il arrivait en haut. Il ralentit pour ne pas faire de bruit.

Le pied de sauge gris était devant lui. Pike dégaina le 357. Il s'approcha encore et distingua une jambe en treillis de camouflage sous le buisson.

Pike réduisit en silence la distance qui les séparait et, arrivé sur les talons de Vincent, lui enfonça son Python entre les côtes.

L'inertie du corps lui indiqua immédiatement qu'il avait affaire à un cadavre. Cet homme n'était pas Vincent. Le cadavre était un homme âgé aux cheveux gris crasseux, à la tempe marquée par l'impact d'une balle de petit calibre. Tout juste mort et encore chaud. Un leurre.

À cet instant, Dru poussa un cri et Rainey l'appela.

DANS la lunette de sa carabine, Daniel scrutait la pente en grommelant dans sa barbe :

— Je t'ai eu, merdeux ! Allez. Montre-toi.

La camionnette était garée à cent quarante-huit mètres. Daniel avait compté ses pas. Il s'était posté près du sommet du versant abrupt qui se dressait du côté sud de Mulholland, entre deux arbres à demi morts, avec seulement de la rocaille dans le dos et une pente vertigineuse sous les pieds. Pike n'aurait sûrement pas opté pour une position aussi foireuse, n'offrant aucune solution de repli. Il ne s'attendrait pas non plus qu'il le fasse. D'où son choix.

— Tu l'as bien baisé, ce con, dit Tobey.

— Il ne verra rien venir, rien venir, dit Cleo.

Daniel savait que Pike était quelque part dans les broussailles. Huit minutes plus tôt, il avait cru voir bouger une forme grise au bord du replat, mais elle avait aussitôt disparu. C'est pourquoi il promenait à présent sa lunette aux alentours immédiats du cadavre du clodo. Daniel voulait que Pike le trouve. Il lâcherait une bastos après avoir repéré la carabine, et son compte serait bon.

Daniel avait laissé cette foutue carabine tellement en vue dans le buisson que même un louveteau aurait déjà localisé le macchab. Il commençait à se dire que ce Joe Pike n'était peut-être pas aussi fort que ça.

— Montre-lui la serveuse, Daniel. Ça le fera bouger, dit Tobey.

— Peut-être qu'il se bougera le cul, le cul, dit Cleo.

Tobey et Cleo étaient des casse-couilles de première, mais il leur arrivait de temps en temps de dire des choses sensées. Faire descendre la fille en avance pousserait peut-être Pike à changer de position. Et là, pan !

Daniel sortit son talkie-walkie et appela la serveuse, comme prévu.

— Tu me reçois ?

— Je vous reçois. Willie est arrivé ?

— Descends. Tu rentres chez toi.

Un des battants de la porte arrière s'ouvrit. Daniel avait les yeux rivés sur les broussailles, à l'affût du moindre mouvement.

ELVIS COLE était tellement recroquevillé sur la banquette arrière de la Prius qu'il n'y voyait plus rien, pas même la nuque de Bill Rainey.

— Vous voyez la camionnette ?

— Ouais, on y est presque. Je tourne.

Un cahot secoua l'habitacle lorsqu'ils quittèrent la chaussée pour s'engager sur le replat. Un tourbillon de poussière s'engouffra par les vitres ouvertes. Tout à coup, Rainey pila.

— C'est quoi, ce bazar ? Elle est déjà dehors. J'étais censé descendre en premier.

— Calmez-vous, dit Cole. Qu'est-ce qu'elle fait ?

— Elle me regarde. Elle me fait des signes de la main.

— Il y a quelqu'un dans la camionnette ? Regardez autour. Cherchez Vincent.

— Nom de Dieu ! Elle se met à courir. Elle essaie de lui échapper !

Rainey ouvrit sa portière et bondit hors de l'auto.

— Rose ! Ro...

Le premier coup de feu éclata.

PIKE se redressa en entendant les cris. En contrebas, Rose Platt courait vers la Prius pendant que Rainey se précipitait à sa rencontre. Près de cent mètres les séparaient.

Il émergea de la végétation pour attirer sur lui le feu de Vincent. Pendant qu'il dévalait la pente à travers les buissons, une détonation sèche claqua dans le silence crépusculaire, répercutée sans fin par les parois rocheuses. Pike entendit la balle siffler tout près de lui, se jeta à plat ventre sur le sol, partit en roulé-boulé et acheva sa descente en zigzag.

Rose Platt et Rainey s'arrêtèrent net en entendant le coup de feu. Elvis Cole bondit hors de la Prius et Rose rebroussa chemin vers la camionnette.

La deuxième balle s'écrasa dans la rocaille aux pieds de Pike. Cette fois, il vit la flamme de tir et accéléra.

— De l'autre côté de la route ! lança-t-il à Cole. En haut, dans les arbres !

Pike tira trois balles en direction de la flamme, cherchant à débusquer le tueur. Cole et Rainey firent demi-tour pour se rapprocher du versant où il était posté. Pike vit vaciller une nouvelle flamme, mais Vincent avait changé de cible.

La balle faucha la jambe gauche de Rainey dans une nuée de gouttelettes roses. Rainey tourna sur lui-même comme un pantin, les bras en croix, et ne cria qu'une fois à terre.

Rose Platt poussa un hurlement et se réfugia d'un bond derrière la camionnette en entendant une balle percer la carrosserie.

Rainey se rassit et ouvrit le feu en direction des arbres. Vincent riposta. Sa balle suivante fracassa l'épaule de Rainey avec une nouvelle pluie de sang. Cole repéra la flamme à son tour et tira cinq fois en rafale.

Pike perçut un frémissement entre les arbres : Vincent décrochait.

— Il descend ! cria-t-il.

Cole traversa Mulholland coudes au corps et disparut au pied du versant. Pike se retourna vers Dru, accroupie derrière la camionnette. Partir ou rester, le choix était déchirant, mais elle ne risquait rien dans l'immédiat : il courut aider Cole. Il passa près de Rainey sans ralentir, partit à l'assaut de la pente abrupte qui se dressait en amont de Mulholland et s'enfonça parmi les arbres.

TOBEY implora Daniel :

— Tu peux le faire. Tu peux encore l'avoir.

Au bord de la crise de nerfs, Cleo tournait en rond comme un derviche.

— Tu peux le faire. Tue, tue, tue !

La caillasse et les branches pourries rentraient dans le dos de Daniel. Il toussa, et un vomissement avorté lui dégoulina de la bouche.

— Je me suis fait descendre.

Daniel se tâta le torse et baissa les yeux sur le sang. Il ne se sentait pas si mal que ça. Il ne se souvenait même pas d'avoir été touché. Il palpa ses poches et retrouva son pistolet. Sa carabine avait disparu, mais le pistolet était toujours là. Il défit le cran de sûreté.

— Je crois que je peux encore me le faire, ce fumier !

— Et comment, comment, dit Tobey.

— Tu m'étonnes, m'étonnes, dit Cleo.

Daniel se sentait de mieux en mieux. Même s'il n'arrivait pas à buter Pike, il pensait pouvoir s'en tirer. Il s'accrocha à un arbre et réussit à se remettre debout.

Alors seulement, Gregg Daniel Vincent s'aperçut que le mec aux flèches l'observait. Sans un mot, immobile à moins d'un mètre, son calibre le long de la cuisse.

PIKE découvrit Daniel Vincent à moins de vingt mètres de la route. Il le crut d'abord mort, mais Vincent bougea, puis se redressa en chancelant. Il était mince mais solidement bâti, avec un visage émacié, une peau grêlée et des yeux cernés. Il ne ressemblait pas à un fou, mais quelle sorte d'homme fallait-il être pour torturer et tuer pour le compte de trafiquants de drogue ivres de violence ?

Pike remarqua le pistolet dans la main de Vincent et attendit de voir ce qu'il en ferait. Le tueur s'aperçut de sa présence, et ses yeux le transpercèrent.

— Tu n'as jamais répondu à ma question, dit Vincent.

— Quelle question ?

— Tu crois qu'on a déjà été face à face ?

— Non.

— Pourquoi en es-tu si sûr ?

— Tu serais mort.

Vincent leva son arme. Il était rapide, mais pas assez.

Pike lui tira trois balles dans la poitrine, aussi serrées que les feuilles d'un trèfle. Il s'approcha, ramassa le pistolet de Vincent et héla Cole.

— Ça va ? lui lança Cole d'en bas.

— Oui. Je redescends voir Dru.

Dru. Pike prononça ensuite son vrai prénom, à mi-voix et pour lui-même :

— Rose.

Il descendit au trot, traversa Mulholland et trouva Rose Platt agenouillée près de Rainey. Il se demanda ce qu'il ressentait pour elle, mais il ne ressentait rien ou presque.

Rose se leva en le voyant arriver. Pike s'approcha lentement. Les jolis yeux étaient toujours là. Intelligents, compliqués, terriblement vivants.

— Il est mort, dit-elle.

— Je suis désolé.

Rose ramassa le pistolet de Rainey, enjamba son cadavre et ouvrit la portière de la Prius.

— Rose.

Elle lui sourit. Ses yeux flamboyaient.

— Vous ne ferez rien, dit-elle.

Pike s'immobilisa, espérant qu'elle ne pousserait pas le bouchon plus loin.

— Je ne peux pas faire une croix sur une somme pareille, Joe. On a vécu comme des rats pour ce fric. Vous ne comprenez pas ? Il est à moi.

— Trois cent mille dollars, ce n'est pas le Pérou.

Elle inclina la tête, et quelque chose s'alluma dans ses yeux, qui ressemblait à de la colère.

— Si vous saviez…

Elle se retourna vers la voiture, et Pike fit un pas en avant.

— Rose.

Elle leva le pistolet. Pike tendit la main vers son 357, mais deux balles le frôlèrent avant même qu'il eût dégainé.

Il vit les balles frapper Rose et son tee-shirt se froisser, se soulever. Il vit ses yeux papillonner et sa bouche s'ouvrir comme si elle ne comprenait pas ce qui lui arrivait. Elle tendit la main pour toucher quelque chose qui n'était pas là, puis elle s'écroula.

Pike ne se précipita pas vers elle. Il pivota sur lui-même et vit Elvis Cole, son arme fumante à la main, le visage baigné de larmes. Pike regarda son ami pleurer. Ni l'un ni l'autre n'esquiva un geste.

Daniel tenta de se lever. Il se démena comme un loup-garou pris à la gorge par un zombie.

— Tobey ? Cleo ? Vous êtes où, où, où ?

Il lutta pour garder les yeux ouverts, mais la lumière devint si aveuglante qu'elle vira au noir.

— Daniel, reviens ! hurla Tobey.

— Il est où, où, où ? gémit Cleo.

— Cleo ? dit Tobey.

— Tobey ? dit Cleo.

— On part ?

— On est partis.

Daniel planait. Il ne sentait plus son corps, ni la terre dessous, ni les baisers de l'air sur sa peau. Il avait l'impression d'être du néant dans le néant et sentit que les gars allaient lui manquer, Cleo et Tobey, ses seuls vrais amis.

13

ASSIS sur le pont de Venice Boulevard, Pike fixait la maison depuis le Grand Canal. L'agent Hydeck était accoudée au garde-corps juste à côté de lui.

— Je vous vois régulièrement dans le coin, dit-elle. Ça va, vous?

— Ça va.

Hydeck vérifia la position de son pistolet.

— Où est passé le fric, à votre avis?

— Rainey a dit qu'ils l'avaient dépensé.

— Allez savoir. Vous vous rappelez le braquage de cette banque de Hollywood Nord? Ils ont raflé sept cent cinquante mille dollars, et personne ne sait où ils sont. Ça arrive, les butins qui disparaissent.

Pike resta muet. Il n'avait rien contre Hydeck, mais il souhaitait qu'elle le laisse seul.

— Hé, vous savez quoi? Les fumiers qui ont tué Button et Furtado? Vous êtes au courant?

Pike savait que Furtado avait abattu l'un d'eux, mais que l'autre restait introuvable.

— Au courant de quoi?

— C'était deux anciens de la DEA. Celui qui s'est fait passer pour Straw s'appelle en fait Norm Lister. Et l'autre, Carbone. Ils ont été les premiers à travailler sur l'affaire Rainey. Lister s'est fait virer, Carbone a démissionné. Il faut croire qu'ils avaient décidé de se lancer dans la chasse au trésor, hein?

Pike se souvint du dossier découvert à l'intérieur de la Malibu. La plupart des rapports étaient signés Lister.

— Dommage pour Jerry, dit-il. Pour Furtado aussi.

— C'était une chic fille. Ils lui ont filé la Medal of Valor à titre posthume.

Hydeck s'éloigna enfin du garde-corps.

— OK, dit-elle, je vous laisse. À plus.

Pike leva les yeux sur elle.

— Merci du coup de main, Hydeck.

Hydeck sourit et s'éloigna vers sa voiture de patrouille.

Pike se remit à observer la maison.

Des enquêteurs fédéraux et des policiers étaient venus de Louisiane puis repartis. Ils avaient entendu Pike et partagé leurs informations. Ils avaient démenti l'affirmation de Rainey comme quoi son butin se limitait à huit millions deux cent mille dollars. ils disaient qu'il avait volé entre douze et dix-huit millions de dollars aux Boliviens. Pike les avait crus. Mentir était dans la nature de Rainey, il l'avait sans aucun doute fait jusqu'au bout.

Quand la nuit fut tombée, Pike longea l'allée sur berge, arriva derrière la maison des Palmer et jeta un coup d'œil à la fenêtre de Jared. Le gamin y était : les oreilles coiffées d'écouteurs, il se dandinait au son d'une rythmique indéfinie.

Pike s'avança sur le minuscule ponton aménagé derrière la maison.

Il savait par Jared que Steve Brown rentrerait à la fin de la semaine. Jared lui avait aussi dit d'autres choses, par exemple que Rainey venait souvent s'asseoir sur ce ponton, et qu'il l'avait vu deux fois patauger dans le canal de nuit.

Toujours de nuit.

Mais c'était les dernières paroles de Rose qui l'avaient convaincu – qu'elle ne pouvait pas faire une croix sur une somme pareille, qu'ils avaient vécu comme des rats pour ce fric. Sans parler du regard qu'elle lui avait jeté quand elle s'était vue tout perdre. *Si vous saviez…* Elle semblait songer à un montant nettement supérieur à trois cent quarante-deux mille dollars.

Pike s'assit sur le ponton. Quatre-vingt-cinq plaques en ciment tapissaient la partie verticale de la berge le long du terrain de Brown. Pike le savait pour les avoir comptées à marée basse. Il était déjà venu deux fois de nuit et avait pataugé jusqu'au milieu du canal. Il avait exploré le fond à tâtons, sans succès. Il avait ensuite entrepris d'inspecter les plaques au cas où l'une d'elles serait descellée. Il avait d'abord regardé sous le ponton et tout autour. Ces plaques-là étaient toutes bien en place.

Il lui en restait à vérifier.

Pike se défit de ses baskets et de son pistolet. Il retira pantalon et sweat-shirt, enveloppa l'arme dans son pantalon, et descendit sans bruit dans l'eau. La morsure du froid lui contracta les muscles mais cette douleur, comme toutes les autres, s'estompa.

Pike reprit sa recherche et inspecta onze plaques supplémentaires. Il pataugeait parmi les algues quand sa cheville heurta un objet dur.

Une canalisation de 25, devina-t-il. Il en avait vu plusieurs dans le lit des canaux quand ils étaient à sec. Elles étaient fermées par une lourde grille afin d'empêcher les oiseaux et autres animaux de s'y introduire lorsqu'elles se retrouvaient à l'air libre, mais quand Pike appuya sur la grille avec ses orteils, il sentit qu'il y avait du jeu.

Il inspira profondément, plongea la tête sous l'eau, et découvrit quatre sacs en toile de Nylon nichés à l'intérieur de la canalisation, reliés les uns aux autres par une cordelette. Ils ne vinrent pas facilement, mais Pike réussit à les remonter à la surface.

Il remit son sweat-shirt et son pantalon, fixa le holster à sa ceinture, et se dirigea vers sa Jeep. En le voyant prendre l'étroite passerelle, un couple de personnes âgées s'effaça pour le laisser passer.

— Merci, dit Pike.

— Bonne soirée, dit la dame.

Il s'était garé sur Venice Boulevard, non loin de la passerelle. Il déposa les sacs dans l'ombre que projetait sa Jeep sur le trottoir le temps d'aller ouvrir le coffre. Quand il voulut récupérer les sacs, l'ex-agent de la DEA Norm Lister l'attendait. Un pistolet au poing.

— Bon travail, Pike. Très bon travail. Excellent.

Lister avait l'air sale et débraillé, comme s'il vivait à présent dans sa voiture. De son flingue il lui fit signe de reculer. *Si vous saviez…*

— Jetez vos clés par terre et allez-vous-en.

— Vous saviez où était l'argent ? demanda Pike sans bouger.

— Non, mais j'ai bien connu Rainey. C'est moi qui l'ai retourné. Il ne pouvait pas être loin.

Pike repensa aux images vidéo. À la façon dont ces types avaient épié les moindres faits et gestes de Rainey et de Platt. Peut-être dans l'espoir que Rainey finirait par les mener à son trésor.

— Dégagez, Pike ! Ne gâchez pas votre chance.

Pike considéra l'arme tremblante, puis les yeux nerveux de Lister. Il repensa à Jerry Button, et à la pauvre petite Furtado, et à Rainey et à Dru Rayne, qui s'appelait en réalité Rose Platt.

— Lister, si vous me connaissiez aussi bien que vous avez connu Rainey, vous ne seriez pas là.

Pike lui tira une balle dans la poitrine, puis s'approcha et lui en mit une autre en plein visage, exactement comme Lister l'avait fait avec Button. Il chargea l'argent dans son coffre, laissant Norm Lister dans le caniveau.

Pike emporta les sacs chez lui mais attendit trois jours avant de les ouvrir. Ils passèrent la première nuit dans sa baignoire, le temps de sécher. Il les redescendit au rez-de-chaussée le troisième jour, et ce fut alors qu'il les ouvrit. Il découpa les emballages de plastique sous vide et se mit à empiler les liasses à même le sol.

Pike mit quatre heures trente-cinq minutes à tout compter, en inscrivant le montant exact de chaque liasse sur un bloc-notes. Puis il s'adossa à son canapé et considéra la forêt de gratte-ciel miniatures qui avait envahi son salon. *Si vous saviez…*

Pike venait de compter six millions sept cent cinquante-cinq mille dollars. Il resta un certain temps à contempler l'argent, en s'interrogeant sur ce qu'il devait en faire, puis alluma la télé et regarda une émission de sport.

Plus tard, Pike éteignit et monta se coucher. Il ne se donna pas la peine de ramasser les petits tas de papier qui jonchaient son salon.

Le père Arturo allait mieux, mais sa température restait un peu élevée et il avait du mal à reprendre le dessus. Marisol était inquiète ; elle venait tôt, partait tard, et passait son temps au téléphone pour recueillir des dons.

En arrivant ce matin-là, beaucoup plus tôt que les animateurs et les gamins, elle découvrit un sac en toile de Nylon bleu posé par terre à côté de la porte d'entrée. Si la présence de ce sac était bizarre en soi, le mot épinglé dessus était encore plus énigmatique. Une simple feuille de papier quadrillé sur laquelle était écrit son prénom.

Marisol déposa le sac sur son bureau. Il était plein à craquer et assez lourd, dans les quatre ou cinq kilos. Elle le regarda, chassa ses soupçons et l'ouvrit. La première chose qu'elle vit fut une deuxième feuille quadrillée. Le message écrit dessus était bref :

« Quelqu'un t'observe. »

Cole revit la nuée rouge. Son rêve l'arracha au sommeil ce matin-là comme il l'avait déjà fait en pleine nuit, la nuit précédente et d'innombrables autres nuits auparavant. Plus tard, debout sur sa terrasse à la fin d'une belle journée vide, il songea qu'ils avaient frôlé le désastre.

Des flammes de tir. Des lunettes noires tournoyant dans le vide. Joe Pike s'écroulant au milieu d'une ignoble nuée rouge.

Cole était sans nouvelles de Pike depuis qu'ils avaient quitté Mulholland Drive, onze jours plus tôt. Là-haut, déjà, pendant qu'ils s'expliquaient avec la police, Pike avait paru prendre ses distances, comme s'il s'était retiré dans un recoin secret qu'il était le seul à connaître.

Cole lui avait laissé des messages, sans réponse. Il arrivait à Pike de disparaître plusieurs semaines de suite, mais cette fois c'était différent.

Deux faucons à queue rouge planaient en cercles lents. Cole les observait depuis des heures. Assis au bord de la terrasse, le chat le regardait regarder les faucons. Blasé.

— Tu n'as rien de mieux à faire ?

Le chat plissa ses yeux somnolents, puis fila dans la maison.

Cole allait franchir la baie vitrée quand Joe Pike apparut. Sa silhouette se découpa un instant sur le seuil, auréolée de lumière. Il referma la porte et rejoignit Cole sur la terrasse.

Ils restèrent face à face, sans prononcer un mot, puis Pike attira Cole contre lui et le serra dans ses bras. Toujours sans un mot. Puis il se dirigea vers la rambarde. Cole l'y rejoignit au bout de quelques secondes et balaya des yeux le canyon plongé dans la brume.

— Content de te revoir, vieux !

Pike acquiesça de la tête.

— Tu bois quelque chose ?

— Ça va.

— Elle t'aurait descendu.

— Je sais.

— Je n'avais pas le choix. Je ne voulais pas, mais j'étais obligé. Tu comprends ?

Pike lui serra l'épaule et leva les yeux vers le ciel.

— Des faucons.

— Ils ont passé toute la journée là-haut.

— C'est leur place.

Cole hocha la tête à son tour, sentant venir les larmes. Ils observèrent les faucons. Eux aussi étaient à leur place.

« La Sentinelle de l'ombre est un roman sur la clairvoyance. Joe Pike se trouve projeté dans un univers où il est obligé de creuser sous la surface et de lire entre les lignes pour découvrir où est la vérité. »

Robert Crais

Né en Louisiane, Robert Crais a grandi dans une famille de policiers et d'ouvriers de l'industrie pétrolière. À quinze ans, il achète d'occasion *Fais pas ta rosière* de Raymond Chandler, qui inspirera toute une vie de passion pour le roman noir. Réalisateur amateur et auteur de nouvelles pendant des années, il tente sa chance à Hollywood en 1976. Il écrit les scripts de séries télévisées célèbres, mais se sent bientôt prisonnier des contraintes hollywoodiennes. Il renonce alors à ses contrats juteux pour réaliser son rêve : écrire des polars. Au début, ses efforts restent vains, mais en 1985, il crée le personnage d'Elvis Cole dans *Prends garde au toréador*, qui connaît le succès. L'auteur comprend qu'avec Cole, il a créé un héros fort, idéal pour véhiculer sa vision de la vie. « En campant ce personnage, confie-t-il, j'avais déjà envie de lui trouver un compagnon. [...] Alors Joe Pike s'est matérialisé. » Au fil des romans, Pike s'est révélé d'une grande complexité, avec ses blessures d'enfance et ses décorations de guerre. « Je n'imagine plus Cole sans Pike. C'est sans doute dans *La Sentinelle de l'ombre* qu'ils partagent les instants les plus tragiques ; leur amitié est réellement mise à l'épreuve. » L'histoire se déroule notamment dans les canaux de Venice, un quartier résidentiel de Los Angeles. À quelques rues de ce havre de paix se trouve une zone totalement contrôlée par des gangs mafieux. « Ce lieu idyllique, avec ses jolies maisons bâties sur un rêve, est cerné par les dealers. Un cadre idéal pour une intrigue policière. » Une intrigue qui débute loin de là, à La Nouvelle-Orléans dévastée par Katrina. Il se trouve que l'auteur participait à une excursion de plongée au large de la Louisiane quand l'ouragan a frappé. Il a fait partie des évacués et peut témoigner du désastre. « Certains de mes proches ont perdu leur maison. Dieu merci, aucun n'a été blessé. »

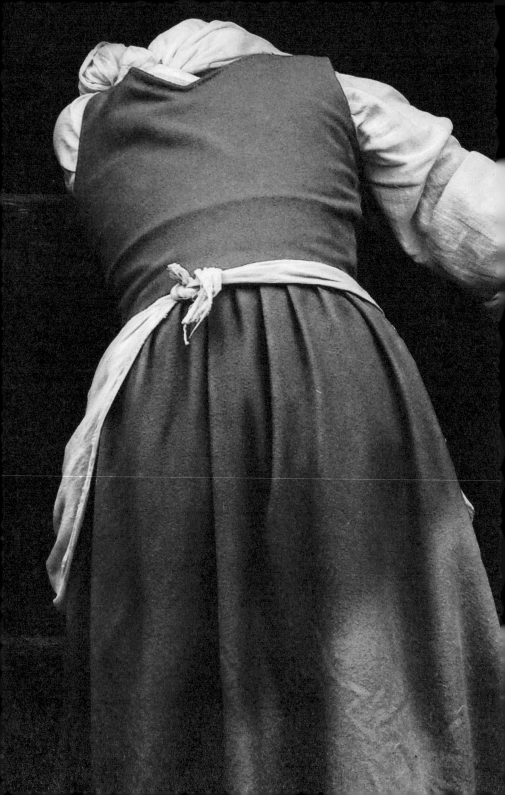

MARTINE MARIE MULLER

La Servante noire

« Sommes-nous sur terre pour autre chose
qu'être aimés ? » s'interroge douloureusement
Tancrède de Miromesnil, cadet d'une grande
famille de la noblesse de robe normande.
La nature l'a affligé d'une bosse, disgrâce
qui le persuade de n'être pas digne d'amour.
Et si le destin en décidait autrement ?
Tout commence par l'incroyable découverte,
en plein bocage normand, d'une petite
fille à la peau noire, évanouie sur un lit
de feuilles mortes…

Première partie

1

É TAIT-CE le jour ou la nuit, lorsque je me suis assoupi dans mon fauteuil et que j'ai rêvé qu'elle était de retour à Miromesnil ? Elle marchait dans la grande allée qui mène au château, avançant, non de ce pas vif que je lui avais toujours connu, mais du pas flottant du fantôme fugitif de ma jeunesse et de mes illusions perdues. Elle émergeait d'un écrin de voiles de brume dont les lambeaux accompagnaient la fluidité de son pas, le lent mouvement de sa robe grise. Ses grands yeux noirs, fixés sur moi, brillaient comme deux pépites de cette pierre volcanique venue du Nouveau Monde, l'obsidienne, que me montra un jour un apothicaire de Dieppe. Deux éclats noirs brûlants et tranchants qui rougeoyaient pourtant comme de l'amadou. Soudain, une tache apparut au milieu de sa robe, rose rouge qui s'épanouit, s'avançant vers moi, qui engloutit l'allée, le grand orme près du saut-de-loup. L'incendie crépitait au cœur même de son tablier, qui emplit mon âme, et mon corps, et tout le château.

Je me suis réveillé en sursaut, le cœur battant, puis j'ai tourné les yeux vers le lit. La main tremblante, j'ai tenté de me servir un verre de ce vin dont j'exige, chaque soir, une carafe en sentinelle près de mes écritoires, mais j'y ai renoncé. J'ai détourné les yeux du baldaquin clos, je suis allé à la fenêtre, j'ai tiré le lourd rideau de velours noir et contemplé l'allée noyée par cette heure grise, entre chien et loup. Le grand orme, près du mur des communs, a, comme toujours, attiré mon regard. Il ne m'est guère possible d'y poser les yeux sans penser à ce jeune ancêtre, Noël de Miromesnil, qui s'y pendit. L'allée, jusqu'à l'orée du bois, était déserte, fendue par le long fossé transversal, ce saut-de-loup qui nous a toujours protégés des bêtes sauvages mais pas du malheur.

J'ai refermé le rideau et je me suis à nouveau laissé choir dans mon fauteuil, car les élancements de mon dos et la douleur de ma cuisse se réveillaient. Cette dernière blessure aussi me parlait d'elle.

Puis le mal a diminué ; je me suis peu à peu laissé enrober dans l'étoffe molle de ma rêverie. J'ai fermé les yeux.

Je revoyais la courbe délicate de son cou de miel sombre, la ligne fluide de sa taille, et la nuit est devenue tout à fait noire. Noire comme le souvenir. Noire comme Némésis, fille des ténèbres, vengeresse souveraine des excès des hommes, taillée dans le marbre noir de Phidias. Noir fécond et fertile. La terre est noire, comme le feu est rouge et l'eau verte. Le rouge pour ceux qui combattent, le noir de la caverne matricielle pour ceux qui travaillent. Non pas caverne. Non pas sépulcre, ou prison : le noir, c'est la vie ; le noir, c'est la douleur. Je me souviens de chacune des cicatrices qui zébraient le grain parfait de sa peau ; elle avait la brillance de la martre zibeline, le plus beau de tous les noirs tirés du monde naturel.

Cette femme fut mon heure noire, et j'ai fait tendre la chambre, dans laquelle je me tiens encore, aux couleurs de funérailles que fut cette *hora nigra*, disait mon maître de latin. Tentures noires aux fenêtres et sur les murs, meubles de noyer. J'ai réduit la mesure de mon appartement et de mon existence à celle de son souvenir. Je ne suis plus habillé que de noir. Je recherche le silence des couleurs dans les silences de l'amour. Il n'y a pas d'autre couleur que le noir.

— Monsieur Tancrède ! Votre traduction est non point fausse, mais approximative ! m'expliqua un jour mon maître, l'abbé Vatelot. *Ater* veut bien dire « noir », mais un noir mat et terne, alors que *niger* exprime un noir brillant. Comme nous trouvons *albus* et *candidus* pour « blanc » ; *perniger* exprime un noir très sombre, *subniger* un noir au reflet violet, et *nigrita* rappelle le noir mauresque. Le noir, Tancrède, est une grave couleur, subtile et délicate à exprimer !

Curieux impénitent, mourant d'ennui auprès du médiocre élève qui lui était échu et vivant au sein d'une famille pour qui les choses de l'esprit étaient insignifiantes, l'abbé me prenait pour confident, m'assommant de ses conférences et questionnements scientifiques qui comblaient ma solitude.

— Vous ai-je déjà entretenu de ce M. Newton ? Un grand savant ! Un Anglais, ce qui est regrettable, mais peut-être le plus grand esprit de ce temps. Savez-vous qu'il a prouvé que l'œil ne voit que les préjugés, que seule la physique est source de vérité ? Newton a taillé des verres, poursuivit-il. Dans ces verres, il a observé et découvert que la lumière du soleil ne s'atténue ni ne s'obscurcit, mais qu'elle forme une tache colorée et allongée, à l'intérieur de laquelle elle se disperse en plusieurs rayons qui forment une séquence chromatique, toujours la même : le spectre.

— Le spectre, monsieur l'abbé ? demandai-je par politesse.

— On peut donc décomposer et recomposer la lumière solaire en partant des rayons colorés. La lumière ne s'affaiblit pas pour donner les couleurs, mais elle est elle-même, de manière innée, formée de la réunion de diverses lumières colorées : découverte fondamentale ! Désormais la lumière et les couleurs qu'elle contient sont identifiables, reproductibles, maîtrisables, mesurables !

— À quoi peut bien servir la mesure de la couleur, monsieur l'abbé ?

— À mesurer un nouvel ordre chromatique, autant dire un nouvel ordre du monde ! Il s'agit désormais d'une séquence continue, qui était inconnue jusque-là : violet, indigo, bleu, vert, jaune, orangé, rouge ! Mais dans ce nouvel ordre, il n'y a plus de place pour le noir et le blanc : c'est une révolution, Tancrède, une révolution ! Le noir et le blanc ne sont plus des couleurs, ils sont hors du spectre, donc hors du monde !

Je n'ai jamais lu ce M. Newton, ni rien compris à ce que m'expliquait mon précepteur, mais si je me souviens de cette leçon-là, c'est parce que, quelques heures plus tard, durant notre promenade quotidienne dans le bois qui enserre le château de Miromesnil, nous allions découvrir un être « hors du spectre, hors du monde ». Je ne savais pas encore que mon existence et mes certitudes allaient un jour s'en trouver bouleversées, les miennes et celles du château, mais aussi celles du pays. J'ai participé à cet ébranlement des choses, des êtres et du roi, pour mon plus grand bonheur et mon plus grand malheur. Je ne sais si j'ai bien fait, si j'ai mal fait, je ne sais si le sang sur mes mains me sera jamais pardonné, mais j'entrerai dans la mort en n'arborant aucune autre puissance que celle de ma faiblesse. Car si j'ai porté les faibles et les impuissants, l'espace d'une embellie, pour ne les conduire qu'au sacrifice, ce sont ces faibles et ces impuissants qui me porteront jusqu'au Ciel.

Et ma Némésis marchera à mes côtés.

2

Nous avancions dans le bois depuis deux grandes heures déjà. Je soupçonne l'abbé d'avoir inventé nos longues promenades pour endurcir l'enfant contrefait que j'étais devenu, quand vers l'âge de trois ou quatre ans une bosse avait poussé sur mon épaule gauche. Négligé par ma famille sous couvert de me protéger, je n'avais d'autre compagnon que l'abbé. Au désespoir de mes parents, l'abbé avait objecté que si je devais accepter cette bosse comme une épreuve envoyée par Dieu, rien cependant ne devait me détourner de dresser mon âme à défaut de pouvoir rectifier mon dos. Ce à quoi il s'ingéniait avec toute la générosité et la patience de son enseignement.

C'était un bel automne doux que celui de cette année 1750, chamarré et tout empanaché de teintes fauves et or, qui sentait l'humus, le champignon et la bête à plume. En conséquence sans doute de mon physique contrefait, je n'étais guère devenu un enragé de la chasse et des chevaux, comme mon grand-père Dieudonné, mon père Hugues et mon frère aîné Henri. J'aimais avec simplicité notre terre normande. Et, par-dessus tout, le grand ciel blanc.

Si je n'étais guère un esprit brillant, j'avais compris que la fréquentation assidue des cours de l'abbé me permettait d'échapper aux exigences de mon rang. J'avais eu cent fois la même querelle avec ma mère, qui me reprochait de ne jamais accompagner mon père à la chasse, pas davantage au parlement de Rouen dont il était l'honorable président. Quand Louise Marie Victoire, ma mère – elle tenait à ce que les trois prénoms fussent employés dans un même souffle –, venait me dénicher au fond de la bibliothèque, me déranger en mes rêveries sous prétexte de m'imposer au salon, nos échanges tournaient en vives disputes.

— Ma mère, vous savez fort bien que je ne goûte ni vos chevaux ni votre parlement, pas davantage vos soirées où vous m'imposez ces fades péronnelles que vous voudriez me voir épouser ! D'ailleurs, qui se soucie de faire souche avec un bossu ?

— Ne cachez point dans votre bosse le cynisme qui caractérise votre indolence ! Considérez plutôt que votre condition de cadet vous laisse une liberté dont vous abusez, Tancrède, qui durera ce que dure la jeunesse, c'est-à-dire l'espace d'un matin, comme dit un de ces poètes dont vous avez le goût…

— Un goût qui vous chagrine, ma mère, comme celui des livres, de l'esprit et de la science…

— Sommes-nous des bourgeois pour nous piquer de ces choses ?

Et elle disparaissait dans un grand froufrou de soie, pour aller confier une fois de plus à mon père le grand désappointement que je lui causais. La froideur de ses manières, l'indifférence de mon père, la répugnance affichée de mon grand-père, la suffisance d'Henri, plus encore que mon dos, avaient libéré en moi un esprit de rébellion enfantine et obtuse, des attitudes fuyantes et un amour excessif de la solitude. J'étais menacé de la prêtrise comme une cadette sans dot l'eût été du couvent, mais cela m'indifférait. Le brave abbé usait de ses talents d'orateur pour incliner la patience de ma mère. Quoique mon frère atteignît ses dix-sept ans cette année-là, elle continuait de craindre pour sa vie. S'il venait à disparaître, il resterait toujours à la famille de Miromesnil un fils, même bossu, pour hériter des charges et des privilèges. J'avais conscience de ne devoir une tranquillité dont j'abusais qu'à ce sordide calcul de boutiquier ; elle savait que je le savais, ce qui exaspérait encore son ressentiment à mon égard.

Nous marchions d'un bon pas, selon notre habitude, le jour était déjà à son déclin et ce fut le hurlement d'un loup, au loin, qui nous surprit dans nos méditations botaniques et nous rappela que nous nous étions, plus qu'un autre jour, fort éloignés du château. Alors que nous allions rebrousser chemin, quelque chose attira notre regard, roulé en boule auprès d'un grand hêtre. Je songeai d'abord au cadavre d'une bête, puis, à la vue des haillons qui recouvraient le petit corps, nous devinâmes quelque pauvre hère venu s'abandonner sur nos terres, un petit valet de cuisine sans doute, maculé de suie, qui avait fui la correction de son maître.

— La condition des pauvres est bien infortunée en notre royaume, soupira l'abbé, tout en posant une main délicate sur le corps. Mais… c'est un petit… Noir !

— Entendons-nous, monsieur l'abbé, dis-je, pris d'une vanité de sarcasme. Vous voulez dire *ater* ou bien *niger* ?

— Foin de plaisanterie saumâtre, mon petit ami ! C'est d'un être humain qu'il s'agit ici, sans doute un de ces malheureux esclaves ramenés des îles !

Il rejetait de sa main l'amas de feuilles mortes où l'enfant s'était niché, et poussa à nouveau une exclamation. J'avais compris en même temps que lui, l'aidant à dégager le corps. C'était celui d'une petite fille, vêtue de hardes, les pieds nus recouverts de sang et de croûtes béantes, la robe trouée sur des cuisses maigres, le visage sombre que le froid et la maladie rendaient d'un gris terreux, ses petits cheveux crépus couronnés de feuilles. Je la crus tout d'abord morte. L'abbé mit son oreille sur sa poitrine creuse.

— Elle est vivante !

Je la pris dans mes bras. Elle pesait le poids d'une plume, c'était une miette d'enfant, un petit sac d'os, une ombre légère, un souffle si ténu que nous crûmes qu'il ne tiendrait pas même jusqu'au château. L'on nous y accueillit avec un empressement mêlé de curiosité.

J'avais toujours trouvé mes parents plus affables et tolérants avec leurs gens et leurs métayers qu'avec moi, aussi ne fus-je point surpris de voir ma mère s'affairer avec sa femme de chambre auprès de la petite esclave. On nous chassa de la cuisine où un baquet d'eau fut mis à chauffer ; c'était désormais l'affaire des femmes. Nous dînâmes fort tard ce soir-là et, en attendant, nous discutâmes au coin de la cheminée, pour une fois fort aimablement, mon grand-père, mon père, mon frère, l'abbé et moi. L'abbé émit des avis fort sévères sur le Code noir, le trafic d'hommes, de femmes, de sucre et de tabac, qui firent hausser les sourcils à mon père et ricaner le sien. Que les pauvres fussent noirs ou blancs, leur destinée était d'être pauvres et de le rester, il semblait seulement fort dommageable que la roture enrichie par ce trafic se poussât désormais du col, étalant des fortunes indécentes, poussant l'extravagance jusqu'à acheter des noms et des terres, s'arrogeant à force de bassesses des situations au parlement !

Le fait ulcérait surtout grand-père Dieudonné, né lors de ce terrible hiver de 1684 qui avait vu la mort de nos vignes et celle du jeune

Noël de Miromesnil. Il avait été élevé comme une icône par des parents âgés qui avaient lu un miracle dans sa venue tardive. Dieudonné avait donc toute sa vie considéré sa naissance comme l'expression de la supériorité de sa race. Marchant encore très droit, quoique avec une canne, il régnait seul sur le domaine, moins en despote qu'en une incarnation vivante de notre gloire et de nos privilèges, par la grâce de Dieu. Sa dernière posture était de mépriser ouvertement le roi Louis XV, un gandin aussi léger que sa poudre à perruque, ainsi qu'il le qualifiait, depuis que le souverain avait, l'année précédente, envoyé en disgrâce notre cousin Maurepas, secrétaire de la Marine.

— J'espère, mon petit-fils, fit-il en s'adressant à Henri, que vous n'aurez pas à manœuvrer pour obtenir la présidence de notre parlement de Rouen contre un de ces bourgeois négriers !

— Je l'espère aussi, grand-père, soupira Henri, toujours conciliant, mais je vis bien à sa mine qu'il n'imaginait pas un seul instant qu'une telle aberration fût possible.

Mon père laissa alors échapper toute sa bile à propos des soucis de sa charge : lits de justice imposés par les souverains pour contrer le droit de remontrance des parlements, intendants envoyés de Paris espionner et démettre les magistrats…

Lorsque ma mère fit enfin servir, elle était plus souriante qu'à son usage, des boucles de sa coiffure avaient chu sur ses épaules, ce qui la rajeunissait. Elle nous fit un portrait pathétique des souffrances que la petite avait dû endurer, fouettée, affamée ; cependant, l'enfant lui semblait vivace comme un roncier, elle avait avalé une soupe avant de replonger dans un sommeil de plomb dont rien, pas même les onguents sur ses plaies, ne semblait plus pouvoir l'arracher. On l'avait couchée sur une paillasse dans la resserre jouxtant le four à pain, bien au chaud, où la cuisinière pourrait la surveiller à son aise.

Le lendemain, le Dr Dumesnil vint à cheval recoudre les plaies et confirmer la solide constitution de la « moricaude », comme il la nomma. Non, il ne connaissait personne à dix lieues à la ronde qui possédât une esclave, sa clientèle ne le portant pas jusqu'à Dieppe. Si, dans sa tournée, il entendait parler d'une domestique en fuite, il en avertirait en toute discrétion Mme la marquise. Le rusé praticien avait déjà compris que la maisonnée était sur le point de s'enticher de sa trouvaille exotique et il sut fort habilement se faire payer sa discrétion.

Je la revois encore, après qu'alitée depuis plus d'une semaine, elle se tint enfin au bout de la longue table de la cuisine, avalant à la cuillère une soupe épaisse, arrachant entre chaque gorgée un morceau de sa tranche de pain, trois fois grosse comme sa main. Elle mangea lentement et, quand elle eut fini, je la vis, avec stupéfaction, de son petit index ramasser une à une chaque miette et les porter à sa bouche. Lavée, habillée décemment et reposée, elle ne paraissait plus si jeunette, peut-être même avait-elle passé les dix ans.

— Nous comprends-tu, petite? fit ma mère, qui avait repris ses grands airs de commandement. Parles-tu français? Comment t'appelles-tu? D'où viens-tu? questionna-t-elle encore.

La petite l'ignora et palpa le coton de sa robe.

— Mon Dieu! soupira ma mère, déçue. Elle est idiote! Ou muette, ce qui est la même chose! Qu'allons-nous en faire?

— Il lui faudrait plus de temps, mère, murmurai-je.

— Sait-elle même où elle se trouve? ajouta l'abbé. Accordons-lui ce que l'on autorise à un chiot ou un poulain, la découverte de l'espace de son domaine, l'odeur de son maître…

— L'odeur des maîtres! s'exclama ma mère. Vraiment, l'abbé, parfois je me demande si votre science physique ne vous tourneboule point l'esprit! Je l'appellerai Sophie.

Je jugeai blessant de nommer ainsi une petite sans se soucier davantage de sa véritable identité, mais je soupirai d'aise : ma mère était décidée à accueillir cette inconnue en notre maisonnée.

Une fois tout à fait remise, sa présence à mes côtés me devint indispensable. Ma mère était occupée à ses visites ou à son clavecin, quand elle n'accompagnait pas mon père à Rouen, lequel, avec mon frère qu'il éduquait aux arcanes du palais, et sans doute aussi à celle des maisons galantes, était retenu des semaines entières à la tenue des séances du parlement. Mon grand-père perdu dans ses recherches généalogiques au point d'en oublier de descendre déjeuner, l'abbé plongé dans son herbier ou son Newton, j'étais libre de toute entrave.

Je lui fis visiter les appartements du château, nommant chacun des ancêtres suspendus en de hauts portraits dans l'escalier; je la menai aux écuries et aux communs, au vaste potager mêlé de fleurs, et jusqu'à la chapelle au bout de l'allée, sise à l'entrée du bois. Je lui montrai même l'emplacement des vignes de l'ancêtre Valery de Miromesnil, vestige de la légende noire de la famille, marquée par ce terrible hiver 1684 et le suicide du dernier fils du marquis, le jeune Noël de Miromesnil. Le seul, sans doute, de cette prestigieuse lignée avec lequel je me sente quelque mélancolique affinité.

— Vois-tu, lui dis-je un jour en désignant la haute ramure de l'orme où Noël s'était pendu, cet arbre devrait nous rappeler que, derrière les vanteries ridicules dont il est ordinaire à la noblesse de s'étourdir, le chagrin fait de tous les hommes des égaux.

Et je perçus dans ses yeux combien elle me comprenait.

Je n'avais jamais douté qu'elle pût parler, bien qu'elle restât près de six mois sans lâcher un mot.

— Il faut que tu connaisses tout le domaine, ses recoins et ses cachettes, les maisons de nos métayers, on ne sait jamais ; les caprices de la fortune sont imprévisibles. Et quoique mon grand-père Dieudonné feigne de se croire immortel comme notre famille, il nous faudra peut-être un jour consentir à quelque bizarrerie du sort…

Nous étions entrés dans la chapelle, elle s'y agenouilla, joignit les mains et resta longtemps en prière. Ému, je m'agenouillai à ses côtés, puis nous restâmes assis longtemps sur le banc, empreints de la sérénité du lieu, et je m'interrogeais sur les personnes qui l'avaient torturée tout en l'instruisant de notre religion qu'ils trahissaient.

CE premier hiver de son arrivée au château, avec les poignées furieuses de la pluie du Caux se fracassant sur les hautes fenêtres qui flanquent le salon de part et d'autre, le vent mugissait en écho de cheminée en cheminée malgré les hautes bûches qui flambaient. Le château s'était tout escargoté sur nos vies racornies par le froid, mais ce fut le plus bel hiver de ma vie.

Le dimanche des Rameaux de l'an 1751, alors que sa frêle silhouette noire avait cessé de pratiquer une trouée étrange et ténébreuse sur le ciel blanc de notre Caux, qu'elle s'était déjà fondue dans le paysage de notre propre maisonnée où elle s'activait comme demoiselle des appartements de ma mère, nous allâmes à la messe, en la chapelle du bois. Tandis que l'abbé Vatelot officiait, il nous invita à entonner un de ces chants grégoriens que nous outragions par la dysharmonie de nos voix. Soudain, à notre stupéfaction à tous, la voix de ma Némésis, limpide, emplit la chapelle. Nos voix se turent sur nos mâchoires décrochées, et sa voix solitaire, vibrante, nous enveloppa de son charme troublant. Jamais je n'entendis plus beau *Magnus Dominus* ;

j'en demeurai bouleversé tout le reste de la messe cependant que ma mère, en se signant, répétait :

— C'est un miracle !

Les salutations de la fin de la messe furent expédiées.

— Tu vas enfin pouvoir nous dire ton nom ! exigea ma mère.

— Sophie, répondit-elle d'une voix flûtée, ce qui fit rire tout le monde, ma mère en premier, comprenant cette réponse, avec une vanité un peu sotte, comme l'hommage de la petite *Negrita* à ses commandements.

Elle la prit par la main, remonta vivement avec elle au château et on ne les vit plus ni l'une ni l'autre jusqu'au repas. Seul dans mes appartements, j'enrageai. Moi qui avais attendu que cessât le mutisme de Sophie, sa voix à peine sortie d'elle comme le génie de la lampe m'était enlevée par le caprice de ma mère dont je connaissais les passions éphémères : l'amour des colombes, toutes mortes de faim ou de maladie, celui d'un perroquet, volé ou envolé, celui d'un caniche étourdi égorgé par les chiens de meute, celui de l'aquarelle et de la sanguine dont le matériel pourrissait au grenier avec les cages à oiseaux. Seule la passion du clavecin survivait encore. Je brûlais de lancer à la face de Louise Marie Victoire que Sophie était sa nouvelle poupée, un joujou qui cesserait de l'amuser quand il grandirait. Mais je m'abstins.

Quand nous pûmes reprendre nos promenades, alors que le pays ruisselait et verdoyait d'un printemps frais et humide, je ne pus résister à quelque maladroit questionnement sur son jeune passé.

— Je suis née dans vos bois. Avant, je n'existais pas, il n'est point besoin de mettre des mots sur ce qui n'en mérite aucun, me répondit-elle d'une voix douce mais ferme.

Je n'insistai plus jamais, me contentant de prendre plaisir à la voir vivre, grandir et s'épanouir auprès de nous. L'abbé lui apprit très vite à lire et à écrire, la cuisinière à cuisiner, ma mère à broder, à s'attifer, à servir le café, à l'accompagner en ses visites où l'exotisme de sa compagnie la posait dans le monde. Louise Marie Victoire exhibait la voix de Sophie tandis qu'elle l'accompagnait au clavecin, si bien qu'il courut dans tout le pays que les Miromesnil avaient une esclave à la voix d'ange. Je craignis par-dessus tout que le bruit ne se répandît jusqu'à Dieppe, d'où j'étais certain qu'elle s'était enfuie. Mais il faut croire que ce n'est point ce qui était écrit. Aucun maître ne vint la réclamer.

3

*L*ES années semblaient s'envoler sous le doux murmure des saisons. Sophie grandit en une belle liane fine et souple. Je m'allongeai de même, mais ma bosse aussi, semblait-il, davantage même que mes os sains. Je refusais de paraître aux réceptions, confit dans ces habits qu'on s'obstinait à me faire, qui devenaient sur moi de grotesques déguisements de singe saltimbanque. Dissimulé dans le grand escalier, j'écoutais Sophie chanter, puis, lorsque sa prestation était terminée, elle filait comme un oiseau me rejoindre et nous disparaissions, main dans la main, dans la bibliothèque.

Comme je l'avais prédit, l'entichement de ma mère à l'endroit de Sophie s'amenuisa, sans tout à fait disparaître ; elle la faisait chanter mais lui accordait une liberté dont nous abusions sans vergogne. Nous lisions ensemble les pièces de M. Racine, et *Bérénice* en particulier, notre favorite, nous faisait verser des torrents de larmes sous l'œil humide de l'abbé, car il n'était point besoin d'être grand clerc pour y lire le miroir de notre propre condition, celui d'un mariage impossible, interdit par la raison d'État. Sans avoir jamais échangé ni un mot ni un geste, encore moins un baiser, nous vivions l'un près de l'autre dans la plus parfaite complicité innocente, ce qui suffisait à notre bonheur.

Était-ce en 1756, l'année de ses probables quinze ans, de mes dix-huit ans, que survint une aventure qui fit éclore l'homme que je n'étais pas ? Je ne me souviens plus. L'un de nos métayers n'ayant pu s'acquitter de ses impôts, grand-père Dieudonné avait accepté, en échange, un petit âne que nous fîmes atteler à une carriole que Sophie apprit à conduire. Bien que lisant le mépris dans les yeux de nos gens comme dans ceux de ma famille, je préférai vite le plaisir des promenades en carriole plutôt que le devoir de monter à cheval, comme il eût convenu à mon rang. Dès que Sophie s'était acquittée de ses obligations, nous nous précipitions pour atteler Virgile, ainsi que l'abbé l'avait prénommé. Rien ne réjouissait davantage nos cœurs que le trottinement de Virgile, le doux roulis de sa belle tête grise dont Sophie agrémenta la sangle d'un grelot qu'elle avait déniché je ne sais où, le balancement de la carriole dans les ornières. Par toutes les saisons, nous nous enfoncions dans les chemins, les *cavées* bordées des hauts talus. Il me semblait que toute la nature s'inclinait au passage de ma petite reine de Saba, ainsi que je l'appelais en mes intimités, déroulait sous nos roues le tapis royal de ses feuilles et de ses mousses, éventait notre venue de l'inclinaison de ses palmes respectueuses.

Nous passions au trot les petits ponts de bois sur la Scie qui nous faisaient tressauter sur notre banc comme des dés dans un gobelet. Aux beaux jours, nous allions nous allonger sur le sable humide de la rive, le nez dans la mousse et les joncs, surprenant l'allure immobile et fluide d'une truite, le bond d'une grenouille, l'avancée besogneuse d'un scarabée ou d'une fourmi.

Une famille de colverts avait fini par nous adopter, nous traitant avec une indifférence hautaine, la mère en tête, suivie de son chapelet de canetons. Il y avait un petit dernier, un petit bancal à patte tordue, que l'effort de suivre sa parentèle épuisait mais ne décourageait jamais quand la mère les menait sur la rive.

— Je suis pareil à ce petit bancroche, dis-je un jour. Le mal-aimé, le dernier de la lignée, le rejeton dégénéré.

Sophie resta silencieuse un instant.

— Alors toi et moi sommes pareils…

Quand nous étions seuls, le tutoiement était de rigueur.

— Ta bosse comme la couleur de ma peau sont les marques de notre solitude parmi les hommes…

Nos mains jouaient dans l'eau, caressant les pierres moussues de la rive, elles se frôlèrent, s'évitèrent, ce fut la main noire qui la première saisit la main blanche, les doigts s'entremêlèrent, blanc sur noir, noir sur blanc, hors du spectre, hors du monde. Le mouvement de l'eau en troublait les contours, ça n'était plus une main, deux mains, blanches ou noires, c'était un être hybride, fluide et immatériel, qui venait de naître de par les lois naturelles d'un monde neuf et celles d'un paradis caché dont nous étions les seuls maîtres. Sa main se déprit la première de la mienne et, s'essuyant en riant au pan de sa robe grise, Sophie s'écria que l'eau était bien froide.

Je restai un moment éperdu de bonheur, la gorge nouée par l'émotion, et, feignant d'ignorer le désordre de mes sens, je rampai un peu plus loin de la rive, collant mon oreille au sable doux.

— Écoute, murmurai-je.

— Quoi donc? fit-elle, se glissant près de moi, posant son visage près du mien.

— Le mouvement de notre machine ronde sur son axe…

— Comme la mappemonde de la bibliothèque? Vivons-nous vraiment sur un ballon suspendu?

— Mais oui. Écoute.

Je contemplais son visage près du mien, la coiffe déjetée qui libérait son front moiré, son profil fin qui se découpait sur le sable blond, ses paupières sagement closes, l'aile délicate comme un coquillage de sa narine ronde et palpitante, ses lèvres pulpeuses entrouvertes sur son souffle retenu.

— Écoute la révolution de l'astre qui grince sur son axe, régulière comme le battement d'un cœur; écoute le tic-tac du pas de la rotation, éternelle mécanique obtuse, qui nous ignore et qui demeurera encore longtemps après nous…

— Même quand nous aurons passé…

Nous restâmes un moment infini allongés sur le sable, sans même nous toucher, nos profils se faisant face comme les deux valves d'un même coquillage, puis un souffle de vent fraîchit, le grelot de Virgile s'agita, minuscule tocsin qui nous fit sursauter. Sophie bondit la première vers la carriole. Nous revînmes vers le château.

Alors que nous étions proches d'atteindre un chapelet de chaumières ramassées dans une trouée du bois, un troupeau d'enfants en guenilles qui poussaient vaches et veaux dans le mitan d'une *cavée* obligea Sophie à faire arrêter la marche de Virgile. On commença à nous observer. Ces petits paysans crasseux, filles et gars, dévisageaient surtout Sophie, dans un silence mêlé de stupeur et de méfiance. Alors qu'elle tentait de faire manœuvrer Virgile pour libérer un passage, un des petits pastoureaux bondit sur le pan de la *cavée*, s'approcha de Sophie et, d'un geste vif, il posa son index sur la peau nue de son bras, l'y frotta vivement comme s'il voulait y effacer une tache, puis contempla son index avec stupéfaction, le montrant aux autres en s'écriant d'une voix pleine de triomphe :

— 'A déteint point à c'te heure, c'te peau de charbonneuse!

Moi qui m'étais toujours jugé l'âme pleutre dans un corps débile, je bondis de la carriole, j'en fis le tour, arrachai le gamin par le col et je le jetai à terre. Mon éducation revint au galop :

— Comment oses-tu, manant, t'approcher de cette jeune fille? Tu n'es pas même digne de lécher la semelle de ses souliers, vil chien!

J'entendis le cri de Sophie, mais trop tard, j'étais déjà happé par une poigne de fer qui me propulsa dans la boue du chemin, tandis qu'un coup de pied de la même eau me rompait les côtes et la bosse. Aux hurlements de Sophie s'ajouta le cri d'une fillette :

— Arrête donc, Jean, à c'te heure ! 'Est l' fils du marquis !

Les coups cessèrent d'un coup, remplacés par un grand éclat de rire qui me pénétra le cœur bien plus durement que les coups.

— Cet avorton ? Un marquis ? s'écria la voix.

Sophie avait bondi de la carriole et m'aidait à me relever, ce que je fis avec peine, rouge de honte, le souffle coupé, pour découvrir devant moi un magnifique spécimen de la race viking. Très grand, bien découplé dans sa *camise* loqueteuse, les pieds nus dans des sabots crottés, le buste puissant, le cou d'un jeune taureau sous une tignasse hirsute de boucles blondes, les mains sur les hanches, il nous dévisageait l'un après l'autre d'un air moqueur, puis ses yeux bleus fixèrent Sophie sans vergogne.

— Êtes-vous la servante de ce bossu, mademoiselle ?

Sophie l'ignora avec hauteur, s'attachant à remettre un peu d'ordre dans ma misérable personne, mais je surpris ses yeux de jais détailler à la sauvette le goujat taillé en hercule, lequel attrapa soudain par l'oreille le vaurien que j'avais molesté, le tirant vers Sophie avec une bonne claque sur les joues.

— Excuse-toi, bandit ! lui cria-t-il dans les oreilles.

Le morveux mâchouilla quelque chose en son patois. Alors que Sophie m'aidait à remonter dans la carriole, une petite voix monta de la foule des enfants.

— 'Est l'âne au *pé* Bonnemort ! J'le reconnaissons bien, avec sa tache blanche su'l'front !

Alors le sourire narquois de celui qu'on avait appelé Jean s'effaça ; il posa sur moi un regard dont la haine fonçait les pupilles.

— Vous et les vôtres volez les gens ! asséna-t-il en désignant Sophie du menton. Comme vous volez les bêtes aux pauvres !

Je me sentis blêmir, tout liquéfié de l'intérieur.

— Race de sangsue ! De parasite ! cracha encore le dénommé Jean.

Sophie était remontée près de moi, avait saisi les rênes abandonnées d'une main tremblante, s'appliquant moins à fouetter la croupe de Virgile qu'à éviter de contempler la fureur qui irradiait du corps de Jean. La colère du goujat semblait d'ailleurs s'évanouir ; les mains sur la sangle de Virgile pour l'empêcher d'avancer, il scrutait avec ravissement la personne de Sophie, m'ignorant avec ostentation. Je ne connaissais de nos gens que leur nuque, leur tête inclinée sur le passage de mon grand-père ou de mon père, or toute la fière physionomie de Jean me laissait abasourdi autant qu'humilié. Une partie du monde sous mes pieds venait de s'effondrer.

— Je vous saurais gré, fit froidement Sophie, regardant le jeune manant droit dans les yeux, de nous laisser le passage !

— Les volontés d'une si belle demoiselle sont des ordres ! déclama-t-il en mimant une petite révérence ridiculement forcée.

Des petites voix pouffèrent dans la foule des gamins. Jean salua encore Sophie, fit quelques grands gestes auxquels se joignirent la troupe de bergers, faisant reculer le troupeau meuglant jusqu'à une déclivité du chemin où Virgile et notre carriole purent se faufiler.

Nous rentrâmes au trot au château, sans ouvrir la bouche, Sophie ne cessant de harceler le pauvre Virgile de coups secs sur la croupe. Je la laissai dételer et bouchonner l'âne, alors que nous nous occupions habituellement toujours à deux de ces tâches, et me ruai de mon pas déhanché à l'étage, ignorant l'abbé qui sortait de sa chambre, un livre à la main, et que mon allure agitée laissa stupéfait.

Je ne pus, de toute une longue semaine, adresser seulement la parole à Sophie, m'enfermant dans ma chambre, ou dans la bibliothèque quand elle la quittait, me plongeant dans Virgile – le poète – jusqu'à en avoir des maux de tête, assommant l'abbé de questions de grammaire jusqu'à ce que le pauvre homme en eût lui-même la tête cassée. Enfin, il n'y put plus tenir.

— Tancrède, mon jeune ami, Sophie m'a tout narré. Voulez-vous discuter de quelques points de politique ?

— Politique, mon père ? Vous appelez « politique » le fait que le cadet des Miromesnil se soit fait rosser par un manant ?

— Combat de petits chenapans qui jouent les coqs de village !

— Il m'a traité d'« avorton », ce qu'il est en droit de penser, mais non pas de me jeter à la face !

— Ce que j'appelle « politique », et qui me soucie, et devrait vous soucier davantage, Tancrède, est Virgile – je parle de l'âne. Que ces petits paysans aient reconnu l'âne sacrifié aux impôts du peuple, en l'occurrence ceux que devait le dénommé Bonnemort, est fort plus inquiétant ! En tant que Miromesnil, avec ou sans bosse, vous serez un jour confronté aux malheurs du peuple que les impôts laissent exsangue, et à sa colère. Du nord au sud, notre royaume est terre de jacqueries qui ont inondé le sol de France du sang des révoltes ! Parce que la Normandie est une des plus riches provinces, vous croyez-vous exempt de ces menaces ?

— Nos paysans ne sont-ils pas mieux traités qu'ailleurs ? Depuis l'arrière-grand-père Ansbert, nombre de nos terres ont été octroyées aux métayers, les élargissant ainsi de la taille et des corvées. Grand-père n'était-il pas en droit de jeter le père Bonnemort dans les griffes du receveur des impôts, qui l'eût envoyé aux galères, plutôt que de se satisfaire d'un âne dont il n'avait que faire ?

— Parlons justement de l'exemption de la gabelle, mon fils, qui fut accordée à notre région par le bon roi Henri IV. Savez-vous que des bruits fort alarmants courent depuis les sauniers d'Avranches jusqu'à Rouen, que les finances royales sont en si mauvais état que l'on pense fort sérieusement, au Conseil du roi, à nous l'imposer ?

— C'est un conte, monsieur l'abbé. Aucune déroute financière ne serait en droit de justifier un tel changement de nos coutumes !

— Si vous vous intéressiez davantage à ce que rapporte monsieur votre père du parlement, vous seriez plus au fait de la politique désastreuse de nos ministres, je n'ose dire de notre roi. Depuis plusieurs mois, le parlement et tous ceux qui y siègent font mine d'ignorer les ordonnances de Sa Majesté et les menaces de ses intendants, mais combien de temps le roi supportera-t-il d'être mis en brassière ? Si personne n'écoute le peuple, moi je l'entends en ses confessions, dont certaines me font frémir ! Qu'un goujat de vingt ans…

— Comment connaissez-vous son âge ? m'étonnai-je sèchement.

L'abbé rougit, bafouilla, se reprit :

— Qu'importe ! Mais qu'il vous ait traité de « parasite » est de fort mauvais augure.

— À telle enseigne que ma bosse lui est apparue comme le signe de notre dégénérescence. L'étendard d'une noblesse en fin de règne, qui pavoise encore et ne peut déjà plus ni tenir droit ni tenir son rang… Je n'ai d'ailleurs guère l'occasion de pavoiser, j'ai été foulé aux pieds comme du grain…, ajoutai-je.

— La même mésaventure eût tout aussi bien pu survenir à Henri. Aucun de nous n'est plus désormais à l'abri des soubresauts du monde, de l'incurie des ministres et de leurs conséquences. Une révolution se prépare, mon fils…

Je me levai, me mis à marcher de long en large, tentant de redresser ma bosse douloureuse le plus vainement du monde.

— Si j'ai quelques droits, quoi qu'en pensent mon père et mon frère, je m'efforcerai de bannir l'injustice de nos terres, de protéger nos gens, dussé-je même m'opposer à la volonté du roi…

— Je vous félicite, Tancrède ! s'exclama l'abbé, rasséréné. Voilà des paroles dignes de votre famille et de nos coutumes normandes !

Quelque chose de neuf courait dans mes veines, un sang dont je ne me croyais pas porteur. Brusquement ragaillardi, je m'approchai de la fenêtre pour contempler la longue allée du parc quand mon sang neuf se figea en mes veines. Devant le château, près du mur de brique qui enserre les communs, je découvris Sophie en grande conversation avec le dénommé Jean. La colère et la jalousie faillirent m'engloutir alors que je quittais précipitamment la bibliothèque, laissant l'abbé abasourdi. Mais comme j'allais jaillir du château par la grand-porte, je m'arrêtai, faisant pour une fois fonctionner mon esprit davantage que mon cœur ; je me rendis dans les communs par l'arrière du château. J'y hélai deux domestiques et le palefrenier, je leur ordonnai de se saisir du manant qui conversait avec Mlle Sophie. C'est que je ne doutais pas que le drôle, me voyant arriver vers lui en grande furie, ne prît ses jambes à son cou.

Caché à l'angle de la poterne, j'observai que Jean ne prêtait guère attention aux trois hommes qui s'avançaient, semblant discuter. En un instant, il se trouva garrotté et jeté à genoux, alors que Sophie poussait un cri.

Je me plantai, aussi droit que je le pus, devant Jean, dont les yeux furibonds crachaient des flammes à mon endroit.

— Je n'ai ordonné que l'on agisse de la sorte que parce que je craignais de te voir t'enfuir. Pouvons-nous parler, entre hommes ?

La surprise déforma les traits puissants du jeune paysan, qui cessa de se tordre comme un ver et d'agonir d'injures en son patois les hommes qui l'entravaient. Il finit par hocher la tête, je dis aux hommes de le laisser aller et, le regard curieux, ils s'en furent. Ce fut seulement alors que je regardai Sophie et que je goûtai avec volupté l'admiration dont elle me fit la bonté de m'honorer. Ce fut une comptine sans paroles qui se joua ce jour-là entre nous trois, tandis que Jean se relevait. Lui, d'abord furieux et haineux, Sophie, terrifiée mais qui n'aurait pas eu le courage de m'interdire de rouer de coups le maraud, puis Jean, muet d'étonnement, et enfin découvrant avec jalousie le sourire que Sophie m'adressait.

Avec de grands gestes furieux, Jean remettait avec hauteur sa *camise* délacée par le malmènement de nos gens et me toisait d'un air de défi, jambes écartées, puis bras croisés. Je tins tête au mépris de ses yeux, décidé à jouer la carte de l'affabilité sans tirer celle de la condescendance.

— Jean, je pourrais vous faire pendre pour ce que vous m'avez fait subir…

J'avais utilisé le vouvoiement à dessein, qui déstabilisa toute sa personne. Content de moi, je poursuivis :

— Quoique ce ne soit guère dans les mœurs des Miromesnil, qui ont toujours eu à cœur d'être des maîtres justes. Je ne me suis pas davantage plaint à mon père et n'ai parlé de notre algarade qu'à l'abbé Vatelot. Cette malheureuse aventure restera un secret entre nous.

Jean serra les dents. Je vis bien qu'il eût avalé sa langue plutôt que de me remercier. Mais l'étrangeté de la situation l'emporta sur sa colère et il me dévisagea avec une curiosité nouvelle.

— Savez-vous qu'un projet de gabelle nous menace ?

Il hocha la tête.

— Ma voix n'est que celle d'un cadet, que personne n'écoute. Mais nous ne savons rien des œuvres de la Providence ni de notre destin. S'il advient que je puisse un jour jouer un rôle dans l'application des décisions royales, je vous demande de croire, et de faire savoir, que je ferai tout ce qui est en mon pouvoir pour les contrer. Croyez-le ou non, le sort de tous les paysans de notre province, et plus encore ceux de Bonnemort et du domaine, sera le premier de mes soucis si jamais de nouvelles taxes venaient à vous être imposées. Le roi est à Paris, les Miromesnil sont à Miromesnil.

— Jusqu'à quand ? lança-t-il, dans un ultime défi.

— Qui peut savoir ? Nous serons peut-être tous morts demain et, comme vous avez eu l'obligeance de me le rappeler, ma bosse n'est guère le signe d'une bonne santé.

La franchise de mon ton, ma manière si directe d'évoquer ma nature contrefaite, si peu dans la manière cauchoise de *toupiner* autour du pot, comme disent nos paysans, le laissèrent bouche bée. La main que je lui tendis acheva de l'ébranler tout à fait.

— Topons là! messire Jean. En attendant de découvrir quelle allure va prendre la marche du monde. Et celle des impôts!

Il mit un temps à sortir de sa stupéfaction, tendit lentement sa main puissante dans laquelle la mienne sembla disparaître tout à fait. Puis il la retira vivement, s'inclina sans un mot devant Sophie, pivota et s'enfuit presque, à grandes enjambées. Je regardai Sophie, radieuse, et j'allais lui prendre la main quand j'avisai que mon grand-père, mon père et mon frère se tenaient devant la grand-porte du château, nous observant avec une inquiétude mêlée de curiosité. Je marchai droit – si j'ose dire – sur eux.

— Avez-vous provoqué quelque conflit avec nos gens, Tancrède? s'insurgeait déjà mon grand-père.

— C'est une affaire que j'ai réglée d'homme à homme. N'êtes-vous pas le premier, mon père, à pratiquer au parlement ce que vous appelez la « diplomatie », l'habile compromis et l'écoute bienveillante de toutes les parties? N'est-il pas de notre devoir d'éduquer nos gens plutôt que de nous les aliéner par de viles menaces ou une autorité impropre à leurs mœurs et à leur condition misérable?

Je parlai avec tant d'autorité et de raison que tous trois restèrent stupéfaits, agréablement même, me sembla-t-il, à l'exception de mon frère à qui cette émergence des limbes de son insignifiant cadet semblait causer quelque dépit. Si Henri s'était cru sur la voie royale du pouvoir absolu des aînés, il allait désormais devoir compter avec moi.

— Je suis un Miromesnil et la défense de notre nom m'est aussi chère qu'à vous tous, ajoutai-je crânement.

Mon père et mon grand-père semblèrent tomber des nues, comme si mon allure contrefaite avait englouti depuis longtemps la légitimité de ma filiation; sous leurs yeux, elle ressortait soudain de ma bosse comme la voix pure de Sophie était sortie de son corps chétif ce fameux dimanche des Rameaux. C'est transformés en statues de sel que Sophie et moi les abandonnâmes devant la porte du château que je passai sous les lauriers de la plus secrète des victoires.

Dans la bibliothèque, la jubilation levait l'abbé Vatelot de terre. Il me serra entre ses bras avec une familiarité qui m'intimida.

— Mon fils! Je suis fier de vous! En ce jour, vous êtes non seulement devenu un Miromesnil, mais Tancrède de Miromesnil, par la victoire que vous avez remportée contre vous-même. Vous êtes désormais dans le monde, et non plus hors de lui.

Il continua de pérorer, mais moi je ne voyais que le visage de Sophie, qui s'était mise à son étude du jour et me jetait, par-dessus sa plume, le plus beau des regards, la plus belle des récompenses.

Avec la vanité et l'inconscience qui caractérisent la jeunesse, je ne doutais pas un instant de l'avoir arrachée à jamais à la mâle séduction de son va-nu-pieds d'hercule des *cavées*!

JE m'encoiffai avec passion de l'étude du droit, de celui du parlement, à la grande surprise de mon père que je dérangeais désormais pour comprendre les devoirs de sa charge. Je découvris avec étonnement les particularismes de notre province, depuis la charte aux Normands de 1315, qui conférait aux Normands la liberté de refuser des impôts qui n'eussent point été décidés par leur seul parlement.

Une après-midi que la pluie s'était abattue sur le pays, nous étions contraints à l'inaction; l'abbé vint se joindre à nous quand on fit servir la collation de cinq heures.

— Mon père, lançai-je, je viens de lire que c'est le parlement de Paris, quoique inféodé aux Guise et aux ligueurs, qui a, par l'arrêt Lemaistre, déclaré l'ordre de succession intangible et permis ainsi l'accès au trône du roi Henri IV…

— Le parlement est toujours au-dessus des vaines querelles partisanes, Tancrède! fit fièrement mon père. À Paris comme à Rouen, nous avons toujours refusé d'être une simple chambre d'enregistrement et c'est par notre vérification, j'insiste sur le mot « vérification », que nous rendons les lois vraies et effectives!

— Au point d'en permettre l'inobservation?

— Absolument! Les rois et leurs intrigues ne sont rien sans nous!

— Ce qui n'a pas empêché ce même parlement de Paris, ricana l'abbé dans sa tasse de café, d'envoyer ses remontrances contre l'enregistrement de l'édit de Nantes, auxquelles, comme chacun sait, Henri IV ne céda pas!

Mon père se mit à cligner fébrilement des paupières.

— Cela prouve seulement que, lorsqu'il s'agit du droit, le jugement du parlement est inaliénable, mais que lorsqu'il s'agit de vaines querelles religieuses, cette même volonté est faillible, mais nous n'en sommes pas moins la conscience du royaume! Plût à Dieu de nous envoyer un aussi bon roi que le roi Henri! soupira-t-il.

— C'est à cause du souvenir de la Fronde, n'est-ce pas, mon père, que Louis XIV a mis au pas les parlements, leur interdisant les remontrances, sauf après enregistrement de ses décrets, ce qui n'avait plus d'effet? déclama Henri avec hauteur, décidé à ne me point laisser prendre pied en ses domaines.

— Mais la mort du vieux roi a redonné tout son lustre à nos institutions, n'est-ce pas? lançai-je comme si nous étions aux enchères et que je renchérissais sur mon frère.

— Le Régent avait besoin de l'intervention du parlement pour casser le testament de Louis XIV et exclure tous les princes légitimés de l'ordre de la succession! En récompense, le droit de remontrance nous fut restauré et nous avons pu réaffirmer que nous étions les défenseurs des lois fondamentales et les interprètes des réclamations de nos sujets…

— À condition qu'elles vous arrangent…, glissa mon maître.

— Que voulez-vous dire, l'abbé? demanda sévèrement mon père.

— Que les parlements se sont toujours opposés aux réformes de l'impôt, et certaines, qui réclamaient le vingtième de vos revenus, ne me semblaient point si immorales! Si vous avez utilisé les remontrances pour dénoncer l'arbitraire des percepteurs, c'est parce qu'il menaçait d'écorner vos privilèges!

— Nous imposer, c'est imposer le peuple, nos gens, et risquer de provoquer un regain de misère! s'insurgea mon père.

— Mais je trouve fort sain, se dépêcha de préciser l'abbé, qu'un tel pouvoir contre les lits de justice du roi perdure en nos provinces! En tant que premier président à mortier de la grand-chambre, monsieur le marquis, vous représentez un milieu entre le roi et le peuple foulé par les édits et vous êtes désormais responsable devant le royaume! Vous remplacez désormais les états généraux qui n'ont point été convoqués depuis 1614!

— Certes, certes, concéda mon père, calmé. Bien que la grand-chambre fût de tout temps plus conciliante au roi que la chambre des requêtes!

Il semblait que ce dernier point rassurât le magistrat, qui demeurait aussi ombrageux sur le chapitre de ses prérogatives que prudent sur celui de sa sécurité.

— Espérons que nous éviterons le retour de temps fâcheux, soupira-t-il, car il semblerait que le hasard, l'intérêt présent, les volontés passagères soient en ce moment à la cour les seuls législateurs!

— Si par malheur la gabelle était imposée par décret à notre province, mon père, qu'en serait-il ? demandai-je.

— Plaise à Dieu que pareille sottise échappe à l'indolence négligente de notre roi ! s'écria mon père, à nouveau agité. Nous ne pourrions tolérer pareille flétrissure !

— Mais quelle pourrait être la sanction du roi à votre refus ?

— L'exil, voire l'emprisonnement, bien sûr, mon frère ! lâcha Henri avec morgue. Imaginez-vous que notre rang, nos privilèges épargneraient nos vies ? Croyez-vous que le parlement soit un salon où l'on débat des futiles idées sur l'égalité des hommes ou des races ? C'est notre tête et notre honneur qui sont en jeu, et qui tomberont, si le caprice du souverain l'exige !

Je blêmis. L'injure était évidente, l'allusion fort claire aux réflexions de l'abbé sur le droit naturel des hommes. J'y vis une pierre lancée dans le jardin de Sophie, un mépris affiché pour toute sa personne. Je cherchai une réponse cinglante quand mon père, à mon étonnement, prit ma défense.

— Allons, Henri ! Il est naturel que votre jeune frère ne soit pas au fait des droits et mœurs de notre parlement ! Moi-même, je n'étais pas né quand le parlement en vint à démissionner, en réponse à je ne sais plus quel décret. Or une démission du parlement ne peut être reçue puisque nous sommes propriétaires de nos charges, il aurait fallu à l'État nous les rembourser… ce que ne permettaient pas, et ne permettaient jamais, les finances royales ! pouffa mon père. Ce fut alors une jolie pagaille, et suivie de la cessation des avocats. La province allait à vau-l'eau, le roi céda ! (Puis il redevint sérieux, le sourcil froncé.) Je suis au fait de ces tentatives royales de soumettre les provinces de l'Ouest à la gabelle mais j'accorde à Sa Majesté le crédit de vouloir régner en paix, et la volonté, sinon les compétences, de trouver ailleurs que dans une gabelle normande les ressources de ses conquêtes et de ses plaisirs…

Et sur ces paroles optimistes, mon père se leva, et quitta le salon.

Mon frère, l'abbé et moi restâmes un moment silencieux devant le feu. Je demeurai songeur. Devant mes yeux dessillés, j'envisageai ma morne condition, en supposant que mon père eût le moindre désir de m'acheter une charge, sous les auspices de l'utilité publique, du courage et, peut-être, de la rébellion.

— Une charge coûte-t-elle cher, monsieur l'abbé ?

— Une charge est d'abord héréditaire, coupa Henri, ce qui est le garant de notre indépendance vis-à-vis de la couronne!

Ce qui signifiait pour lui que le sujet ne me concernait pas.

— Si celle que vous guignez est héréditaire, elle n'empêche point l'acquisition d'une autre! répliquai-je. Il n'y a pas de loi, que je sache, qui empêche deux Miromesnil de siéger au parlement. Vous pouvez siéger à la grand-chambre et moi à celle des requêtes!

— Et quels seraient l'intérêt et les avantages d'une telle dépense? lança-t-il sans me regarder.

Je fus bien en peine de lui répondre. L'éblouissement du rêve de ma destinée s'était évanoui aussi vite qu'il était né des limbes. Qui, dans une assemblée, écouterait un bossu? Qui donnerait crédit à la plaidoirie d'un être difforme, tout Miromesnil qu'il fût?

JE fis un cauchemar cette nuit-là. En habit de cérémonie, je me levai de mon haut banc où siègent les officiers de la couronne, je commençai un long discours dans lequel se mêlaient les mots que l'abbé m'avait soufflés : « l'égalité primitive, la liberté originelle ont subsisté dans l'état de nature, mais dès que l'espèce humaine s'est composée en société, les volontés particulières ont cédé à la volonté générale… » À peine ces mots s'envolèrent-ils de mes lèvres qu'un chapelet de rires, de plus en plus forts, montèrent comme une marée, serpent de mer qui glissait dans mon dos, s'enroulait sur ma bosse et sifflait étrangement à mon oreille. « Comment oses-tu paraître en ces lieux, avorton lamentable dont la silhouette désaxée est une injure à notre rang et à notre histoire? »

Et je m'enfuis, traversai le parquet, disparaissant sous les huées et les quolibets tandis que le serpent, fantôme fugitif, soufflait encore en ses naseaux fumants. « Il n'est pas un champ de l'exercice humain où tu ne pourras laisser ta marque, ni de corps de femme où tu ne poseras ta main sans que la répulsion la fasse frissonner de dégoût… »

Je me réveillai en sueur, le dos douloureux, le souffle court, souhaitant non pas être mort, mais n'être jamais né. Dans un geste de rage, j'essuyai mes larmes, j'allumai une bougie aux braises de ma cheminée et sortis dans le couloir enténébré. Quelques portes plus loin, je poussai avec précaution celle d'un petit cabinet que je détestais depuis que j'étais enfant, où je n'étais plus jamais entré, car les murs avaient été tapissés de miroirs pour les essayages de ma mère.

Je plantai la bougie sur le sol, laissai tomber culotte et chemise et dans le jeu des miroirs, je contemplai un étranger qui me ressemblait. N'eût-il été raccourci par sa bosse, il était de belles proportions, plus grand que la moyenne, les jambes longues et bien faites, le visage avenant, le front grand, les dents saines, puis je suivis sans défaillir la torsion sournoise de mon dos, je comptai les soubresauts désolidarisés de la ligne axiale corrompue et ceux de la taille déjetée.

Décidément, si Sophie n'était pas Bérénice, je n'étais pas Titus, mais il m'était bien interdit de l'aimer.

Dès le lendemain, je cessai de lire les livres de droit ou ceux de la charte aux Normands. Je revins aux deux Virgile, poursuivant un temps nos promenades avant de les abandonner tout à fait, craignant de me trouver à nouveau nez à nez avec ce Jean magnifique. Je pris aussi l'habitude de me draper dans une longue cape noire, et dans ce qui me restait d'une dignité qui parut de la froideur à Sophie. Je devins acerbe et fuyant, cessant définitivement d'être aimable, n'étant pas digne d'être aimé.

Avec une infinie patience, et malgré le mur soudain de mon silence, Sophie tenta longtemps d'attirer mes regards, de sonder mon cœur. Elle broda un coussin à mes initiales que j'ignorai, elle mit des fleurs sur ma table de travail que je déplaçai sur la cheminée. Quand elle chantait en me regardant, je quittais le salon ; quand elle attelait Virgile, faisant sonner le grelot sous mes fenêtres ouvertes, soit je les refermais, soit je descendais seller un cheval, car, malgré mon dos, je m'efforçais désormais de me tenir sur une monture. À ma surprise, je ne me montrais d'ailleurs pas plus maladroit qu'un autre, ayant assez de force dans les jambes, mais sans doute, au loin, l'étrange monticule de ma cape sombre devait-il faire ricaner le peuple.

Parfois, je surprenais Sophie en de longs conciliabules avec l'abbé dont je devinais, à ses grands gestes, le chagrin que le constat d'impuissance à chasser mes humeurs noires lui causait. J'étais au-delà même de la honte et du regret. Ma bosse était devenue mon âme.

Alors, tout à coup, avec cette détermination et cette fermeté dont je n'avais jamais douté, Sophie décida de cesser de souffrir. Elle disparut tous les matins avec Virgile et la carriole. Elle revenait fort tard dans l'après-midi, parfois pas du tout, passant la nuit dans quelque village. Les dents serrées, rongé d'un chagrin jaloux, j'ignorais les regards sceptiques que ma mère posait sur ma personne, tenant prête des réponses à des questions que je me gardais de lui poser.

Ce fut en poussant à cheval, un matin, jusqu'à Saint-Aubin-sur-Scie que je découvris la place du marché fort populeuse. Je mis Phébus, le petit cheval bai que je m'étais choisi, au pas, dans la foule des marchands et des acheteurs. Alors, avec stupeur, je vis ma Sophie. Elle se tenait devant un étal de beurre, de lait et de crème, souriante et avenante comme toujours. Il y avait foule devant elle et la jeune paysanne qui l'aidait à la vente. Elles plaisantaient avec les bourgeois, les servantes et toutes les acheteuses qui tendaient leurs paniers vers elles. Je fis faire rapidement demi-tour à Phébus, et j'avisai la cour de l'auberge où je hélai un valet. Je lui jetai une pièce.

— Je suis pressé, apporte-moi une bolée de cidre ! Et un seau d'eau pour mon cheval.

— Oui, not'e maître, grogna le goujat en s'éclipsant.

Il revint quelques instants plus tard.

— Connais-tu la fille noire, sur le marché ?

— Oui, not'e maître. Elle vient depuis qué'qu' temps, avec des filles des alentours, les aider à vendre leurs produits.

— Ne le faisaient-elles pas avant ?

— Comment c'était-y possible ? À pied, pendant des lieues ? Avec le lait, les œufs, le beurre et tout et tout… Tout est trop loin, pour le petit peuple qu'a que ses pieds et ses bras pour survivre !

Il baissa les yeux, craignant tout à coup d'avoir laissé pointer le bout de son insolence.

— Les gens n'ont-ils pas jasé à cause de la couleur de sa peau ?

— Bah, on s'est bien moqué un peu, au début ; c'est que j'avions jamais vu quelqu'un d'aussi noir, Dieu me pardonne ! Mais elle est point fière et elle rit avec nous aut'es, et une de celles qui vend avec elle est tout aussi avenante.

— Ce n'est pas toujours la même qui vend avec elle ?

— Non, non, elle emmène avec sa carriole deux ou trois filles des fermes, par bordée ! Elles repartent toujours avec les paniers vides et les sous trébuchant dans leur mouchoir. « C'est une bienfaitrice, qu'a dit comme ça une des filles. Un ange gardien, un ange tout noir, mais un ange tout de même. » Une aut'e bolée, monsieur ?

— Non, merci. Voilà de la part du cheval, fis-je en jetant une autre belle pièce dans la bolée vide que je lui rendis.

Ravi de l'aubaine, le goujat salua et fit disparaître la pièce. Il ramassa le seau, lança un regard curieux sur mon accoutrement. De loin, je pouvais passer pour un voyageur aisé, harnaché d'une besace sous ma cape, mais je me hâtai de quitter la cour avant que la lumière se fît dans la tête du valet.

Devrais-je porter ma vie entière cette bosse comme une croix ? Alors que Sophie portait sa couleur en bel étendard de sa liberté toute neuve, sans forfanterie, sans honte ? Elle avait eu tort, le jour où elle avait pris ma main dans l'eau de la rivière, d'avouer que sa couleur et ma bosse nous rendaient également solitaires parmi les hommes. Qui, hormis quelqu'un d'aussi archaïque que mon grand-père, d'aussi insensible que mon frère, pourrait confondre en une même malédiction le fait d'être noir et celui d'être bossu ?

En retraversant le marché au pas, je ne pus qu'à grand-peine retenir les larmes qui m'étouffaient. Brillante perle noire parmi cette foule blonde et lourde, à la pâleur viking, aux grosses mains et aux cous rougeoyants, Sophie avait la fluidité et la grâce d'une femme-fée, la délicatesse d'un elfe chatoyant, le geste ample et enveloppant d'une princesse lointaine qui, au lieu de pleurer son exil, semblait vouloir combler de bienfaits tous ceux qui l'approchaient.

Je repris ma route, à demi hébété, laissant le cheval décider seul de la direction. Je riais amèrement de moi : dire que j'avais joué les matamores verbeux devant ce Jean crotté, me faisant fort de soulager un jour la misère du peuple, et voilà que ma Sophie avait trouvé, le plus simplement du monde, comment faire œuvre utile sur terre !

De retour au château, je ne pus m'empêcher d'aller trouver l'abbé.

— J'ai vu Sophie sur le marché de Saint-Aubin.

— Je n'en suis pas surpris, mon fils, fit-il prudemment.

— Ma mère le sait-elle ?

— Comment serait-il possible qu'elle ne le sache pas ? Sophie lui a fait part de son idée de voiturer les filles pour qu'elles puissent enfin vendre leurs produits. Madame votre mère n'y voit que des avantages : le peuple est content, l'argent bel et bon entre dans les chaumines et pourra tuer dans l'œuf les éternelles récriminations à propos des impôts ! Cette petite a l'esprit fort entreprenant et je suis heureux qu'elle ait compris mes leçons.

— Vos leçons ? Virgile ou Racine parlent-ils du sens du commerce à développer chez le peuple ?

— Un peuple industrieux est un peuple qui saura se libérer de ses chaînes, avec ou sans l'autorisation des Miromesnil ! fit-il doctement. Vous connaissez mon sentiment sur ceux qui restent accrochés aux vieilles branches de leur généalogie : ils risquent fort d'être surpris par la vigueur des jeunes pousses !

— Dont je ne suis pas, c'est ce que vous voulez dire ?

— Vous avez décidé d'être malheureux, mon fils. Et l'ambition au malheur est bien la seule qui ne soit jamais déçue… Si Sophie a décidé d'être utile, sinon heureuse, loin de vous qui désormais l'ignorez, vous ne pouvez vous en prendre qu'à vous…

Je me laissai tomber dans un fauteuil, lui tournant le dos.

— Je vous ai déçu, n'est-ce pas ? murmurai-je.

— Vous n'avez pas vingt ans, Tancrède, fit-il doucement.

— L'âge du Grand Condé à la victoire de Rocroi.

— Qui vous reproche de n'avoir point embrassé la carrière militaire ?

— Ma bosse…

— Ha ! Foin de votre bosse ! Notre carcasse n'est que vile enveloppe, méprisez-la, ignorez-la ! (Il s'approcha de moi, mit sa main sur mon épaule et, d'une voix adoucie, murmura :) Allez accueillir Sophie à son retour du marché. Demandez-lui ce pardon auquel vous aspirez, donnez toute liberté à votre cœur et à votre esprit, celle du corps viendra naturellement.

Sans comprendre ce qui se passait en moi, je me vis descendre l'escalier pour me rendre aux écuries.

Au bout d'une heure de grand galop par toutes les *cavées* que pouvait prendre Sophie, j'aperçus enfin la carriole de Virgile, vide, attachée près de notre clairière, le long de la Scie. Je descendis de cheval le plus silencieusement possible, me glissai sous les arbres, le cœur battant. Quel meilleur lieu que notre lieu, que notre paradis, pour notre réconciliation ? Le cœur en feu, j'imaginais déjà la scène : je me jetterais à ses genoux, j'implorerais son pardon, je me saisirais de sa main que je couvrirais de baisers, elle me saisirait le visage entre ses belles mains et poserait ses lèvres sur les miennes.

Les sens déjà tout étourdis de bonheur, je m'arrêtai brusquement, me dissimulant derrière le tronc d'un hêtre puissant. La voix de Sophie montait de la clairière, irisée et limpide.

— *Chante, rossignol chante, toi qui as le cœur gai, tu as le cœur à rire, moi, je l'ai à pleurer…*

Soudain, crevant l'air et mon cœur comme une balle à travers une vitre, une voix d'homme tenta d'accompagner le chant de Sophie.

— *Il y a longtemps que je t'aime, jamais je ne t'oublierai…*

Elle éclata d'un rire joyeux.

— Non ! Écoute ! Ne sais-tu point te servir de tes oreilles ? Ta voix est pire que celle d'une cloche fêlée ! s'exclama-t-elle.

— C'est que je n'ai aucun autre talent que celui de t'aimer !

— Sottise ! Il suffit de travailler sa voix comme le reste du corps ou comme son esprit. Essaie encore… *Ja…* tu vois, tu tiens le *a* lentement, sans forcer, en tirant sur ton souffle… *Jaaaamais je ne t'oublierai…*

— C'est une bien jolie chanson… et qui parle à mon cœur, je suis ce garçon-là, si tu ne m'aimes pas…

— Je l'ai entendue sur le port de Dieppe ; des marins qui venaient du Canada l'avaient apprise à tous les enfants des quais.

Le cœur rompu, les mains tremblantes de rage, je m'approchai avec lenteur, me coulant en couleuvre dans les taillis. Elle avait osé ! Elle avait osé amener un homme dans notre lieu secret, dans notre paradis ! À travers le feuillage, je les vis, de dos, assis sur le sable de la berge. Jean, le dos droit et puissant dans sa *camise* de paysan, les épaules comme une ramure de jeune chêne, se tenait à une distance respectueuse de Sophie, mais je voyais son profil de médaille, la brillance de son regard enamouré posé sur elle. Les mains croisées sur ses genoux, Sophie fixait la rivière.

— Dieppe n'a pas existé. Il ne reste que la chanson. Je suis née ici, dans les bois de Miromesnil ! Allons, essaie encore ! Tu malmènes trop ta voix, il faut la traiter avec douceur.

— Et ta bouche à toi, me la confieras-tu ? Je te traiterai avec douceur, toujours, Sophie, je ne te battrai jamais si tu acceptes de devenir ma femme devant Dieu…

— Ce qui veut dire que tu me battras si je te refuse ? lança-t-elle avec son joli rire en cascatelle.

— Certes non ! Ne retourne donc pas mes mots comme un gant !

— Brisons là ! Il me faut m'en retourner si je veux être rentrée au château avant la nuit ! fit-elle en s'apprêtant à se relever.

Jean la saisit par le bras, l'attirant près de lui. Je vis les courbes magnifiques de leurs deux corps plier, se tendre, résister, la tête bouclée et blonde s'approcher de la tête d'obsidienne, l'un et l'autre se chercher, s'effleurer, se déprendre et se fuir.

— Quel besoin as-tu d'y retourner ? C'est à cause de cet avorton de bossu ? gronda le jeune gueux. Tu n'as rien à attendre de lui, sinon qu'un jour il te violera et te chassera une fois engrossée !

— Bien sûr que non, Jean, dit-elle d'une voix très douce.

— Veux-tu dire qu'il n'en serait point capable, que la nature lui a noué l'aiguillette comme elle a noué les os de son dos ?

Et Jean éclata d'un méchant rire qui me glaça le sang. La voix de Sophie cingla comme un fouet :

— Je ne prise guère la vulgarité, Jean, ni la cruauté !

— Ho ! Sophie, pardonne-moi cette plaisanterie imbécile de garçon ! Je salue ta charité et ta bonté, et la pitié qu'il t'inspire, mais j'affirme que ta vie n'est point esclave de ce Miromesnil !

— Tu dis « esclave » parce que je suis noire ? fit-elle sèchement.

— Noir ou blanc, qu'importe ! Ne suis-je pas moi-même esclave enchaîné à une terre qui ne m'appartiendra jamais ? Je n'ai vu en toi que la plus belle et la plus rare des femmes, Sophie. Je t'aime, et je te veux pour épouse…

Troublée, Sophie baissa la tête. Je perçus le battement de papillon de ses cils, le creusement de ses joues rondes sous le tremblement de la mâchoire, la fébrilité de sa main sur le sable de la berge.

— Je n'ai qu'une chaumière à t'offrir, Sophie, une vieille mère malade, une jeune sœur, que tu as eu la bonté d'aider à gagner quelques sous en la menant au marché… Je n'ai que mes mains, et mon amour, à t'offrir, une vie dure et misérable à partager, mais la terre de Miromesnil est féconde et je sais, entends-tu, je le sais, je le sens, dans mes os, que la voix du peuple sera un jour entendue, que nous aurons des droits et que la terre sera nôtre parce qu'elle n'appartient qu'à ceux qui la travaillent. Je ne te promets pas la richesse, Sophie, mais l'espérance de la liberté…

Elle resta un moment silencieuse, touchée, comme je l'étais moi-même, malgré moi, par le discours de ce gueux.

— Ne sais-tu pas que les langues trop bien pendues finissent sur le gibet ? Et où donc as-tu appris à si bien manier des idées aussi folles ? lança-t-elle, narquoise, mais avec une douceur qui me creva le cœur.

— L'abbé Vatelot vient souvent au village, dispenser un peu de son savoir… C'est un homme bon, qui croit que la liberté naîtra de la connaissance… Ma mère m'a toujours laissé libre d'aller à ses leçons, dans l'église, après la messe, du moins l'hiver. Je n'ai jamais écrit que sur des bouts d'ardoise, avec de la chaux ramassée dans les champs, mais j'ai aimé apprendre, et discuter avec lui…

Abasourdi, je restai adossé à mon arbre, les jambes mortes, le sang glacé. Imbécile d'abbé, qui parlait de m'unir à Sophie mais avait de ses mains donné vie à la créature qui allait me la voler ! J'étais si absorbé dans mon désespoir que j'entendis à peine Sophie et Jean rejoindre la carriole, et le grelot de Virgile s'éloigner par la *cavée*. Je restai des heures ainsi, indifférent à la glace qui se formait en mes muscles, en mon esprit. Pourtant, Sophie n'avait guère répondu à l'amour de Jean, ne s'était pas même laissé toucher, ni embrasser. J'eusse dû me sentir heureux et je ne l'étais pas.

De quels rêves fous avais-je rendu ma vie esclave ? Car ce Jean, bien trop malin à mon goût, avait raison : peu importait la couleur de la peau, nous étions tous des esclaves, de notre condition, de notre corps, de nos désirs et de nos amours interdites. La vanité de nos espérances aurait dû crever nos yeux de sa vérité brûlante.

Et, brusquement, je compris l'impasse dans laquelle je m'étais laissé entraîner, en y entraînant Sophie. Avais-je vraiment espéré la garder auprès de moi toute ma vie, sacrifiée comme un oiseau en cage, jusqu'à ce que sa beauté fit céder le dégoût que m'inspirait mon propre corps ? Quand me serais-je décidé à goûter ses lèvres ? Quand et où m'eût-elle offert son corps, eût-elle ouvert ses cuisses pour y accueillir mon corps contrefait ? Combien de temps nous eût été accordé, jusqu'à ce que l'hypocrisie de ma caste m'organisât une union qui eût fermé les yeux sur ma maîtresse noire lovée dans les combles du château ? Qu'eût-on fait des petits mulâtres qui n'auraient pas manqué de naître de nos étreintes furtives ? Les eût-on noyés comme des petits chats ou bien mon épouse arrangée et arrangeante eût-elle exigé qu'on chassât enfin ce que les apparences n'auraient pu sauver ?

Je rentrai au château l'âme et le corps brisés. J'échappai au dîner en n'y paraissant pas et ne sortis de ma chambre que lorsque la voix de Sophie me tira de mes songeries. Ma mère l'accompagnait au clavecin. Je descendis au salon.

SOPHIE chantait, assise près de ma mère, lui tournant les pages de la partition. Mais les mots, qui ressemblaient à l'amour, ne pénétraient pas mon cerveau. Grand-père s'était assoupi devant la cheminée, l'abbé lisait, mon père et Henri jouaient aux cartes près de la fenêtre qui ouvrait sur le parc. Ce fut Sophie qui m'aperçut la première. Sa voix trembla à peine et reprit, plus vive et plus joyeuse. Je restai figé, mains dans le dos, jusqu'à ce que la romance fût achevée.

— Eh bien, mon fils, vous daignez enfin paraître?

— Ma mère, je pense qu'il nous faut parler de Sophie.

Ma mère négligea de paraître surprise et se contenta de feuilleter ses partitions. L'inquiétude maquilla immédiatement le visage de Sophie, sa bouche s'ouvrit en rond sans qu'un seul son pût en jaillir. L'abbé avait reposé son livre sur ses genoux. Mon père redistribuait les cartes qu'Henri fixait avec une attention un peu forcée.

— Je pense qu'il est grand temps de la marier, de lui accorder une liberté d'épouse et de mère que, par reconnaissance sans doute, elle n'osera jamais vous demander.

Tout le corps de Sophie s'appuya mollement au clavecin. Ma mère ne put davantage cacher sa stupéfaction.

— Je sais, repris-je précipitamment, qu'un de nos paysans, Jean, souhaite l'épouser et je vous convie à leur confier la ferme du Mesnil, qui a toujours été libre de toute servitude.

Sophie se redressa brusquement, les yeux fixes; la partition chut sur les genoux de ma mère qui, interloquée, et furieuse de l'être, commença par la remettre en ordre de ses gestes vifs. Mon père, dont les paupières s'étaient mises à battre nerveusement, et l'abbé me regardaient avec inquiétude. Henri fixait toujours ses cartes.

— Et qui te dit que moi je veuille me séparer de Sophie? fit sèchement ma mère.

— Le destin nous l'a envoyée, le destin doit nous la reprendre.

— Le destin qui pour l'heure s'appelle ton caprice, mon garçon! tonna mon père.

— Il est un temps pour vivre, et un temps pour mourir. Un temps pour aimer…, marmotta l'abbé, le visage rouge.

— Je ne vois pas l'Ecclésiaste nous aider à résoudre ce point de domesticité, coupa ma mère.

— Demandons son avis à Sophie, souffla Henri, les yeux toujours fixés sur les cartes, puisque chez les Miromesnil, les nègres ont les mêmes droits que les maîtres!

Sophie me fixa longuement, drapée dans une attitude fière. Je ne détournai pas les yeux. Il me sembla qu'elle avait déjà épousé les manières rebelles de son va-nu-pieds. Elle redressa son cou mince, croisa les bras et, d'un air de défi, elle dit de sa voix calme :

— J'accepte d'épouser Jean, si Mme la marquise m'en donne l'autorisation, non pas parce que M. Tancrède le demande, mais parce que je le désire.

— L'affaire est donc entendue, articulai-je.

Le lendemain, m'assurant que Sophie ne s'y trouvait pas, je pénétrai dans les appartements de ma mère, et lui annonçai que je désirais me rendre chez mon parrain, Pierre Sublet de Romilly, qui vivait en ermite sur ses terres de Varengeville. Elle n'émit pas d'objection. Mon père pas davantage. L'abbé, que je retrouvai dans la bibliothèque, ne put, lui, s'empêcher de me questionner.

— Quelle folie vous a donc saisi, Tancrède ? Ne vous êtes-vous point expliqué avec Sophie ?

— Je l'ai surprise avec Jean… Elle buvait ses paroles ! Pourquoi ne pas m'avoir avoué que vous connaissiez ce Jean qui m'a si proprement rossé ? Que non seulement vous le connaissiez, mais que vous l'aviez fort bien éduqué à trouver les mots pour nous haïr et à forger les armes qui nous égorgeraient un jour !

— Si c'est la raison de votre départ, j'ose même dire de votre fuite, Tancrède, c'est aussi vain que stupide ! J'éduque quelques enfants de ce pays, armé de la seule modestie de mes moyens, de la force de ma foi et de ma ferveur ! Je les arrache quelques instants à la rusticité de leurs mœurs, à la dureté du labeur, je l'avoue, sans rien en dire à vos parents, mais simplement parce que personne ne comprendrait que je tente de faire reculer les ténèbres de leur condition !

— C'est bien parce que vous savez le séditieux danger que cette mission porte en ses germes ! Que vous le vouliez ou non, vous avez forgé la langue de ce Jean, aiguisé son esprit ; vous lui avez fourni l'arme avec laquelle il m'a volé Sophie, et ma vie, et mon âme !

— Me reprocheriez-vous d'avoir éduqué Sophie tout pareillement ?

— Alors, soyez heureux, monsieur l'abbé. Vous avez conçu un nouvel Adam pourvu d'une nouvelle Ève, qui engendreront cette race neuve qui viendra nous demander des comptes !

Il fit un geste désolé vers moi, son pauvre visage déformé par le chagrin. Il s'approcha, je m'éloignai vers la porte.

— Je ne vous en veux pas, fis-je en m'apprêtant à quitter la bibliothèque. Je n'ai guère la chance, ou la vanité, de me croire éternel comme grand-père, ou supérieur comme mon père et mon frère. À moi, vous ne m'avez transmis que la certitude de ma misère et l'insignifiance de ma condition d'homme.

Je contemplai une dernière fois le bureau où j'avais rêvé et tant sué sous la férule de mon maître. J'avais été finalement bien heureux entre ces murs, et je regrettai de ne le comprendre qu'en cet instant fatal.

— Adieu, l'abbé, fis-je en l'interpellant pour la première fois de manière si familière.

— Dieu vous ait en Sa sainte garde, Tancrède, soupira-t-il.

— Je serais fort étonné que Dieu ait le moindre projet concernant ma personne, mais je vous remercie de vos bontés, quoique à moi elles aient été bien inutiles. Veillez à ce que Sophie soit honnêtement dotée, et veillez aussi sur les enfants qu'elle ne manquera pas de mettre en ce monde dont je me retire.

J'ai quitté le château, traversé le domaine sur le dos de Phébus. Je ne me suis pas retourné une seule fois. J'ai suivi la route de la mer, j'ai contemplé l'immensité de l'eau qui finissait, comme une plaque de métal chauffée à blanc, contre la coupure de l'horizon. Immense, pure et dure, pareille à la défaite.

Et je suis resté deux années sans revenir à Miromesnil.

Deuxième partie

1

Nous étions au mois de janvier 1758, j'aidais au pressoir à pommes dans une grange réchauffée d'un fumet de bêtes et d'hommes. Malgré ma bosse douloureuse, je chargeais sur mon épaule les *rasières* de pommes et les déversais avec ardeur dans le tonneau de la presse, puis les hommes poussaient de grands han, le torse laqué de sueur malgré le froid, en forçant la roue. Le jus doré jaillissait dans le seau et le parfum âcre et puissant des fruits emplissait tout l'espace, nous montant à la tête, nous laissant joyeux jusqu'à l'hilarité.

Je participais aux travaux de la terre depuis presque deux années, me berçant ainsi de l'illusion de m'être dépouillé sinon de ma bosse, du moins de ma condition. J'œuvrais aussi avec une mâle vanité sous le regard de la blonde Fanchon, une des nombreuses filles d'un des métayers de mon parrain, qui me lançait des regards enamourés.

Sans l'aimer, je lui savais gré du désir, du plaisir qu'elle avait paru prendre à faire de moi un homme, dès le premier mois de mon arrivée. Elle m'avait basculé dans la paille avec une effronterie charmante à laquelle je n'avais guère résisté. Il ne manquait que l'arrivée d'un enfant qui eût comblé sa rusée famille de bienfaits, et même d'une terre exonérée de la taille, ainsi que je le compris en surprenant un jour une conversation entre son père et son frère aîné. L'enfant ne paraissait point, au grand désappointement de la famille.

L'abbé était le seul à m'écrire fort régulièrement, me parlant de physique, de botanique et de philosophie. Il ne faisait jamais la moindre allusion à Sophie, à Jean ; et je ne jabotais en mes lettres que pluie et beau temps, labours et pommes à cidre. Par une de ses missives, j'appris aussi la prétendue tentative d'assassinat dont notre roi avait été victime.

Mon cher fils,

En le mois de janvier 1757, un certain Damiens piqua notre roi d'un coup de canif qui pénétra l'auguste flanc d'à peine quatre lignes, autant dire que ce ne fut qu'une piqûre d'épingle. Le roi, se croyant mourant et empoisonné, s'alita et demanda six fois l'absolution, on n'est jamais trop prudent. Paris et la France sont dans la stupeur : une telle action est si éloignée des mœurs de notre temps ! On croit rêver en se retrouvant aux jours des Jacques Clément et Ravaillac. Ce malheureux Damiens, un pauvre laquais, aurait eu l'esprit détraqué par les propos des parlementaires démissionnaires ou bien par ceux des dévots jansénistes qui sévissent dans les antichambres. Le malheureux a juré qu'il voulait seulement donner un avertissement au roi pour qu'il cessât de persécuter la liberté des parlementaires, lesquels avaient en grand-partie démissionné. Voilà que, tout à coup, les démissionnaires ont parlé de reprendre leur démission pour venger la personne du roi et que la France a cru à nouveau aimer son souverain !

On dit que Sa Majesté a quitté son lit au bout de six jours, un par extrême-onction, fort agitée de ressentiment : elle a refusé le retour des démissionnaires et les a exilés. Quant à Damiens, son martyre ébranle la France entière : tenaillé aux mamelles, aux bras, aux cuisses, au sexe, avec à la main droite le canif du régicide ficelé, il a subi le plomb fondu, l'huile bouillante, la cire et le soufre dans ses chairs, les yeux, le ventre béant, avant d'être démembré, toujours vivant, et d'être consumé...

Je fis lire cette lettre à mon parrain qui cracha son mépris du roi et de la torture tout ensemble, avant de constater froidement que pour une piqûre la punition était fort disproportionnée, ce dont le royaume se souviendrait. Je partageais cette opinion, mais ce ne serait que bien des années plus tard que je songerais à nouveau à cette lettre. Pour l'heure, elle me confortait dans mon désir de ne jamais tenter de m'occuper des affaires de ce monde.

Et le temps sur le domaine de Varengeville reprit le cours tranquille de sa vie immobile. Je savais fort bien, lorsque j'accordais quelque temps à la réflexion, que j'étais pareil au château de mon parrain, perché sur une falaise abrupte et fragile, avec pour fondation l'abîme que ne cessait de saper l'éternelle marche des marées. Je me contentais d'attendre, impavide, le premier craquement de terrain qui ébranlerait la paix artificielle où je me dérobais à moi-même.

Ce fut le pas du cheval de mon parrain qui fit craquer la terre sur laquelle je m'étourdissais d'un bonheur factice.

Les paysans, toujours confits en révérence, s'arrêtèrent d'œuvrer à l'entrée du comte de Romilly.

— Votre frère Henri est mort, Tancrède. Il est de votre devoir de vous en retourner à Miromesnil, fit mon vieux parrain.

Il posa sa main sur mon épaule et, abasourdi, je fis mes adieux à l'assemblée de paysans qui se signèrent. Je devinai sans la voir vraiment la fuite éplorée de Fanchon à travers champs, je fis mon bagage et pris d'une traite à cheval le chemin de Miromesnil.

La porte du château était drapée de voiles noirs, selon la tradition. Le corps de mon frère, en habit de cérémonie du parlement, était allongé dans un cercueil ouvragé, disposé sur un catafalque de velours noir, auprès duquel les Miromesnil, les apparentés et les familles aristocrates de la région étaient agenouillés. Le long des murs se tenaient les domestiques, têtes basses, mains jointes. On leva à peine la tête à mon entrée, je me faufilai à côté de l'abbé Vatelot. Sans doute mes parents l'avaient-ils jugé indigne de présider à l'enterrement du fils aîné des Miromesnil, car je reconnus Descubes, l'archevêque de Rouen, psalmodiant ses prières devant le cercueil. Je surpris ma mère, ensevelie sous des voiles noirs, secouée de sanglots, qui s'appuya sur le bras de mon père lorsque le cortège s'ébranla pour se rendre en voiture jusqu'à l'église de Tourville. Je ne savais en quelle calèche me glisser quand un homme que j'avais vu siéger près de mon père à la grand-chambre me prit par le bras.

— Montez avec nous, je vous prie, Tancrède.

Je me glissai sur la banquette et levai les yeux sur le visage d'une jeune fille, assise en face de moi, livide, la peau translucide, tamponnant son petit nez pointu d'un mouchoir de dentelle.

— Ma fille, Geneviève de Bois-Préau, fit l'homme à mes côtés.

Je me souvins soudain : le marquisat de Bois-Préau était apparenté à celui des Talbot, nos cousins pour moitié anglais, chez qui un des Miromesnil avait autrefois pêché une épouse. Un étrange pressentiment m'étreignit le cœur.

— Geneviève était la fiancée d'Henri, et le mariage prévu pour le mois prochain, poursuivit le marquis, regardant par la portière.

— Comment mon frère est-il mort ? articulai-je.

— Au retour de la chasse, où il s'était montré particulièrement ardent à la poursuite d'un jeune cerf, il était épuisé, le corps trempé de suées. Il a demandé un rafraîchissement et il a vidé le verre d'eau glacée d'un trait, puis il s'est tenu la tête comme si une très grande douleur lui transperçait le front, et il s'est effondré devant toute la maisonnée. Il n'a pas repris une seule fois conscience ; le temps que le médecin arrive, il avait passé.

La jeune Geneviève laissa échapper un soupir déchirant. Je ne trouvai rien à dire, nous arrivions déjà à l'église de Tourville. La cérémonie fut longue dans l'église glacée, mon dos m'élançait.

Geneviève chancela à l'ouverture du caveau des Miromesnil et je ne pus faire autrement que de la soutenir. Il me sembla cependant qu'il y avait quelque enflure dans la manifestation de son chagrin, mais je me montrai attentionné. Nous revînmes au château et je restai tout le dîner, et la soirée, auprès de Geneviève. Ce ne fut qu'après le départ des invités grelottants que je pus enfin m'entretenir avec mes parents. Épuisé, mon grand-père était remonté en ses appartements ; il ne m'avait pas seulement adressé un regard.

— Vous me voyez désolé de ce grand chagrin que nous cause la mort de mon frère, ma mère, fis-je enfin, assis près de l'abbé en face d'un feu qui ne réchauffait personne.

Je trouvai mon père mutique, blessé et vieilli, ma mère figée en ses somptueux habits de deuil, mais toujours belle. Son air de *Mater dolorosa* lui allait au teint, bien que je surprise dans ses regards bleu ardoise effleurant ma personne une froide interrogation sur le sens du monde. Pourquoi était-ce le bel Henri qui avait été arraché à leur amour et à leurs ambitions, et non point ce Tancrède bancroche ?

— La mort de ceux qui nous sont chers nous enseigne à nous défaire de l'enchantement du monde où notre esprit est captif, pour mieux nous préparer à entrer dans l'Espérance…, soupira l'abbé.

— Certes, monsieur l'abbé, fit froidement ma mère, mais il nous faut composer avec ce monde-là, et continuer d'œuvrer pour les vivants en attendant le beau moment d'être morts nous-mêmes !

L'abbé grimaça en me jetant par-dessous un regard inquiet.

— Tancrède…

— Oui, mère.

Et je sentis mes côtes se refermer comme une main de fer autour de mon cœur.

— Votre père vous mettra au courant des devoirs de votre charge de nouveau conseiller à la grand-chambre du parlement et, quand la période de deuil sera décemment terminée… vous épouserez Geneviève de Bois-Préau.

2

— JUREZ-VOUS d'assister le roi en ses hautes affaires, de tenir les délibérations de la cour secrètes, de vous comporter en tout comme un bon, vertueux, magnanime chevalier de justice ?

Harnaché et chapeauté de noir dans un somptueux décor, je jurai tout ce que l'on voulut, les yeux dans le haut plafond de chêne devenu noir d'ébène avec les ans. Je n'écoutais déjà plus le discours de l'un des présidents au mortier. L'ébène, encore et toujours dans ma vie, sur ma vie, dans mon cœur. Malgré l'azur, l'or et le vermillon du grand tableau représentant Moïse portant les Tables de la Loi, au-dessus du siège de mon père, je ne voyais que l'ébène. L'unique couleur. Il n'y a pas d'autre couleur que le noir.

Je rendis des accolades poudrées, répondis mécaniquement avec l'humilité de circonstance aux manifestations de sympathie de la noble et bourgeoise assemblée, laquelle s'égailla soudain entre les rangs et les gradins, sur les arabesques du parquet, comme si des boules eussent dispersé les quilles d'un jeu. Mon père, dans sa robe rouge de premier président, avait disparu, ainsi que M. de Bois-Préau. Ma mère n'avait pas daigné assister à mon élection, mais j'eus le plaisir de voir l'abbé Vatelot fendre la foule des avocats, huissiers, chambellans, procureurs, sergents équipés de plumes et d'encriers. Tout intimidé, mon maître qui avait pris la peine de venir par le coche serra mes mains entre les siennes, les larmes aux yeux.

— Une vie nouvelle commence pour vous, mon fils.

— Mais sera-t-elle plus heureuse ? fis-je en souriant.

— Fi du bonheur, Tancrède. Occupez-vous seulement d'être utile. Et de rester libre dans vos jugements.

Je me défis auprès du chambellan de mes habits de cérémonie, puis nous tentâmes de nous frayer un chemin dans les salles et couloirs du palais. Les murs étaient longés de bancs chargés d'avocats agités, de plaideurs chicaneurs et de témoins livides d'inquiétude. Un officier chassait dans un même coup de pied un mendiant et un chien. Dans un bruissement de foire, nous parvînmes au grand escalier pour descendre dans la cour d'honneur, guère plus calme. Libraires, vendeurs de plumes, porteurs de papier, marchands d'oranges, merciers, écrivains publics, porte-paniers, mendiants, badauds faisaient une telle presse, un tel tumulte que mon pauvre abbé, essoufflé, bousculé, crut sa dernière heure arrivée.

Au milieu de la foule, je retrouvai mon père, M. de Bois-Préau et d'autres gentilshommes que semblait fort échauffer une discussion avec quelques bourgeois, députés en habit. L'un des bourgeois, forçant la voix, apostrophait mon père.

— Nous devons prendre une décision, monseigneur ! Nous n'avons guère écouté les malheurs de nos artisans lorsque le droit sur les étoffes teintes s'est vu accru, l'an passé, ni lorsque les brouettiers et les chiffonniers ont eu l'obligation d'acheter leurs charges au fisc, mais, désormais, nous allons tous être frappés : le roi impose une nouvelle taxe sur les propriétés et les offices !

— Rien n'est encore certain, se défendit mon père. Et surtout, rien n'est fait ! Nous opposons toujours les plus vives remontrances !

— Un officier du roi est arrivé cette nuit à la maison du receveur, et c'est sans doute pour faire appliquer, par la force, puisque c'est la nouvelle mode, ces nouveaux édits ! lâcha un autre.

— Et comme nous avons tous refusé de publier la liste de nos patrimoines, cela est du plus mauvais augure ! ajouta celui dont le visage tremblait d'indignation sous son tricorne à plumet.

— Savez-vous que des bruits courent que la colère qui grondait depuis deux années chez les sauniers d'Avranches et de Coutances a vraiment explosé à l'annonce du décret royal sur la gabelle ?

— Le roi est-il devenu fou depuis sa « piqûre » ? Croit-il malin de tenter d'étrangler le Cotentin et la Normandie conjointement ? reprit le tricorne à plumet.

— Eh bien, laissons s'essouffler en vain cet officier du roi et contentons-nous d'écouter ses semonces, intervint M. de Bois-Préau, de ce ton laconique dont il semblait ne jamais se départir. Nous aurons alors toute latitude pour opposer nos remontrances au roi, en les teintant de quelques bonnes menaces. Un homme qui craint pour sa vie ne comprend que ce langage.

— Et conservons par-devers nous ces listes de patrimoine qui ne regardent personne, le roi encore moins qu'un autre ! ajouta mon père, pressé de briser là.

Les bourgeois, ainsi congédiés, ne purent que s'incliner et s'éloignèrent dans la foule, tandis que mon père conviait ses pairs à quelque collation en notre hôtel de la rue aux Ours.

— Vous joignez-vous à nous, Tancrède ? me demanda-t-il en posant un regard vide sur toute ma personne.

— Je vais d'abord m'assurer que l'abbé rejoigne Miromesnil sans dommage, mon père, la ville me semble fort échauffée.

— Faites, faites… Prévenez mon épouse que nous risquons de nous attarder à Rouen, monsieur l'abbé.

Puis nous les vîmes disparaître, engloutis par le flot de la rue du Gros-Horloge, tandis que l'abbé et moi, noyés par la grande presse populeuse de la rue de la Porte-Massacre, décidions de nous restaurer à l'auberge du Bon Port.

À GRAND renfort de courbettes, l'imposant propriétaire nous poussa vers une table. Nous commandâmes vin, terrine de lapin et poularde farcie, lesquels nous occupèrent l'esprit et le goût un moment. Enfin, j'allais pouvoir poser la question que j'avais tue depuis mon retour.

— L'avez-vous revue, l'abbé ?

— Vous venez d'être nommé à la grand-chambre du parlement, des menaces de sédition agitent les esprits, et vous me parlez d'elle…

— Allons, l'abbé ! Est-ce à vous que je dois rappeler qu'il n'est guère sage de confondre la peau et la chemise ? Je suis seulement paré de nouveaux oripeaux !

— L'appétit vient en mangeant, comme vous deviendrez sincère en jouant la comédie du pouvoir.

— Vous ne m'avez pas répondu.

— J'ai seulement discrètement surveillé que la ferme du Mesnil leur a bien été échue sans servitude. Je sais que la mère de Jean est morte, peu après leur mariage, et qu'ils triment assez à leur aise, avec l'aide de Virgile et de sa carriole que Mme la marquise a eu la bonté d'offrir. Les récoltes ont été bonnes, les impôts sont rentrés sans trop de grogne. Je n'en sais pas plus.

— Ont-ils déjà un enfant, ou peut-être même deux ?

— Je n'ai été mandé pour aucun baptême, mais Sophie a pu faire appel au curé de Tourville, comme elle l'a fait pour son mariage, fit-il d'une voix chagrine.

— Le mariage n'a peut-être pas été consommé…

— De quelle chimère vous embrouillez-vous l'esprit, Tancrède ?

— Pas d'enfant après deux années de mariage, ça n'est point naturel ! Je n'ai pas davantage procréé le moindre bâtard. Je trouverais plaisant qu'à la communion de nos âmes s'adjoigne la stérilité de nos corps. Hors du spectre, n'est-ce point l'expression de votre Newton ?

Je vis dans son regard qu'il songeait comme moi au sort de Mlle de Bois-Préau, mais nous ne pipâmes mot. Ce mariage couvait comme une menace d'orage, ténébreux et lointain, dont on prie le Ciel qu'il aille crever ailleurs que sur nos têtes. Ce fut seulement à ce moment que nous prîmes conscience d'éclats de voix.

— S'il le faut, nous prendrons les armes ! Nous ne nous laisserons pas dépouiller ! À mort la gabelle ! À mort leur receveur, et tous les agents du fisc qui viendront nous tondre !

— À mort ! À mort ! hurla la foule.

Je me dressai à mon tour, me hissai sur la table pour mieux voir, dans la salle sombre et enfumée. Je sentis que montait en moi une excitation pareille à celle qui avait saisi mon corps débile lorsque Jean était venu voir Sophie à Miromesnil. Je devinai à peine la main affolée de l'abbé tirer mon habit et j'apostrophai l'orateur :

— Monsieur l'avocat ! hurlai-je, car j'avais du moins reconnu l'orateur à son habit. Savez-vous qu'un officier du roi vient de nous être envoyé de Paris pour recouvrer des impôts indus et interdits en Normandie ?

La foule, comme une seule vague, se tut, se tourna vers moi. Je sentis son regard de braise, son souffle âcre, sa stupéfaction obtuse de bête de somme. Un instant interloqué, le jeune avocat me salua, semblant me reconnaître. Sa tête pâle et grêlée emmanchée d'un long cou effleurait les poutres noircies.

— Eh bien, monseigneur le parlementaire ! Allez-vous nous aider ?

— Je ne sais si cela sied à ma fonction, maître, mais c'est à grands coups de botte dans le cul que les Rouennais vont bouter ce lâche représentant hors des limites de la ville, hors des limites de la liberté normande !

Alors la foule éclata d'un grand rire joyeux, un tonnerre d'applaudissements me fit monter le sang aux joues.

— Retrouvons-nous ici même demain, mes amis ! hurla encore le jeune avocat. Et si les nouvelles sont mauvaises, Paris, le roi et le fisc verront de quel bois savent se chauffer les Rouennais ! Vive la Normandie ! Vive le parlement !

Une déflagration de rires, de cris enthousiastes ébranla encore les murs de la taverne, puis l'avocat sauta de sa table, entouré, félicité, frappé dans le dos de brusques bourrades populaires dont il semblait familier, et fendit la foule pour nous rejoindre. Descendant à mon tour, je saluai le jeune avocat et le conviai à s'asseoir.

— François Rossignol, avocat au parlement, pour vous servir, monseigneur, fit le long jeune homme avec un grand sourire qui partait de travers et donnait une forme asymétrique à son visage maigre.

— Point tant de cérémonie entre nous, nous ne siégeons que dans une taverne ! m'écriai-je en riant. Tancrède de Miromesnil, pour vous servir, membre du parlement depuis deux heures à peine. Je vous présente mon ami, l'abbé Vatelot.

— Mes hommages, monsieur l'abbé. Je connais bien votre illustre famille, monsieur, reprit-il en me dévisageant. J'ai souvent eu l'honneur de plaider sous les instances de monsieur votre père. Si nous sommes unis, le roi cédera !

— Quel est votre intérêt, monsieur Rossignol, dans tout ce tohu-bohu qui risque fort de dégénérer ? fit l'abbé.

Loin de se vexer, le jeune avocat eut un drôle de sourire de biais qui me le rendit immédiatement sympathique. Plus il souriait, plus sa personne semblait prendre de la gîte, comme une barque fragile risquant à chaque mouvement le naufrage.

— Seriez-vous jésuite, monsieur l'abbé ? Car je reconnais dans votre suspicion naturelle le sens politique qui caractérise cet ordre qui m'a éduqué, fort bien d'ailleurs !

— Point du tout ! s'écria l'abbé Vatelot. Mais je sais reconnaître un marchand de viande creuse et de vains mots !

— Viande creuse, la misère du peuple, les familles chassées par les huissiers, les offices galvaudés pour payer des guerres inutiles et renforcer un pouvoir dégénéré ?

Il était redevenu l'orateur si sérieux, si enthousiaste, si convaincant que l'abbé et moi-même ne pûmes nous empêcher de sourire.

— Nous sommes tous concernés par ces décisions royales iniques ! La création de nouvelles généralités, à Alençon, à Coutances, à Rouen, ont permis de vendre soixante offices. La cour des aides, la nouvelle élection, à Saint-Lô et ici même, en ont créé plus de cent ! Les caisses royales ont donc été momentanément renflouées, mais tous les nouveaux offices, et les anciens, ont enregistré des pertes colossales de revenus. Des emprunts forcés sont en préparation, la liste des patrimoines à publier n'est que la face éclairée d'un projet fiscal encore secret qui va mettre le Cotentin et la Normandie sur le sable !

— Et si la révolte des sauniers est avérée, ce sera la guerre civile, ajoutai-je.

— Avez-vous des nouvelles de ce côté-là ? me demanda-t-il, trépignant d'un enthousiasme presque enfantin.

— Qui datent d'une heure, sans certitude aucune, de la part de bourgeois affolés.

— Nous pourrions vérifier par nous-mêmes ! Si l'envoyé du roi est déjà là, les troupes suivront. Il nous faudra aviser, et peut-être unir nos forces avec celles du Cotentin !

François Rossignol leva son gobelet d'étain.

— À l'union, Tancrède de Miromesnil !

— À l'union, François Rossignol !

Et je cognai mon gobelet au gobelet de celui qui allait devenir mon ami.

Je me souviens de cette nuit-là comme d'une nuit étoilée, limpide, qui sentait déjà le soufre et la poudre. Une de ces nuits où le destin des hommes chavire en suivant la révolution lente de notre machine ronde.

François se proposa d'aller espionner à l'hôtel du receveur et, après avoir quitté l'auberge, il nous montra sa maison qui donnait sur la place où avait eu lieu le supplice de Jeanne la Pucelle, un mince logis en hauteur, de guingois autant que son visage. Nous nous séparâmes, chacun se promettant de faire part à l'autre des nouvelles obtenues. Puis l'abbé et moi rentrâmes à l'hôtel Miromesnil où mon père achevait de festoyer avec ses pairs les plus intimes.

— Je croyais que vous deviez mettre l'abbé au coche ? interrogea mon père, la voix ébréchée par le bon vin de ses réserves.

— J'ai assisté à un début d'insurrection dans quelques rues, mon père, dis-je en grossissant la chose. Je rentre à Miromesnil et je chargerai l'un de nos gens de forcer une monture jusqu'à Coutances. Il nous faut savoir si la révolte des sauniers est réelle, si nous pouvons compter sur cette émotion populaire pour faire céder le roi.

Un grand ébahissement saisit l'assemblée, gâchant la digestion, déclenchant un concert sonore de remarques et d'inquiétudes.

— Croyez-moi, messieurs, m'écriai-je, si la colère éclate, il vaudra mieux pour nous être avec elle que contre elle ! Le receveur du roi ne demeurera pas seul et inactif et je gage que des troupes seront appelées pour mater les Rouennais.

— Est-il dans vos nouvelles attributions de jouer les Cassandre ? grinça mon père en rectifiant sa cravate de dentelle.

— Très bien, mon père, je m'en remets à vous, lançai-je sèchement en le regardant droit dans les yeux. Interdisez-moi de protéger nos intérêts, notre peuple, notre liberté. Interdisez-moi d'agir et de prévenir une disgrâce politique et financière !

Le vieux comte de Goderville prit la parole :

— Marquis, si je puis évoquer mon grand âge et les expériences d'un passé dont mon père m'entretenait souvent, votre fils a raison. Rien n'est pis que l'indécision due à la méconnaissance de la chose populaire ! Nous serons moins coupables d'agir que d'attendre ; je trouve aussi extrêmement inquiétante la présence de ce receveur de Paris, qui laisse présager la venue, aussi désastreuse que coûteuse, du chancelier en personne !

— Comte, vous divaguez ! s'exclama mon père, horrifié.

— Imaginez-vous M. Lamoignon de Blancmesnil, premier magistrat du royaume, venir en personne régler nos différends fiscaux de provinciaux ? demanda Bois-Préau.

— Le dernier, et le seul chancelier qui vînt, reprit le comte, toujours pour nos refus de renflouer l'État, ce fut le chancelier Séguier, sous notre roi Louis XIV ; cela nous a coûté un million de livres et nous avons dû loger et nourrir les soudards des troupes wallonnes pendant six mois !

Un silence de sépulcre tomba sur la salle de réception.

— Soit, lâcha enfin mon père. Nous prendrons contact dès demain avec le receveur de Paris, nous tenterons de sonder ses intentions, les plus ouvertes comme les plus dissimulées…

— Faites-le plutôt lanterner, coupai-je, de plus en plus assuré. Noyez-le sous les chiffres et les rapports comptables, flattez-le, invitez-le, flanquez-lui quelque gourgandine entre les bras ! Gagnez du temps pour m'en laisser, que je puisse rassembler les preuves d'une révolte que nous lui glisserons sous le nez et par lesquelles il craindra de jouer sa tête. Alors seulement nous le renverrons à Paris Gros-Jean comme devant !

— Mon cher marquis, vous nous aviez caché que votre cadet eût des talents de fin politique fort machiavélique ! fit M. de Bois-Préau, le masque toujours impénétrable.

Mon père bougonna quelque chose dans son verre qui ne parut point si désobligeant, mais je me dépêchai de saluer l'assistance et, poussant l'abbé devant moi, nous fîmes atteler la calèche pour prendre la route de Dieppe.

— Ne me dites point que vous pensez au même espion que moi…

— Qui d'autre, l'abbé ?

— Vil prétexte, Tancrède ! Examinez votre âme avec honnêteté ! Rappelez-vous le roi David qui fit tuer le mari de Bethsabée pour pouvoir la séduire…

Un étonnement sincère me coupa le souffle.

— Vraiment, l'abbé, me croyez-vous capable d'aussi sombres manœuvres ? Je vous le jure, devant Dieu, si j'ai pensé à Jean, en supposant qu'il accepte, c'est uniquement mû par ce désir tout neuf d'être digne de ma charge et de mon rang !

L'abbé s'abîma piteusement en ses méditations le reste du voyage où nous demeurâmes silencieux. Alors que nous parvenions enfin à la nuit tombée sur les terres de Miromesnil, je fis arrêter la calèche à l'entrée du chemin au bout duquel je savais trouver la ferme du Mesnil. Je criai à l'abbé que je rentrerais à pied. La nuit était fraîche et claire, le sol résonnait durement, la lumière de la lune tombait comme une lame, je me sentais le cœur battant de joie et de désespoir ; quand j'arrivai en vue de la ferme, ses deux fenêtres à peine miroitantes du halo d'une bougie, mon pas défaillit et trébucha. Un chien se mit à hurler. La porte s'ouvrit et je devinai une ombre filiforme, mouvante, fluide. Une ombre rejoignit l'ombre familière, s'y mêlant, épaule contre épaule, me crevant le cœur. La voix puissante de Jean hurla après le chien :

— Jupiter ! Au pied !

Il avait appelé leur chien Jupiter ! Encore une trace de l'abbé, de son Newton et de ses planètes ! Je pris un grand souffle et, le plus fermement que je pus, je m'écriai :

— Pas d'inquiétude, messire Jean !

Il s'approcha, la main sur le col hérissé de son chien.

— L'abbé m'a déposé avec la calèche, car nous arrivons de Rouen. Je dois vous parler, Jean ; l'heure est grave.

Face à face, nous nous contemplâmes un bref instant, puis il hocha la tête et m'invita à entrer.

Quel vertige étrange saisit alors toute ma personne comme si j'étais en proie à une apparition divine qui fût à la fois la voie et la vérité dont je m'étais détourné ? Sublime illumination noire dans les ténèbres de la salle pauvre ou beauté absolue parce que noire ? Comment avais-je pu seulement continuer de respirer hors de sa sphère ?

Elle avait toujours su quelle était ma nature, toujours capté le moindre de mes émois, mais elle ne frémit pas. Elle se tenait immobile, près de l'âtre, les mains jointes contre son grand tablier sur sa robe sombre, me fixant d'un air de statue. Reprenant peu à peu l'usage de mes sens, mes yeux habitués à la pénombre du logis, je notai un simple anneau de cuivre à son annulaire gauche, brillant comme un croissant de lune sur un ciel noir. Je retirai enfin mon chapeau et m'inclinai, masquant mon trouble en serrant les dents et en prenant un air sévère. Elle se détourna et entreprit de raviver le feu, de ses gestes lents et délicats dont je me rendis compte que pas un ne s'était effacé de ma mémoire.

La pièce était simple et propre, le sol de terre bien balayé, un grand lit d'alcôve se tenait en retrait du feu, qui me serra les entrailles, mais sans façon, le geste brusque, je repoussai le banc, défis ma cape et m'installai à la table. Jean s'assit en face de moi et attendit.

— Un envoyé spécial du roi est arrivé chez le receveur des impôts de Rouen. La troupe suivra bientôt. Il nous faudra céder sur tout, les nouveaux offices, les nouveaux impôts, et la gabelle pour les Normands, comme elle vient d'être imposée au Cotentin.

— Est-ce certain ? murmura lentement Jean.

— L'arrivée du receveur est certaine. Ce qui se passe à Coutances et à Avranches l'est moins. Des bruits courent. Il nous faut des certitudes pour faire peser dans la balance du renoncement du roi la menace d'un soulèvement normand, de concert avec le soulèvement du Cotentin.

— Vous voulez vous opposer à la décision du roi ?

— Ne vous l'avais-je point promis, un jour ?

— N'est-ce point le rôle du parlement ? Ne savez-vous faire votre travail seul ?

— Si la troupe est envoyée, c'est que le roi se moque des remontrances du parlement. Il ne restera alors que la voix et la colère du peuple pour obtenir justice.

— Vous voulez dire que vous avez besoin de vos gens pour aller se faire égorger comme de la volaille par les troupes du roi, tandis que vous resterez assis en votre parlement, dans vos beaux habits ?

— Nous n'en sommes pas là ! J'ai seulement besoin de vous comme… messager. Pour l'instant. Si je ne devais siéger au parlement, j'irais moi-même à Avranches, quoique je doute d'en apprendre autant que vous, qui saurez vous faire entendre des gens de là-bas. À vous, on dira la vérité.

Je contemplai le visage de Jean dans la lumière de la bougie, son front soucieux, barré d'une grosse ride, la moue épaisse de ses lèvres, et je songeai que les gens du peuple vieillissaient vite. En deux années, il avait déjà perdu l'aisance insouciante du corps, la liberté juvénile du geste. Mais il était toujours beau, d'une force bien découplée qui grandissait sa virilité. Je ne doutai pas un instant qu'il ne fût devenu sinon le chef des villages alentour, du moins une voix écoutée et respectée. Sophie s'approcha, lui mit la main sur l'épaule, sa main gauche où brillait l'anneau de cuivre.

— Refuse, fit-elle de sa voix inchangée, si douce et si chantante.

Il posa sa main droite sur la sienne, la caressa doucement et croisa à nouveau ses larges mains sur la table. Il hésitait.

— Tu m'as toujours dit que nous n'avions pas à risquer nos vies pour la sauvegarde de leurs privilèges, reprit-elle sans me regarder, la tête inclinée vers son époux.

— Si nous perdons, vous perdrez plus encore. La gabelle ruinera le pays pour des décennies.

— Mais notre intérêt, je parle de celui du peuple, est peut-être de tout laisser s'écrouler… Que crève donc votre parlement, foulé aux pieds par la sottise du roi… tout partira alors à vau-l'eau, le pays ne sera plus dirigé, et notre heure viendra, à notre convenance, et non plus à la vôtre…

Il avait parlé lentement, en pesant ses mots, en bon taiseux. Je restai si abasourdi d'un tel raisonnement que j'en oubliai Sophie. Avais-je présumé de mon pouvoir de conviction, de mes idées que je croyais novatrices, libérales, de bon sens, et, en toute honnêteté, n'étais-je pas persuadé d'œuvrer pour le bien de tous ? Cette gabelle était un impôt dégénéré, je n'avais guère réfléchi plus loin. Et voilà que je me trouvais muet devant un paysan raisonneur et suspicieux. Je me levai donc, remis ma cape, mon chapeau ; puis je sortis dans la nuit. Anéanti, je marchai jusqu'au château.

Ce fut l'abbé qui me tira de mon sommeil, alors qu'il faisait encore nuit, entrant en coup de vent dans ma chambre.

— Jean est en bas ! me brailla-t-il dans les oreilles.

Je tentai de descendre le grand escalier avec assez de mesure pour garder quelque dignité, muni d'un chandelier. Jean se tenait dans la grande entrée, son chapeau à la main, dansant légèrement d'un sabot sur l'autre.

— J'accepte. Ma femme et moi avons considéré qu'il n'y avait pas grand risque à ce que j'aille voir de quoi retournent les choses à

Avranches. Ce sera l'affaire de trois jours, quatre au plus, si vous me donnez un bon cheval. Et si les choses vont aussi mal que vous le supposez, peut-être même n'aurai-je pas à pousser si loin.

— Je vais vous faire donner un habit. Vous passerez ainsi pour notre secrétaire particulier si des officiers vous arrêtent en chemin, ainsi que quelques louis pour délier les langues.

— Une lettre aussi, peut-être… quelque chose comme un sauf-conduit, ou un message pour un de vos amis nobles de ce pays.

— Mon père connaît un certain Pierre de Noblecour, premier magistrat à Avranches ; vous le direz mon cousin. L'abbé va vous montrer où vous habiller, tandis que je rédige ce billet.

Penché sur la rambarde, une bougie à la main, l'abbé n'avait rien perdu de notre conversation. Je tournai les talons et m'en allai dans le salon, m'installer au secrétaire de ma mère.

Un moment plus tard, dans la cour, je vis Jean prêt à monter sur un des chevaux de notre écurie et l'élégance de sa mise me frappa au cœur. On l'eût pris pour un des nôtres, ou l'un de ces bourgeois hautement bottés à la manière d'un maître des chasses, la taille prise dans une redingote brune bien ajustée, à col prussien, la culotte moulant ses cuisses puissantes. L'abbé avait même réussi à lui trouver un tricorne à sa taille, ce dont le paysan semblait s'amuser.

— Je dois repartir pour Rouen dès aujourd'hui, lui dis-je, lui tendant l'argent et le billet qu'il glissa dans sa botte. Dès que vous serez de retour, l'abbé me fera prévenir. Si par quelque bizarrerie du sort on ne pouvait me joindre, allez trouver l'avocat François Rossignol, place du Vieux-Marché. Il est acquis à notre cause et sera de bon conseil. Bonne chance à vous, crus-je poli d'ajouter.

— Bonne chance à vous, surtout : vous ne serez jamais qu'une centaine de parlementaires contre un seul receveur du roi !

Et, sur ce trait blessant, il piqua des deux.

Durant la semaine qui suivit mon retour à Rouen, j'eus le loisir de beaucoup revoir François Rossignol dont j'appréciai jour à jour le bel esprit, le raisonnement à la fois pondéré et enthousiaste, la simplicité des manières. Orphelin jeune, il avait vu son héritage grignoté par un tuteur qui avait eu assez d'habileté pour lui laisser poursuivre ses études de droit à Paris. Il était devenu l'avocat des chiffonniers et des tanneurs écrasés de nouveaux impôts, des petits artisans, mais aussi de quelques armateurs qui lui permettaient de vivre honorablement. François s'était fait jeter de chez le receveur comme un manant, ce qui n'écornait guère une fierté dont il riait, mais le fait l'avait inquiété. Cette attitude révélait les pleins pouvoirs dont cet officier était investi, ce que mes discussions avec les pairs confirmèrent.

L'officier du roi, un certain Barnabé du Laurens, était, d'après mon père, un roué de la pire eau, une brute sèche et bornée, l'entendement infecté de la haute idée qu'il se faisait de sa charge. Il avait fait lanterner les parlementaires comme des laquais dans l'antichambre de la maison du receveur, et s'était montré d'une insolence grossière : venu pour obtenir l'application immédiate des édits du roi par ceux qui devaient le servir en se taisant, il ne repartirait pas sans ! Aucune négociation n'était envisageable.

Et je n'avais toujours aucune nouvelle de Jean.

Près de dix jours s'étaient écoulés depuis son départ quand la tenue de l'assemblée ne put davantage être reportée. Je m'y rendis aussi ; bourgeois, banquiers, robins et nobles, députés et conseillers honoraires en habit noir et bonnet carré, et même l'archevêque, Mgr Descubes, tous faisaient la même mine de carême. Les huissiers s'agitaient, courant ici et là, quand soudain le brouhaha tomba comme une vague : l'officier du recouvrement entra. Il fit fermer les portes où deux arquebusiers se tinrent au garde-à-vous. Je compris que tout était perdu.

M. Barnabé du Laurens était un grand homme dans la fleur de l'âge, dont l'habit dissimulait mal les allures de soudard. Le mépris qu'il éprouvait pour les devoirs de notre assemblée se lut dans la moue haineuse qui déforma son mufle chaque fois que le président, mon père, et d'autres pairs tentèrent de faire entendre les malheurs du peuple, l'injustice d'une taxe sur les propriétés, l'atteinte à la liberté pour les artisans, les bourgeois, et les nobles, en opposition avec la charte aux Normands. Il souriait, se curait les ongles et bâillait comme un chien. Même le vieux comte de Goderville s'embrouilla dans ses circonlocutions quand du Laurens ricana en déchirant et jetant à terre les livrets des remontrances qui lui avaient été remis. Je songeai que le roi avait dû lui accorder tous les pouvoirs dont il allait se faire une joie d'abuser, lestés de la promesse d'un anoblissement. Enfin, un silence de mort s'abattit, que du Laurens fit durer. Puis il se leva, arpenta le parquet aux arabesques en faisant claquer ses bottes, les poings sur les hanches comme s'il eût harangué des soldats.

— Morbleu, messieurs les parlementaires, voilà bien du temps perdu en babillages creux ! Ce sont gens de votre espèce qui ont armé Damiens le parricide ! Oui ! Je dis « parricide », car le roi est notre père à tous ! Du fond de vos provinces pouilleuses, que pouvez-vous savoir du poids de la charge d'un roi, de son dévouement au royaume et à sa grandeur, de la subtile intelligence de ses décisions qui échappent à vos petits intérêts de boutiquiers ? Vous n'êtes rien qu'une conque vide que le roi va jeter aux ordures ! Oubliez-vous que Sa Majesté peut rayer d'un trait de plume l'orgueilleux pouvoir de ce parlement, et le remplacer par une simple commission ?

Il se tut un instant, jouissant de l'abasourdissement qui nous avait saisis. Il reprit, la voix mielleuse :

— Le parlement est désormais placé sous ma garde personnelle, vous ne sortirez point d'ici sans que tous les édits du roi soient signés en bonne et due forme !

Une houle frémissante de colère courut dans l'assemblée. Bois-Préau et Mgr Descubes étaient blêmes de rage, le visage de mon père agité de clignements nerveux. Alors, comme toujours porté par mes seuls émois, je me trouvai debout, je me vis descendre sur le parquet et faire face au sieur du Laurens.

— Je suis Tancrède de Miromesnil, monsieur le laquais du roi !

Le receveur tiqua mais resta coi tandis que ma voix s'élevait, gonflée comme une grand-voile :

— Tous ici, nous existons depuis des siècles quand vous n'êtes né que d'hier ! Quoique normands, nous avons servi la France et le roi, nous avons vaincu pour elle, nous sommes morts pour lui, quand vous ne vous souciez que de guigner un de nos titres ! Le souverain d'aujourd'hui nous désavoue peut-être et se dégage d'un pouvoir qui l'oblige, mais cela ne vous donne guère le droit de nous insulter !

Et je le giflai.

— Bravo !

Je n'eus pas le loisir de tenter de reconnaître celui qui avait crié que déjà l'assemblée se dressait en un seul mouvement, hurlant des bravos, applaudissant, trépignant des pieds et des cannes ; mais déjà du Laurens, cramoisi, se jetait à mon col en hurlant :

— Maudit bossu ! Je te ferai décapiter pour haute trahison !

Le mot honni acheva de me faire cracher ma hargne, je me dégageai de ses mains tremblantes de rage, envoyai mon coude dans son estomac, puis mon poing dans sa mâchoire. Il chut de tout son long, les yeux louchant d'ébahissement.

Ce fut alors que tout se précipita. Les portes furent ouvertes par les deux soldats en faction qui hurlèrent : « À la garde ! », en laissèrent passer quatre autres qui se ruèrent vers leur maître, lequel glapit un « Arrêtez cet homme ! » tout en se relevant et me désignant. Tandis que je le repoussais d'un coup de botte bien appliqué dans la poitrine qui le fit choir à nouveau, déjà j'étais entravé par les soldats. Brusquement, un nouveau tohu-bohu des plus sonores emplit la salle, accompagné de hurlades :

— À mort le receveur ! Vive le parlement ! Vive la Normandie ! Vive Miromesnil !

Je me sentis soudain libéré de l'entrave des soldats qui, assommés, gisaient au sol avant que je pusse comprendre par quel miracle j'étais sauvé. Un coup de mousquet partit. Des chapeaux et des bonnets volaient. Il semblait que tout le peuple se fût rendu à la grand-chambre, chavirant bancs, huissiers et soldatesque, criant, huant, cha-hutant. Une main ferme m'empoigna et je reconnus avec surprise François Rossignol, échevelé, chapeau perdu, qui me hurla :

— Sauvons-nous, Tancrède ! Nous réfléchirons plus tard !

À coups d'épaule, protégés par la foule qui, dans sa joyeuse furie, faisait corps contre les soldats en renfort, nous nous glissâmes par une des petites portes latérales, filâmes par les couloirs et les escaliers secondaires pour nous retrouver dans la cohue de la cour d'honneur. Une autre stupéfaction faillit me clouer au sol : Jean, à cheval, main-tenant la bride de Phébus et d'une autre monture, tenait au bout de son pistolet un soldat, mains levées et mâchoire béante, tandis qu'artisans, boutiquiers jouaient de fourches et de broches à rôtissoire contre d'autres soldats désarmés autour desquels la masse en furie se contentait de montrer les crocs. Nous bondîmes sur les montures.

Nous nous faufilâmes plein nord par le bailliage et la prison, pas-sant sans encombre les fortifications à la porte du faubourg du Bou-vreuil. Le vent glacial cinglait mon visage ; mes cuisses, tout mon corps bombardé de gouttes de pluie grosses comme des pois et roulait sur mon dos protubérant où ma cape battait ainsi qu'une oriflamme. Cette joie physique et féroce mêlée de fierté eût pu me pousser, galo-pant à travers champs, jusqu'au bout d'un monde auquel j'apparte-nais désormais par ma liberté future, dût-elle s'appeler la mort.

3

Nous réveillâmes le château plus vivement qu'un renard entrant dans un poulailler. L'abbé, en longue chemise et bonnet de nuit à pompon, me serra entre ses bras. Ma mère, en ses robes d'intérieur en désordre, contemplait avec effarement, autour du feu où elle fit servir du chocolat, Jean le manant en habit crotté de bourgeois, un avocat inconnu à la mine en biais et son propre cadet, tout aussi inconnu, dont on lui contait les hauts faits.

— Vous avez giflé un officier du recouvrement? balbutia-t-elle.

— Ah, madame! Par la porte basse, je m'étais glissé dans la salle juste avant la semonce de ce receveur. J'ai vu et entendu monsieur votre fils remettre ce gredin à sa place! Quel discours! Quelle verve! Quel courage! s'exclama François.

J'eus le bonheur de voir ma mère daigner me sourire et l'entendre me dire, d'un ton badin qui ne lui ressemblait guère :

— Dans quelles difficultés vous êtes-vous plongé, monsieur mon fils? Et dois-je prendre des dispositions pour vous faire porter quelques douceurs à la Bastille?

— Je ne reste pas au château, mère. Je pense que du Laurens m'y fera saisir sous peu. Accordez-moi votre pardon pour les désagréments qu'il risque de vous causer.

— Il n'est nécessité d'aucun pardon! Ce n'est pas un rustre d'officier qui intimidera une Miromesnil.

Je lui souris. Il m'eût été plaisant de voir Louise Marie Victoire éconduire cet envoyé du roi. Elle me rendit mon sourire.

— Et où comptez-vous vous cacher?

— Dans les bois, madame la marquise, coupa Jean en baissant les yeux d'un air buté. Près de cinq mille hommes nous y attendent…

Ce fut à mon tour d'être ébahi.

— Racontez, Jean! Racontez ce que vous m'avez déjà raconté, quand vous vous êtes rendu chez moi! fit François en se frottant les paumes d'excitation devant le feu qu'on avait ravivé. Ensuite, il n'a suffi que de quelques harangues bien sonores pour que les Rouennais nous suivent et investissent le parlement, au fort bon moment, vous en conviendrez, Tancrède!

— Vous avez tous deux agi avec force diligence, j'en conviens, fis-je en souriant.

— Si madame la marquise permet…, grogna Jean.

— Je permets ! répliqua-t-elle, impatiente.

— Bien avant même que d'arriver aux environs d'Avranches, je n'ai cessé de croiser des troupes d'hommes en furie : des manouvriers, des sauniers, bien sûr, mais aussi des laboureurs, des clercs qui avaient quitté leurs offices, des gentilshommes ruinés qui guidaient ces troupes infortunées et mal préparées à la bataille… Ils ne savaient où ils allaient mais ils s'y rendaient avec fureur. Toutes les bouches bruissaient de l'assassinat du collecteur des impôts d'Avranches, mais j'ai voulu vérifier le fait et j'ai poussé jusqu'à la ville. J'ai pu, sans trop de mal, trouver M. de Noblecour, fort remonté contre le roi, prêt à refuser de remettre les assassins, en supposant qu'on les lui demande, ou qu'on les trouve, car la troupe s'était égaillée comme de la volaille ! En battant la campagne, nuit et jour, jusqu'à Coutances, je ne cessais d'entendre parler d'un certain Jean Quetil, dont personne ne sait rien, ou dont personne ne veut parler, qui s'est nommé général des insurgés. Tous se placent sous son commandement, et sous le haut patronage de saint Jean-Baptiste et celui de la Ligue catholique. La tête de la colonne la plus enragée est déjà à Caen. Autour d'un feu de camp, j'ai expliqué à un clerc ce qui nous menace aussi et je l'ai encouragé à prendre langue, secrètement, avec ce fameux Jean Quetil, pour le convaincre de marcher jusqu'à Rouen pour s'unir à nous.

— Nous ? Sommes-nous donc aussi désormais des insurgés ? s'étonna ma mère.

— Je ne sais comment la poudre a pris, ni comment elle a filé plus vite que mon cheval, poursuivit Jean, mais sur la route de retour, j'ai rencontré, sans qu'aucune troupe royale soit en vue, de plus en plus de ces insurgés fort remontés, prêts à mourir pour Dieu et la liberté… et pour le sel, dont le prix a triplé cette année.

— Ils vont se faire massacrer ! s'écria ma mère.

— Non, madame, intervint François. Pas si nous nous organisons, pas si quelques chefs gentilshommes nous apprennent, au fond des bois, les rudiments de l'attaque militaire ! Et alors, au printemps, nous marcherons sur Rouen.

L'abbé Vatelot se signa, sa tasse de chocolat tremblait sur sa soucoupe avec un petit bruit de grelot.

— À condition que le parlement résiste jusque-là, et ne signe rien, compléta François. Que peut faire du Laurens ? Il n'a pas le pouvoir de contraindre le parlement, ni même celui de l'emprisonner, ce qui ne s'est jamais vu ; seul le chancelier, ou le roi, peut signer un ordre d'exil. Et quand bien même tous les parlementaires seraient exilés, seule la troupe pourra forcer aux paiements. À ce moment, nous arriverons. Et les Rouennais seront avec nous !

— Allez-vous vivre jusqu'au printemps comme des loups ? interrogea ma mère d'une voix calme.

— Qu'importe, ma mère. Si nous avons quelque chance de réussir.

— Et moi, je servirai de messager, intervint l'abbé. Si vous me montrez l'endroit où vous vous cachez. Et si madame la marquise le permet.

— Mon Dieu, l'abbé, si vous œuvrez sous le patronage de saint Jean-Baptiste, que suis-je pour m'opposer à telle aventure ?

— Nous vous ferons chercher quand le moment sera venu, fit Jean. J'ai conseillé de diviser nos hommes en plusieurs endroits bien retranchés de ma connaissance.

Chacun comprit qu'il n'était point dans les intentions de Jean d'accorder à Mme la marquise plus de confiance qu'il ne paraissait nécessaire. Mais on ne se débarrassait pas de ma mère comme d'une mouche importune, elle reprit la parole :

— Dès demain, j'accompagnerai l'abbé à Rouen et inclinerai le marquis à cette résistance qui, si j'ai bien compris votre plan, est nécessaire à votre entreprise.

— Comme madame la marquise voudra, grogna Jean.

Il fut le premier à se lever, signifiant qu'il était sage de reprendre la route. Chacun obéit à son ordre muet, je montai en mes appartements prendre quelques effets et deux pistolets dans l'appartement de mon père. Quand je redescendis, j'aperçus Jean, planté devant la cheminée de la salle à manger, les yeux levés. J'avais toujours connu, au-dessus du feu, deux rapières fixées en croix sur nos armoiries, ainsi que quatre dagues de chasse tenues par un petit écu sur lequel nos couleurs, bien que défraîchies par les ans, avaient été représentées. « D'argent, a un chevron de sable chargé à la pointe d'une étoile d'or ; et accompagné de trois trèfles d'azur. » Jean se contenta de pivoter vers moi et de me lancer un regard éloquent.

— Allez-y. Vous serez plus habile que moi à aller les décrocher.

Il se saisit d'une des hautes chaises, y bondit comme un chat et décrocha les dagues et les épées qu'il me tendit au fur et à mesure. Nous restâmes un instant, armes à la main, les effleurant.

— Saurai-je seulement m'en servir ? me demandai-je tout haut. Seul mon frère Henri a eu un maître d'armes. Ce n'est guère le meilleur des Miromesnil qui vous est échu pour cette aventure.

Ma mère parut alors par la porte du salon, le visage empreint d'une gravité où je crus lire quelque bienveillance.

— Je suis sûre que vous ferez, messieurs, le meilleur usage possible de ces lames qui rouillaient.

Je m'inclinai, plus ému que je ne voulus le laisser paraître, et m'en fus aux écuries nourrir Phébus. J'eus le soin de prendre avec moi un sac d'orge, plus soucieux de la santé de mon cheval que de la mienne. Puis nous repartîmes dans la nuit glacée. Alors que je mettais Phébus au trot, je me retournai après le saut-de-loup, je contemplai le vieil orme découpé sur les ténèbres, et ma mère, auprès de l'abbé armé d'un chandelier. Il me semble aujourd'hui qu'ils ont levé une main amicale en guise d'adieu, mais peut-être ai-je rêvé cela.

PAS une seule fois, depuis le point de ce jour mémorable, je n'avais seulement souffert de ma bosse. Ni pensé à Sophie. Mon heure noire était toujours en moi, comme une blessure inerte et fantôme avec laquelle il me fallait vivre sans cesser d'exister. Mais mon amour absolu pour cette femme s'était réfugié dans ma bosse. Sophie était ma bosse, transmuée par la vertu d'une mystérieuse alchimie dans l'épée qui battait sur mon flanc. La bosse et la femme, toutes deux réconciliées, venaient de me faire entrer dans l'éternité de l'amour, qui se nomme aussi le respect de soi, ou l'invention de soi.

JE n'avais connu que les lits de plume et je dormis sur la terre, je n'avais pris que des bains chauds et je fis mes ablutions dans la Scie, la Durdent ou les mares ; j'aimais les repas délicats et je dévorai avec les doigts quelque bout de volaille ou de canard sauvage, mal grillé et sans sel, et même des racines et châtaignes que j'appris à bouillir. La barbe me vint, mes ongles noircirent, ma peau se tanna comme un cuir, mes muscles durcirent, il me sembla même que mon dos se redressait. Personne n'y fit jamais allusion.

Combien étions-nous ? Combien étaient-ils, manants et laboureurs, artisans et clercs, venus de toutes parts dans les terres, mais aussi de la côte, Fécamp, Dieppe, Le Havre, qui se fondirent avec ceux du Cotentin et de Caen, appelés, rassemblés, suivant je ne sais quelle rumeur ? Ah, la rumeur de la colère et de la liberté ! Comme un fantôme aux multiples têtes, la rumeur nous suivait, nous précédait, nous attendait, dans quelque chapelle reculée, au fond d'une forge, dans le creux d'un puits, à la porte d'un presbytère. Elle ravivait notre flamme, encourageait nos forces, calmait notre faim.

Nous étions devenus des hommes égaux, la misère de notre fuite ayant raboté nos langues, nos mœurs et nos habits pour faire de nous une troupe hâve, hirsute et puante, qui gonflait aux multiples ramifications des chemins, qui enflait à chaque carrefour secret des bois et des champs. Nous étions davantage que des hommes, nous étions désormais les forestiers de Dieu. Il ne nous restait plus qu'à apprendre à nous battre, c'est-à-dire à mourir.

Chaque compagnie avait son commandant, armé et connaissant l'apprentissage de la chose militaire. Le mien, un diable d'homme si noiraud de poil et de peau qu'on le nomma le Dogue noir, s'appelait Honoré de Bois-Guillaume et portait l'épée de mousquetaire de son père. C'était un petit gentilhomme pauvre, trapu, sec et noueux, le pas boiteux depuis qu'un boulet lui avait emporté la moitié de la cuisse droite devant Prague, lors de la guerre de succession d'Autriche. Le ton rogue, la joue gauche balafrée, il nous hurlait ses ordres sans souci du rang de ceux à qui il s'adressait.

— J'ai dit à droite droite, triples crétins de l'enfer ! s'égosillait-il. Ne savez-vous point votre droite de votre gauche ? Ne savez-vous distinguer le proche du loin, le danger de l'aisé, le terrain ouvert du couvert ? On reprend ! À genoux ! Couchés ! Debout ! À l'attaque ! J'ai dit à l'attaque ! Je n'ai pas dit qu'on s'égaille dans le bois comme des perdreaux ! Vous devez rester soudés en masse franche ! Un homme seul est un homme mort ! Vous ne devez ni vous arrêter jamais, hormis ordre contraire, ni vous soucier de celui qui tombe à vos côtés ! Un homme tombe, un autre le remplace ! On reprend.

Le Dogue noir entreprit aussi d'entraîner certains de nous au combat rapproché, une rapière dans une main, une dague dans l'autre. Je tentai d'apprendre l'attaque de taille et d'estoc, oubliant mon dos, assimilant l'infatigable rouage d'acier du poignet. Je ne fus pas un

élève brillant, mais du moins me sentais-je capable de défendre chère-
ment ma vie. Je supposai que Jean, parti rejoindre un autre groupe,
faisait un bien meilleur usage de la seconde rapière de Miromesnil. Je
dus subir également le maniement des dagues, apprenant à viser le
cœur d'un arbre, où je me montrai fort ridicule, mais étant donné
qu'aucun d'entre nous n'avait eu de sa vie une éducation au meurtre,
cela finissait en rires francs, à quatre pattes dans les taillis pour récupérer les dagues et divers couteaux avec lesquels nous nous entraî-
nions au lancer. Je m'inventai une étrange posture de gondolier, le
corps fléchi sur le pied gauche, libérant le geste de la main droite, et
je finis par pouvoir toucher une cible à dix pas, ce qui ne me rendit
pas peu fier. Cependant l'inquiétude ne me quittait pas pour notre
insignifiante masse, dont je ne doutais pas qu'une armée expérimen-
tée fît une seule bouchée.

— Monsieur de Bois-Guillaume, lui demandai-je une nuit, alors
que nous étions à la veille de fusionner avec ceux qui venaient
d'Arques-la-Bataille, à quoi bon cet entraînement si nous n'avons que
des fourches à opposer à l'artillerie?

— Nous attaquerons d'abord les troupes par harcèlement et
embuscades.

— Comment savez-vous que la troupe arrive?

— Je le sais, monsieur de Miromesnil, accordez-moi ce crédit.

— Avez-vous quelque idée du nombre des hommes du roi?

— Le nombre d'un régiment, monsieur, fit-il, laconique. Notre
victoire assurera le parlement dans sa résistance, frappera le roi, son
Conseil et ébranlera ces jean-foutre!

À L'AUBE, ce fut un petit pastoureau crotté et essoufflé qui nous
réveilla. Comment nous avait-il trouvés? D'où venait-il? Ces ramifications secrètes qui émaillaient tout le pays restaient un mystère pour
moi. Jamais les messages ne furent faux, jamais renseignement ne
nous égara, jamais grange pourvoyeuse de quelque soupe chaude ne
fut un traquenard. Nous allions, convaincus et confiants, de place en
place, de ferme en ferme. Toujours la main d'une femme ou d'une
fillette nous accueillait, nous nourrissait, silencieuse et complice.
Après le départ du pastoureau, nous nous mîmes en prière, invo-
quant la protection de la Vierge et de saint Jean-Baptiste, et nous nous
levâmes comme un seul homme. Puis nous eûmes l'ordre de nous

suivre à quelque distance, par groupes d'hommes de trente-cinq obéissant à un caporal, comme j'eus l'honneur d'être nommé.

À Longueville, nous fusionnâmes avec une autre troupe, aussi dépenaillée que la nôtre, à la tête de laquelle je reconnus sans peine Jean, sur notre cheval, qui me salua, le visage lugubre. Je songeai avec un certain plaisir qu'il avait promis à Sophie d'être absent quatre jours, mais depuis un mois ne l'avait-il sans doute pas une seule fois serrée entre ses bras.

Puis Bois-Guillaume nous disposa le long du chemin, dissimulant nos rares chevaux, tandis qu'une centaine d'hommes se huchaient dans les hautes branches, certains armés de filets de pêcheur qu'ils tendirent entre eux. Les autres furent couchés dans les fourrés, terrés derrière les arbres du chemin dans des trous de feuilles, comme moi-même, avec mes trente-cinq compagnons qui devaient obéir à mon signal. Et nous attendîmes, immobiles, des heures durant.

J'avais, avec une dague, un des pistolets de mon père à la ceinture, ayant offert la seconde dague et l'autre pistolet à un jeune clerc, Aimé du Parc, aussi charmant et aimable qu'il savait se montrer enragé au seul nom du roi quand nous bavardions, le soir, autour du bivouac. Une angoisse sourde me nouait les entrailles. Malgré l'entraînement et le mépris de la douleur qui m'avaient endurci, ma bosse sournoise ne se rappellerait-elle pas à moi ?

Soudain, un cri de chouette, suivi d'un autre, nous tira de notre engourdissement. Le gel, le silence du bois amplifiaient le pas cadencé de la troupe qui montait de la forêt, cavaliers en tête. Le nez dans le buisson, mon cœur cognant à grands coups, je vis au ras des herbes le pas des chevaux, les bottes des soldats, puis les souliers de la pié-taille, leur rythme lent, régulier, marchant de concert. Habits bleus, boutons rutilants, crosses de mousquets, mon cœur se serra d'émotion. J'allais tuer des hommes de mon roi, j'allais gaspiller à jamais les bonnes provisions de la réputation des Miromesnil. J'en étais à ces atermoiements de gandin quand le coup de pistolet de Bois-Guillaume partit, suivi d'une pluie de hurlements qui tomba du ciel comme la foudre sur la troupe chevauchante. Celle-ci demeura un instant pétrifiée. Puis vint la chute des corps, le fracas du ciel tombant des arbres sur les montures affolées.

« À l'attaque ! » m'entends-je hurler en bondissant, épée à droite, pistolet à gauche, tandis que de tous les taillis alentour jaillit une moisson d'hommes, des ignares splendides, qui se rue sur l'ennemi, de part et d'autre de la *cavée*, ne laissant aucune chance aux soldats de recharger leur pétoire à un coup. Un soldat, plus grand que moi d'un pied, charge contre moi au mousquet mais son coup dévie, fait voler mon chapeau. Je l'embroche, un autre se dresse, je lui fais exploser la seule charge de mon pistolet en pleine face. La charpie de son visage éclaté m'éclabousse, mais je n'ai guère le temps de m'apitoyer sur ce premier meurtre que déjà j'assomme un soldat avec la crosse, et un autre, puis, remisant mon pistolet dans ma ceinture, je me saisis de ma dague. J'étripe, je fends, je poinçonne ventre et poitrine, gorge et flanc. Les ravines s'empourprent, la furie fait trembler la terre dans la plus grande confusion, tandis que les chevaux s'enfuient. Le sang m'aveugle, mes oreilles bourdonnent, mais je ne sens ni ma bosse, ni la peur, ni douleur, ni empêchement d'aucune sorte. Rien que la mort eût pu arrêter mon bras.

JE ne sais combien de temps dura la bataille, les survivants rebroussant chemin, abandonnant chapeaux et fusils, éclopés gémissants et humiliés, qu'on avait eu ordre de ne point achever.

Un grand hourra de gloire de tous nos forcenés monta vers le ciel, on se congratula et l'on compta nos morts et nos blessés. L'on récupéra dans un tumulte joyeux tout ce que l'on put, tricornes, vestes, culottes et chaussures arrachés aux morts abandonnés nus, gibecières, poires à poudre, mousquets, montures. Nous nous souciâmes seulement de nos blessés, que nous confiâmes à quelques fermes complices qui promirent d'enterrer nos morts, et nous rebroussâmes chemin tout le jour, avançant au pas de charge pour nous cacher dans la forêt d'Eawy, où nous arrivâmes, épuisés, à la tombée de la nuit.

Le jeune Aimé du Parc était sorti comme moi indemne de cette échauffourée, boitillant, car il avait chu un peu malencontreusement sur le dos d'un des soldats. Son jeune visage était éclairé d'une satisfaction enfantine.

— Vous vous êtes battu comme un lion, Tancrède, fit-il avec cette familiarité qui était devenue la nôtre, en ces étranges circonstances où nos éducations n'étaient plus guère de mise.

— Vous de même, Aimé. Mais vous boitez, cependant. Demain, vous monterez Phébus, il ne faut pas laisser votre boiterie s'aggraver !

— Il n'en est pas question !

— Vous ferez ce qu'on vous ordonne, jeune présomptueux, cracha Bois-Guillaume, qui nous avait rejoints, accompagné de Jean.

Le mari de Sophie, plus crotté et débraillé encore depuis la bataille, avait ce même air froid, aussi impavide que s'il se fût trouvé devant l'âtre de sa chaumière. J'observai dans la lumière des braises l'épée noircie qui reposait devant lui, sa chemise tachée, déchirée. Il nous dépassait tous les trois de plus d'une tête, large de torse et d'épaules, la mine sombre, contemplant le feu.

— Il serait temps de savoir ce qui s'est passé à Rouen, depuis un mois.

— Avez-vous quelqu'un de confiance à y envoyer ? grommela notre Dogue noir.

Alors seulement Jean coula un regard en biais vers moi.

— Un bon ami de M. de Miromesnil, l'abbé Vatelot, a promis de jouer les messagers.

— Cela signifie perdre deux ou trois jours pour retourner à Miromesnil et y attendre les nouvelles, gronda Bois-Guillaume. Il vous faudra vous y rendre seul, en chevauchant de nuit, ajouta-t-il en me regardant, tordant sa moustache, signe d'inquiétude chez lui.

— La façon dont je me suis conduit au combat, malgré ma difformité, vous fait-elle songer que j'aie besoin d'un garde du corps ? répondis-je sèchement. Je m'acquitterai de ma tâche au mieux, le plus rapidement possible.

— Alors, faites. Et rendez-vous à Buchy, souffla-t-il en baissant la voix. C'est le prochain lieu de ralliement. Je ferai laisser un message au presbytère de l'église Sainte-Catherine.

— Prenez garde que le château ne soit surveillé, ajouta Jean. Il est certain que du Laurens est déjà au courant de la déroute de Longueville, et vous avez pu être reconnu.

Il n'était point besoin de demander pourquoi.

— J'enverrai le fils ou la fille d'une de nos fermes en éclaireur, répliquai-je plus sèchement que je ne l'eusse voulu.

— Envoyez plutôt ma femme, avec sa carriole et ses pots de lait, comme si elle se rendait aux cuisines. Les soldats ne se méfieront pas, conseilla Jean d'un ton aussi sec.

Je ne sais s'il perçut le tremblement de mes mains que je serrai convulsivement, et les traits de mon visage que je sentis s'altérer.

Je partis à l'aube.

L'AIR était vif et froid, le ciel bas, porteur d'une odeur de neige qui m'alarma. Après avoir suivi la rivière la Varenne et alors que j'arrivais en vue du village de Muchedent, j'aperçus un vieil homme qui ramassait du petit bois à la lisière de son champ cerné de peupliers. Je m'approchai, le saluai, hésitant à me présenter.

— Not'e maître… bien l' *boujou*, grommela-t-il après m'avoir longuement dévisagé.

— Quelles sont les nouvelles, dans le pays ?

— Pas bonnes, not'e maître. Y a la troupe.

— À Miromesnil même ?

— Je ne sais point. Mais les hommes du roi *toupinent* partout, demandent à voir tous les hommes…

— Y en a-t-il beaucoup par ici qui nous ont rejoints ?

Méfiant soudain, il se contenta de hausser les épaules. Je sentais l'homme inquiet.

Une sorte de pluie épaisse s'était mise à tomber, piquant les paupières. Je quittai les champs, pris une *cavée* protégée et, alors que je me dirigeais au petit trot vers Sainte-Foy, jailli de je ne sais où, un petit détachement d'une vingtaine de cavaliers, aussi interloqué que moi, pila sur ses fers. Nous nous dévisageâmes un instant, puis, sans réfléchir, je fis demi-tour, droit dans le bois. J'entendis un cri :

— Sus au bossu de Miromesnil !

Alors commença une poursuite effrénée, cinglée par le vent et la grêle qui me transperçait de mille dards. Au triple galop, je fonçai droit devant moi, repris par champs, sautai un talus, puis bifurquai, tête basse. Le corps couché faisant corps avec celui de Phébus, j'ignorai le fouet des branches et le battement fou de mon cœur. Mon cheval affaibli ne pouvait rivaliser longtemps avec les montures lourdes de la troupe. Mais, plus petit que les chevaux de guerre, il demeurait vif et léger, facilement maniable en terrain escarpé. Je reconnus peu à peu le paysage de mon enfance, mon seul espoir avec ses déclivités qui tombaient vers la Scie. La Scie. Ses encaissements secrets. Le pont de Manéhouville, sis juste après un crochet de la *cavée*, avant l'entrée du village. Dans un fracas du ciel, j'y parvins, tirai sur les rênes, brisant la course folle de Phébus, bondis sur le sol, le frappai sur la croupe. Il fila comme le diable tandis que je me coulais sous le pont, de l'eau glacée jusqu'aux hanches, qui me saisit le cœur. Quelques instants plus tard, la troupe galopante me trépigna sur la tête et, assourdi comme un sonneur, je demeurai essoufflé, les membres tremblants, agrippé aux solives du pont si fermement que les jointures de mes doigts s'en trouvèrent meurtries.

Je ne sais combien de temps je restai caché sous le pont, craignant le retour des soldats, mais je calculai que Phébus, heureux de sentir l'écurie, n'avait pas dû ralentir sa course. Je savais cependant que, passé Manéhouville, le chemin se trouvait dégagé. La troupe aurait vite fait de découvrir la disparition du cavalier sur le dos du cheval fou. Cela leur laissait deux lieues à fouiller, parmi granges et maisons, talus et *cavées*. Le silence obtus des paysans les laisserait bredouilles. Ils n'auraient plus qu'à m'attendre au château.

Ce fut tremblant de fièvre que je parvins à la ferme du Mesnil, silencieuse. Je ne surpris que le grondement du chien derrière la porte. Alors que j'avais vérifié l'étable, la grange, je frappai à la porte et la poussai. Près de l'âtre, Sophie eut un léger sursaut des épaules ; Jupiter me bondit dessus, toutes babines dehors, je me laissai choir sur le sol de terre battue, protégeant mon visage de mes mains gantées. Sophie cria un ordre au molosse qui m'abandonna à regret.

— Vous voilà enfin, Tancrède, fit-elle de sa voix calme. Avec cette allure d'homme des bois, je ne vous avais pas reconnu.

— Ma bosse n'a pourtant point disparu, dis-je en me redressant comme je pouvais, déçu de ne point la surprendre davantage.

Mais je ne pus contempler ma Sophie, ni déchiffrer plus avant son visage que la pièce se mit à tourner dans un grand carrousel fou, emportant dans sa ronde d'étranges astres nocturnes. Gueule de Jupiter retroussée, rideaux de l'alcôve, flammes de l'âtre, démultiplication du visage sévère de Sophie, tous pareils aux anneaux de Saturne, et j'eus conscience de ma chute, molle et lente.

Quand je repris connaissance, l'abbé et François Rossignol se tenaient près du lit où je gisais. Ils se mirent à babiller, leur « Dieu soit loué » entrant comme des aiguilles dans ma tête sur laquelle ils déversaient en vrac moult nouvelles qui me laissaient ébaubi. J'étais entré en léthargie pendant plus de sept jours, l'abbé ayant eu le temps de faire mander François à Rouen, qui avait pu quitter la ville à cheval bien qu'elle fût presque en état de siège.

— Nous vous avons cru perdu, soupira François.

— Et la troupe ?

— Madame votre mère reçoit des officiers chaque semaine depuis un mois, reprit l'abbé. Avec la sécheresse et la hauteur que vous imaginez ! Mais, la semaine dernière, du Laurens en personne est venu, et, cette fois-ci, ses hommes ont fouillé le château. Madame votre mère n'a pas seulement cillé !

— Ils n'ont point poussé jusqu'ici ?

— Ils étaient passés avant votre arrivée, ainsi que dans presque toutes les fermes, fit la voix de Sophie.

Mon ombre noire sortit de l'ombre, s'approcha alors, le visage impassible, tenant une bolée de soupe entre ses mains.

— Voilà pourquoi je m'attendais à votre visite. Buvez.

Et je m'exécutai. Tout mon corps m'élançait, je plaçai mon dos comme je pus dans le mauvais ballot qui servait d'oreiller.

— Que fait le parlement ? demandai-je, entre deux goulées qui passaient dans mon corps comme un feu bienfaisant.

— Il tient ! Plus uni que jamais autour de ses principes, plus constant que l'étoile Polaire ! s'exclama François. Tous les parlementaires sont consignés en leur logis. La cour est « fermée et clouée jusqu'à nouvel ordre ». Plus aucun cas de justice n'est rendu, les Rouennais en sont fort échauffés, même ceux qui étaient prêts à se laisser tondre. Quant à du Laurens, il ne décolère pas, surtout depuis l'échauffourée de Longueville. Y étiez-vous ?

— J'y étais. Avec Jean, ajoutai-je, sans regarder Sophie.

— Vous êtes-vous bien battu ? interrogea l'abbé.

— Ça n'était pas Rocroi, l'abbé, mais nous avons vaillamment défait la troupe du roi.

— La rumeur dit que du Laurens sent chaque jour sa tête vaciller sur son col ! s'extasia François.

— Mais elle tient encore, corrigea l'abbé. Bien que des échauffourées de la même eau aient secoué Caen et ses receveurs, mis à sac Saint-Lô, dont le roi menace de dissoudre les municipalités !

Nous devisâmes ainsi fort tard, Sophie assise un peu en retrait, près du feu, cousant sur une chaise basse, Jupiter à ses pieds. Je songeai brusquement avec honte qu'elle avait dû passer ces dernières nuits sur cette même chaise, me sacrifiant l'unique lit de la maison quand, de sa voix égale, elle constata que la nuit était fort avancée.

— Messieurs, je n'ai que la paille du grenier à vous offrir, mais ce serait sage.

Nous échangeâmes encore quelques mots sur le château. Le fils de Catherine, la cuisinière, avait rejoint nos troupes ; mon grand-père se croyait revenu au temps de la Fronde dont ses parents lui avaient beaucoup parlé, et demandait la tête de Mazarin ; la marquise veillait la nuit, à la fenêtre de sa chambre, les pieds sur une chaufferette et un mousquet chargé sur les genoux, telle que l'abbé l'avait surprise alors que la servante lui montait sa collation du matin. Je fus surpris d'éprouver le désir de la revoir et de converser avec elle. Sans doute, elle comme moi, avions-nous beaucoup changé, à moins que nos vraies natures ne se fussent révélées dans l'adversité.

Au matin, nous eûmes la surprise de nous réveiller dans un univers ouaté et sourd. La neige était tombée dans la nuit. Après un bol de lait, mes amis se décidèrent à rentrer à pied au plus vite au château, car les flocons s'épaississaient. Après m'avoir étreint entre ses bras, François promit de me ramener Phébus, rentré au bercail, dès que les soldats cesseraient de surveiller le château, et il m'assura de son éternelle amitié avec une simplicité qui m'émut.

Faisant semblant de dormir, je m'abreuvais de chaque geste de Sophie. Elle cuisait la soupe, chargeait le feu, balayait le sol, passait une main sur le col du chien, sortait pour s'occuper de ses vaches et de sa volaille, rentrait vivement, secouait sa cape et sa coiffe, frappait ses petits sabots sur le sol. La neige devenait de plus en plus épaisse, le vent rabattait contre les deux petites fenêtres des vagues blanches et mousseuses. Plus drue était la tempête, plus éloignées se trouvaient la marche et les recherches des soldats du roi. Nous étions seuls, pareillement qu'en quelque île lointaine et ignorée. Hors du spectre.

La journée passa, nous n'échangeâmes pas trois mots.

Après la soupe du soir, que j'insistai pour prendre à la table, en face d'elle, je lui demandai des nouvelles de la sœur de Jean.

— Marie a épousé un métayer d'Offranville. Elle vit chez ses beaux-parents, nous ne nous voyons plus beaucoup, tant nous sommes recrus d'ouvrage.

Elle se tut et, tout à trac, me lança :

— Tancrède, vous empestez l'écurie. Je vais sortir le baquet. Vous prendrez un bain chaud, dont ne se remettra pas la vermine qui vous habite. Vous pourrez également vous servir du rasoir de Jean.

J'opinai du bonnet et elle ajouta d'une voix légèrement altérée :

— Je mettrai à tremper vos souquenilles, qui en ont fort besoin tout également. J'ai caché vos armes et vos bottes dans le grenier.

— Je suis navré de vous donner de l'ouvrage supplémentaire, et du souci pour votre vie.

— Je n'ai guère le souci de ma vie et je ferais de même pour n'importe lequel des nôtres qui lutte au côté de mon époux.

— Je suis heureux que vous me considériez ainsi… Je veux dire des vôtres.

Je l'aidai à remplir le baquet avec le lourd va-et-vient du chaudron. Je pus enfin m'y glisser, recroquevillé sur moi de manière fort malaisée à cause de mon dos. Sophie, par pudeur, était montée au grenier, mais entravé comme un prisonnier, je dus me résoudre à l'appeler. Oserai-je avouer que je fus bien heureux de le faire…

— Sophie, s'il vous plaît ! Je suis plus coincé que dans un œuf. Voudriez-vous m'aider ?

Je l'entendis redescendre l'échelle, remettre ses sabots, s'approcher. Les yeux fixés sur le feu, je sentis sa main se saisir d'une loque, la tremper dans l'eau, l'essorer sur mes cheveux qu'elle entreprit de savonner rudement. Je fermai les yeux. Ses doigts vifs et fermes massaient mon cuir chevelu, démêlaient les longues mèches sales, faisaient glisser le savon et la loque sur mon cou, mes épaules, mon dos, avec légèreté, évitant ma bosse.

— N'ayez crainte de la frotter, elle ne va pas se casser ! grognai-je.

Je sentis alors Sophie s'agenouiller près du baquet, sans un mot, et retrousser ses manches. Elle se mit à frictionner ma peau avec plus d'ardeur, glissant et remontant tout le long du dos, gravissant le tumulus de ma bosse, la massant comme une potière les courbes de terre. Comme cherchant quelque mystérieux mécanisme secret, le bout des dix doigts tâtait les osselets de ma courbure étrange, suivait un insondable chemin au milieu d'une géographie inconnue. J'étais terre et rivage, courbes et grèves, estran et port ; les doigts fouillaient, grattaient l'escarpement proéminent du front, l'ornière de la clavicule, la fondrière de l'aisselle, le sous-bois de ma poitrine en feu. Je rutilais, je rougeoyais comme un soleil.

Les sens en feu, je me dressai hors de l'eau, enjambai le bord du baquet ; dans son émotion, Sophie faillit chuter, je me précipitai et l'enlevai entre mes bras, serrant son corps frémissant, qui s'abandonna contre ma peau nue et mouillée. Ses lèvres se saisirent des miennes, ses mains fouillèrent ma barbe, mes cheveux ruisselants. Nous basculâmes dans l'alcôve, sur le drap de lin rêche, ouvert, qui accueillit notre désir haletant. Elle délaça son corset de coton, sa *camise* de batiste, que je reconnus pour la lui avoir offerte, bien des années auparavant. Ses deux seins d'obsidienne, fiers et fermes, sous mes yeux éblouis, se tenaient raidement, mieux taillés que dans le marbre noir de Phidias. Mais ce que j'avais pu lire des Antiques était sans mesure avec la beauté miroitante de cette peau vive et frémissante, le satin de miel sombre qui enveloppait toute sa personne, zébré sur les épaules et le dos des traces anciennes du fouet. Nous chevauchâmes de concert dans un éblouissement de tous nos sens jusqu'au râle ultime qui nous laissa pantelants. Seul le froid de la nuit nous tira de nos rêves enlacés.

Elle remit sa coiffe, rajusta ses robes, et me sortit du lit.

— C'est moi qui vais te raser cette barbe de bagnard !

Je m'installai sur la chaise basse, le drap sur les épaules, auprès du feu qu'elle raviva. Elle me savonna la barbe, brandit le coupe-chou en riant puis, sérieuse et concentrée, elle fit glisser la lame, crisser ma peau, me saisit le bout du nez, tira sur mes joues, leva mon menton. Ma peau faisait sa mue. Je me sentis frais et léger comme un fiancé, parfumé comme une modiste.

Elle raccourcit ma chevelure de deux bons pouces. Enfin, après avoir plongé mes habits dans l'eau du baquet, elle revint s'accroupir près de moi, posa sa tête au creux de mon épaule, et, enlacés, nous restâmes longtemps ainsi. Elle se mit à chanter, la voix rauque et basse, *chante, rossignol, chante, toi qui as le cœur gai*, et mon cœur tressaillit de bonheur. Pas un bruit ne montait du monde, ne sourdait de la nuit enneigée. Une larme de la bougie plantée sur la poutre de la cheminée vint choir à nos pieds, durcissant dans la terre, comme un morceau d'astre lointain abandonné aux hommes.

QUAND je me réveillai tard dans le matin, à ce que je pus juger par la vigueur de la lumière à travers les vitres, mes vêtements, fumants, séchaient sur une corde tendue au fond de l'âtre. Emmailloté du drap, je me levai. Dans la buée de la fenêtre, je vis que Sophie avait déjà ouvert dans la neige une *cavée* haute d'un pied, entre la masure, l'étable, l'abri des poules. Sortant de l'étable, Jupiter sur ses talons, elle arriva enfin sous sa grande cape brune, un seau de bois contre son ventre. Je lui ouvris vivement la porte. Elle me gronda :

— Dieu me damne ! Tu vas attraper la mort ! Veux-tu bien t'en retourner sous les couvertures jusqu'à ce que tes effets soient secs !

— Pas sans toi, ma belle !

Elle me repoussa, riant de son rire éclatant, faisant mine de se défendre, mais nos corps enlacés roulèrent sur la couche molle et irrégulière, taillée en creux. Et, cette fois, nous prîmes la peine d'en tirer les lourds rideaux qui nous firent un nid.

Il me semblait que jamais la faim de nos corps ne serait rassasiée, mais le plus étonnant était cette parfaite harmonie qui nous liait à nouveau. De tout temps et pour l'éternité, nous étions mari et femme, vivant dans l'intimité la plus naturelle. Chaque jour allait désormais pousser le précédent et lui ressemblerait. Vêtu de hardes, je retraçais chaque matin la *cavée* de neige, je nourrissais le chien, fendais le bois, changeais la paille des vaches tandis qu'elle les trayait ; je pelletais la neige dans des seaux puisqu'elle nous économisait le voyage à la rivière. Nous étions au lit avant même d'avoir allumé la première bougie. Alors que nous demeurions étonnés d'avoir oublié d'être affamés, elle se levait précipitamment, jetait dans une bolée une poignée de farine, de l'eau et deux œufs, faisait crépiter dans la poêle des crêpes luisantes de beurre salé, y cassait encore un œuf pour chacun, et nous dévorions, les yeux dans les yeux, pouffant comme des enfants.

Ce bonheur, dans notre île de neige, dura un mois. En deux jours, la neige disparut. Au matin du troisième jour, Sophie éclata en sanglots, le visage entre ses mains. Alors que je demeurais, bras ballants, abasourdi, assommé, Jupiter se mit à grogner.

FRANÇOIS était là, venant par le chemin qui vomissait une boue grumeleuse, avec Phébus qui piaffait en suivant le cheval qu'il montait. Il sauta à terre et m'étreignit.

— Quel bonheur de vous voir en si belle santé ! Hélas ! je crains que ce redoux ne réveille la rancœur de notre receveur.

François tournait et virait, se frottait les mains, vêtu d'une chaude houppelande de voyageur. Il me jeta fièrement :

— Je viens avec vous ! Foin des livres de droit.

— Vous seriez plus utile à Rouen !

— J'en arrive ! Rien n'a changé. Tout s'est figé avec le froid. Mais tout le monde est sur le pied de guerre.

Je demeurai sans voix.

Sophie, calmée, ayant repris un visage impassible, sortit mes habits du coffre et les posa sur le banc.

— Qu'attendez-vous, Tancrède ? s'impatienta François. Que du Laurens vienne vous saisir aux basques ?

— Je ne pars pas. J'irai me cacher dans les bois pour ne mettre personne en danger, mais je ne pars pas.

François resta stupide. Sophie dit alors très doucement :

— Bien sûr que si, Tancrède.

Elle avait ce même ton de voix doux et ferme que lorsqu'elle avait répondu à Jean, au bord de la Scie : « Bien sûr que non », quand il avait méchamment présagé que je la violerais un jour. Le seul ton de cette voix creusa une faille irrémédiable en ma détermination.

Avec les gestes d'un automate, je commençai à me défaire de mes hardes, sous le regard hébété et soudainement éclairé de François qui nous dévisagea l'un après l'autre. Abasourdi par la vérité qu'il venait d'entrevoir, il salua Sophie d'un air gêné, toujours plus de biais, et marmonna qu'il allait préparer les chevaux, ce qui n'avait guère de sens. Sophie monta au grenier chercher mes bottes et mes armes.

Je n'eus pas même le courage de l'embrasser, de la serrer entre mes bras, peut-être parce que je m'illusionnais à me persuader que plus rien, un jour prochain, ne nous séparerait, une fois les affaires des hommes et du roi réglées. Quand je reviendrais, je reprendrais ma Sophie à son époux, auquel j'abandonnerais la ferme et ses droits. Je la ramènerais en triomphe à Miromesnil, je ferais casser son mariage. Elle deviendrait marquise de Miromesnil, la première marquise noire que la civilisation eût portée, je ferais changer nos armoiries, y ferais dessiner son profil d'ébène à la place de l'étoile d'or.

Telles étaient mes pensées alors que je chevauchais auprès de François, le sang si fouetté, la volonté si hérissée que mon ami, tout heureux, crut que le sang de la bataille revenait en mes veines taries.

COMME si la neige n'eût jamais interrompu les actions des hommes, nous trouvâmes au presbytère de Buchy le messager qui nous attendait sans défaillir. C'était un certain abbé Floquet, un petit homme rond et jovial, qui nous logea, nous nourrit, nous bénit, nous raconta devant son feu comment chaque ferme, chaque hameau, chaque maison de bourgeois, chaque château, chaque cuisine avait pris sous ses ailes nos insurgés transis et affamés. Le Dogue noir avait rongé son frein au manoir huguenot de Bellencombre, avec vingt hommes ; plus de quarante avaient été dispersés dans Saint-Saëns, dix à La Boissière, quinze à Critot, d'autres à Rocquemont, au prieuré d'Yquebeuf, que sais-je encore.

La rumeur, à nouveau, vola de chaume en chaume, de *cavée* en village, avec le cri des chouettes, comète trouant le climat tracasseux du Caux. Les bedeaux se suspendirent à leur carillon et il vint des combattants par tous les chemins, semblant jaillir de la terre en une germination précoce, raidis dans une colère intacte. On riait, on se congratulait, on se serrait les mains, on échangeait des nouvelles, on eût cru les grandes retrouvailles d'une étrange et baroque famille.

Au lieu que l'abbé Floquet nous avait indiqué, je retrouvai une autre partie de la troupe et Aimé du Parc, toujours éclopé, sa chute à l'embuscade de Longueville ayant été plus dommageable qu'il ne l'avait admis. Je retrouvai Jean aussi, bien sûr. Il me demanda simplement comment j'avais résisté à la neige. J'affirmai que j'avais pris le risque de demeurer au château, puisque du Laurens y était déjà passé. Il me jeta un long regard, puis mit son cheval au galop et fila à la tête de notre petite colonne. Comme je chevauchais auprès de François, je me penchai vers lui :

— Je n'ai jamais mis les pieds à la ferme du Mesnil, vous m'avez retrouvé au château : c'est le conte que vous jacasserez, si quelqu'un tente de vous tirer les vers du nez. M'avez-vous compris, François ?

— Vous oubliez un peu vite que je suis avocat, Tancrède. Je puis à peu près débiter toute contrevérité sans défaillir !

— Je vous remercie. Un jour, je m'expliquerai.

— Je ne vous demande aucun compte, Tancrède. Je suis votre ami.

— Et je suis le vôtre, répondis-je sincèrement.

4

SANS quelqu'un ou quelque chose à haïr, la plupart des hommes perdraient le ressort même de leur pensée ou de leurs actions. Or, on disait la haine recuite de Barnabé du Laurens partagée en deux parts égales, l'une pour moi, l'autre pour ce mystérieux Jean Quetil. On finissait pourtant par douter de l'existence de ce chef invisible, tant les troupes miséreuses qui dévastèrent Caen, Saint-Lô, Pont-l'Évêque semblaient obéir à un fantôme insaisissable. C'était sans importance. Demande-t-on à la Vierge d'apparaître pour croire en elle ? Le seul nom de Jean Quetil avait levé une armée dont il faisait bouillonner le sang de révolte et d'aspiration à la justice.

Bois-Guillaume nous expliqua l'ordre de bataille. Car c'était d'une bataille décisive et ultime qu'il s'agissait, Rouen était la clé de tout, Rouen commandait l'approvisionnement de Paris. Le roi ne pourrait tolérer Rouen entravé.

La marche sur la ville devrait d'abord monter comme une marée, lente, longue et secrète, venant en trois parts : une troupe, la nôtre, venue de Buchy, se cacherait dans les hauteurs de la ville ; une autre partie, dont le gros du rassemblement s'était fait à Yvetot, entrerait par les faubourgs et la porte Cauchoise ; un troisième lot d'hommes ferait diversion, montant par le port et la rive gauche de la Seine, mal gardée, pour y attirer la troupe en faction. Pendant ce temps, la véritable attaque se ferait au nord, par la porte de Bouvreuil et, à l'ouest, par la Cauchoise. Ensuite, advienne que pourra, jusqu'au palais, dont on ferait rouvrir les portes de force pour les parlementaires, et à l'hôtel du receveur, que l'on devait mettre à sac.

Bois-Guillaume prévoyait deux jours de marche et l'attaque à la fin du troisième. Il ne restait qu'à trouver un moyen pour que les portes nous fussent ouvertes. François assura pouvoir obtenir suffisamment de complicités et de bras actifs. Il prit la décision d'arriver à cheval, en riche houppelande et bottes propres, et se faisait fort d'intimider de son mépris n'importe quel officier de la garde. Nous le vîmes partir, le cœur quelque peu serré. Et commença pour nous une marche harassante, silencieuse et muette, dans le grand dégivrement de tout le pays.

La dernière nuit avant l'attaque, nous prîmes nos tours de garde sur les hauteurs de la ville, transis, affamés, chacun s'abîmant en une ultime prière, remettant son âme à Dieu. À ce moment seulement, je songeai à la mort. Et à celle de Jean. Et si nous devions mourir tous les deux, qu'adviendrait-il de Sophie ? Je ne doutais pas de ma mère, elle ne retirerait pas à une veuve le revenu de sa ferme, mais il faudrait à Sophie employer un journalier, ou se remarier. Ou bien ma mère l'inviterait-elle à revenir au château ? Je les imaginais, tout de noir vêtues, devisant et brodant, évoquant leurs morts et ces hasards si cruels et si contraires à nos volontés. J'imaginai, avec le même feu que j'avais imaginé ma mère et ma Sophie vieillissant ensemble, Sophie sur les routes, ayant refusé avec hauteur l'aide de la marquise, mourant dans un fossé, de faim et de maladie. Je sombrais dans une suite de cauchemars éveillés.

Nous ne pûmes seulement bouger de nos caches de tout le jour qui suivit. Parfois surgissaient des garçonnets, chargés de bouts de pain et de nouvelles, toujours les mêmes : la ville était calme, plus que d'autres jours, pas de cris, pas de rassemblements coléreux, les charrois allaient et venaient, la garde ne paraissait pas inquiète.

Et la lumière blafarde de mars commença de basculer derrière la ville. C'était le moment choisi par Bois-Guillaume et les autres chefs, celui où la plupart des femmes et des enfants seraient à l'abri dans les églises ou dans les échoppes fermées, que nous devions respecter.

— Nous ne sommes ni des voleurs ni des pillards, nous réclamons seulement la tête des receveurs et celle de Du Laurens ! nous répétait Bois-Guillaume.

Enfin, il se dressa sur les étriers de son cheval, son épée dressée, et sa voix monta, haute et claire, pénétrant nos cœurs :

— Mes amis, mes frères, mes compagnons ! Car c'est ce que nous sommes aujourd'hui, tous, roturiers, manants ou robins, une sacrée bande valeureuse qui a déjà gagné sa gloire, ses galons et son paradis ! Rouen est le bout de notre voyage. Si nous sommes destinés à mourir et à perdre, la province perdra et nos descendants verront le désastre s'abattre sur tout le royaume. Si vous n'êtes qu'en appétit de vivre, et non point de combattre et de mourir, partez ! Il n'y a pas de déshonneur pour des hommes de la terre et de la cité que de vouloir vivre encore pour nourrir les siens. Notre longue marche et celle de nos frères du Cotentin est à elle seule votre fierté et vous pourrez dire à vos enfants : « J'y étais ! » Et si vous mourez, vos enfants diront : « Il y était ! » Vive Dieu et tous les saints du paradis qui sont à nos côtés !

Et ces hommes, que l'on dit taiseux, sournois, procéduriers et chicaniers, disputeurs, calculateurs et froids poissons sans émotion, se relevèrent plus puissamment que la houle, grondante et mugissante, unie et compacte comme une masse qui allait frapper d'un coup. Le cœur en feu, monté sur Phébus et l'épée au poing, je descendis au milieu de mes frères vers la ville, sans douter un seul instant que, pareilles à celles de Jéricho, ses murailles ne s'ouvriraient sur notre passage.

COMMENT se fait-il que rien ne soit plus obscur que la lumière? Que rien ne soit plus cruel que la volonté de liberté? Je sais maintenant que les affaires des hommes, comme l'amour, ont des débuts glorieux et des fins navrantes et qu'il y a en toute chose plus de tourments que de joie. La vie ne nous donne aucune carte de navigation pour échapper au naufrage, et si nous évitons certains écueils, c'est pour mieux être drossés contre les rochers.

Ce fut sans péril que nous parvînmes aux faubourgs et à la porte de Bouvreuil que nous passâmes presque sans coup férir. Aux premiers cris de chouette, dans la grande presse des charrois qui quittaient la ville, la garde, ahurie, se trouva assommée, ligotée et privée de ses mousquets. À chaque pas, le défilé de notre groupe s'épaississait, bien qu'étranglé dans ces goulets puants et sombres que l'on appelle rues, accueilli par les cris de joie de la foule rouennaise suspendue en ses fenêtres. Si des boutiquiers fermaient précipitamment leurs étals, si des mères s'enfuyaient, leurs enfantelets dans les bras, j'aperçus cependant avec une satisfaction amusée un marmiton assommant un garde de sa poêle, une femme jetant sur un autre, à cheval, un pot de chambre de sa fenêtre. L'homme fut précipité à terre, piétiné et sa monture, emportée dans notre sillage. Des cris, des rires, des vivats montaient sur notre passage. Dans la rue de la Ganterie, le flot des hommes venu de la porte Cauchoise se joignit au nôtre. Au-dessus de la mêlée, je distinguai encore le plumet du chapeau de Bois-Guillaume et la tête nue de Jean, allant du même pas lent que le mien. Enfin, l'accès à la place du Marché-Neuf, qui jouxte le palais, libéra le flot de la troupe qui s'épanouit. Ce fut alors que le joyeux envahissement populaire tomba comme choit un verre de cristal.

La mousqueterie, venue de la rue aux Juifs, faucha le premier rang de nos hommes. Mais les enseignements du Dogue noir, chargeant en tête, nous revinrent en mémoire, à moins que ce ne fût son cri qui aiguillât notre joyeuse rage : « Par saint Jean-Baptiste, libérons le parlement ! » Et, dans un seul cri soudé, les hommes enjambèrent les cadavres de nos frères, ramassant leurs fourches au passage.

Épée au clair, je frappai les flancs de Phébus, précipitant à ma suite la piétaille dans l'étranglement de la rue aux Juifs. À la première charge dirigée par Jean et Bois-Guillaume, trouant la fumée de l'arquebusade, la troupe céda au ventre et sur les flancs, attaquée à l'arrière par ceux de nos hommes qui avaient eu l'idée de prendre la soldatesque en étau par la rue du Gros-Horloge et la rue des Carmes. J'estoquai tout ce qui portait un uniforme et bientôt, parmi les cadavres, les corps rampants d'hommes gémissants qui pavaient la rue aux Juifs, nous investîmes la cour du palais, étonnamment déserte, boutiques closes, où caracolaient des chevaux du roi abandonnés par leurs cavaliers. Le temps pour moi de sauter à terre, des hommes brisaient les serrures des portes à coups d'épaule et de mousquet. Bois-Guillaume me hurla qu'il poursuivait la troupe et me laissait le palais. Je le saluai en levant mon épée, puis montai les escaliers à la suite de nos guenilleux armés qui, dans les couloirs, poussaient des hurlades de joie, lançant des chapeaux.

Le gros de la première vague pénétra dans la salle des assises en braillant, mais la pompe des lieux l'assomma d'un coup. Ce qu'il restait des chapeaux quitta les têtes avec humilité, on regardait, bouche bée, la beauté du plafond à caissons. Je sentis confusément que la facilité avec laquelle notre troupe errait de chambres en couloirs, jusqu'à la salle des procureurs, allait finir par faire tourner le vin de la victoire en vinaigre. Je montai alors sur la table de marbre, et je hurlai, levant très haut l'épée des Miromesnil :

— Mes amis ! La victoire est à nous ! La ville est à nous ! Nous avons rendu le palais à sa liberté d'origine, laissons désormais le champ libre aux parlementaires ! Demain, à la pique du jour, nous attaquerons le receveur du roi ! Sus à l'ennemi !

La troupe émit un long mugissement approbatif. Puis, apercevant dans la mêlée la tête d'Aimé du Parc, je repris :

— Qu'avec M. du Parc une centaine d'hommes restent à protéger le palais jusqu'à l'arrivée des parlementaires ! Les autres, suivez-moi ! Entravons la ville comme une bête ! Et mort aux impôts !

Et la troupe hurla : « Mort aux impôts ! » dans un grand brouhaha, un grand trépignement de sabots et de bottes ; j'eus toutes les peines du monde à m'extirper du flot des Rouennais qui ne cessaient d'emplir le palais. À ce moment-là, je crus défaillir, une violente douleur remontant de ma hanche gauche jusqu'au cou, me fusillant le dos. Enfin, dans la cour d'honneur, je pus reprendre mon souffle, m'appuyant sur une balustrade. Le Dogue noir revenait déjà au galop.

— Allez-vous bien, monsieur de Miromesnil ? hurla-t-il.

Son pourpoint de cuir était souillé de sang, ainsi que sa main gantée, son épée. Toute sa moustache frémissait d'écume, pareille à la bouche de sa monture. Je me redressai du mieux que je pus, mais des bruits de portes et de vitres qui volaient en éclats dans la rue aux Juifs m'empêchèrent de répondre.

— La troupe a reculé, mais il faut faire cesser les pillages ! hurla-t-il encore, épée au clair, avant de disparaître.

Avec effort, je remontai sur Phébus et, toujours suivi d'une joyeuse piétaille, je fis tant que je pus œuvre de police. Heureusement, la nuit était tombée, et brusquement, les hommes abandonnèrent les armes et la conquête avec la même simplicité que s'ils eussent posé la fourche à foin. Toutes les rues devinrent alors le siège de la plus populaire des bacchanales. Au milieu d'une forêt de flambeaux et de torches, les tonneaux de vin et de cidre roulaient dans les rues, mis en perce à chaque carrefour ; des miches de pain volaient de main en main, des quartiers de viande rôtissaient dans les brasiers. Des hommes enlaçaient des ribaudes et tournaient des rondes autour du feu dans le grincement discordant d'une viole.

J'allai frapper chez François mais la servante, sans doute claquemurée dans sa cuisine, n'ouvrit pas malgré mes appels et sans doute son maître n'y était pas. Je décidai de me rendre à l'hôtel de Miromesnil. Le temps que je parvinsse à la rue aux Ours, je vis partout des groupes d'hommes tambouriner aux portes et aux volets qui s'ouvraient aux hurlements : « On a faim ! On a faim ! » On me jetait parfois un regard suspicieux, mais sans doute ma bosse aussi avait-elle couru sur les ailes de la rumeur, jamais un de ces gueux que je ne connaissais pas, le sang aux dents, la mine sinistre, ne me menaça. Je parvins, tenant Phébus par la bride, à l'hôtel de Miromesnil, où je dus me suspendre longtemps à la cloche pour me faire ouvrir. Un laquais terrifié finit par glisser un œil dans le judas. Je lui confiai Phébus et exigeai qu'il fût bien nourri et bouchonné.

UNE dizaine de parlementaires se tenaient auprès de mon père, le visage livide. Ils contemplèrent avec stupeur ma face de sauvage. Mon père, pour toute bienvenue, se contenta de cligner nerveusement des paupières.

— Le parlement est libéré, mon père.

Un vieux serviteur vint poser en silence sur la table une assiette de rôti et un verre de vin. Je m'assis et on me regarda manger en silence, comme une bête étrange et menaçante. Je compris seulement à ce moment combien j'empestais.

— Est-il sage de siéger tandis que l'émeute agite encore la ville ? fit enfin le comte de Monville de sa voix chevrotante.

Je le fixai d'un air sévère et annonçai sèchement :

— Ce que nous avons fait, nous l'avons fait pour vous. Ce sont vos gens qui baignent de leur sang le pavé de vos rues !

— Mêlé au sang des soldats du roi, j'imagine, répliqua Bois-Préau.

— S'il avait été si facile de faire rouvrir le parlement, sans doute l'eussiez-vous fait sans nous.

— La ville est-elle calme ? s'enquit mon père.

— Elle boit, elle danse et elle ripaille. À l'aube, nous attaquerons l'hôtel du receveur. Savez-vous si du Laurens s'y tient toujours ?

— On dit qu'il est retourné à Paris. Mais on dit aussi qu'il se contente d'y envoyer des messagers et d'attendre le renfort de sa troupe au vieux fort Sainte-Catherine, déclara Bois-Préau.

— Il n'est peut-être plus nécessaire d'attaquer le receveur, dit mon père, les traits toujours plus agités de nervosité.

— Je ne pense pas que le peuple comprendrait une telle reculade.

— Une reculade qui peut s'appeler sagesse et calcul. Prenons garde à un attachement inutile aux hostilités ; la politique n'a aucune passion, elle n'a que des intérêts ! récita mon père d'un air docte.

— Allez expliquer cela au peuple ! répliquai-je rudement en me levant. Messieurs, je vous laisse réfléchir à l'exercice de votre devoir, mais je suis épuisé et monte prendre quelque repos.

— Un devoir qui est aussi le vôtre, releva mon père. Puis-je vous rappeler que vous devez siéger aussi ?

— Mon devoir est de rester jusqu'au bout auprès de mes compagnons d'armes.

J'enfilai ma dague dans ma botte, je quittai le grand salon du pas le plus martial que je pus et montai le grand escalier de pierre, appuyé à la rampe de fer forgé tant mon corps semblait près de m'abandonner. Je me défis de mon épée, me jetai sur le lit de ma chambre et tentai de trouver quelque repos. Avais-je espéré que mon père m'accueillît à bras ouverts, en héros ? Depuis combien de temps mes pairs se tenaient-ils ainsi, terrés en l'hôtel Miromesnil, effarés du soutien tacite qu'ils nous avaient apporté ?

Je me réveillai brusquement. Poussé par l'instinct du forestier que j'étais devenu, je descendis à pas de loup dans l'entrée. La porte du grand salon était entrouverte. Mon père et Bois-Préau se tenaient toujours devant le feu. Les autres avaient disparu.

— Je suis tout de même d'avis de siéger, dit mon père.

— Et nous pourrons toujours convaincre du Laurens que nous ne sommes pour rien dans cette émotion populaire…

— Et qu'il est désormais raisonnable de transiger.

— Certes, mais sur quoi ? Sur la gabelle ?

— Nous pourrions proposer d'autres impôts qui ne porteraient pas ce nom.

— Ces manants se laisseraient peut-être flouer, mais pas votre fils.

— Qu'est-il besoin de lui en parler, surtout s'il ne siège pas ? L'important est de renvoyer le peuple en ses foyers. Tancrède et ses gueux ont balayé devant notre porte, à nous de tirer profit de la situation !

— Et si du Laurens réclame sa tête ?

— C'est peut-être à ce prix que nous laisserons au roi l'illusion qu'il gouverne encore ! grommela mon père. Vous connaissez comme moi la justice du roi. Il fera pendre quelques manants et ne touchera pas à celle d'un héritier. Craignez-vous de ne point faire épouser un Miromesnil à votre petite Geneviève ? ajouta-t-il avec un rire cynique que je ne lui connaissais pas.

— J'ai de l'affection pour ce jeune homme, en qui je découvre de grandes qualités, de celles que j'eusse aimé trouver chez un fils, si le Ciel m'en avait accordé un, répliqua froidement Bois-Préau. Mais je pense aussi que les choses sont en train de nous échapper.

— Vous craignez pour notre receveur le sort de celui d'Avranches ? Ce pauvre Le Poupinel a été tué par le peuple, non par les nôtres. La gabelle est responsable. Pas nous. Nous ne serons jamais coupables de rien, Bois-Préau.

Je m'en fus comme j'étais venu, et sortis dans la cour. L'air sentait le brouillard humide, le feu, le vin et la viande grillée. J'hésitai un instant à reprendre Phébus, mais je jugeai prudent, pour lui, de l'abandonner à l'hôtel Miromesnil. On riait encore dans les tavernes, des hommes soûls roulaient dans le mitan des ruelles empuanties d'urine et de fumier, d'autres se tenaient accroupis autour de grands brasiers qui illuminaient chaque placette, chaque croisement, chaque parvis d'église. Certains hommes se découvrirent à mon passage et je leur rendis leur salut. Je parvins enfin à la place de la Pucelle et secouai le heurtoir à la porte de François. La mine hagarde, il apparut enfin par la fenêtre de sa chambre et descendit m'ouvrir.

— Tancrède ! Quel bonheur de vous voir ! Entrez vite !

À l'étage, je fus à peine surpris de trouver Jean dans la salle, qui devait somnoler devant le feu. Je m'assis près de lui, et nous restâmes en silence, même s'il posait sur mon visage décomposé un regard curieux, tandis que François voulait à toute force me faire boire un verre de son vin.

— Quelque chose ne va pas, Tancrède ? lança François. Pourtant, tout s'est passé comme prévu. Nous n'avons pu empêcher quelques saccages mais les Rouennais nous pardonneront.

— Où est Bois-Guillaume ?

— Il fait le tour des bivouacs, avec des hommes sûrs.

— Et le jeune Aimé du Parc ?

— Avec les hommes qui gardent le parlement. Certaines portes ont servi à allumer des feux, mais le calme est à peu près maintenu.

— Mon père…, annonçai-je, la voix hésitante. Mon père et ses amis sont en train de disputer le prix qu'ils me vendront, si cela doit sauver leur tête et incliner la clémence du roi.

— Votre… mais enfin… comment peut-il… ? balbutia François.

— Vont-ils siéger ? demanda seulement Jean.

— Bien sûr, avec ma tête dans la balance de Du Laurens. Et celles, comme dit mon père, de quelques manants pour calmer la peur et le ressentiment du roi.

François resta la bouche béante, Jean se contenta de hocher la tête, comme si rien dans ces propos ne le surprenait vraiment.

— Il faut donc les prendre à leur propre piège, et détourner leurs manœuvres, dit-il enfin. Nous les prendrons par la peau du cul et nous les emmènerons attaquer le receveur avec nous.

— Vous êtes donc décidé à sacrifier cet homme ? murmurai-je.

— Êtes-vous décidé, vous, à vous laisser égorger comme un mouton sans le moindre bêlement ? demanda froidement Jean.

— Je n'ai pas la lâcheté du marquis. Il demeure mon père et je n'autoriserai pas que sa vie soit mise en danger.

— Nous le protégerons, et tous vos beaux messieurs aussi. Il suffira qu'ils soient tous là, à regarder brûler la maison du receveur, pour qu'ils aient du sang sur les mains. Et le roi ne pourra pas tous les punir. N'est-ce pas, François, c'est bien ce que vous m'avez expliqué ?

— C'est-à-dire que je m'appuie sur ce qu'il est déjà advenu dans le passé… mais peut-être vivons-nous des instants nouveaux.

— Craindriez-vous l'enfer pour oser toucher à la personne de vos parlementaires ? ricana Jean.

— Moi aussi, Jean, je viens de mettre le pied sur une terre inconnue ; je m'interroge, se défendit doucement François.

Jean se leva de cette manière un peu lente et lourde qui était la sienne, mais qui cachait une détermination puissante. Je pris conscience que j'aimais, que j'admirais celui qui, étant le mari de Sophie, aurait dû rester mon ennemi.

— Je vais tenter de trouver Bois-Guillaume et de l'informer, déclara-t-il enfin. Nous aiderez-vous, Tancrède, à forcer les portes des hôtels des parlementaires si nécessaire ?

— Non, je ne le puis. Ces hommes restent les garants des lois de Normandie. Ne mêlez pas les parlementaires à l'émotion du peuple. Cela va mal tourner.

— Je vais en parler à Bois-Guillaume.

Je demeurai anéanti sur ma chaise, débile béjaune hors de l'œuf, ahuri de la vilenie de la vie que je découvrais. Jean se dirigea vers la porte. Je ne me retournai pas. J'entendis seulement sa voix, dans mon dos, rauque tout à coup, presque inaudible.

— Vous prendrez soin d'elle, n'est-ce pas, si je devais ne jamais revenir à la ferme du Mesnil ?

— Bien sûr, articulai-je, les yeux toujours fixés sur le feu.

— Et si nous devions mourir tous les deux ? Y avez-vous songé ?

— Ma mère ne laisserait pas sans ressources une jeune femme qu'elle a élevée…

— J'espère que vous savez mieux juger votre mère que vous n'avez su juger votre père.

Je me souviens que les hommes se rassemblèrent, et que nous partîmes, tous à pied, avait ordonné Bois-Guillaume, en chantant à travers les rues glacées. En passant devant Saint-Maclou, la troupe se signa. Les hommes que nous étions étaient alors innocents, forts d'espoirs naïfs. Nous avons à jamais cessé d'être ces hommes-là.

Mon cœur se serra, la honte et la crainte m'envahirent lorsque j'aperçus, ramassés en un troupeau affolé, poussés hors de la rue de l'Archevêché, une quarantaine de parlementaires parmi lesquels je reconnus mon père, marchant dignement derrière Jean. Par leurs beaux habits, ils formaient une longue tache noire qui détonnait au milieu des guenilles puantes. Ils trottinaient comme ils pouvaient, bousculés, cernés, mais aussi salués par les « Vive le parlement ! » de la cohorte populeuse. Épée au poing, Jean lançait de droite et de gauche des regards inquiets. Ce fut alors que la mousqueterie éclata. Je vis la masse pouilleuse de nos hommes se ruer vers le nuage de poudre, tandis que, d'abord paralysé, le groupe noir des parlementaires pivotait comme un seul corps et se débandait, vol de corbeaux égaillés rebroussant chemin dans l'indifférence, à mon soulagement, de nos hommes qui les abandonnaient pour suivre Jean.

La pluie de feu semblait jaillir de toutes les rues, mais aussi de toutes les fenêtres de la rue de Martainville. Un jeune paysan, que je reçus dans mes bras, roula sa tête fracassée contre mon pourpoint. Et la colère me submergea. Je crus un instant avec désespoir que notre troupe décapitée allait se perdre dans l'affolement. Mais déjà la bête blessée relevait les babines et montrait les crocs.

En quelques instants, des barriques jaillies des échoppes barrèrent des portions de rue, nous enfermant et nous protégeant du feu continu de la soldatesque. Des hommes se ruèrent dans les maisons et, dans un fracas de verre, nous vîmes des soldats défenestrés tomber en hurlant de tous les étages, qui s'embrochèrent, encore vivants, sur la forêt de piques et de fourches hérissant la rue. Dépouillés, piétinés, les corps furent abandonnés, tandis qu'une partie de notre troupe parvenait à entrer dans l'hôtel du receveur et que l'autre continuait de tirer sur les soldats massés à chaque bout de rue. Il en tombait beaucoup, il en venait toujours. La foule, sentant le danger s'épaissir, devint tout à fait mauvaise alors que, par les fenêtres fracassées, les flammes sortaient du premier étage de l'hôtel du receveur, poussant les hommes hors de l'hôtel. Ils avaient le visage noirci, les yeux hagards et fiévreux, ils se riaient du plomb, ils dansaient devant la mort : l'homme à demi nu qui se débattait au bout de leurs bras et de leurs piques devait être le receveur, qu'on se renvoyait de masse d'hommes en masse de coléreux, mais la joie féroce, les insultes et les rires bientôt tournèrent à la curée. Incrédule, je cherchai Jean des yeux, que je ne vis nulle part dans la foule qui grossissait.

Tout à coup, un homme au ventre comme un fût jaillit d'une fenêtre, une corde à la main, et son hurlement couvrit les cris de la foule :

— À mort ! À mort le receveur !

Dressé sur la fenêtre avec une habileté que sa panse eût dû entraver, l'homme fit un nœud coulant de la corde, dont il passa l'extrémité à une poutre saillant du mur, et hurla à nouveau :

— À mort ! À mort !

Le corps lui parvint, offrande gesticulante et pathétique des hommes enragés, nourris de leur furie mutuelle ; le gros homme passa le nœud coulant autour du cou du receveur et le hissa comme un seau hors du puits. Mains agrippées au nœud qui l'étranglait, le receveur frétillait pareil à un ver au bout de son hameçon. Des pierres furent jetées ; le feu se propageait désormais, échauffant si besoin était encore la chair et le sang. Mais brusquement un homme très maigre, le nez presque entièrement rongé par je ne sais quelle lèpre, se saisit des pieds du receveur et les lui ficela comme il l'eût fait d'un rôti.

— Faut le clouer ! Y bougera moins !

Qui lança ce cri ? Je ne sais. Je ne sais plus rien, je ne veux rien comprendre du déroulement des actes des hommes. Je ne sais même comment, dans cette presse et ce chaos, purent se trouver une masse de fer et des clous.

Je ne me souviens que de l'horreur empoignant ma gorge, paralysant mes membres, eux-mêmes totalement disjoints de mon esprit, qui se refusait à accepter ce que mes yeux voyaient. Montés sur des barriques, des bras, des mains saisirent les bras du receveur et les lui appuyèrent en croix contre les colombages qui soutenaient le mur de torchis. Distinguant à peine le bourreau, je ne vis que sa main armée de la masse se lever. Hypnotisé, je contemplai avec horreur le corps qui se débattait, le sang qui jaillissait de la paume déchirée mais fichée au bois. Un grand hourvari monta du peuple qui laissa échapper un hurlement rauque exsudant à la fois la jouissance et l'horreur. Des hommes se signèrent mais déjà la masse s'activait sur l'autre main du crucifié. Quelque chose de chaud et de gras coule sur mes joues. Des larmes sales. Ma poitrine suffoque, mon cœur s'affole, ma bosse hurle sur mon dos. « Pardonne-leur, ils ne savent pas ce qu'ils font », mais je ne peux en supporter davantage. Alors ma main droite tire la dague de ma botte. Je bouscule deux hommes à mon côté, prends appui sur ma jambe gauche et la lance. Ma main ne tremble pas. La dague se plante dans le côté gauche du crucifié.

Un ho de stupeur souleva la foule dont les regards envenimés se tournèrent vers moi. M'auraient-ils bousculé, tourmenté, assassiné comme le receveur ? Je ne le saurai jamais.

La canonnade explosa dans un silence pétrifié, semblant secouer la ville entière, trouant le mur d'une maison au-dessus de nos têtes, provoquant éboulements, hurlades et fuites en tous sens. Du Laurens avait convoqué les canons. Nous n'en avions plus pour longtemps, songeai-je, alors que la foule se dispersait. J'eus un dernier regard pour la dépouille de celui qui avait été receveur des finances du roi, mais déjà toute ma personne, à l'instinct, n'avait plus que le courage d'un rat fuyant. Un second coup de canon ébranla l'espace, un boulet creva deux ou trois maisons d'un trait, dont les pans de murs s'abattirent en explosant ; des hurlements de douleur jaillirent, des corps, propulsés en l'air, retombèrent comme des pantins disloqués autour de moi. La cuisse droite déchirée, je tombai à genoux, cisaillé par la douleur. Dans une trouée de fumée, j'aperçus un soupirail béant qui s'ouvrait tout proche, je m'y jetai en rampant.

De toute cette sanglante matinée, l'épée des Miromesnil n'avait point trouvé d'usage. Elle pendait à mon corps meurtri, grotesque appendice de mon indignité, ornement de ma faiblesse. J'étais devenu, comme le disait si bien M. Corneille, le « dernier des humains ».

PEUT-ÊTRE ai-je perdu connaissance. Je déchirai un pan de ma chemise et fis tant bien que mal un garrot au-dessus de ma blessure. La nuit semblait déserte et abandonnée quand je m'extirpai de mon trou. Je ne fis pas dix pas, boitant, que je me trouvai entouré de dix cavaliers qui me mirent en joue.

— Je suis Tancrède de Miromesnil, dis-je le plus haut que je pus.

— Votre épée, monsieur, ordonna l'officier.

Ce que je fis. En passant devant l'église Saint-Maclou, j'aperçus des rangées de gardes. Des cris et des plaintes montaient de derrière les portes closes, suggérant l'état des prisonniers qu'on avait dû y entasser comme dans une écorcherie. Je crus un moment que l'officier avait reçu ordre de m'y abandonner, parmi mes compagnons d'infortune, mais nous marchâmes jusqu'au parlement. Des prêtres allaient de mort en mort, psalmodiant, mais la nuit, trouée ici et là de brasiers puants, demeurait dans un silence de glace. Rouen était devenue une ville morte et défaite, pareille à nos espérances. Dans le palais désert, je m'interrogeais sur le sort de mes amis quand un soldat ouvrit la porte devant moi.

— Qui tient séance, monsieur ? Si vous êtes autorisé à me le dire, soufflai-je à l'officier qui se tenait toujours à mes côtés.

— M. Lamoignon de Blancmesnil, grand chancelier du roi.

Ils étaient là, au grand complet, livides, faces de cire dans la lumière des flambeaux, figées dans la peur et le ressentiment, bien que mon entrée soulevât quelques murmures. Mon père, immobile dans son habit rouge, semblait un spectre et ne cilla pas en me voyant paraître. M'eût-il préféré mort ? Ou se réjouissait-il de ma survie pour mieux offrir ma tête, en repentance, à son roi ?

M. Lamoignon de Blancmesnil était dressé de gris sur ses habits de cour ; je lui trouvai le visage las des courtisans blasés dont la débauche épaissit les traits avant l'âge. Sa voix mielleuse dévidait des propos de menaces polies que mon entrée interrompit.

— Monsieur de Miromesnil… je suis fort aise de vous voir sain et sauf, reprit-il avec une ironie moqueuse.

Il fit un geste de la main, comme s'il ôtait une miette de pain de son revers de manche ; l'officier me poussa d'un coup de mousquet à me rendre à mon siège, auprès des autres chevaliers siégeant.

Le discours fut interminable et cinglant, méprisant et dur, poli dans les formes, impitoyable quant au fond. Le parlement était dissous, pour une durée dont seul le bon plaisir de Sa Majesté était comptable. La ville, la province devraient loger et nourrir la troupe pendant six mois. Archevêque, bourgeois et nobles parlementaires devraient payer les réparations des désordres, la solde de la troupe et fournir les listes de toutes leurs propriétés, lesquelles pourraient être saisies si les troupes n'étaient pas satisfaites de l'accueil et de l'hommage que Rouen devait leur rendre. Toutes les villes normandes perdaient leurs privilèges, à commencer par celui de l'exemption de la gabelle. Les municipalités de Rouen, Caen, Avranches, Coutances, Bayeux, Saint-Lô et Lisieux étaient révoquées.

— La mansuétude du roi est grande. Aucun autre châtiment que les pécunes n'est exigé par Sa Majesté. La seule voie est désormais la fidélité absolue à sa personne. Dorénavant, messieurs, les bornes de votre héritage seront les bornes de votre soumission. Le peuple ayant cependant besoin d'être éduqué dans le respect des décisions royales et châtié comme le serait tout enfant turbulent, verra ses chefs punis. M. de Bois-Guillaume, condamné à la décapitation, est déjà en route pour Paris, et quelques autres chefs, plus anonymes, seront pendus en toute la province, devant ceux-là mêmes qu'ils ont criminellement poussés à se soulever. (Il ajouta, avec une gourmandise dans les yeux :) Vous êtes fermement conviés à l'exécution qui aura lieu demain matin. Et, puisque nous avons le plaisir de vous avoir ici tous réunis, il sera plus simple que vous demeuriez, en attendant que passe la justice du roi.

Et M. le chancelier quitta la grand-chambre dont les portes se refermèrent, laissant vingt soldats en faction devant celle-ci.

J'AI pensé toute la nuit aux tourments que le malheureux Damiens avait endurés. Et j'ai prié pour qu'aucun de mes compagnons ne fût condamné à pareille cruauté, indigne de tout régime. Ceux qui étaient désormais mes frères, Jean, François, Aimé du Parc, feraient-ils partie des condamnés ? Étaient-ils morts ? Avaient-ils pu s'échapper ? Toute la nuit, je désespérai en de vaines interrogations ; toute la nuit, les chocs et fracas de l'échafaud dressé sur la place du Marché-Neuf résonnèrent dans nos oreilles, harcelant notre conscience.

— Et si Blancmesnil avait menti pour mieux nous abuser ? Qui nous dit que l'échafaud n'est point aussi dressé pour nous ?

L'esprit occupé par le destin de mes amis, je laissai mes pairs baigner dans leurs suées. Mes pensées vaguaient auprès de mon vaillant Dogue noir, je l'imaginais dépoitraillé, posant gaillardement sa tête chenue sur le billot.

Quand les portes de la chambre s'ouvrirent, dans l'aube glacée, une odeur pestilentielle monta de nombreux sièges où vacillèrent les fondements de mes pairs ; la peur faisait se relâcher les entrailles.

Le roulement des tambours me pénétrait le cœur alors que les soldats nous poussaient au premier rang, bousculant la foule silencieuse qui s'écarta sur notre passage. Dès notre arrivée sur la place, les dix nœuds coulants, suspendus à la potence, m'avaient frappé au cœur.

Je crus défaillir en entendant le bruit du charroi qui amenait les condamnés. Un député souffla, la voix grave et tremblante :

— Les voilà… Dix gueux, à ce qu'il semble. Dieu nous pardonne…

Des gueux. Mais n'étions-nous pas tous devenus ces gueux par la force de l'insurrection ? J'ai voulu regarder dans les yeux ces hommes que je n'avais su mener à la victoire, ces hommes sacrifiés à ma lâche survivance, à celle de mon nom. Le choc faillit me couper les jambes : le premier des dix condamnés était Jean. Je ne connaissais pas les autres. Un prêtre, près des deux bourreaux requis, lisait son bréviaire.

Étaient-ils venus de leur plein gré, hommes et enfants, vieillards, mendiants, bourgeois, tassés sur la place et aux fenêtres ? Beaucoup se signèrent. Des femmes se mirent à pleurer. J'avais entendu dire que le peuple riait, huait les condamnés, mais pas une insulte, pas un mot ne monta de la foule éplorée. Ce fut dans un silence glacé que les nœuds furent passés au cou des condamnés. Je tentai un mouvement brusque, bousculant quelques parlementaires, pour me rapprocher de Jean. Je voulais qu'il me vît, qu'il sût que j'étais vivant et que je prendrais soin de Sophie, que je donnerais ma vie pour elle, si la vie d'un rescapé indigne valait encore quelque chose. Immédiatement, deux soldats de la garde s'approchèrent et m'enfoncèrent la pointe de leur mousquet dans le dos. Mais Jean avait capté le mouvement, et ses yeux se saisirent des miens.

Je fais toujours, encore aujourd'hui, ce rêve secret qu'il m'a cherché dans cette noire et légale assemblée à laquelle il avait lié sa vie, et pour laquelle il allait mourir. Qu'il m'a cherché pour qu'un regard ami l'accompagnât jusqu'au seuil de sa mort. Qu'il me cherchait pour me dire qu'il ne m'avait point ni servi ni obéi mais avait, seul, décidé de son destin. Je vis chaque jour avec cette espérance qu'il m'a cherché parce que, tout en aimant Sophie de toute son âme, il ne haïssait plus le bossu de Miromesnil.

Les tambours cessèrent. Le silence tomba comme un coup de hache. Jean et moi nous nous fixâmes du regard tout le temps que dura le discours du prévôt que je n'entendis pas. Nos regards se parlaient, ne se déprirent pas une seule seconde l'un de l'autre, comme des regards d'amants, d'amis, de frères, puissants dans leur silence, éternels dans leur muet dialogue. Les tambours reprirent, accompagnant le rythme de mon cœur. Nous nous regardions toujours. Les tambours se turent. Il fut le premier à être poussé dans le vide de la trappe, puis les autres suivirent, et je baissai alors les yeux, car il me semblait de la dernière indignité faite à ces hommes que de contempler leurs dépouilles souillées et suppliciées, branlant au bout d'une corde. La bile montait dans ma gorge, m'étouffant : je vomis sur mes bottes et ce fut les yeux toujours baissés, alors que je me signais, que je suivis la troupe des parlementaires que les soldats libéraient.

En pivotant sur moi, tête basse, au bord de l'évanouissement, je reconnus l'habit rouge de mon père au milieu des habits noirs. Une tache sombre et dégoulinante maculait son postérieur.

M. le marquis de Miromesnil s'était chié dessus.

Troisième partie

1

LA nuit est tout à fait là, palpable, mugissante, autour de deux épaves, celle du baldaquin, celle de mon corps déjetée dans le grand fauteuil. Je n'ai pas même le courage de me lever pour remettre une bûche. J'attendrai l'aube, je suis fait du même bois que mes gens et je m'interdis d'ailleurs, comme je l'interdis à mon épouse, de sonner les domestiques la nuit. Sauf en cas de grave malaise. Je ne suis pas stupide au point de vouloir remplacer à toute force le catéchisme des nobles par le catéchisme de l'égalité absolue et celui d'une nouvelle servitude aux idées. Je n'aime pas les idées. Je n'aime que les êtres.

On me raconta qu'on m'avait ramené au château dans la calèche, auprès de mon père, lui-même subitement malade, car, pris de fièvre, je délirais dans un état de totale inconscience.

L'abbé me raconta que le Dr Dumesnil allait et venait nuit et jour du chevet de mon père au mien, aussi inquiet pour l'un que pour l'autre. Son scalpel de chirurgien avait creusé et nettoyé les chairs labourées et purulentes de ma cuisse, dont la douleur m'arrachait alors quelque lucidité passagère, et il parvint peu à peu à faire baisser ma fièvre, tandis que celle de mon père ne cessait d'augmenter et que son corps se vidait comme une outre percée. Ce fut, au dire de l'abbé, un marquis de Miromesnil inconnu que l'on mit en bière, un spectre à tête de mort dont on dut ficeler la mâchoire tant elle pendait sur un cri de douleur muet. Il me plaît à penser que ce fut l'humiliation de la dissolution du parlement qui avait détruit ses chairs, et son âme, et son orgueil, et que la vanité du monde s'était vengée. Ainsi meurent ceux qui envoient leur conscience au bordel.

Des semaines passèrent encore avant que je pusse seulement mettre un pied hors du lit. La marquise, me souffla l'abbé, n'avait pas quitté mon chevet, même après le grand épuisement que lui causa l'agonie de son époux. Blême et triste, elle se tenait près de mon lit, le regard lointain, toute de noir vêtue. Je la trouvais plus belle que jamais malgré ses cernes bleutés et ses joues amaigries, simple enfin, sans plus un bijou. Je songeais que la vie lui avait échenillé l'âme et les rêves, à elle comme à moi, et à d'autres.

— Survivra-t-il ? demanda un jour ma mère dans un soupir, alors qu'elle me croyait assoupi.

— Il faut que le cœur se brise ou se bronze, répondit l'abbé.

— Qui a dit cela ? Votre Newton ?

— Non pas. Un Français, sans doute. Je crois que cela correspond assez bien à ce que devra espérer notre Tancrède, s'il veut recommencer à vivre.

— Ne puis-je faire davantage pour lui ?

— Un peu de lecture, peut-être, souffla l'abbé.

— N'est-ce point trop échauffant, pour un si grand malade ?

— Au pied de la tombe, madame, il demanderait encore qu'on lui lise *Bérénice*.

Elle lut tout d'abord d'un ton monocorde et lassant, puis, peu à peu, prenant le rythme des vers, avec plus de flamme que je ne l'en aurais crue capable.

Oserais-je dire au Dr Dumesnil que les vers aimés me firent plus de bien que toutes ses potions, que ma honte de vivre s'attendrit en écoutant pleurer Bérénice, que je me retrouvai comme un petit enfant dans les bras d'une mère revenue d'un long abandon ?

> *Dans un mois, dans un an, comment souffrirons-nous,*
> *Seigneur, que tant de mers me séparent de vous ?*

Que le jour recommence et que le jour finisse
Sans que jamais Titus puisse voir Bérénice,
Sans que de tout le jour je puisse voir Titus?...

Ma mère vint lire chaque jour à mon chevet, plusieurs fois *Bérénice*, mais aussi *Le Cid*, *Horace*, et d'autres que lui soufflait l'abbé. Sans doute allais-je mieux quand je marmottai, un matin :

— Ne vous avais-je point dit, ma mère, que MM. Corneille et Racine valaient mieux que toutes vos mondanités et tous vos oiseaux envolés?

Elle me sourit, et referma le livre avec un petit claquement sec.

— Si l'esprit vous revient, mon fils, même le plus malgracieux, c'est que la santé le précède!

— Pour mon malheur, oui, ma mère, sans doute vais-je survivre...

— Ne blasphémez pas! s'exclama-t-elle, retrouvant le ton qui m'était familier. C'est péché que de ne plus aimer la vie... Le printemps est là, depuis plus d'un mois. Je crois que les pommiers sont près d'éclore; cela ne s'est jamais vu à cette époque de l'année.

Je ne savais que répondre à pareilles banalités, mais je me gardai, pour une fois, de quelque réplique blessante.

— On nous a mariés sans notre consentement, bien sûr, reprit-elle. Comme toujours...

Moi qui en étais toujours aux pommiers, la rareté et l'incongruité d'une telle confidence m'allèrent droit à l'estomac, que j'avais fort douloureux.

— Au moment de la nuit de nos noces, continua-t-elle d'une voix que je ne lui connaissais pas, votre père et moi n'avions peut-être pas échangé vingt mots, et aucun en privé. Il m'a fait jacasser une grande partie de la nuit, nous avons même joué aux cartes, en chemise, sur le lit. Il gagnait chaque fois et me demandait en gage un baiser, puis deux, puis trois, puis davantage, et au matin, j'étais vraiment sa femme, et ravie de l'être.

Elle se tut. Allais-je enfin pouvoir verser quelques larmes sur la mort de mon père?

— Chaque fois que, lors des vingt-cinq années de notre mariage, le marquis m'a paru stupide, vaniteux et injuste, je m'obligeais à me souvenir de cette nuit-là, de ma dernière nuit de jeune fille qui aurait pu n'être qu'une boucherie, comme il est arrivé à bien de mes amies. Je l'ai aimé, pour cette nuit-là et pour beaucoup d'autres.

Elle demeura silencieuse un moment, puis repoussa vivement tous les rideaux du baldaquin. Je détournai la tête.

— Il fait grand jour, Tancrède, marquis de Miromesnil et dernier du nom. Sachons nous contenter de ce que la vie nous accorde. (Elle se dirigea vers la porte et reprit, le ton léger :) Voilà que je parle comme l'abbé ! Encore un peu et je vais citer l'Ecclésiaste ! Je vous l'envoie, d'ailleurs. L'abbé, bien sûr, pas l'Ecclésiaste. Il vous aidera à vous habiller et à faire vos premiers pas.

Pourquoi ne m'ont-ils rien dit ? Pourquoi ne m'ont-ils pas prévenu, ni empêché de me rendre à la ferme du Mesnil ? Puisque j'avais émis le désir de chevaucher, je ne m'étonnai pas de retrouver Phébus sellé dans la cour, ce qui me prévint de me rendre aux écuries. Mon cheval était tenu par un valet qui me salua en regardant par terre, puis qui m'aida à me hisser en selle. En levant la tête, j'aperçus la mine sombre de l'abbé me regardant pensivement par la fenêtre, et qui me fit un petit signe. Ma mère n'avait pas paru. J'avais appris que mon grand-père ne quittait plus sa chambre depuis des mois, continuant de réclamer la tête de Mazarin, ce que ma mère avait, par lassitude, fini par lui accorder. Depuis lors, il se lançait des nuits entières dans une correspondance frénétique destinée au cardinal, guère étonné que celui-ci ne lui répondît pas puisque ma mère lui avait assuré qu'il croupissait à la forteresse de Pignerol.

Mais rien en ce jour ne me semblait si étrange. J'étais propre, rasé de frais, lesté du premier bon repas que j'avais pu digérer sans vomir. La cuisse, fermement bandée, m'élançait encore, mais pas davantage que ma bosse. Je vivrais désormais avec deux douleurs chevillées au corps, sans parler des blessures invisibles et inavouables. Au pas, puis au petit trot, je partis pour la ferme, répétant dix fois dans ma tête ce que je m'apprêtais à dire à Sophie. Il n'y a pas âge plus stupide que l'âge de l'innocence.

Dès que je fus en vue de la ferme, mon cœur se serra. Pas de fumée montant dans le ciel, pas de Jupiter grognant à mon approche, pas de poules caquetant dans la cour, pas de vaches dans le champ. Je descendis doucement de Phébus et, en claudiquant, je me dirigeai vers la chaumière dont je tirai la clenche. La salle était vide, glacée, sentant l'humide et la suie froide. Je ne m'effondrai pas. Je ne pleurai pas ni ne hurlai ma douleur. Je murmurai seulement entre mes dents :

— Je te retrouverai. Dussé-je y consacrer ma vie.

Et je m'en revins au château, où je trouvai ma mère et l'abbé, en pénitence, dans le salon, tête basse, prêts à endurer l'orage que je n'allais pas manquer de faire tonner au-dessus de leurs personnes.

— Vous étiez si faible, si malade, Tancrède ! Je ne vois pas comment nous aurions eu le cœur de vous apprendre la disparition de Sophie ! coupa ma mère avant que j'ouvrisse la bouche.

— Tant de malheurs, déjà…, soupira piteusement l'abbé.

Mon ressentiment tomba tout à coup, je me laissai choir dans un fauteuil et dis froidement :

— Saviez-vous que Sophie était devenue ma maîtresse, lors de l'absence de Jean ?

L'abbé baissa la tête. Ma mère leva les yeux au ciel.

— Mon fils, nous croyez-vous tout à fait idiots ou aveugles ? Un mois sous la neige, ensemble, seuls, alors que vous vous adoriez depuis vos enfances ?

— Je voulais que les choses fussent clairement dites, que vous comprissiez que ma détermination à la retrouver ne connaîtrait aucun répit ! Racontez-moi ce que vous savez.

— Deux ou trois jours après votre retour de Rouen, reprit ma mère plus doucement, le Dr Dumesnil, en revenant pour les soins, nous apprit que Virgile, la carriole et un chien se trouvaient dans la cour du château, attachés à l'anneau du mur des communs. Évidemment, nous nous attendîmes à trouver Sophie dans la maison, mais elle n'y était pas. Nous avons envoyé un valet à la ferme. Toutes les bêtes avaient disparu. C'était à n'y rien comprendre. En toute honnêteté, Tancrède, nous n'en savons pas davantage.

Je restai sans un mot, l'esprit vide.

— J'ai fait poser des questions, partout où cela était possible, auprès des fermiers, du curé de Tourville, du marché de Saint-Aubin, et même du coche qui mène à Rouen. Personne ne l'avait vue. Personne ne sait même comment elle a appris la mort de Jean, ajouta l'abbé.

— Nous avons tout de même gardé le chien, quoique nous en fussions déjà fort pourvus. Il ne s'entend d'ailleurs guère avec aucun ! ajouta ma mère avec humeur. Mais cela n'a plus d'importance. Nous ne chasserons plus jamais, et je vais vendre les chiens de la meute au comte de Fourville. Si vous êtes d'accord, mon fils.

— Faites pour le mieux, mère. Vous savez que je n'ai jamais aimé la chasse.

— La vie doit reprendre, Tancrède. Il nous faut également faire venir le notaire, régler l'acte de succession, visiter nos fermiers, nous occuper de nos gens en l'hôtel de la rue aux Ours, que la soldatesque a dû transformer en pétaudière ! Il faudra bien que l'un de nous finisse par retourner à Rouen pour assumer nos charges. Je puis vous épargner cela, Tancrède, sauf si, dans toutes ces pérégrinations vous voyez un moyen de vous renseigner sur Sophie.

— Tant de semaines se sont déjà écoulées… Elle peut déjà être à l'autre bout du monde, si elle l'a décidé ainsi, murmurai-je.

Car, j'étais bien obligé de l'admettre, Sophie m'avait fui. Voulait-elle me punir, se punir, nous punir pour la mort de Jean ? Serait-elle restée si Jean avait survécu ? Infidèle à un vivant, elle eût accepté le mépris de l'adultère la tête haute. Infidèle à un mort, à un martyr, c'est le mépris d'elle-même qu'elle avait choisi d'expier.

L'entendement infecté, je crachai mon venin à la face de l'abbé.

— Décidément, l'abbé, en éduquant Sophie, vous avez fait mon malheur ! C'est au nom de ces billevesées de morale chrétienne, de fidélité, d'honneur, de sens de la faute et du péché que Sophie m'a quitté ! Vous avez mis dans sa tête une exigence et une hauteur de vue dont je me fusse fort bien passé ! Elle doit désormais être en train de se flageller dans quelque bouge où je ne la retrouverai jamais !

Blême et le menton tremblotant, l'abbé se redressa de toute sa petite rondeur, et me lança :

— C'est vous, mon fils, que j'ai fort mal élevé ! Et je n'aurais trop de toute ma vie pour expier la criminelle nature dans laquelle vous vous complaisez !

Puis, d'une démarche fort théâtrale, il quitta le salon. Ma mère resta coite, le visage fermé.

— Je vous en prie, ma mère, ne m'imposez pas de m'occuper de Rouen et de nos finances. C'est au-dessus de mes forces. Il me faut battre la campagne pour obtenir quelques renseignements sur Sophie. Elle n'a pu disparaître sans laisser la moindre trace…

Pour toute réponse, elle soupira. Je me rendis alors aux écuries, où je découvris Virgile. Ému, je l'embrassai au front, sur son étoile blanche, et restai un moment à le caresser, puis je songeai à Jupiter. Enchaîné sous un auvent, derrière les écuries, il tira sur sa chaîne en aboyant et en montrant les crocs, mais je lui parlai, tendis la main pour qu'il la sentît. Me reconnut-il ? Il s'était habitué à ma présence auprès de Sophie. Un mois isolé sous la neige crée des liens, même avec la plus sauvage des créatures. Je l'appelai par son nom, ce qui lui fit dresser les oreilles ; j'allai lui prendre quelques bas morceaux et des os à l'office. Je m'assis près de lui et au bout d'un moment, après avoir dévoré la viande, il se coucha, rongeant son os.

Un jeune valet s'approcha alors, tournant son chapeau entre ses mains, languissant de me parler.

— Veux-tu me dire quelque chose ?

— 'Est le *quin* au Jean, not'e maître ? Le Jean qu'a été exécuté par le roi ?

— Oui, c'est lui. Il s'appelle Jupiter. Comment t'appelles-tu, toi ?

— Clément, not'e maître. Ch'suis l'fils à la Catherine, la cuisinière.

— On m'a dit que tu nous avais rejoints, dans la forêt.

— Oui, not'e maître.

— Arrête de dire « not'e maître ». Appelle-moi monsieur Tancrède !

— Oui, not'e… pardon. Je vous avons rejoints dès la première semaine. J'ai été un moment dans la troupe à Jean, et puis, après Longueville, ch'suis été avec ceux d'Yvetot.

— Tu étais à Rouen aussi ?

— Oui, m'sieur Tancrède. Nous aut'es, on a attaqué par la porte Cauchoise. Une sacrée peignée qu'on leur a flanquée… enfin, au début.

Je restai en silence, les yeux fixés sur Jupiter.

— Pourquoi qu'on a failli, m'sieur Tancrède ? C'est-y qu'on était trop manants pour savoir se battre et obtenir justice ?

— Personne ne peut rien contre des canons.

— C'est-y vrai que c'est l'Jean qu'a crucifié le receveur ? Et que c'est pour ça que le roi l'a pendu ?

— Non ! m'exclamai-je. Ce n'est pas vrai. J'ai vu ceux qui ont pendu et puis crucifié le receveur aux colombages. Je ne sais pas d'où ils venaient, je n'en connaissais aucun.

— Ah ! Ch'uis *ben* content ! *Ben* content ! Jean était trop bon chrétien, toujours bien calme et bien *raisonneux*, il aurait jamais fait une chose pareille, comme à not'e Seigneur Jésus ! Et ch'uis *ben* content aussi que c'est pas des gars d'*cheu* nous qu'ont fait ça !

— As-tu entendu dire que Sophie, sa femme, soit partie ?

— Heu, oui, pour sûr, comme tout le monde.

— Qu'a-t-elle fait des bêtes ?

— Ch'sais point…

Mais il baissait la tête.

— Ne *toupine* donc pas autour du pot ! Un jour ou l'autre, je l'apprendrai. Tu sais qu'elle a été mon amie avant d'être la femme de Jean… Je m'inquiète pour elle, repris-je. Et Jean est mort.

— Elle est forte. Elle avait son plan. Elle a *'rin* dit à personne, mais elle avait pris une décision.

— Et les bêtes ? Elle ne les aurait pas abandonnées…

— Non, pour sûr ! C'était un grand cœur, comme Jean. Elle a fait passer des messages, secrets, comme qui dirait…, reprit-il, la voix plus basse. Tous ceux qu'elle avait fait mander sont repartis avec qu'que bête, c'est elle qui choisissait, pour les plus pauvres, à condition qu'ils soient diligents ! Sophie a jamais supporté ceux qu'étaient mauvais avec les bêtes. Mais j'dirai pas qui a eu quoi !

— Ça ne m'intéresse pas. Que les paysans à qui elle a donné les bêtes les gardent. Elle n'a vraiment dit à personne où elle partait ?

— Ça s' saurait. Personne garde de secret, sauf un curé ! Elle est partie à pied. Elle a voulu l'aide de personne.

— Elle n'a pas parlé de Dieppe ?

— Dieppe ? Non, pourquoi ? Personne va jamais à Dieppe !

— Personne sauf le marquis n'allait jamais à Rouen, et pourtant… Aide-moi à seller Phébus, veux-tu ?

— Oui, m'sieur Tancrède.

Il m'aida à monter en selle et je lui dis :

— Nous n'oublierons jamais Rouen ni Jean, n'est-ce pas ?

— Non, m'sieur Tancrède. De toute ma vie.

Et je partis battre la campagne en filant jusqu'à Dieppe.

SANS doute ai-je passé pour un fou, à questionner tant de monde, femmes, portefaix, marins, capitaines, taverniers, religieuses, dans la grande presse du port de Dieppe. Peut-être m'a-t-on pris pour un espion, un soldat, un déserteur. Chacun se méfiait de tous et, bien que j'eusse fait sonner des pécunes trébuchantes, je ne trouvai que bouches scellées et regards défiants. Et puis le doute me prit. Pour quelle raison Sophie serait-elle retournée à Dieppe, elle qui répétait que Dieppe n'existait pas?

Abandonnant à ma mère les charges qui auraient dû m'incomber, je ne cessai alors d'aller de village en village. On disait dans tout le pays que le bossu, le dernier marquis de Miromesnil, poursuivait comme un diable son esclave à la voix d'ange, que l'affaire de Rouen, pour avoir sauvé sa tête, la lui avait laissée tourneboulée. Je me rendis à Offranville, où vivait la sœur de Jean. Blonde comme son frère, le regard fier et vif, elle me reçut les mains sur les hanches, sur le pas de sa maison, sans m'inviter à entrer. La digne sœur de Jean.

— Depuis mon mariage, je les ai vus qu'une fois l'an! Même quand j'ai appris la mort de Jean, j'ai pas pu revoir Sophie.

Je descendis de cheval et j'entrai de force dans la chaumière.

— Vous pouvez tout retourner, tout saccager, comme l'ont déjà fait les soldats. Y a personne que nous autres ici.

Je m'excusai, ce à quoi elle répondit par un mouvement d'épaules insolent, et m'en allai.

Les semaines passèrent, je repris durant l'été ces mœurs des champs que j'avais aimées lorsque je vivais au domaine de Varengeville. À la stupéfaction des paysans, je trimais auprès d'eux, dormant dans les champs, fauchant si nécessaire jusqu'à la nuit tombée à la lumière des flambeaux, dans un grand harassement du corps et de l'esprit qui soulageait mes humeurs chagrines. Rien ne pouvait me retenir au château. Je ne satisfaisais mes sens qu'au sein de la nature, me donnant l'illusion de redevenir un forestier, un homme des bois, une contrefaçon du destin, une plaisanterie des dieux. Accompagné de Jupiter, désormais familier, je marchais à travers bois, écoutant le lancinant battement de mon cœur.

Un matin, au loin, sur la grand-route, le bruit caractéristique des chevaux de l'armée ébranla le pays. Un régiment de soldats devait s'en retourner à Paris. Nous gravîmes la colline pour mieux voir le long défilé d'habits bleus. La condamnation de la province était levée. Repus comme des chancres, les soldats partaient vivre et mourir ailleurs. Je surpris un des paysans à cracher par terre.

— Dans le Cotentin, ces chiens ont soumis les hommes et forcé toutes les filles…, grommela-t-il.

— Je sais, fis-je. Du moins, nous avons été exemptés de ce malheur-là.

— Grâce à vous, monsieur Tancrède, ajouta le paysan.

— Peut-être. Mais peut-être aussi Sa Majesté n'a-t-elle épargné Miromesnil de la dévastation que pour mieux me rappeler que je demeure entre ses mains.

— Nous sommes tous entre les mains de Dieu. Le roi aussi, ajouta-t-il, l'œil matois.

Il y avait comme une menace dans cette assertion, qui me fit sourire. Et nous nous remîmes à l'ouvrage.

QUAND je rentrai au château, plus claudiquant que jamais en fin de journée, et que je m'apprêtai à monter dans mes appartements, n'aspirant plus qu'au bain, ma mère me fit appeler au salon.

J'eus la surprise d'y découvrir Mlle de Bois-Préau prenant le chocolat auprès de ma mère. Je restai de marbre, m'excusant froidement de ma tenue. Je promis de redescendre une fois redevenu présentable. Mais, dans ma chambre, ce fut de rage que je jetai mes vêtements crasseux contre le mur.

Une heure plus tard, je restai planté comme un piquet près de la cheminée froide, à fixer ma tasse de chocolat, à ne participer aux bavarderies que du bout des lèvres. Je me demandais combien de temps allait durer la pénitence quand ma mère se leva et lança :

— Mon Dieu ! Je jacasse comme une vieille servante, alors que la jeunesse aime tant à se retrouver entre elle ! Bien sûr, mademoiselle de Bois-Préau, vous demeurez à souper !

Et ma mère disparut dans un grand bruissement de ses atours.

— Venez près de moi, je vous prie, Tancrède. J'ai à vous parler.

Avec toute la mauvaise grâce du monde, je m'exécutai.

— Je sais que ce mariage vous irrite au plus haut point. Et il ne me réjouit pas davantage.

Surpris par tant de franchise, je levai les yeux sur la demoiselle.

— Et ne pensez pas que ma réluctance ait un quelconque lien avec votre bosse.

Cette fille tout en os et en pointes avait piqué ma curiosité.

— Vous êtes courageux, fidèle, enflammé, et je ne me soucie guère des apparences, bien que vous ayez le visage le plus avenant du monde et les yeux du plus beau bleu qu'il me fût donné de voir !

« Christ Dieu ! » m'exclamai-je in petto, plus flatté que je ne voulais l'admettre. Était-ce désormais ainsi que l'on dressait en nos couvents les filles de la noblesse ?

Elle reprit, avec un aplomb qui m'impressionna :

— Je serais heureuse donc d'être votre épouse, si je ne vous savais toujours amoureux de votre servante noire.

— Elle n'était plus ma servante. Elle ne l'a d'ailleurs jamais été. Elle est seulement la femme que j'aime depuis que j'ai treize ans, et que je rechercherai éperdument jusqu'à ma mort.

— Voilà pourquoi, si l'histoire s'était écrite autrement, nos familles auraient renoncé à ce mariage.

— Nous sommes donc d'accord, et je vous remercie d'une franchise aussi inhabituelle que plaisante.

Sa main, comme une petite patte d'oiseau, s'accrocha à la mienne.

— Ce qui me navre, et me fait désespérer de la vie, c'est que nous nous marierons tout de même, Tancrède. Et que nous formerons le plus malheureux et le plus mal assorti des couples.

— On ne peut tout de même nous traîner de force à l'église !

— Êtes-vous prêt à vendre Miromesnil ?

— Vendre Miromesnil ? Quel conte me chantez-vous là ?

— Vous allez vite trouver un acquéreur, lequel sera accrédité par le roi, ce qui n'est plus un secret pour personne, et vous serez escroqué sur le prix du château et la valeur des terres.

J'étais abasourdi. Le roi voulait me dépouiller ! C'était donc ce qui expliquait que Miromesnil n'avait point été investi par la troupe.

— Sommes-nous en si mauvaise position financière ?

— Votre mère a tenté tout ce qu'elle a pu pour incliner les financiers en votre faveur, mais l'hôtel de la rue aux Ours a été mis à sac, et totalement détruit, de manière à rendre l'endroit impropre à la vente. Et ce probablement sur ordre. Votre vieux serviteur a été tué, les servantes violées et jetées à la rue. La somme que les Miromesnil sont censés devoir à la couronne et aux troupes est tellement extravagante qu'elle dépasse l'entendement.

Je sentis tout mon être vaciller. Rouen. Le vieux serviteur. Jean. Le crucifié. Cela ne finirait donc jamais.

— Le roi ne me connaît même pas ! balbutiai-je.

— Mais du Laurens, si. Il a été anobli et siège désormais aux Finances, auprès du ministre, M. de Boullongne. Tous les nobles de l'Ouest ont été soumis à cet impôt punitif qui ne dit pas son nom, mon père aussi, mais sa dette est sans comparaison avec celle des Miromesnil. De plus… De plus, nous avons hérité de beaucoup de terres en Angleterre, celles de nos cousins Talbot, lesquelles ont un plus fort rapport que les terres de France, et, si nécessaire, nous pouvons les vendre et en tirer un profit colossal, pour payer ma dot, laquelle paiera vos dettes. Et clouera le bec au sieur du Laurens.

Les mots et le raisonnement me fuyaient, et moi à qui l'esprit avait toujours manqué, je me trouvai encore plus démuni que d'usage, drossé sur le dernier des récifs de ma destinée.

— Mais quel intérêt votre père peut-il bien trouver à ce mariage ? Ce ne sont point les jeunes gens bien nés qui manquent dans la région, et ils n'ont point un sieur du Laurens pendu à leurs basques !

— Ils sont tous intéressés par ma dot, mais leur prestige n'égale pas le vôtre. De plus, mon père sait au mieux disputer les intérêts futurs de la famille. Son esprit fort logique l'incline à échafauder deux solutions. La première, votre disgrâce ne durera pas. Et mon père, qui a de la sympathie pour vous…

— Je le sais ! m'écriai-je, me remémorant la nuit de Rouen. Je l'ai appris lors de circonstances assez pénibles.

— Je reprends donc : mon père, disais-je, vous imagine déjà sinon ministre du prochain roi, du moins premier président du parlement, et lui-même rentré dans ses frais. Autre solution : les choses tournent fort mal pour la noblesse, comme l'esprit du temps semble le prouver, mais vous êtes si estimé de vos gens, qui n'oublieront jamais la marche sur Rouen, qu'à la prochaine jacquerie, nos têtes seront sauvées, et celle de mon père avec.

Elle avait débité une accumulation de calembredaines, mais agrémentées d'une touche si légère d'ironie mêlée de cynisme que je finis par lâcher un pauvre sourire.

— Vous me voyez navrée, Tancrède, de la façon dont tourne votre destin, et fort humiliée et malheureuse, si vous préférez renoncer à Miromesnil plutôt que m'épouser…

— Ce n'est point tant le château… que la terre et tous nos gens pour lesquels j'ai toujours eu de la tendresse, du respect et auxquels je suis lié et promis par les plus étranges liens du sang.

— Je comprends, et j'admire la hauteur et la fermeté de vos sentiments. Me permettez-vous une précision, sans que vous y voyiez quelque malignité de ma part pour vous forcer la main, puisque c'est aussi mon malheur que je signe en vous épousant?

— Je vous écoute, soupirai-je, déjà vaincu.

— L'on dit que l'acharnement du sieur du Laurens à votre endroit est aussi mû par le désir de devenir le nouveau maître de Miromesnil. On dit que le château lui a beaucoup plu lorsqu'il l'a fouillé. L'acheteur qui piétine en coulisses, c'est lui. On dit aussi que la famille de sa femme, à Bordeaux, a lié sa fortune au commerce d'esclaves.

— Décidément, grand-père Dieudonné avait raison : la vieille noblesse sera dévorée par le chancre du commerce moderne !

Je me levai et m'avançai, patte traînante et douloureuse, vers la fenêtre qui ouvrait sur le parc. Les nuées accumulées sur l'horizon dessinaient des volutes de montagnes neigeuses, imaginaires, puissantes comme nos rêves, inaccessibles comme le bonheur.

— Je ne vous ferai pas l'affront de vous dire que je préférerais mourir plutôt que voir du Laurens maître de Miromesnil. Marions-nous, Geneviève, puisque votre destin était d'entrer chez les Miromesnil avant même que de me sauver. Je ne vous promets pas d'être un bon mari, mais nous serons amis.

Elle me sourit, de ce sourire pointu qui lui allongeait son menton triangulaire de chaton, se leva et me tendit sa main à baiser. Je crus que ma mère allait tomber en pâmoison quand elle nous découvrit main dans la main, l'accueillant de notre meilleur sourire.

À PEINE les moissons étaient-elles rentrées que son domestique trouva un matin mon grand-père raide mort à sa table de travail. En d'autres circonstances, ce deuil eût dû reporter notre mariage de six mois, nous nous contentâmes donc d'une très simple cérémonie en l'église de Tourville où nous ne fûmes entourés que de notre plus proche parentèle. Je tins à ce que l'abbé Vatelot officiât, ce qu'il accepta avec émotion, m'ayant pardonné depuis longtemps mes méchancetés, aussi vaines qu'injustes.

Je désirai qu'un banquet champêtre fût organisé dans la grande allée pour tous les gens du domaine, qui, de dix lieues à la ronde, vinrent en des chars à bancs fleuris, et festoyèrent trois jours et trois nuits. Abandonnant la famille au salon, je tins à présenter ma femme à tous, qui lui promirent leurs prières pour une belle descendance. Avec la simplicité naturelle de ses manières, Geneviève se fit aimer, organisant des rondes avec les enfants, offrant des sous et des douceurs, s'entretenant des petites misères des femmes et des jeunes filles qui faisaient un essaim joyeux autour d'elle.

Ce fut alors qu'à la fin du premier jour de fête, un cavalier remonta l'allée bordée de torchères. Mon beau-père blêmit, qui m'entretenait de politique. Alors que nous observions l'approche du cavalier, je lui avouai avec une légèreté feinte que, si la politique était de vivre en tremblant pour sa tête à chaque visite, il était peu probable que je me lançasse dans l'aventure extravagante du gouvernement des hommes! Le marquis n'eut guère le temps de me répondre, j'avais reconnu le cavalier et je m'élançai au-devant de lui. C'était François Rossignol. Nous tombâmes dans les bras l'un de l'autre, tandis qu'un valet se précipitait pour prendre son cheval.

— Mon cher Tancrède! Dire que je n'osais venir!

— Dire que moi, je n'ai même osé seulement vous écrire!

Nous riions et nous pleurions tout ensemble. Soulagé, mon beau-père s'éclipsa. Nos mots s'entrechoquaient, lançant à hue et à dia des nouvelles de nos vies. Il s'était installé avocat à Paris, grâce à son roué de tuteur qui l'avait du moins introduit au palais. Il avait trouvé l'invitation de la marquise en sa demeure de Rouen, où il ne revenait que rarement, les souvenirs y étant trop pénibles.

— Je n'ai, moi, pas pu y remettre un pied, soufflai-je.

— J'ai entendu parler de vos difficultés…

— Difficultés dont la famille de Bois-Préau a eu la bonté de me sauver…

— Vous avez donc sacrifié… vos amours. Je pensais…

— Que la mort libérerait Sophie? Elle a disparu, François, dès l'annonce de l'exécution de Jean.

— J'ai assisté, d'une fenêtre, à l'exécution de Jean, et des neuf autres… Je vous y ai reconnu, murmura François. Ah, Tancrède, j'ai le cœur navré de cet échec, des hommes sacrifiés en vain…

— Vous pensez aussi au receveur? Je l'ai vu, moi. J'ai vu les clous enfoncés dans ses paumes, j'ai encore sur mes lèvres l'odeur du sang qu'exhalait le peuple en furie. Et c'est moi qui ai achevé les souffrances du malheureux, d'un de ces lancers de dague que notre Dogue noir nous avait enseignés… Où étiez-vous alors?

Il hésita, s'arrêta, contemplant la porte de la chapelle devant laquelle nous étions parvenus.

— C'est pour cela que je suis venu à votre mariage. Vous m'objecterez que le moment est fort mal choisi pour une confession.

— La confession de quoi ?

— Vous êtes sorti avant moi, pour vous joindre aux hommes qui marchaient sur l'hôtel du receveur. La foule nous a vite séparés, et, au lieu de poursuivre, soudain pétrifié, je me suis arrêté. Et je suis remonté chez moi. J'ai entendu charger la troupe, j'ai entendu la canonnade, claquemuré avec ma servante abîmée en prière.

— De quoi avez-vous eu peur ? demandai-je doucement.

— Des mots. « À mort », « Liberté », « À bas », « Vive ». Des mots d'idées, des mots de papier, des mots à pamphlets, des mots à brailler sur une table de taverne, propres et désincarnés. Des mots d'avocat. De la viande creuse qui ne supporte pas la vue du sang.

Et il se tut. Je crois même que je l'entendis étouffer un sanglot.

— Je suis le dernier à pouvoir vous juger. Ce que je sais, c'est qu'il n'est jamais facile de se combattre, ni même de se révéler à soi-même.

— Mais Jean, lui… il a souffert, il a été exécuté pour ces mots-là. Savez-vous qu'ordre a été donné de laisser les corps suppliciés exposés, gardés par la troupe, trois jours et deux nuits, avant d'être brûlés, et les cendres dispersées ? Et pourquoi lui ? Parce qu'il s'appelait Jean ?

— Voulez-vous dire qu'il a paru opportun de le condamner en place du fameux Jean Quetil ?

— C'est possible. Mais cette prétendue justice a pu tout aussi bien choisir le hasard et l'arbitraire. Ah ! je le crois sincèrement, Tancrède, j'aurais dû être parmi eux…

— Eussiez-vous tué de vos mains le receveur, ordre était de n'exécuter que des manants.

— Ce que vous m'apprenez doit-il me consoler de vivre ?

— Notre vie sera peut-être longue et inconsolable, mais bien des choses peuvent survenir, Rouen du moins m'a appris cela. Il n'y aura peut-être qu'un seul François Rossignol, je serai sûrement le dernier des Miromesnil, mais il y aura d'autres Jean. Des milliers d'autres. Qui, pareils à Jean, n'attendront rien de nous, ni le droit de vivre ni celui de mourir.

Je lui pris le bras et nous remontâmes l'allée. Geneviève, inquiète, je le devinai à son sourire crispé, vint à notre rencontre.

— Geneviève, je suis heureux de vous présenter mon ami François Rossignol, qui m'a fait la surprise de venir à notre mariage.

— Je suis moins surprise que vous, Tancrède. J'ai aidé votre mère à rédiger les invitations et je me souviens de votre nom, monsieur Rossignol.

— C'est un grand honneur, madame.

— C'est surtout que tout ce qui touche à la vie de Tancrède me touche aussi. Je vous laisse, messieurs, vous devez avoir encore bien des choses à vous dire…

Elle s'en fut, retroussant sa robe de satin blanc, de son petit pas sautillant d'oiseau.

— Je vous crois fort chanceux, Tancrède, soupira François, séduit par mon épouse.

— Voulez-vous dire pour un bossu ou pour un homme qui n'a pas épousé celle qu'il aime ?

— Le cynisme vous va comme un gant ! Vous devriez vous remettre à la politique quand le parlement rouvrira, et quand les ministres auront encore changé, ce qui ne saurait tarder…

— Allons boire, mon ami, à la santé de nos rêves envolés et à celle de nos frères disparus qui doivent bien rire de nous, au paradis.

— Qui donc a dit qu'il préférerait le paradis pour le climat et l'enfer pour la compagnie ?

— Certainement Mazarin, aurait répondu mon grand-père. Paix à son âme et au souvenir de nos vignes mortes.

2

Transportée par la somme colossale que représentait la dot de Geneviève, ma mère s'était obstinée à vouloir faire transformer mes appartements avant notre mariage. Alors que le tapissier montrait à ma mère et à Geneviève divers échantillons de multiples couleurs, je demandai assez abruptement :

— Vous n'avez donc rien en noir ?

— Noir, monseigneur ? s'étonna l'artisan. Mais c'est tout à fait démodé…

— C'est pourtant ce que je désire, monsieur. Rideaux noirs, y compris ceux du baldaquin, tentures noires, meubles de noyer. Ce sera ainsi, ou ce ne sera pas.

Il y eut un silence gêné.

Ma mère se tint coite, glissant un œil inquiet sur Geneviève qui releva la tête et me regarda avec bonté.

— Je suis d'accord avec vous, Tancrède. Le noir est une digne couleur. Les couleurs vives échauffent l'âme, et ne sont que fard, illusion et artifice.

Nous nous regardâmes en souriant. Je baisai la main de Geneviève et m'en fus aider à rentrer la moisson.

LE velours et les tentures mirent trois mois à venir de Gênes, et ce fut donc dans ma vieille chambre de jeune homme que je menai mon épousée la nuit de nos noces. Quand elle sortit du cabinet jouxtant ma chambre, flottant dans une immense chemise de dentelle, elle me fit encore davantage songer à quelque oisillon tombé du nid, tremblant et craintif. Je l'attendais, assis sur le lit en chemise ouverte, jouant avec un paquet de cartes. Je lui souris.

— Avez-vous peur de moi, Geneviève ? Je conçois que la nudité d'un homme soit quelque peu horrifiante à une jeune fille, surtout quand il est affligé d'une difformité et de diverses blessures.

— Suis-je Vénus ? Vous serez sans doute fort déçu de mes formes osseuses et malingres.

Je lui tendis la main, qu'elle prit à travers le grand lit, et, l'attirant en la faisant chuter près de moi, je lui posai notre premier baiser sur ses lèvres minces et froides. Puis je me déshabillai et, nu comme au jour de ma naissance, je me montrai tout entier devant elle. Après quoi je me levai, j'allai souffler les bougies de la cheminée, ne laissant allumé que le chandelier du chevet. Je coupai alors le jeu de cartes en deux et lui en donnai une moitié.

— Savez-vous jouer au pharaon ?

— Un peu, balbutia-t-elle, ses yeux noyés d'étonnement.

— Celui qui dépose la carte la plus forte gagne. Celui qui perd a un gage. Jouez.

Elle déposa une carte devant moi. La mienne l'emporta.

— Premier gage. Vous devez m'embrasser sur la bouche.

Ce qu'elle fit en riant. Je m'étais arrangé pour que tout son paquet fût composé de cartes perdantes. Au septième gage, à ma surprise, elle m'arracha soudain mon paquet.

— À mon tour, monsieur le tricheur !

Elle posa sa carte. Premier gage, un baiser dans le cou. Deuxième gage, je dus ouvrir sa chemise jusqu'à la taille. Quatrième gage, je dus remonter la dentelle sur les cuisses. Au cinquième gage, elle envoya voler le jeu de cartes et se jeta contre moi.

— Je suis prête pour tous vos jeux, soupira sa bouche contre la mienne, enserrant de ses bras la rondeur de mon dos.

Le lendemain, quand ma mère me demanda en chuchotant, entre deux portes, si la nuit avait été bonne, je lui répondis avec un petit sourire complice que le pharaon faisait des merveilles et qu'il devrait être enseigné à tous les jeunes galants !

Il y eut bien d'autres nuits, et d'autres matins. Geneviève savait désormais séduire mes sens jusqu'à troubler mes songeries dans lesquelles mes humeurs hivernales me plongèrent à nouveau. Je l'ai soupçonnée d'avoir feint un grand goût pour les voluptés du corps avant que de réellement les éprouver. J'imaginais les raisonnements qu'elle s'était tenus, non point pour me faire oublier Sophie, mais du moins pour se faire aimer de moi d'une autre sorte de sentiment. Jamais sans doute on ne vit ancienne couventine accabler d'autant d'hommages un jeune époux, ni manifester un goût si prononcé et si actif pour la besogne bien faite.

Si je l'avais aimée, j'eusse adoré ces coquetteries amoureuses, elles eussent enthousiasmé mon âme. Mais je ne l'aimais pas. Je la trouvais plaisante, l'esprit pétillant et le jugement sûr. Elle était généreuse et patiente. Mais je ne l'aimais pas. Cette épouse aurait-elle disparu, on m'en eût donné une autre, que je me fusse acquitté de mes devoirs d'époux avec la même satisfaction des sens et les mêmes exigences du devoir. Elle pouvait disparaître des jours entiers au domaine de son père, sans que j'éprouvasse le moindre pincement au cœur. À la voir reparaître au château, je ressentais même un étrange sentiment d'étonnement. Que faisait donc là cette étrangère ?

Un an après notre mariage, je voyais encore partout le fantôme de Sophie. Sophie courant autour du clavecin, la robe grise de Sophie flottant le long du mur du couloir, descendant l'escalier, volant sur la longue rampe de fer forgé. Je forçais Phébus à travers la campagne, et je m'arrêtais en vue de notre clairière près de la Scie, incapable de supporter plus longtemps mon chagrin, et tout aussi incapable de renoncer à venir contempler ce lieu qui creusait ma peine. Il me semblait que je perdais l'esprit quand Geneviève m'apprit, un soir, qu'elle était enceinte. Je la vis peinée de mon air stupide.

— C'est que, vois-tu… Je m'étais toujours persuadé que j'étais… stérile. Comme si un être contrefait avait quelque chose du… mulet.

Elle vint se blottir sur mes genoux.

— Dans quelle leçon de sciences as-tu pris qu'on fît des enfants avec sa bosse ?

En janvier 1760, comme l'avaient prévu François et M. de Bois-Préau, le parlement reçut l'autorisation de rouvrir et pansa ses plaies pour retrouver le lustre de ses prérogatives et celui de son prestige en cendres. Mon beau-père intrigua si bien que je fus nommé, malgré mon jeune âge, maître des requêtes, mais la première présidence était son grand objectif et il y œuvrait sans cesse tout en accaparant de nouvelles charges par lesquelles il se remboursait la dot de Geneviève. Je dois avouer que je laissais faire les choses, peut-être parce qu'il me fallait emplir le vide creusé par la disparition de Sophie, et aussi, comme toujours mû par les émois du cœur, parce que je m'étais attaché à M. de Bois-Préau. Ce beau-père fut bientôt presque aussi intime avec moi que l'abbé.

À l'étonnement de beaucoup, et avec l'aide secrète de ce dernier, mon premier objectif fut de rédiger une déclaration sur la pratique de la torture, qui reçut quelques appuis et parvint à Versailles, sitôt née, sitôt morte, abandonnée dans les oubliettes des intrigues du Conseil du roi. Sans me décourager le moins du monde, je m'attelai à une nouvelle déclaration, cherchant avec l'abbé des arguments plus décisifs, des listes exemplaires d'innocents qui avaient avoué n'importe quel crime sous l'application de la torture. Autrefois hésitant et dilettante, je devins pugnace et tenace, et je n'hésitais jamais à jouer les fâcheux auprès de mes pairs pour qui j'avais le plus grand mépris. Je m'évertuai à mettre en lumière le fonctionnement indigne et le coût de notre mauvaise façon de rendre la justice, laquelle ne se laissait occuper que du grand ouvrage de falsifier la vérité.

Je savais que lutter contre les injustices et les préjugés allait prendre du temps, le temps de toute une vie, mais le temps n'avait plus d'importance. Je vivais une fusion entre le temps qui passe, le temps qui dure, qui ne faisaient plus qu'un dans une sorte de souffle impalpable, glissant sur ma personne et me laissant étranger à ma propre vie. Du moins cette vie s'écoulait-elle au sablier de ma mélancolie, me permettant de m'échapper le plus possible du château. Je vivais désormais en l'hôtel de Bois-Préau, non loin de la rue aux Ours que j'évitais toujours par quelque détour.

Il vint alors à ma connaissance la condamnation à être brûlée vive et préalablement appliquée à la question d'une certaine Marie Salmon, villageoise, accusée du crime de poison et de vol domestique. Son défenseur, M^e Le Cauchois, au fait de mes idées, vint me trouver et nous arrangeâmes l'astuce de la faire se dire enceinte, ce qui surseoirait nécessairement à l'exécution et laisserait le temps de déposer une requête. M^e Le Cauchois obtint un sursis, que je m'empressai de notifier aux autres juges des requêtes.

Je me plongeai dans les arcanes du Code pénal, fis un rapport pour le bureau des cassations, j'ordonnai l'apport de tout ce qui avait été stupidement tenu secret durant le procès et je poussai ces beaux maîtres des requêtes emperruqués de prudence à me signer une révision sans barguigner. Il fallut encore quatre mois pour qu'intervînt l'arrêt du Conseil d'État et encore six mois pour que ce même arrêt stipulât que l'accusée était condamnée à un « plus amplement informé », durant lequel elle serait tenue en prison.

Pendant ce temps-là, un fils m'était né à Miromesnil, prénommé Guillaume Henri Hugues. C'était un bébé blond, beau, braillard et goulu, si énorme que je m'étonnais qu'il eût pu naître de cet oisillon de Geneviève. Je fis défaire les langes pour contempler son dos, toute sa constitution, fort droite, mignarde et potelée, ce qui ne présageait de rien puisque mon dos ne s'était tordu que vers l'âge de quatre ans. Je félicitai ma femme, lui offris un bijou, et pris prétexte des quarante jours qu'une jeune accouchée devait rester alitée pour m'en retourner précipitamment à Rouen.

Durant le nouveau procès, j'admirai l'éloquence de M^e Le Cauchois. Il eut une manière noble et émouvante de faire parler l'accusée, une application à détruire le fond de l'affaire, car de vol et d'empoisonnement il n'y avait pas. Le corps du délit, à savoir celui du maître de Marie Salmon, était celui d'un vieillard débile tombé dans son escalier. Seule la vindicte d'une belle-fille avait nourri les préjugés et l'ignorance des juges. M^e Le Cauchois profita de l'acquittement de Marie Salmon pour proposer une réforme du Code pénal, s'élever contre les secrets de la procédure, le peu de facilité fait à la défense de lutter contre ce qui est rapporté contre les accusés, défense que la loi pouvait fort bien leur refuser selon ses caprices.

QUAND j'étais de retour au château, je découvrais peu à peu la vie de famille telle que mon épouse avait décidé de l'organiser. Précautionneuse et méthodique, Geneviève avait lu force livres de médecine sur l'éducation et la santé des enfantelets. Au contraire des vieux principes, le petit Guillaume était donc baigné tous les jours, nourri à heure fixe par sa mère elle-même, une révolution qui entacha la réputation de Geneviève. Laissé libre dans ses mouvements, il portait des habits lâches et légers, vécut quasi cul nu pendant ses deux premières années, car Geneviève avait lu les pires atrocités du pourrissement de la peau et du fondement à propos des langes jamais assez changés.

Ne tolérant aucune présence étrangère à la maisonnée auprès de son fils, Geneviève se révéla une louve, s'éveillant la nuit au moindre cri de l'enfant, courant pieds nus auprès de son berceau, désertant notre couche des nuits entières quand quelque fièvre embarrassait le marmouset. À mon ébahissement, ma mère, dont je n'avais souvenir d'aucune caresse, d'aucun baiser, mignotait l'héritier des Miromesnil, lui lisait des contes et chantait des comptines, quand, à mon désespoir, elle ne le promenait pas en carriole avec Virgile. L'abbé en était déjà à fabriquer un abécédaire à grosses lettres de couleurs, Catherine lui mitonnait des entremets et des crèmes au lait. Le menuisier fut mandé pour fabriquer une chaise haute, de telle façon que Guillaume déjeunât à notre table. Qu'un enfant mangeât à la table de ses parents me parut une hérésie, puis j'en conclus que les habitudes du peuple entraient chez nous par le truchement d'un enfant-roi, ce qui signifiait que les mœurs changeaient plus vite que celles de la justice, ce qui aurait dû me réjouir.

ÉTIENNE LE CAUCHOIS était devenu mon ami. Je l'invitai au château, parfois avec son épouse et ses filles, qui cajolaient Guillaume, dont le dos demeurait toujours fort droit. François venant de Paris et nous abreuvant des nouvelles de la capitale, nous passions force soirées et nuits à bavarder et à lire les libelles qu'il ramassait par poignées, à moins qu'il ne les écrivît !

Dans les années qui suivirent, Étienne et moi eûmes fort à faire ensemble, parfois avec quelque succès, souvent contraints de laisser condamner des hommes et des femmes sur lesquels aucune preuve de culpabilité n'avait pu être apportée. Du moins n'y eut-il plus jamais la moindre tentative de faire brûler vifs hommes ou femmes. Les juges étaient prévenus, dont je traquais les complaisances dans toutes les chambres. Derrière ma bosse, on me traitait de fou et d'illuminé, ce dont je n'avais cure.

M. de Bois-Préau me soutint, d'abord mollement, puis, à la réflexion, qu'il avait fort aiguë et fort pragmatique, il émit l'avis que la torture était passée de mode, que les mœurs changeaient avec les sensibilités et que, par conséquent, les juges devaient accompagner ces changements plutôt que de s'y heurter. Je reconnaissais bien là l'homme qui me rêvait premier président au mortier, ce que je finis par devenir, presque malgré moi, en 1768. Se pouvait-il vraiment que dix années se fussent écoulées depuis la terrible année de la marche sur Rouen, depuis la disparition de Sophie? Seule la vue de mon fils me signifiait la réalité et l'évidence, à peine concevables, du cours du temps.

Guillaume devenait le lettré que l'abbé s'était acharné à bâtir. Toujours en bonne santé, l'enfant courait les champs à mes côtés, éduqué à la connaissance de nos fermiers, de leurs bêtes et de leurs difficultés, jacassant en cauchois avec leurs enfants. Un jour que je le surpris jetant une pierre sur un corbeau, je le tançai sévèrement :

— Vous savez que je ne tolère pas qu'on inflige la souffrance à qui que ce soit !

— Mais, père, il est tout noir ! pleurnicha mon fils.

— Tout d'abord, vous connaissez mon goût pour le noir. De plus, c'est un oiseau très intelligent, bien davantage que cette bêtasse de colombe de l'Arche, car votre Pline, que vous traduisez si bien, disait déjà qu'il est le seul oiseau à comprendre les présages qu'il porte.

Mon éducation n'allait guère plus loin que ces petits sermons, variant au gré de ma présence à éclipses auprès de lui. Grâce à l'abbé, il lisait donc fort bien le latin, mais aussi Racine, dissertait sur M. Newton. Il s'endormait le soir en contemplant sur son chevet une petite maquette que l'abbé avait fabriquée, représentant Jupiter et ses quatre lunes. Quand Guillaume me surprenait lisant solitaire en la bibliothèque, il osait rompre la timidité que je lui inspirais, me demandant la permission de m'informer d'une « grande question » de fait. Car il n'y avait pour lui que de « grandes questions ».

— Une vraie grande question, père ! La question du grand vide entre Mars et Jupiter !

— Mais l'Univers n'est-il point fait d'une série de grands vides ?

L'enfant poussa les hauts cris. Point du tout ! Tout avait sa place, tout avait une distance immuable, et si l'agencement de Mercure, Vénus, la Terre, Mars, Jupiter et Saturne était connu, les derniers calculs montraient un vide inexplicable entre Mars et Jupiter, là où forcément le Créateur de l'Univers n'avait pu que disposer une autre planète ! Pourquoi donc ne pouvions-nous voir celle-ci ?

— Et comment savez-vous que ce grand vide existe ?

— Je l'ai vu, père !

Guillaume me narra le voyage qu'il avait fait avec l'abbé, chez un abbé de sa correspondance, qui l'avait invité à Caen avec son petit élève, car il venait d'acquérir un télescope ! L'enfant, encore ébloui, répéta « télescope » et il s'empressa d'ajouter :

— Maman nous avait donné la permission !

— Je n'en doute pas. Il ferait beau voir que vous partiez seul sur les routes avec ce fou d'abbé…

Il éclata de rire et s'en fut en courant. Ses brusques envolées me laissaient encore plus mélancolique. Je l'aimais et, pourtant, je ne pouvais m'expliquer pourquoi sa présence provoquait en moi un si profond regret, une si lancinante tristesse.

Jupiter mourut cette année-là – le chien, non pas la planète. On m'avertit un jour que, paralysé depuis la veille, il ne pouvait se lever. Un pistolet chargé dans ma ceinture, sous ma veste, je me rendis dans le chenil vide, où il vivait à l'aise depuis que la meute avait été vendue. Je lui caressai la tête et lui glissai à manger une dernière douceur. Je voyais bien dans son bon regard fidèle qu'il savait ce que j'allais faire. Il me lécha la main gauche tandis que de la main droite je posai le canon de l'arme sur sa nuque, et je tirai. Puis, poissé de son sang, j'allai sous le grand orme pour que personne ne vît mes larmes.

EN juin de cette année-là, j'invitai, Étienne Le Cauchois à la taverne du Bon Port. Il me conta une fois encore le désespoir dans lequel le plongeaient les condamnations de tant d'innocents. Déchiré entre son désir de changer le monde et celui de le fuir, il cédait à la défense d'un cas en se jurant que c'était le dernier, puis acceptait le suivant.

— Je vous comprends, Étienne. Comment tolérer ces instructions iniques qui peuvent durer cinq ans ! soupirai-je. Surtout quand on est innocent ! Et que deviennent ensuite ces malheureux, pour peu qu'ils échappent à la condamnation, entachés pour toujours auprès de leurs familiers de la suspicion de crime ?

— Pour les femmes sans famille, je les envoie au couvent des filles du Bon-Pasteur. Du moins celles que je parviens à arracher aux griffes de notre justice. Une de ses maisons est située près de la porte Saint-Hilaire, au nord de la ville, et accueille les anciennes prisonnières, les filles perdues, les servantes jetées à la rue. L'ordre les loge un temps, leur apprend les métiers du tissage et de la broderie pour les prévenir de tomber dans la prostitution. Voudriez-vous m'y accompagner un jour ? En tant que premier président, cette expérience sera édifiante. Elle vous convaincra, si besoin est, que tout homme, toute femme est davantage passible de la rédemption que de la condamnation.

Je promis, puis, le parlement ne tenant plus session, je rentrai à Miromesnil pour jouer mon rôle d'époux et de père et surtout me consacrer aux moissons.

En décembre de cette fin d'année 1769, je revis Étienne, traînant toujours une besace de dossiers comme moi ma bosse. À la fin d'un de nos repas à l'auberge du Bon Port, il me rappela ma promesse et je lui proposai de nous rendre aux filles du Bon-Pasteur sur l'heure.

C'était une assez longue marche, jusqu'à la rue Saint-Hilaire, pour ma carcasse. Devant Saint-Maclou, grelottant dans le froid de l'après-midi, je repris mon souffle. Étienne mit sa main sur mon épaule. Nous n'avions jamais parlé de la marche sur Rouen ni des condamnés, mais comme François était un bavard impénitent, je compris à cet instant qu'Étienne et lui avaient partagé leurs expériences. J'aperçus l'entrée de la rue de Martainville et mon cœur se serra aux souvenirs des horreurs que j'y avais vécues. Enfin, nous parvînmes presque au bout de la rue Saint-Hilaire. Presque au bout de la ville. Presque au bout du monde dans lequel ma vie était enclose.

Étienne tira la chaîne d'une cloche, la porte dans le porche s'ouvrit. Une vieille religieuse en habit gris salua l'avocat et moi-même.

— Ma sœur, je vous présente M. de Miromesnil, qui se soucie de la condition de nos filles que je viens lui faire visiter.

Nous accompagnâmes la sœur, suivant son petit pas de souris à travers une cour assez propre, une grande entrée glacée aux murs lépreux, où un immense christ de bois, peint en blanc, les paumes et les pieds sanglants, était suspendu. L'ensemble du bâtiment me sembla assez miséreux, bien qu'on y devinât un soin attentif pour faire reculer la saleté et rendre la misère moins visible.

— Nous allons visiter l'atelier de broderie, annonça Étienne avec un grand sourire. Vous verrez par vous-même avec quelle diligence ces filles et ces femmes que la société a rejetées créent des merveilles.

Dans une salle assez bien éclairée par de hautes fenêtres devisaient des groupes de femmes, dont la mise attestait la pauvreté, quoiqu'elles fussent toutes fort propres, à cinq ou six autour d'une nappe, d'un drap, dont elles brodaient chacune un pan. Des chaufferettes de braise étaient disposées le long de l'allée, entre les bancs, ce que j'appréciai. Mais ce fut la gaieté juvénile des rires et des bavardages de ces femmes qui me plut tout de suite. J'avais eu la crainte de trouver un de ces asiles où, sous couvert de charité, on humilie, on châtie, on fait vivre sur terre, en expiation, un avant-goût de l'enfer. Beaucoup saluèrent Étienne en souriant, toutes me dévisagèrent avec curiosité dans le silence qui finit par emplir la pièce. Une sœur au visage souriant, sans âge, ensevelie sous ses robes et son voile gris, s'avança vers nous.

— Monsieur de Miromesnil, déclara Étienne avec solennité, permettez-moi de vous présenter sœur Agnès, la supérieure de la maison. Quelle que soit la lourdeur de sa tâche administrative, elle ne laisse jamais passer un jour sans visiter chacune de ses filles, sans écouter ses misères, sans discuter de son avenir.

— Vous êtes trop bon, monsieur Le Cauchois, fit sœur Agnès avec simplicité. Que ferais-je si je n'étais aussi bien secondée ? D'ailleurs, voici sœur Louise, une véritable perle ; ses doigts de fée nous ont montré de nouvelles broderies qui ont eu tant de succès que notre modeste atelier ne suffit plus à la demande.

Et je me retournai pour saluer l'entrée de sœur Louise, qui s'était arrêtée net sur le pas de la porte.

Quatrième partie

Je ne cherche pas les choses, ce sont les choses qui me cherchent. Je n'ai jamais cherché l'amour, c'est l'amour qui est venu à moi. Personne n'a su qui j'étais. Mais j'étais là quand même.

J'étais sur le bateau qui m'amena à Dieppe, puis dans la cuisine d'un homme riche, lovée sous l'escalier auprès du corps de ma mère. On l'appelait Fougère. On m'appelait Zénaïde.

Nous dûmes un matin quitter la plantation que nous avions toujours connue, où Fougère était née, où j'étais née moi-même. Nous en fûmes arrachées comme les entrailles au poulet, comme le noyau au fruit, mais arrachées sans même être bousculées. Le maître avait simplement dit : « Venez ». Ma mère fut peut-être moins étonnée que moi, mais elle ne m'en souffla jamais mot, même quand je l'eus surprise, des mois plus tard, le maître couché sur elle, alors que sa femme était à l'église, comme chaque matin.

La haute demeure de brique donnait sur le port, balayé par ce vent porteur d'embruns qui faisait trembler les fenêtres. Il y avait plus de bruit et de choses à découvrir que sur la plantation. Il y eut même de la neige, et chaque année, ce froid terrible qui engourdit le corps et l'esprit. Moi qui croyais tous les hommes blancs riches et puissants, ma véritable surprise fut de les voir, par centaines, travailler et suer, vêtus de hardes, portefaix rompus par l'ouvrage, marins amputés d'un bras ou d'une jambe.

Un jour, j'osai même poser la question à l'un d'eux, qui fumait tranquillement, appuyé sur sa jambe de bois.

— Est-ce que tu as perdu ta jambe parce que tu as essayé de t'enfuir ?

— Oui, ma négriote, devant un boulet de canon anglais ! Mais il a été plus rapide que moi !

Et il éclata d'un grand rire édenté, passa sa grosse main sur ma tête et s'en fut reprendre son ouvrage sur le pont d'un bateau immense comme deux maisons, parmi d'autres marins pris dans les vergues comme d'autres dans les chaînes.

Ainsi, ces existences n'avaient pas plus de valeur que les nôtres, ou que celles des servantes que la maîtresse chassait quand elles avaient fauté avec quelque galant ou détourné des victuailles. Mais je compris vite que c'étaient les choses du sexe qui ulcéraient cette maîtresse, abîmée en prière pendant des heures, fermant sa porte à son époux qui se consolait en ses voyages, ou avec ma mère.

Pour mon malheur, la maîtresse m'entendit chanter. Nous avions toujours beaucoup chanté, toutes les deux, mais les dernières années, la toux qui déchira peu à peu la poitrine de Fougère l'en priva. Ce fut bientôt de ma seule voix que j'accompagnai nos besognes, chants des esclaves, chants des îles, chants des marins du port. *Chante, rossignol, chante, toi qui as le cœur gai…*

Un matin, la maîtresse arriva comme un torrent dans la buanderie, les traits bouleversés.

— Qui t'a appris à chanter, avec cette voix-là?

— Fougère, maîtresse.

— Viens avec moi!

Je me laissai traîner, par les ruelles de la ville, jusque chez un curé que j'avais souvent vu officier, alors que toute la maisonnée allait sur ordre à la grand-messe de Saint-Jacques, le dimanche.

— Chante! ordonna-t-elle devant le curé abasourdi.

Je m'exécutai.

— Qu'en dites-vous, monsieur le curé?

— Je dis que cette enfant a une voix d'ange, et que n'eût été sa couleur, je vous l'eusse enlevée quelques heures pour ma chorale!

— Mais comment Dieu a-t-il pu mettre une voix si exceptionnelle dans un corps aussi noir?

— Eh bien, Dieu ne s'y connaît peut-être pas beaucoup en cordes vocales…, finit-il par lâcher.

— Je ne suis pas en quête de plaisanteries oiseuses, monsieur l'abbé, mais de vérité! répliqua-t-elle sèchement.

Elle m'obligea désormais à m'agenouiller à ses côtés, dans son offertoire, et à chanter, tandis qu'elle priait. J'appris par cœur des chants en latin, *Magnus Dominus*, *Salve Regina*, que je chantais, et chantais, et chantais encore et toujours.

Nous aurions pu vivre dans la maison d'une joueuse, d'une savante, d'une prude, d'une coquette, d'une galante, je suppose que j'eusse pareillement subi les revers de ces défauts. Nous étions chez une dévote, je priais donc tout le jour. Et chantais.

Les mois, les années passaient, aggravant la folie de la maîtresse. Avec horreur, je découvris un jour qu'elle avait un fouet. Enfermées à clé dans sa chambre, torse nu, la chemise roulée sur nos hanches, nous restions des heures prostrées devant l'offertoire; soudain, elle brandissait le fouet, un chat à neuf queues qu'elle s'était procuré auprès d'un marin, et l'élançait sur son dos en soupirant d'extase à chaque coup. Le souffle rauque, les yeux en feu, elle maniait alors le bouquet de lames de cuir contre mon dos, une fois, deux fois. La première fois, hoquetant de douleur, je m'évanouis. Elle me réveilla en m'aspergeant d'eau bénite, me secouant par les bras.

— Expie! Expie! Expie ta race et ta couleur! Expie ton sexe!

Croyait-elle chasser le diable de mon corps ? Quelle énigme ma personne noire et chantante représentait-elle pour cette amante de la souffrance et du sang ? Car le sang de nos tortures, dont elle se couvrait la face et la poitrine, et les mains, et les pieds, lui procurait une jouissance telle qu'elle en tombait sur le flanc, les seins dressés, le regard extatique. Et je compris à tout jamais combien il est nécessaire de se défier de soi et de ses passions.

Le soir, ma mère passait des onguents de sa confection sur mon dos, mes épaules. Je ne l'entendis jamais laisser échapper un reproche à l'encontre de cette maîtresse, mais une nuit, elle me réveilla. Nous sortîmes par la porte de la cuisine, et, en silence, nous montâmes au mur d'enceinte où, cachées derrière des barils, nous attendîmes que s'ouvrissent les portes de la ville. Toujours silencieuses, nous gravîmes la longue côte, presque déserte, hormis les charrois de maraîchers qui s'en venaient au marché de Dieppe. Fougère, essoufflée, s'arrêtait parfois pour cracher un de ses accès de toux, de plus en plus violents. Nous nous arrêtâmes près d'une borne, là où finit la ville, et elle me désigna la route, droit devant, et resta longtemps ainsi. J'avais froid, j'avais faim, je croyais que nous allions fuir ensemble.

— Pars, me dit-elle seulement. Sinon, elle finira par te tuer. Pars à travers champs, le plus loin que tu peux. Évite les grands chemins. Ne dis jamais, entends-tu bien, jamais ni comment tu t'appelles ni d'où tu viens. Ne parle pas, ne t'explique pas. Dieppe n'a pas existé.

Elle ajouta en m'embrassant et en me glissant un quignon de pain dans la main :

— Je ne croirais jamais que Dieu t'a donné cette voix et enlevée à la plantation s'il n'avait pour toi quelque projet qui nous dépasse.

Puis elle me serra une dernière fois entre ses bras et, m'arrachant à elle, me poussa sur la route poussiéreuse. Arrachée, dis-je, comme le noyau au fruit, comme les entrailles au poulet. Je m'éloignai, me retournai parfois et je vis peu à peu sa mince silhouette enveloppée du châle diminuer, jusqu'à n'être plus qu'un point sur l'horizon du plateau. Dès qu'elle disparut tout à fait, je marchai droit devant moi.

Je fuyais les hommes et leurs bêtes, j'évitais leurs maisons et leurs villages, mais je marchais toujours droit. Je savais instinctivement que lorsque l'on est perdu dans les ténèbres, il faut marcher tout droit. La lumière ne peut se trouver que devant soi.

Je traversai une rivière, grimpai des talus, dormis dans un fourré ; un bois qui semblait sans fin m'engloutit tout à fait. J'avais perdu la notion du temps quand je me laissai tomber au pied de l'arbre où l'abbé et Tancrède me trouvèrent. J'avais douze ans.

Je mis longtemps à croire à ma chance. Je devinai en la marquise une femme insatisfaite et fantasque, généreuse à sa manière, la seule véritable autorité de la maison. Respectant la consigne de ma mère, je me tins coite, même s'il me fut difficile de ne point répondre aux questions aimables de Tancrède, lorsque sa main prenait la mienne, lorsqu'il m'enveloppait de ses regards bleus.

Tancrède. Ma constellation de la Lyre, dont les yeux ont l'éclat bleu acier de Véga, à ce que me dit un jour l'abbé. Tancrède, mon âme et ma vie, ma substance, ma joie et ma douleur, mon frère et mon double, chacun prisonnier d'un corps que nous habitions comme une maison étrangère. J'ai d'abord aimé sa bosse, avant que de l'aimer lui, puis sa solitude dans laquelle je reconnaissais la mienne, puis enfin sa personne, si tendre, si fragile, si sensible, si mal aimée. Pas une seule aube, dans la soupente du château, sans que sa pensée me réchauffât, pas une seule nuit sans que mon cœur soupirât après son absence.

Bien sûr, depuis le fameux dimanche des Rameaux où je ne pus davantage retenir ma voix, je chantais toujours, au clavecin de la marquise, dans ses soupers et lors de ses visites. Au clavecin, elle était sous l'emprise extatique de la musique, mais à la différence de la dévote, Mme la marquise scindait ses aspirations et ses humeurs. Une fois le clavecin fermé, elle redevenait la marquise imbue de son rang, houspillant sans cesse Tancrède quand il s'abîmait dans ses lectures.

Je savais tout de lui, comme il savait tout de moi. Nous savions exactement à quel passage de *Bérénice* chacun de nous allait verser des larmes ; nous savions à chaque heure du jour ce que l'autre sentait. Nous ne vivions que pour nous, nous ne respirions que pour nous, nous n'éprouvions de joie de vivre qu'en notre seule double présence ; tous les autres, même l'abbé, ne me semblaient que des fâcheux occupés à nous déranger. Pourtant, j'aimais étudier auprès de ce saint homme, bercée par son Newton ; je l'aidai à son herbier dès le jour où il m'apprit le nom des plantes, dont celui des fougères. Fougère : *Dryopteris filix-mas.*

J'aimais Tancrède d'un amour absolu et pourtant, un jour, Jean fut là, entre nous, comme une muraille dressée pour mon salut.

J'ai aimé la bosse de Tancrède, mais j'ai aimé le corps de Jean. Bien sûr, si Tancrède, perdu dans ses brusques humeurs sombres, ne m'avait poussée à épouser Jean, je l'eusse chassé de mon esprit, tout en demeurant séduite par l'amour qu'il me portait. Bien sûr, j'aurais fini par devenir la maîtresse de Tancrède et le rester après son inévitable mariage, mais je connaissais sa loyauté douloureuse. Je n'eusse pas supporté davantage qu'il révolutionnât son monde pour faire de moi une légale petite marquise noire. Je décidai donc d'épouser un homme de ma condition que je n'aimais pas d'amour.

Le lendemain de nos noces, j'ai déterré des plants de fougère dans le sous-bois et je les ai plantés près de la maison. Jean n'a rien dit ni posé aucune question. Je crois que je fus une bonne épouse, docile et ferme en même temps, besogneuse et attentive à son confort. Je ne lui ai jamais refusé mon corps, où qu'il en ait eu le désir. Et j'ai eu du plaisir avec lui. Et du bonheur aussi, comme lorsque, couchés dans l'herbe des nuits chaudes, je lui désignais les étoiles et, lui tenant le doigt, lui faisais suivre la Grande Ourse, si brillante, qui ne se couche jamais, la Petite Ourse et son étoile Polaire, le Chien de Chasse, qui comble le vide à l'ouest de la Grande Ourse, ou la Chevelure de Bérénice… qui ne comblait que mon seul vide.

Je ne l'ai pas autorisé à partir pour Avranches afin de me débarrasser de lui mais parce qu'il piaffait comme un étalon entravé dans une condition qui l'étouffait et l'enrageait. Je n'aurais pas davantage pu empêcher le destin de Jean de s'accomplir que j'aurais pu tuer mon amour pour Tancrède, ou empêcher le vent de souffler.

La neige. L'amour de la neige, moi qui l'avais haïe. L'amour sous le nid de neige. Le corps nu de Tancrède confit dans le baquet. Mon corps contre son corps, son corps vibrant en moi, comme si nous n'avions été conçus que pour cet instant-là, après tant d'années d'attente et de patience. Hors du monde, hors du spectre.

Ne pouvaient survenir que la douleur et la honte.

Jean a décidé de revenir à la ferme, en dépit de tous les dangers, juste avant la marche sur Rouen. Il est entré dans la maison, a flatté Jupiter qui lui faisait la fête. Je n'ai eu besoin de rien dire, je l'ai seulement regardé. Il avait déjà compris. Il s'est assis à la table et m'a demandé à souper. J'ai cuisiné pour lui, j'ai brossé la redingote et les bottes qui venaient du château et qu'il m'avait montrées en riant, avant de prendre la route pour Avranches. Seul le tricorne avait disparu. Jean est reparti la nuit même. Il ne s'est pas retourné. Il n'a pas dit un mot d'adieu ni de reproche. Je l'ai vu disparaître sur son cheval et je suis restée longtemps sur le seuil, alors même que la nuit l'avait englouti et me pénétrait comme un chagrin.

J'ai su que je ne le reverrais jamais. Les massacres de Rouen, et son exécution, me furent racontés par un homme en fuite. J'appris aussi de sa bouche que les nobles et les parlementaires avaient été épargnés, Tancrède comme les autres, ce qui me soulagea tout en m'irritant. J'étais vraiment devenue l'épouse de Jean l'insurgé, plus que Tancrède ne le comprendrait jamais.

J'ai repensé à la dévote de Dieppe. Je n'allais point m'humilier et humilier l'esprit du Christ en des folies hystériques qui ne sont point de mon tempérament. J'ai nettoyé la maison, donné les bêtes et la vaisselle à ceux qui en avaient le plus besoin, et même mon alliance de cuivre ; j'ai pris Jupiter, Virgile et la carriole et je les ai attachés, à l'aube, au mur des communs du château. Et je suis partie rejoindre la route de Rouen. À pied. Une femme qui m'avait nourrie, bien que d'abord effrayée par la couleur de ma peau, m'avait indiqué le couvent.

Personne ne sait qui je suis ni de quelle couleur est mon existence. Mais je suis là tout de même.

Cinquième partie

1

J'AI perdu connaissance. Suffisamment pour ne me souvenir de rien de la façon dont je fus transporté dans une petite pièce qui servait d'infirmerie. Sophie était assise près de moi, glissant sous mon nez un flacon à l'odeur âcre qui finit par me faire recouvrer mes sens. Je restai longtemps abasourdi, sans voix, la contemplant.

— As-tu perdu ta langue ? dit-elle enfin.

Mêmes gestes, même démarche quoique harnachée de l'habit religieux qui lui allait fort mal, même voix. C'était bien ma Sophie, mon astre, ma constellation, ma douleur et ma passion, vivante, impassible. Le temps n'avait eu aucune prise sur son visage.

— Pourquoi ? articulai-je enfin.

— Il n'est point besoin de poser de questions qui n'ont pas de réponse.

— Il y a une réponse : tu as choisi de me… crucifier !

Elle eut une petite moue de désapprobation.

— Il n'y a qu'un seul Crucifié, celui à qui je me consacre en dévouant ma vie et mes pensées à toutes les filles abandonnées. Je leur apprends à broder, et même à chanter. J'ai formé une jolie petite chorale. On me respecte, peut-être même suis-je aimée. Je suis bien, ici.

— Je t'ai cherchée partout. J'ai remué le ciel et la terre jusqu'à Dieppe !

— Je savais que tu le ferais. Mais je savais aussi que tu ne me chercherais pas à Rouen, qui est ta honte et ta blessure, mais aussi ta fortune, à ce que l'on dit. Oui, sourit-elle, je continue à tout savoir de toi.

— Mais c'est injuste ! Tu as détruit la parfaite égalité qui nous unissait, car moi, je ne sais plus rien de toi, soufflai-je dans un sanglot étranglé. Et ma vie sans toi n'est qu'un long dépérissement !

— L'abbé dirait que nous sommes pareils à deux planètes trop lointaines, qui sont peut-être nées de la même collision du ciel mais dont les attractions gravitationnelles les ont éloignées l'une de l'autre, à jamais.

— Quel galimatias de savant pour parler de mon malheur !

— Je ne suis pas savante, mais j'aurais pu l'être. Il y a tant de choses que toi et moi aurions pu devenir si le monde n'était ce qu'il est. Nous sommes faits d'une mosaïque de lopins de terre, certains cultivés, beaucoup en friche. Il faut vivre avec cette certitude que nous sommes devenus une très petite part de nous-mêmes. Un jour, peut-être, les hommes vivront la totalité de leurs amours et de leurs rêves… Quant à nous, nous serons arrivés à la fin de nos ans, comme à la fin d'un récit, pour qu'un autre récit commence… (Elle se tut un instant, ajouta, me fixant avec sévérité :) Retourne à ton parlement et à ta famille. Je demeurerai ici auprès de mes filles, qui sont désormais ma famille. Si tu t'obstines à changer ce qui est écrit, je m'enfuirai, comme je me suis déjà enfuie deux fois dans ma vie, et, cette fois, tu ne me retrouveras pas.

Comme toujours, elle avait deviné ce qui m'agitait déjà : l'enlever… J'imaginais déjà ma vie, double et déchirée.

Elle se leva, se dirigea vers la porte, se retourna avant de l'ouvrir et me sourit.

— N'aie aucun regret. Nous avons eu ensemble la meilleure part de l'existence, celle de la jeunesse amoureuse et de son innocence. Adieu, Tancrède.

Et elle disparut, comme un astre fulgurant déchire l'immensité du ciel, bousculant l'ordonnancement des constellations, laissant la trace de cette lumière morte qui continue d'illuminer la vie de ceux qui l'ont saisie.

Nous revînmes en silence par les rues de la ville. Alors que nous allions nous séparer devant le palais, je demandai à Étienne s'il savait qui était pour moi cette sœur Louise.

— Je suis tellement navré, Tancrède, d'avoir été le malheureux instrument du hasard… Je connais l'existence de Sophie par François…, murmura-t-il en baissant la tête.

Nous nous saluâmes, et je rentrai à l'hôtel de Bois-Préau, qui, presque désert fort heureusement, referma sa solitude sur la mienne. Agité par l'insomnie pendant la nuit, je vins respirer à la fenêtre. Une étoile filante sembla soudainement dévaler la voûte céleste, solitaire et fière, mourant avec grâce sans faire trembler l'harmonie de la nuit. Cette nuit-là, pèlerin égaré, j'ai vu l'éternité comme une grande ombre entraînée, et le monde entier dans sa chute précipitée s'y engloutir.

Le lendemain, j'entrai chez un libraire de ma connaissance, rue de l'Archevêché, chez lequel je trouvais toujours quelque curiosité scientifique pour l'abbé. Je lui demandai s'il saurait où acheter un télescope dans la ville.

— Il y a un lunetier, rue Saint-Nicolas, qui taille toutes sortes de lorgnons et de lentilles… J'ai rencontré dans sa boutique des clients dont les étoiles sont la passion.

Et je repartis par les rues, animé par une détermination aussi obtuse qu'informe. Le boyau d'échoppe du lunetier me parut crasseux, si encombré de milliers d'objets hétéroclites que j'eus de la peine à découvrir l'homme, tout au fond. Je lui expliquai la raison de ma venue, il m'invita à le suivre à l'arrière de son atelier. D'une boîte tapissée de velours, il sortit un long tube qui me parut d'acajou poli, qu'il monta sur un trépied avec des gestes doux d'amoureux.

— C'est un Dollond achromatique, monsieur. Une merveille que j'ai dotée d'un second miroir pour limiter la diffraction. Voyez le collimateur, en laiton, que je fixe sur le côté.

Je restai indécis et méditatif, toujours frappé par l'incohérence instinctive de mes émois, lorsque leurs desseins secrets sont bouleversés. Pensais-je à l'abbé, à l'éducation de mon fils ? Croyais-je trouver dans l'observation de la ronde des planètes quelque chose de l'ordre du monde qui eût apaisé les désastres du cœur ? Le lunetier m'expliqua que sa fabrication lui avait été commandée par un amateur éclairé, lequel venait de mourir.

— C'est une bonne affaire pour vous, si vous êtes amateur.

— Je veux l'offrir à deux personnes de ma famille qui le sont, répondis-je, laissant courir mes doigts sur l'acajou satiné.

— C'est une bien belle idée de cadeau, monsieur, car la vérité sur notre condition viendra de la science.

— Je sais. On m'a déjà fort entretenu de ce M. Newton. N'est-ce point une mauvaise idée d'offrir un télescope en plein hiver ?

— Au contraire, monsieur ! Le ciel d'hiver, son air si stable et si froid, est le plus attrayant ; Orion, le Taureau, les Gémeaux et d'autres égayent nos nuits !

Je l'assurai d'être payé au château, s'il voulait bien y livrer l'objet et prendre le temps nécessaire d'en expliquer les rudiments à ceux à qui il était destiné.

— Ce sera un plaisir et un honneur, monsieur.

Je lui laissai quelque acompte et je quittai Rouen sur-le-champ, captant en mon cœur un battement d'espérance qui ravivât la flamme de ma vie. Du moins étais-je soulagé de cette angoisse de me réveiller chaque matin en me demandant si Sophie était morte ou vivante. Mais la certitude de sa perte continuait de saper mes sens et ce qu'il me restait de raison, me laissant aussi désespéré.

On s'étonna de mon retour si rapide au château ; je lâchai au dîner qu'un cadeau pour la Noël allait arriver. Guillaume, enthousiaste, ne cessa de me harceler de questions. Était-ce un livre ? Un cheval ? Un nouveau Jupiter ? Une épée ? Un habit ?

— Un voyage à Paris ? hasarda l'abbé.

— Une fête ! Vous nous autorisez enfin à donner une fête magnifique ! s'exclama ma mère.

Sans doute l'abbé avait-il deviné, mais il joua élégamment le jeu, s'ingéniant même à noyer la curiosité de Guillaume dans des fantaisies qui firent hurler ces dames : j'avais affrété une frégate à Dieppe pour aller découvrir les côtes du Nouveau Monde, nous en ramène-rions un Indien plein de plumes qui nous apprendrait le tir à l'arc et se promènerait tout nu dans l'église de Tourville ! Je fus soulagé que les rires et la folie familiale de la soirée, que j'avais déclenchés, finissent par m'étourdir, non pour me consoler, car j'étais à jamais inconsolable, mais suffisamment pour me rappeler à mes devoirs. J'ai toujours aimé ce paradoxe : des dérives de l'esprit enchaîné naissent les meilleures résolutions. Je chercherais éperdument dans le ciel mon étoile absente, dans le grand vide de mon cœur ou dans celui laissé entre Mars et Jupiter, et je me ferais aimer de mon fils.

Le lendemain, en fin de journée, alors que déjà la lune montrait sa face blafarde, toute la famille se rua au-devant de la calèche du lunetier et ce fut dans un silence stupéfait, qui intimida quelque peu l'homme, qu'il en sortit en portant la longue boîte vernie comme le saint chrême. L'abbé se frottait déjà les mains.

— Ce matin, j'ai fait nettoyer la pièce sous le toit de la tourelle ouest, qui servait de débarras ! me souffla-t-il, rayonnant.

— Décidément, l'abbé, vous savez tout de moi !

M. Blondel, puisque tel était son nom, resta huit jours au château, qui ne bruissa plus que de la ronde des planètes. Apparition de Jupiter, au sud-est, deux heures après minuit, nécessité de bien couvrir le miroir du télescope que la rosée de la nuit pouvait obscurcir… L'abbé exigea la recherche de Véga, juste au-dessus de nos têtes, si reconnaissable à son éclat bleu acier, la plus brillante étoile de la constellation de la Lyre.

— Ce sera pour les nuits d'été ! expliqua l'astronome.

D'ailleurs, à cette époque de l'année, M. Blondel en tenait pour la constellation d'Andromède.

— Et Vénus ? réclama ma femme.

— Vénus ! Tout de même, l'étoile du berger, le b.a.-ba de l'astronomie !

Tout arriva en vrac, dans un joyeux brouhaha de questionnement : magnitude des étoiles, querelles sur les différents mérites des réflecteurs et réfracteurs… Au bout de deux jours, j'avais la tête fracassée. Nos horloges furent chamboulées, nous dormions le matin, Geneviève fit servir à souper dans la tourelle, pour ne rien manquer de la nuit qui se couvrait.

Quand M. Blondel en vint à évoquer la pratique de l'échelle

logarithmique, je sus que j'en étais quitte pour commander un maître de mathématique à l'abbé et à Guillaume.

— Ce sera le plus beau Noël de toute sa vie, soupira Geneviève en glissant son bras sous le mien. Tu as dû dépenser une fortune, toi qui en tiens toujours pour des cadeaux simples…

— C'est le cadeau de toute une vie, et c'est à la construction d'un être que nous assisterons, ce qui est aussi, à sa manière, un cadeau pour toi…

— Et je t'en saurai éternellement gré, murmura-t-elle, émue, en embrassant ma main.

De toute notre vie commune, quelles que fussent les circonstances, même les plus cruelles pour moi, je n'ai jamais pu résister à faire l'aimable avec Geneviève. À force de craindre la souffrance comme la peste, chaque souffrance, celle du plus petit des animaux jusqu'à celles que je pouvais causer à mon entourage, j'en étais venu à pratiquer avec aisance une forme de dissimulation.

J'avais perdu Sophie. Aurais-je dû m'en venger en faisant souffrir ma famille innocente ? Ma seule ambition avait été de vivre pour être aimé et pour cultiver l'amour des autres comme un potager anglais. J'étais né pour être jardinier, mais j'avais fait la guerre pour être aimé. Je n'entendais rien à Newton, mais j'avais acheté le télescope pour être aimé. Sommes-nous sur terre pour autre chose qu'être aimés ?

2

L'AUBE froide comme la rosée se lève derrière la fenêtre, le feu dans la cheminée est tout à fait mort. Cette année 1774 est celle de l'avènement du roi Louis XVI. Celle de la consécration de mon chagrin et de mon malheur. Celle de ma convocation à Versailles. Je sais que M. de Bois-Préau, toujours actif, toujours intrigant, a réussi depuis des mois à faire circuler mon nom dans le cercle le plus proche du trône et que l'on m'y attend pour m'y dépecer avec quelque curiosité. Mon beau-père m'assure que ce nouveau roi est pudique, bon et humain, fort désireux de réformer l'exercice de la justice et de supprimer celui de la torture ; il prévoirait donc pour moi la place de ministre de la Justice, ce qui me semble de la dernière extravagance.

Il me faut le dire enfin : elle m'est revenue. Du moins l'ai-je enlevée. Elle est là, allongée sur le lit à baldaquin, lovée dans le dessus-de-lit de velours noir. Sa belle tête repose dans la dentelle blanche de l'oreiller.

Le Dr Dumesnil m'affirme que les heures sont comptées, qu'elle ne reprendra pas connaissance. Que c'est la fin.

Il y a deux jours, Étienne est arrivé à Miromesnil, le visage défait. Il nous a surpris à table, bafouillant et s'excusant.

— Veuillez me pardonner, mesdames, marmonna Étienne. C'est que, Tancrède, sœur Louise va mourir.

Au contraire de ma mère et de l'abbé, Geneviève n'étant au fait de rien, elle se contenta de prendre un air affligé. Ma mère blêmit, l'abbé se signa, mais quand Geneviève me vit défaillant, la suspicion fit place à l'étonnement. Elle resta silencieuse, le visage fermé.

— Est-ce une de vos amies, mon père ? s'enquit mon fils.

— Oui, Guillaume, s'empressa de dire Étienne, une religieuse du Bon-Pasteur qui s'occupe depuis des années de nos pauvres filles abandonnées par la justice…

Je vis la main d'oiseau de Geneviève se crisper sur sa serviette brodée, laquelle venait avec la nappe, comme toutes celles de la maisonnée, de la rue Saint-Hilaire. Elle jeta un regard sévère sur ma mère, puis sur l'abbé ; ils baissèrent le nez.

— Je ne voudrais pas qu'elle soit jetée au carré des indigents…, articulai-je enfin, alors que je me tenais à la table. Puis-je, s'il vous plaît, la ramener au château, si c'est la fin ? murmurai-je en regardant Geneviève dans les yeux.

— La fin ? Vraiment ? demanda-t-elle dans un soupir.

Mais elle ne baissa pas ses yeux, qui s'emplirent de larmes, et elle m'accorda la permission que je lui demandais.

3

J'AI parfois revu Tancrède, qui venait rue Saint-Hilaire sous prétexte d'acheter à nos filles des draps et des nappes, dont il pourvut sa maisonnée et toutes celles de ses connaissances. Nous restions assis, dans l'entrée, sur le banc. Nos conversations étaient si insignifiantes, pour quiconque eût passé près de nous. Mais chaque mot, chaque évocation ouvrait un tiroir secret. Il disait que la Scie avait débordé, et je pensais : « Notre paradis, les canards, le petit bancroche. » Il parlait de l'usage de son télescope, et je pensais : « Le bruit de notre machine ronde sur son axe, dans le sable de la berge », ou encore : « Véga, et son éclat bleu acier, dans le miroitement de sa constellation. » Il parlait du roi et de son absence de réformes, et je pensais : « Jean, les va-nu-pieds et la révolte dans le cœur des hommes. » Il évoquait les quatre lunes de Jupiter, dont son fils était fort entiché, et je songeais à ce bon chien. Quand la neige tombait, il venait. Quand c'était l'époque des crêpes et de la Chandeleur, il venait. Il m'offrit une traduction de Virgile. Il n'osa jamais m'offrir *Bérénice*, mais *Esther* et *Athalie*, qu'il dut juger plus propres à ma condition. À l'exception du dimanche des Rameaux, il prit garde à ne jamais venir à date ou à heure fixes, pouvant rester six mois sans apparaître, pour se laisser désirer et regretter sans doute, sachant que, désormais, chaque coup de la cloche, à la porte, ferait bondir mon cœur. Si mes dix premières années au Bon-Pasteur furent un seul son monocorde, comme une note tenue, les suivantes furent plus mélancoliques et douloureuses, mais plus pleines qu'un fruit, plus vivaces qu'un lierre. Je ne lui ai jamais reproché de parvenir à troubler ma vie et mon cœur ; en quelque sorte, nous étions réunis.

Un matin, Mᵉ Le Cauchois nous amena une pauvresse presque folle. Alors qu'elle avait été oubliée au fond d'un cachot, victime d'une affaire si vieille que les greffiers en avaient perdu la trace, Tancrède en avait organisé la libération. Au vu de son état mental, c'était à l'hospice que cette malheureuse eût dû être transportée. Mais Mᵉ Le Cauchois espérait que la liberté et les soins lui feraient peut-être recouvrer un peu de raison. Dès que nous l'eûmes lavée, habillée, pansée, avec quelques difficultés, car elle se débattait beaucoup, je fus certaine que cette femme était une quarteronne. Ses noirs cheveux ondulés, la couleur caramel de sa peau, la forme de son nez eurent sur ma raison et mon propre jugement la plus néfaste des influences. Sœur Agnès jugea immédiatement que cette femme ne pourrait rester au Bon-Pasteur.

— Nous ne sommes pas l'hospice, sœur Louise, vous le savez fort bien. Ici, nous ne pouvons mettre en danger le fragile équilibre de notre atelier par la présence d'une folle achevée !

Je la suppliai de me laisser un mois pour tenter d'apprivoiser la malheureuse.

— Quinze jours, céda sœur Agnès, et à la seule condition qu'elle ne manifeste pas le moindre acte de violence !

La quarteronne demeura d'abord rétive et prostrée, puis elle sembla tout à coup s'éveiller, reprendre vie. Demeurant muette, elle n'obéissait qu'à moi, me suivait partout comme un petit animal familier, flairait ma peau, s'endormait parfois la tête sur mes genoux, lorsque je montrais les points de broderie aux jeunes arrivées. Un jour, elle accepta de pousser le balai dans un des dortoirs, puis, le lendemain, le jeta contre le mur, se mit au coin, toute seule, comme une élève en pénitence, sur les genoux, les bras en croix, tête baissée. Je me souvins alors de la dévote de Dieppe. Je me revis, moi aussi, bras en croix, mais nue sur les dalles de pierre, le dos en sang. Affligée par cette souvenance, je tentai de la faire se relever, elle opposa la plus vive résistance, se balançant d'avant en arrière, ânonnant des paroles incohérentes, me repoussant de ses bras raidis. Sœur Agnès, arrivée sur ces entrefaites, me lança un regard désolé.

— Je suis navrée, sœur Louise.

— Je le sais, soupirai-je. Mais moins que moi.

Et, dans un geste machinal, je ramassai le balai ; sœur Agnès posa sa main ferme sur l'épaule de la femme, qui se tourna légèrement, peut-être ébranlée par cette main différente de la mienne, à moins que ce ne fût par l'ombre du balai. Poussant un cri de rage, elle sauta sur ses pieds, m'arracha le balai, en frappa à la tête sœur Agnès, qui gémit, mais étant juste étourdie, elle me fit le geste de rattraper la femme ; je me ruai derrière elle, pensant la voir dévaler l'escalier. Elle m'attendait derrière la porte, armée du balai, en une embuscade que sa raison défaillante lui avait encore suggérée.

Ô mon amour ! Je vogue dans les immensités de l'Univers, je vole vers toi, vers Véga et sa lumière bleutée. Tu avais raison, notre Terre émet un doux bruit d'horloge, un cliquetis aigu comme les notes du clavecin, mêlé au chant lointain du vent dans les voiles. Le souffle puissant de la nuit se mêle au chuintement des vagues contre la coque du navire, une pluie d'étoiles envahit les ténèbres, inonde la proue du navire et gonfle mon cœur. Je vole, légère, libre, sans entrave et sans douleur. Ma tête et ma peau craquent comme les haubans, mon corps se rompt comme l'écume, ma voix accompagne le chant des marins morts. Ô mon amour ! Ô Tancrède ! Ô Véga ! Ouvre-moi les bras étoilés de ta constellation !

Je l'ai prise dans mes bras pour la déposer dans la calèche, et je l'ai tenue contre moi durant tout le voyage. Je l'ai prise à nouveau dans mes bras pour la monter dans ma chambre ; elle était presque aussi légère que le jour où nous l'avions trouvée dans nos bois. L'abbé avait fait mander le Dr Dumesnil. La fin, a-t-il soupiré.

Chacun terré dans ses appartements, n'osant ni me voir, ni me parler, ni pénétrer dans ma chambre, je m'y suis enfermé. On y avait seulement déposé, selon l'usage, la carafe de vin qui accompagne mon coucher.

Les dernières étoiles se sont éteintes dans le ciel. Je me dirige vers le lit, penché sur toi, contemplant ton visage, tâtant tes joues, l'arrière de la tête où la blessure a cessé de saigner et de suinter. Je défais le pansement que le Dr Dumesnil a posé, et qui n'a plus d'importance, pour laisser ta tête, belle, libre et sans entrave, ô ma superbe encore enchaînée au monde des hommes. J'incline ta tête vers moi, et je m'allonge près de toi, ô ma constellation, mon heure noire, sublime et parfaite, ô mon assassinée par le plus coupable des amants.

Soudain, dans mes larmes, je crois voir tressaillir tes lèvres, je pose les miennes sur ton souffle, ta poitrine exhale un gémissement et j'entends, comme un murmure, « fougère »…

— Fougère ? As-tu bien dit « fougère » ? sangloté-je, incrédule.

Deux croissants de lune noire soulèvent à demi tes paupières, qui brusquement deviennent fixes. Je rejette le drap, ouvre la chemise et je reste, l'oreille sur ta poitrine muette, un temps infini. Jusqu'à ce que j'entende le cliquetis de la rotation de notre planète sur son axe, lointain, et tout mon cœur se met à bruisser du sanglot céleste de la marche des marées.

Ce fut l'abbé qui finit par oser entrer dans la chambre et m'arracha aux bras de la morte. Il m'obligea à demeurer dans la bibliothèque, tandis que les femmes montaient pour la toilette mortuaire et la mise en bière à laquelle je n'assistai pas.

Au matin de l'enterrement, le château semblait endormi. Je descendis l'escalier, appuyé sur la rampe, traversai l'entrée. Je ne sais si je m'étonnai de l'absence du moindre valet. Le corbillard m'attendait, que je suivis seul, à pied. Je ne marchais pas derrière elle, j'étais près d'elle ; ma Némésis marchait à mes côtés et sa robe grise dansait dans le vent. Je marchai jusqu'à l'église. Il n'y aurait sans doute que l'abbé, et moi, seul, agenouillé devant le cercueil. Le choc manqua de me faire défaillir : l'église était emplie de monde.

Hagard, remontant la travée, je les dévisageai. Ils étaient tous venus, tous ceux qui avaient connu Sophie, et Jean, tous les paysans, leurs femmes et leurs enfants, et la sœur d'Offranville, et tous ceux du château, et Clément et Catherine, ma femme et mon fils aussi, sur notre banc, au premier rang, sur lequel je me glissai. Ce fut alors que je découvris ma mère. Sur le côté de la nef. À son clavecin. Et mon cœur tressaillit de gratitude.

Quatre paysans portèrent le cercueil, et dès qu'ils le déposèrent devant l'autel, le clavecin retentit, quelque chose comme une romance ou un rondeau, frais et léger, pareil à toute la personne de Sophie. Quand l'abbé prit la parole, je ne sais à quoi je m'attendais, rien que de très ordinaire et édifiant sans doute. Mais sa voix, ferme et forte, plus chargée d'une colère étouffée que d'émotion, ébranla mon âme et ma conscience, mon chagrin et mes égoïsmes.

— Nous sommes ici, mes frères, pour prier pour le repos de l'âme de Sophie et de Jean, deux victimes. Deux êtres uniques qui étaient aussi nos frères, et les frères de tous nos frères humiliés. Oui, ils furent victimes de l'injustice et des préjugés, victimes de leur naissance et de la misère. Non, je ne sais si l'indignité qui fut faite à Sophie, enfant, quand elle ne s'appelait pas Sophie, quand elle était une esclave fouet-tée et humiliée, est pire ou non que l'indignité qui fut faite à Jean, injustement condamné, odieusement sacrifié aux coupables intérêts d'un prince qui nous ignore, mais aujourd'hui, par-delà le martyre, ils sont réunis, là, tous les deux, devant nous unis à nouveau en de funèbres noces, en cet unique cercueil puisque le cœur de Jean nous fut volé. Ils auront un seul tombeau puisqu'ils furent tous deux un seul cœur, qu'ils furent également braves et compatissants, et qu'ils furent tous deux assassinés. Sophie et Jean étaient meilleurs que les meilleurs d'entre nous, ils étaient plus grands que leurs bourreaux, ils avaient rêvé de faire marcher les hommes sur le sentier de la bonté, de la justice et de l'égalité. En leur courte vie, ils ont enfermé les des-seins de l'éternité tout entière, et ceux des hommes à venir. Ils sont vivants, mes frères, ils sont vivants et ils sont beaux, comme sont belles les différentes couleurs de tous les peuples que Dieu a mis sur terre, comme est vivant et beau l'amour d'un homme blanc pour une femme noire, l'amour d'une femme noire pour un homme blanc, comme est beau, simplement, humainement, l'amour de deux êtres innocents. Sophie et Jean étaient deux enfants de la nature, ils aimaient contempler le ciel et les étoiles, comme on peut tenter de déchiffrer, de loin, avant que d'y toucher, l'espérance de la liberté. Ouvrez-leur grands vos bras, ô Seigneur, accueillez ces cœurs fraternels en Vos espaces infinis et que brille à jamais dans les nôtres le souvenir de ces martyrs qui sont entrés dans Votre Gloire. *Amen.*

Mon cher abbé. Mon cher maître. Ce fut une belle oraison, qui m'excluait comme j'avais été exclu de la vie de Sophie, qui lui rendait honneur, et protégeait celui de ma femme. Qui rendait hommage à Jean, pour qui je n'avais pas même songé à faire dire des messes, Jean qui est resté votre enfant, et votre élève, et meilleur que je ne le fus. Comme toujours, vous avez su mieux penser et penser avant moi. Votre œil a entrevu le chemin de la vérité comme il devine et admire celui des constellations du ciel. Qu'adviendra-t-il demain de la constellation de Miromesnil, de toutes les constellations de nos vies éparpillées ? Moi qui ai tenté d'ébranler l'ordre du monde, je n'ai vu que le sang et le meurtre, et la fureur des hommes, lâchés comme une meute. Je doute de cette innocence à laquelle vous croyez. Mais Sophie m'a dit un jour qu'il fallait accepter comme une certitude que nous n'étions devenus qu'une très petite part de nous-mêmes. C'est donc ainsi qu'il me faut désormais vivre, à Miromesnil ou à Paris, en espérant que ces existences qui nous furent dérobées reviendront à la vie sous de meilleurs auspices.

*« Je suis fidèle à mes maîtres,
Maupassant et Zola. »*

Martine Marie Muller

Professeur de lettres en région parisienne, journaliste au *Pèlerin*, Martine Marie Muller est l'auteur de vingt romans. C'est avec *Terre-Mégère* (1993) qu'elle se fait connaître du grand public. Ce livre est un retour aux sources ; alors qu'elle vient de passer trois ans au Mexique avec son mari, ethnographe, elle y célèbre la région de sa grand-mère maternelle, le Béarn. En 1997, *Froidure, le berger magnifique* témoigne à nouveau de son amour de la terre. Martine Marie Muller, qui voue une passion à la littérature française du XIXᵉ siècle, est très attachée à une certaine forme de réalisme et s'appuie souvent sur des événements historiques pour raconter des histoires faisant appel à son imagination. La Première Guerre mondiale constitue ainsi l'arrière-plan des *Amants du pont d'Espagne*, et la guerre civile espagnole celui des *Ronces de fer*. L'intrigue des *Cèdres du roi* transporte les lecteurs au XIIᵉ siècle et met en scène Aliénor d'Aquitaine tandis que *L'Homme de la frontière* évoque la construction du mur de Berlin. *Le Dernier des pénitents* (prix Maupassant 2003) se situe sur fond de Révolution française et inaugure la passion de la romancière pour la Normandie, devenue sa région d'adoption. Autant dire qu'elle aime varier les sujets et les époques. Elle se livre à chaque fois à un important travail de recherche, ce qui a été le cas pour la « Trilogie des servantes ». Les intrigues de *Mademoiselle des palissages*, de *La Servante de Monsieur Vincent* et de *La Servante noire* se déroulent aussi en Normandie, mais sous l'Ancien Régime. Le cadre de cette trilogie est plus précisément le château de Miromesnil, à Tourville-sur-Arques : un hommage à Maupassant, qui a vu le jour dans cette propriété. C'est non loin de là, dans sa maison située près de Saint-Valery-en-Caux, que la romancière trouve le calme nécessaire pour s'adonner à l'écriture.

JEAN
CONTRUCCI

La
Somnambule
de la
Villa aux Loups

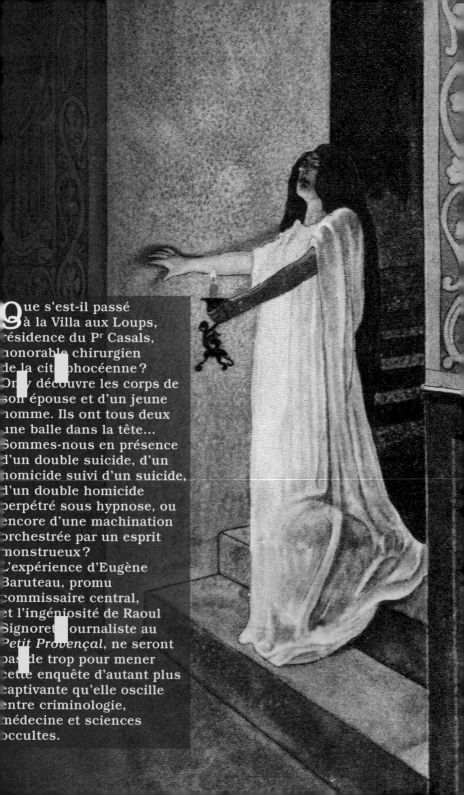

Que s'est-il passé à la Villa aux Loups, résidence du Pr Casals, honorable chirurgien de la cité phocéenne ? On y découvre les corps de son épouse et d'un jeune homme. Ils ont tous deux une balle dans la tête… Sommes-nous en présence d'un double suicide, d'un homicide suivi d'un suicide, d'un double homicide perpétré sous hypnose, ou encore d'une machination orchestrée par un esprit monstrueux ? L'expérience d'Eugène Baruteau, promu commissaire central, et l'ingéniosité de Raoul Signoret, journaliste au *Petit Provençal*, ne seront pas de trop pour mener cette enquête d'autant plus captivante qu'elle oscille entre criminologie, médecine et sciences occultes.

1

*Où l'on découvre dans une villa
de la périphérie marseillaise les corps sans vie
de deux amants venus là pour s'y suicider.*

Il allait être 5 heures du soir, ce 4 juin 1908.

Marius Brouquier, cocher n° 7 de la société de transport hippomobile Decanis, dormait assis au pied d'un pin, le dos calé contre son tronc rugueux. En attendant le retour de ses clients, il s'était installé à l'ombre, près du jardin entourant la villa où il avait conduit un couple qui s'y était enfermé depuis près de deux heures. Assommé de chaleur, le voiturier s'était endormi sans en avoir conscience.

Il fut brutalement tiré de son somme par une double déflagration. Il grommela un vague juron et se mit debout avec peine. Il luttait pour émerger de l'état de semi-hébétude où l'avait plongé un sommeil brutal, aggravé par la canicule tombée en trois jours sur Marseille.

Un troisième coup de feu retentit. Il sembla au cocher qu'il provenait de l'intérieur de la villa.

Marius Brouquier entendit s'ébrouer sa vieille jument, elle aussi troublée dans sa somnolence par le bruit.

Il avait garé sa calèche et abrité Rosette de l'ardeur du soleil dans une allée ombragée jouxtant, sur la droite, cette villa cossue du quartier de La Panouse où il avait amené le couple au milieu de l'après-midi. Ce coin verdoyant de pinèdes, au sud de Marseille, se situait près du village du Cabot, traversé par le Grand Chemin conduisant de Marseille à Cassis. Des bastides et des *campagnes* entourées de jardins accueillaient durant l'été les familles bourgeoises de Marseille fuyant la touffeur et les miasmes de la cité.

Le cocher n° 7 avait chargé place Castellane, où stationnaient les fiacres, un jeune homme d'une vingtaine d'années à la barbe taillée court. Le client lui avait demandé de le conduire d'abord au n° 60 du boulevard Notre-Dame. L'adresse était celle d'un imposant immeuble bourgeois de six étages. Le client s'y était engouffré après avoir promis au voiturier de revenir aussitôt.

Le fiacre n'avait stationné guère plus de quelques minutes devant l'immeuble. Une jolie femme au teint pâle, à qui le cocher donna une trentaine d'années, avait bientôt paru, suivie du jeune homme. Elle portait une jupe d'été ornée d'un semis de fleurs jaunes et un chemisier blanc à manches bouffantes. Elle avait à peine pris le temps de mettre sur sa tête une capeline de paille ornée de cerises en céramique, retenue par des épingles à un chignon laissant deviner une longue chevelure noir de jais. À l'exception d'une mèche blanche sur chacune des tempes. Ce détail lui conférait une beauté singulière.

Les clients s'étaient installés dans la voiture, et le jeune homme avait donné l'adresse de cette villa isolée de l'avenue de La Panouse, qui montait en serpentant vers les hauteurs de Vaufrèges. Une belle course de plus de six kilomètres. Elle s'était achevée impasse des Solitaires, judicieusement nommée, car elle prolonge sur quelques dizaines de mètres l'avenue de La Panouse avant de venir buter sur les premiers rochers blancs de la colline.

À peine arrivé à destination, le jeune homme s'était d'abord dirigé vers une villa située à droite, presque en face de celle où il avait fait arrêter le fiacre. Il en possédait les clefs. Il y était entré, en était ressorti aussitôt, tenant sous le bras un grand cahier-classeur bleu. Revenu vers la villa, où la femme l'attendait dans le jardin, il lui avait simplement dit : « Il était sur ma table de travail. »

Le couple était entré dans la maison, bizarrement baptisée Villa aux Loups. Avant de claquer la porte, le jeune homme avait demandé au cocher d'attendre « le temps qu'il faudrait ».

Marius Brouquier avait mis plusieurs secondes à réaliser que les trois coups de feu qui venaient de l'arracher à sa sieste provenaient de la villa. Il prêta l'oreille comme s'il en attendait un quatrième, mais seul répondit à son écoute le vacarme de milliers de cigales. Le gros homme s'avança vers la porte d'entrée de la villa. Il cria de sa voix rude en tambourinant de son poing fermé :

— Oh ! Qu'esse y se passe ? Vous avez entendu ? Y a besoin d'aide ?

Il lui sembla à cet instant entendre remuer à l'intérieur de la maison. Il pensa que quelqu'un descendait lui ouvrir, mais non. Personne ne se montra.

Marius Brouquier manipula la poignée ronde et tenta d'ouvrir, mais la porte résista. Ils avaient dû s'enfermer à clef. Il frappa de nouveau, sans résultat. Pris d'un pressentiment, le cocher sentit son cœur s'emballer. Il jeta un regard circulaire sur la façade blanche aux volets clos. Son examen ne révélant rien de suspect, le gros homme entreprit de faire lentement le tour de la bâtisse à la recherche d'une hypothétique entrée secondaire.

Au rez-de-chaussée, sur le devant, il n'y avait d'autre ouverture que celle de la porte bouclée, flanquée de deux fenêtres barrées de volets en métal d'une belle épaisseur. Le côté gauche de la maison était aveugle. Le cocher passa derrière la bâtisse. Seule une porte étroite, en bois massif, trouait l'ordonnance de la façade nord. Au premier étage, deux fenêtres aux volets barricadés encadraient un œil-de-bœuf inaccessible sous le faîte du toit à double pente. Cette « sortie de secours », devant laquelle poussait une haie de buis envahissante qu'il fallait écarter pour l'atteindre, était condamnée. Une grosse chaîne passant par un étrier de métal scellé au mur et deux trous ménagés dans l'épaisseur du vantail de bois le maintenait fermé.

Le cocher risqua un œil par l'entrebâillement qu'autorisait le ballant de la chaîne et aperçut dans la pénombre, à l'autre extrémité de cette fermeture de fortune, un énorme cadenas emprisonnant les maillons de la chaîne. On pouvait donc sortir de la villa par cette porte, à condition de posséder la clef du cadenas intérieur, mais rien ne permettait d'entrer par là.

Après avoir habitué ses yeux à l'obscurité du couloir, Marius Brouquier entrevit l'amorce d'un escalier conduisant probablement à l'étage. Il tira pour la forme sur la porte, mais n'insista pas.

Revenu devant la villa, le voiturier jeta un coup d'œil aux fenêtres du premier étage. C'est à celle de droite qu'il avait aperçu le jeune homme pour la dernière fois, à l'instant où il avait refermé les persiennes. En vieil habitué des choses de la vie, Marius Brouquier avait pensé : « Ces deux-là vont se payer une sieste crapuleuse. » Cela ne l'offusquait pas. Il était payé à l'heure. Le cocher préférait stationner à l'ombre en pleine campagne que parcourir les rues surchauffées de la cité en ce début d'après-midi torride. En avait-il transporté, de ces couples illégitimes, venus abriter pour quelques heures leurs folies amoureuses dans ces bastides discrètes de la périphérie marseillaise !

Cependant, quelque chose avait attiré son attention. Contrairement à la règle constante voulant qu'un mari trompant sa femme le fasse avec une femme beaucoup plus jeune que sa légitime, dans le cas présent c'était le contraire. Le jeune homme avait au bas mot dix années de moins que sa compagne. Non que celle-ci fût pour autant une *jument de remonte*, avait constaté le cocher. La beauté de cette femme et sa grâce naturelle s'étaient épanouies dans une silhouette de cariatide bien en chair, mais une chair ferme. Elle devait avoir à peine dépassé la trentaine, en dépit de ces fils d'argent qui, aux tempes, se mêlaient à ses mèches brunes.

Le jeune homme, en revanche, dans son costume d'alpaga clair, malgré son panama d'homme plus mûr, avait tout juste quitté l'adolescence. Son visage allongé, sa courte barbe, la pâleur de son teint, sa nervosité, ses regards fiévreux, son débit saccadé, tout évoquait aux yeux expérimentés de Marius Brouquier le jeune puceau allant jeter sa gourme pour la première fois avec une « vraie dame », sans recourir aux services tarifés d'une professionnelle de l'amour.

Le bruit du roulement des roues cerclées de fer sur les pavés de la ville et les chemins de terre du terroir avait empêché le cocher de saisir ce que ses passagers se disaient, mais un petit miroir discrètement placé à la gauche de la lucarne lui avait permis d'observer le manège du couple. Elle, calme, souriante, à la limite de la froideur ou de l'indifférence, répondant posément aux questions de son compagnon ; lui, agité, compulsif, parlant sans cesse, ne demeurant pas un instant immobile.

Ces images revenaient à l'esprit du cocher n° 7, tandis que, décontenancé, il arpentait la terrasse dallée devant la villa, jetant des coups d'œil inquiets vers les fenêtres du premier étage. Il espérait encore les voir s'ouvrir sur le visage juvénile de l'autre énervé.

Il cria sans réfléchir :

— Y a quelqu'un ?

Comme s'il ne le savait pas. Puis il alla frapper de nouveau quelques coups inutiles dans le panneau de la porte d'entrée.

Une voix d'homme le fit sursauter. Elle ne provenait pas du premier étage mais venait de retentir dans son dos. Avec le crissement des cigales, il n'avait pas entendu arriver l'homme en bras de chemise, pantalon de toile claire, chaussé d'espadrilles et coiffé d'un chapeau de jardinier.

— Qu'est-ce qui se passe ?

Le cocher eut un geste d'impuissance.

— On a tiré, on dirait, dit l'arrivant. Vous avez entendu ?

— Voui. Je pense que c'est des coups de feu.

— J'habite un peu plus bas. La cinquième villa en descendant. Quand j'ai entendu péter, j'ai préféré venir voir. On sait jamais.

— Moi, je suis cocher de fiacre, dit Marius Brouquier. J'ai amené un couple cet après-midi et…

Le voisin l'interrompit :

— Je vous ai vu passer. Vous savez, ici, quand il vient quelqu'un, c'est un événement. La moitié des maisons sont vides avant juillet.

— J'ai amené un monsieur et une dame…

Le cocher se reprit :

— Enfin un jeune, qui accompagnait une dame. Vous les connaissez, peut-être. Ils sont entrés dans la maison.

— Si je les connais, je les ai pas reconnus, quand vous êtes passés devant chez moi, dit l'homme. Mais si vous dites qu'ils sont entrés, alors la femme, ça doit être Mme Casals, la femme du professeur de chirurgie. La maison est à lui. Elle était comment ?

— Une belle femme. Brune. Avec des mèches blanches. Ça fait drôle. Dans les trente, trente-cinq.

— Si vous me dites qu'elle a des mèches blanches, alors, pas de doute : c'est Mme Casals, assura l'homme au chapeau de jardinier. Ils vous ont dit leur nom ?

Le cocher fit des yeux ronds :

— Je vois pas pourquoi ils me l'auraient dit. Mes clients, je leur demande pas comment ils s'appellent ! Ils se sont enfermés là-dedans, après m'avoir dit d'attendre.

— Il était comment, le jeune ?

— Mince, avec une courte barbe. Il avait l'air énervé.

— Je crois savoir qui c'est, dit le voisin. Mais ils étaient seuls ?

— Je me tue à vous le dire. À moins qu'il y ait eu quelqu'un dans la maison…

— En ce moment y a personne, assura le voisin. Ils viendront pas s'installer avant le début de juillet.

Son visage refléta sa soudaine inquiétude :

— Ils sont pas ressortis ?

— Eh non, autrement vous les verriez !

— Mais alors, les coups de feu, vous pensez que c'est *euss* qui les auraient tirés ?

— Sur l'instant, j'ai pas bien réalisé, parce que je m'offrais un *pénéqué* à l'ombre. Mais ça venait de dedans. Trois coups. Deux d'abord, un après, bien détaché.

— Vous voyez pas qu'ils se soient suicidés ? Il en arrive tellement de nos jours.

— À moins que l'un ait tué l'autre, hasarda le cocher.

— Pensez-vous ! Si l'un avait tué l'autre, vous auriez vu l'assassin vous demander de le ramener en ville !

— Moi, à sa place, si j'avais tué quelqu'un, j'aurais foutu le camp par la colline, là, derrière, sans attendre les gendarmes.

La tête brouillée, le cocher n'avait pas réfléchi qu'à moins de posséder la clef du cadenas c'était chose impossible.

Sans s'être consultés, les deux hommes se mirent à crier à tue-tête.

— *Ohou !* Sortez un peu de là-dedans !

Le seul résultat qu'obtint cette nouvelle tentative fut de rameuter plusieurs riverains qui avaient eux aussi perçu les détonations. Venait en tête, à petits pas traînants, un vieux couple habitant de l'autre côté de l'impasse, puis un ingénieur retraité des chemins de fer d'Algérie. Tout ce beau monde se mit à parler en même temps quand le cocher et le voisin – il se révéla être un ancien entrepreneur maçon – eurent fait part de leurs inquiétudes.

— On peut pas rester comme ça à attendre, dit l'ex-ingénieur, habitué aux grandes décisions. S'ils sortent pas, il faut aller y voir.

— Et comment ? objecta le cocher en désignant la porte. Vous avez vu l'épaisseur du bois ?

— J'ai ce qu'il faut chez moi, assura l'ex-entrepreneur en s'éloignant déjà vers sa maison.

Tandis que les conciliabules et les hypothèses des quatre personnes demeurées sur place allaient toujours bon train, le voisin revint bientôt, accompagné de son épouse, une robuste qui l'aidait à porter une masse, deux barres à mine et une hache de bûcheron.

Il prit son élan et décocha un coup de sa masse dans le chambranle. Le bois se fendit sous l'impact, mais la porte résista.

Ce premier coup donné, le maçon s'immobilisa, l'oreille aux aguets comme s'il espérait que le bruit ait enfin tiré de leur mutisme les occupants de la villa.

— Ils sont peut-être partis, suggéra la doyenne du groupe.

— Par où ? demanda le cocher. Je les aurais vus, tout de même !

— Alors, ils sont morts, affirma l'imposante épouse du maçon.

Comme s'il approuvait muettement le diagnostic, celui-ci frappa à coups redoublés. Le bois craquait, mais la porte résistait.

— Attendez, je vous relaie, proposa le cocher qui tendait la main vers la masse.

— Faites plutôt jouer les barres à mine, suggéra l'ex-ingénieur. Elle a commencé à céder, là, on dirait.

Il montra le bois au niveau de la serrure. L'effort conjoint du cocher et du maçon fit encore s'écarter le panneau du chambranle.

— Cette fois, ça devrait aller, dit l'ingénieur des chemins de fer, qui avait récupéré la masse. Elle branle. Si je frappe au bon endroit…

Il se recula, souleva l'outil à hauteur de la serrure et frappa au beau milieu de la pièce métallique, dont le pêne rendit les armes dans un grand craquement de bois.

Il avait fallu près de trente-cinq minutes d'efforts.

Il n'y eut plus qu'à pousser d'un coup d'épaule, ce dont se chargea le cocher, et la porte s'ouvrit sur le hall du rez-de-chaussée.

— En tout cas, constata l'ingénieur, s'ils sont pas descendus avec le raffut qu'on a fait, c'est que…

Il s'abstint d'achever, chacun avait compris.

Il s'adressa aux messieurs :

— Je monte le premier. Vous me suivez ? Mesdames, vous restez en bas, s'il vous plaît.

Quand les trois hommes, en file indienne, atteignirent le palier du premier étage, ils découvrirent la porte de la chambre de gauche grande ouverte. Ce qu'ils aperçurent leur arracha un murmure d'effroi.

Affaissé contre un canapé, les jambes étendues sur le plancher, les vêtements en désordre, mais entièrement vêtu, le jeune homme, rendant du sang par la bouche – un revolver entre ses doigts crispés –

gisait, la tête inclinée sur la poitrine. Il semblait s'être tiré une balle dans la mâchoire, qui avait pénétré dans le crâne de bas en haut. Sous sa courte barbe en pointe, la peau de son visage avait pris une teinte cramoisie, comme si elle était congestionnée.

En face de lui, sur le lit défait, les cheveux dénoués, un bouquet de violettes auprès d'elle, un châle recouvrant ses pieds et ses mollets, la femme brune aux mèches d'argent était allongée, l'air si étrangement serein qu'on eût pu croire qu'elle venait de s'endormir, heureuse et comblée par son amant.

L'impression était aussitôt démentie par les deux trous rouges qu'elle portait à la tempe gauche, d'où s'écoulaient deux filets de sang. La mort avait dû être instantanée. La flaque pourpre s'agrandissait. Une trace rouge maculait aussi le dessus-de-lit tiré au pied.

Ce qui choquait le plus dans ce spectacle macabre, c'était la tenue de la femme. Ou plutôt son absence de tenue. Sur elle, la morte ne portait qu'une chemise de dessous, relevée jusqu'au-dessus des seins, ce qui ne laissait rien ignorer du plus intime de son anatomie.

La porte centrale d'une armoire à glace était grande ouverte, et on en avait sorti du linge – essentiellement des vêtements féminins posés en pile sur une chaise.

Les trois hommes, les yeux fixes d'horreur, contemplaient cette scène aussi dramatique que saugrenue, incapables de faire un pas dans la pièce. Le cocher Marius Brouquier émergea le premier de la sidération collective :

— *Tron de pas Diéou !* Qu'esse qu'y a pu se passer ?

— C'est elle ! souffla le voisin tout pâle sous son chapeau de paille. C'est Mme Casals.

L'ex-ingénieur des chemins de fer algériens prit sur lui et, se dirigeant vers le lit, saisit le drap à deux mains, dont il recouvrit la nudité de la femme, mais sans rabattre la chemise.

— Il ne faut rien toucher, dit-il aux deux autres. On ne sait jamais.

Pour eux, ce fut comme le signal qui les autorisait à pénétrer dans la pièce. Le cocher rejoignit le lit et souleva les paupières de la femme, dont la position était naturelle, le bras droit replié, les doigts effleurant la joue. Sur l'index, on pouvait voir quelques gouttes de sang qui avaient coulé des trous faits par les balles.

— Y a plus rien à faire, dit Brouquier avec un air de chien battu.

L'ex-entrepreneur maçon s'était accroupi près du jeune homme allongé sur le sol. Il redressa son buste et, s'adressant plus précisément au cocher, il dit avec un regard incrédule :

— Lui, c'est le fils Champsaur. Henri. Sa mère est la propriétaire de la maison d'en face, celle où y a personne en ce moment. C'est la veuve d'un docteur des Colonies, qui s'est suicidé y a six ou sept ans. Ça va lui faire un coup, la *pôvre* femme ! Je comprends pas. D'habitude, quand il vient chez sa mère prendre des affaires ou pour travailler tranquille, il prend le *tramouais* jusqu'au Cabot et il monte à pied. Pourquoi il est venu en fiacre, et avec elle ?

— Il donnait pas des leçons aux fillettes du Pr Casals ? demanda l'ex-ingénieur.

— Voui, mais ils sont pas venus avec les *nistonnes*, répliqua le maçon fort à propos.

Il se mit à genoux et colla son oreille contre la poitrine affaissée du jeune homme. Il se releva et dit à l'intention des deux autres, qui l'observaient :

— Il m'a semblé voir qu'il clignait un peu des yeux fermés. On dirait que son cœur bat de temps à autre. Qu'est-ce qu'on fait ?

— On va chercher le Dr Argellier, répondit l'ex-ingénieur. Il habite un peu plus loin, en bas de l'avenue. Il est à la retraite, mais il refusera pas de venir jeter un œil. J'y vais d'un coup de vélo. Vous, dit-il au cocher, allez prévenir les gendarmes.

— Elle est où la brigade ?

— À Mazargues.

— Fan ! Y a pas plus près ? Qui c'est qui va me régler mes courses, à moi ? Enfin, on va pas partir en les laissant là, comme ça, qué ?

Le premier, il s'engagea, ventre en avant, dans l'escalier. L'ingénieur referma la porte et tourna la clef, la laissant dans la serrure. Puis il dit au maçon :

— Ne touchons à rien. On va attendre le Dr Argellier en bas.

Sur le perron, le vieux couple de voisins prit le maçon à l'abordage, ni le cocher ni l'ingénieur n'ayant pris le temps de les informer de ce qu'ils avaient découvert. Déjà, au bas de la petite montée, on apercevait, arc-bouté sur ses pédales, l'ingénieur qui revenait. Il halait derrière lui un homme, une sacoche de cuir au bras.

À peine descendu de bécane, le médecin se rua dans l'escalier, suivi comme son ombre par l'ingénieur. Le maçon resta sur place pour répondre aux questions anxieuses des petits vieux.

Quand elle apprit quelques détails de la scène découverte dans la chambre, la pauvre vieille faillit tomber à la renverse.

— Boudiou, qué malheur ! C'est le petit Riri ?

Elle ajouta alors un détail inattendu, comme si cela devait changer quelque chose au drame :

— Je l'ai connu grand comme ça, quand il avait encore les culottes courtes !

2

Où l'on en apprend un peu plus sur l'identité et les motivations des protagonistes du drame de La Panouse.

À L'HEURE apéritive, depuis les fenêtres grandes ouvertes au deuxième étage de l'ancien Alhambra Lyrique et Mimique, où *Le Petit Provençal* avait niché son siège, au 75 rue de la Darse, parvenaient aux riverains des éclats de voix et de rires accompagnés de chocs de verres. On trinquait à quelque chose ou à quelqu'un.

Ce quelqu'un, c'était Auguste Escarguel, doyen des rédacteurs du journal, inamovible préposé à la rubrique « Faits et Méfaits » depuis plus de quarante ans. Ce quelque chose que l'on fêtait à grand bruit était l'attribution au journaliste-poète sans ambition de l'Œillet d'argent, décerné par l'Académie des Jeux floraux de Toulouse. Les vers de mirliton d'Escarguel avaient si souvent orné la une de son cher journal que ses confrères, le sachant aux abords d'une retraite méritée, avaient ourdi un complot amical. Ils avaient profité de la complicité de leur patron – Jean Chiocca, le rédacteur en chef – avec Stephen Liegeard, maître ès jeux floraux, pour que ce prix de consolation fût attribué au barde de la rue de la Darse. En lui cachant que l'Œillet d'argent se décernait à titre d'encouragement, pour mieux souligner le prestige et l'ancienneté d'un prix de poésie créé en 1607 !

Au moment où Raoul Signoret, chroniqueur judiciaire du quotidien socialiste, entrait dans la salle de rédaction, les bras encombrés d'un volumineux paquet, le patron concluait son petit compliment, soulignant l'exemple donné par ce rédacteur « à l'ancienne », illustration parfaite de l'adage qui veut que, dans le noble métier d'informer, « il n'y ait pas de petits sujets, seulement de petits journalistes ».

Escarguel, peu habitué aux honneurs, était comme un homme

ivre, bien qu'il n'eût encore rien avalé de liquide. Raoul alla vers lui et, avant de l'accoler au nom de ses confrères, il lui mit entre les bras l'encombrant paquet ficelé.

Le poète était comme une poule ayant trouvé une clarinette.

— Oh, mais il fallait pas, bégaya-t-il.

— Ouvrez toujours, dit Raoul amusé. Vous nous direz après s'il fallait ou non.

Escarguel entreprit de dégager le cadeau de son sarcophage de papier et, avec l'aide de Raoul et d'Échinard, le confrère préposé aux chroniques historiques, il parvint à en extraire le contenu.

— Oh! Une canne à moulinet! s'exclama le poète. Comment avez-vous deviné que j'en avais besoin d'une neuve?

— Parce que vous nous l'avez répété deux mille sept cent quatre-vingt-treize fois fois depuis 1906, répliqua De Rocca, du service des sports, spécialisé dans le rôle du chambreur.

Combarnous s'approcha à son tour. Grand pêcheur devant l'Éternel, il fit un cadeau royal à son vieux confrère.

— Voilà un guide que vous ne dénicherez pas en librairie, mon cher Gu. Je l'ai conçu et confectionné de mes blanches mains. Il recense tous les coins de pêche de la rade, avec les espèces qu'on y trouve, les heures où il faut s'y poster, etc. J'ai prévu des croquis permettant de se repérer par rapport à des points caractéristiques de la côte. Il suffit de faire une triangulation entre deux repères fixes et votre barquette, et le tour est joué.

Escarguel ne savait plus comment remercier.

— Et votre départ en retraite, c'est pour quand? s'inquiéta Joffroy, le secrétaire de rédaction.

On vit alors s'opérer un changement à vue sur la bouille ronde du vieux rédacteur. Son sourire disparut. Il baissa la tête et bredouilla :

— En septembre, en principe, mais…

Escarguel se tourna vers son rédacteur en chef.

— Justement, mon cher Chiocca, je voulais vous demander une faveur. Je vais faire valoir mes droits, mais ne pourrais-je pas venir travailler quand même?

— Ici? À la rédaction?

— Pourquoi pas? Ça ferait faire des économies au journal, et moi, ça m'occuperait la cervelle avant qu'elle tourne mal. Vous savez, je ne prendrai la place de personne. Vous me trouverez bien une petite pièce au quatrième, où installer une table avec un téléphone et une chaise. Je ne gênerai pas.

Pour la forme, le patron fit mine de réfléchir, mais sa décision était prise.

— Je ne sais pas bien si c'est légal, mais je ne m'y opposerai pas. On va mettre aux voix à main levée : qui est contre ?

Aucune main ne se leva, mais une salve de bravos éclata, accompagnée de cris de joie.

Raoul Signoret réclama le silence et dit en bouffonnant :

— Je suis persuadé que notre cher Gu nous a mitonné un de ces poèmes dont il a le secret, pour chanter ce jour radieux où nous célébrons le couronnement de son immense talent, enfin reconnu par l'une des plus prestigieuses académies poétiques d'Europe.

Déjà Escarguel avait la main dans la poche de sa veste et en extrayait une douzaine de feuillets.

Le poète s'éclaircit la voix et déclama :

— « Ode à dame Clémence Isaure. »

Mais personne n'entendit jamais les vers du brave Escarguel, car le grelot impérieux du téléphone retentit sur le bureau de Raoul Signoret, laissant le poète bouche bée.

Le reporter décrocha et eut un haut-le-corps. Il posa sa main sur le cornet d'ébonite et lança à la cantonade :

— On a tiré sur le commandant Alfred Dreyfus durant la cérémonie de transfert des cendres de Zola au Panthéon !

Un murmure composite, fait de stupeur, de colère et d'incrédulité, jaillit du groupe des journalistes.

— Ils l'ont eu, ils l'ont eu ? s'inquiétaient certains.

Le reporter eut un geste rassurant.

— Blessé seulement, dit-il, tout en écoutant son correspondant. Deux balles tirées à peu de distance, à la fin de la cérémonie.

Le rédacteur en chef avait quitté son ton bonhomme pour redevenir le capitaine qui dirige la manœuvre dans la tempête :

— Rof, Bonnefoy, vous vous mettez dessus toutes affaires cessantes. Appelez Ferdy à Paris. On va changer la une.

Le patron retourna dans son bureau et s'y enferma. Déjà, il devait mijoter son éditorial du lendemain.

Raoul avait raccroché.

— C'était mon oncle, le commissaire central. Je fonce le voir.

POUR une fois, ce n'était pas le neveu journaliste qui appelait en premier à l'aide, mais au contraire l'oncle policier. Eugène Baruteau venait à peine d'étrenner son titre tout neuf de commissaire central de la police marseillaise !

— Salut, beau fifre ! lança-t-il à son neveu qui entrait en trombe dans son bureau.

— Quoi de neuf depuis tout à l'heure, mon oncle ?

— Plus de peur que de mal, heureusement, dit le policier. Il n'empêche : c'est grave.

— Sait-on qui a fait le coup ?

— Un certain Louis Grégori, répondit Baruteau. Il prétend n'avoir pas fait ça pour tuer Dreyfus – qui a tout de même une balle dans le poignet gauche et une autre dans l'avant-bras droit – mais pour protester contre la présence de l'armée française à cette cérémonie. C'était déshonorant pour elle, à son avis.

— Il appartient à l'Action française, ce type, je parierais, dit Raoul.

— Il prétend être chroniqueur au *Gaulois*, dont la direction affirme ne pas le connaître. Il serait également syndic de la presse militaire, à ce qu'il raconte. J'ignore à quoi ça correspond.

— Moi aussi, dit Raoul, mais ces idées-là, ce bonhomme ne se les est pas fourrées tout seul dans le crâne. Maurras beugle depuis des mois qu'en mettant Zola au Panthéon « c'est un étron qu'on introduit chez les grands hommes ». Voilà le résultat !

— Ce n'est pas pour ça que je te téléphonais, Raoul. Ça, c'est trop gros pour des minables de notre espèce : laissons l'affaire aux *grrrrrands* flics et aux *grrrrrands* journalistes de la capitale. Contentons-nous de sujets plus futiles.

— À quoi faites-vous allusion, mon oncle ?

Au lieu d'aller droit au but, Baruteau préféra taquiner son neveu :

— À la mort brutale du brave général Amourel, le patron du XVe corps, à qui notre sainte mère l'Église refuse des obsèques religieuses parce qu'il était franc-maçon ! Je ne rigole pas. Le vicaire général Maurin, curé de Saint-Charles, refuse la sépulture ecclésiastique à Amourel, je lis, « en application de la loi de l'Église qui la proscrit en pareil cas ». Que veux-tu, c'est de bonne guerre. La République leur a fait pas mal de misères, ces temps-ci. Eux aussi excipent de leur loi de séparation !

Raoul, abasourdi, secoua la tête comme pour en chasser son accablement face à tant de mesquinerie.

— Mon cher oncle, on ne va pas perdre notre temps à plaindre une culotte de peau parce qu'elle n'aura pas eu son content d'eau bénite sur sa dépouille d'importance. Parlez-moi plutôt de l'affaire de La Panouse.

— Ah! s'exclama Baruteau, nous y voilà! Bien sûr, tu veux tout savoir, la couleur du corset de la dame, des fixe-chaussettes de son jeune amant et la taille de la paire de cornes du mari. Je me trompe?

— Dites-moi seulement ce qu'il faut en penser.

— Je veux bien, mais, pour l'instant, c'est l'oncle Eugène qui parlera à son Raoul. Pas un mot dans ton journal.

Le reporter joua l'offusqué :

— Pourquoi? C'est une affaire publique, que je sache! Oh, à propos! Et le jeune homme? Dans quel état est-il?

— Il n'est pas bien frais. Encore en vie, si on peut appeler ça ainsi, mais il a autant de conversation qu'une moule de Bouzigues.

— Mais encore? Dites-moi ce que vous savez en commençant par le début. Si je suis bien renseigné, on découvre dans une villa discrète de la périphérie marseillaise une dame, une bourgeoise, dit-on, aux trois quarts dénudée sur un lit, face à un jeune homme entièrement vêtu, lui. Ils sont arrivés en fiacre deux heures auparavant et ils ont tous deux une balle dans la tête. Qui sont ces gens-là? Comment en sont-ils arrivés là?

Le policier demeura un instant silencieux avant de lâcher :

— Je vais te dire ce que je sais, c'est-à-dire pas grand-chose.

Eugène Baruteau étala de la main sur son bureau un feuillet plié en deux, avant d'ajuster son pince-nez. C'était la phototypie d'une lettre manuscrite contenue dans le dossier d'enquête.

— Pour commencer, voici une lettre. Je vais t'en dire la teneur, mais pas te la communiquer, car le procureur ne l'a pas encore lue.

— La confiance règne, grommela le reporter.

— Cette lettre a été expédiée à l'adresse de la mère d'Henri Champsaur, précisa le policier. Elle est arrivée trois jours après le drame. Le jeune homme fait savoir à sa mère que ce monde-ci n'est pas fait pour l'amour qu'il partage avec celle qu'il appelle *Meg*. Il demande à la pauvre femme pardon pour le chagrin qu'il va lui causer et la prie de prévenir son meilleur ami. C'est tout.

— Que pensez-vous de tout ça, mon oncle?

— Double suicide passionnel, dirait-on. Ou c'est bien imité.

— Qui est Meg, dans la lettre?

— Il s'agit de Marguerite Casals, trente et un ans, mère de deux fillettes de onze et huit ans. Jusqu'ici sans histoires.

— Casals? Comme le professeur à la faculté de médecine?

— D'autant plus que la défunte était, en effet, l'épouse légitime du Pr Alexandre Casals. Tu le connais?

— C'est l'urologue, non?

— Exact. Quarante-huit ans, chef de service à la Conception, titulaire de la chaire d'urologie à la faculté de médecine. Un ponte. Spécialiste reconnu de la prostatectomie totale.

Raoul Signoret s'exclama :

— Eh bien, c'est du propre! Ça doit jaser dans les services hospitaliers, les amphithéâtres et les labos! Mais, si je ne m'abuse, je croyais que nous avions affaire à des protestants purs et durs…

— Et alors? rigola Baruteau. Ils sont fabriqués comme tous les autres, non? Les hommes sont les hommes, quelle que soit la couleur de leur peau et celle de leur religion, si j'ose dire. Et ces dames réformées plantent autant de paires de cornes aux fronts de leurs époux que les grenouilles de bénitier à leurs maris catholiques romains de stricte obédience.

Le reporter n'en revenait pas :

— Qu'est-ce qui lui a pris à cette femme? Mourir d'amour – et de quelle manière! – on fait ça à seize ans, comme Juliette et son Roméo. Mais pas à trente et un, quand on a deux minotes à élever!

Baruteau, philosophe, se contenta d'une réponse classique :

— La passion, ça n'a pas d'âge, mon Raoul.

— Ils n'avaient qu'à ficher le camp tous les deux, non? Au lieu de se prendre pour des héros de drame romantique. Depuis *Werther,* ça n'est plus de mode.

Baruteau sourit avec indulgence.

— Plus facile à dire qu'à faire. Et le scandale, qu'en fais-tu?

— Ah, parce que vous trouvez qu'il n'y a pas scandale là?

Le policier poursuivit sa réflexion :

— Si le couple avait fui, le mari aurait fini par le retrouver, et ça leur aurait coûté cher à tous les deux. Elle aurait pu être poursuivie pour détournement de mineur. Un comble. L'adultère a été inventé pour protéger l'institution du mariage. Cette mère n'allait pas abandonner ses petites pour partir s'envoyer en l'air avec un jeune !

— Pour ce qui est de ne pas les abandonner, elle a choisi la bonne solution, en effet !

Le policier encaissa :

— Oui... bon ! C'est pas l'argument qu'il fallait, je le reconnais. Pourtant, mets-toi à leur place !

— C'est ce que je tente de faire, mon oncle, mais il n'y a rien de logique là-dedans.

— Il ne s'agit pas de logique, Raoul, puisque ces deux-là, c'est visible, ont perdu la tête.

Pour convaincre son neveu, Baruteau alla puiser des arguments dans le Code civil :

— N'oublie pas que, cent ans après, c'est encore Napoléon qui régit les rapports du couple dans notre belle France. Et le petit Corse teigneux n'avait guère de considération pour le sexe faible. Rien n'a changé : la femme est toujours considérée comme un être irresponsable sur lequel le mari a tous les droits. Ces deux-là ont vu qu'il n'y avait pas d'issue à leur histoire et ils y ont mis fin de façon radicale. Qui sait si le mari n'avait pas tout découvert ? Auquel cas, foutus pour foutus...

— Qu'est-ce qu'il dit, le mari, justement ?

— Lui, c'est un homme de conviction. Rien ne l'entame. Casals s'est fait sa propre idée de l'affaire et il n'en démord pas. Il est persuadé que le petit Champsaur a fait avaler à sa bonne femme une saloperie pour l'endormir et qu'il en a profité pour abuser d'elle. Son épouse est totalement innocente. Jamais elle ne se serait conduite comme ça si elle avait eu toute sa raison.

Raoul émit un bref ricanement.

— Bien sûr ! Il ne veut pas passer pour un cocu majuscule face aux chers collègues de l'Université, pas plus que devant l'opinion publique marseillaise. Et je ne parle pas des milieux protestants. Le professeur ne se pose donc pas la question de savoir comment son épouse modèle a accepté un rendez-vous discret en plein après-midi avec un jeune homme ?

Baruteau eut un geste résigné :

— Il dit qu'elle ne devait pas avoir tout son libre arbitre. Il savait que son épouse devait monter à La Panouse, pour prendre des affaires, mais il ignorait qu'elle avait un accompagnateur. Peut-être celui-ci s'est-il invité de force ? N'oublie pas que le jeune homme avait un revolver avec lui.

— À mon avis, si elle a crié au secours, ça ne devait pas être bien fort. Au fait, elle est tombée, Meg ? Le tir aux pigeons a eu lieu *avant* ou *après* ?

— Les analyses sont en cours chez messieurs les légistes.

Le reporter secoua la tête, incrédule :

— Enfin, mon oncle ! Les justifications du Pr Casals ne tiennent pas debout, non ?

Baruteau feuilleta le dossier et en tira plusieurs feuillets où avaient été rapportés les premiers témoignages.

— Il est certain que ce que dit le cocher qui a amené le couple à la villa te donnerait plutôt raison. D'après lui, la femme n'avait pas l'attitude de quelqu'un que l'on enlève. Elle a discuté calmement avec son compagnon durant tout le trajet, c'est elle qui lui a tendu la clef de la porte d'entrée. Tous les deux sont montés dans le fiacre, comme des clients ordinaires. Enfin, bien qu'il ait piqué un roupillon, à aucun moment le cocher n'a entendu le bruit d'une dispute venant de l'intérieur. Jusqu'aux trois coups de feu. Tiens, tu veux jeter un œil sur son témoignage ?

Le reporter parcourut les déclarations de Marius Brouquier.

— Elle serait donc venue de son plein gré, nota Raoul.

— Il faut croire. Et en sachant ce qui l'attendait.

Le policier se pencha sur un autre feuillet du dossier et le tendit à son neveu.

— Tiens, pour te consoler, je t'offre ceci.

C'était la phototypie d'un petit bout de papier quadrillé.

— On a trouvé ça posé en évidence sur un guéridon, près du lit.

Le regard de Raoul Signoret disait son étonnement au fur et à mesure qu'il lisait :

> *Ci-gisent deux amants, l'un pour l'autre ils vécurent,*
> *L'un pour l'autre ils sont morts et les lois en murmurent.*
> *La simple piété n'y trouve qu'un forfait,*
> *Le sentiment admire et la raison se tait.*

Le reporter n'en revenait pas.

— Il a pris le temps de faire des vers avant de tirer sur sa maîtresse et de se loger une balle dans la tête ? Quelle histoire de fous !

— Peut-être les avait-il préparés avant, répliqua Baruteau.

— On dirait une épitaphe, vous avez remarqué ?

— Romantisme, toujours, mon Raoul ! Il devait rêver à ce qu'on
pourrait inscrire sur une pierre tombale commune sous laquelle il
reposerait auprès de sa bien-aimée. En tout cas, ça confirme leur
intention de se tuer ensemble.

Par réflexe professionnel le reporter recopiait cet étrange quatrain.

Tout en réfléchissant, Raoul se gratta la tête avant de lâcher :

— J'aimerais qu'on m'explique. Voilà deux amants décidés à
mourir ensemble. Ils ont mis au point leur scénario dans les moindres
détails. Il va la tuer d'abord et il se suicidera ensuite. Mais probablement, pardonnez ma trivialité, ils vont « s'en payer une dernière
tranche ». C'est le sens que je donne à l'escapade vers une villa qu'ils
savent inoccupée et aux consignes données au cocher.

— Où veux-tu en venir ?

— À ceci. Il me semble que si je venais de faire l'amour une dernière fois avec celle qui va mourir à mes côtés, ou bien on nous retrouverait tous les deux nus sur le lit et enlacés, ou bien nous nous serions
correctement rhabillés afin que ceux qui allaient découvrir le drame
ne soient point offusqués par le spectacle offert. Or, là, que voyons-
nous ? Une mise en scène qui donne de la femme aimée une image
frisant l'obscénité. Une dame très comme il faut troussée jusqu'au-
dessus des seins comme une *radasse* de bas étage. En face d'elle, son
jeune amant, qui vient de lui tirer deux balles dans la tête, puis a pris
le temps de remettre son beau costume avant de se tirer à son tour
une balle dans la mâchoire…

Raoul Signoret planta son regard clair dans les yeux de son oncle.

— Vous trouvez ça normal, vous ? Si vous aviez occis votre bien-
aimée, vous l'auriez laissée dans cette tenue ? Vous auriez accepté
qu'elle laisse d'elle, dans la mémoire de ceux qui l'ont connue et aimée,
cette image dégradante qui ajoute le scandale public au drame privé ?

Baruteau écoutait son neveu s'enflammer sans l'interrompre, un
vague sourire aux lèvres. Il intervint au terme de la démonstration :

— C'est justement là-dessus que le mari étaie ses convictions :
pour que son épouse irréprochable soit tombée si bas, c'est qu'on lui
a tendu un piège affreux pour la déshonorer, et lui par la même occa-

sion. Il avance qu'il s'agit d'une vengeance longuement préméditée par le jeune homme. Dans sa lettre à sa mère, Henri Champsaur insiste sur l'impossibilité de fuir ensemble et souligne que sa maîtresse en souffrait autant que lui. Ça confirme les arguments de Casals.

— Ça ne les confirme qu'à moitié, objecta le reporter. Si elle souffrait de la situation, cela signifie qu'elle avait conscience de son inconduite, et non pas qu'elle était envoûtée ou je ne sais quoi, comme le prétend son époux.

Baruteau précisa encore :

— Voisin de la maison de la mère du garçon, à La Panouse, le professeur connaissait bien Henri. Il était très souvent chez eux, aussi bien boulevard Notre-Dame durant l'année scolaire qu'à la Villa aux Loups l'été. Peut-être l'a-t-il surpris en train de tourner autour de sa femme ? Qui nous dit qu'il n'a pas ordonné au jeune homme de cesser de les fréquenter, et, indirectement, été la cause de ce qui est arrivé, si les deux amants ont pris la nouvelle au tragique ?

Le raisonnement de son oncle ne paraissait pas dénué de bon sens au reporter.

— Henri comment, au fait ? Il serait temps de me le présenter.

— Champsaur, vingt ans, étudiant en lettres à la faculté d'Aix. Il était en dernière année de licence. Fils d'un ancien médecin de la Coloniale qui s'est tiré une balle dans la tête voici six ou sept ans.

— Décidément... Quelle famille ! L'ami très proche auquel Champsaur fait allusion dans sa lettre à sa mère, je suppose que vous l'avez mis un peu sur le feu ?

— Les estafiers de Grandjean, le nouveau chef de la Sûreté, l'ont interrogé. Il se nomme Paul Chabert. Mais il n'a pas fait de révélations éclairantes. Il a reconnu être au courant de la liaison de son ami Henri avec la belle Marguerite. Qu'il connaisse l'histoire ne fait pas de lui *ipso facto* un complice. Sauf qu'il est arrivé à la Villa aux Loups sur les talons de la police. En fin d'après-midi. Au moment où on procédait aux constatations. C'est ça qui nous a fait un peu tiquer.

— Ah ! Il était donc au courant de ce que les feuilletonistes d'élite nommeraient « la fugue fatale » ?

— Il dit que oui, mais qu'il en ignorait la finalité. Chabert reconnaît que Champsaur lui avait confié que sa belle histoire d'amour connaissait une passe difficile et qu'il devait prendre une décision capitale. Il ignorait laquelle. Champsaur aurait simplement dit à

Chabert : « Je sais ce qu'il me reste à faire. » Sans préciser quoi. Très excité, il avait indiqué à son ami : « Je vais partir. »

— Cela peut avoir un double sens, nota le reporter. A-t-il fait allusion à un prochain rendez-vous des amants ?

— Absolument. Chabert et Champsaur se sont vus en cours, à la Faculté, deux jours auparavant, et Champsaur a précisé que c'était pour le lundi 4 après-midi, à la villa des Casals à La Panouse. « Pour décider de leur avenir. » Là aussi, la formule est ambiguë, si on en juge par le résultat des courses.

— Vous croyez ce qu'il raconte, le Chabert ?

— Il me semble que s'il avait eu vent des détails précis d'un projet funeste, il aurait donné l'alerte avant qu'il ne soit trop tard. Les deux jeunes gens paraissaient très liés depuis le collège. De véritables frères choisis. Tous ceux qui les connaissent l'affirment. Champsaur tenait Chabert informé au jour le jour de son idylle. Ce dernier l'a reconnu sans barguigner. Pourquoi mentirait-il à présent ? Il n'est impliqué ni de près ni de loin dans ce qu'il est advenu. La lettre posthume de son ami Henri le dédouane, comme les autres.

Raoul Signoret n'en était pas convaincu.

— Alors expliquez-moi pourquoi il arrive sur les lieux comme une fleur, tout juste après le drame ?

— Parce que, assure-t-il, son ami Henri était depuis quelque temps « dans un état d'exaltation extrême, alternant avec des moments de grand accablement ». En le quittant, le samedi, il lui aurait dit : « Quoi qu'il m'advienne, attends-toi à recevoir de mes nouvelles. Je la vois lundi en début d'après-midi, et après on se retrouve toi et moi à 4 h 30 devant L'Eldorado, à Castellane. » Sur le moment, Chabert n'a pas relevé, mais quand il n'a pas vu arriver Champsaur au rendez-vous, le « quoi qu'il m'advienne » l'a mis en alerte. En se remémorant la scène et en se rappelant que son ami Henri lui avait parlé d'une « décision à prendre », il s'est affolé, et, pour en avoir le cœur net, il a sauté dans un fiacre pour se rendre où il savait trouver les amants. Il est arrivé, comme tu le sais, après la bataille.

— Ouais…, dit Raoul, pensif.

— Il me semble, ajouta Baruteau, sans vouloir prendre la défense de ce jeune homme, que s'il avait été prouvé qu'il était peu ou prou au courant du projet de double suicide, il savait qu'on aurait pu l'accuser de non-assistance à personne en danger. Dans ce cas, à sa place, ayant appris ce qui s'était passé à la villa, j'aurais fait le mort. Or là, il vient – si j'ose ce jeu de mots indigne de moi – « se jeter dans la gueule du loup ».

Le reporter rit bruyamment :

— Au fait, pourquoi Villa aux Loups ?

Le policier avoua son ignorance :

— J'en sais foutre rien. Demande aux voisins, aux témoins, au pape si tu veux. Oh, pardon ! je me trompe de crémerie : au pasteur Walter, dont les Casals sont les ouailles. Car je te connais, beau masque, tu vas aller fouiner dans le coin. Tu as déjà posé trop de questions pour ne pas vouloir aller chercher les réponses sur place.

En refermant son carnet de notes, le reporter déclara :

— Eh bien, puisque me voilà démasqué, j'irai trouver un de ces quatre l'ami Chabert avant que vous lanciez sur lui votre griffe redoutable pour le garder à votre usage exclusif.

3

Où l'on se rend sur les lieux en compagnie de notre héros pour rencontrer les témoins de l'affaire et recueillir leurs opinions.

L ES Marseillais – qui n'ont jamais eu peur des mots – avaient baptisé *avenue de La Panouse* ce qui était en fait un ancien chemin de terre battue menant aux collines. Promu au rang de voie communale, il serpentait à présent entre les murs de clôture des jardins de citadins fuyant le charroi d'une cité bruyante, à l'atmosphère empuantie par des centaines de fabriques et d'usines.

Ces nouveaux campagnards avaient planté leurs maisons en place d'anciens cabanons aux crépis mités par les intempéries et le manque d'entretien, pompeusement requalifiés de *villas*. Il y faisait aussi chaud qu'en ville, mais l'air, qui sentait la résine et les herbes de Provence, aux parfums magnifiés par l'ardeur du soleil, donnait aux habitants de La Panouse l'impression de faire partie d'une caste de privilégiés.

L'avenue avait gardé ses dimensions d'allée forestière du temps où l'homme se déplaçait à pied. Elle était tout juste assez large pour laisser passer une voiture à cheval. S'y croiser aux rares endroits où cela était possible demandait une grande habileté de la part des cochers. C'est pourquoi Raoul Signoret, en dépit de la chaleur accablante de ce début d'après-midi de juin, avait opté pour un trajet en bicyclette – Vieux-Port-Le Cabot – sur sa fameuse Gladiator pliante, cadeau de son épouse, Cécile. Canotier sur la tête, vêtu d'un costume clair en alpaga léger, le reporter gravissait sans hâte la pente douce de l'avenue, espérant ne pas arriver en nage. C'était peine perdue.

Après avoir dépassé le portail de la Villa aux Loups sur laquelle il avait jeté un coup d'œil discret, il alla jusqu'à l'extrémité de l'impasse des Solitaires, qui prolongeait sur quelques dizaines de mètres l'avenue de La Panouse, avant de buter sur les premiers rochers au fond du vallon. Là, il mit sa Gladiator repliée à l'abri d'un chêne kermès, derrière un rocher qui la rendait invisible au regard d'un passant éventuel. Puis il prit l'allure d'un paisible promeneur pour redescendre vers les villas qui bordaient l'ex-sentier forestier pris de folie des grandeurs.

Des bruits de voix se faisaient entendre, en provenance du jardin entourant l'une des villas parmi les plus importantes de l'avenue. Raoul Signoret vérifia le numéro et sut qu'il était arrivé.

C'était là qu'habitait l'un des trois témoins qui avaient découvert le drame : Francis Monetti, entrepreneur-maçon à la retraite, dont l'adresse avait été fournie au journaliste par les hommes de la Sûreté. On devinait à l'absence de goût architectural de la bâtisse qu'elle était sortie tout droit de la tête et des mains de l'artisan.

Le reporter du *Petit Provençal* s'annonça en hélant les occupants.

Monetti, surpris par cette visite alors qu'il n'attendait personne, quitta le siège de rotin sur lequel il était assis à l'ombre et vint au-devant de l'arrivant, l'air à la fois curieux et craintif.

Sitôt que Raoul eut décliné ses nom et titre, le visage du brave homme s'éclaira d'un large sourire.

— Pas possible : *Le Petit Provençal*, c'est mon journal ! C'est vous le fameux Raoul Signoret ? Vous venez pour l'affaire, je parie ?

— Tout juste. J'aimerais discuter un peu de tout ça avec des témoins.

Le petit homme sous son chapeau de jardinier bomba le torse.

— Vous pouvez pas mieux tomber, j'y étais !

— Vous voulez dire…

— Que c'est moi qui les ai découverts dans la chambre. Enfin… j'étais pas tout seul. Il a fallu plus d'une demi-heure pour démolir la porte à coups de masse. On les a trouvés au premier étage, dans la chambre, avec un voisin qui, avant, était ingénieur aux chemins de fer d'Algérie, et le cocher du fiacre. On était trois. Plus M. et Mme Christol, qu'ils sont âgés, ils sont restés en bas. J'étais juste derrière M. Bujard quand on est entrés dans la pièce où ils s'étaient tués.

Raoul cherchait quelque chose à dire pour organiser de façon plus rationnelle un entretien commencé devant la maison, en pleine rue, mais Francis Monetti repartait de plus belle :

— Quand je vous dis que vous ne pouviez pas mieux tomber, figurez-vous que M. et Mme Bujard, ils sont là, dans le jardin, avec ma femme. Vous allez pouvoir leur parler de suite. Mais entrez, restez pas là, qu'avec ce cagnard, vous allez fondre comme un glacé !

Il tourna la tête en direction de la table au fond du jardin pour dire à ceux qui y étaient assis :

— C'est M. Signoret, du *Petit Provençal* ! Il vient nous poser des questions pour l'enquête.

Ils étaient trois autour de la table de rotin installée sous une pergola supportant une robuste vigne vierge à l'ombre bienfaisante. Les présentations permirent à Raoul d'apprendre que Léonce Bujard, l'ex-ingénieur des chemins de fer algériens, était flanqué à sa droite de son épouse Alberte, une femme sèche au teint de coing. Quant à l'imposante matrone en tablier qui martyrisait le fauteuil d'osier sur lequel elle était affalée, elle n'était autre qu'Émilienne Monetti et répondait (à son époux) au petit surnom de Mimi ou Mitou.

Ces dames n'avaient rien vu du drame – et pour cause –, ce qui ne les empêchait pas d'avoir un avis tranché sur ce qu'il fallait en penser.

Le reporter n'avait pas encore achevé de formuler sa première question que Mimi Monetti se répandait en lamentations :

— Vous croyez pas que c'est une honte, cette chose-là ? Une femme mariée, mère de deux petites, faire des horreurs pareilles avec un jeune qui a l'âge de mon aîné Fernand ? Qu'est-ce qu'elles vont devenir, ces minottes, maintenant ? Elle y a pensé, cette grosse cochonne, avant d'aller faire ses saletés dans la maison de son mari ? À côté de chez nous ? Une belle hypocrite, celle-là ! Ça jouait à la *damote* qui vous regarde de haut ! *M'estounès pas* qu'elle soit protestante !

— Te mets pas dans ces états, Mitou, cria Francis Monetti, qui craignait les conséquences de cette indignation sur la nature apoplectique de sa moitié. Ce qui est fait est fait. On n'y peut rien.

Émilienne se tourna vers Raoul :

— Vous savez comment ils l'ont trouvée, quand même ? Toute

nue sur un lit. C'est des choses à faire, ça ? On y voyait le *péché*, y paraît ! Et son mari, peuchère ? Avec la situation qu'il a, cet homme ! Un professeur à la faculté. Un savant. Tout Marseille sait qu'il était cocu, maintenant. Tè, ça me rend malade pour toute la famille !

Léonce Bujard intervint avec sa nature d'ingénieur habitué à la réflexion.

— Calmez-vous, Émilienne. M. Signoret a des choses à nous demander pour son journal. Écoutons-le plutôt. Ses lecteurs ont besoin de savoir avec précision ce qui s'est passé.

Raoul amorça alors l'entretien.

— Un petit détail, tout d'abord, par simple curiosité. D'où vient cette curieuse appellation de Villa aux Loups ?

Léonce Bujard se fit l'historien des lieux :

— C'est le grand-père du Pr Casals qui l'a appelée ainsi. C'était un aventurier. Il avait fait fortune dans le commerce des peaux, au Canada, je crois. Il a eu le mal du pays et il est venu finir ses jours ici. Il avait ramené deux loups apprivoisés. Ils vivaient avec lui comme des chiens. Ils étaient doux comme des moutons. Sauf quand ils en voyaient un. Il a eu des tas d'histoires avec le père Chaumery, un berger qui mène ses bêtes dans les collines au fond du vallon. Ça a failli parfois mal finir.

— La villa appartient donc aux Casals depuis longtemps ?

— Le professeur la tient de son père, expliqua l'ex-maçon. C'est lui qui m'a fait tout refaire. Avant, c'était un gros cabanon. Ils y viennent comme bon nombre de bourgeois marseillais : trois mois l'été. Madame, les petites et les domestiques débarquent fin juin avec tout ce qu'il faut pour faire la cuisine, le linge et patin-couffin. Monsieur les rejoint le soir après le travail et le dimanche. Et puis, à la rentrée des écoles, barka ! Ils repartent pour Marseille, comme les hirondelles.

L'expression fit sourire le reporter :

— Vous dites ça comme s'ils allaient dans une ville étrangère.

L'ingénieur intervint en spécialiste :

— Sur le cadastre, c'est vrai, nous sommes à Marseille. Dans le 5e canton, pour être précis. Mais vous connaissez cette ville : c'est un conglomérat de villages en couronne autour du port. L'esprit de clocher demeure. Et à La Panouse, c'est encore plus flagrant : nous sommes un hameau dépendant du village du Cabot, qui lui-même n'est pas bien gros. Nous sommes à six kilomètres de Marseille.

— Nous autres, renchérit Francis Monetti, on y descend pas souvent. Qu'est-ce qu'on irait y faire, à Marseille? On dépasse guère Sainte-Marguerite. Et encore, faut y être obligé. On est pas bien ici?

Le coup d'œil que le journaliste donna sur l'environnement agreste du lieu le dispensa de réponse.

— Quand on y tue pas les gens! lança Émilienne Monetti.

Raoul, qui craignait une reprise des imprécations contre la décadence des mœurs chez les bourgeois phocéens, ne lui donna pas l'occasion de recommencer :

— J'ai eu largement l'opinion de Mme Monetti sur Mme Casals, mais j'aimerais bien connaître les vôtres aussi.

Léonce Bujard se tourna vers son épouse :

— C'est toi qui la connaissais le mieux, Alberte.

L'épouse osseuse de l'ingénieur toussa comme si elle préparait une déclaration, avant de dire :

— Nous, on n'arrive pas à comprendre ce qui s'est passé, parce qu'on connaissait Mme Casals avant tout comme une dame de bien. Une femme entourée de respect et une mère irréprochable. Elle n'a pas pu tomber de cette façon, ça n'est pas possible! Vous savez que ce sont des protestants, les Casals?

Raoul opina d'un bref signe de tête.

— D'ailleurs, elle était d'origine anglaise. Son nom de famille, c'était Dickson ou Dickinson, il me semble. Elle était liée avec toutes les grandes familles protestantes de Marseille, par le sang ou les relations. On la voyait s'occuper des organismes charitables, elle avait la réputation d'être une femme d'une grande bonté. Quand le mari de la pauvre Mme Champsaur, le père d'Henri, s'est suicidé, elle s'est occupée de la veuve. D'ailleurs, c'est peut-être là que…

Elle laissa sa phrase en suspens.

— Que voulez-vous dire? demanda Raoul. Que le rapprochement avec la mère d'Henri Champsaur aurait favorisé…

— Eh! Qui sait si de voir cette belle femme très douce, toujours souriante et prête à écouter les autres, venir chez eux, consoler sa mère, se montrer si gentille avec tout le monde, et notamment avec lui, qui venait de perdre son père, ça ne lui aura pas donné, comment dire?…

— Des idées pas propres! compléta Émilienne Monetti.

Alberte Bujard ne tint pas compte de l'intervention et continua :

— Je veux dire qu'Henri, il avait, quoi? douze, treize ans, quand son père s'est tiré une balle dans la tête. Rendez-vous compte de ce que ça lui aura fait, à ce petit. Il fallait le voir. Du jour au lendemain, on ne l'a plus reconnu. C'était un enfant joyeux, il ne venait plus jouer avec les nôtres, il ne parlait plus à personne. Il restait enfermé avec ses livres toute la journée. Il est devenu taciturne, mélancolique. Il parlait tout seul. Quand on le croisait, c'est à peine s'il faisait attention à vous. Alors, forcément, en la voyant si généreuse de son temps avec sa mère et lui, il a d'abord dû chercher du réconfort auprès de Mme Casals, comme si c'était une tante, une grande sœur, je sais pas moi. Et puis après, quand il est devenu un jeune homme… Vous savez comment sont les choses ? Ça ne se commande pas…

La brave femme cherchait ses mots en même temps que des raisons à ce qui, pour l'instant, n'avait pas encore d'explication rationnelle. Le reporter posa alors une nouvelle question :

— Les avez-vous vus souvent ensemble avant le drame ?

— Bien sûr ! dit le quatuor unanime. Ils se cachaient pas. Il leur arrivait d'aller se balader en colline aux beaux jours. Avec les petites. Des fois, Mme Champsaur allait avec eux.

Monetti compléta :

— Des fois, y venait même son collègue, à Henri, qu'il était étudiant, comme lui.

— Paul Chabert ? suggéra Raoul.

— Voui, c'est ça, Chabert, confirma Monetti.

Alberte Bujard reprit la parole :

— Mais même quand ils se promenaient seuls tous les deux, personne ne pourra dire qu'ils ne se tenaient pas comme il faut en public. Autrement, ça se serait su.

On pouvait faire confiance à la malignité humaine universelle, songea le reporter.

— Je suis assez de l'avis de Mme Bujard, dit Raoul Signoret. On peut penser qu'au début une sorte d'affection maternelle de la part de Mme Casals l'a rapprochée de cet enfant malheureux, et lui s'est attaché à elle par reconnaissance. Ensuite, que ces sentiments aient changé de nature n'a rien d'extraordinaire.

— D'autant qu'ils se fréquentaient depuis des années, renchérit Léonce Bujard. Durant les vacances, les deux familles étaient ici. D'ailleurs, le père d'Henri, c'est ici qu'il s'est suicidé.

— On a su pourquoi ?

— À l'époque, on a parlé d'une sorte de mal du pays à l'envers, expliqua le maçon. On disait qu'il regrettait l'Afrique et qu'il s'ennuyait, depuis qu'il était revenu en retraite. On vous l'a dit qu'il était médecin colonial, le Dr Champsaur ?

Raoul fit oui de la tête.

— Bref, dit Bujard, ceci vous explique pourquoi on n'a pas été étonnés plus que ça de voir très souvent la femme du Pr Casals et Henri Champsaur ensemble. Mme Casals allait fréquemment passer l'après-midi à coudre et à bavarder chez Mme Champsaur. Elle amenait même ses petites jouer dans le jardin. Et cette amitié s'est encore renforcée quand les Casals ont perdu un petit garçon de dix ans d'une méningite, quelques mois avant que la sœur aînée d'Henri, Lisette, parte de la poitrine. Elle avait quinze ans, la pauvre. Ces deuils répétés des deux côtés, ça les a forcément rapprochés, Marguerite et Henri, malgré la différence d'âge. Moi, c'est mon explication.

Émilienne Monetti ajouta, farouche :

— C'est bien beau de leur trouver des *esscuses*, mais ça explique pas tout, justement ! Surtout pas pourquoi ils se sont tués, s'ils étaient si bien ensemble !

Cette réflexion provoqua une triple réaction de réprobation.

— Vous exagérez, Émilienne ! Ça n'est pas très charitable, ça...

— Qué charitable ? Vous autres, vous pensez qu'aux morts. Moi, je pense à ce pauvre M. Casals, à qui ce petit saligaud d'Henri a brisé sa vie en lui tuant sa femme après l'avoir déshonorée. Je pense à ses deux minottes, qui n'ont plus de mère. Et à Mme Champsaur, aussi, qui est veuve, et qui, maintenant, a un fils assassin ! Comme si elle avait pas été assez malheureuse, avec tout ce qui lui est arrivé !

Un silence pensif s'abattit sur la tablée. Raoul Signoret le rompit avec une ultime question en forme de constat.

— Je me rends compte que nous n'avons rien dit du Pr Casals.

— Peut-être parce qu'il n'y a pas grand-chose à en dire, répondit Léonce. J'entends en bien comme en mal. On ne le voyait pas beaucoup, et quand il était là, il restait chez lui. Il ne fréquentait pas grand monde, à La Panouse. Du moins nous autres, car il lui arrivait de recevoir des collègues et des relations. Que des gens de la bonne société.

Monetti rigola :

— C'est vrai qu'il est pas du genre à venir faire une partie de boules ou de manille avec nous, le professeur. Vous le connaissez ?

Raoul dit simplement l'avoir aperçu une fois ou deux à une manifestation officielle à la préfecture, parmi d'autres collègues.

Le maçon le décrivit, gestes et mimiques à l'appui :

— Un monsieur très distingué. Il rigolait une fois par mois, et il vous aurait pas dit merde sans soulever son chapeau. Une barbe pointue, un pince-nez et un grand front de savant.

Alberte Bujard intervint :

— La petite bonne disait que c'était un excellent père de famille. Et avec sa femme, très galant. Elle était bien plus jeune que lui.

— La petite bonne… Celle que Mme Casals avait flanquée à la porte ? demanda le maçon.

— Oui, la petite Nella Barone. Une fille gentille comme tout. Les Casals l'avaient accusée de vol. On n'a pas su si c'était vrai.

Le reporter tiqua. La bourgeoise généreuse et altruiste avait tout de même ses petits côtés mesquins.

— Ah, c'est certain, reprit Monetti, on devait pas rigoler tous les jours chez les Casals. Surtout lui. Ça va pas l'arranger !

Émilienne ne laissa pas le dernier mot à son mari :

— Sûr ! Après ce que sa femme lui a fait, c'est pas maintenant qu'il va commencer une carrière de comique troupier !

Cette réplique inattendue eut le don de détendre une atmosphère qui en avait besoin.

Raoul Signoret se leva et prit congé.

Tout en pédalant sur le chemin du retour, le reporter se promit de revenir un jour prochain à La Panouse, afin de flâner discrètement et sans témoins, cette fois, du côté de la Villa aux Loups.

4

Où l'on accompagne le reporter du Petit Provençal
au domicile de l'assassin présumé pour assister
à sa rencontre avec la mère de celui-ci.

À QUARANTE-CINQ ans, Mathilde Champsaur en paraissait quinze de plus. La décennie écoulée n'avait été pour la malheureuse qu'une succession de deuils. Après le suicide inexpliqué de son époux, à son retour d'Afrique, elle avait vu s'éteindre lentement sa fille, Élisabeth, partie à quinze ans, les poumons rongés par la phtisie. La douce Lisette, tant aimée par son petit frère Henri…

Et voilà qu'aujourd'hui Mathilde Champsaur se trouvait être la mère d'un moribond à qui la Faculté donnait peu de chances de survivre à sa blessure. Mais suffisamment pour que l'opinion publique prenne le temps de faire savoir à la malheureuse que son fils était un « ignoble assassin », qu'il « avait semé le malheur dans une famille jouissant de l'estime générale ». Et que les esprits fussent assez remontés pour qu'un journaliste réclame contre ce type de criminel « des supplices nouveaux ».

Lorsque Raoul Signoret sonna à la porte de l'immeuble où habitait cette mère accablée par le sort, il n'était pas particulièrement fier de ce que son fichu métier l'obligeait parfois à faire. S'il n'avait tenu qu'à lui, il se serait abstenu de cette visite inopportune. Mathilde Champsaur avait surtout besoin qu'on la laisse à son chagrin, et toute question, même la plus anodine, ne pouvait que le raviver.

Il avait fallu toute la force de persuasion du reporter pour qu'elle accepte, au terme d'une longue conversation téléphonique, de recevoir un visiteur, le premier depuis le drame. Raoul avait su trouver les arguments propres à la convaincre en l'assurant qu'il ne confondait pas son métier avec celui de procureur, et que, tant que la preuve n'aurait pas été formellement établie, son fils ne serait jamais, sous sa plume, qualifié d'assassin.

En montant d'un pas vif les larges volées de marches de l'immeuble bourgeois où vivait la mère en deuil permanent depuis des années, Raoul Signoret n'avait pu s'empêcher de songer que les vies de ces deux familles paraissaient avoir été comme amarrées l'une à l'autre par le destin. Non seulement les résidences d'été des Casals et des Champsaur étaient voisines, mais la mère de l'étudiant habitait le reste de l'année, avec son fils, à trois cents mètres à peine des Casals, dans le haut du boulevard Notre-Dame.

Que les deux femmes fussent liées n'avait donc rien de surprenant, pas plus que le fait que les Casals aient fait appel à l'étudiant pour être le répétiteur de leurs fillettes.

Le reporter entra dans un salon de réception laissé dans la pénombre. Il dut patienter un moment – le temps d'habituer ses yeux à l'obscurité – avant de distinguer les traits altérés de cette femme brisée de chagrin, au teint de cire, dont la voix sans timbre peinait à se faire entendre. La malheureuse n'avait plus de larmes. Elle était comme desséchée de l'intérieur.

Le journaliste, après avoir salué la silhouette quasi muette, prit la parole pour la remercier de sa confiance.

— Je ne sais pas pourquoi j'ai accepté de vous recevoir, répondit-elle en s'asseyant et en faisant signe au visiteur de lui faire face, car en vérité, que pourrais-je vous dire d'Henri, sinon ma conviction profonde que tout ceci est un épouvantable malheur dont il est la première victime ? Il est tombé dans un piège, monsieur. Je le sais incapable de faire le mal, à plus forte raison de se livrer à cet acte abominable dont on l'accuse. Je crois lui avoir donné des principes avec lesquels on ne transige pas : au premier rang desquels, le respect absolu de la vie humaine. À commencer par la sienne.

— Vous pensez donc qu'il ne se serait pas suicidé après avoir tué Mme Casals dans un moment d'égarement ? intervint le reporter.

— J'en suis convaincue. On ne devient pas un assassin d'un jour à l'autre.

Raoul ne releva pas, mais il aurait pu fournir maints exemples, rencontrés durant ses enquêtes criminelles, d'une réapparition inattendue de l'animalité féroce chez le civilisé.

Il fut tenté d'évoquer la lettre d'adieu, mais s'abstint. C'était trop tôt et le meilleur moyen pour que l'entrevue s'arrête aussitôt. Il n'était pas venu pour convaincre Mathilde Champsaur, mais pour écouter ce qu'elle avait à dire sur son fils. Elle poursuivit comme pour elle-même :

— Henri, en dépit des exaltations de l'âme propres à la jeunesse, qui lui ont fait abandonner la foi de son enfance, n'aurait jamais renié le cinquième commandement : le « tu ne tueras point » du Décalogue.

Une femme de chambre d'un certain âge, aussi triste que le décor, vint d'une voix nasillarde s'enquérir des désirs de sa maîtresse :

— Un rafraîchissement vous serait-il agréable ? demanda celle-ci au reporter. Un peu de sirop de menthe ou une citronnade ?

Raoul, qui eût préféré une bière bien fraîche, accepta la citronnade par politesse. Tandis que l'échassier de noir vêtu sortait verres et carafe d'un antique buffet, Raoul examinait la situation.

En voyant les choses de façon réaliste et en faisant abstraction de toute sensiblerie, les interrogations posées par le drame de la Villa aux Loups n'étaient pas aussi embrouillées qu'il y paraissait de prime abord. Le fils Champsaur était un « lettré », c'est-à-dire un esprit d'une complexité certaine. Donc, il ne pouvait être réduit à une caricature : ni le simple écornifleur, celui qui s'installe dans le nid des autres avec un plan de séduction pour voler la femme d'autrui, comme l'affirmait le Pr Casals aux policiers chargés de l'enquête, ni l'ange pur et sans tache que venait de dépeindre sa maman. La vérité psychologique du personnage était sans doute entre les deux. Qu'Henri Champsaur ait eu l'intention de se suicider ne semblait pas faire de doute. Sa tête était farcie de lectures exaltant la fascination de la mort. En attestaient les vers retrouvés dans la chambre de la Villa aux Loups.

Voilà à quoi songeait le reporter du *Petit Provençal*, tout en écoutant l'infortunée Mathilde Champsaur vanter les vertus de son rejeton et en observant sa vieille bonne verser dans son verre une quantité de citronnade qui allait transformer le sirop promis en marmelade poisseuse.

L'esprit concret de Raoul Signoret savait faire la part des choses. Ce drame était navrant, mais Henri Champsaur n'était pas le jeune Werther. Il avait beau connaître le texte de Goethe, il n'avait pas la générosité de son héros, qui se sacrifie pour ne pas encombrer la vie de sa bien-aimée. Werther « part » seul dans l'autre monde. Il n'entraîne pas Charlotte dans la mort. C'est cette « beauté du geste » qui avait bouleversé l'époque romantique et provoqué une vague de suicides à travers l'Europe. Dans l'affaire qui amenait le reporter du *Petit Provençal* chez la mère de l'assassin présumé de Marguerite Casals, il s'agissait plus prosaïquement d'un drame bourgeois comme les journaux en rapportaient quotidiennement. De l'avis du reporter, cela manquait de noblesse.

Cela, Raoul Signoret s'était contenté de le penser. Il n'était pas homme à faire fi de la souffrance d'autrui.

Son regard était attiré par le portrait crêpé de noir qui trônait sur une table basse à gauche du fauteuil maternel. Il ne faisait aucun doute que cette photographie représentant un jeune homme au bouc juvénile était celle d'Henri Champsaur. Un visage sévère, mais aux traits réguliers. Le front, encore agrandi par une coiffure rejetée vers l'arrière de la tête, était vaste. La bouche, surmontée d'une fine moustache de mousquetaire, tâchait de gommer les traces d'enfance qui s'accrochaient encore aux lèvres minces par la moue austère de celui qui veut à tout prix paraître posé, réfléchi, mûri avant l'âge.

Raoul ne pouvait s'empêcher de songer à la tournure des tête-à-tête amoureux d'Henri et de Meg. Passait-il son temps à lui dire des vers ? Quel drôle de couple, tout de même, où le plus jeune paraissait vouloir être vieux…

Le reporter ne parvenait pas à se faire une idée précise de l'étrange relation entre deux êtres si dissemblables. Il cernait mal la personnalité de cette bourgeoise « comme il faut », irréprochable, pétrie de principes moraux, mais se jetant comme une écervelée à la tête d'un jeune homme sans fortune ni situation. Elle avait accepté des escapades amoureuses comme une vulgaire grisette. Qui plus est, sous le toit familial ! Au risque de croiser, dans ce coin de campagne où chacun se connaît, des voisins trop curieux.

Tout en suivant le monologue maternel, le reporter estimait que, jusqu'ici, il n'y avait pas matière à publier un portrait propre à corriger la figure désastreuse laissée par l'assassin présumé de Marguerite Casals. C'est pourquoi il se décida à poser des questions. On verrait bien.

— Madame, je souhaiterais faire le portrait le plus juste possible de votre fils. J'aurais seulement besoin de vous entendre répondre à quelques questions me permettant d'y voir plus clair. La première tombe sous le sens : vous étiez-vous doutée qu'une relation intime s'était établie entre votre fils et Mme Casals ?

Mathilde Champsaur eut un haut-le-corps :

— Comment pouvez-vous penser que si j'avais eu le moindre soupçon, je n'aurais pas rappelé Henri à ses principes moraux les plus élémentaires ? D'ailleurs, quoiqu'il ait failli à son devoir de franchise filiale en me cachant la réalité de ses relations avec Marguerite Casals, jamais mon fils ne se serait abaissé à ces égarements auxquels se livrent parfois devant des tiers les gens sans éducation. Mme Casals elle-même n'aurait jamais couru le risque de se conduire en public comme une gourgandine. Le Pr Casals n'avait rien remarqué qui puisse prêter à suspicion. Sinon, vous pensez bien que…

La pauvre femme se raidit. Raoul craignit un instant qu'elle ne mît fin à l'entretien. Aussi enchaîna-t-il aussitôt une autre question :

— En avez-vous parlé avec le Pr Casals ?

— Il a refusé de me revoir… Je ne peux pas lui en vouloir.

— Avez-vous connu à votre fils d'autres relations avec le beau sexe ? Avait-il, comme on dit, une fiancée ?

— Henri s'imposait un isolement volontaire. Les deuils répétés qui ont frappé notre famille ont aggravé sa nature mélancolique. Il ne trouvait de consolation que dans les livres. Lui-même écrivait, peut-être vous l'a-t-on dit? Et ses professeurs ont maintes fois loué sa précocité. Mon fils a toujours été d'une sensibilité hors du commun. Il voulait devenir écrivain, il en avait les capacités. En dehors de ses études, je ne l'ai jamais surpris à se livrer à ces distractions qui sont le propre des jeunes gens.

Une sorte de colère froide lui fit ajouter :

— Nous menions une petite vie paisible, malgré nos malheurs, jusqu'à ce qu'Henri entre dans cette famille maudite!

— Comment jugez-vous Mme Casals?

Mathilde Champsaur avala avec difficulté à plusieurs reprises, puis finit par lâcher comme un jet de fiel :

— C'est elle qui a dévoyé mon fils, monsieur. Cette femme est une perverse et une hypocrite. Elle a fait oublier à Henri tous ses devoirs. La seule chose qui me réconforte, c'est de savoir qu'à présent il y en a Un, là-haut, qui la juge.

Cette violence surprit le reporter. Pour mettre fin à sa gêne, il en revint aux questions concrètes :

— Madame, je crois savoir que vous avez reçu de votre fils une lettre posthume qui…

— En effet, répondit Mathilde Champsaur dont les lèvres furent prises d'un tremblement incoercible.

— Je suppose qu'elle est entre les mains de la police…

— Ces messieurs se sont montrés très délicats. Ils m'en ont confié une copie et m'ont promis de me restituer l'original.

— Serait-il déplacé de vous demander de me montrer cette lettre?

— Vous n'allez pas la publier, j'espère, monsieur? Je compte sur votre loyauté.

— N'ayez crainte, madame. Je désire simplement savoir à quoi elle ressemble, quels sont les termes choisis par Henri pour vous dire les raisons de sa décision.

Mathilde Champsaur se leva et alla jusqu'à un secrétaire dont le tiroir était fermé à clef. Elle revint avec un feuillet plié en deux contenu dans une enveloppe.

— Tenez, lisez-la vous-même, moi je n'en ai plus le courage.

Avant d'ouvrir l'enveloppe, qui n'était pas close, Raoul remarqua que le recto était vierge de timbre oblitéré et d'adresse de la destinataire.

— Je pense qu'il ne s'agit pas de l'enveloppe originale dans laquelle vous avez reçu la lettre?

— La police l'a conservée. Pour vérifier d'où elle avait été expédiée et examiner d'éventuelles empreintes digitales.

— J'en déduis, dit le reporter, qu'il n'y avait pas d'empreintes autres que celles de votre fils sur la lettre elle-même.

— On me l'aurait fait savoir, je suppose.

— Et sur l'enveloppe?

— Pas que je sache.

— Vous a-t-on dit d'où la lettre avait été postée?

— Attendez que ça me revienne. Au bureau de poste de la préfecture, place Saint-Ferréol. C'est celui qui dessert notre quartier.

Tout en parlant, le reporter avait déplié le feuillet. Il lut enfin le texte original dont son oncle ne lui avait donné que la teneur :

Nous nous aimions, nous ne pouvions pas fuir ensemble. Ce monde-ci n'était pas fait pour un amour comme le nôtre. Meg en souffrait autant que moi. Je demande pardon à tous ceux qui vont souffrir par ma faute. Pardon, mère, du chagrin que je vais vous causer. Donnez mon très affectueux souvenir à mon ami Paul.

Henri.

Sitôt la lettre lue, le reporter la restitua à Mme Champsaur.

La brièveté de ces adieux ne fut pas la seule surprise que provoqua ce texte chez Raoul. Par profession, il avait connu maintes lettres de suicidés annonçant à des proches l'imminence de leur passage à l'acte. La plupart étaient interminables. Ici, l'information était réduite à sa plus simple expression, voisine du détachement, jusqu'à la signature qui se limitait au prénom, sans être précédée d'une formule affectueuse, du type « votre fils qui vous aime ». On eût dit qu'Henri Champsaur annonçait le suicide d'un autre.

Une seconde particularité attira l'attention du journaliste. Le texte n'était pas rédigé sur du papier à lettres, mais sur une simple feuille de cahier à petits carreaux comme en utilisent les étudiants pour prendre leurs cours. On avait apparemment utilisé une partie seulement de la feuille. Ce qui pouvait signifier que le mot d'adieu avait été rédigé au dernier moment, peu avant le passage à l'acte.

Le feuillet plié en deux avait rejoint son enveloppe.

— Savez-vous si l'ami de votre fils, Paul Chabert, a également reçu une lettre d'adieu, madame?

— Non, répliqua la mère. Il est venu d'Aix me présenter ses devoirs, avant-hier, mais il n'a pas fait la moindre allusion à une lettre reçue d'Henri.

— Ma demande va vous paraître déplacée, madame, mais reconnaissez-vous formellement l'écriture d'Henri dans ces lignes?

— Croyez-vous que je ne connaisse pas l'écriture de mon fils? Où voulez-vous en venir?

— À rien, madame, à rien. J'ai dit une bêtise et je vous demande de ne pas m'en tenir rigueur. Une dernière question, très anodine, n'ayez crainte : Henri avait-il l'habitude, quand il s'adressait à vous, d'appeler Mme Casals Meg?

— Je n'en ai pas le souvenir. Sans doute réservait-il ça aux moments où…

Elle ne put aller plus loin. Ses lèvres tremblèrent.

— Vous étiez personnellement liée avec Marguerite Casals?

— Avec elle, oui. Mais je n'aimais pas le caractère hautain du professeur, et cela gênait un peu nos relations. C'est vexant à la longue, de vous faire sentir que vous n'êtes pas du même monde…

Elle eut une sorte de sanglot nerveux :

— Veuillez m'excuser, monsieur, je vais vous demander de me laisser. Je suis lasse à un point que vous n'imaginez pas.

— Je comprends, madame, je comprends. Merci de m'avoir reçu. Pardon d'avoir abusé…

Raoul baisa la main qu'on lui offrait.

— Je compte sur votre discrétion. Ne soyez pas dans le camp de ses accusateurs. Il n'a pas mérité ça. On m'a dit que vous étiez quelqu'un de droit…

— J'ignore qui vous l'a dit, mais je vais faire en sorte de mériter sa confiance.

— C'est mon fils, monsieur, qui l'affirmait. Il était un de vos lecteurs.

— Alors, à plus forte raison, dit Raoul, soudain ému.

— Vous devriez rendre visite à Paul Chabert, le seul véritable ami de mon fils. Ils préparaient ensemble leurs examens. Paul vous dira, lui, qui est Henri.

5

Où l'on découvre qu'une lettre aurait été expédiée
par une personne... tombée dans le coma
depuis trois jours !

— Vous vous rendez compte jusqu'où va le sens du sacrifice de notre Thérésou ? dit Eugène Baruteau en parcourant d'un œil attendri la tablée familiale – réunie comme chaque dimanche au domicile du commissaire central, rue de Bruys. Elle a fait la cuisine hier soir pour que nous n'ayons pas à souffrir d'un surcroît de chaleur.

— J'en déduis donc que nous allons manger froid, dit Raoul, qui s'était avancé pour embrasser sa tante.

— Oui, mais ça n'aura rien d'un pique-nique, assura l'oncle. Du coup, pour la première fois en trente-cinq ans de vie conjugale, je ne sais pas ce qu'il y a au menu. Je suis rentré tard hier soir. Quand je suis arrivé, tout était fini, et ta tante avait tout planqué pour m'éviter la tentation.

— Avec ça que je t'ai pas vu aller *espincher* en douce dans le garde-manger, ce matin, quand tu t'es levé, beau masque, lança Thérèse Baruteau. Si tu crois que tu vas me la faire avaler, celle-là, il faudra te lever de bonne heure.

Sous les rires de Cécile et des enfants, Adèle et Thomas, auxquels s'était jointe Adrienne Signoret, la mère de Raoul, qui revenait de la cuisine en portant une imposante soupière, Eugène Baruteau passa aux aveux.

— C'est vrai que je n'ai pas pu résister. Je sais donc ce qu'elle a préparé. Un plat de saison : elle a fait des petits farcis comme les faisait ma pauvre mère !

Cette nouvelle fut accueillie par un cri de joie unanime.

Le repas put débuter dans une ambiance festive, ponctuée de gémissements de volupté au fur et à mesure que les farcis diminuaient en nombre dans le plat de service.

Ces dames parlèrent recettes, tricot et éducation des enfants, tandis que l'oncle et le neveu, qui ne pouvaient s'empêcher « de ramener du travail à la maison », comme disait la tante Thérèse, évoquaient le drame de la Villa aux Loups, tout en savourant un dessert de saison :

des poires et des figues de Solliès au vin épicé, où se mêlaient les parfums subtils de la vanille, de la muscade et du gingembre.

— Je ne vois pas bien, argumentait le policier, ce qui t'offusque dans le fait qu'un étudiant rédige une lettre d'adieu à sa mère sur le papier à carreaux qui lui sert à prendre ses cours.

Raoul s'étonna :

— Il emportait ses cours avec lui, quand il allait s'offrir une partie de…

Le reporter s'interrompit en posant les yeux sur ses enfants qui n'en perdaient pas une miette et acheva ainsi sa phrase :

— … euh, une partie de campagne ?

Baruteau raisonna en homme pratique :

— Il a utilisé ce qu'il avait sous la main, ce malheureux garçon ! Un bout de papier qu'il avait sur lui. Dans ces cas-là, on fait avec ce qu'on a, sans chichis.

Raoul n'était pas convaincu.

— À sa place, il me semble que j'aurais eu à cœur de soigner les détails de mon départ. Il a conscience du chagrin qu'il va faire à sa pauvre maman qui en a déjà eu son lot. Et ce sont les derniers mots qu'il lui adresse. Là, on dirait qu'il lui communique la liste des commissions. L'écriture elle-même est négligée. Comme s'il avait fait ça en hâte. C'est un mot d'adieu convenu, sans émotion.

— Je pense que tu te compliques la vie, mon Raoul.

— Il n'y a pas que ça qui me tarabuste. Je n'ai pas vu l'enveloppe, mais vous m'avez dit que la mère avait reçu la lettre trois jours après la découverte du double suicide.

— Exact.

— Le rendez-vous des amants à la villa s'est bien déroulé le lundi après-midi, non ?

— Toujours exact.

— Et vous avez précisé que la lettre est arrivée chez Mathilde Champsaur le jeudi. Or je sais par la mère d'Henri que la lettre a été mise à la boîte de la poste située place Saint-Ferréol, qui est celle desservant le boulevard Notre-Dame.

— Et alors ?

— Vous ne trouvez pas qu'elle a un peu traîné en route, cette lettre ?

— Comment ça ?

— Eh bien, admettons qu'Henri Champsaur ait rédigé son mot d'adieu à sa mère le lundi matin, jour du rendez-vous avec Marguerite Casals, fixé pour l'après-midi même. Admettons qu'il ait attendu le dernier moment pour le mettre à la boîte. Il n'a pas pu le faire après la fin de la matinée, ou au maximum vers 1 heure, 1 h 30 de l'après-midi, avant d'aller cueillir sa bien-aimée avec le fiacre, puisqu'ils sont arrivés à la Villa aux Loups en début d'après-midi, selon le témoignage du cocher de chez Decanis. Il lui faut trois jours, à cette lettre, pour aller de la préfecture au boulevard Notre-Dame, distant à vol d'oiseau d'un jet de pierre?

Le policier plaisanta :

— Ça monte, il fait une chaleur à crever, le facteur a dû couper sa tournée de haltes dans les bistrots du coin.

— En admettant que la levée n'ait pas été faite le jour même, c'est-à-dire le lundi, elle aurait dû parvenir à Mme Champsaur au plus tard mercredi. Or elle lui est arrivée le jeudi 7 juin.

— Et après ?

— J'aimerais bien connaître la date du cachet de la poste.

— Facile, dit Baruteau. Je n'ai qu'à demander. On aura la réponse avant le café.

— Vous auriez la réponse aujourd'hui, dimanche ? s'étonna le reporter.

— Et comment ! répliqua le chef de la police marseillaise. Tu oublies que j'ai tout réorganisé. La Sûreté a une permanence qui mérite ce nom, maintenant. D'ailleurs, c'est l'occasion de la tester. Gare s'ils sont au bistrot !

Baruteau passa dans le salon pour téléphoner. On entendit sa grosse voix donner des ordres :

— Virbel ? Allez donc dans le bureau de votre chef et sortez-moi le dossier Champsaur/Casals.

Au bout d'un long moment, on entendit une voix grésiller au bout du fil.

— Ouvrez le dossier. Il doit y avoir une lettre agrafée avec une enveloppe au timbre oblitéré, adressée à Mme Mathilde Champsaur. Vous la voyez ?… Bien. Quelle date lisez-vous sur le tampon ? Comment ? 6 juin ? Vous êtes sûr ?

La main sur le cornet acoustique, il demanda à son neveu :

— Va me prendre le calendrier, il est pendu au mur de mon bureau.

Raoul se précipita et revint avec un calendrier offert par *Le Petit Provençal*.

— 6 juin, dit le policier à son neveu, qui parcourait de l'œil les colonnes alignées. Regarde quel jour c'est.

— C'est le mercredi, dit Raoul. Le suicide remonte au 4.

Baruteau remercia son subalterne tout en lui recommandant de bien replacer le dossier où il l'avait pris, et contempla son neveu.

— À ton avis?

— Il est simple. Ça tombe sous le sens : Henri Champsaur a expédié sa lettre deux jours après s'être tiré une balle dans la tête…

Il y eut un interminable silence, puis l'énorme voix du commissaire central explosa comme une chaudière sous pression :

— Quand je pense qu'il n'y en a pas un, de ces *estronqués*, pour avoir vu que ça ne pouvait pas coller. Ils ont passé des heures à chercher des empreintes sur l'enveloppe, et l'idée ne leur est pas venue d'examiner le cachet de la poste! Ah, elle est belle la police marseillaise!

6

Où l'on se rend à Aix pour rencontrer le meilleur ami de l'assassin présumé, qui ne croit pas à sa culpabilité.

R AOUL SIGNORET n'était pas revenu à Aix depuis six ans. Toujours belle et toujours endormie, l'ex-capitale de la Provence rêvait à sa grandeur passée. On la lisait encore sur les façades ocre de ses hôtels particuliers aux pierres tendres rongées par le temps. Ville de juristes et de lettrés, elle regardait de haut Marseille la plébéienne, dont le dynamisme bruyant agressait ses aristocratiques oreilles.

Aux rues alignées du quartier Mazarin, aux ombrages somptueux des platanes du cours Mirabeau, si agréables en ce temps de canicule, le reporter préférait le lacis des ruelles convergeant vers Saint-Sauveur. Là, se trouvaient les facultés de lettres et de droit. Cela lui rappelait ses années studieuses, entre bachot et journalisme.

Paul Chabert logeait dans la rue Rifle-Rafle, toute proche du palais, sous un toit de tuiles roussies calcinées par le soleil. L'ami d'Henri Champsaur avait accepté sans hésiter la proposition de rendez-vous du reporter du *Petit Provençal,* après lecture du second article publié par Raoul Signoret sur ce que le journaliste avait appelé « Le mystère de la Villa aux Loups ». Sans jouer au détective, il y faisait part le plus impartialement possible des doutes et des questionnements générés par l'inexplicable scène découverte dans la chambre de la villa des Casals à La Panouse. Ce qui semblait évident au premier abord devenait, au fur et à mesure qu'on apprenait des détails, source de questions sans réponses convaincantes. Il y avait dans cette affaire quelque chose de proprement *injustifiable*.

Avec sa blondeur naturelle, ses petites lunettes rondes cerclées de métal, sa coupe de cheveux dégageant la nuque et sa courte barbe clairsemée, Paul Chabert aurait pu passer pour un étudiant allemand si son accent fleurant bon la garrigue n'avait pas démenti cette impression à la première syllabe proférée par une voix de tuyau d'orgue. Elle surprenait chez un jeune homme de taille aussi modeste. Il était de Barbentane, village à demi troglodyte coincé entre Rhône et Durance, au pied de la Montagnette. Son père, ancien carrier, s'y était reconverti dans une activité moins épuisante mais plus aléatoire : la culture des figues.

La franchise de la poignée de main de Paul Chabert mit tout de suite Raoul Signoret en position d'empathie avec lui.

Le reporter se demanda comment le jeune homme pouvait supporter la température d'étuve de cette pièce seulement aérée par un fenestron au ras des tuiles.

La première question fusa avant même que l'étudiant, dont le visage grave reflétait l'inquiétude, ait prié son visiteur de pénétrer dans la pièce où il l'attendait :

— Auriez-vous des nouvelles récentes d'Henri ?

— Hélas, elles ne sont pas fameuses. Il n'est pas question – du moins pour l'instant – de tenter l'extraction de la balle logée près de la tempe gauche. Il ne le supporterait pas…

— Parle-t-il ?

Le reporter fut surpris par la question.

— Votre ami est dans un coma profond, monsieur Chabert. On ignore encore quels dégâts la balle a pu commettre et si…

Il s'interrompit. Changeant aussitôt de sujet, il proposa :

— Un rafraîchissement dans un endroit un peu moins surchauffé où nous pourrions bavarder à l'aise, ça vous irait ? Comment arrivez-vous à travailler dans pareille étuve ?

— Je vais me réfugier sous les voûtes de Saint-Sauveur ! Les bâtis-seurs de cathédrales ne lésinaient pas sur l'épaisseur des murs. Une aubaine avec les étés que nous avons. Et puis j'ai d'autres refuges. Le matin, à l'ouverture, la bibliothèque de la faculté des lettres maintient une température supportable, si on ne laisse pas les portes trop long-temps ouvertes.

— Que préparez-vous ? demanda le reporter.

— Une licence de lettres classiques. Je suis en dernière année, comme Henri. Mais je suis loin d'avoir sa culture. Henri a déjà publié dans des revues, et même commis un roman dont il m'a fait l'amitié de me confier le manuscrit. Il a intitulé ça *Le Cœur déconcerté*. Je vous le montrerai, si ça vous intéresse. Il y a mis beaucoup de lui-même.

— Volontiers, dit Raoul par politesse. Votre ami veut-il donc devenir écrivain ?

La réponse de Paul Chabert contenait toute son admiration :

— Il l'est déjà.

— Et vous-même ?

— Je me destine plus modestement au professorat. Plus qu'une semaine à souffrir. Ensuite, ce seront les vacances ! Actives, pour moi : la récolte des fruits bat son plein au mas de mon père.

L'étudiant redevint grave et prit un air gêné, comme s'il se sentait coupable d'une telle évocation dans les circonstances présentes. Puis il attaqua sans préambule :

— Je suis allé rendre visite à Mme Champsaur, avant-hier. Nous sommes du même avis : Henri n'a pas pu faire ce dont on l'accuse. On lui aura tendu un piège.

— Un piège ? Je ne demanderais pas mieux que de vous croire, répliqua Raoul, mais les faits sont les faits et ils sont accablants.

Paul Chabert alla jusqu'à la table qui lui servait de bureau et prit deux dossiers cartonnés, maintenus clos par un lien qui se nouait avec une ganse noire comme un lacet de chaussure.

— J'ai rendez-vous avec un de nos maîtres, le Pr Pascal Guillaume, à 11 h 30. Ça nous laisse un bon moment pour discuter.

— Allons-y, je vous suis.

Les deux hommes s'engagèrent dans l'étroit escalier de l'immeuble.

Le soleil tapait déjà comme un sourd sur les façades de la rue Rifle-Rafle. Le journaliste et l'étudiant prirent la direction de la place des

Prêcheurs. Les fauteuils d'osier de la brasserie qui lui devait son nom leur tendaient les bras sous l'ombre claire des platanes.

— Je préjuge qu'une bière serait la bienvenue, non ?

— Dans le plus grand verre possible, alors, répliqua l'étudiant.

Le garçon de café jovial et rubicond qui « faisait la terrasse » proposa en rigolant :

— Je vous mets le fût avec un robinet ?

Le reporter revint dans le vif du sujet.

— J'aimerais avoir votre impression personnelle sur cette tragédie. Je ne vous demande pas de jouer au devin, ni à l'avocat, mais de me dire ce que *vous* pensez de l'affaire. En particulier de ce dénouement sur lequel les enquêteurs ne parviennent pas à se faire une opinion. C'est, au mieux – disent-ils –, un double suicide préparé d'un commun accord, au pire un assassinat, c'est-à-dire le meurtre avec préméditation de Marguerite Casals par votre ami Henri. Pris de remords, ou de panique, il se sera fait justice. Vous êtes l'ami intime d'Henri Champsaur. Vous le connaissez comme un frère. Il a dû vous tenir au courant de sa relation intime avec Marguerite Casals. Savez-vous si Henri lui donnait un petit nom ?

La question surprit l'étudiant :

— Pas devant moi en tout cas, répondit-il. Je l'ai toujours entendu dire Marguerite. Il trouvait que ce prénom faustien lui allait bien. Pourquoi me demandez-vous ça ?

Ce fut au tour du reporter de tiquer. Après la mère, l'ami. Si surnom il y avait eu, il avait dû rester dans la stricte intimité. Mais alors, pourquoi Henri l'avait-il employé dans son mot d'adieu ?

— Pour rien. J'avais cru comprendre, en enquêtant auprès de la police, que les deux amants s'affublaient de petits noms, comme souvent. J'ai dû mal saisir. Alors, à votre avis, que s'est-il passé pour qu'on en arrive là ?

— Henri est incapable d'avoir fait une chose pareille.

— Vous voulez dire que ce n'est pas lui qui a tué Marguerite Casals ? Monsieur Chabert ! La police détient une lettre de la main de votre ami qui ne laisse guère de doute, au moins sur son état d'esprit ! Elle est parvenue à sa mère trois jours après le drame. Il écrit quelque chose comme « ce monde n'était pas fait pour un amour comme le [leur] ». Et il demande pardon d'avance à sa mère « du chagrin qu'[il] va [lui] causer ».

L'étudiant ne semblait pas convaincu :

— Henri dit dans cette lettre qu'il va tuer Marguerite ?

— Il laisse entendre qu'ils vont mourir ensemble. Et puis, il y a ce papier retrouvé sur les lieux mêmes. Votre ami a dû l'écrire avant de passer à l'acte. Lui arrivait-il de composer des vers ?

— Tout le temps, vous voulez dire ! Il en avait plein les poches ! Il les recopiait ensuite, quand il en était satisfait. Mais il recopiait aussi ceux des grands poètes. Pour les apprendre ou les faire partager.

Le reporter expliqua :

— On a récupéré, dans la chambre où le couple a mis fin à ses jours, un feuillet de son écriture, sur lequel il évoque le suicide de deux amants qui ressemblent fort à lui-même et à Marguerite Casals.

— Vous voulez dire qu'Henri a laissé des vers de sa composition où il dit son intention de se tuer avec elle ? Vous l'auriez, ce texte ? Et vous pourriez me le montrer ?

Raoul se mordit la lèvre de son étourderie. Aucun article de journal n'en avait encore fait mention. La police l'avait exigé, tant que les résultats de l'analyse graphologique ne seraient pas officiels.

Paul Chabert insista. À contrecœur, le reporter ouvrit son carnet.

— Je vous demande la discrétion absolue. Pour ne pas gêner l'enquête policière, la presse s'est engagée à ne pas communiquer la teneur de ce mot d'adieu qui se présente comme un quatrain.

Paul Chabert se pencha vers le carnet.

Ci-gisent deux amants, l'un pour l'autre ils vécurent,
L'un pour l'autre ils sont morts et les lois en murmurent.
La simple piété n'y trouve qu'un forfait
Le sentiment admire et la raison se tait.

L'étudiant releva la tête et regarda Raoul.

— Vous dites qu'on a trouvé ça dans la chambre ?

Une sorte de rire intérieur secoua le jeune homme.

— C'est tout ? On aurait pu en trouver d'autres.

— D'autres quoi ? Que voulez-vous dire ?

Pour toute réponse Paul Chabert ouvrit l'un des deux dossiers emportés en sortant de chez lui. Il en retira une page, la parcourut rapidement du regard et pointa un passage.

— Lisez-donc ceci et dites-moi ce que vous en pensez.

Raoul Signoret commença :

— *Ci-gisent deux amants, l'un pour l'autre ils vécurent…*

Il n'eut pas besoin d'aller plus loin. À son tour, le reporter regarda le jeune homme d'un air stupéfait.

— Ces vers ne sont pas de moi. Ni d'Henri non plus, je vous rassure. Ils datent de 1770, et sont signés Jean-Jacques Rousseau. Il a écrit ces vers à la suite d'un fait divers célèbre en son temps. Le double suicide d'une servante d'auberge, Marie Meunier, que Jean-Jacques connaissait, et du maître d'armes Faldoni, son amant, retrouvés morts dans une chapelle d'Irigny, près de Lyon. Le suicide avait été mis méticuleusement en scène. On les avait découverts avec chacun un pistolet sur le cœur dont la détente était actionnée par un ruban attaché au bras gauche de l'autre. Ceci afin de se donner mutuellement la mort.

Décontenancé, Raoul Signoret ne savait plus comment reprendre son argumentation :

— Comment se fait-il que vous ayez également cette épitaphe dans ce classeur ?

— L'explication est des plus simples, monsieur le juge. Cette année, le programme de licence comporte, parmi les sujets sur lesquels nous usons notre belle jeunesse, « Le suicide en littérature dans l'Europe romantique – poètes et romanciers de Rousseau à Musset ».

Le reporter demeura un instant pensif, avant de poursuivre :

— Alors, dites-moi, monsieur Chabert, pourquoi votre ami avait-il précisément cette épitaphe avec lui, si ce n'est pas pour laisser un message d'adieu ?

— Mais parce qu'Henri ne vivait, ne respirait que pour la littérature, et la poésie en particulier ! Il en avait plein les poches, des poèmes ou des extraits de textes, pour les apprendre par cœur. C'était un véritable intoxiqué. Je suis certain qu'il a dû recopier des dizaines de poèmes, pour les offrir à Marguerite, plutôt que des fleurs, plus compromettantes à cause du mari. Il savait par cœur des milliers de vers et des extraits de romans. Jamais il n'aurait porté la main sur cette femme. Elle était ce qu'il avait de plus cher au monde. Il me l'a dit cent fois. Il n'a pas pu faire ça, non ! Pas lui. La tête sur le billot, je le dirais encore. On veut faire retomber les soupçons sur lui seul, mais c'est un autre qui a fait ça.

— Qui « on » ?

— Si je savais…

En écoutant l'étudiant, le reporter pensa qu'Henri Champsaur avait bien de la chance dans son malheur d'avoir un ami de cette qualité. Mais pour autant, cela ne justifiait rien. Il s'emporta :

— Monsieur Chabert! Que vous vouliez défendre la mémoire de votre meilleur ami, cela se conçoit, mais vous ne pourrez pas longtemps nier l'évidence. L'évidence, la voilà : après s'être donnée à lui, et consciente qu'elle ne pourrait pas y survivre en raison de sa position sociale, Mme Casals a accepté la mort qu'il lui proposait, sachant qu'il la suivrait aussitôt. S'il n'est pas mort sur le coup, ce n'est pas faute de l'avoir tenté.

— En soupçonnant Henri d'être un assassin, vous affabulez, monsieur Signoret.

— Et vous, en le croyant innocent sans preuves, vous prenez vos désirs pour des réalités, monsieur Chabert. Jurez-moi qu'Henri Champsaur ne vous avait jamais confié son projet.

L'étudiant hésita, mais finit par reconnaître :

— Il m'avait dit que s'il la perdait, la vie n'aurait plus de sens pour lui, c'est vrai. Qu'il n'aurait plus qu'à disparaître. Mais jamais qu'il la tuerait, elle. Vous comprenez? La différence est de taille. Quand j'ai connu Henri, il était désillusionné de tout. La mort de sa sœur l'avait brisé. Ses nerfs étaient usés. À l'époque, je ne dis pas que l'idée de suicide ne l'ait pas effleuré. Mais plus depuis qu'il avait rencontré Marguerite Casals! Je l'ai vu revenir dans le monde des vivants. La seule chose dont il rêvait encore, un amour grand, exclusif, fidèle, cette femme est arrivée dans sa vie pour le lui offrir…

Le jeune homme demeura un moment silencieux. Au bout d'une longue méditation, il releva la tête et dit à mi-voix, mais avec conviction :

— Quand bien même lui aurait-elle demandé de le faire, il n'y aurait pas consenti. Il l'avait sacralisée. On ne touche pas à ce qui est sacré.

— Et le revolver qu'il avait en main, c'était pour tirer aux moineaux?

— Henri aurait été tout à fait capable de se tirer une balle dans la tête par désespoir d'amour. S'il s'était procuré un revolver, il était à coup sûr pour lui, au cas où… La tuer, elle? On voit bien que vous ne le connaissiez pas.

— Moins que vous, sans doute, mais tout de même, il n'y a que peu de place au doute. Je ne dis pas que nous avons affaire à un assassin, probablement était-elle consentante, mais il signe ses aveux.

Paul Chabert parut gêné par cette réflexion. Il posa la main sur l'avant-bras du reporter et serra de plus en plus fort au fur et à mesure que les mots sortaient de sa bouche, comme s'il voulait se persuader lui-même de la pertinence de son propos :

— Henri est une nature exaltée, je suis bien placé pour le savoir. J'ai été témoin de crises de larmes qu'on ne s'expliquait pas et qu'il ne justifiait jamais. Mais l'amour est pour lui une raison de vivre, pas de mourir. Il avait rencontré l'idéal féminin.

Le reporter sentit l'impatience le gagner :

— L'idéal féminin, c'est surtout dans les livres qu'on le trouve, monsieur Chabert. Les livres dont votre ami Henri avait la tête farcie. Dans la vie, c'est une autre paire de manches. Mme Casals appartenait à un autre, qu'elle n'envisageait sans doute pas de quitter. Ce pourrait être la raison du drame. Vous pensez cette femme de trente ans, épouse d'un professeur d'université, capable d'abandonner mari et enfants pour partir vivre une aventure avec un jeune homme de dix ans son cadet, qui n'a encore aucune place dans le monde ? Avec quels moyens ? La connaissiez-vous, d'abord ?

— Je n'en connaissais que ce qu'Henri m'en avait dit. Notamment qu'il était sûr de son amour, et que leur relation n'avait rien d'une passade. Il m'a montré des lettres. Cette femme était le « Grand Amour » de sa vie. Il y mettait des majuscules. Et pour cause ! C'était le seul. Les camarades de notre groupe se moquaient de lui et le surnommaient « l'abbé Champsaur ». Parce que, affirmait-il, l'amour ne pouvait être qu'un don total, corps et âme. Le connaissant, je peux affirmer, quel que soit le résultat de l'enquête en cours, que l'âme comptait pour lui plus que le corps.

Raoul Signoret accrocha le regard sombre de l'étudiant et dit sans élever la voix :

— Qu'est-ce qui vous rend si sûr de vous ?

— La tenue dans laquelle on les a retrouvés !

Le reporter ne s'attendait pas à pareil argument. Paul Chabert ne baissait pas la garde. C'est lui qui posait les questions à présent :

— Pourquoi n'était-elle pas dans la même tenue que lui, à votre avis ?

— Ça, je l'avoue, c'est ce qui demeure le plus troublant.

L'étudiant secoua la tête avec un air buté :

— Moi, ça me renforcerait plutôt dans ma conviction : ce n'est pas Henri qui a tué Marguerite.

Raoul Signoret, constatant que le jeune homme s'obstinait dans son raisonnement délirant, repartit à l'assaut :

— Monsieur Chabert, il y a des faits irréfutables qui ne peuvent en aucun cas être démentis. Dans mon article, je ne suis pas entré dans les détails, par respect pour les deux familles touchées par ce drame, mais le procès-verbal qui décrit dans toute sa crudité la scène telle qu'elle a été découverte par les premiers témoins et par les policiers chargés du constat est accablant pour Henri Champsaur. Même en faisant abstraction de la lettre manuscrite expédiée à sa mère, signée de son nom, qui à elle seule dissiperait le moindre doute, la posture et la tenue dans lesquelles cette femme a été découverte n'indiquent que trop clairement les circonstances et le déroulement du drame. À en croire le cocher qui a conduit le couple, il y a tout lieu de penser que Mme Casals est venue de son plein gré à ce rendez-vous pour se donner à votre ami. Mais quand on est dans sa position, sociale et morale, on ne survit pas à ce moment d'égarement. Voilà pourquoi je dis qu'elle a accepté de partager la mort telle qu'il la lui proposait. Que dis-je : elle l'aura réclamée. Comme une sorte d'expiation.

Paul Chabert parut soudain gêné. Son regard, jusqu'alors fixé sur le reporter, se détourna, comme si quelque chose l'avait frappé. Il dit avec beaucoup moins de conviction :

— Rien ne nous le prouve…

Pour justifier son argumentation, Raoul Signoret rapporta dans le détail la scène du crime. Au fur et à mesure que les particularités qu'il ignorait lui étaient révélées, on voyait l'étudiant s'affaisser sur son fauteuil paillé. Le reporter pensait avoir convaincu son interlocuteur, qui demeurait tête basse, comme assommé. Pourtant, à sa grande surprise, il l'entendit affirmer :

— Moi, au lieu de me convaincre de mon erreur, ça me confirmerait plutôt dans ma certitude. Non seulement Henri ne l'aurait jamais tuée, mais si les choses s'étaient déroulées telles que vous le dites, jamais il n'aurait accepté de laisser cette femme, qu'il adorait, passer *post mortem* pour une dévergondée. Il aurait mis tous ses soins à donner d'elle la plus digne des figures possible.

— Et les deux trous qu'elle avait à la tempe, il les aurait rendus dignes comment, à votre avis ?

L'étudiant répliqua de façon inattendue :

— Qui vous dit qu'Henri a fait cela ?

— Que vous faut-il de plus, bon sang ?

— Des preuves, monsieur Signoret.

— Monsieur Chabert. Soyez raisonnable…

— Je le suis, répondit calmement l'étudiant. J'aimerais avoir votre impression personnelle, monsieur Signoret. À votre avis, quelle est la raison de ce rendez-vous en plein après-midi du 4 juin à la Villa aux Loups ?

Un instant surpris, Raoul se ressaisit :

— Nous l'ignorons, c'est exact. S'agit-il d'une simple rencontre amoureuse, ou bien de l'exécution d'un contrat préparé d'un commun accord, où les deux amants décident de « mourir l'un pour l'autre », comme l'écrit votre ami Rousseau ?

Paul Chabert ne prit pas cela pour une question et demeura muet.

Raoul poursuivit :

— Cette deuxième hypothèse me semble la plus probable, compte tenu de ce que nous savons. Mais il pourrait y avoir un autre scénario… Supposons que Marguerite Casals ait choisi ce moment d'intimité pour signifier à son jeune amant son intention de mettre fin à leur liaison ? La situation n'aurait pu s'éterniser. D'un côté, cette femme, dans sa position, ne pouvait pas, sans scandale public, quitter son époux pour se mettre en ménage avec un étudiant. De l'autre, à force de jouer avec le feu, les amants risquaient de se faire pincer, à la suite de l'indiscrétion d'une domestique ou d'un voisin un peu trop curieux.

— Qu'en déduisez-vous ?

— Ceci : en apprenant de la bouche même de sa bien-aimée la fin de sa belle histoire, votre ami, que vous avez décrit comme exalté, n'aura-t-il pas perdu la tête et, désespéré à l'idée que cette femme qu'il adore ne sera jamais à lui, n'aura-t-il pas résolu de la tuer avant de se suicider ?

— Donc, pour vous, la lettre ne serait qu'un moyen de sauver les apparences ? De laisser croire qu'il ne s'agit pas d'un crime mais d'un double suicide par consentement partagé ?

— Je le vois ainsi.

— On voit bien que vous ne connaissiez pas Henri. Cette idée qu'il aurait pu se livrer à cette mise en scène obscène est une abomination à laquelle il ne se serait jamais abaissé. Henri Champsaur est un homme d'honneur, monsieur Signoret.

— Un homme d'honneur qui n'hésite pourtant pas à planter des cornes au front du mari, monsieur Chabert. Évitons donc les grands mots et remettons les choses à leur juste place. Encore une fois, je ne juge pas le geste de votre ami, je tente d'y voir clair dans une affaire qui ne l'est guère.

L'étudiant se leva de son siège. Le reporter pensa l'avoir froissé, mais Henri Chabert ne semblait pas vouloir le planter là. Il demeurait debout devant la table. Raoul Signoret se leva à son tour et mit dans la soucoupe le montant des consommations en ajoutant vingt sous de pourboire. L'étudiant confia au journaliste :

— Il y avait sans doute une bonne raison au rendez-vous de Marguerite et d'Henri en cet après-midi du 4 juin 1908 à la Villa aux Loups. À l'attitude de mon ami dans les jours qui ont précédé, j'en ai déduit que les deux amants devaient prendre une décision capitale pour la suite de leur histoire d'amour. J'ignore laquelle, mais je sais que pour Henri, cette rencontre était vitale. Il m'a dit, sans m'en confier la raison : « Peut-être la dernière. » Mais il m'a aussitôt donné rendez-vous pour après. Il n'avait donc pas l'intention de mourir. Du moins, pas à ce moment-là. Il n'aurait jamais trahi mon amitié en me cachant sa décision. Ma confiance en lui demeure intacte, monsieur Signoret ! Malgré tout.

7

Où l'on assiste comme si on y était à l'exploit d'un cascadeur plongeant du pont à transbordeur et à ce qui s'ensuit.

LES responsables de la police marseillaise estimèrent qu'en ce dimanche 28 juin 1908, sur le coup de 4 heures de l'après-midi, près de trente mille Marseillais se pressaient sur les quais du Vieux-Port. Les quais étaient noirs d'une foule grouillante et braillarde. Les fenêtres des immeubles riverains du plan d'eau avaient été louées à prix d'or, et il n'y avait pas une barque, pas un voilier, pas une tartane, pas un chalutier ou un ponton qui ne portât des grappes humaines agglutinées, entassées, montées à l'abordage de tout ce qui flottait, malgré les protestations des propriétaires. Les plus dégourdis étaient grimpés aux mâts des grands voiliers, s'étaient accrochés aux haubans, ou encore s'étaient quillés sur les toitures du ponton de la Société nautique, amarré quai de la Fraternité.

Enfin, se détachant comme des ombres chinoises sur le ciel d'azur, les mieux lotis occupaient toute la longueur du tablier vertigineux du pont à transbordeur, à cinquante-trois mètres au-dessus des eaux. Ils étaient arrivés dès le matin, équipés de pliants. Les escaliers d'accès, aménagés dans les piliers du pont, portaient eux aussi leurs grappes humaines déployées sur les marches de fer.

Des cris, des vociférations, des algarades, des sifflets disaient mieux que des mots l'état général d'excitation de cette foule impatiente venue en masse assister à ce que les journaux – qui en portaient une bonne part de responsabilité – appelaient depuis une semaine « le plongeon de la mort ».

Le cascadeur Noé Greb avait lancé le défi de sauter dans les eaux troubles du Vieux-Port du haut du pont à transbordeur ! Un saut de cinquante-trois mètres, sans autre protection qu'une combinaison caoutchoutée dont l'acrobate avait assuré la conception.

L'événement était prévu pour 4 heures de l'après-midi, il était déjà 4 h 45, et les sifflets commençaient à s'intensifier, tandis que des invectives lancées avec conviction par des voix puissantes montaient vers l'araignée de métal d'où l'insensé devait s'élancer pour effectuer « son dernier plongeon », comme le disaient certains.

Seul un bateau, ancré au milieu du plan d'eau, affichait au sein du vacarme général un calme relatif. C'était la vedette de la douane à bord de laquelle avait pris place le commissaire central, Eugène Baruteau, accompagné de son adjoint, le divisionnaire Benoît Jourdan, qui avait disséminé parmi la foule l'essentiel de l'effectif policier disponible, afin de faire face à tout incident. Les deux hommes n'étaient pas seuls, car on pouvait apercevoir, sous la toile de tente tendue au-dessus du pont pour abriter les passagers des ardeurs du soleil, Raoul Signoret, chargé par son journal du compte rendu de l'événement, accompagné de son épouse, Cécile.

Sur le canot, la conversation entre le journaliste et le policier était animée :

— Il va se tuer, ce *jobastre*, disait Raoul à son oncle. Et le maire ?

Il va porter le chapeau si un accident survient, non ? Comment se fait-il que vous ne l'ayez pas fait interdire, mon oncle ?

— Mon cher neveu, répliquait Eugène Baruteau, avant de me traiter d'incapable ou de sadique, apprends que M. Clemenceau Georges ne m'a pas donné les moyens de le faire. Je te rappellerai que ce pont à transbordeur n'appartient pas à la Ville, ni au ministère de l'Intérieur. Ce n'est pas M. Allard, notre nouveau maire, qui l'a fait construire, mais un ingénieur, Ferdinand Arnodin. Il nous l'a offert, certes, mais, pour soixante-douze ans encore, il lui appartient en propre. Autrement dit, notre transbordeur est propriété privée. Notre pouvoir s'arrête au seuil de sa porte. Moyennant l'acquittement du prix du billet d'accès, tu y fais ce que tu veux.

— Et ce couillon de Greb ne va pas s'en priver, commenta le journaliste.

— Je le crains, dit Baruteau. La seule chose qui soit en notre pouvoir est de lui dresser contravention, s'il est encore de ce monde après le saut, pour s'être baigné dans le Vieux-Port, ce qui est interdit par arrêté municipal. C'est pourquoi Jourdan a disséminé ses hommes sur les quais pour aller le cueillir à la sortie.

Il n'avait pas plus tôt prononcé ces mots qu'un grand cri jaillit de la foule. Les visages se levèrent avec ensemble vers le tablier du pont. Les policiers, imités par le journaliste, s'emparèrent de leurs jumelles. Ils les braquèrent sur l'étrange silhouette qui venait d'apparaître au centre de la passerelle du transbordeur, se frayant avec difficulté un passage parmi les spectateurs. Ce qu'ils virent alors dans leurs oculaires ne manqua pas de les surprendre : la silhouette obscure d'un homme entièrement revêtu d'un maillot noir. Sa tête était recouverte d'un calot en forme de casque, qui se prolongeait par de larges bandes de caoutchouc lui enserrant fortement la poitrine et les cuisses. Ses mollets étaient entourés d'une épaisse toile caoutchoutée.

Une corde d'une quinzaine de mètres attachée à la rambarde de fer fut alors jetée dans le vide. Le cascadeur enjamba le garde-fou et s'y suspendit. Sur les quais, le vacarme baissa. Tout à coup, la rumeur se mua en un râle immense. La silhouette noire venait de se détacher de la corde comme un fruit mûr de la branche. L'homme tombait à la verticale comme une pierre, quand, parvenu à une vingtaine de mètres de la surface des eaux, il donna un violent coup de rein qui le fit dévier. Avait-il craint au dernier moment de piquer droit en pleine vitesse ? Toujours est-il qu'il percuta la mer à l'horizontale et, dans le silence de mort qui s'était abattu sur la foule, on entendit un bruit de détonation.

L'impact avait eu lieu à moins de trente mètres de la vedette de la douane, que son pilote avait mise en marche à vitesse lente, tandis qu'à bord d'un canot à moteur s'avançait le Dr Roger Martin, un médecin requis par la police depuis le matin, prêt à intervenir.

— Nom de Dieu ! s'écria Baruteau en lâchant ses jumelles, il a dû se ruiner !

À la stupéfaction des premiers témoins, un corps sanglé de noir réapparut à la surface des eaux un instant troublée. Contrairement à toute attente, ça bougeait. Et non seulement ça bougeait, mais ça criait. Et en provençal, de surcroît :

— *Sièu créba ! Sièu créba !* (Je suis crevé ! Je suis mort !)

Le choc avait dû le commotionner au point de lui faire perdre le sens commun, mais il avait – au moins provisoirement – survécu au plongeon de la mort ! Restait à savoir quelles lésions internes une pareille secousse avait pu provoquer, mais, tandis que le plongeur perdait connaissance, des bras se saisissaient de lui et commençaient à le hisser à bord du canot où se trouvait le médecin.

Comme tous les témoins, Raoul Signoret demeurait sidéré par le spectacle, quand il sentit Cécile lui prendre le bras et lui désigner quelque chose qui flottait sur la droite du canot de la douane, près de l'alignement des barques amarrées au quai du Port. À l'instant où le corps de Noé Greb, lancé comme un obus, percutait l'eau, Cécile avait instinctivement tourné la tête pour échapper à la vision traumatisante d'un cadavre disloqué par l'impact. Si bien qu'elle avait été la seule parmi des milliers de témoins à voir ce que personne n'avait vu. Auprès de la poupe d'un pointu, flottait, à demi immergée, la silhouette claire d'une jeune femme, sans doute tombée à l'eau au moment où le cascadeur entamait sa chute vers l'abîme. Avait-elle eu un malaise ? Avait-elle perdu l'équilibre ? Avait-elle été bousculée ?

— Là ! là, regarde ! cria Cécile à Raoul en désignant la tache claire. Dis au pilote…

La jeune femme n'avait pas eu le temps d'achever sa phrase que Raoul plongeait sans plus réfléchir dans les eaux opaques du port.

— Ton costume ! lança Cécile, qui ne savait plus où elle en était.

Au cri que poussa sa nièce, le patron de la police marseillaise et le commissaire Jourdan se retournèrent. Ils aperçurent le journaliste s'éloignant d'une brasse vigoureuse vers le corps flottant.

— Qu'est-ce qui lui a pris à celui-là? gronda Baruteau. Il veut faire concurrence à l'autre fondu?

Le journaliste atteignit le corps flottant de l'Ophélie du Lacydon, tandis qu'enfin, à bord du pointu d'où elle avait chu, on s'apercevait de sa disparition. La malheureuse faisait encore ce que l'on nomme *le bouchon*, s'enfonçant, puis remontant successivement, mais avec tous les signes de l'épuisement et de la perte de conscience.

Raoul s'était placé sous la frêle silhouette et, tout en assurant sa flottaison, lui maintenait la tête hors de l'eau.

Le pilote douanier manœuvra en virtuose pour approcher au plus près. Deux douaniers de l'équipage se saisirent du corps de la jeune femme par les épaules, tandis que Raoul le maintenait à la surface.

La naufragée fut allongée sans plus tarder à même le pont. C'était une jolie brunette de vingt printemps tout au plus. Le commissaire Jourdan se mit à genoux au côté de la gisante et se pencha vers son visage pour y guetter un signe de vie. Il colla son oreille au corsage maculé et trempé et releva bientôt la tête, l'air rassuré :

— Si elle ne nous fait pas une typhoïde, dit-il en riant, on va la tirer de là : elle respire encore.

Raoul, ruisselant, avait ôté sa veste irrécupérable. Sa chemise dégoulinait, son pantalon clair avait pris la teinte indéfinissable des eaux troubles du port.

Mi-fière de son homme, mi-offusquée par sa tenue, Cécile, contemplant Raoul comme une mère un enfant casse-cou, lâcha simplement, d'un air faussement réprobateur :

— Un Tropical de la Belle Jardinière, veste d'alpaga à douze francs et pantalon de toile à six francs cinquante… Tu n'as pas honte?

— Ça t'apprendra à avoir épousé un descendant de saint Vincent-de-Paul! répliqua Raoul en riant.

— Par son frère, j'espère, répliqua Cécile, qui, rassurée, retrouvait son humour.

— Direction la tente du service sanitaire! ordonna Baruteau. Si notre ami Greb est encore de ce monde, on fera une livraison groupée à l'Hôtel-Dieu.

Toujours allongée sur le pont, la jeune femme commençait à remuer la tête et à marmonner des paroles indistinctes.

La vedette de la douane accosta au pied de la tour de pierres roses du fort Saint-Jean, tandis qu'une patrouille d'agents cyclistes, aidés de leurs engins, commençait à tracer un cheminement à travers la muraille humaine qui s'agglutinait autour de la tente sanitaire, afin que l'ambulance hippomobile qui arrivait de l'Hôtel-Dieu puisse s'approcher au plus près du blessé. Chacun des badauds tentait d'apercevoir une dernière fois l'imprudent cascadeur, dont on entendait les gémissements sonores.

— J'ai une deuxième livraison, s'écria Baruteau en serrant la main du Dr Roger Martin, venu au-devant de lui. Mais elle est moins esquintée. Plus de peur que de mal.

Il désigna la jeune femme toujours allongée sur le canot.

— Elle s'est foutue à l'eau dans la bousculade quand l'autre couillon a fait son *ventre*. Comment il va ?

— Il est costaud, dit sobrement le Dr Martin. Il se plaint de fortes douleurs, mais le contraire serait étonnant. S'il n'y a pas de complications ultérieures, il devrait s'en sortir. Il faudra le mettre en observation quelques jours.

— Celle-là aussi, dit le policier en désignant la jeune femme, que deux brancardiers descendaient du canot. On ne sait pas combien de temps elle est restée dans l'eau. Ça serait trop bête de mourir à son âge, jolie comme un cœur qu'elle est, *qué* ?

— Certainement, monsieur le commissaire central. Nous allons la mettre en observation.

Le médecin procéda aux premiers examens avant de faire signe aux brancardiers. Bientôt, l'ambulance prit la direction de l'hôpital tout proche avec sa double cargaison.

— Je fais un saut à la maison, dit Cécile à Raoul, et je te rapporte des vêtements un peu plus présentables. Et je te ramène aussi deux pipelettes, parce que si je raconte à ta fille et ton fils ce qui vient de se passer sans les amener sur les lieux du crime, je me fais arracher les yeux.

Raoul lui envoya un baiser du bout des doigts en signe d'approbation. Il se tourna vers son oncle :

— Puisque je vais devoir aller prendre des nouvelles de Noé Greb, demain, à l'Hôtel-Dieu, j'en profiterai pour dire un petit bonjour à la demoiselle.

Cécile, qui avait entendu, revint sur ses pas.

— Dans ce cas, je viendrai avec toi, si tu n'y vois pas d'inconvénient.

Raoul ricana :

— Toi, tu serais une femme jalouse, je n'en serais pas étonné…

La réplique ne se fit pas attendre :

— Non, pas jalouse, mais pas sûre que si elle avait été vieille, borgne et bossue, tu aurais nagé aussi vite…

8

Où l'on apprend que les articles publiés par notre héros dans Le Petit Provençal ne sont pas appréciés de tous ses lecteurs.

À PEINE entré dans la salle de rédaction du *Petit Provençal*, Raoul Signoret vit à la mine déconfite de son vieil et cher confrère Escarguel que quelque chose l'avait contrarié. Auguste Escarguel désigna d'un geste accablé l'exemplaire du journal du jour posé à sa droite, sur son bureau.

— Vous avez vu ce que le patron a laissé de mon *Hymne au soleil*?

Le rédacteur en chef avait dû trancher sévèrement dans les épanchements lyriques du vieux poète.

Le reporter, qui savait caresser le vieux rimailleur dans le sens du poil, déclara :

— Il est certain qu'agir avec cette désinvolture vis-à-vis d'un collaborateur qui vient d'obtenir l'Œillet d'argent aux Jeux floraux de Toulouse, ça n'est pas très respectueux.

— Ah! C'est votre avis également? dit le barde de la rue de la Darse, rassuré sur son art.

À cet instant, le patron sortit de son bureau et jeta un coup d'œil circulaire sur la salle de rédaction.

Escarguel, persuadé que Jean Chiocca avait entendu ses récriminations, pâlit puis rougit à sa vue, et un trouble s'éleva dans son âme éperdue. Mais les craintes du vieux rédacteur étaient vaines. Le patron n'avait rien entendu de ses plaintes et, quand bien même, ne s'en serait pas offusqué, car il nourrissait une particulière tendresse pour le poète maison à deux doigts de la retraite.

C'est après Raoul qu'il en avait, et, depuis qu'il l'avait aperçu, debout au côté d'Escarguel, il cherchait à attirer son attention en lui faisant signe de le rejoindre. Le reporter vint vers lui, et, à son invite, referma la porte du bureau directorial.

— Asseyez-vous, mon petit vieux, dit Chiocca en désignant un fauteuil de cuir fatigué face à son bureau. J'ai là une missive expédiée par le Pr Alexandre Casals, qu'on ne présente plus. Pour tout vous dire, il n'est pas content de nous. Enfin… surtout de vous.

— On peut savoir?

— Il trouve que le portrait du jeune Henri Champsaur, qu'il qualifie d'« immonde assassin » de son « irréprochable épouse », tel que vous l'avez dressé dans *Le Petit Provençal* d'avant-hier, n'insiste pas suffisamment sur la nature barbare de celui qui a « déshonoré, avant de l'assassiner d'atroce façon », cette sainte femme.

— Mais que demande l'illustre personnage? dit Raoul. Que je me présente à lui en chemise, pieds nus et la corde au cou? Que j'implore son pardon?

— Que vous publiiez un autre article « plus conforme à la vérité », m'écrit-il.

— Quelle est-elle, d'après lui?

— Que son épouse a été enlevée par Champsaur, probablement droguée ou envoûtée, et qu'elle était inconsciente quand il a « assouvi sur elle ses instincts les plus bas ».

— Et puis quoi? Il ne voudrait pas me le dicter, par hasard, son article? Ou bien l'écrire lui-même? On gagnerait du temps.

— Il ne va pas jusque-là, il demande simplement que l'on fasse en sorte que Champsaur soit clairement désigné comme l'assassin de Marguerite Casals, et que l'innocence plénière de celle-ci soit proclamée urbi et orbi.

Raoul fit semblant de réfléchir:

— J'ai une idée. On pourrait expliquer que la sainte femme, en oraison dans l'église Saint-Joseph-du-Cabot, était plongée en pleine extase mystique quand Champsaur, qui avait remplacé l'eau bénite par du chloroforme, a surgi de derrière un pilier et l'a emportée dans ses bras pour aller la violer abominablement à la Villa aux Loups, qui n'est pas très éloignée de la chapelle.

— Ça serait en effet une hypothèse plausible, acquiesça Chiocca. Mais je pense qu'on peut s'en tirer à moindres frais.

— J'ai bien entendu? S'en tirer? Mais de quoi? Vous l'avez lu mon article? Qu'en avez-vous pensé?

— Il était équilibré. Vous n'accabliez aucun des protagonistes. Vous posiez les bonnes questions. Que faisait cette respectable bourgeoise le cul à l'air en compagnie d'un jeune homme avec lequel elle s'était enfermée en plein après-midi dans la villa de son époux ?

— Alors, de quoi il se plaint, l'offusqué ?

— Je vous l'ai dit : que nous n'ayons pas suffisamment appuyé sur le fait que Marguerite Casals n'était pas dans un état conscient quand Champsaur a abusé d'elle avant de la tuer. Qu'elle n'était sa complice en rien, mais seulement sa victime.

— Et de la balle que Champsaur s'est tirée dans la tête, il dit quoi, Casals ? Que c'était pour se donner un alibi ?

— Sa lettre n'y fait aucune allusion.

— Mais enfin, il va faire rigoler tout Marseille, le cocu, en adoptant cette justification ! Le cocher qui les a transportés du boulevard Notre-Dame à La Panouse a bien dit que Marguerite Casals n'a pas crié au viol quand Champsaur est entré dans la villa avec elle ! Et ils se sont bouclés à l'intérieur. Qu'est-ce qu'il lui faut de plus ?

— Ne vous énervez pas, Raoul. On ne vous demande pas de vous renier. Casals voudrait vous rencontrer. Il est persuadé que, lorsqu'il vous aura expliqué, vous partagerez son point de vue.

Raoul Signoret n'en revenait pas.

— Mais enfin, c'est insensé ! Pour qui il se prend, celui-là ? On n'est pas encore aux assises ! Qu'il les garde pour son avocat, ses arguments ! Il en aurait bien besoin pour justifier l'injustifiable, si un jour il y avait procès.

— En attendant, qu'est-ce qui vous empêche d'aller le voir ? Vous pourriez peut-être apprendre des choses intéressantes pour la suite. Faites-le pour moi.

— Pour vous ? Mais je ne cesse de faire les choses pour vous, c'est vous qui m'avez appris le métier.

Chiocca sourit, ému par cette déclaration spontanée. Il se gratta la gorge, signe chez lui d'une certaine gêne, puis finit par lâcher :

— Si je vous demande de le faire pour moi, c'est parce que Casals est… comment dire ? Nous sommes apparentés, en quelque sorte. C'est l'oncle par alliance de ma nièce. Il fait jouer les ressorts familiaux, si j'ose dire, bien qu'ils soient plus que distendus, car nous ne nous fréquentons pas. Ma propre sœur m'a téléphoné pour me dire d'arranger ça… J'ai promis de m'en occuper.

Raoul Signoret soupira :

— Bon, je vais aller à Canossa, mais c'est bien pour vous, patron. En tout cas, pas question de refaire l'article, je préférerais quitter le journal.

— Je ne vous en demande pas tant, dit Chiocca, conciliant. Disons que vous allez compléter votre information, et n'en parlons plus. On fera un petit article en page intérieure où Casals, interrogé, donnera sa version des faits. En outre, ma sœur me foutra la paix quand elle verra que je m'en suis occupé, et tout se calmera, j'en suis persuadé.

Raoul se leva. Avant de se diriger vers la porte, il ajouta avec calme, mais de façon à être compris :

— Vous me demandez d'enquêter, je vais enquêter, faites-moi confiance.

Chiocca sourit, complice :

— Je vous paie pour ça, Signoret !

À cet instant deux coups discrets furent toqués à la porte et, avant même d'avoir entendu la réponse, Simone, la secrétaire du patron, entra dans le bureau.

— C'est pour M. Signoret. Téléphone. De la part du commissaire central. Je vous le passe ici ?

Chiocca acquiesça et tendit le cornet d'ébonite à Raoul.

— C'est pour le faire-part de décès de Noé Greb ? lança le reporter à son oncle.

Au bout du fil, le rire sonore d'Eugène Baruteau retentit :

— C'est prématuré, sans cœur ! Le bougre tient le coup. Tu n'es donc pas encore passé le voir ?

— Je comptais le faire dans la journée. J'en profiterai pour dire un petit bonjour à ma jolie noyée.

— Oh, tu fais bien de m'en parler, de celle-là, dit Baruteau. Tu sais qui c'est, cette petite ? Le monde est minuscule, mon cher neveu. Antonella Barone, dite Nella, vingt-deux ans, originaire de Procida, une île proche de Naples, aujourd'hui servante à la Conception, était voici quelque temps la petite bonne des Casals !

Le reporter ne put retenir un cri de surprise :

— Pas possible ! Elle va m'intéresser, cette demoiselle ! C'est la Providence qui l'a poussée à l'eau pour que je la sauve, cette petite. Si je croyais à quelque chose, j'y verrais comme le doigt de Dieu.

— Attention de ne pas te le mettre dans l'œil. Tu attends quoi? Qu'elle te dise ce qui s'est passé à la Villa aux Loups?

— Pas jusque-là, mais je suis persuadé qu'Antonella Barone a des trucs à dire sur ses ex-patrons. Ça en voit des choses qu'il ne faudrait pas avoir vues, une domestique.

— Je croyais qu'un gentleman de ton acabit ne prêtait pas cas aux potins d'office.

— Sauf quand ils me sont utiles, répliqua Raoul sur le même ton. Et à part ça, monseigneur, votre future installation dans le palais épiscopal avance-t-elle?

Raoul entendit son oncle ronchonner au bout du fil :

— J'ai d'autres soucis en tête en ce moment. J'ai un brigadier avec une balle dans le ventre et un agent qui a pris un coup de poignard dans le dos. Alors, tu vois, la couleur de la tapisserie de mon futur bureau de l'Évêché, pour le moment, je m'en bats l'œil.

— Je comprends ça, dit Raoul avant de raccrocher.

La face ordinairement lunaire de l'imprudent Noé Greb avait pris des allures de homard après cuisson à feu vif. En outre, elle avait doublé de volume. Le malheureux, qui se remettait de ses émotions sur le lit 21 de la salle Moulaud, au deuxième étage de l'Hôtel-Dieu, n'était plus qu'une douleur faite homme, où qu'on le touche. Bandé de la tête aux pieds, il ressemblait à la momie de Ramsès II avant inhumation. Le seul fait de respirer lui arrachait des gémissements. Et pourtant, il était là. Peu causant, en raison de l'enflure de sa bouche, mais encore vivant. L'interne n'en était toujours pas revenu.

Le journaliste se pencha avec compassion sur le tas informe de bandelettes et lui prodigua ses vœux de prompte guérison, après l'avoir félicité pour son courage.

— Demain, dans *Le Petit Provençal*, je donnerai des nouvelles rassurantes à tous ceux qui étaient là et qui vous ont cru mort.

Le blessé tenta de remercier en bougeant le bras droit, mais ce simple geste lui arracha une grimace de douleur.

— Ne vous fatiguez pas, je vous laisse, et bonne convalescence! dit Raoul en prenant congé.

Le reporter du *Petit Provençal* se fit indiquer la salle où la jeune Nella Barone se remettait de son début de noyade. Par chance, c'était au même étage. Salle Cazaulx.

L'interne qui s'occupait de Greb s'offrit d'accompagner le journaliste.

Elle était encore un peu pâlotte, sous sa couronne de cheveux noirs, la petite Nella Barone, mais même l'inélégant et rêche sarrau fourni par l'hôpital ne parvenait pas à gâter sa grâce naturelle.

L'interne, d'un geste professionnel, saisit la feuille de soins accrochée au montant de fer du lit et dit :

— Mademoiselle Barone, votre sauveur vient vous dire un petit bonjour et prendre de vos nouvelles. M. Signoret est le monsieur qui vous a repêchée, hier, dans le Vieux-Port.

Le visage d'Antonella Barone se colora soudain, elle poussa un long cri aigu en tendant les bras vers le visiteur, qui mit en émoi ses voisines de lit, et, tout à trac, éclata en sanglots !

Il lui fallut un bon moment pour retrouver ses esprits et l'usage ordinaire de la parole. Ce fut pour dire :

— Je ne sais pas comment vous remercier. Je vous dois…

— Vous ne me devez rien. N'importe qui aurait fait pareil. Vous rappelez-vous comment ça s'est passé ?

— Tout bêtement. J'étais au bout du bateau, parce que je ne voulais pas en perdre une miette, et j'ai perdu l'équilibre. Quand il a lâché sa corde, l'autre, ça a fait comme un mouvement, sur la barque, et j'ai piqué tête la première. Comme tout le monde regardait le bonhomme, personne a fait attention et moi, j'ai pas pu crier, de l'eau m'est rentrée dans la bouche et je sais pas nager… et voilà.

— Personne ne vous a poussée, vous en êtes certaine ?

— Sûr, personne. Je suis tombée, comme une fadade.

— Vous étiez seule ?

— Oh, non ! On était un *moulon* sur cette barque.

— Je veux dire, vous n'étiez pas là en famille, avec des amis, votre mari, votre fiancé, que sais-je ?

— Non, je connaissais pas les autres. De famille, j'en ai pas. Mon fiancé, il était à Toulon. Voir sa mère qui est bien fatiguée. À l'heure qu'il est, il sait pas encore ce qui m'est arrivé. Je vais en entendre deux. Il veut pas que je sorte seule. Il dit que dans une ville comme Marseille…

Elle laissa la suite en suspens.

— Il n'a pas tout à fait tort, entre nous, commenta l'interne. Jolie comme vous êtes, vous n'iriez pas loin.

— En tout cas, précisa le reporter, si c'est moi qui vous ai sortie de l'eau, c'est ma femme qui vous a sauvé la vie.

— Comment ça?

— C'est elle qui vous a vue, elle a tourné la tête par crainte de voir le plongeur se tuer et, coup de chance : elle vous a aperçue juste au moment où vous étiez entre deux eaux.

— Vous y direz bien merci aussi.

Raoul promit. On voyait la gisante agitée par quelque idée qu'elle ne parvenait pas à exprimer. Elle dit enfin :

— Dites, monsieur euh, j'ai pas bien retenu votre nom…

— Signoret.

— Dites, monsieur Signoret, comment je vais faire, moi, maintenant, pour vous remercier? J'ai rien, je suis pas riche.

— Votre sourire retrouvé est ma plus belle récompense. Je suis heureux d'avoir pu vous aider à le conserver.

— Voui, mais enfin, c'est pas correct de vous dire juste merci et bonsoir… Après ce que vous avez fait pour moi…

Le reporter vit l'opportunité de renvoyer la balle.

— Eh bien, mais… on se reverra, si vous le voulez bien.

— Ça, c'est volontiers! s'écria la jeune femme. Tenez, j'ai une idée : dès que mon fiancé il rentre de Toulon, vous venez manger à la maison avec votre dame. On boira le champagne ensemble! Dimanche prochain, si vous voulez.

« Tout en causant du couple Casals », songeait le reporter qui ne perdait pas de vue son enquête.

— Et puis, vous verrez, poursuivait la jeune Nella. Mon fiancé, Félix, qui est infirmier de nuit à la Conception, son oncle il élève des broutards près de Sisteron. Il livre chez Colombet à la rue Longue. Félix, il va nous trouver un gigot comme ça! On le mangera ensemble. Vous avez des enfants?

Avec les cinq doigts réunis devant sa jolie bouche rose, la jeune femme émit une sorte de baiser qui en disait long sur la qualité de la viande.

— Deux, dit Raoul.

— Faites-les venir aussi. Ils vont se régaler.

Le reporter évita de dire à l'enthousiaste jeune femme qu'il avait aussi un oncle, car, après lui avoir ressuscité sa bien-aimée, il n'avait pas l'intention de ruiner le fiancé de Nella Barone en victuailles.

*Où la « noyée du Vieux-Port » révèle à notre héros
des détails qui vont être très utiles
pour la suite de son enquête.*

— Vous n'avez pas mené les petits ?

Elle avait beau arborer un sourire de printemps, elle avait l'air toute marrie, la gracieuse Antonella Barone.

— Ils sont à l'anniversaire de leur amie Colette, mentit le reporter. On ne pouvait pas leur faire rater ça en leur imposant un « repas de grands », ils ne nous l'auraient pas pardonné.

— C'est dommage, mais ça se comprend, admit de bon cœur la jeune femme. On leur avait prévu un petit cadeau, vous leur-z'y porterez de notre part.

Cécile, touchée, se confondit en remerciements, tandis qu'un jeune homme souriant, en chemise et pantalon blancs, la lèvre supérieure barrée d'une fine moustache noire et l'œil vif sous une mèche rebelle, approchait en s'essuyant les mains à un torchon à carreaux.

— C'est mon Félix ! annonça Nella comme on présente un sujet de concours. Il est de nuit à l'hôpital de la Conception.

À son tour, le jeune infirmier, provisoirement mué en rôtisseur, se répandit en remerciements et dit sa joie de recevoir dans sa maison ceux qui lui avaient sauvé « la femme de sa vie ».

Il ajouta avec un clin d'œil :

— On a pas attendu la permission de M. le maire pour se mettre en ménage, mais nous deux, c'est pour la vie.

— Je me mets volontiers à votre place, plaisanta Raoul en regardant la jolie Nella à qui il remit le gros bouquet d'arums qu'il tenait comme un cierge de Pâques.

Soucieux de morale, Félix précisa :

— On va bientôt régulariser. On attendait d'être un peu installés avant de faire des enfants.

— Je les adore, dit Nella.

Le jeune couple habitait au deuxième étage, à l'angle du boulevard Baille et de la rue Crillon, un petit appartement de trois pièces en enfilade dans un de ces immeubles typiques qu'on désigne comme le « trois fenêtres marseillais ». On entrait dans l'appartement directement par la cuisine, sans couloir préalable. Si bien que, dès le palier, les arrivants avaient été accueillis par la bonne odeur du gigot tournant sur sa broche. En raison de la canicule, ce n'était pas exactement un mode de cuisson idéal, mais le parfum du broutard grillé valait tous les sacrifices.

— Mettez-vous à l'aise, dit Nella en s'effaçant pour laisser Cécile et Raoul entrer dans une minuscule salle à manger où la table dressée tenait l'essentiel de la place disponible.

Le reporter posa son panama sur le lit de la chambre et Cécile en fit de même avec sa capeline.

La maîtresse de maison avait sorti sa plus jolie vaisselle en l'honneur de ses hôtes. Elle débarrassa les assiettes et couverts prévus pour Adèle et Thomas en disant « ça nous donnera de l'air pour poser les plats », et pria les invités de passer directement à table.

— On va trinquer tout de suite, dit le jeune infirmier en sortant de sa cuisine avec une bouteille de clairette de Die. C'est pas du champagne, mais ça le vaut presque. Rien à voir avec le pissat d'âne qu'on vous vend sous ce nom chez le marchand de vin. Je suis de la Drôme. Celle-là, c'est mon oncle maternel qui la fait avec ses raisins à lui.

Le bouchon péta, et, d'un geste d'habitué, Félix versa aussitôt une petite quantité du liquide mousseux couleur topaze dans chaque verre afin de faire diminuer la pression dans le col de la bouteille. Puis il finit de les remplir. Debout, il invita chacun à saisir son verre et lança d'une voix joyeuse :

— D'abord, à la santé de tous et en particulier à celle de mon amoureuse ! Quand je pense que j'ai failli…

Il ne put aller plus loin. Sa voix s'étrangla et son regard brilla de larmes qui ne demandaient qu'à couler. Pour briser l'émotion qui les gagnait, avec Cécile, Raoul proposa :

— Buvons sans plus tarder, sinon ça va réchauffer et gâter notre plaisir.

— À nos sauveurs ! lança Félix en s'asseyant à la droite de Cécile.

Le silence se fit quand les verres furent portés aux lèvres. C'est encore Raoul qui le brisa avec un gloussement de satisfaction. La clairette était fraîche à point.

Nella, qui avait disparu un instant dans la cuisine, revint avec un petit réchaud à alcool qu'elle posa au centre de la table, le coiffa d'un trépied sur lequel elle installa un poêlon de fonte.

— J'ai fait la *bagna cauda*, annonça-t-elle en ramenant un grand plat de terre cuite surchargé de légumes multicolores et d'une sauce chaude à l'anchois et à l'huile d'olive.

— C'est de saison ! dirent en chœur Cécile et Raoul.

— Si vos petits étaient venus, dit la jeune femme, je ne sais pas où je l'aurais posé, mon plat. Félix, quand il me fait un cadeau, il voit grand, ajouta-t-elle avec un regard tendre à son homme.

— Pardi, plaisanta Cécile. Il voit l'avenir et pense sans doute à vos futurs petits. Il faudra voir large, pour les quantités.

Raoul Signoret prit prétexte de cette réflexion pour faire une mise au point qui allait lui permettre d'amener la conversation là où il voulait qu'elle se dirige.

— À propos de nos petits, comme vous dites, chère Nella, je vous ai fait un léger mensonge, tout à l'heure. Adèle et Thomas ne sont pas allés à un goûter chez leur amie Colette. C'est volontairement que Cécile et moi ne leur avons pas transmis votre invitation. La raison en est simple. Il se trouve que j'enquête actuellement sur l'affaire de la Villa aux Loups. La police m'a dit que vous aviez servi chez les Casals. Si nous en parlons, il y aura forcément des choses que l'on ne peut pas évoquer devant des enfants. Vous serez bien d'accord ?

— Je comprends, dites ! approuva Nella. C'est pas de leur âge.

— Ce n'est donc pas à vous que j'apprendrai ce qui s'est passé, puisque, à la suite de votre accident, j'ai su par mon oncle Eugène Baruteau, qui est commissaire central de la police marseillaise, que vous aviez servi chez les Casals. Vous avez dû suivre l'affaire mieux que personne.

— C'est vrai, mais j'y étais plus quand c'est arrivé.

— Je le sais aussi. Pourtant, j'aimerais bien parler avec vous de la famille Casals. Car il se trouve qu'à la suite d'articles que j'ai publiés dans *Le Petit Provençal* le professeur veut me faire des misères.

— Ah, celui-là ! s'exclama Félix, sans aller plus loin.

Raoul en déduisit qu'il avait, lui aussi, des choses à dire. Pour amorcer le dialogue, il s'adressa donc en premier à Félix :

— Vous venez de dire « Ah ! celui-là ! » à propos du Pr Casals. Qu'est-ce qu'il a fait pour mériter ça ?

— Il a fait que j'ai failli lui mettre mon poing dans la gueule.

Il s'excusa pour le mot devant Cécile.

— Tiens donc ! Pourquoi l'avait-il mérité ?

— Parce que je lui ai pas pardonné d'avoir fait passer Nella pour une voleuse. Il a beau être professeur à la faculté de médecine et tutti quanti, ça lui donne pas le droit de se comporter comme un seigneur du Moyen Âge. On est des gens simples, nous, c'est vrai, mais on est autant honnêtes que les autres. Nella, elle trouverait un porte-monnaie sur le trottoir avec vingt francs dedans, elle le mènerait tout de suite au commissariat. Et l'autre, il l'accuse d'avoir *escané* le collier, non mais !

— Expliquez-moi. Quelle accusation le Pr Casals portait-il contre votre compagne ?

— Une histoire de collier que Monsieur avait offert à Madame et qu'on ne retrouvait plus. Il a tout de suite pensé que c'était Nella qui l'avait pris. C'est ce qu'il a dit à sa femme. Alors moi, je suis été l'attendre à la sortie de son service, à la Conception, et je lui en ai dit deux, devant tout le monde, tout docteur qu'il est. Je suis rien qu'un infirmier, mais il me fait pas peur. Deux mois après, ils ont flanqué Nella à la porte.

— Sous quel prétexte ?

Félix ricana :

— Peuh ! Si vous croyez qu'ils ont besoin de prétexte…

Raoul se tourna vers la jeune femme.

— Quelle a été l'attitude de Marguerite Casals ?

— Elle a rien fait pour me défendre. Remarquez, elle a rien dit contre non plus. Je crois qu'elle le craignait un peu, son mari.

Raoul objecta :

— Tout de même ! Ou elle vous prend pour une voleuse et elle vous charge, ou elle a confiance en vous et prend votre défense. Vous vous entendiez bien avec elle ?

— Ah, ça, très bien ! Elle m'avait même donné des habits qu'elle mettait plus. On avait à peu près la même taille.

— Bien, dit Raoul, mais pour une femme qui fait de la charité son fonds de commerce, je ne la trouve pas trop généreuse sur ce coup-là, non ? Le collier a pu être égaré, ou dérobé par quelqu'un d'autre. Vous n'étiez pas la seule domestique ?

— On était trois, avec la cuisinière et Claudius, le valet de chambre de Monsieur. Sans parler de *mademoiselle Jeanne*. Jeanne Tardieu, la gouvernante. C'est elle qui nous menait. Elle avait été infirmière en Algérie, avant de se placer comme gouvernante. C'est le professeur qui l'avait engagée pour s'occuper de sa maison. Vous la connaissez ?

— Je ne vois pas comment, car nous ne vivons pas sur la même planète.

— Si vous l'aviez vue, ne serait-ce qu'une fois, vous ne pourriez pas la confondre avec une autre. À cause de la couleur de ses cheveux. Elle n'est pas rousse, cette femme, c'est un incendie de pinède à elle toute seule. À part ça, une très belle plante.

Le jeune infirmier précisa :

— C'est le Pr Casals qui l'avait choisie comme gouvernante de ses enfants. Nella m'a dit qu'elle avait appris que Jeanne Tardieu avait été un temps infirmière à la Conception, dans le service d'urologie.

— Pour le vol du collier, les autres ont été soupçonnés ? demanda Raoul.

— Pas du tout. Que moi, dit Nella.

— C'est donc un règlement de comptes entre Casals et vous, conclut le reporter. Il n'a pas digéré la sortie publique de Félix.

— C'est ce qu'on s'est dit. Mais qu'est-ce que vous voulez qu'on fasse, nous autres, contre ces gens-là ? On est pas de taille.

« L'interrogatoire » était bien amorcé. Il suffisait maintenant de tirer doucement sur le fil, le reste viendrait tout seul.

— Que faites-vous, à présent, chère Antonella ?

— Je suis servante à la Conception. Salle Fressynge. Grâce à Félix, qui est infirmier au pavillon des Officiers, là où le jeune M. Henri est hospitalisé. Félix m'a recommandée au chef du personnel. Il est de la Drôme, comme lui.

— À la Conception ! s'exclama le reporter. Mais alors, vous devez croiser votre ancien maître ?

— Ça m'arrive de temps à autre, dans une galerie. Mais vous allez rire : il fait celui qui me connaît pas.

Une réflexion saugrenue du reporter mit la table en joie.

— Je pensais à tout autre chose qui ne me regarde pas, mais vous devriez y réfléchir : si l'un est de nuit, l'autre de jour, à la Conception, vous êtes comme le soleil et la lune, tous les deux. Alors, vos petits, comment vous allez vous y prendre pour les faire ?

— On trouvera bien un moment avant son départ ou après mon arrivée à la maison, répliqua Nella, que la clairette rendait farceuse.

Elle n'en dit pas plus, rougit et cacha sa bouche avec la main pour masquer son rire.

Raoul Signoret revint au sujet du jour. À la Conception, le professeur se comportait-il comme beaucoup de ses confrères ? Père-la-morale et col cassé à la ville, mais satrape abusant de son autorité auprès du personnel féminin de l'hôpital ?

Malgré sa rancune, le jeune couple eut l'honnêteté de reconnaître que, de ce côté-là, on ne pouvait rien colporter à propos de l'attitude du sévère Pr Casals. Il était le même en toutes circonstances. Mieux, raconta Nella : on disait qu'il avait saqué l'un de ses plus brillants internes pour avoir eu vent d'une liaison du jeune médecin avec une infirmière mariée, appartenant à son service.

Ce que Félix commenta à sa façon :

— Vous savez qu'il est parpaillot, le père Casals ? Ces gens-là, ils rigolent pas avec la bagatelle. La chemise de nuit, ils la mettent avec le col amidonné.

La réflexion fit rire toute la tablée. Mais le reporter en conclut qu'il n'y aurait rien de plus à glaner sur le personnage que cette image d'un homme intransigeant, mais inattaquable sur le plan des principes.

— Parlez-moi plutôt de Madame, demanda-t-il en se tournant vers la jeune femme.

— C'est pas… C'était pas du tout le même genre, dit Nella. Elle jouait pas à la patronne. Très aimable avec nous, les domestiques. Je l'ai jamais entendue crier après quelqu'un. Même quand j'ai cassé un vase sans le faire exprès. Elle a rien dit à son mari.

— Était-elle aussi charitable qu'on le dit ?

— Ah, ça, oui ! Toujours en train de s'occuper d'associations qu'ils ont entre eux, les protestants. Elle faisait envoyer des colis avec des vêtements pour les pauvres. Elle faisait des visites à ceux qui étaient malades. Et avec ses filles, c'était pareil : toujours à s'en occuper, à jouer avec elles. *Mademoiselle Jeanne*, elle, avait presque rien à faire.

— Vous paraissait-elle heureuse ? Je veux dire, son tempérament était-il d'ordinaire gai, joyeux ?

— Vous savez, elle avait perdu un petit garçon il y a quelques années. Alors, forcément, ça lui avait un peu changé le caractère. Dans la journée, ça dépendait des moments. Un coup, elle était joyeuse, gentille, elle vous parlait, et puis le coup d'après, elle était… Comment expliquer ça ? On aurait dit qu'elle était partie ailleurs. Elle répondait pas quand on lui parlait. Ou alors, à côté. Et puis on aurait dit qu'il y avait des choses qu'elle oubliait. D'autres, non.

— Ça lui arrivait souvent ?

— C'était pas régulier. Le plus bizarre, si vous voulez, c'est que des fois, on avait l'impression qu'elle se rappelait plus des choses qui s'étaient passées un peu avant, dans la journée, et pour d'autres choses, elle se les rappelait dans les plus petits détails. Je la trouvais des fois toute seule, comme perdue, dans un coin de l'appartement. On savait pas à quoi elle pensait dans ces moments-là. Et puis après, ça repartait. Comme si de rien n'était. Elle redevenait comme avant.

— Elle avait des soucis… Ou bien elle n'était peut-être pas très heureuse en ménage, suggéra le reporter.

— Possible, dit Nella. C'est pas des choses qu'on dit aux domestiques, quand on est patron. En tout cas, moi, j'ai jamais rien vu ni entendu.

— Venons-en alors à la relation entre Mme Casals et le jeune Champsaur, proposa le reporter. Vous vous êtes doutée de quelque chose ?

— Non plus. Vous savez que M. Henri, il donnait des répétitions aux petites de Mme Casals. Aussi bien boulevard Notre-Dame que l'été, à la villa.

— Donc ils se voyaient souvent et officiellement.

— C'est ça. D'ailleurs, M. Henri, il arrivait parfois avec un de ses collègues, je me rappelle plus son nom.

— Ça ne serait pas Paul Chabert ?

— Chabert, c'est ça ! C'est lui. Un petit blond avec des lunettes. Souvent, ils venaient travailler à la villa de Mme Champsaur pour être tranquilles et préparer leurs examens. Et après, des fois, ils passaient à la Villa aux Loups, dire bonjour. Même le Pr Casals, il le connaissait, Chabert.

— Donc personne ne s'offusquait de voir ces jeunes gens fréquenter la maison ?

— De toute façon, le professeur, il était d'accord. Et puis, souvent, il y avait sa mère, à M. Henri, qui venait causer avec Mme Casals. En tout cas, je les ai jamais vus faire des choses pas propres.

— Je comprends, dit Raoul Signoret. Donc, quand on a dit dans les journaux que, probablement, ils s'étaient suicidés ensemble…

— Ça ! Je suis tombée de ma chaise ! Qui aurait cru ? Comment c'est possible des choses pareilles ?

— C'est bien là toute la question. Mme Casals ne vous a jamais paru être une personne exaltée ? Vous ne l'avez jamais surprise à parler de suicide avec une amie ou une connaissance ?

La jeune femme ne répondit pas tout de suite.

— C'est vrai que depuis la mort de son petit garçon, elle avait souvent l'air préoccupé sans pouvoir dire pourquoi. Et puis, il lui arrivait de s'endormir brusquement, même au milieu de la journée. Elle disait que la lumière lui blessait les yeux. Un jour, je me souviens, j'avais servi le café dans le jardin, sous le marronnier, et vous savez comment ça fait sous les arbres, surtout quand il y a un peu de vent qui fait bouger les feuilles : le soleil, il passe à travers, ça fait comme des éclairs. Et Mme Casals, à force de fixer une petite cuillère en vermeil dans un verre d'eau, tout d'un coup, pof ! Elle est tombée endormie d'un coup. Et ça a duré un bon moment. Je me suis effrayée. Le professeur, quand on lui a dit ce qui était arrivé à sa femme, il a dit qu'elle avait été éblouie à trop regarder le brillant de la cuillère et que ça l'avait comme… *hinoptisée*. M. Casals nous a expliqué qu'il y avait comme ça des personnes plus sensibles que d'autres et qui pouvaient *s'hinoptiser* toutes seules.

La tarte aux pommes qui parachevait ce succulent déjeuner ne parvint pas à tirer le reporter des folles pensées qui faisaient leur sarabande dans sa tête après ce que venait de dire l'innocente Nella.

E n descendant à pied par le boulevard Baille, les bras chargés d'un album des *Aventures de Kit Carson, trappeur de l'Ouest*, destiné à Thomas, et d'une dînette achetée par Félix pour les poupées d'Adèle, Cécile et Raoul échangeaient leurs impressions sur ce qu'ils venaient d'apprendre.

— Tu ne vois pas qu'Henri ait hypnotisé Marguerite avant d'abuser d'elle ? Voilà qui apporterait de l'eau au moulin du père Casals. Je vais avoir l'air fin.

— Que dit la police ? demanda Cécile.

— Pour l'instant, elle s'en tient à la version du double suicide. Consenti, pour elle. Mais tu peux faire confiance aux avocats de Casals pour agiter urbi et orbi l'abus de faiblesse.

— Pourquoi l'aurait-il tuée ?

— S'il l'a endormie avant, c'est par peur qu'au réveil elle aille tout raconter, tiens !

Cécile demeura un instant pensive et silencieuse.

— Ça n'explique pas pour autant son suicide, à lui.

— La panique, ma belle. Le cocher pouvait le reconnaître.

— À qui était le revolver ?

— On l'ignore. La seule chose sûre est que l'arme retrouvée dans sa main est celle qui a tiré les trois balles. Mais on ne sait pas qui des deux l'avait achetée.

— Si tu veux mon avis, dit Cécile, son coup était préparé. Il l'a amenée là-bas pour la tuer. Il s'est vu coincé avec une femme mariée sur les bras… qui ne voulait pas le lâcher. Et s'il l'avait mise enceinte ? Tu imagines la panique ?

Raoul admit l'hypothèse.

— Possible, après tout !

La jeune femme continuait à cogiter.

— Il n'y a qu'une chose qui me chiffonne. Si ton hypothèse est la bonne, et si Champsaur a hypnotisé la mère Casals, il n'a pas pu faire ça durant le trajet en fiacre. Il a forcément attendu d'être dans la chambre. Donc, le grand point d'interrogation est : qu'est-ce qui a fait venir cette bourgeoise-là, à ce moment-là, et pourquoi s'est-elle enfermée avec lui ?

Raoul opina de la tête :

— Il faut absolument que je me renseigne auprès d'un type sérieux sur les pratiques liées à l'hypnotisme. Je suis complètement ignare, d'autant que j'ai toujours pensé que c'était une mode tout juste digne du music-hall, et non pas de la science, en dépit des grosses têtes qui se sont penchées sur la question. Autant dire que nous ne sommes pas sortis de l'auberge…

10

Où notre héros se voit convoqué
par un professeur de chirurgie qui a un tout autre avis
que lui sur le drame de la Villa aux Loups…

L'APPARTEMENT des Casals occupait la moitié de l'entresol gauche du plus bel immeuble du boulevard Notre-Dame. Soit, au bas mot, trois cent cinquante mètres carrés qui, sur l'arrière, surplombaient un jardin arboré, planté d'érables et de marronniers le masquant à la vue des habitants des étages supérieurs. Un de ces jardins secrets, invisibles et insoupçonnables depuis la rue, dont Marseille abonde. On pénétrait dans l'immeuble par une entrée cavalière largement dimensionnée, isolée du trottoir par une porte monumentale à double battant. Dans le hall, des statues de femmes drapées à l'antique achevaient d'impressionner l'arrivant.

En sonnant à la porte de l'entresol, Raoul Signoret avait autre chose à faire que s'extasier sur ces signes d'opulence. Il était là contraint et forcé, mais surtout il ne voulait à aucun prix laisser penser à celui qui l'attendait qu'il était le moins du monde intimidé.

Un valet de chambre, raide comme un passe-lacet, vint lui ouvrir, et, après s'être enquis de l'identité du visiteur et lui avoir demandé de bien vouloir le suivre, il lui fit savoir que « monsieur l'attendait dans le salon-bureau à droite ». Le domestique toqua de sa main gantée à la porte de la pièce désignée, l'entrebâilla et annonça : « M. Signoret vient d'arriver, monsieur. » Il reçut en écho un ordre bref lancé par une voix désagréable et s'effaça pour laisser passer le journaliste, avant de refermer silencieusement dans son dos.

Il fallut au reporter quelques secondes pour accoutumer ses yeux à la pénombre qui régnait dans la pièce. Les volumes étaient impressionnants. De hautes fenêtres donnaient sur le boulevard, à demi aveuglées par de lourdes tentures de velours retenues par des embrasses. Derrière un grand bureau qui aurait convenu à un président du Conseil, se tenaient trois hommes assis, l'air sévère et le buste droit. Le contre-jour les faisait se découper en silhouettes difficiles à identifier.

Le Pr Alexandre Casals semblait passionné par les antiquités, car le vaste plateau de la table de travail, derrière lequel se tenait la « cour », était encombré d'objets hétéroclites de toutes tailles : sous-main de cuir rouge aux bords dorés à l'or fin, statuettes de bronze ou de marbre, coupe-papier de métal doré, balance d'apothicaire en cuivre. Un *Bouddha assis* en jade et un compas de marine voisinaient avec un objet que le journaliste n'identifia pas. Il portait, sur un socle de bois, une boule de verre contenant une chaînette terminée par un cristal taillé où se reflétait faiblement la lumière du lustre.

« Il ne manque plus que les jurés », songea le journaliste en parcourant la distance qui séparait l'entrée de la pièce de la table de travail. C'était donc bien à un tribunal qu'on l'avait convoqué. Si on pensait l'entendre plaider coupable, on avait pris ses désirs pour des réalités. Au contraire, cette mise en scène d'apparat mettait Raoul sur ses gardes. Il allait devoir assurer sa défense. On sait que la meilleure façon de le faire est souvent d'attaquer le premier. Mais le journaliste fut devancé.

L'homme assis au centre s'était levé. Il vint au-devant du visiteur. Il était grand, élancé, sec. Sa barbe, taillée en pointe, lui conférait un air professoral. Des lunettes cerclées d'or aggravaient la sévérité naturelle de son regard clair.

Alexandre Casals tendit au journaliste une main sèche comme le timbre de sa voix, et le pria de prendre place sur un des fauteuils Louis XIII qui lui faisaient face. Ensuite, il fit les présentations :

— Mes conseils, Me Lionel de Saint-Chaffrey et Me Isidore Le Monêtier.

« Il a amené du renfort », pensa Raoul.

Le chirurgien attaqua d'emblée de son timbre rêche :

— Monsieur, je n'espère pas d'un procès qu'il dise publiquement qui était Henri Champsaur et ce qu'il a fait, car, si mes renseignements sont bons, ses jours sont comptés. Il échappera probablement au châtiment qu'il mérite. Mais au cas où son état s'améliorerait suffisamment pour qu'on le juge, j'ai demandé à mes conseils de m'assister, car je me porte partie civile, afin d'avoir accès au dossier.

Le reporter demeura silencieux, se contentant de fixer sans ciller le médecin droit dans les yeux jusqu'à ce que celui-ci détourne le regard. Le duel était engagé.

LES deux avocats auraient pu endosser les costumes de Don Quichotte et Sancho Pança, tant le contraste entre leurs deux natures était frappant. Le premier était un grand sifflet à l'air accablé, le second avait les rondeurs d'une dame-jeanne. Ils encadraient leur client comme des serre-livres.

Soudain, sans autre préambule, Casals attaqua de front :

— Monsieur, je dois vous prévenir que je ne laisserai pas la boue s'ajouter à la boue. Mon honneur, mes titres, ma réputation m'autorisent à vous dire que je ne reconnais à personne le droit de salir la mémoire de ma chère épouse par les moyens habituels d'une presse qui ramasse son information dans les caniveaux. Les commentaires dont vous avez accompagné le portrait que vous avez dressé dans les colonnes du *Petit Provençal* de celui qui n'est qu'un vulgaire assassin ne correspondent à aucune réalité. Vous semblez – en détaillant les malheurs qui ont frappé sa famille – lui trouver je ne sais quelles circonstances atténuantes. Ce garçon, à qui j'avais accordé ma confiance, n'a pas hésité à semer le malheur dans une famille estimée, dans le seul but d'assouvir ses instincts les plus bas. Il a abusé du cœur compatissant d'une femme généreuse et l'a tuée parce qu'elle se refusait à ses avances répugnantes. Et ce que *vous*, monsieur, avez écrit sur lui est d'une indulgence coupable, qui peut fausser le jugement des honnêtes gens. Ceux qui ont spontanément choisi le camp de la victime et n'ont jamais hésité à désigner le bourreau.

Le Pr Casals savait son texte au rasoir. Il était destiné à mettre le « patient » en condition d'infériorité.

Après une large inspiration, il repartit de plus belle :

— C'est Mme Casals, la victime. Et Champsaur le bourreau. Il ne faudrait pas inverser les rôles, mon petit monsieur. Vous n'êtes pas l'avocat de la défense face à un tribunal. Je vous demande donc de prendre les choses dans le bon sens.

— Ma foi, mon grand monsieur, je les prends comme il faut, répliqua Raoul. Je vous prierai à mon tour de ne pas me confondre avec un autre. Je ne suis pas un de vos internes et j'ai passé l'âge d'être de vos étudiants. Si vous le désirez, nous pouvons mettre fin à notre entrevue dès à présent.

— Pas avant que vous ayez entendu ce que j'ai à vous dire.

— Je suis là pour ça, monsieur. Et pour dire que j'estime n'avoir en rien flétri la réputation de votre épouse. J'ai rapporté des faits irréfutables. Les interprétations, il faudra les garder pour la justice, si procès un jour il y a.

— J'ai deux petites filles, orphelines de mère, à qui je dois des comptes. Elles ont besoin de voir leur maman publiquement réhabilitée, sans attendre que la justice le fasse un jour, si elle le fait. Qu'on reconnaisse haut et fort Champsaur comme un monstre, coupable du plus affreux des crimes prémédités. Et non comme un malheureux étudiant accablé de deuils successifs qui ont altéré son caractère en même temps que son jugement moral, comme vous semblez le laisser entendre dans votre article.

— Monsieur, je n'ai jamais écrit qu'Henri Champsaur était innocent. Je me suis simplement demandé s'il n'était pas, *lui aussi*, une victime. Victime de la vie et des apparences. Son père, qui se suicida, lui avait sans doute ouvert la voie, en lui transmettant ce goût morbide pour une fin qui ne fut point un remède à la ruine ou à un déshonneur quelconque, mais un refuge contre le mal de vivre.

— Allons donc ! grinça le professeur, c'est faire beaucoup d'honneur à ce romantique infantile et attardé que d'atténuer sa responsabilité derrière le statut d'un névrosé. C'est faire injure à la mémoire de mon épouse.

— Certes, dit le reporter, votre épouse est morte dans des conditions dramatiques, et j'en suis navré pour vous, mais lui ne vaut guère mieux. Si j'ose dire.

Me de Saint-Chaffrey intervint :

— Vous nous permettrez de penser que Champsaur a eu non pas des remords tardifs, mais un éclair de lucidité qui lui aura fait mesurer la monstruosité de son acte. Et il aura préféré échapper au châtiment qui le guettait.

Casals renchérit :

— Ce qui ajoute la lâcheté à la liste de ses turpitudes. Et vous chercheriez à lui trouver des excuses ?

Raoul dit avec calme, en soutenant le regard du médecin :

— J'ai simplement fait remarquer qu'il paraissait étonnant qu'un mort – ou peu s'en faut – expédiât une lettre deux jours après s'être tiré une balle dans la tête. C'est tout. Je n'ai jamais prétendu non plus qu'il n'avait pas tiré sur votre épouse avant de tenter de mettre fin à ses jours. Je me suis contenté de décrire la scène telle que les enquêteurs l'avaient découverte, et de me poser quelques questions à propos d'anomalies sur lesquelles chacun s'interroge.

M^e Le Monêtier intervint à son tour sur un ton moins sec, mais tout aussi obstiné.

— Pardon, mais vous avez l'air de suggérer que, dès l'instant où l'on peut émettre l'hypothèse que Champsaur n'est pas celui qui a expédié la lettre, il pourrait n'être pas celui qui a assassiné l'épouse du professeur. Et qu'il ne serait pas inutile de reprendre l'enquête de zéro afin de déterminer si quelqu'un ne les a pas tués tous les deux ?

Casals lui coupa la parole en s'adressant au reporter :

— Croyez-vous que je n'aie pas été suffisamment éclaboussé comme ça ? Vous voudriez que la calomnie vienne de nouveau fouailler de son groin répugnant ma vie familiale et privée ?

Raoul Signoret lâcha calmement :

— Si, pour vous protéger, il fallait empêcher la vérité de sortir du puits où elle risque de se noyer, alors oui, je le voudrais. La vérité, il n'y a que ça qui m'intéresse.

— C'est surtout le scandale qui vous intéresse ! s'emporta Casals. Vous ne vivez que de ça, vous autres journalistes. Et qu'importent les dégâts sur l'honneur et la réputation des gens.

Pour éviter que le ton monte à nouveau, Me de Saint-Chaffrey s'entremit :

— Monsieur Signoret, la lettre reçue par Mme Champsaur contient les aveux signés de l'assassin. Que vous faut-il de plus ?

— Être certain qu'il en est bien l'expéditeur.

— Les experts graphologues ont authentifié son écriture.

— Je suis au courant.

— Et ça n'est pas pour vous une preuve suffisante ?

M^e Le Monêtier vint au secours de son confrère :

— Qui vous dit qu'il ne l'avait pas confiée à un tiers, à un complice, cette lettre, avec consigne de ne la poster qu'après sa mort, s'il avait décidé de mettre fin à ses jours ? Champsaur n'était peut-être pas certain de pouvoir échapper à la justice, et il aura préféré la mort à la prison. Les cas abondent de ces assassins effrayés par la réalité de leur geste, ou par les conséq…

— C'est une hypothèse parmi d'autres, le coupa Raoul. Je suppose que la police y a pensé avant nous, messieurs. Faisons-lui confiance.

Casals reprit la main :

— Je suis bien de votre avis. Vous auriez dû être le premier à appliquer ce bon sens à vos propres écrits. La police fait son travail. Ses convictions semblent bien établies. En conséquence, je vous demande : de quoi vous mêlez-vous ?

— De ce qui regarde aussi l'opinion publique, monsieur le professeur.

À ce mot, Casals explosa :

— Comptons sur cette gueuse pour salir les gens, avec des porte-parole de votre acabit !

Raoul Signoret évitait de jeter de l'huile sur le feu, mais l'autre n'avait pas l'habitude d'être contredit. En s'efforçant de conserver son calme, et en mettant les formes, le reporter tenta malgré tout d'argumenter :

— Monsieur, je m'en voudrais d'avoir volontairement porté tort à votre famille par mes écrits. Je pense surtout à vos fillettes, je suis moi-même père de famille et…

Casals lui coupa la parole :

— Venons-en aux faits, je vous prie, je ne vous ai pas convoq… je ne vous ai pas demandé une entrevue pour recueillir vos confidences ou vos regrets, mais pour vous rappeler à votre devoir d'objectivité et pour réparer vos carences en la matière.

Une montée d'adrénaline fit trembler de rage le reporter.

— Professeur, vous avez parfaitement raison, je n'ai pas répondu à l'invitation que vous m'avez adressée pour vous parler de ma vie personnelle. Mais vous ne refuserez pas de me donner votre version du drame, puisque, apparemment, je n'y ai rien compris. Je reconnais volontiers que vous en êtes la troisième victime.

— La seconde, monsieur Signoret, la seconde victime ! À laquelle s'ajoutent les deux orphelines à qui ce misérable a volé leur maman. Vous n'aurez pas l'impudence de compter cet assassin au nombre des victimes…

Le reporter aggrava son cas :

— M. Champsaur est lui-même dans un triste état…

— Il s'y est bien mis tout seul ! Et faudrait-il le plaindre ? Ce serait un comble !

Raoul feignit de se ranger aux arguments du mari outragé :

— Pour m'éviter à l'avenir de vous blesser en extrapolant sur les faits tels qu'ils se présentent aux enquêteurs, je vous prierai de bien vouloir profiter de ma présence pour éclairer ma lanterne. Je suis prêt à publier votre opinion dans les colonnes du *Petit Provençal*.

— Vous auriez pu y songer avant d'écrire vos interprétations de fantaisie. Elles confinent à la diffamation envers la mémoire de mon épouse.

Le reporter ne releva pas. Il préféra jouer la compassion :

— Je déplore la fin tragique de Mme Casals…

— Je n'ai que faire de vos regrets.

Ce ton dictatorial acheva d'énerver le journaliste et eut raison de ses derniers scrupules.

— Eh bien, professeur, puisqu'il faut aller droit au but, allons-y. Vous ne ferez admettre à personne que votre version des faits suffit à expliquer le drame ayant eu pour cadre la Villa aux Loups. Il laisse subsister de telles zones d'ombre, il défie à ce point la raison, qu'il n'est pas un enquêteur qui ne se soit posé la question de la part de responsabilité de votre épouse dans ce qui est arrivé.

— Alors, c'est que, comme certains messieurs de la police, vous n'avez rien compris !

— Sans doute. J'attends donc que vous m'éclairiez.

Au lieu d'attaquer de front, l'argumentation du médecin prit un chemin de traverse.

— Je voudrais d'abord vous déclarer solennellement ceci, devant ces messieurs que je prends à témoin : j'affirme, comme je l'ai déjà fait face aux enquêteurs, ma foi complète envers celle qui n'est plus. Dix années de mariage, suivant deux années de fiançailles, me permettent de répondre de la moralité de mon épouse, en dépit de ce que vous dénommez des « zones d'ombre ». Marguerite ne souffre pas le doute. Toute sa vie en témoigne.

En écoutant le professeur assurer la défense post mortem de son irréprochable compagne, Raoul Signoret ne pouvait s'empêcher de repenser au constat irréfutable de ces deux amants retrouvés morts par balle, dans une villa bouclée à double tour par leurs soins, devant un témoin. Ça, personne au monde ne pouvait le contester !

— Marguerite était la bonté, la pureté, la naïveté même. Elle ignorait le mal, et c'était l'esprit le moins romanesque que j'aie connu. Son seul tort aura été de se montrer trop bonne envers un dévoyé. Mon épouse n'a jamais pu voir un enfant souffrir. Ainsi, quand Mme Champsaur a perdu Lisette, sa fille, Marguerite a vu Henri devenir si malheureux qu'elle n'a écouté que son cœur généreux. Nous avions nous-mêmes perdu un petit garçon. Marguerite savait le chagrin que représente la perte d'un être cher. Ce double deuil les avait rapprochés. Elle a pris le jeune Champsaur sous son aile, comme aurait fait une grande sœur. Et lui, au lieu de lui en être reconnaissant, a abusé de sa bonté. Agir en suscitant la pitié, tenter de se faire aimer en se faisant plaindre, certains pervers y excellent.

Le chirurgien secoua la tête, le regard fixe, sans qu'on puisse y discerner l'accablement de la colère.

— En lui demandant de venir surveiller le travail scolaire de nos deux filles, la chère femme pensait que ça le distrairait. C'est ainsi qu'il fut introduit chez nous. D'ailleurs, à l'époque, non seulement je ne m'y suis pas opposé, mais lui ai-je témoigné ma sympathie. Vous voyez comme il m'en aura remercié !

Alexandre Casals mit sa tête dans ses mains et demeura un moment silencieux.

Une petite lampe s'était allumée dans la tête de Raoul Signoret. À quoi rimait ce brusque changement de ton ? Essayait-il, à présent, de jouer la carte de l'émotion et de l'apitoiement ? Le reporter décida d'attendre. Si c'était une comédie, la vraie nature d'*Herr Professor* ne tarderait pas à (re)pointer son vilain museau.

Pour voir, comme on pratique au jeu de poker, Raoul Signoret profita du silence établi et poussa une première carte :

— Je ne voudrais pas prolonger cet entretien qui ranime de bien tristes moments, professeur, mais j'aimerais vous entendre répondre à une ou deux questions. Pensez-vous que, malgré ses principes moraux, Mme Casals ait pu être séduite par Henri Champsaur ?

Le médecin cria :

— Séduite ? Vous plaisantez !

— Ne prenez pas ce mot à la lettre, monsieur, ce n'est pas à un savant de votre trempe que j'apprendrai que le mot latin *seductio* implique l'idée de fascination, d'ensorcellement. Mme Casals a peut-être…

M^e Le Monêtier ne laissa pas le journaliste aller plus loin :

— Monsieur, pardonnez-moi, mais cette idée est ridicule.

À l'étonnement du reporter, Casals reprit d'un ton plus calme.

— M. Signoret n'a peut-être pas tout à fait tort, maître, quand il parle d'ensorcellement. Il y a d'autres moyens d'ensorceler une femme qu'en faisant le joli cœur. Il suffit de savoir exciter sa bonté d'âme naturelle.

Le chirurgien fit une pause. Manifestement, il attendait que le journaliste demandât quels étaient ces moyens. Raoul se garda bien de le faire, laissant l'adversaire se découvrir.

— Vous allez me demander quels sont ces moyens ? Eh bien, je vais vous les dire : en la droguant, en lui faisant absorber des substances qui vont changer son degré de conscience, de façon à abuser d'elle sans qu'elle s'en offusque. Ou en modifiant son état de conscience. Vous savez bien que certains magnétiseurs y excellent.

— Mais Champsaur n'était pas magnétiseur, que je sache, objecta le reporter.

— Qu'en savons-nous ? N'aurait-il pas plongé ma malheureuse épouse dans un état hypnotique pour mieux en faire le jouet de son caprice ? Ça n'est pas du tout à exclure. Ces messieurs de la police sont aussi de cet avis. Champsaur nous avait confié un jour, devant des amis, qui ont témoigné auprès des enquêteurs, son goût pour l'hypnose. Vous savez qu'il existe des sujets plus faciles à suggestionner que d'autres. Marguerite avait une nature très fragile. Surtout depuis notre deuil. Elle souffrait d'accès de somnambulisme naturel. Qui sait si ce monstre n'aura pas mis à profit cette faiblesse pour s'emparer d'un être sans défense ?

Il revint bientôt au panégyrique de sa sainte épouse :

— Jamais Mme Casals n'aurait pu tomber amoureuse d'un jeune homme qui faisait litière aussi cyniquement des lois de l'hospitalité et du sentiment de l'honneur. En outre, des témoins – je pourrais en produire une bonne dizaine – pourront vous confirmer qu'il arrivait à mon épouse d'être exaspérée par l'attitude de Champsaur et par ses visites incessantes. « Sa vue même m'insupporte », avait-elle avoué. Elle l'avait un jour qualifié d'« exalté », si ma mémoire est bonne.

— Avez-vous entendu Champsaur évoquer l'idée du suicide ?

— Mais bien sûr ! Et pas qu'une fois. Ça frisait l'obsession. Bien entendu, il s'abritait toujours derrière de grands auteurs, autant pour justifier ses élucubrations que pour les cautionner par de grands textes. Un jour il nous avait infligé un poème de Rousseau, je crois. *Les Amants d'Isigny*, ou je ne sais quoi… C'était l'histoire magnifiée de deux amants morts ensemble. Il en avait apporté le texte à Marguerite, recopié de sa main, comme s'il lui faisait un cadeau de prix, et il le lui avait offert ! Savez-vous ce que ce misérable avait eu l'audace de dire ? « Ce serait une grande beauté de mourir comme cela. On deviendrait objet d'admiration. »

Casals ajouta avec un mépris haineux qui lui tordait la bouche :

— Lorsqu'elles seront en âge de comprendre à qui elles doivent le malheur qui s'est abattu sur nous, je suis certain que mes filles apprécieront à sa juste valeur cet « objet d'admiration » ! Je ne pouvais imaginer que ma pauvre Marguerite serait un jour la victime des obsessions de cette cervelle malade !

— Et pourtant, elle continuait à le recevoir.

— Encore un effet de son cœur charitable. On ne se refait pas… Avec cette double vue des femmes, elle avait deviné qu'il souffrait et s'était fait un devoir de le soulager.

Le journaliste en avait assez de ce jeu dont il ne voyait ni les raisons ni le but. Si l'autre croyait qu'il allait revoir sa copie parce qu'on l'avait sermonné comme un cancre rétif, en jouant tour à tour de la menace et de la compassion, il prenait ses désirs pour des réalités.

— À votre avis, comment expliquer que votre épouse ait accepté de venir à la Villa aux Loups en compagnie de ce jeune homme et d'y demeurer plus d'une heure, en tête à tête, avant le drame?

— Cela ne peut se concevoir que parce que son esprit a été empoisonné. Elle a été privée de conscience, de volonté, veux-je dire pour être clair.

Pour achever d'être convaincant, le professeur précisa:

— À deux heures de sa mort, Marguerite laissait inachevée une lettre à une de ses parentes, parlant d'un ton léger de mille petits incidents de sa vie quotidienne, d'un déjeuner qu'elle venait de faire avec ses filles.

— Vous-même n'y assistiez pas?

— À cette heure-là, j'étais en salle d'opération.

— Votre épouse avait-elle un jour devant vous évoqué l'idée de suicide?

— La question ne se pose pas, monsieur le journaliste! glapit Casals. Marguerite était croyante et pratiquante.

Puis il reprit:

— Elle venait d'envoyer nos fillettes jouer dans le jardin, en compagnie de Suzon, notre nouvelle bonne, quand Champsaur est venu l'enlever. Cette femme pourra en témoigner le jour venu. Est-ce là l'attitude d'une femme et mère dévoyée qui s'apprête à rejoindre son amant? À plus forte raison pour aller se suicider avec lui? Cette lettre retrouvée sur l'écritoire familiale, en cours de rédaction, proteste contre l'infamie des accusations portées contre Marguerite.

Ce fut plus fort que lui, Raoul posa la question qui fâche pour faire sortir le loup du bois:

— Savez-vous si Henri Champsaur a eu des rapports intimes avec votre épouse?

— En quoi cela vous concerne-t-il? Si elle en a eu, ce fut dans un état d'inconscience ou morte. Vous la voyez aller s'enfermer dans la villa en toute lucidité pour se donner à son assassin?

Le professeur se leva, furieux, et vint parler de près au reporter:

— Est-ce que je me préoccupe, moi, de savoir où et avec qui se trouve Mme Signoret à cette heure?

Devant la bassesse de l'argumentation, le reporter vit rouge. Il lâcha à mi-voix pour que les mots portent mieux :

— Jusqu'à plus informé, le corps dénudé de Mme Signoret n'a pas encore été retrouvé, le crâne percé de deux balles, dans une villa isolée m'appartenant, en compagnie d'un jeune homme agonisant qui aurait l'âge d'être votre fils. Si ça devait se produire, vous ne manqueriez pas de l'apprendre par les journaux.

— Je vous ferai payer cette insolence. Car j'ai le bras long, n'ayez crainte. Votre avenir ne vaut pas cher, dans le journalisme ou ailleurs. Je m'en occupe personnellement. Vous aurez de mes nouvelles.

En se levant, Raoul dit avec le plus grand calme :

— Vous aurez de mes nouvelles également, professeur. Vous pourrez les faire lire prochainement par vos avocats dans les colonnes du *Petit Provençal*.

11

Où l'on retourne à La Panouse pour y découvrir une clef perdue qui pourrait bien être celle qui ferme l'énigme à toute explication logique.

LES volets du premier étage de la Villa aux Loups étaient clos, ainsi que la porte d'entrée, sur laquelle la police avait apposé ses scellés de cire rutilante. Mais le soleil implacable les avait ramollis, au point de les faire dégouliner sur le bois en deux traînées sanglantes. Le panneau et la plaque de serrure portaient les traces visibles des coups de masse assénés par les voisins après les coups de feu. Depuis, on avait tant bien que mal rafistolé la serrure déglinguée avec du gros fil de fer, afin de maintenir la lourde porte de bois en place contre son chambranle.

Le reporter du *Petit Provençal* était revenu sur les lieux bien plus discrètement que lors de sa première visite aux Monetti et aux Bujard. Il avait pris le tramway jusqu'au Redon. Ensuite, il était remonté à pied en direction de La Panouse, mais en évitant l'avenue. La Villa aux Loups pouvait être atteinte sans que l'on croise âme qui vive. Notamment par un sentier pierreux qui débouchait derrière la maison.

Entrer dans le jardin fut un jeu d'enfant pour le journaliste. Le portail en fer forgé, muni de barreaux dans sa moitié supérieure, n'avait pas de serrure et n'était maintenu fermé que par un simple loquet. Il suffisait de passer la main entre deux barreaux pour le soulever et le dégager du mentonnet.

Raoul Signoret n'avait pu s'empêcher d'aller fouiner autour de cette résidence estivale qu'il lui semblait déjà connaître. Il aimait humer l'air des lieux de l'enquête en cours et s'imprégner de leur disposition. Dans le seul but de s'en servir lors d'articles à venir.

Le jardin était resté à l'état de nature. On l'avait agrémenté de quelques arbres fruitiers, mais le jardinage ne semblait pas être la passion dominante de la famille Casals. Tout indiquait que la maison n'avait pas été occupée, au moins en continu, depuis l'été précédent.

Raoul Signoret fit lentement le tour de la bâtisse et se retrouva à l'ombre de la face nord. La haie de buis qui la longeait, faute d'avoir été taillée, ne ménageait plus qu'un étroit passage entre ses rameaux robustes et le crépi du mur. Le reporter parvint devant la porte étroite en bois brut, seule ouverture accessible dans cette façade aveugle. La chaîne qui servait de fermeture était toujours en place, et, comme l'avait fait le cocher Brouquier, le journaliste profita du ballant des anneaux, solidarisés par un gros cadenas, pour tirer la porte vers lui. Cela suffit pour l'entrouvrir sur une bonne dizaine de centimètres de largeur. Raoul jeta un œil à l'intérieur et vit un couloir au bout duquel on distinguait les marches montant à l'étage. Le cadenas était un modèle ancien, grand comme la paume. La serrure était protégée par une pièce métallique mobile qui en cachait l'orifice.

Machinalement, le reporter manipula cette antiquité métallique, qui semblait le fixer de son œil unique. Il tenta de faire jouer la partie mobile, au cas où on aurait oublié de verrouiller l'engin, mais ce fut en pure perte, et il le relâcha bientôt.

Il n'en saurait pas plus sur les lieux du drame. Sur le point de partir, Raoul perçut les bêlements d'un troupeau de chèvres et le tintement de leurs clochettes qui se rapprochaient, tandis qu'une grosse voix d'homme disait des choses que seul un chien peut comprendre. Le berger devait ramener ses bêtes vers leur enclos.

Le reporter demeura immobile, plaqué contre le mur qui le rendait invisible depuis l'avenue. Il préférait attendre à l'ombre que le troupeau chevrotant s'éloigne pour sortir du jardin. Il craignait qu'on le prît pour un visiteur indélicat animé d'une curiosité malsaine.

Par malchance, le berger avait dû faire une rencontre, car, depuis sa cachette, le journaliste entendit une seconde voix et une conversation s'ébaucher. Le petit troupeau, regroupé par le chien, avait dû lui aussi faire halte : les bêlements étaient tout proches et ne s'éloignaient plus.

À cet instant, Raoul Signoret ne se doutait pas que l'interlocuteur du berger n'était autre que Francis Monetti, intarissable bavard. Contraint à l'inactivité, le reporter en était réduit à explorer des yeux le paysage. Son regard se porta sur le fond du jardin. Contre le mur d'enceinte qui séparait la propriété de la pinède poussait un bel amandier. Une petite échelle simple, en forme de triangle isocèle, était posée contre son tronc. Le barreau terminal arrivait dans la fourche maîtresse de l'arbre, à la hauteur du faîte du mur, ce qui donna une idée au reporter. La conversation des deux *rababéous* menaçant de s'éterniser, il prit la décision de sortir par cette voie de la nasse où il s'impatientait, voie peu recommandée aux rhumatisants, mais qui, pour un sportif de sa trempe, ne serait qu'une formalité. Un chemin venant de la colline, à droite de la villa, lui permettrait de rejoindre l'avenue comme un simple promeneur.

Grimper les sept barreaux de bois, s'accrocher aux branches de l'amandier pour se rétablir sur le faîte du mur fut un jeu d'enfant. Il ne restait plus qu'à sauter dans les buissons en faisant le moins de bruit possible. Il n'y avait guère plus de deux mètres à franchir, mais le sol en bordure du mur était caillouteux, et, pour se recevoir sans se tordre une cheville, il fallait se servir de ses jambes comme amortisseurs. À peine la semelle de ses chaussures d'été avait-elle pris contact avec la terre ferme qu'il compensa, par un repli des jambes, le poids que la pesanteur venait d'imposer à son corps. Son canotier tomba sur le sol devant lui. Pour le récupérer, le reporter se retrouva à croupetons parmi les buissons, nez à nez avec un objet qu'il ne s'attendait pas à découvrir là.

C'était une clef en fer. Une clef ordinaire, d'une taille ordinaire. Ce n'est pas cette banalité qui attira l'attention du journaliste, mais l'état de l'objet. Il n'était ni rouillé ni recouvert de terre. Il était là depuis peu de temps, compte tenu de l'abondance des pluies tombées fin mai, juste avant l'arrivée brutale de l'été marseillais.

RAOUL SIGNORET avait encore la clef en main quand, se tournant vers la droite, il se vit l'objet d'un regard noir et menaçant qu'accompagnait un grondement sourd. Impatienté lui aussi par l'interminable bavardage de son maître, le chien du berger était venu faire un petit tour dans la pinède. Au moment où il tournait le coin du mur de clôture, il avait été surpris par la vision d'un grand escogriffe sautant depuis le mur de la propriété, et son instinct lui avait fait spontanément prendre la défense du bien d'autrui. Il s'était mis en posture d'attaque, et, babines retroussées, son poil ferrugineux encore plus hérissé qu'à l'ordinaire, il s'efforçait d'impressionner l'intrus.

En se gardant de tout geste brutal pouvant être pris par la bête pour une agression, Raoul Signoret mit la clef dans la poche de son pantalon.

Une chevrette blanche, écartée de ses congénères, venait d'apparaître à son tour. Le chien, accaparé par le rôdeur qu'il venait de débusquer, ne l'avait pas encore repérée derrière lui.

L'homme et l'animal s'observaient en chiens de faïence, et cela eût pu durer longtemps si une voix bourrue n'était venue délivrer le reporter de sa délicate position. Question discrétion, c'était fichu :

— Pistachié, viens ici ! Où il est encore passé, ce couillon ?

À sa casquette et à son long bâton, le reporter identifia sa fonction avant même que l'homme ait fini d'apparaître à l'angle du mur. Le berger s'adressa d'abord à son chien.

— Oh, *bagalenti* ! Et les chèvres, c'est moi qui les garde ?

Pistachié, qui semblait vouloir rattraper sa bévue, fila ventre à terre ramenant avec lui la biquette égarée. Alors, relevant la tête, le berger fixa d'un œil mauvais le journaliste, toujours figé.

— Qu'esse vous faites là, vous ?

— Je cherchais des champignons.

— Avec *le* costume et *à* cette saison ? Tu serais pas plutôt venu pour te rincer l'œil, comme les autres ? Tu sais pas qu'y a rien à voir ? Allez, fiche le camp. Des gens comme toi, on en a assez vu par ici. Je t'en foutrais des champignons… Un coup de fusil, vouais !

Le reporter retrouva son sens de l'humour :

— Vous ne pensez pas qu'il y en a eu suffisamment par ici ?

— En tout cas, répliqua le berger, tu aurais pris un coup de dent, tu l'aurais pas volé. On a pas idée de se cacher derrière les murs des maisons quand on a la conscience tranquille.

— Je croyais la pinède à tout le monde, répliqua Raoul. On a dû mal me renseigner.

Il s'avança, s'efforçant de prendre un air aimable, et se présenta :

— Raoul Signoret, reporter au *Petit Provençal*.

C'est à cet instant qu'apparut son sauveur, Francis Monetti.

— Ça alors, monsieur Raoul ! Vous êtes revenu ? Pourquoi vous l'avez pas dit, ma femm…

— Je ne voulais pas déranger.

— Qué déranger, alors !

Monetti se tourna vers le berger :

— Chaumery, vous inquiétez pas. C'est M. Signoret, le journaliste du *Petit Provençal*.

Le berger ne se tint pas pour battu :

— Le journal, je m'en fous bien pas mal, je sais pas lire.

Et il tourna les talons, plantant là les deux autres pour rejoindre Pistachié et ses chèvres.

— Vous vexez pas, monsieur Signoret. Il fait souvent le *mourre* à force de vivre seul, peuchère, mais c'est pas le mauvais bougre.

Tout en parlant, les deux hommes avaient commencé à descendre l'avenue.

— Monsieur Monetti, vous souvenez-vous avoir vu le jeune Henri et Mme Casals venir souvent ensemble à la villa ?

Le retraité fit une moue :

— À bien réfléchir, je crois que c'est la première fois qu'ils venaient tous les deux, seuls, en fiacre. Et encore, je les ai pas reconnus au passage. C'est quand le cocher me les a décrits que j'ai pensé à eux. D'habitude, il y avait toujours la mère d'Henri ou les petites.

Donc les escapades du couple n'étaient pas fréquentes, en déduisit Raoul. Tout au plus récentes, et le retraité ne les avait pas encore repérées.

L'ex-maçon s'arrêta de marcher et proposa au journaliste :

— Vous voulez pas venir un moment à la maison ? On sera mieux pour causer. Et ma femme sera ravie de vous revoir.

— Ça serait avec plaisir, mentit le reporter, mais, sans vous vexer, je suis un peu pressé aujourd'hui, et il me faut continuer mon enquête auprès de la police, avec qui j'ai rendez-vous dans la soirée.

— Alors, j'insiste pas, céda Monetti. Le travail d'abord.

Le reporter remercia l'ex-entrepreneur maçon pour sa serviabilité. Il le vit entrer chez lui avec soulagement. Tout en marchant, il mit la main dans la poche droite de son pantalon pour y prendre un mouchoir et s'éponger la nuque.

Il sentit sous ses doigts une pièce métallique à laquelle il ne pensait plus. C'était la clef trouvée dans les buissons sous le mur nord de la Villa aux Loups.

Raoul Signoret se promit de revenir une troisième fois, un jour prochain, à La Panouse, histoire de vérifier si cette clef n'irait pas dans certaine serrure qui tout à l'heure lui avait fait de l'œil…

12
Où notre héros compare ses propres informations avec celles recueillies par la police sans pour autant y voir plus clair.

COMME d'habitude, la salle de rédaction du *Petit Provençal* bourdonnait des échanges entre confrères à propos des dernières nouvelles tombées dans la nuit par fil spécial ou expédiées par les correspondants de quartier.

Le seul qui ne participait pas à ces échanges était Raoul Signoret. Il s'était isolé au fond de la salle et parlait au téléphone avec Eugène Baruteau à propos du déjeuner dominical chez Nella Barone et Félix Raspail, et des confidences recueillies de la bouche de l'ex-petite bonne à propos de l'état de santé de Marguerite Casals, qui semblait affectée de crises de somnambulisme naturel.

— Ce que m'a confié cette petite sur sa patronne, elle n'a pas pu l'inventer, mon oncle ! Elle a servi chez ces gens-là pendant plus de deux ans. Si ce que raconte cette jeune femme est vrai, Casals aura le dernier mot. Si sa femme était aussi sensible au phénomène d'hypnotisme, le jeune Champsaur a très bien pu l'endormir pour arriver à ses fins. Ce n'est qu'après, en réalisant qu'il avait fait une grosse connerie, qu'il l'a tuée avant de se suicider.

Le policier approuvait :

— Le fait qu'il ait avec lui un revolver plaiderait en faveur de cette thèse. Nous faisons le tour des armuriers pour savoir où et quand il l'aurait acheté. Mais pourquoi aller chercher cette histoire de sommeil hypnotique ? Que Casals l'évoque, c'est normal. C'est pour sauver l'honneur. Mais toi ! Pourquoi aurait-il fait ça ?

— La version compassionnelle serait : pour qu'elle ne se rende compte de rien. La version cynique : parce qu'elle n'était pas forcément consentante.

— Raoul… Écoute un peu ton pauvre oncle. Cette femme n'a pas été enlevée. Marguerite Casals y est allée de son plein gré. Elle savait où elle allait. Champsaur a bien été obligé d'indiquer devant elle l'adresse de destination au cocher. Elle l'a forcément entendue. D'autant que c'était la sienne. Et elle lui a donné les clefs de la baraque ! Brouquier a bien vu qu'elle était consciente. Elle lui parlait normalement, à son client. Tu ne m'enlèveras pas de la tête qu'elle savait ce qu'elle allait faire à la Villa aux Loups.

Baruteau lâcha les suppositions pour revenir au concret :

— Je tiens à ta disposition une copie de la lettre envoyée à sa mère…

Raoul l'interrompit :

— Alors qu'il était dans le coma depuis l'avant-veille… Au fait, vous en avez parlé dans le tuyau de l'oreille de vos adjoints, pas foutus de voir que la date d'expédition ne pouvait pas coller ?

— Bien sûr ! Je leur en ai tellement parlé de près que j'en ai trois en arrêt de travail pour surdité temporaire. Mais pour l'instant, on n'a guère avancé. Sur la lettre, il n'y a trace que des empreintes de Champsaur, et sur l'enveloppe, pas la moindre empreinte. On croirait qu'elle a été manipulée avec des gants. Viens la prendre quand tu veux. J'en ai fait une phototypie avant d'expédier l'original au procureur.

— Je vais passer dès que j'aurai un moment.

Le reporter voyait dans cette invite l'occasion de montrer le fameux texte à Paul Chabert.

— Tu verras de tes yeux les termes employés. Champsaur explique assez clairement qu'il va se suicider avec sa bien-aimée et qu'il a son accord.

Raoul s'abstint de dire à son oncle qu'il savait à quoi s'en tenir après lecture faite chez la mère d'Henri. Il se contenta de répliquer :

— Donc, pour vous, mon oncle, ces deux-là avaient fait le projet de s'offrir une petite récréation avant de se tuer ? Ça vous suffit comme explication ?

— Mais oui, *testard* ! Ne va pas chercher midi à quatorze heures. Cela expliquerait la tenue dans laquelle cette femme a été retrouvée. Pourtant, ils n'auront pas eu le temps ou l'occasion d'aller jusqu'au bout. Peut-être l'étudiant a-t-il eu une panne d'ascenseur.

— Allons, bon, voilà autre chose ! s'écria le reporter.

Baruteau baissa la voix :

— On vient de m'apporter les résultats des analyses opérées dans les orifices naturels de feu Mme Casals. Eh bien, tu ne vas pas le croire, on n'a relevé aucune trace résiduelle d'une éventuelle partie de quatre jambons accrochés au même clou.

— Pas possible !

— Rien, je te dis. À se demander ce qu'ils ont pu faire dans cette chambre pendant plus d'une heure… En revanche, Marguerite Casals était enceinte de deux mois. Ce qui pourrait expliquer qu'en prenant connaissance du résultat désastreux de leurs galipettes antérieures le jeune homme ait été refroidi. Il est passé directement à la seconde partie de la séance récréative et a réglé le programme définitivement.

— Attendez, objecta Raoul. Qui nous dit qu'il n'est pas du mari, ce petit ? Vos enquêteurs ont parlé de tout ça avec Casals ?

— Tu crois qu'ils t'ont attendu ?

— Et qu'est-ce qu'il avance comme explication, le professeur ? C'est un coup du Saint-Esprit ?

— Il affirme mordicus que Mme Casals accomplissait sans rechigner son devoir conjugal.

— Il ne va pas dire le contraire. Il veut sauver les apparences. Ça peut se comprendre.

Baruteau poursuivit :

— Il dit autre chose aussi, qui devrait nous faire réfléchir avant de foncer droit devant. Son scénario n'est pas à écarter sans examen approfondi. Champsaur drogue ou endort Marguerite, et la supprime pendant qu'elle est dans les alléluias. Logique avec lui-même, Casals démontre que sa femme était inconsciente quand l'autre a maquillé l'assassinat en suicide, puisque le corset de Marguerite était dégrafé dans le dos et non pas délacé sur le devant. C'est plus facile à ôter sur un corps inerte. Le jeune homme l'aurait donc déshabillée pendant qu'elle n'avait plus sa conscience. Peut-être par voyeurisme, va savoir… Avant de la tuer.

— Ça me ferait suer que ce Trissotin ait raison. Zut ! Cette version tient le coup.

Le reporter demeura silencieux quelques secondes avant de dire, comme s'il réfléchissait à haute voix :

— Ce qui ne colle pas, c'est qu'il n'y ait pas eu trace d'une éventuelle galipette préalable. Vous êtes sûr de votre légiste ?

— Je n'en connais pas de meilleur dans tout Marseille. Il te repère un spermatozoïde à vingt mètres. Et sans lunettes !

Redevenant sérieux, le policier émit ses doutes :

— Je ne le sens pas comme toi, ce coup-là. C'est ton affaire d'hypnotisme qui m'embrouille la comprenette. Tu te vois t'exciter sur une femme qui aurait autant de réactions qu'une arapède ? La preuve : il semblerait qu'il n'y soit pas arrivé.

Raoul Signoret n'en démordait pas :

— Oh, ça ! Tous les goûts sont dans la nature…

Baruteau, à bout d'arguments, changea de sujet :

— Si on laisse de côté le coup de l'hypnose, tu verrais ça comment, ô Tirésias des temps modernes ?

— Henri Champsaur, sous un prétexte quelconque, demande à Marguerite de l'autoriser à l'accompagner jusqu'à la Villa aux Loups. Des voisins, que j'ai interrogés, m'ont dit qu'elle venait de temps en temps, seule ou accompagnée de dames patronnesses de son obédience, prendre des affaires ou du linge pour ses fêtes de charité. Elle distribuait beaucoup à ses coreligionnaires dans le besoin.

— C'est vrai, admit Baruteau. On a retrouvé une pile de linge sortie d'une armoire et on s'est demandé ce qu'elle fichait-là.

Cela donna du grain à moudre au reporter :

— Champsaur a pu dire à Marguerite : « Je viens avec vous, je vous aiderai à porter les paquets. » Ou bien : « J'ai quelque chose à récupérer moi aussi pour ma mère. Ça serait l'occasion. » Pourquoi aurait-elle refusé ? Elle le connaît bien. Il vient fréquemment chez eux, il s'occupe des petites filles. Jusque-là, rien que de très ordinaire. « Passez donc me prendre à 2 heures, Henri. Nous bavarderons ensemble durant le trajet. » C'est pour cette raison que le cocher les a vus comme un couple de gens normaux. Ils se parlent, peut-être plaisantent-ils. Mais le jeune homme a une idée derrière la tête. Une fois qu'ils sont arrivés sur place, le fougueux lui sort le grand jeu. « Soyez à moi, je suis à vous. » Supposons qu'elle ait refusé. « Si vous ne voulez pas être mienne, Marguerite, je me tue sous vos yeux. » Et il sort le calibre qu'il a acheté quelques jours auparavant après avoir dit à Chabert : « La vie sans elle ne vaut pas d'être vécue. Je sais ce qu'il me reste à faire. » Elle, dans un élan sublime, s'écrie : « Ne faites pas ça, Henri. Tuez-moi plutôt, car c'est moi la fautive, je n'aurais jamais dû me faire aimer de vous. » Et elle ajoute : « Vous avez pris pour de l'amour ce qui ne pouvait être entre nous que l'affection d'une grande sœur pour son jeune frère. » Et l'autre, dans l'état d'excitation où il se trouve, se croyant tout près du but, comprend que c'est foutu. Alors, sous prétexte de lui faire boire quelque chose, il lui refile une saloperie qui l'endort. D'où le corset délacé dans le dos, il a raison, le cocu. Champsaur ne devait plus pouvoir tenir. Mais il est tellement excité qu'il se retrouve avec le manomètre à zéro. Il reprend toute sa tête, devient *jobastre*, sort le pétard qui lui avait servi à faire son chantage, et tire dans ce corps si longtemps convoité. Enfin, réalisant ce qu'il vient de faire, il se met une balle dans le crâne pour la rejoindre.

Baruteau rigola franchement :

— Alors là, attends ! Je téléphone illico au directeur du théâtre du Gymnase. C'est un ami. Ne change pas une virgule à ton texte. Il te le prend tout de suite. Si on fait pas un tabac avec ça, je me fais moine.

Le reporter joua la grande scène de l'incompris :

— C'est vraiment chic de votre part, mon oncle ! Payez-vous ma margoulette. Pendant que je me décarcasse, la police marseillaise préfère jouer aux boules, et voilà ce que je récolte. Des sarcasmes.

Le policier ne parvenait pas à reprendre son sérieux :

— Et la séance d'hypnose, avec tout ça ? Tu la places dans quelle scène ?

Raoul se rebiffa :

— Je parie que vos estafiers ne sont même pas allés fourrer leur gros pif dans la bibliothèque du jeune homme. Qui sait si elle ne contiendrait pas quelque manuel pour s'exercer aux passes magnétiques ?

— Là, tu n'as pas tort. Je vais envoyer quelqu'un chez sa mère pour fouiller dans les cahiers de son défunt fils.

— Attendez, il est mort et vous ne me dites rien ?

— Non, pas encore. Mais c'est tout comme. Il est aussi vif qu'une clovisse pas fraîche. On va tenter l'opération dernier recours en espérant extraire la balle. On le trépane mardi prochain. S'il n'y reste pas, rien ne nous dit qu'à la sortie il ne va pas avoir autant de conversation qu'un limaçon, mais il faut tenter le coup. Par ailleurs, tu as raison. On va aller revoir la maman et regarder de près si l'impulsif fiston n'aurait pas donné dans l'ésotérisme et la passe magnétique. Ne serait-ce que pour être sûrs que ce n'est pas un assassin ordinaire qui nous la joue « romantique agité » pour sauver les meubles.

— Ah, tout de même ! dit Raoul. Il était temps qu'on m'aide. Je fais tout, tout seul. À propos, mon oncle, vous ne connaîtriez pas quelqu'un de sérieux qui soit un peu spécialisé dans ces choses-là ? Ces trucs où interviennent le sommeil hypnotique, l'autosuggestion, le somnambulisme…

Baruteau fouilla dans sa vaste mémoire, plus sûre, à son avis autorisé, que les archives de la police marseillaise.

Au bout d'un moment, il lâcha un nom : Théodore Fourcade.

— Connais pas.

— Nous étions ensemble à l'école communale de la rue du Racati. Il était plus intelligent que moi : il est devenu neurologue et moi flic. C'est la vie. Je vais lui téléphoner pour lui annoncer ta venue. Le Dr Fourcade dirige la maison de santé de Sainte-Marthe, au château Bertrandon. C'est un spécialiste des fadas de tous calibres, mais je sais qu'il s'intéresse de près à tout ce qui relève de l'hypnose, ses pompes et ses œuvres. Il ne refusera pas de t'apprendre comment séduire les dames avec quelques passes magnétiques !

— S'il s'agit seulement de séduction, dit Raoul Signoret, j'ai tout ce qu'il faut sur moi.

— Petit prétentieux, répliqua son oncle en riant.

13
Où l'on voit notre héros recevoir à ses entiers dépens
sa première leçon sur l'hypnotisme
et le sommeil somnambulique.

L E qualificatif de *château* était un peu « large aux épaules » pour cette bastide plantée en pleine nature, non loin du village de Sainte-Marthe. Mais le vaste parc planté de cèdres et de magnolias qui l'entourait était un autre monde, loin de la fourmilière marseillaise.

Ce n'est pas sans raison que le château Bertrandon était devenu depuis 1876 une maison de santé mentale. Le calme de l'endroit ne pouvait qu'être favorable aux pensionnaires. Si le Dr Théodore Fourcade obtenait moins souvent qu'espéré des réponses positives aux traitements prescrits à ses patients – souvent placés de force par leurs familles –, du moins s'efforçait-il de leur procurer un environnement médical et naturel propre à soulager une partie des maux qui les tourmentaient. Nul recours aux camisoles ni aux méthodes coercitives chez le neurologue. Mais l'établissement privé était payant. Donc réservé aux nantis. Les autres continuaient à s'entasser à l'asile Saint-Pierre, sur des lits de fer scellés aux murs, dans des cellules aux fenêtres barreaudées.

Au château Bertrandon, les « fous » – discrètement surveillés par un personnel attentif – étaient libres de circuler à leur guise. Le parc leur était accessible durant le jour. Le coup d'œil infaillible du couple de concierges – les Domergue – valait toutes les serrures de sûreté. Ces braves gens étaient dévoués au médecin comme des esclaves consentants, depuis qu'il s'était occupé de leur petit dernier, Firmin, « qui avait pas toute sa tête ».

En entrant dans le bureau où le Dr Théodore Fourcade l'attendait, Raoul Signoret ne put s'empêcher de penser qu'il avait face à lui l'antithèse physique du Pr Casals. Dans le regard de l'aliéniste, il y avait toute la compassion du monde. Son visage plein, à peine souligné par une courte barbe plus sel que poivre, son crâne chauve, son pince-nez aux verres ovales, son léger embonpoint, son perpétuel sourire, tout était rassurant chez le bonhomme. Sa spécialité était des plus ingrates, les résultats obtenus infimes, la reconnaissance publique peu assurée, mais le Dr Théodore Fourcade s'en moquait bien. Il s'y consacrait par vocation, sans souci de renommée, conscient des limites de sa science. Ne pouvant promettre la guérison, il partageait du mieux qu'il pouvait les souffrances des malheureux à lui confiés.

— Donnez-moi d'abord des nouvelles de mon vieil ami Eugène, dit le Dr Fourcade en venant, main tendue, au-devant de Raoul Signoret. Quel lâcheur, celui-là ! Au moins trente ans qu'on ne s'est vus ! Il faut dire que nous ne traitons pas les mêmes patients…

— Il vous mande ses amitiés les plus affectueuses, répondit le reporter. Il m'a même chargé de vous inviter au vin d'honneur offert à l'occasion de sa nomination au grade de commissaire central. Ça se passe à l'Évêché mercredi en huit, à 6 heures du soir.

— Vous lui direz que je viendrai. Les occasions de se revoir sont si rares ! Nous étions copains cinq sous, à l'école. Et s'il faut encore patienter trente ans, je ne suis pas sûr d'y être.

Le Dr Fourcade prit familièrement le bras de Raoul pour le faire entrer dans son bureau.

— Votre oncle vous a-t-il raconté qu'à l'école maternelle du Racati nous étions tous les deux amoureux d'une paire de jumelles ? Madeleine et Paulette. On en avait choisi une chacun, mais elles étaient comme deux gouttes d'eau, et on n'était jamais sûrs que c'était la bonne.

— J'ignorais cet épisode précoce de la vie dissolue de mon oncle, dit Raoul. Vous faites bien de m'en parler. Il va m'entendre.

— Bien, dit Théodore Fourcade. En attendant de lire sous votre plume le premier épisode du grand roman-feuilleton « La vie et les amours d'Eugène Baruteau, commissaire à l'Évêché », je crois que vous étiez venu me voir pour tout autre chose, non ?

— Mon oncle a dû vous le dire : je suis en ce moment sur l'affaire de la Villa aux Loups, où l'on a retrouvé morte, enfermée dans sa maison d'été de La Panouse, l'épouse de votre confrère Casals, dans une tenue plus que légère, en compagnie de son jeune amant.

— J'ai suivi de loin, dit poliment Fourcade, car ma charge ne me laisse guère le temps de me délecter des affaires croustillantes. Le mari a fait établir un constat d'adultère, je suppose ?

Le médecin avait besoin d'une séance de rattrapage. En apparence, il ignorait à peu près tout. Ce qui devait faire de lui un cas unique à Marseille.

— C'est-à-dire, expliqua le reporter, qu'il n'en a pas eu l'occasion. Mme Casals avait deux balles dans le crâne, probablement tirées par son coquin, d'après la police. Celui-ci aussi en avait une, près du temporal gauche, qui ne l'a pas encore tué. Il est dans le coma au pavillon des Officiers, à la Conception.

— Diable ! dit le médecin. Mais Eugène m'a parlé d'hypnose. Elle a quelque chose à voir là-dedans ?

— C'est moi qui ai besoin d'être éclairé à la lumière de votre science. Au goût du mari, j'ai fait dans *Le Petit Provençal* un portrait insuffisamment noirci de celui qu'il désigne comme « l'assassin de ma femme ». Le Pr Casals voudrait donc voir proclamée, par l'intermédiaire de la presse, l'innocence de sa femme. Il assure que si on a retrouvé sa femme dans l'état où je vous l'ai décrite, c'est parce qu'avant d'abuser d'elle le jeune homme l'avait droguée, peut-être bien hypnotisée, car elle souffrait de somnambulisme spontané. Bref, qu'elle se trouvait dans un état de conscience modifié. Ma première question sera donc simple : peut-on abuser d'une femme sous hypnose, et, dans ce cas, quel est le temps minimum nécessaire pour la mettre « en condition », si j'ose dire ?

Théodore Fourcade appuya son dos contre le dossier de son fauteuil, et, après avoir brièvement réfléchi, répondit :

— Qu'il soit possible d'abuser d'une femme après l'avoir hypnotisée, rien de plus facile. Les exemples abondent dans la littérature médicale et dans les archives judiciaires.

Le médecin se leva, ouvrit la porte vitrée d'une bibliothèque, s'empara d'un livre.

— Vous tombez bien, si l'on peut dire. Gilles de la Tourette évoque le cas d'une fille violée pendant un sommeil hypnotique provoqué. Et ça s'est passé à Marseille ! Un guérisseur par le magnétisme, qu'elle allait consulter trois fois par semaine sur les conseils de sa grande sœur, abusait d'elle après l'avoir endormie. C'est en se retrouvant enceinte alors qu'elle n'avait jamais eu de rapports conscients avec un homme qu'elle a découvert le pot aux roses.

— C'est la version hypnotique du coup du Saint-Esprit qu'on nous raconte là !

— Je vous assure : c'est très sérieux. Gilles de la Tourette n'avait rien d'un plaisantin. C'était le disciple préféré du grand Charcot, le père de la neurologie moderne, qui, lui aussi, recourait à l'hypnose pour soigner les hystériques. Tenez, en voilà un autre exemple.

Le neurologue donna le livre au reporter. Il y était question d'un dentiste de Rouen qui n'utilisait pas que sa roulette.

— Il est d'autant plus facile d'utiliser l'hypnose à des fins criminelles que, la plupart du temps, le patient est très confiant envers celui qui l'endort. Et qu'au réveil il a tout oublié.

— Tout oublié ?

Fourcade approuva de la tête :

— Si le crime est commis pendant le somnambulisme, le souvenir peut parfois renaître lors d'une autre séance d'hypnose. Mais c'est rarissime. Encore faudrait-il que le praticien pose les bonnes questions. S'il ignore tout du drame, comment voulez-vous qu'il fasse aborder le sujet à son patient ?

— Si j'ai bien compris, les gens à qui survient pareille mésaventure ne racontent rien après ? Serait-ce parce qu'ils en sont humiliés, fût-ce inconsciemment ?

— Non, non ! Ils ne s'en souviennent pas, vous dis-je ! C'est même à ça qu'on reconnaît le véritable sommeil hypnotique par rapport au sommeil ordinaire. Revenu à l'état de veille, le sujet qui a été hypnotisé a tout oublié de ce qu'il a dit, fait, *ou de ce qu'on lui a fait faire*. À l'état de veille, il n'évoquera jamais la chose. Elle est effacée de son état conscient.

— Donc, dans le cas qui m'occupe, si Marguerite Casals n'avait pas été tuée et si son jeune amant l'avait hypnotisée, elle ne se serait souvenue en rien d'un éventuel rapport sexuel?

— Absolument!

Dans la tête du reporter, les idées se bousculaient. Voilà qui apportait encore de l'eau au moulin de Casals. Se pourrait-il qu'Henri Champsaur ait pris l'habitude de plonger Marguerite Casals dans un état hypnotique? Dans cette hypothèse, si elle oubliait tout au réveil, l'escapade à la Villa aux Loups n'était peut-être pas la première… Non, ça ne tenait pas debout. Il y avait le trajet durant lequel elle était consciente. Le jeune homme ne pouvait pas à chaque fois lui faire le coup de l'accompagnateur bénévole.

Raoul Signoret s'efforçait de n'en rien laisser paraître, mais il était bien ennuyé. Alors qu'il espérait s'entendre dire qu'une chose était impossible, un spécialiste venait de lui affirmer qu'elle était tout à fait réalisable.

— Vous avez l'air bien pensif, mon jeune ami.

L'interpellation du Dr Fourcade tira le reporter de sa rêverie.

— Je suis troublé, en effet, avoua Raoul. Combien de temps faut-il pour plonger quelqu'un dans un sommeil hypnotique?

— Ça dépend du sujet, naturellement. Certains résistent longtemps. Quelques-uns, très rares, demeurent impossibles à endormir. D'autres cèdent au bout de quelques minutes à la volonté de l'hypnotiseur. Et ce, dès la première séance. En général, il en faut plusieurs, car on dirait que le patient a besoin de s'habituer à son magnétiseur. Quand c'est fait, ça va tout seul aux séances suivantes. Parfois, une poignée de secondes suffisent quand hypnotiseur et hypnotisé travaillent ensemble régulièrement. Certains sujets, particulièrement réceptifs, s'endorment quasi instantanément.

Le reporter, ébahi, ne sut dire que « ça, alors! ».

Ce qu'il venait d'entendre confirmait donc l'hypothèse. Henri Champsaur avait parfaitement pu habituer Marguerite Casals à plonger dans un sommeil hypnotique en un rien de temps, et abuser d'elle sans qu'elle s'en souvienne.

— Enfin, compléta le neurologue, vous savez qu'il existe des somnambules naturels. Ils s'endorment tout seuls. On connaît quantité d'exemples, rapportés par les ouvrages spécialisés.

Raoul repensa à la petite cuillère en vermeil.

— Attention ! prévint Fourcade. Je parle d'un véritable sommeil hypnotique, avec modification de la conscience. Chez certains, ça peut durer des heures, voire des jours. Le Dr Beaunis cite le cas de patients chez qui c'est l'état de veille qui est l'exception. Ceux-là passent en état somnambulique plusieurs fois par jour. Parfois, on ne s'en rend compte que par un changement d'humeur. Ou bien parce qu'ils « oublient » certains moments, certains actes de leur journée, alors qu'ils se souviennent parfaitement des autres.

Raoul Signoret remplissait des pages de notes. Et il repensait à Marguerite Casals, qu'Antonella Barone avait décrite sujette à ces « absences ».

— Je ne vais pas vous faire un cours, dit le neurologue, mais vous savez qu'il existe plusieurs niveaux de conscience. Nous-mêmes connaissons des moments de « rêvasserie » durant notre état de veille, qui ne sont au fond qu'un très léger état hypnotique dont on se sort aisément. Notre premier hypnotiseur, c'était notre maman quand elle nous berçait. Les vrais états hypnotiques, c'est Charcot qui les a établis. En gros, on distingue trois étages, trois états, qui vont du plus léger au plus profond. Premier étage : la léthargie, qui fait de vous un chiffon inconscient. Ensuite, en descendant au « rez-de-chaussée », on trouve la catalepsie, où le sujet peut devenir suggestible et réagir à des questions, à des ordres. Enfin, au « fond de la cave », si je puis dire, vous trouvez l'état somnambulique, où le cerveau obéit aveuglément aux suggestions du magnétiseur. Le paradoxe étant que plus le sommeil semble profond, plus le contact est aisé à établir et plus l'obéissance est grande. Un peu comme si on avait ouvert les portes d'un autre monde où le cerveau fonctionne différemment. Et sans communication entre les différents « étages ». À l'état de veille, vous pouvez faire une chose tout en pensant à une autre. Aller chez votre boucher, tout en écrivant dans votre tête le début de votre prochain article. Et vous vous souvenez de tout ! Vous pouvez le raconter dans n'importe quel ordre et à n'importe quel moment. Chez le sujet endormi par hypnose, il n'en va pas de même. Son esprit continue à veiller, c'est-à-dire qu'il sait qui il est, ce qu'il fait dans la vie ordinaire, mais, pendant ce temps, c'est comme si un deuxième cerveau se mettait à fonctionner en lui, indépendamment du premier. Le sujet répond aux questions, obéit aux sollicitations, accomplit les ordres, sans réticences.

— Tout cela est bougrement mystérieux, dit le reporter.

Fourcade répliqua sans élever le ton :

— Il n'y a pas de mystères, mon cher, il n'y a que de grandes ignorances.

Le neurologue interrompit sa leçon particulière.

— Mais je parle, je parle, et je ne vous ai pas proposé quelque chose à boire. Une limonade vous conviendrait-elle ?

Par politesse, le journaliste acquiesça.

Fourcade décrocha un téléphone intérieur et commanda les limonades. Elles arrivèrent en un temps record.

— Si je résume, dit Raoul Signoret après une première gorgée, l'hypnotisé n'a plus de volonté propre.

— Il arrive à certains sujets de regimber. Mais un magnétiseur expérimenté parvient toujours à s'imposer. À partir de là, le sujet n'est plus qu'un automate. Il peut comprendre, accepter, exécuter tout ce que lui commande l'hypnotiseur. Y compris des actes qui iraient contre ses principes et sa morale consciente. Et ce cerveau-là, celui qui a exécuté les ordres de l'hypnotiseur, ne raconte rien à « l'autre cerveau », celui qui fonctionne à l'état de veille. Un peu comme si le réveil l'avait « débranché ».

— On peut donc parler de complète irresponsabilité de leurs actes, chez les somnambules ?

— Un vrai somnambule est l'innocence même. Aurait-il assassiné quelqu'un durant son état hypnotique.

— Dans l'affaire qui me préoccupe, dit Raoul, l'ennui est que, s'il devait y avoir un somnambule, ce serait la victime, pas l'assassin.

— C'est vrai, reconnut Fourcade. Il n'empêche que le principe demeure. Si Marguerite Casals n'avait pas connu cette fin tragique, ayant fauté en état de somnambulisme et contre sa volonté consciente, elle n'aurait pas pu être considérée comme adultère. La loi ne châtie pas l'inconscient. En outre, elle ne se serait souvenue de rien. Elle n'aurait pas risqué de se trahir ! Ni de dénoncer son amant. On peut faire signer à un somnambule un acquit, un blanc-seing, une donation testamentaire, une lettre de dénonciation… ou une lettre d'amour, ce qui serait plus sympathique. Puis, au réveil, comme avec un coup de gomme, on efface tout ! Absolument tout. On ne connaît pas d'exception à ce phénomène. L'oubli complet au réveil est ce qui caractérise le somnambulisme vrai, non simulé.

Le médecin ajouta, comme pour lui-même :

— Un esprit malveillant qui connaît cette particularité peut en profiter, user et abuser de sa victime, en étant certain qu'elle n'ira pas le dénoncer puisqu'elle ignore ce qui a pu se passer durant le temps où elle était – comment dire ? « ailleurs ».

— Je n'arrive pas à y croire, répéta Raoul.

Théodore Fourcade regarda le reporter avec un sourire amusé.

— Voulez-vous que nous tentions une petite expérience ?

— Laquelle ?

— Si vous êtes d'accord, je vous plonge en sommeil hypnotique, et nous verrons bien ce qui se passe.

— Très bien ! Mais je vous préviens, quand j'étais enfant, ma mère n'est jamais parvenue à m'endormir en me berçant ou en me chantant quelque chose.

— Mais vous n'êtes plus un enfant, monsieur Signoret. Et je chante faux.

Théodore Fourcade prit une chaise et vint s'asseoir face à Raoul. Il ôta son pince-nez, qui pendit au bout d'un ruban attaché au revers de sa veste, saisit les deux mains du journaliste dans les siennes, et commença à parler sur un ton égal. Il avait une voix à la fois douce et sonore, un timbre de baryton.

— Vous allez me fixer entre les deux yeux. Tâchez de ciller le moins possible. Vos paupières vont s'alourdir, vous ressentirez comme une onde d'eau tiède vous parcourir. Ne résistez pas, laissez-vous aller, vous ne risquez rien.

La main droite du praticien vint coiffer le crâne du journaliste.

— Bientôt, vous ne parviendrez plus à déplacer vos pieds sur le plancher du bureau. Ne vous inquiétez pas, ça reviendra. Il est possible qu'un léger fourmillement se produise au bout de vos doigts. C'est normal.

Le reporter sentait un fou rire monter, qu'il s'efforçait de contenir, soucieux de ne pas vexer le médecin. Gardant ses yeux grands ouverts dardés sur le point indiqué par Fourcade, il pensait : « Cause toujours, mon bonhomme… »

Et l'autre continuait, imperturbable :

— À présent, vos paupières sont lourdes, lourdes… Vous allez vous endormir, maintenant, tout doux, tout doucement…

Les fleurs du magnolia étaient superbes. L'arbre en était couvert. Raoul Signoret en avait rarement contemplé d'aussi belles.

— C'est le plus bel arbre du parc, dit une voix dans son dos. Je vois que vous l'admirez aussi.

Le reporter fit demi-tour et se trouva nez à nez avec le Dr Fourcade.

— Qu'est-ce que je fais là ? demanda le journaliste.

— Vous visitez le parc, répondit le médecin qui avait de la peine à ne pas rire devant l'air ahuri de Raoul. Il est beau, hein ?

— Certes, articula avec peine le reporter. Mais nous étions dans votre bureau, non ?

— C'était vrai, voilà une heure trois quarts. Mais vous êtes descendu dans le parc…

— Quand ça ?

— Quand je vous l'ai demandé. J'avoue que j'ai dû un peu insister. Mais vous avez fini par obtempérer, comme disait mon adjudant.

— Je suis descendu ici ?

— La preuve. Sans prendre la peine de me dire au revoir.

— Vous m'avez hypnotisé sans que je m'en rende compte ?

— Je vous ai plongé en état somnambulique.

— Allez, vous blaguez, docteur ! Il y avait quelque chose dans votre limonade et vous m'avez fait une farce…

— Pas du tout. Je ne me permettrais pas de me conduire comme un charlatan avec un éminent représentant de la presse marseillaise, de surcroît neveu de mon meilleur ami. Mais avant de partir, j'aimerais que vous me rendiez le coupe-papier qui était sur mon bureau, et que je vois, là, dépassant de votre poche de poitrine.

Raoul baissa les yeux et vit une lame en cuivre qui dépassait de la poche désignée.

— C'est moi qui l'ai pris ? dit-il, de plus en plus incrédule.

Le docteur émit un petit rire bref :

— Je dois reconnaître que vous avez résisté un bon moment avant de me le voler. Ce qui signe votre honnêteté foncière.

Fourcade regarda le sommet du crâne du reporter.

— Mais, n'aviez-vous pas un panama en arrivant ?

— Oui, en effet, répondit Raoul en portant la main à sa tête.

— Vous préférez donc mon canotier, à présent ? Je crains qu'il ne soit pas à votre pointure. Il vous couvre à peine l'occiput.

L'ahurissement du journaliste allait croissant. Il ôta le couvre-chef en paille du Dr Fourcade et le garda à la main, comme s'il ne savait comment s'en débarrasser.

Le neurologue, qui avait jusqu'ici gardé une main dans le dos, tendit son panama à Raoul et fit l'échange.

— N'oubliez pas d'honorer le papier que vous avez mis dans la poche droite de votre veston !

De celle-ci Raoul retira un feuillet où il avait écrit de sa belle écriture penchée :

Je soussigné Raoul Signoret, reporter au *Petit Provençal*, m'engage par la présente à verser au Dr Théodore Jean Baptiste Fourcade, médecin-directeur de la maison de santé du château Bertrandon à Sainte-Marthe, la somme de 8 000 francs-or, représentant ma participation à la construction d'un nouveau pavillon destiné à recevoir les équipements d'un laboratoire consacré à l'étude scientifique de l'hypnose.

Le rire du reporter se mêla à celui du médecin.

— Docteur, il faudra nous revoir très vite.

— À votre disposition, répondit Fourcade, qui, après avoir cordialement serré la main du journaliste, s'éloigna d'un pas paisible.

Il se retourna et lança, blagueur :

— Hé ! Déchirez le papier, tout de même, c'est plus prudent !

14
Où l'on se demande ce que l'hypnose viendrait faire dans l'histoire, sinon embrouiller un peu plus les choses...

MUé en cicérone, le commissaire central Eugène Baruteau avait servi de guide à tous les invités au vin d'honneur dans les locaux du futur commissariat central de Marseille. Il allait s'y installer d'ici quelques semaines. En même temps, le grand policier fêtait sa nomination récente au poste le plus élevé de la police marseillaise.

Il y avait là une bonne centaine de personnes, composée pour moitié d'amis, de parents, de proches, de relations du nouveau promu, et, pour l'autre moitié, de collaborateurs, doublement intéressés puisqu'ils allaient enfin quitter les locaux étroits et surchargés de l'ancien commissariat central, rue de la Prison, pour les vastes bureaux aménagés par l'architecte Octave Lambert dans ce qui avait été, jusqu'à ces dernières années précédant la loi de séparation de l'Église et de l'État, la résidence de l'évêque de Marseille.

Bien entendu, Cécile et Raoul Signoret, ainsi que Thérésou, l'épouse du commissaire central, et Adrienne Signoret, sa sœur, étaient au premier rang, tous vêtus comme des gravures de mode, accompagnés par les enfants du reporter, qui avaient mis leurs « habits du dimanche » pour honorer la fête de « tonton Eugène ».

Il ne s'agissait pas encore de l'inauguration, mais d'une sorte de visite privée, réservée à quelques privilégiés et à la presse. Ce qui avait dispensé cette réunion, détendue et conviviale, de tout caractère protocolaire, épargnant à l'assistance les interminables « discours officiels » du préfet, du maire… et du nouveau commissaire central !

Pour accueillir tous les services de police de la ville – à l'exception de la flambant neuve brigade mobile –, on avait modifié l'apparence extérieure de l'ancien palais épiscopal, en rehaussant les deux ailes à la hauteur du troisième étage du bâtiment principal. Mais c'est surtout l'intérieur qui avait été remanié. Outre le bureau directorial, que Raoul avait déjà visité en compagnie de son oncle, le second étage, où se situait l'ancien appartement de l'évêque de Marseille, devenait le logement privé du patron, jouxtant le central téléphonique, la salle de presse et le cabinet du chef de la Sûreté. Dans l'aile nord avait été aménagée une vaste salle, où les gardiens de la paix allaient recevoir leur instruction théorique.

Le premier étage était tout entier réservé aux services des adjoints du commissaire central, les divisionnaires Jean Duchon et Christophe Doris, tandis qu'au rez-de-chaussée avaient été prévus le poste de police et les *violons*, l'ancienne chapelle devenant la salle de réunion réservée aux gardiens de la paix. Le nouveau commissariat central avait – avant même son inauguration – reçu le surnom d'*Évêché*, qui devait lui rester à jamais attaché.

Mais la République n'avait pas eu encore les crédits nécessaires à une réfection complète des locaux. Si bien que le nouveau patron de la police marseillaise officiait dans un décor sulpicien, peu en accord avec les pratiques coercitives propres à sa fonction, ni avec ses convictions religieuses, ou plutôt leur absence...

Quand le buffet fut largement pillé et que les invités furent clair-semés, ne resta plus que la « garde rapprochée » d'Eugène Baruteau. Parmi elle, le Dr Théodore Fourcade qui, comme promis à Raoul Signoret, avait mis fin « à près de trente années de séparation de la Police et de la Neurologie » en retrouvant son ami d'enfance.

Dès qu'il le put, le reporter demanda à parler sans témoins à son oncle.

— Une seconde, dit le policier. Je dis au revoir – et non adieu ! – à mon vieil ami Théo et je suis à toi.

Les deux hommes s'accolèrent, se promettant de se retrouver sous peu devant une bouillabaisse au restaurant chez Basso.

— On se revoit quand vous voulez, lança le neurologue au jour-naliste.

À l'intention de Baruteau, il expliqua :

— Ton neveu a besoin de précisions à propos de l'hypnose.

— Monsieur espère y voir clair en fermant les yeux... Un comble !

— Laisse-le donc, ce garçon, dit le Dr Fourcade. Pour une fois qu'un journaliste ne prétend pas tout savoir !

Il se tourna vers le reporter :

— La difficulté sera de trouver le temps et le calme nécessaires. J'ai un emploi du temps de président du Conseil. En outre, il me faut monter à Paris pour un congrès de neurologie à la Salpêtrière.

— Quand ça ? demanda Baruteau. Ça ne serait pas par hasard mercredi en huit ?

— Tu es voyant extralucide, toi ! J'y vais précisément ce jour-là !

— Pas possible ! s'écria à son tour le policier. J'y vais aussi ! Avec les onze collègues qui m'ont aidé à remettre de l'ordre dans la pétau-dière policière en la modernisant et en créant les brigades mobiles, je vais recevoir, au Quai des Orfèvres, des mains d'Hennion, notre patron à tous, la médaille en cuivre galvanisé du « policier méritant ». Raoul et sa femme m'accompagnent.

— Eh bien, alors ! s'exclama le médecin, puisque le Grand Mani-tou a organisé nos emplois du temps respectifs en les faisant coïnci-der, montons-y ensemble, à Paris ! Nous aurons tout le temps de causer du bon vieux temps – et du reste.

Eugène Baruteau ne se le fit pas dire deux fois.

QUAND il fut seul avec son oncle, dans une pièce annexe du futur bureau du commissaire central, Raoul attaqua d'entrée :

— Je l'ai sans doute un peu cherché, mais j'ai comme l'impression que votre successeur à la Sûreté m'en veut. Il m'a évité comme la peste, ce soir.

— Mets-toi à la place de Grandjean. Tu es venu piétiner ses plates-bandes et mettre le je-m'en-foutisme de ses hommes en lumière, alors qu'il vient juste de prendre ses fonctions. C'est dur à avaler. Ils ont une lettre prétendument écrite par un type qui demande pardon à sa mère parce qu'il court se suicider, et ils ne s'étonnent pas plus que ça que le type en question ait posté sa lettre deux jours après être tombé dans le coma ! Il a fallu que tu t'en rendes compte à leur place, ces myopes ! Ensuite, ils n'ont pas cherché à savoir pourquoi la prétendue lettre d'adieu du jeune Champsaur avait été écrite sur une feuille à petits carreaux détachée d'un cahier. D'où provenait cette feuille ? Apparemment, ça ne les tracassait pas. Et où il est passé ce cahier ? Personne ne l'a revu. Il n'est plus dans les affaires du jeune homme. Pas étonnant qu'il soit vexé, Grandjean. Dès sa reprise de fonction, il fait preuve d'une remarquable incompétence.

— En vérité, il se sent morveux, dit le reporter. Pas très fair play. Il faut en trouver un meilleur.

— Écoute, Raoul, ce n'est pas le moment de demander sa tête, tant qu'on n'a pas tout tiré au clair et recoupé les informations se rapportant à l'affaire. Je ne me vois pas repartir de zéro avec une nouvelle équipe. Casals piaffe. Et il a des relations. En plus de Clemenceau, je n'ai pas envie de voir un ponte de la faculté de médecine aller se plaindre de ma police en haut lieu.

En écoutant son oncle argumenter, le reporter songeait à la clef qu'il avait retrouvée. Manquerait plus qu'elle ouvrît le fameux cadenas, et qu'on puisse en déduire qu'une troisième personne était présente au moment où les détonations réveillaient en sursaut le cocher. Ce coup-ci, le reporter se ferait un « ami pour la vie » du nouveau chef de la Sûreté marseillaise… En attendant, Raoul Signoret résolut de garder pour lui cette perspective, au moins jusqu'à une prochaine visite à la Villa aux Loups, où il lui fallait la vérifier.

— Allez, ne fais pas cette tête ! dit Baruteau en prenant son neveu par l'épaule. Je te connais : avec tes calculs, tu finiras par lui boucher le canal de l'urètre, au professeur d'urologie.

La saillie fit rire le reporter :

— Je n'y pensais plus, à ce dindon. Il parle toujours de suggestion sur un esprit affaibli par le deuil, pour justifier la présence de son épouse accompagnée du jeune Champsaur à la Villa aux Loups ?

— Toujours. Tu ne lui fais pas lâcher un os comme ça.

Le reporter demeura un instant pensif.

— Qui nous dit que ça n'a pas *aussi* joué un rôle ?

— Mais quand ? *Testard !* Et pour quelle raison ?

— C'est ce qu'il nous faut établir, mon oncle. Il ne faut plus négliger aucune piste. Y compris celle d'un hypnotiseur qui manipulerait tout ça en coulisses.

— À propos d'hypnose, les gens de la Sûreté m'ont remis le rapport consécutif à la petite visite faite dans la bibliothèque du jeune Champsaur, dans l'appartement maternel.

— Alors ?

Le policier sortit de la poche de son veston un papier plié en deux sur lequel figurait une petite liste d'ouvrages.

— Tu avais raison : ils y ont trouvé plusieurs titres se rapportant à l'hypnose. Nous les avons saisis à tout hasard. Je lis : *Hypnose scientifique*, par le Dr Crocq, *Hypnotisme et Stigmatisation*, d'un dénommé Imbert, enfin *L'Hypnose par l'image*, d'un certain Filiatre.

— Ah, vous voyez ! s'exclama le neveu. Vous y venez aussi !

— Ne nous emballons pas. L'hypnose est un phénomène de mode, propre à notre époque déboussolée. Qu'un jeune homme un peu excité du bulbe ait trois ou quatre ouvrages traitant de la question n'en fait pas pour autant un manipulateur criminel.

— Mais ça pouvait l'y aider, objecta le reporter.

— Si tu veux. Mais tu sais, on a trouvé bien d'autres titres sur ses rayonnages. Notamment une sorte de journal exalté et confus, où le jeune Champsaur notait des états d'âme qui prouvent que nous avons affaire à un type qui aura vécu plus souvent dans les rêves et les chimères que dans la réalité du monde. Un intellectuel forcené. Idéaliste, certes, mais doté d'un mode de pensée pour le moins inquiétant. Je me dis que ce type, finalement désarmé devant les réalités de la vie, qui voit une femme jeune et belle lui tomber dans les bras, ça n'a pas dû rétablir son équilibre. Ce garçon est un névrosé *first class*. Mon ami Théo te l'aurait dit au premier coup d'œil. Avec ce genre de gazier, il faut s'attendre à tout.

— C'est bien mon avis. Avec lui, tout peut arriver. C'est pourquoi il ne faut négliger aucune piste. J'y inclus la suggestion hypnotique.

— Alors, nous voilà à peu près d'accord, dit Baruteau. Être malade de lectures à ce point, n'aborder la vie que par l'intermédiaire des livres, ça ne doit pas arranger votre état nerveux, quand une femme débarque, dont vous tombez illico amoureux, avec les mêmes excès que vous mettez à rêver d'idéal absolu. Tu te souviens de ce que t'a dit son ami Chabert à propos de ses poches bourrées d'extraits de poèmes ? Casals lui-même a dit aux enquêteurs de la Sûreté que Champsaur finissait par leur pomper l'air, à sa femme et à lui, avec ses citations. D'autant que, s'il était éclectique dans ses lectures, il se rattachait fortement à la littérature décadente, qui est aussi une marque de notre époque. Ses étagères sont farcies de tout ce qu'ont publié de plus noir les camarades Baudelaire et Verlaine, mais aussi Huysmans, Barbey d'Aurevilly, Jean Lorrain, Laforgue, Villiers de l'Isle Adam, Hoffmann, Walpole, Edgar Poe, Tristan Corbière, j'en passe, et non de moindres joyeux drilles. Tout ça pour te suggérer de ne pas tirer trop vite de conclusions sur la présence, dans cette montagne de papier, de trois ouvrages traitant de l'hypnose. Il lisait tout ce qui lui tombait sous la main, ce type.

Après un long temps de silence, le policier reprit la parole :

— À dire vrai, je crois peu à la séduction par le moyen de l'hypnotisme. Je ne nie pas la réalité du phénomène. Théo Fourcade t'en a administré une sacrée preuve. Des scientifiques, refusant de la laisser aux seules mains des saltimbanques, lui ont redonné sa place dans leurs laboratoires et leurs services hospitaliers. Mais il me semble peu probable que la suggestion mentale exercée par une volonté forte sur un cerveau plus faible puisse s'exercer hors des cabinets médicaux, et se pratiquer dans la vie ordinaire comme le jeu de croquet ou le colin-maillard. Il m'étonnerait qu'il y ait des secrets nouveaux pour séduire les femmes. Sinon, depuis des millénaires, des millions d'amants les auraient découverts avant les savants. La vraie hypnose, c'est l'amour, non ?

Raoul, résigné, approuva d'un signe de tête.

Le policier n'avait rien de plus à ajouter à cette argumentation fondée sur le bon sens.

Mais peut-être la vie – et surtout la mort – n'ont-elles que faire du bon sens ?

15

Où l'on « monte à Paris » en wagon PLM
de 1ʳᵉ classe, en compagnie d'un neurologue
qui nous éclaire sur les mécanismes mystérieux
du cerveau humain.

S UR le quai, debout devant le wagon de 1ʳᵉ classe de l'express du
PLM, Raoul Signoret guettait l'arrivée de son oncle.

Moins d'une minute avant le départ, Eugène Baruteau apparut
enfin, trottant derrière son porteur courbé par le poids de la valise
juchée sur son épaule. Le reporter se précipita vers le policier pour
l'aider à hisser son quintal sur les deux hautes marches de la voiture.

Sur les fauteuils recouverts de velours grenat du compartiment
35, le Dʳ Théodore Fourcade, déjà installé, attendait le retardataire en
feuilletant le numéro du jour du *Petit Provençal*. De son côté, Cécile,
assise en face du médecin, poursuivait la lecture – adéquate – de *La
Bête humaine*, d'Émile Zola, où le personnage principal, la Lison, est
une locomotive que Lantier aime plus qu'une femme.

Après avoir embrassé sa nièce et salué chaleureusement son ami
d'enfance, le policier s'échoua sur la banquette en face de Raoul.

Le coup de sifflet du chef de gare vrilla les tympans des voyageurs.
La locomotive lâcha ses premiers jets de vapeur et de fumée noire, tel
un signe d'adieu à sa gare de départ.

— Ouf! J'ai bien cru que vous alliez partir sans moi, mes enfants!
soupira Baruteau. Ce n'est plus de mon âge de me lever à 5 h 30 du
matin pour courir à la gare.

— Si tu veux aller voir les danseuses du Moulin-Rouge, dit le
Dʳ Fourcade, il faut t'en donner la peine. Car à moi tu ne me la feras
pas : la cérémonie au Quai des Orfèvres est un prétexte. C'est pour aller
reluquer les danseuses du cancan que tu montes à Paris. Je me trompe?

— Tu m'as démasqué! répondit Baruteau, lançant son rire
sonore. Pas un mot à Thérésou, elle est d'une jalousie féroce! Aussi,
quelle idée de fixer la cérémonie à 9 heures du matin? Ils sont fous
ces Parisiens! Ça nous oblige à monter la veille. Et la note d'hôtel, ça
sera pour ma pomme.

— De quelque manière qu'on s'y prenne, remarqua Cécile, quelle
que soit l'heure de la remise de médailles, quand on doit faire le tra-

jet Paris-Marseille, il faut partir la veille au matin, puisqu'on met quatorze heures.

— « Objection, Votre Honneur ! », lança le policier. S'ils avaient fixé la cérémonie à 2 heures de l'après-midi, je pouvais partir la veille au soir seulement, prendre un train de nuit, et me payer un bon roupillon en wagon-lit de l'Estaque à Villeneuve-Saint-Georges. J'arrivais frais comme une rose gare de Lyon. D'autant que le train de nuit ne met qu'un peu plus de dix heures, en raison du nombre moindre d'arrêts.

— Tu te l'offriras après le déjeuner au wagon-restaurant, ton roupillon, intervint le Dr Fourcade. Du côté des monts du Beaujolais. Qu'est-ce que c'est, quatorze heures de voyage, quand les diligences de nos grands-pères mettaient trois jours pour faire Marseille-Lyon !

Eugène Baruteau regarda une à une les marques de réservation suspendues aux filets à bagages qui surmontaient les sièges. Il en compta quatre.

— Chouette ! J'ai l'impression que nous allons être seuls dans le compartiment. Si personne ne vient nous embêter, on va être comme à la maison, et je vais pouvoir faire bisquer mon neveu préféré.

Il jeta un coup d'œil malicieux à Raoul.

— Alors, qu'est-ce qu'on m'a dit, l'autre jour, durant le pot à l'Évêché ? On joue les kleptomanes ? On prend prétexte d'une *interviouve* pour *escaner* des objets chez les gens ?

Raoul entra dans le jeu :

— Ce dont le plaignant ne s'est pas vanté, monsieur le juge, c'est d'avoir profité de mon état de faiblesse pour espérer me soutirer huit mille francs.

— En tout cas, il t'a bien eu, Théo, tu fais moins le mariolle !

— Ça ! Je reconnais n'y avoir vu que du bleu, répliqua le reporter avec sa loyauté habituelle. Si ça ne m'était pas personnellement arrivé, je n'y aurais jamais cru. Je peux témoigner n'avoir pas le moindre souvenir de ce que j'ai fait, dit, pensé, durant tout le temps où j'étais *ailleurs*. C'est assez terrifiant, quand on y songe. Voilà donc une *chose* qui vous transforme en une sorte d'automate privé de volonté propre. Vous pensez bien que la question me travaille depuis le tour que vous m'avez joué au château Bertrandon, docteur. Aussi vais-je vous la poser, puisque nous sommes entre nous… Je vous ai dit, lors de notre rencontre, que le Pr Casals soupçonnait fortement le jeune homme qui l'a fait cocu d'avoir suggestionné son épouse et, profitant de son somnambulisme naturel, d'avoir abusé d'elle avant de la tuer. La découverte par la police dans la bibliothèque du jeune homme de plusieurs ouvrages consacrés au somnambulisme apporte de l'eau au moulin de cette thèse. L'un d'eux, paraît-il, est un véritable manuel pratique, accompagné de photographies de patients montrant les façons de s'y prendre.

— Je vois, dit le Dr Fourcade, c'est probablement le livre de Filiatre, *L'Hypnotisme par l'image, enseignement facile et rapide.* Ce n'est pas avec un tel mode d'emploi qu'on devient un véritable hypnotiseur. L'ouvrage manque de sérieux. Mais parfois, c'est vrai, ça peut donner des idées à certains…

Eugène Baruteau avait déjà fermé les yeux. Mais c'était pour mieux écouter. Il ouvrit un œil et dit :

— Nous l'avons saisi. Grandjean me l'a montré hier. C'est plein de photographies détaillant les réactions des patients en état de sommeil somnambulique.

— Venons-en aux questions qui me taraudent, proposa Raoul Signoret. Est-il possible de pratiquer une suggestion *différée dans le temps*? Je veux dire : peut-on suggérer un acte à une personne hypnotisée, en lui ordonnant de ne l'accomplir que plus tard, dans certaines circonstances?

— Votre question est très pertinente, dit le Dr Fourcade. Je crains seulement que quatorze heures de voyage soient insuffisantes à épuiser les réponses.

Le neurologue s'interrompit pour jeter un coup d'œil à son ami Eugène, dont les ronflements accompagnaient la course du train vers Lyon.

Il poursuivit à l'intention du reporter :

— Je vais vous donner un exemple personnel. Au château Bertrandon, je pratique depuis plusieurs années des séances d'hypnose régulières avec une de mes pensionnaires souffrant d'hystérie. C'est une femme d'un bon milieu, qui adore musique et littérature. Nous échangeons souvent sur nos goûts respectifs. Sans la prévenir, sous hypnose, je lui ai fait la suggestion suivante : « Dans dix jours, à 5 heures de l'après-midi, vous ouvrirez *La Chartreuse de Parme* à la page 32. » Je l'ai ensuite réveillée, et nous avons parlé d'autre chose. Je n'ai, bien sûr, entre-temps, fait aucune allusion à cette suggestion.

C'est elle-même qui, lors d'une consultation au lendemain de la date en question, m'a dit spontanément : « Hier, je ne sais pas ce qui m'a pris. J'étais à la bibliothèque, en train de lire un roman de Pierre Loti, je me suis brusquement interrompue pour aller prendre *La Chartreuse de Parme* sur un rayonnage. Le plus drôle, a-t-elle ajouté, c'est que je l'ai ouvert à une page au hasard. Et puis, je l'ai replacé et je suis retournée à Pierre Loti. »

La bouille ronde du médecin s'éclaira d'un sourire.

— Je n'ai pas posé de question au sujet de l'heure où s'était produit le phénomène, ni à propos du numéro de la page ouverte « au hasard », parce que je pensais savoir les réponses. On dirait que, sous hypnose, se révèle un mécanisme disposé dans l'inconscient – semblable à une sorte de mécanisme d'horlogerie mentale – pour produire à heure fixe un mouvement ordonné.

— Quelqu'un au courant de ces phénomènes pourrait donc s'en servir dans une intention perverse, suggéra le reporter.

Fourcade opina d'un signe de tête :

— Les exemples abondent, dans la littérature traitant de l'hypnose, de cette persuasion par la suggestion. Le fait que les vrais somnambules oublient tout au réveil fait de ces sujets aveugles des complices idéaux pour des pervers calculateurs.

— Si je vous ai bien suivi, docteur, intervint Cécile Signoret, le jeune Champsaur, en supposant qu'il fût familier des techniques propres à l'hypnose, aurait très bien pu endormir sa maîtresse, lui suggérer de venir le rejoindre tel jour prochain, à telle heure, à tel endroit ? Et elle aurait obtempéré ?

— C'est exact. J'ajoute qu'au réveil ladite maîtresse aurait provisoirement tout oublié de la suggestion, puis au jour et à l'heure suggérés sous hypnose, elle aurait accompli l'ordre à exécuter, comme si une force irrésistible se réveillait en elle.

Dans le regard du journaliste, l'incrédulité se lisait nettement, mais après ce qui lui était advenu, il ne prit pas le risque d'émettre le moindre doute. Le Dr Fourcade n'était pourtant pas dupe :

— Je vous sens sceptique…

— Moi ? Pas du tout, mentit Raoul Signoret.

— D'ailleurs, si le sujet vous intéresse, reprit le médecin, et que vous vouliez le creuser, je vous conseille de lire notamment *Hypnose et somnambulisme provoqué*, de mon maître Henri Beaunis.

— Beaunis, dites-vous ? s'étonna Raoul Signoret. Je vous croyais disciple de Charcot…

— Oh, pas du tout ! s'écria Théodore Fourcade. Entendons-nous bien : je tire mon chapeau à Jean-Martin Charcot, ce fut un génie. Il a ouvert la voie, on lui doit des études majeures et des découvertes magistrales. Son plus beau mérite aura été de réhabiliter l'hypnose au rang de sujet d'étude scientifique. Mais il a eu tort de ne la considérer que comme un état pathologique propre aux seuls hystériques.

Le médecin regarda le journaliste avec un éclair de malice dans l'œil :

— Vous n'êtes pas hystérique, n'est-ce pas ? Et pourtant, vous êtes sensible aux effets de l'hypnose. Donc, je préfère les théories des animateurs de l'école dite de Nancy, autour des travaux des Drs Ambroise Liébault et Henri Beaunis, du Pr Hippolyte Bernheim et du juriste Jules Liégeois. On l'appelle aussi école de la suggestion, car elle est partisane d'une hypnose autoritaire, fondée sur des suggestions directes. Le fameux « Dormez, je le veux ! » des magnétiseurs de cafés-concerts. Pour faire simple : Bernheim pense que l'hypnose est un sommeil produit par la suggestion. Celle-ci fait accepter par le cerveau du patient une idée conçue par le manipulateur. Le sommeil hypnotique n'est donc pas un état pathologique, comme l'affirmait Charcot. Et avec un peu de savoir-faire, on peut hypnotiser n'importe qui.

— Ce qui m'a trompé, dit Raoul, c'est de vous voir aller assister à un congrès de neuropsychologie à la Salpêtrière.

— Ah, mais c'est parce qu'il n'est bon bec que de Paris, mon cher ! C'est là que tout se passe. Bien que les travaux des Nancéens prouvent qu'on n'est pas plus manchot en Lorraine que sur les bords de Seine. Cela dit, je respecte mes collègues parisiens parmi lesquels j'ai de bons amis. Mais vous, amateur par profession de mystères et de phénomènes étranges, vous devriez être plutôt du côté de Nancy, où les médecins ont su faire appel aux compétences du juriste Jules Liégeois. Celui-ci a beaucoup travaillé sur les suggestions criminelles. Saviez-vous qu'il est parvenu, en leur fournissant des armes inoffensives comme des poignards en carton, à suggérer à des sujets hypnotisés de commettre des simulacres de meurtres ? Liégeois affirme qu'il est possible d'amener des personnes à commettre des crimes sous hypnose.

— L'ennui, objecta Raoul, est que, dans mon affaire, ce n'est pas l'hypnotisée qui serait la criminelle, mais plutôt l'hypnotiseur…

Le médecin resta un instant silencieux avant de répliquer :

— Qu'en savez-vous ? Si je n'ai pas sauté un épisode de votre enquête, la police soupçonnerait le jeune Champsaur d'avoir hypnotisé la femme du Pr Casals afin d'abuser d'elle, avant de la supprimer.

— C'est du moins la version du mari, précisa Raoul. La police l'a faite sienne. Et j'ai bien peur d'avoir à l'adopter à mon tour.

— Je ne sais pas si vous avez raison, remarqua Fourcade. Qui vous dit qu'il n'a pas été hypnotisé lui-même, ce jeune homme ? Que quelqu'un ne l'a pas suggestionné pour qu'il tue Mme Casals ?

— Vous voudriez suggérer que Marguerite Casals aurait pu avoir été hypnotisée pour attirer le jeune homme dans la Villa aux Loups, et Henri Champsaur, hypnotisé pour la tuer ?

— Théoriquement, ça n'est pas impossible.

Le reporter était comme assommé.

— Allez, je vous taquine… J'ai lancé une hypothèse un peu farfelue, je le confesse. Mais en théorie, je le répète, il ne serait pas impossible, grâce à la suggestion hypnotique, de « fabriquer » à la fois l'assassin et sa victime.

À cet instant, Eugène Baruteau émergea de son somme et s'ébroua comme un phoque sortant de l'eau. Il consulta sa montre.

— Midi passé ! Vous ne pensez pas qu'il serait l'heure de se diriger vers le wagon-restaurant ?

Théodore Fourcade, Cécile et Raoul éclatèrent de rire. Le reporter prit les deux autres à témoin :

— Je suis certain qu'avant de s'endormir il s'était programmé par suggestion pour se réveiller à l'heure pile du déjeuner !

16
Où l'on découvre à Paris,
dans une librairie spécialisée,
un étrange objet que l'on a déjà vu
à Marseille. Mais où ?

L A cérémonie de remise de décorations au Quai des Orfèvres avait été aussi redoutable qu'Eugène Baruteau le pressentait. Avec les onze autres commissaires centraux des villes concernées par la réforme en profondeur des méthodes et moyens d'investigation de la police – la création des brigades mobiles de police judiciaire, qu'on n'appelait plus que les « Brigades du Tigre » –, il avait dû subir debout, dans une position proche du garde-à-vous, l'interminable discours autosatisfait du directeur de la Sûreté générale. Célestin Hennion n'entendait pas laisser au seul Clemenceau le titre honorifique de « père de la police française moderne ». Pour être juste, il en avait été l'instigateur, mais qui s'était appuyé la corvée ? Baruteau et ses onze collègues, qui étaient « allés au charbon » sur le terrain. Cela valait bien la médaille promise et, détail non négligeable, la prime exceptionnelle de cinq cents francs-or.

Le récipiendaire marseillais s'était aussitôt promis d'en consacrer le montant, jusqu'au dernier centime, à un déjeuner chez Maxim's, auquel Raoul et Cécile étaient conviés pour le jour même.

Ensuite, le programme de l'après-midi et de la soirée voyait le trio diverger dans ses choix. Baruteau, après une sieste réparatrice à l'hôtel de la Tesse, 17, rue Jacob, où tous trois étaient descendus, devait retrouver pour une réunion « à col déboutonné » quelques-uns de ses collègues, connus au temps de l'école de police et retrouvés pour l'occasion. Le programme de cette « réunion de travail » officieuse avait été gardé secret par le policier. La soirée du commissaire médaillé serait consacrée à *Cyrano de Bergerac*, au théâtre de la Porte-Saint-Martin, où Coquelin reprenait triomphalement le rôle qu'il avait créé dix ans plus tôt dans cette même salle.

De leur côté, Cécile et Raoul s'étaient promis, après un tour au Louvre pour voir *La Joconde* « en vrai », de profiter du beau temps pour flâner dans Paris. Raoul voulait à l'occasion passer à la Librairie de l'Art indépendant, fort pourvue en ouvrages hors du commun, traitant aussi bien d'occultisme et de théosophie que de musique ou de poésie. Le journaliste pensait pouvoir y trouver les ouvrages sur l'hypnose recommandés par le Dr Fourcade.

La soirée s'achèverait, pour le couple – pour la première fois depuis des années « en amoureux » –, au caf'conç des Ambassadeurs, où Yvette Guilbert, longtemps éloignée de la scène par la maladie, faisait un retour pour quelques concerts.

— Ouf ! Mes pauvres reins. Ils sont en compote, soupira Eugène Baruteau en sortant du 36, quai des Orfèvres. Deux heures debout, ça n'est plus de mon âge. J'ai cru qu'Hennion avait en poche les billets d'écrou pour nous garder dans les geôles de la Grande Maison.

Le trio familial entama une promenade le long des quais de la Seine, en direction du Champ-de-Mars, attiré par les éventaires des bouquinistes. En cette fin de matinée, la température avoisinait les vingt-huit degrés, ce qui n'était pas fait pour dépayser trois Méridionaux en goguette.

À l'horizon se profilait la haute silhouette de la tour Eiffel, dont la petite tête emmanchée d'un long cou se détachait par-dessus les toits des immeubles bordant les quais. Les touristes d'un jour décidèrent de s'offrir une montée en ascenseur. Ils firent halte au second étage.

— Impressionnant, il faut le reconnaître, dit Raoul Signoret, tandis que Cécile, surmontant son vertige, « s'en mettait plein les yeux ». Ne le dites à personne du côté du Lacydon, mon oncle, mais c'est tout de même autre chose que notre pont à transbordeur et ses malheureux quatre-vingt-quatre mètres.

Le déjeuner chez Maxim's fut parfait. L'intégralité de la prime y passa. Il fallut même que le reporter y allât d'une petite rallonge personnelle, son oncle, dans l'euphorie du moment, ayant eu l'imprudence de commander une bouteille de champagne avec le dessert. Au goût du policier, le cuissot de chevreuil sauce grand veneur, malgré sa pompe, ne valait pas la cuisine simple et savoureuse de Thérésou, mais Eugène Baruteau avait décidé d'être heureux.

La suite du programme vit le trio se scinder comme prévu. Le policier partit vers une sieste qu'il s'abstint de qualifier, avant de rejoindre ses compagnons de jeunesse et de finir en beauté avec la « tirade des nez », qu'il se récitait in petto en même temps que, sur scène, Coquelin la trompetait.

De son côté, le couple, qui avait trouvé la Joconde « un peu pâlotte », ne la connaissant jusqu'ici que par les gravures sépia des journaux illustrés, prenait le chemin de la Chaussée d'Antin, où Raoul savait pouvoir dénicher les ouvrages qui lui dévoileraient les mécanismes mystérieux mis en mouvement par l'hypnotisme.

Raoul demeurait troublé par l'assurance du Pr Casals affirmant mordicus que sa femme était « sous influence ». Avait-il tout à fait tort ? Qui sait si la malheureuse n'avait pas été manipulée de bout en bout dans cette sombre affaire ?

Le couple arrivait devant l'entrée de la Librairie de l'Art indépendant. Son fondateur, Edmond Bailly, en avait fait un des hauts lieux du symbolisme littéraire. Le local de la librairie était à l'image de son fondateur, aussi dénué d'aptitudes commerciales que doté de rares acuités intellectuelles. On y croisait de jeunes auteurs ambitieux et de grandes plumes confirmées. La largesse de vue de Bailly et sa curiosité pour toutes les formes nouvelles de l'art avaient attiré dans sa boutique capharnaüm – qui était aussi maison d'édition – aussi bien Stéphane Mallarmé qu'Odilon Redon, Pierre Louÿs, Villiers de l'Isle Adam, Félicien Rops ou Toulouse-Lautrec, et même la cantatrice Emma Calvé, férue d'occultisme.

La boutique se présentait comme une sorte de bazar littéraire où l'on pouvait acheter livres et partitions, mais aussi objets dont l'usage était souvent aussi mystérieux que la provenance. Cécile et Raoul firent halte devant la table où était présenté, sans ordre apparent, tout ce qui avait été publié en France à propos de l'hypnose et des hypnotiseurs. Plusieurs titres étaient familiers au journaliste. Il avait déjà en main ceux des Drs Beaunis, Crocq et Gilles de la Tourette, quand il tomba en arrêt devant l'ouvrage *L'Hypnotisme par l'image*, déconseillé par Théodore Fourcade car il tenait plutôt du manuel du bricoleur.

Ce n'est pas la couverture grisâtre et peu avenante de ce petit livre qui avait changé le reporter en statue de sel, mais un étrange objet, posé sur un présentoir de bois qui le maintenait à la verticale, à côté du volume. La *chose* était accompagnée d'un prospectus destiné à sa réclame. Il s'agissait d'une boule de verre, haute d'une vingtaine de centimètres, surmontée d'une sorte de capsule de métal doré, dotée d'un couvercle et pourvue d'un « pied » de forme ronde, lui aussi en verre. Il devait permettre de saisir l'objet en le tenant à la manière d'un bilboquet. À l'intérieur de la boule, on voyait pendre une courte chaînette de métal doré à laquelle était suspendu un morceau de cristal de roche taillé à facettes, au centre de la boule de verre.

Raoul Signoret se saisit du prospectus où figurait un croquis de l'objet et lut à mi-voix :

Boule hypnotique Fournier
Pour toute commande, adresser lettres et mandats à la
librairie A. Filiatre
Villa Bellevue – Cosnes-sur-L'œil (Allier)
Expédiée franco par envoi recommandé contre 5 francs
en un mandat-poste.

— Qu'as-tu vu pour faire cette tête d'illuminé? plaisanta Cécile en voyant son homme sidéré. C'est l'ambiance de la librairie qui te *dévarie*?

Le reporter parcourait l'argumentation du prospectus, et en était si absorbé qu'il n'avait pas entendu la question de son épouse.

J'ai chargé M. Fournier, fabricant d'instruments de précision, de construire et de mettre en vente un appareil utile à l'hypnotiseur, pour obtenir sans fatigue le sommeil hypnotique sur les sujets difficiles.

Je le recommande à toutes les personnes s'occupant d'hypnotisme et particulièrement aux débutants. Il remplace avec avantage la fixation des yeux de l'hypnotiseur.

En tournant la capsule métallique placée à l'extrémité supérieure de la boule, il se dégage des vapeurs de chloroforme ou d'éther, ce qui permet d'employer pratiquement, et même à l'insu du sujet, la méthode infaillible d'hypnotisation préconisée par le Dr Liébengen. En résumé, l'hypnotiseur qui veut hypnotiser infailliblement et instantanément le sujet sur lequel il opère, le débutant qui aspire à augmenter ses chances de réussite, ne peuvent se passer de cet appareil de poche, résumant à lui seul tous les objets mécaniques usités.

Jean Filiatre, auteur de *L'Enseignement rapide et facile de l'hypnotisme par l'image* (Fischbacher, éditeur Paris)

Raoul montra à Cécile la boule où brillait doucement le petit cristal, sous la lumière des becs de gaz fixés aux murs de la librairie.

— … j'ai déjà vu ce truc-là quelque part, je ne suis pas fichu de me rappeler où… Je crois que j'ai avalé trop d'ouvrages sur l'hypnotisme ces temps-ci. Je finis par me suggestionner.

Il prit la boule en main et la fit tourner dans la lumière.

— Cinq francs. Je peux encore me payer ça, malgré la ponction faite par le sommelier de chez Maxim's.

— Sans rire! Tu vas commander cette cochonnerie? Si c'est pour m'offrir le bouchon de carafe qui est à l'intérieur en le faisant passer pour un diamant, je te trouve mesquin.

À l'air préoccupé qu'arborait son homme, Cécile comprit que sa plaisanterie avait fait long feu.

— Nom d'une pipe ! Où ai-je vu ce machin-là ? C'est donc bête de ne pas m'en souvenir ! Ça va me gâcher la soirée, si je ne trouve pas !

Le reporter empocha le prospectus de réclame, où figurait un dessin de la boule hypnotique. Il lui rendrait peut-être la mémoire, à force de le contempler pour en relire l'argumentaire. À moins qu'il ne s'hypnotise lui-même…

La salle du caf'conç des Ambassadeurs était pleine à ne pas pouvoir y glisser un spectateur de plus. Il y faisait une chaleur d'étuve. Dames et messieurs s'éventaient avec les moyens du bord. Qui avec son canotier, qui avec son éventail de soie ou d'écaille.

Devant le rideau baissé, le pianiste attaqua la ritournelle écrite par Xanrof pour *Le Fiacre*, l'un de ses plus grands succès, puis la toile monta d'un coup et elle fut là, comme une apparition, droite et muette, inclinant simplement la tête avec son célèbre sourire moqueur, parcourant les rangées de spectateurs de ses yeux sombres et vifs.

C'était la première fois que Cécile et Raoul contemplaient Yvette Guilbert en vrai et *en couleurs*. Jusqu'à ce jour, ils ne l'avaient vue qu'en noir et blanc sur les reproductions des affiches géniales de Lautrec – qui avaient tant fait pour la renommée de la *diseuse*.

Raoul détaillait la fameuse robe verte, les longs gants noirs et la chevelure de feu de la divette. Et, tout à coup, ce fut comme si une décharge électrique lui fouaillait les reins. La tignasse flamboyante d'Yvette Guilbert venait de lui rendre la mémoire.

Nella Barone avait dit au reporter n'avoir jamais vu de cheveux d'une couleur aussi rutilante que ceux de *mademoiselle Jeanne*, Jeanne Tardieu, la gouvernante de la famille Casals. Nella et Félix assuraient que cette jeune femme devait être la seule à en posséder de pareils. Eh bien, c'était faux ! Cette tignasse ornait la tête d'Yvette Guilbert, qui venait d'attaquer *Madame Arthur* sous un tonnerre de bravos.

Cette comparaison le ramena brutalement à son enquête sur le drame de la Villa aux Loups.

Raoul se pencha vers Cécile et lui glissa, haletant :

— La boule… Je sais à présent où je l'ai vue !

Il se pencha un peu plus et lui chuchota un nom.

Cécile était aussi surprise par ce qu'elle venait d'apprendre que son homme, quelques jours auparavant, se réveillant face au magnolia du Dr Fourcade…

17

Où l'on va à Barbentane à la saison des figues
pour en rapporter des lettres
qui pourraient bien donner
une tout autre direction à l'enquête.

RAOUL SIGNORET n'avait jamais vu autant de figuiers à la fois. Ils s'étendaient à perte de vue entre le massif de la Montagnette, sur lequel s'appuyait le village de Barbentane, et le lit de la Durance qui courait, plus bas dans la plaine, célébrer ses épousailles avec le grand Rhône dont on apercevait, du côté du couchant, le large serpent étincelant sous la lumière implacable de l'après-midi.

Ce n'est pourtant pas le spectacle de ces milliers d'arbres alignés comme des grenadiers à la parade qui étonnait le plus le reporter du *Petit Provençal*, mais le bourdonnement immense de centaines de milliers d'abeilles venues se gaver des sucs que la chaleur ambiante faisait exsuder des « noires » et des « rouges » de Barbentane, ces figues sans rivales qui ne poussaient qu'ici.

Paul Chabert, prévenu de l'arrivée du journaliste par télégramme, l'attendait à la sortie de la gare. Avec son chapeau de paille, son pantalon de coutil, ses godillots terreux et sa chemise sans col, le futur professeur de français ressemblait à n'importe quel jeune paysan provençal. Il s'excusa de son négligé, justifié par le renfort qu'il apportait à ses parents en les aidant « aux figues ».

Il s'inquiéta en premier lieu « de l'état de santé d'Henri ».

— Dans son cas, je crois que les médecins répondraient « stationnaire », dit Raoul. Il n'a toujours pas repris conscience, mais on ne note pas de signe d'aggravation. On tente une trépanation. La balle est logée dans le lobe frontal gauche du cerveau. On espère, en supprimant la cause des dégâts, restituer, au moins en partie, l'usage de la parole à votre malheureux ami.

Paul Chabert émit un bref ricanement :

— Qu'attendent-ils ? Qu'Henri passe aux aveux ?

L'étudiant n'avait pas pardonné à la police de faire de son ami un assassin présumé.

— Je pense que ceux qui le soignent espèrent d'abord améliorer son état, répondit Raoul. Pour le reste, il sera toujours temps.

Une charrette vide équipée d'un banc rustique, attelée d'une mule noire, attendait devant la gare. Le jeune homme prit les guides, tourna la manivelle desserrant le frein et fit claquer sa langue. La mule prit d'elle-même la direction du mas.

— Votre enquête avance ?

— Elle avance dans le brouillard, dirai-je.

— Je pensais que vous m'apportiez du nouveau.

— Je serais plutôt venu en chercher auprès de vous, à la lumière de ce que j'ai appris depuis notre rencontre à Aix.

— Vous croyez donc toujours à la culpabilité d'Henri ?

— Ce n'est pas ce que je crois qui a de l'importance, monsieur Chabert. C'est ce que je constate et les conclusions que je peux en tirer après avoir instruit « à charge et à décharge », comme disent les juges d'instruction.

Le jeune homme rectifia :

— Vous n'êtes pas juge, monsieur Signoret, mais reporter. En principe, et sans jeu de mots, « sans pré-jugé ».

Avec les façons d'un train entrant en gare, la mule, sans qu'on la sollicite, vint ranger avec adresse la charrette devant la porte du mas.

Sur le seuil se tenait une femme replète, une jupe droite lui tombant jusqu'aux pieds. Elle portait la coiffe blanche aux rubans flottants et un corsage au décolleté carré, avec demi-manches bouffantes laissant les avant-bras nus. C'était la mère de Paul Chabert. Le père, lui, était à la cueillette avec les hommes.

— Entrez et mettez-vous d'aise, dit-elle à l'arrivant, devant lequel elle s'effaça avec un grand sourire de bienvenue.

Raoul passa la porte et poussa un soupir de satisfaction.

— Qu'il fait bon chez vous ! Après cette touffeur…

— Ah, les anciens savaient bâtir ! s'exclama Mme Chabert. Vous avez vu l'épaisseur des murs ? Dedans, même en plein juillet on dépasse jamais vingt-quatre degrés. Avec porte ouverte !

— Et l'hiver, renchérit le fils, avec toutes les ouvertures au sud et le soleil rasant, le mistral peut bouffer tant qu'il veut.

Il se tourna vers sa mère :

— Maman, je dois parler avec M. Signoret au sujet d'Henri. Nous pouvons en avoir pour un moment. Pour ne pas être au *mitan* avec le va-et-vient qu'il y a en ce moment dans le mas, avec votre permission, nous montons dans ma chambre. Nous y serons plus tranquilles pour causer.

— Fais à ta guise, mon fils.

Les deux hommes gagnèrent le premier étage. La chambre de Paul Chabert, vaste, éclairée par deux fenêtres au ras du toit de tuiles romanes, lui servait aussi de bureau, comme en témoignaient une solide table de travail en noyer verni et une grande bibliothèque aux portes vitrées dont les étagères étaient bourrées d'ouvrages de documentation et de cahiers de cours.

L'occupant des lieux prit place sur une radassière, un canapé provençal, laissant le fauteuil Voltaire à son hôte.

— Alors, par quoi commençons-nous? demanda Paul Chabert.

— Par des questions mais, pour l'instant, c'est moi qui les pose, dit le reporter. Essayez de vous rappeler, monsieur Chabert : avez-vous vu votre ami Henri s'occuper de pratiques relevant plus ou moins de l'hypnose ou des expériences hypnotiques?

— Vous savez, monsieur Signoret, nous n'avons guère de temps pour nous amuser à…

— Il ne s'agit pas d'amusements, monsieur Chabert, je ne parle pas de tables parlantes, de tarots divinatoires ou autres balivernes. Je vous demande si Henri Champsaur s'intéressait sérieusement à l'hypnose, si vous en aviez parlé ensemble, ou mieux, s'il avait, à un moment ou à un autre, pratiqué les techniques propres à plonger quelqu'un dans un état hypnotique.

La réponse fusa, sans tergiversation.

— Henri et moi, ces fariboles ne nous intéressent pas. Mais il est possible qu'il se soit documenté, par curiosité intellectuelle, comme moi. Je dois bien avoir dans mon fatras un ouvrage de vulgarisation traitant de la question. Je pourrai le retrouver, si vous le désirez, mais je vous répète que je n'ai jamais vu Henri tenter d'endormir aucun de nos camarades à l'aide de passes magnétiques.

Ce garçon-là ne mentait-il pas? Son visage reflétait la sincérité. Ou alors c'était un comédien de première force.

— Je vous pose cette question, reprit le reporter, parce que le Pr Casals, qui accuse votre ami d'avoir assassiné sa femme, puis, pris de remords, d'avoir vainement tenté de se suicider, affirme qu'il n'a pu arriver à ses fins qu'en privant sa proie de tout moyen de lui résister. Entre autres, par la suggestion hypnotique.

— Ça ne tient pas, voyons…

— Je l'espère comme vous, assura Raoul Signoret, mais c'est pour être certain que les affirmations d'Alexandre Casals n'ont aucun fondement que je voudrais être bien sûr que votre ami Henri n'a pas pu hypnotiser Meg. Ne serait-ce que parce qu'il n'aurait pas su comment s'y prendre. Il se trouve, d'après des témoins dignes de foi, que Meg était sujette à des crises de somnambulisme. Il lui est même arrivé de s'auto-hypnotiser, rien qu'en contemplant un objet brillant. Les témoignages sont formels. Cela peut favoriser – comment dire ? – l'écroulement des défenses, face à quelqu'un qui sait y faire. Le Pr Casals affirme que Meg avait été fragilisée par la perte de son petit garçon.

Un pli soucieux était apparu entre les sourcils fournis du jeune homme.

— Pardon, mais qui est Meg ?

— Mais… voyons ! C'est le petit nom que votre ami Henri donnait à Marguerite Casals !

— Première nouvelle.

— Comment ? Votre ami n'a jamais employé ce surnom pour parler d'elle ?

— Pas devant moi, en tout cas.

— Allons, monsieur Chabert… vous me menez en bateau, là !

— Ni en bateau ni en voiture à cheval, monsieur Signoret. Je vous jure sur la tête d'Henri que jamais une fois devant moi il n'a employé *Meg* pour désigner Marguerite. Il disait « ma bien-aimée », « la dame de mes pensées », ou simplement « Elle », mais *Meg*, jamais, je suis formel !

— Peut-être dans l'intimité en allait-il autrement ? Vous n'y étiez pas, n'est-ce pas ? Les petits noms dont peuvent s'affubler les amants sont innombrables, et toutes les fantaisies sont permises. J'aimerais croire que vous ignoriez cette privauté de votre ami avec sa maîtresse, mais il y a cette lettre, tout de même, qui est la preuve que…

— Quelle lettre ?

— La lettre posthume qu'Henri Champsaur a adressée à sa mère pour lui demander pardon et expliquer son geste.

— Vous l'avez lue, cette lettre ?

— Oui. J'en ai récupéré une copie à la police, mais je ne l'ai pas publiée dans *Le Petit Provençal* pour ne pas gêner les enquêteurs. C'est dans cette lettre que votre ami désigne Marguerite Casals sous le petit nom de *Meg*. Je vous l'ai apportée.

— Non! La lettre d'Henri? Comment l'avez vous obtenue?

— Mon oncle est commissaire central à Marseille. Il me l'a confiée en me faisant jurer le secret. Je ne devrais pas vous la montrer, aussi je compte sur votre discrétion.

Raoul Signoret sortit de sa poche intérieure un feuillet plié en deux et le tendit au jeune homme.

Paul Chabert prit ses fines lunettes cerclées de métal et se pencha sur le feuillet avec une attention qui crispait tout son visage.

— Vous reconnaissez l'écriture de votre ami, je suppose?

— Cela ne fait aucun doute.

Le jeune homme demeura silencieux, tête baissée, puis dit, sans lever les yeux :

— Avez-vous remarqué que c'était écrit sur du papier à petits carreaux?

— Naturellement. J'en ai parlé avec les enquêteurs, ils ont conclu qu'Henri Champsaur n'avait pas eu l'occasion de trouver du vrai papier à lettres.

— Il ne vous a pas échappé non plus que ce feuillet provient d'un feuillet plus grand, dont il a été détaché.

— Bien observé. Ça provient d'un cahier, en effet, dirait-on. Il appartenait probablement à votre ami. C'est ce que pense la police.

— Elle ne croit pas si bien dire, répondit Paul Chabert en se levant.

Il alla droit au meuble-bibliothèque, s'accroupit, en tira un classeur dans lequel il remisait probablement ses cours de littérature de l'année écoulée, puis, se redressant, il ouvrit la partie haute, où se trouvaient, derrière leurs vitres, les rayonnages couverts de livres. Il se saisit d'un ouvrage à couverture rouge sombre.

Paul Chabert regagna la radassière. Il posa le classeur sur ses genoux et commença à feuilleter le petit livre rouge. Après quelques tâtonnements, il parut avoir trouvé la page qu'il cherchait. Le jeune homme tendit le livre ouvert au reporter.

— Voudriez-vous lire, sur la page de droite, la partie du texte qui figure en italique? C'est au troisième paragraphe.

Raoul Signoret, qui ne s'attendait pas à pareille surprise, écarquilla les yeux au fur et à mesure de l'avancée de sa lecture. Il relut le court texte à mi-voix, comme s'il voulait s'assurer qu'il n'était pas victime d'une hallucination :

> Nous nous aimions, nous ne pouvions pas fuir ensemble. Ce monde-ci n'était pas fait pour un amour comme le nôtre. Meg en souffrait autant que moi. Je demande pardon à tous ceux qui vont souffrir par ma faute. Pardon, mère, du chagrin que je vais vous causer. Donnez mon très affectueux souvenir à mon ami Paul.
>
> Henri.

Le reporter demeura un instant en état de sidération, puis dit à mi-voix, comme s'il pensait tout haut :

— C'est, mot pour mot, le texte de la lettre d'Henri Champsaur à sa mère ! Qu'est-ce que c'est que cette histoire ?

— Cette histoire, comme vous dites, monsieur Signoret, est un court passage d'un roman fort peu connu, je vous le concède, et vous serez pardonné de ne l'avoir jamais ouvert. Son titre : *Sidner ou les dangers de l'imagination.* Il est paru en 1803. Son auteur est demeuré à peu près inconnu de la postérité. Son nom ne vous dira rien, si je vous apprends qu'il se nommait Barthélemy Huet de Froberville. De vous à moi, le roman n'a pas été oublié pour rien. Mais il est dédié à Goethe, tout de même. C'est du sous-Werther, justement. Ce roman par lettres narre les péripéties d'une idylle amoureuse impossible entre la jeune Marguerite, qu'on appelle *Meg*, à la façon anglaise, et le jeune Henri Sidner. Le passage que vous venez de lire concerne précisément le moment où, après avoir constaté que leur amour n'a pas d'avenir en ce bas monde, les amants décident de mourir ensemble plutôt que de vivre séparés. Et Sidner envoie une lettre à sa mère, lui demandant à l'avance pardon du chagrin que va lui causer son geste.

Au fur et à mesure que Raoul Signoret écoutait parler Paul Chabert, il sentait peser sur ses épaules comme un poids.

La question suivante que lui posa le jeune homme ne fut pas pour le surprendre :

— Vous souvenez-vous de l'un des thèmes retenus pour notre certificat de licence de lettres, cette année ?

— « Le suicide chez les écrivains », ou quelque chose d'approchant.

— « Le suicide en littérature dans l'Europe romantique – poètes et romanciers de Rousseau à Musset. » Je pense inutile de préciser que le bouquin de Froberville faisait partie de notre programme, et Henri comme moi-même avions recopié – à titre d'exemple ou de citation – les lignes que vous venez de lire. J'ai le même passage de *Sidner* recopié dans mon cahier de cours, mais je crois inutile de vous demander de vérifier ?

— Inutile, en effet, dit sobrement Raoul qui acceptait sportivement sa défaite.

Le reporter demeura un long moment silencieux, tête basse, avant de poursuivre :

— Ce que vous venez de me raconter bouleverse totalement la vision que j'avais du drame. Désormais, il m'importe moins de savoir si, comme l'affirme sans preuves le Pr Casals, votre ami Henri est l'assassin de sa femme, ou bien si les deux amants se sont suicidés d'un commun accord, c'est, après tout, l'affaire de la police. Il m'importe encore moins de prouver qu'Henri Champsaur aurait usé de procédés inélégants pour prendre l'ascendant sur Marguerite Casals et arriver à ses fins. Ce dont j'ai la certitude absolue, maintenant, grâce à votre aide, est que cette lettre d'adieu n'en est pas une, bien que le texte soit de la main de votre ami. Quelqu'un a trouvé cet extrait, dans le cahier ou dans les affaires d'Henri, qui collectionnait les citations. Il a vu le parti qui pouvait être tiré de la similitude des prénoms avec les personnages de *Sidner*. Il l'a fait passer auprès de la pauvre mère éplorée pour une lettre d'adieu de son fils.

Le reporter réfléchit un instant avant d'ajouter :

— Ce quelqu'un pourrait bien avoir assassiné votre ami et sa bien-aimée. Grâce à cette citation providentielle, pouvant passer pour une lettre d'adieu, il était possible de laisser croire à un double suicide. Tout cela tendrait à prouver qu'Henri Champsaur – sans que j'en comprenne l'utilité – avait son cahier de cours avec lui, le jour du rendez-vous à la Villa aux Loups… Ou bien le lui aura-t-on dérobé, pour utiliser le feuillet où figurait la lettre de *Sidner*, recopiée de sa main.

Le journaliste lâcha un long soupir.

— Ce qui voudrait dire que, s'il y avait preuve d'un double assassinat – assassinat longuement préparé –, l'assassin connaissait bien ses victimes, leurs habitudes, leur relation. Car ce que vous ne savez pas encore, monsieur Chabert, c'est que cette fausse lettre à été postée *après* le suicide d'Henri.

Raoul regarda le jeune homme droit dans les yeux.

— Ce ne serait donc pas votre ami qui aurait imaginé ce subterfuge pour faire passer pour un double suicide ce qui était un assassinat. À condition, bien sûr, que quelqu'un n'ait pas posté cette lettre posthume à la demande d'Henri Champsaur lui-même…

Paul Chabert à son tour fixa le reporter :

— Si c'est à moi que vous faites allusion, je jure sur la tête d'Henri que je ne me suis jamais mêlé…

— Ne jurez pas, ça ne veut rien dire. Quant à moi, je n'ai pas à désigner le coupable à l'avance, je ne suis pas procureur de la République. Mais avouez que des policiers un peu retors pourraient venir vous chercher des poux sur la tête. Le texte de cette fausse lettre d'adieu, vous n'étiez pas très nombreux à le connaître.

— Encore faudrait-il apporter la preuve que je m'en suis servi. Tout cela est absurde. Et insultant pour moi.

Le visage de Paul Chabert se ferma. Raoul regretta de l'avoir choqué.

— Vous avez raison. Je viens de dire une bêtise plus grosse que moi. Si vous aviez été le messager d'une lettre posthume d'Henri, il l'aurait préparée d'avance et se serait appliqué – lui, le littéraire – à donner à ce mot d'adieu à sa mère une autre forme que cette sorte de faire-part. Il aurait pensé au chagrin qu'elle allait lui causer et aurait circonstancié sa décision. Encore une fois, pardon. Je crois que je suis troublé par ce que je viens d'apprendre et…

— Restons-en là, monsieur Signoret, dit le jeune homme. Je suis ici pour réhabiliter la mémoire de mon ami et non pour ergoter sur des histoires de susceptibilité entre nous. Quoi qu'il en soit, je suis certain qu'Henri n'a pas tué Marguerite.

— Ne recommençons pas, monsieur Chabert, dit Raoul, exaspéré. Vous n'en savez rien.

— Détrompez-vous, monsieur Signoret. Ma conviction de l'innocence de mon ami, je la tiens du fait qu'Henri est un être droit. Incapable d'une bassesse ou d'un mensonge.

Il appuya sur chacun de ses mots :

— Je vais vous dire l'exacte vérité. Vous seul pouvez la comprendre. Si je l'avais confiée à la police, elle en aurait tiré des convictions contraires, pour faire d'Henri un vulgaire assassin. Alors, voilà : c'est vrai, Marguerite voulait mourir avec lui. Elle ne voyait plus d'issue à la situation. Elle en était désespérée. Elle lui a écrit pour le supplier de la tuer avant de se tuer. Il a tout tenté pour la dissuader de ce projet funeste dont il se sentait responsable. Il préférait affronter la douleur d'une séparation définitive, il préférait envisager de mettre un terme à leur relation, quitte à briser sa propre existence, mais il refusait d'être celui qui ôterait sa vie à l'être qu'il aimait le plus.

Paul Chabert s'interrompit et secoua la tête comme s'il voulait en chasser de sombres pensées. Puis il reprit :

— Ce rendez-vous à la Villa aux Loups, c'était le rendez-vous de la dernière chance pour faire échouer l'horrible perspective. Henri espérait encore ramener Marguerite à la raison. Quitte à la perdre, puisqu'elle était toute sa vie. Il savait que, de toute manière, leur belle histoire allait s'arrêter là. Mais pas de la façon que le spectacle d'épouvante découvert dans la villa a laissé supposer. C'est elle qui réclamait la mort. Pas lui. J'en ai la preuve.

L'étudiant se leva pour aller vers le meuble-bibliothèque. D'un classeur jaune à élastiques, il sortit ce qui ressemblait fort à des lettres.

— Je vais vous laisser jeter un coup d'œil à ces billets que m'a confiés Henri. Mais jurez-moi de garder le secret. Ils vous prouveront que je ne raconte pas n'importe quoi.

C'étaient des sortes de messages très courts. Quelques lignes, tracées à la hâte, parfois quelques mots seulement. L'écriture était très différente de celle d'Henri Champsaur. Penchée, fine, élégante. Une écriture de femme.

« Je n'en puis plus », disait le premier que le reporter consulta. « Cette double vie va à l'encontre de ma nature profonde. Je vais tout dire à mon époux. Ça sera plus clair. »

Sur le second, on pouvait lire : « Je suis désespérée. Impossible d'écrire très long. Vous comprenez pourquoi. Donnez-moi de vos nouvelles. Je n'ai rien dit. Brûlez ma lettre. »

Le troisième se faisait suppliant : « Non, ne partez pas ! Pensez à moi. Je n'ai pas mérité de faire de vous un exilé. Votre présence m'est bien chère. Que vais-je devenir sans notre complicité ? Ne plus vous voir, l'idée me désespère. Ne doutez jamais de mon affection. Vous me faites mal. »

Un sentiment de culpabilité dominait le suivant : « C'est affreux ce que je vous fais souffrir malgré moi. C'est ma faute. J'aurais dû savoir ne pas me faire aimer. »

Dans celui-là, se lisait l'inquiétude : « Comment mon mari ne se doute-t-il de rien ? J'ai l'impression de ne plus être la même. Cela doit se voir sur mon visage. Comment ai-je pu accepter d'en arriver là ? »

Dans un billet plus grand, plié en deux, il y avait un petit paquet. Il contenait une mèche de cheveux dont certains étaient gris. Et un petit mot tracé en lettres minuscules sur un morceau de bristol guère plus gros qu'un timbre-poste : « Je suis vieille, en voici la preuve. Pourtant vous m'avez rendu quelque chose de ma jeunesse. »

Un autre billet avait une tournure encore plus exaltée : « Il faut que cela finisse. Je ne puis plus supporter cette existence-là. »

Enfin, un dernier devenait explicite : « Jurez-moi que vous allez faire ce que je vous demande à genoux. Allons nous tuer tous les deux. Je vous en supplie ! Nous mourrons dans un baiser. Vous me tuerez, vous vous tuerez après ! La mort nous divinisera. Ce sera d'une grande beauté. On nous admirera. Venez me chercher lundi après 2 h. À Notre-Dame. Nous irons en finir. Ensemble, à jamais. »

Tous ces billets portaient comme seule signature un *M*.

— Inutile, je pense, de vous dire de qui sont ces mots. Henri ne voulait pas les conserver chez lui. Il me les avait lus avant de me les confier. C'est pourquoi je n'ai pas de scrupule à vous les montrer, ce que je ne ferais pour aucun autre. C'est le dernier billet que vous venez de lire qui a décidé Henri à accepter le rendez-vous et à se rendre avec elle à la villa. Mais c'était pour annoncer à Marguerite qu'il *refusait formellement* d'être l'exécuteur de cette demande, émanant d'un esprit égaré et souffrant.

Raoul sursauta. Il eut l'impression d'émerger d'un sommeil hypnotique. Il avait été un long moment « ailleurs », en effet. La réaction du reporter fut contraire à celle qu'espérait l'étudiant.

— Et c'est maintenant seulement que vous les sortez, ces lettres ? Vous me laissez m'embarquer dans un raisonnement où je cherche les motifs de vous donner raison quand vous jurez que votre ami n'a pas pu tuer sa maîtresse à sa demande, alors qu'elle réclame cette mort à cor et à cri ? Vous en avez une dizaine de preuves écrites dans vos tiroirs et vous continuez à raisonner comme un tambour crevé ? Mais vous me prenez pour un demeuré, ma parole !

L'étudiant fut piqué au vif :

— Et la fausse lettre d'adieu expédiée par Henri à sa mère après le suicide de son fils, vous en faites quoi ?

— C'est encore une pièce du puzzle qui me manque, reconnut le reporter. Mais elle finira par prendre sa place.

Ces lettres détenues par Paul Chabert faisaient complètement capoter l'hypothèse que le journaliste venait avec tant de difficultés d'élaborer devant l'ami d'Henri Champsaur. Et cela le rendait furieux.

Il ne s'agissait plus d'un double assassinat commis par un cerveau machiavélique, qui s'ingéniait à faire passer ses victimes pour des suicidaires. Marguerite Chabert ne tournait pas autour des mots, elle : « Vous me tuerez, vous vous tuerez après ! La mort nous divinisera. » Et le dernier rendez-vous à la Villa aux Loups reprenait tout son sens. Il n'y avait qu'un benêt entêté comme Chabert pour s'obstiner à lui en donner un autre !

Raoul Signoret regarda le jeune homme, qui, sous l'orage, demeurait muet. Le reporter prit une longue inspiration pour relâcher la tension qui le poussait à sauter à la gorge de cet inconscient.

— Et le revolver que votre ami avait en main quand on les a découverts tous les deux dans la chambre, qu'est-ce que vous en faites, vous ? C'était pour tirer sur les cigales ?

— J'ignorais qu'il s'en était procuré un. Mais s'il l'a fait, je vous le dis, monsieur Signoret, c'était pour lui. Pour se tuer, lui. Il savait qu'il ne pourrait continuer à vivre sans elle.

— Monsieur Chabert, avez-vous montré ces lettres à quelqu'un ?

— Évidemment non !

— Vous n'en avez donc pas parlé avec la police ?

— Ça ne regarde personne. Ce sont des lettres intimes et j'en suis le gardien.

Le reporter était accablé.

— Comment avez-vous pu conserver ça par-devers vous ?

— Personne ne m'a rien demandé.

— Vous pouviez les communiquer spontanément.

— Je ne voulais pas qu'on mette le nez dans l'intimité d'Henri. C'est son histoire, elle est belle, elle est pure, je ne veux pas qu'on y touche, qu'on la salisse.

Était-il idiot ou faisait-il de la provocation ? Une brusque montée d'adrénaline se mua en colère froide chez Raoul. Il choisit la méthode persuasive.

— Monsieur Chabert, il ne faut pas garder ces lettres. Il faut les montrer à la police de toute urgence.

— Ça, jamais ! Vous m'avez juré…

— Je n'ai rien juré du tout, monsieur Chabert. Et je ne me ferai pas votre complice en me taisant.

— Ces lettres sont à Henri. Elles ne regardent que lui. Je dois les conserver pour lui, tant qu'il est de ce monde.

— Mais vous êtes inconscient, ma parole ! Vous risquez d'être accusé de dissimulation de preuves. Et c'est puni par la loi. Deux ou trois ans de prison, je ne sais plus. De mémoire : article 434-4 du Code pénal.

— Mais, je croyais…

— Monsieur Chabert, il faut d'urgence communiquer ces lettres à la police. Sinon je vais vous les prendre de force, ou aller tout raconter aux enquêteurs. Vous ne me laissez pas le choix.

En disant cela, Raoul ne pouvait s'empêcher de penser que ce coup de théâtre lui donnait des arguments pour rabattre le caquet du Pr Casals. Que le jeune Champsaur l'ait fait cocu ou non, en hypnotisant ou non sa femme, n'avait plus qu'une importance secondaire à présent. Ce n'était pas *lui* qui avait persuadé sa maîtresse de mourir, mais *elle* qui réclamait à son amant qu'il la tue. Pour accabler Champsaur et dédouaner Marguerite de toute responsabilité dans le drame, les *conseils* du professeur allaient devoir trouver autre chose.

L'étudiant se leva de la radassière, penaud.

— Monsieur Signoret, Henri m'avait juré sur la tête de sa sœur aînée, morte depuis…

— J'ai compris : Henri vous avait juré qu'il n'allait à ce rendez-vous que pour persuader Mme Casals de ne pas accomplir ce qu'elle lui demandait.

— Oui. Et moi, je le crois toujours.

Paul Chabert faisait peine à voir. Son regard suppliait qu'on le croie sur parole. La colère de Raoul tomba d'un coup.

— Je vais vous les confier, ces billets, dit le jeune homme. Vous les donnerez à la police.

— Non, non. Il faut vous-même les porter.

— Si c'est moi qui les porte, ils vont me mettre en prison !

— Pas si vous leur dites avec l'air benêt que vous avez à cet instant que vous venez seulement de les découvrir, en faisant du rangement dans le classeur de cours que vous avait confié votre ami. L'important est que la police prenne connaissance de ces lettres au plus tôt. J'en parlerai avec mon oncle. Vous n'aurez pas d'ennuis. Juste une grosse engueulade, mais vous l'avez un peu mérité.

Le reporter se leva, Paul Chabert en fit autant.

— Si vous étiez raisonnable, vous viendriez à la gare avec moi, mon train part dans une demi-heure. Changez-vous vite et vous descendez dès ce soir à Marseille.

— Que va dire mon père si…

— Je regrette, répliqua Raoul, les figues attendront.

18

Où l'on ne parvient pas à mettre la main
sur l'armurier qui aurait vendu son revolver calibre 6
à celui qui demeure accusé d'assassinat.

RAOUL SIGNORET fit une entrée en boulet de canon dans le bureau d'Eugène Baruteau, situé, pour quelques semaines encore, dans l'ancien commissariat central, au rez-de-chaussée et sous-sol du pavillon Daviel, face à l'Hôtel-Dieu.

— Qu'est-ce qu'on m'a dit, mon oncle? Grandjean a mis le petit Chabert au frais?

— Où voulais-tu qu'il le mette?

— J'ai l'air de quoi, moi?

— Tu as l'air d'un type qui prend conscience que les lois et règlements sont les mêmes pour tous.

— Mais je lui avais promis l'impunité, s'il…

Baruteau répliqua en flic :

— Là, tu t'es un peu trop avancé, mon petit coco. C'est pas ton boulot, ça. Laisse ces embrouilles aux vieux flics retors comme moi. Les promesses ne sont pas faites pour être tenues par ceux qui représentent la loi. C'est un principe vieux comme le machiavélisme.

Le reporter se désola :

— Je crois qu'il avait encore une épreuve orale à passer pour en avoir terminé avec sa licence de lettres. S'il perd une année à cause de ça, c'est un peu dommage, tout de même.

— Ah ça, mon vieux, il n'avait qu'à y penser avant! Je ne peux pas faire élargir ce couillon de Barbentane tant que nous ne sommes pas certains qu'il a craché tout ce qu'il savait. Tu ne voudrais pas donner du grain à moudre à ton cher ami Grandjean, non ? Si je faisais un passe-droit à Chabert, il en profiterait, ce chafouin, pour se refaire une santé côté conscience professionnelle. Je ne veux pas lui donner le plaisir de claironner que j'entrave l'enquête.

Devant l'air marri de son neveu, le policier prit un ton radouci :

— Tu es rigolo, toi ! Tu croyais qu'on allait remercier le jeune Chabert d'avoir joué au facteur, et le renvoyer cueillir ses figues sans chercher à savoir s'il ne nous aurait pas caché autre chose ? Tu pensais que ses explications vaseuses nous suffiraient ? Ces lettres peuvent être des pièces à conviction d'une importance capitale dans cette affaire, et il les garde sous le coude ! On croit rêver ! Si tu veux mon avis, je le trouve un peu trop souvent au milieu. Qui te dit que ce n'est pas lui qui se trouvait dans la maison pendant que les deux autres jouaient à papa-maman dans la chambre du haut ? Qui d'autre que lui avait connaissance du rendez-vous ?

— Oh, tout de même ! s'écria Raoul. Vous avez vu le genre ?

— Ça, s'il fallait se fier à la mine des gens pour répondre de leur intégrité, on ne se serait pas fait cent fois rouler dans la farine, tiens ! Enfin, réfléchis deux secondes, Raoul. Chabert est en possession depuis des semaines, des mois peut-être, de lettres où une fondue réclame sur tous les tons à son amant de l'assassiner, et il ne pense pas à les apporter spontanément à la police ? Et tout ça, parce qu'il juge qu'il lui faut protéger à tout prix la mémoire de son ami ? Non mais où il se croit, ce *jobastre* ?

— Ne vous énervez pas, mon oncle, vous savez que ce n'est pas bon pour votre tension.

— Ouais, ben t'inquiète pas pour moi, mon petit. Mes artères sont en caoutchouc vulcanisé. En attendant, je pense que Grandjean a bien fait de mettre ce futur professeur au coin avec un bonnet d'âne. Il y méditera sur le sens des responsabilités.

Raoul hocha la tête :

— Ça ne va pas améliorer mes relations personnelles avec votre successeur à la Sûreté…

— Ouais, mais qu'il ne vienne pas couiner devant moi, celui-là ! Parce que je saurai quoi lui répondre. Que tu as fait son boulot à sa place. Que ce que tu as découvert, il aurait dû le découvrir avant toi. Tu leur fais livrer le courrier qui explique que nous avons affaire non pas à un simple assassinat suivi d'une tentative de suicide, mais à un projet mortifère élaboré par deux cerveaux dont les tuyauteries sont en surchauffe, et pas un inspecteur de la Sûreté n'avait pensé tout seul, avant toi, à aller cuisiner le jeune Chabert chez lui ?

— À leur décharge, dit le reporter avec fair play, il n'est pas sûr que Chabert se serait résolu à montrer ces lettres à un policier. Il l'a fait avec moi, parce qu'il a voulu me prouver que son ami Henri n'était pas l'assassin que je pensais. Pour lui, c'était une affaire privée. Face à un flic, Chabert aurait fait le mort au sujet des lettres de Marguerite à son amant.

— Ça n'est pas une excuse, grogna Baruteau. Je vais prendre des sanctions contre ceux qui n'ont pas fait leur boulot.

Pour calmer le courroux de son oncle en changeant de sujet, le reporter demanda :

— Qu'est-ce qu'il en dit, le cher professeur, des lettres de sa femme ? Vous les lui avez montrées ? Ça a dû lui couper la chique, non ?

— Il ne se démonte pas. Pas facile à déstabiliser, le bonhomme. Il affirme que l'écriture de sa femme est contrefaite. Qu'il s'agit de faux grossiers rédigés par Champsaur lui-même. Que Marguerite était incapable d'écrire des horreurs pareilles. Il parle en particulier du dernier message, celui où elle réclame leur mort commune.

Pour briser le silence qui venait de s'établir pendant que chacun méditait, le reporter fit dévier la conversation :

— Autre chose, mon oncle : l'enquête sur l'arme retrouvée dans la main du jeune homme, ça donne un résultat ?

— Tu ne vas pas me croire, mais pas moyen de mettre la main sur l'armurier qui lui aurait vendu ce revolver de poche à cinq coups.

Il débita comme un camelot de rue :

— « Calibre 6, poignée en ébène et détente encastrée dans le corps, poids : 225 grammes, en vente partout pour 45 francs. » Nous avons pourtant retourné toutes les boutiques de Marseille et d'Aix. Champsaur a dû se le procurer hors circuit officiel. Mais même là, on a fait chou blanc. Pourtant, ces messieurs se connaissent entre eux. Et si un gommeux était venu les trouver pour négocier un pétard, j'aurais fini par le savoir en échange d'une « remise de peine » future.

Raoul ne rata pas l'occasion :

— Si on ne peut plus compter sur les indics, alors, où va le monde, mon bon monsieur !

— Tiens, à propos de cette arme, dit Baruteau, tu me fais penser à une chose, que je te demande de garder pour toi jusqu'à nouvel ordre. Malgré sa bonne volonté, le chirurgien du crâne qui a opéré le jeune homme, à la Conception, n'est pas parvenu à l'achever. Il a même extrait la balle. Une *vélo-dog* à poudre sans fumée, si tu veux tout savoir.

— Je note, pour mes mémoires futurs, dit Raoul. Mais ne m'en dites pas plus, c'est moi qui vais deviner. Ce premier miracle a été suivi d'un second : Champsaur s'est mis à tout raconter d'un trait depuis le début, sans même reprendre sa respiration.

— J'aimerais bien, comme on dit chez les théâtreux, qu'il ait *filé* son texte d'un coup, dit Baruteau. Hélas, non, il ne parle pas. Pas encore. Mais il est toujours vivant. Et nous sommes comme les chats : nous guettons au trou. En espérant que la souris voudra bien pointer son museau un jour prochain. Sinon... ça va encore faire baisser les statistiques, et le Matou en chef va pointer sa grosse moustache et ses sourcils poilus, pour me tirer les oreilles.

19

Où une représentation de Rigoletto donne l'occasion à notre héros de faire une rencontre à laquelle il ne s'attendait pas.

— QUI veut deux places pour entendre *Rigoletto*, ce soir, au Grand Casino de la Plage ?

Léon Espitalier, le critique musical du *Petit Provençal*, passait près des bureaux de ses confrères en agitant ses cartons numérotés comme un camelot proposant aux badauds des billets de loterie.

— Moi ! cria Raoul Signoret en levant le doigt.

Il s'étonna aussitôt, tandis qu'Espitalier lui tendait ses places.

— Au Casino de la Plage ? Pourquoi pas au Grand Théâtre, comme d'habitude ?

— Eh ! répondit le critique, depuis que *il Signor* Zepelli a repris les destinées de l'établissement, on ne joue plus seulement à la roulette, on y pousse également le contre-ut. Je ne connais pas la troupe, elle arrive d'Italie. Ce n'est pas celle de *La Scala*, ne rêvons pas, mais il serait étonnant que Zepelli prenne le risque de déclencher une émeute en important un troupeau de *chèvres*.

— On en reparlera demain, promit Raoul, qui se débattait avec un nouvel article sur l'affaire de la Villa aux Loups.

Tout le temps du retour en train depuis Paris, en l'absence du Dr Fourcade, retenu à son congrès de neurologie, avait été employé par l'oncle et ses neveu et nièce à examiner l'énigme sous un jour nouveau en raison des soupçons qu'avait fait naître la découverte du journaliste à la Librairie de l'Art indépendant.

Le Pr Casals s'amusait-il *aussi* à hypnotiser son épouse ? Mais dans quel but ? Comment relier cela au drame qui avait coûté la vie à Marguerite et mis son jeune amant aux portes de la mort ?

Tout en cherchant dans plusieurs directions, Raoul Signoret avait toujours, plus ou moins consciemment, retenu la piste d'un prédateur abusant d'une femme sur laquelle il avait imposé sa volonté par la suggestion hypnotique. Une des hypothèses privilégiées, parmi celles qui trottaient dans la tête du reporter, était la suivante : Henri Champsaur, familier de la famille Casals, chez qui il avait ses entrées, même en l'absence du maître de maison, avait pu remarquer la présence, sur le vaste bureau du médecin encombré d'objets hétéroclites, de la fameuse boule Fournier. Les enquêteurs n'avaient pas retrouvé d'exemplaire de l'objet chez le jeune homme, mais la preuve qu'il avait lu le manuel de Filiatre, présent dans sa bibliothèque, était établie. À la page 31, figuraient un croquis détaillé de l'appareil et une notice sur sa manipulation. Champsaur connaissait donc sa forme et son usage. Qui sait même s'il n'avait pas, un jour ou l'autre, surpris Marguerite dans un de ces « moments d'absence » décrits par l'ancienne petite bonne des Casals, où l'épouse du professeur paraissait comme détachée de la réalité du monde ? Cela ne lui aurait-il pas donné l'idée de profiter de la première occasion d'intimité pour prendre l'ascendant sur cette femme fragile, et en faire peu à peu une sorte de jouet obéissant ?

Raoul imaginait très bien la scène où Henri Champsaur suggestionnait la femme convoitée : « Vous viendrez tel jour à telle heure à la Villa aux Loups, et vous serez à moi, puis vous oublierez tout. » Et le jour dit, à l'heure dite, Marguerite se mettait en marche, à l'insu de sa volonté, et venait se livrer corps et âme, sans défense ni mémoire.

Mais aussitôt, Raoul se traitait d'idiot : et les lettres ? Les lettres écrites par cette femme à son jeune amant pour réclamer leur mort conjointe ! Comment ces pièces du puzzle trouveraient-elles leur place dans cette construction bizarre ?

Le reporter ne croyait pas une seconde à la thèse du Pr Casals, accusant Champsaur d'en être l'auteur. Deux experts graphologues, consultés par la police, avaient été d'accord pour attribuer l'écriture de ces brefs messages à la main de Marguerite Casals. Ils confortaient cette quasi-certitude en se fiant à l'ultime lettre qu'elle était en train de rédiger quand elle était partie brusquement vers son dernier rendez-vous à la Villa aux Loups. Les écritures portaient trop de points communs pour avoir été tracées par deux mains différentes. Celle des billets était plus tourmentée. Mais on pouvait le justifier par la hâte mise à leur rédaction.

Donc, en dépit des affirmations du Pr Casals, les différences apparues dans l'écriture des billets et des lettres plus développées ne prouvaient pas que Marguerite n'en soit pas l'unique auteur.

Tout en achevant son article, dont la parution était prévue pour le lendemain, Raoul Signoret songeait que la représentation de *Rigoletto*, ce soir, lui changerait agréablement les idées. Certes, côté divertissement, le drame du père Hugo, mis en musique par Verdi, n'avait rien d'une opérette marseillaise. Mais au moins on n'y parlait ni d'hypnose, ni de suggestion, ni de sommeil léthargique. Il n'est pas certain – malgré son amour immodéré de l'opéra – que, si Bellini et sa *Sonnambula* eussent été au programme, le reporter ait accepté les billets d'Espitalier !

LE rond-point de la Plage, tout au bout de l'avenue du Prado, à l'endroit où elle débouche sur la mer, était illuminé *a giorno* par les lampadaires à boules disposés devant la façade rococo du Grand Casino, dont les hautes fenêtres à arcades brillaient de mille feux. Une brise venue de la mer jouait avec les oriflammes dominant le vaste bâtiment, qui transformaient ce lieu de plaisir pour « trois soirées exceptionnelles » en temple lyrique.

La salle de spectacle pouvait accueillir quelque sept cents spectateurs, il est vrai, un peu serrés – la jauge « officielle » étant fixée à six cents –, mais plus près des chanteurs. Ici, contrairement à l'opéra, tout le monde était à l'orchestre, car on ne pouvait pas affubler l'étroite galerie placée à mi-hauteur, où l'on se tenait debout, du nom de balcon. Inconvénient : les dames avec leurs grands chapeaux se faisaient traiter de tous les noms par les spectateurs ayant la malchance de se trouver derrière un jardin suspendu ambulant…

Ainsi Cécile avoua-t-elle à Raoul que, durant les deux premiers actes de *Rigoletto*, il lui avait été difficile de voir la bosse du bouffon difforme dans son intégralité. Par bonheur les voix étaient généreuses, et ne pas apercevoir Gilda dans son entier n'était qu'un inconvénient mineur, car la Zamboni, qui incarnait la jeune fille imprudente, avec son quintal épanoui, rappelait à s'y méprendre un éléphant qui aurait avalé un rossignol. Le baryton, Ottavio Gandolfi, chantait sans goût, mais fort. Les Marseillais lui firent un triomphe, obligeant le père et la fille à *trisser* l'air de la vengeance.

À l'entracte, un incident qui venait de se produire huit rangs devant eux intéressa Cécile et Raoul presque autant que l'ouvrage de Verdi. Un monsieur bien mis et son épouse disaient leur façon de penser à propos du couvre-chef monumental dont la dame placée devant eux avait eu l'idée saugrenue de s'affubler. Le plaignant, mettant les rieurs de son côté, affirmait « qu'on n'avait pas idée de venir à l'opéra avec une palmeraie sur la tête ». Exaspéré, le monsieur en colère menaçait clairement la coupable d'un abattage complet de l'oasis si la propriétaire n'y procédait pas elle-même. L'homme du couple interpellé répondait, l'air gêné et la voix aigre, à la fois humilié et furieux d'être la risée d'une partie de la salle. Mais ce n'est pas ce que disait cet individu qui intéressait le reporter, c'est *qui* le disait.

C'était le Pr Alexandre Casals !

La « femme aux palmiers », Raoul ne la connaissait pas, mais savait à présent qui elle était. Nella Barone lui avait bien dit que des cheveux d'un rouge pareil, elle n'en avait jamais vu ! C'était donc la fameuse Jeanne Tardieu, *mademoiselle Jeanne*, l'intendante de la famille Casals… Étonnant, non, qu'un professeur de la faculté de médecine, veuf affligé, s'affiche en public avec le petit personnel ? Raoul informa aussitôt Cécile. Il s'attira ce commentaire en forme de constat :

— Il est vite consolé, le « veuf joyeux », on dirait…

— Il a sans doute un penchant pour les couchers de soleil sur la palmeraie, ricana le reporter.

La fin de la représentation fut à la hauteur du reste. De la salle montaient les bravos habituels, mêlés aux « *brava !* » des Marseillais d'origine italienne, plus spécialement destinés à la soprano.

— Fuyons, dit Raoul à Cécile, tandis que les rappels se succédaient. Je n'ai pas envie de me trouver nez à nez avec cet escogriffe et sa mousmé rutilante.

Ils gagnèrent le bout du rang où brillait l'ampoule bleutée indiquant une des sorties latérales de la salle, tandis que les piétinements d'enthousiasme des spectateurs restés vissés à leurs chaises faisaient trembler le bâtiment tout entier.

UNE seconde surprise attendait le couple fugitif. Cécile et Raoul se dirigeaient vers le hall du casino quand une voix qu'ils reconnurent sans peine dit dans leur dos :

— Mais qui je vois ?

C'étaient Nella Barone et son Félix, qui avaient, comme on dit à Marseille, « cassé l'armoire à glace » pour se faire beaux. Sa jolie robe parme allait à ravir à la jeune femme, et le nœud papillon de Félix semblait faire sa fierté et sa gêne.

— Vous avez réussi à vous mettre en congé en même temps ? plaisanta le journaliste.

— Ça a pas été facile, avoua Félix. Heureusement, un copain a échangé sa nuit avec la mienne. Je lui revaudrai ça. Si j'avais pas emmené Nella entendre *Rigoletto*, je crois qu'elle aurait jamais voulu que je la marie.

— On a eu des places par un docteur du service de Félix, dit la jeune femme. On n'aurait pas pu se l'offrir, sinon.

— Nous aussi, dit Cécile. À se demander si quelqu'un a payé, ce soir. Le *signor* Zepelli ne lésine pas pour attirer du monde vers son Casino-Opéra.

Le quatuor passa devant le bar, où une armée de garçons en veste blanche attendait les assoiffés. Les deux couples s'installèrent autour d'une table à laquelle une grande baie vitrée ouverte apportait l'air marin. Raoul Signoret commanda une bouteille de champagne. Le jeune couple, habitué à une gestion domestique digne d'un économat de couvent, protesta :

— Ça doit pas être donné, ici, dit Félix.

Raoul les rassura :

— Ne vous inquiétez pas pour ça. *Le Petit Provençal* me donne assez pour nous offrir un petit extra de temps à autre. À part ça, *qué novi* ? (Quoi de neuf ?)

C'est Nella qui répondit.

— Vous savez qui j'ai vu dans la salle ?

— Je l'ai vu aussi, répondit Raoul.

— Vous savez avec qui il était ?

— J'ai cru deviner. À sa couleur…

Nella, qui avait en elle le sens moral des petites gens, dit simplement :

— Il a guère de vergogne, quand même ! Il aurait pu attendre un peu…

— Si ça ne le gêne pas, on ne va pas se gêner à sa place, dit le reporter. Il est veuf, non ? Et s'il a eu des billets gratuits, comme nous, il en aura fait profiter sa gouvernante. Où il est le mal ?

La jeune femme fit une moue. Cécile intervint :

— Qui nous dit qu'il n'avait pas commencé avant ?

Nella hocha la tête mais ne répliqua pas.

Le reporter insista :

— Auriez-vous vu « des choses », comme on dit ?

Nella demeura un instant pensive.

— Ça me fait penser à deux choses que je vous ai pas dites quand vous êtes venus manger à la maison avec Cécile. Ça m'est revenu qu'après.

La jeune femme se racla la gorge par réflexe, but une larme de champagne comme si elle cherchait à retarder le moment de parler, puis enfin s'y résolut d'une voix timide.

— Eh bè, voilà. Un jour, ils prenaient le café sous le marronnier, après le déjeuner, dans le jardin, au boulevard Notre-Dame. Les petites étaient à l'école. Il y avait là Monsieur et Madame et le jeune M. Henri. À un moment, j'ai vu le professeur prendre sa femme sur ses genoux. Et puis, tout en plaisantant, il lui a dégrafé le haut du corsage. Devant l'autre. Qui faisait des yeux comme des billes de loto.

— Diable ! dit le reporter. Il s'amusait parfois à ce petit jeu ?

Nella fut catégorique :

— Jamais. C'était la première fois que je voyais ça. Dès que j'ai pu, j'ai débarrassé le plateau et les tasses pour ne plus me trouver au milieu. Je savais plus où me mettre. J'ai pas été la seule. La cuisinière, Santuzza, arrêtait pas de dire : « *Che vergogna ! Madonna santa !* » Même Mlle Tardieu les a vus faire. Elle était derrière les rideaux du salon et elle *espinchait*. Quand elle m'a vue rentrer, elle a fait semblant de prendre un livre dans la bibliothèque. Je pense qu'elle voulait faire celle qui était occupée à autre chose.

Le reporter était de plus en plus intéressé.

— C'est allé loin, cette amusette ?

— Ah, non, quand même ! répondit l'honnête Nella. On y a rien vu, à Madame. Juste un petit peu entre *les poitrines*. Mais c'est le geste ! On fait pas des choses pareilles devant les gens ! À plus forte raison quand c'est un jeune homme qui fréquente la maison. Vous croyez pas que ça a dû lui chauffer les sangs, à son âge ?

— C'était peut-être fait pour ça, allez savoir, intervint Cécile.

— À dire vrai, reprit Raoul, on ne sait plus trop ni qui ni quoi croire, dans cette drôle d'histoire. Si vous me dites que le Pr Casals lui-même échauffait le jeune Champsaur, il ne faut plus s'étonner que l'autre ait pris feu pour de bon. Et elle, Marguerite, pendant ce temps, que disait-elle, que faisait-elle ?

— Elle faisait semblant de le prendre à la plaisanterie, mais on voyait bien qu'elle était très gênée. D'abord, elle a rien dit, mais quand elle a vu que ça continuait, elle a dit : « Allons, voyons ! » Elle s'est vite mise debout, et elle est rentrée dans la maison.

— Ça a recommencé à d'autres occasions ?

— C'est la seule fois que je l'ai vu.

— Si ça n'est pas un ménage à trois, dit Cécile, vous avez raison, Nella : c'est un geste déplacé et une fois de trop.

— Mme Casals avait dû y dire de jamais recommencer.

Un fond de champagne tiédissait dans les coupes. Raoul les remplit à nouveau malgré les protestations de Nella.

Le quatuor trinqua à nouveau.

— Il me semble avoir compris, tout à l'heure, que vous aviez deux choses à me raconter. Quelle était donc la seconde ?

— Ah oui ! s'écria la jeune femme, dont le champagne dénouait la timidité. Une autre fois, les fillettes de Madame m'ont raconté qu'elles avaient vu leur maman remettre un billet en cachette dans la main de M. Henri, leur précepteur, au moment où il partait.

— Et alors ?

— Sur le moment, les petites, elles n'en avaient parlé qu'à moi, du billet. Mais le soir, elles sont allées raconter à leur papa ce qu'elles avaient vu. Et vous savez ce qu'il leur a dit ?

— Non.

— Que c'étaient des affaires de grands. Elles regardaient pas les enfants. Et il leur a fait promettre d'en parler à personne. C'est bizarre, quand même, non ?

— C'est le moins qu'on puisse dire, avoua Raoul.

Félix demanda au reporter :

— Et vous, qui avez l'habitude des enquêtes, vous en pensez quoi de tout ça ?

— Ce que j'en pense varie tous les jours. Chaque fois que je crois avoir pris le bon chemin, il s'achève en impasse. J'ai d'abord cru, comme tout le monde, à un double suicide passionnel. Puis je me suis demandé s'il ne s'agissait pas d'un assassinat.

Sans entrer dans les détails, le reporter se contenta d'expliquer que les enquêteurs se demandaient s'il n'y avait pas « quelqu'un d'autre » que les amants, dans la maison, le jour du drame. Quelqu'un qu'ils auraient surpris et qui les aurait tués pour ne pas être dénoncé.

Le reporter guetta une éventuelle réaction de la jeune femme, mais il n'y en eut pas.

— En cours d'enquête reprit-il, grâce à vous, Nella, et un peu au Pr Casals lui-même, j'ai bifurqué vers l'hypnose : je me suis demandé si le jeune Champsaur ne s'était pas emparé de l'esprit d'une femme fragile en la soumettant à sa volonté pour l'obliger à se donner à lui. Et maintenant, à la lumière de ce que vous venez de me raconter, Nella, on dirait l'histoire d'un mari complaisant qui pousse sa femme dans le lit d'un autre. Je vous avoue ne plus savoir quoi penser. Savez-vous ce que j'ai envie de faire ?

Une double interrogation muette l'incita à répondre lui-même :

— Pas plus tard que demain, je vais aller déposer en vrac tout ce que je sais de l'affaire aux pieds des enquêteurs de la Sûreté, et ils feront le tri eux-mêmes. Après tout, ce n'est pas mon boulot.

20

Où l'on revient sur les lieux du drame pour procéder à une vérification indispensable qui ouvre de nouvelles pistes.

—BROUQUIER ? Vous avez de la chance, il vient de rentrer de course. Vous le trouverez au Bar de l'Obélisque.

Le collègue du cocher Marius Brouquier stationnait en tête d'une longue théorie de fiacres devant L'Eldorado, la luxueuse salle de spectacles flambant neuve. Il désigna de son fouet à Raoul Signoret l'établissement situé de l'autre côté de la place Castellane.

Le reporter traversa l'avenue du Prado et gagna l'établissement désigné. À une table du fond, six ou sept cochers se racontaient des histoires de cochers, et Raoul se fit désigner celui qu'il cherchait par le garçon au moment où celui-ci passait devant le comptoir d'étain, son plateau chargé de bocks écumants et glacés.

— C'est celui qui a le gros ventre.

Le garçon de café aurait dû préciser « celui qui a le plus gros ». Car le métier de cocher, malgré ses contraintes, n'est guère propice à l'exercice physique, et ces messieurs possédaient tous un tour de taille impressionnant.

Le reporter se présenta au cocher n° 7, devenu une célébrité depuis le drame de la Villa aux Loups.

— Pourriez-vous me conduire à La Panouse ? demanda Raoul en soulevant son canotier.

Marius Brouquier dévisagea l'intrus et répondit :

— Ah, ça m'embête ! C'est pas que je veux pas. C'est qu'il y a trois collègues avant moi. Et dans le métier, ça se fait pas de prendre le tour d'un autre.

« En théorie », pensa le reporter, pas dupe. On est à Marseille. Dans la pratique, il y a toujours moyen de s'arranger.

D'ailleurs, la solution vint du cocher lui-même. Jouant à la perfection l'honnêteté faite homme, il demanda au journaliste :

— C'est pour l'affaire ?

— Oui, j'aimerais vous poser quelques questions pour *Le Petit Provençal*. Mais ça peut prendre un moment. Je vous paierai la course comme si elle était faite.

— Bè alors, pas la peine d'aller à La Panouse, dit Brouquier, pratique. On peut se mettre ailleurs, dans un coin tranquille et discuter tous les deux.

En se dirigeant vers la sortie, le cocher précisa :

— On va aller boire un coup à la Brasserie de l'Avenue. Si mon tour arrive, c'est pas grave, puisque j'aurai ma course payée d'avance.

À peine dehors, le reporter se pencha vers le cocher :

— C'est que je voudrais vraiment aller à La Panouse avec vous.

Brouquier lui fit un clin d'œil.

— J'avais compris. Alors, voilà ce qu'on va faire. Vous allez prendre l'avenue du Prado comme si vous alliez à la Brasserie de l'Avenue. Vous vous arrêtez pas, vous continuez à marcher à l'ombre en direction du rond-point du Prado. Moi, je dis aux collègues à la station que je me sens pas bien avec cette chaleur, et que je rentre chez moi. Je prends mon fiacre, je vous rattrape et on y va.

Ce qui fut dit fut fait. Il y eut encore une petite formalité, vite résolue :

— Je peux monter sur le siège à côté de vous ?

— C'est pas bien réglementaire. En principe, j'ai pas le droit… Mais vous êtes journaliste, pas vrai ?

Raoul aurait annoncé « capitaine des pompiers » ou « vérificateur des douanes », le cocher n° 7 aurait trouvé un prétexte pour satisfaire la clientèle et sa propre curiosité. Un journaliste, en plus, ça ne se refusait pas. Il devait en savoir encore plus que lui-même sur l'affaire. Comment voudriez-vous discuter discrètement d'un drame pareil en gueulant comme un putois et en vous retournant sans arrêt vers le client assis sur le siège arrière ? C'est un truc à avoir un accident de la circulation, ça.

Entre deux contraventions au règlement, le sage Marius Brouquier avait choisi la moins grave.

La brave Rosette partit au petit trot sur les pavés de l'avenue.

AVANT de venir trouver le cocher témoin, Raoul Signoret s'était rendu au commissariat central pour s'astreindre à une double lecture. D'abord celle du procès-verbal rédigé par l'inspecteur Garcin, l'un des premiers policiers arrivés sur les lieux après la découverte du drame, ensuite celle du témoignage du cocher lui-même. Le reporter s'était efforcé d'établir des comparaisons et de débusquer les détails différant entre les deux textes. Les passages retenus par Raoul concernaient le moment où Marius Brouquier, réveillé en sursaut par les détonations, avait fait le tour de la villa dans l'espoir de trouver un moyen d'entrer par l'arrière du bâtiment. À cet instant, le cocher était encore seul devant la maison.

Les deux extraits en question racontaient pratiquement la même scène, excepté un détail auquel jusqu'ici personne n'avait pris garde. Il avait frappé l'esprit du journaliste à la suite de sa discrète visite à « la villa tragique ».

Au moment où lui-même rédigeait son article d'après les notes prises dans le dossier que lui avait permis de consulter Eugène Baruteau, une anomalie lui avait sauté aux yeux. Quelque chose, un détail, ne concordait pas. Depuis ce jour-là, le reporter du *Petit Provençal* n'avait cessé d'avoir l'esprit tracassé par le besoin de tirer les choses au clair. Il lui fallait se rendre sur place, afin de procéder à une vérification indispensable.

Voilà pourquoi Raoul Signoret était présentement assis au côté de Marius Brouquier, en route pour la Villa aux Loups.

Après avoir mis le cocher en condition en soulignant l'importance de son témoignage, le reporter s'attaqua plus directement à son questionnaire :

— Vous souvenez-vous exactement de ce que vous avez fait aussitôt après avoir été réveillé par les coups de feu ?

— J'ai d'abord appelé tant que j'ai pu, puis j'ai tapé comme un sourd sur la porte. J'ai essayé d'entrer, mais *makache* ! ils avaient tout bouclé. Alors, j'ai fait le tour de la maison pour voir si des fois y aurait moyen de passer par une autre ouverture.

— Et ça n'était pas possible ?

— Les volets des deux pièces au premier étage étaient fermés. Il y avait sous le toit une ouverture comme un œil-de-bœuf, mais c'était trop haut, et, même avec une échelle, j'y serais pas passé, je suis trop gros. Y avait bien une porte, juste derrière, mais elle était fermée par une chaîne qui passait dans un anneau scellé dans le mur. C'était du solide. Avec des maillons comme mon petit doigt et un gros cadenas.

Le reporter fit l'âne pour avoir du son :

— Il aurait fallu avoir la clef.

— Même pas !

— Si, tout de même ! Avec la clef, vous auriez pu ouvrir…

— Mais non, vous z'avez pas compris. Le cadenas, il était *dedans* la maison.

Raoul tressaillit, mais n'en laissa rien paraître.

— Comment ça, dedans ? Je ne comprends plus. N'avez-vous pas dit à la police que vous l'aviez vu, ce cadenas ?

— Je l'ai vu, voui, mais dedans. Pas *déhors*. Quand j'ai tiré sur la chaîne, des fois que ça serait pas fermé, les maillons, ils ont commencé à venir en passant par les trous percés dans le bois de la porte. Et puis tout d'un coup : arrêt buffet ! C'était quelque chose qui bloquait. On pouvait plus tirer sur la chaîne : c'était le cadenas, gros comme la moitié de ma main ouverte, qui restait en travers. C'est en *espinchant* par l'*estertice* de la porte que je l'ai vu, et j'ai compris que c'était pas par là que j'ouvrirais. Alors, j'ai laissé tomber et je suis revenu devant la villa. Après un petit moment, les autres sont arrivés et…

Raoul Signoret, en proie à une soudaine excitation qu'il s'efforçait de dissimuler au cocher, n'écoutait plus. Il se remémorait le procès-verbal policier. Celui-ci parlait avec une précision professionnelle « d'un gros cadenas fermant une chaîne passant par deux trous du bois, interdisant *d'entrer* dans la villa par la façade arrière ». *D'entrer*, et non de *sortir*. Donc, le cadenas était à l'extérieur. Pas besoin de l'*espincher* par le côté de la porte entrouverte pour le voir. Depuis jardin, derrière la haie de buis, on ne voyait que lui.

C'est d'ailleurs ainsi que le reporter du *Petit Provençal* l'avait découvert. La suite du procès-verbal de constatation précisait que « la clef dudit cadenas réclamée aux Casals avait été déclarée depuis longtemps égarée ». Cette clef, Raoul l'avait à l'instant même, tandis qu'il parlait avec le cocher, dans la poche droite de son veston. Du moins espérait-il fortement que c'était elle.

Le fiacre venait de dépasser le village de Sainte-Marguerite, sur le chemin de Cassis.

— J'ai dit devant vos collègues cochers que je voulais aller à La Panouse, mais vous aviez compris que c'était pour avoir l'occasion de vous parler seul à seul, mentit le reporter.

— Vous voulez qu'on fasse demi-tour ? demanda Brouquier.

Raoul paracheva son mensonge. Il ne tenait pas à ce que le cocher l'accompagnât jusqu'à la villa :

— Non, continuez. Parce que je vais en profiter, si vous voulez bien m'y conduire, pour rendre visite à un confrère souffrant qui habite au Cabot, au pied de la colline Saint-Joseph.

Pendant qu'il y était, Raoul Signoret fit raconter à Marius Brouquier l'arrivée du couple à la Villa aux Loups.

— C'est elle qui avait les clefs. Elle l'a attendu deux minutes, pas plus, le temps qu'il aille chercher quelque chose dans une autre villa, presque en face. C'était un cahier, je crois me rappeler. Il a dit : « Je l'ai, il était sur ma table », ou quelque chose comme ça. Après, ils sont rentrés s'enfermer là où on les a retrouvés suicidés.

Ce détail – le détour par une autre villa – le reporter ne l'avait lu nulle part dans le dossier de la police. Sans doute Brouquier ne l'avait-il pas mentionné, car aucun enquêteur ne l'avait interrogé sur ce point-là.

LE reporter régla sa course et attendit que le cocher ait manœuvré son fiacre pour s'engager non pas sur le chemin de la colline Saint-Joseph, mais sur l'un des sentiers forestiers ombragés de pins qui maillent le massif dominant l'avenue de La Panouse côté nord.

La fin d'après-midi s'annonçait, mais la température ne baissait pas pour autant. Si bien que le journaliste du *Petit Provençal*, veste sur le bras et canotier sur la nuque, était en nage lorsqu'il arriva en surplomb des dernières villas de l'avenue. Ce détour de plusieurs kilomètres lui avait épargné l'inconvénient de tomber nez à nez avec un riverain occupé à arroser derrière une haie ses piracanthas.

Le franchissement du mur de clôture de la Villa aux Loups sur les arrières de la propriété fut de nouveau une formalité pour quelqu'un comme le reporter, rompu à l'entraînement sportif par la pratique assidue de la boxe française.

Raoul Signoret contemplait l'œil unique et noir du gros cadenas comme Ulysse celui du Cyclope. Le journaliste tenait en main la grosse clef de fer, et son cœur battait un peu plus vite. Ses doutes furent brefs. Le pêne entra en terrain conquis, et un claquement bref se fit entendre qui libéra l'anse pivotante. Il fit pivoter la porte en la tirant vers lui, ménageant une ouverture juste suffisante pour l'autoriser à se glisser dans le petit couloir permettant soit de gagner les pièces de réception du rez-de-chaussée, soit, par l'escalier qui se présentait face à lui, de monter à l'étage. Il referma soigneusement l'ouverture sur lui.

À dire vrai, cette inspection des lieux n'était pas le plus important aux yeux de Raoul, qui, à présent, avait la réponse aux questions qu'il se posait depuis sa première visite à la Villa aux Loups. Quelqu'un avait manipulé ce cadenas entre le moment où Marius Brouquier avait tourné autour de la maison, puis participé à la fracture de la porte, et l'arrivée de la police. Ce quelqu'un n'avait pas pu fuir par la porte d'entrée en façade, car il se serait trouvé nez à nez avec les riverains de l'avenue. Il était donc sorti par la porte de derrière. Il avait eu plus d'une demi-heure pour le faire. Quittant la villa par l'arrière, l'inconnu aurait donc pris la précaution de refermer le cadenas sur sa chaîne, afin qu'on ne découvrît pas la porte entrouverte, ce qui eût à coup sûr dénoncé son passage à l'observateur le plus distrait.

Mais bien sûr, il n'avait pu replacer le cadenas *à l'intérieur*, sa taille interdisant qu'il passât par un des trous percés dans la porte, comme l'avait constaté Brouquier en sens inverse.

Le mystérieux visiteur était-il l'assassin des deux amants, ou bien, étranger au drame, présent par hasard dans la maison au moment du double suicide, affolé par ce qui venait de s'y passer, s'était-il simplement enfui pour ne pas être impliqué dans l'affaire dès qu'il avait été sûr que le cocher et les témoins étaient occupés ailleurs ?

Avec le boucan que faisaient les cigales, il eût fallu partir en jouant du tambour pour attirer l'attention.

Raoul se souvenait à présent d'un détail lu dans l'interrogatoire de Brouquier, qui disait à peu de chose près : « Il m'a semblé entendre remuer à l'intérieur de la maison quand j'ai appelé. J'ai pensé que quelqu'un venait ouvrir, mais c'était pas ça. C'était peut-être le jeune qui bougeait encore parce qu'il était pas mort tout à fait. »

Ce n'était pas *le jeune qui bougeait*, mais quelqu'un de bien vivant, qui ne tenait pas à ce qu'on le surprenne en ces lieux et qui préparait sa fuite en attendant le moment opportun.

Pour autant, le départ avait été précipité, comme le prouvait cette clef perdue au moment où la personne sautait du mur pour se fondre dans la pinède.

Ce scénario, loin d'épuiser les questions, en générait quantité d'autres. Ce témoin inattendu n'était pas forcément l'assassin des amants. Que celui – ou celle, après tout – qui avait fui après les coups de feu ait été en possession de la clef du cadenas pouvait-il laisser conclure qu'il s'agissait d'un familier ? Rien ne l'assurait non plus, pour l'instant. Le P\ :sup:`r` Casals avait déclaré cette clef égarée depuis longtemps. Égarée, ou volée ? Il avait précisé aux enquêteurs que la fameuse clef était restée des années pendue à un clou planté dans le montant de la porte, jusqu'à ce qu'elle disparaisse, mais personne n'aurait pu dire à quelle date remontait cette disparition. Un domestique aurait très bien pu s'en emparer et revenir un jour où il savait la maison vide pour une petite visite « intéressée ». Il n'aurait pas été le premier. Surtout s'il avait fait l'objet d'un renvoi. Il faudrait que la Sûreté fouille de ce côté-là.

À peine avait-il formulé cette hypothèse que Raoul Signoret la vit s'effondrer : pour entrer dans la villa avec la clef du cadenas, encore eût-il fallu que celui-ci fût placé *à l'extérieur* de la porte. Or Marius Brouquier était formel : à son arrivée, il était *dedans*. Donc, l'éventuel visiteur n'était pas entré par là. En revanche, il était sorti de la maison par cette porte, parce que la clef était encore pendue au clou planté dans le montant de bois.

Ou parce qu'il la possédait déjà…

En ne notant pas sur l'instant la contradiction entre le témoignage du cocher et leur propre procès-verbal, les enquêteurs rendaient à présent presque impossible de faire la lumière sur un détail qui devenait pourtant capital.

L'étage de la villa se composait de quatre pièces, réparties autour d'un couloir central qui s'achevait, côté façade arrière, sur un cabinet de toilette éclairé par une fenêtre ronde, à l'aplomb du faîte de la toiture. Deux des chambres donnaient sur le devant de la villa, les deux autres sur l'arrière. Le reporter se dirigea d'emblée vers la pièce de gauche, en façade, désignée par le cocher comme celle où il avait vu pour la dernière fois Henri Champsaur vivant, tirant les volets sur lui et lui disant « d'attendre le temps qu'il faudrait ».

La chambre était vide de meubles. Le ménage avait été fait à fond, comme l'attestait une persistante odeur de Pigeonne, l'eau de Javel des Marseillais. Sans doute avait-on voulu effacer toute trace du drame, le corps inanimé d'Henri Champsaur ayant été décrit « assis au sol, les jambes allongées sur le plancher, le dos appuyé à un canapé ». Étant donné la couleur délavée des lames de bois, on avait lessivé le sang avec énergie. Un des lais de la tapisserie avait été arraché en grande partie à hauteur d'un lit ordinaire. Avec un frisson, le reporter devina que le sang de la malheureuse Marguerite Casals avait dû le maculer.

Les trois autres pièces avaient conservé leur mobilier, mais les portes ouvertes des armoires révélaient qu'on les avait vidées de leur contenu.

Il n'y avait guère de raison pour s'attarder davantage. Par acquit de conscience, le reporter du *Petit Provençal* pénétra dans le cabinet de toilette à l'atmosphère confinée, dont toute la paroi du fond était occupée par un imposant lavabo composé d'une grande table de marbre avec, en son centre, une cuvette en creux, surmontée de prétentieux robinets en forme de cygnes.

En se contemplant par réflexe dans le miroir ovale qui surmontait le lavabo, le reporter s'appuya des deux mains sur la plaque de marbre, ce qui l'amena à constater que le précieux calcaire n'avait pas le même relief à gauche qu'à droite. Un côté était lisse sur toute sa surface, l'autre paraissait légèrement rugueux sous la main gauche. Comme si le calcaire avait été attaqué par un liquide corrosif.

En y regardant de plus près, Raoul se rendit compte que la roche poreuse avait gardé une trace de forme ovale, comme si on avait laissé tomber dessus un produit corrodant qui avait attaqué le polissage. La plaque de marbre était devenue terne à cet endroit, contrastant avec le reste du plateau.

Le reporter n'y prêta pas plus d'attention sur le moment, et décida qu'il était temps de quitter les lieux. Mais il se promit de faire part de son observation à son oncle et aux estafiers chargés de l'enquête, qui n'avaient décidément pas fait montre d'un zèle excessif.

Raoul Signoret sortit par où il était entré, bouclant avec soin la chaîne sur son cadenas dont il conserva la clef pour la remettre à la police.

En faisant demi-tour sur lui-même, il se trouva contre la haie de buis, et une chose l'intrigua. Une branche avait été cassée et pendait, attirant l'œil par sa couleur jaune qui tranchait sur le vert sombre du feuillage serré des arbustes. Quelqu'un est passé *à travers la haie* pour quitter plus vite la villa, en conclut le reporter…

Puis, grimpant dans le serviable amandier dont les branches permettaient, en se suspendant à elles, de franchir sans effort le mur de clôture de la propriété, il retourna dans la fournaise sonore, prenant l'allure d'un promeneur de retour d'une balade sur la colline.

Il n'avait pas fait plus de dix pas dans l'avenue de La Panouse lorsqu'une voix familière l'interpella.

Francis Monetti venait de jaillir de sa haie de cyprès :

— Alors, vous faites comme les assassins ? Vous revenez sur les lieux du crime ?

— Non, mentit le reporter. Figurez-vous que l'autre jour j'ai perdu ma montre à gousset. Un maillon a dû céder quand je me suis baissé pour récupérer ma bécane, alors je suis revenu voir si des fois je ne la retrouverais pas.

— Et vous l'avez pas retrouvée.

— Eh non. Elle a dû plaire à quelqu'un.

Monetti jeta un coup d'œil à la chaîne de montre qui allait de la ceinture à la poche droite du pantalon du reporter.

— Heureusement, vous en aviez une autre.

Raoul changea de sujet de conversation.

— Et Mimi Monetti ? Toujours en pétard contre Mme Casals ?

— C'est pas près de lui passer.

Monetti souleva son chapeau de paille et s'épongea le front :

— Mais venez vous mettre un moment au frais dans le jardin.

Les deux hommes pénétrèrent sous les arbres. L'humidité due à l'arrosage rendait l'endroit fort agréable.

— Personne n'est revenu à la Villa aux Loups ? demanda Raoul.

— Si, le Pr Casals lui-même. La police a fait enlever les scellés. Ils ont dit que c'était plus la peine. Le professeur était en compagnie de deux personnes, un couple que je ne connaissais pas. Quelques jours plus tard, il est venu un charreton de déménageurs. Ils ont sorti des meubles et du linge en pagaille. Peuchère, peut-être qu'il veut vendre, M. Casals. Après ce qui s'est passé, il doit plus avoir envie d'y revenir.

— Ça pourrait se comprendre, en effet, admit le reporter.

— Vous êtes pas pressé ?

— Pas précisément.

— Vous me raconterez un peu où vous en êtes ? Enfin, ce que j'ai le droit de savoir.

— Et comme ça, demain, vous n'aurez pas besoin d'acheter le journal. Avec les sous économisés, vous pourrez offrir des fleurs à madame.

Monetti n'y aurait pas pensé tout seul :

— Des fleurs ? Pour quoi faire ? Elle en a plein le jardin !

21

Où celui que l'on croyait perdu à jamais semble vouloir revenir à la vie et vouloir dire quelque chose que personne ne comprend.

— **R**AOUL, mon neveu, es-tu assis ?

Le reporter du *Petit Provençal* savait par expérience qu'Eugène Baruteau ne l'appelait pas au journal sans raison.

— Oui, mon oncle vénéré. Je suis présentement à mon bureau. Et je suis tout ouïe.

— Alors accroche-toi aux accoudoirs. Le petit Champsaur est en train d'émerger du coma !

— Non ! Pas possible ! Et qu'est-ce qu'il dit ?

Le gros rire du policier retentit dans le cornet acoustique du téléphone.

— Tu ne changeras jamais, toi ! Tout de suite, on saute à pieds joints sur la conclusion. Enfin, Raoul! Sois raisonnable. Je t'ai seulement dit qu'il était en train d'émerger.

— J'aimerais tant qu'il nous raconte ce qui s'est passé…

— Tiens! Et moi donc! Mais je crains qu'il n'éprouve quelques difficultés d'élocution. Faut-il te rappeler que ce garçon a reçu une balle qui lui a traversé la mâchoire, avant de se loger dans l'aire de Broca? L'aire de Broca, c'est l'endroit du cerveau où on a localisé le centre du langage. Quand le Pr Acquaviva, qui a opéré Champsaur, m'a prévenu, il m'a fait comprendre qu'il avait fait l'essentiel de ce qu'il savait faire, mais que, pour le miracle, ça prendrait un peu plus de temps. Tout ça pour te dire : petit un, le jeune homme a légèrement fait surface, mais il a bien vite replongé; petit deux, ce jeu de yoyo peut durer des semaines; petit trois, que rien ne nous assure qu'à la sortie du tunnel, si elle a lieu un jour, Champsaur soit capable de dire autre chose que « ting! tong! », ou même « tsoing! » s'il est en forme. Il ne faut donc pas trop compter sur lui pour éclairer notre lanterne de sitôt.

— Qu'est-ce qu'on fait, alors, on attend les bras croisés?

— Ce n'est pas ton genre, j'en sais quelque chose, mon cher neveu. Ni le mien. Mais on ne va pas pouvoir aller plus vite que la musique, Raoul. On a vu des types parler comme toi et moi avec une moitié de la tête en compote, et d'autres muets à jamais pour avoir reçu un simple coup de marteau d'horloger. Alors, prions, mes frères, comme on disait avant la loi de séparation de l'Église et de l'État.

— Je suppose que vous avez posté des guetteurs aux créneaux avant de l'amener à Lourdes?

— Tu parles, Charles! J'ai un inspecteur perché en permanence sur les barreaux à la tête du lit du jeune homme.

— J'ai bien envie d'aller faire un tour à la Conception. Y voyez-vous un inconvénient?

— Je ne peux pas t'en empêcher, mais je serais étonné qu'on te laisse entrer dans la chambre pour interroger le revenant.

— Ce n'est pas mon intention, mais j'ai un ami infirmier au pavillon des Officiers. Vous savez, c'est le compagnon de la jeune femme que j'ai sauvée de la noyade le jour où le cascadeur éprouvait à ses dépens les effets du principe d'Archimède. Je vais demander à mon ami Félix de se mettre à l'*agachon* et de me tenir au courant des événements.

— Attention, Raoul, pas un mot dans le journal !

— N'ayez crainte, mon oncle. Ça ne sortira pas du département. Vous connaissez ma discrétion naturelle. Mais je suis certain que vous êtes comme moi : vous aimeriez savoir si la nouvelle d'un éventuel réveil du jeune homme n'attirerait pas – en dehors de sa mère, bien sûr – d'autres visiteurs autour de son lit. Vous voyez ce que je veux dire ? Des gens intéressés par l'évolution de son état de santé, par exemple.

— Tu penses à qui, en particulier ?

— Sans doute à la même personne que vous, mon oncle.

CHAQUE fois qu'il pénétrait dans la cour rectangulaire de l'hôpital de la Conception, cernée sur son pourtour par deux étages d'arcades rondes, le reporter du *Petit Provençal* ne manquait pas d'être frappé par la ressemblance de l'établissement hospitalier avec un couvent de religieuses. Les silhouettes claires et furtives des infirmières, avec leur long voile blanc tombant jusqu'aux reins, qui déambulaient dans les galeries pour se rendre d'un service à l'autre, accentuaient encore l'impression, renforcée par la présence de la petite chapelle au clocher pointu, entourée de platanes, fermant la cour côté sud.

Le pavillon dit des Officiers avait un avantage incontestable au temps où les salles étaient communes, mêlant mourants et malades sur la voie de la guérison en une désolante promiscuité : il possédait des chambres individuelles, dont on pouvait disposer si on avait les moyens de payer entre six et dix francs par jour.

Il était 8 heures du soir, un beau soir de juillet, tout illuminé par un soleil qui se prélassait encore haut dans le ciel. Sans cette odeur composite de maladie, de mort et de pharmacie qui imprégnait les lieux, il eût été agréable de regarder la nuit tomber, assis sur un des bancs de la cour. Mais Raoul Signoret n'était pas là pour ça. Il se hâtait, espérant arriver au moment où Félix Raspail prenait son service de nuit au pavillon des Officiers.

Par bonheur, le premier infirmier que Raoul Signoret aperçut, à peine franchi le porche d'entrée du pavillon, fut le bon. Félix Raspail, passé la surprise de cette arrivée inattendue, accueillit le reporter à bras ouverts et le fit entrer dans le petit bureau des soignants, à droite du hall précédant la salle commune.

L'infirmier ne laissa pas le journaliste poser sa question, car il avait deviné la raison de sa présence.

— On vous a dit, alors, pour le jeune ?

— Oui. Comment va-t-il ?

— Pas bien flambant, encore. Mais c'est peut-être le début de quelque chose. En tout cas, même si ça va pas loin, c'est mieux qu'il y a une semaine.

— Mais… dit-il quelques mots ? Tente-t-il de communiquer ?

Félix ne put s'empêcher de sourire :

— S'il dit des mots, pour le moment y a que lui qui les comprend… Il fait que répéter « Adieu ! » ou « à Dieu ! », on sait pas trop à qui il s'adresse, le pauvre. Le Pr Delanglade, il dit comme ça que peut-être il se sent partir, et c'est sa façon à lui de dire au revoir.

— Bien, dit Raoul. Je ne me faisais guère d'illusions. Ce n'est pas demain la veille que je recueillerai ses premières impressions de retour chez les vivants.

— Surtout que la police a mis un gardien devant la chambre. Je me demande bien pourquoi, parce qu'il risque pas de partir en courant de sitôt.

— C'est la procédure de routine, expliqua le reporter. N'oubliez pas qu'Henri Champsaur est suspecté d'avoir assassiné Mme Casals. S'il retrouvait la santé physique et mentale, il ne couperait pas à un procès, fût-ce pour l'acquitter. Donc, la police est contrainte de le surveiller comme n'importe quel suspect.

— Ils ont du temps à perdre, dit l'infirmier. Ils feraient mieux de courir après les voleurs. Il est vrai que c'est plus fatigant.

— Et beaucoup plus dangereux, renchérit Raoul. Mais cette présence policière ne me gêne en rien pour le service que j'ai à vous demander, mon cher Félix.

— Dites.

— Je suis venu vous prier d'ouvrir l'œil pour moi. Sans vous forcer à trahir votre devoir de discrétion, je voudrais obtenir de vous deux petites choses qui m'aideraient bien.

— C'est comme si c'était fait, dit Félix.

— Je voudrais que vous propagiez parmi vos collègues de l'hôpital la nouvelle de la sortie du coma du jeune Champsaur.

— Ça se sait déjà un peu, vous savez. Les nuits sont longues et les journées interminables. Il faut bien se changer les idées en tricotant de la langue.

— Je m'en doute, mais j'aimerais que vous aidiez, vous durant la nuit et Nella le jour, à répandre la nouvelle hors des murs du pavillon des Officiers. Que ça circule dans toute la Conception.

Le jeune infirmier ricana :

— Ça se fera tout seul, sans besoin de forcer, allez ! Mais je vous promets d'y aider.

Le reporter insista :

— Il faudrait accélérer la propagation de la nouvelle. N'ayez pas peur de doubler la dose. Dites carrément que le jeune Champsaur se réveille par moments, qu'il essaie de dire quelque chose.

— C'est pas pour tout de suite, vous savez, Raoul…

— Je sais bien. Mais ce que je voudrais, c'est pouvoir mesurer l'effet que fera ce petit mensonge sur certaines personnes.

L'infirmier prit un air intrigué.

— Vous voulez pas me dire qui ?

— Pas pour le moment, Félix. J'ai une totale confiance en vous, mais, si je vous dis pourquoi je vous demande ça, je risque de vous influencer. J'ai bâti une hypothèse autour du drame dont votre jeune patient est le centre. Je pense qu'il y a une personne qui aurait tout intérêt à ce qu'Henri Champsaur fût décédé, ou bien muet à jamais. Une personne qui pourrait être très inquiète d'apprendre que votre malade, qu'on croyait aux portes de la mort, risque de retrouver l'usage de la parole. Si je vous dis qui est cette personne, vous ne serez plus un observateur neutre, vous serez un espion à mon service. Il est possible que je me trompe. Alors, vous n'aurez rien à me raconter. Il est aussi possible que j'aie raison. Si c'est le cas, il devrait se passer quelque chose, ici même, autour du lit du jeune Champsaur. C'est ce « quelque chose » que je voudrais que vous observiez. Je vous sais assez futé pour remarquer tout seul ce qui pourrait vous paraître étrange ou anormal.

— Comme vous voudrez, Raoul. C'est votre idée, je la respecte. Et la deuxième chose, c'est ?

— Eh bien, justement que vous observiez à partir de maintenant qui viendra visiter le jeune blessé, ou qui demandera des nouvelles de sa santé. Je ne parle pas ici de sa maman, ou de la famille proche, s'il s'en trouve, mais des visiteurs que vous n'auriez jamais vus dans sa chambre, ou bien des personnes dont la présence vous surprendrait. Je vais vous donner mon numéro de téléphone à la maison et au journal. N'hésitez pas à m'appeler. À n'importe quel moment.

Le reporter s'apprêtait à quitter les lieux lorsqu'il se ravisa.

— Au fait, j'y pense : vous n'êtes pas là en permanence. Auriez-vous, dans le service de jour, une personne avec qui vous seriez suffisamment en confiance pour lui demander de vous raconter ce qu'elle aurait pu voir ? Faites comme si vous étiez soucieux des progrès de votre protégé. Quand vous aurez son rapport quotidien, au changement de service, cette personne vous dira spontanément s'il s'est produit quelque chose à quoi elle ne s'attendait pas.

— J'ai ce qu'il vous faut, assura Félix. Roselyne Chabaud. Elle est de jour, on se relaie. Elle a l'œil. Et la langue, je vous dis pas !

Le lendemain soir, de retour à l'appartement familial de la place de Lenche, Raoul Signoret discutait encore du quasi-retour à la vie d'Henri Champsaur.

— Félix a l'impression que le malheureux fait ses adieux au monde avant de replonger pour de bon. Il ne cesse de répéter « Adieu » ou « à Dieu ». On ne sait pas à qui il s'adresse.

Au bout d'un interminable silence, Cécile dit à mi-voix :

— Je vais peut-être dire une grosse bêtise, mais tant pis. Et si ce n'était pas « adieu » que le malheureux tente de dire ?

— À quoi penses-tu ?

— Peut-être tente-t-il de donner une indication, un nom, je ne sais pas moi. C'est toi l'enquêteur.

Le reporter allait répondre quand il fut interpellé par la sonnerie du téléphone mural.

Il était 8 h 10 du soir, et Félix Raspail venait de quitter sa veste de toile claire pour endosser un sarrau et d'échanger son canotier de paille jaune contre un bonnet blanc. Le reporter reconnut son accent ensoleillé au premier mot :

— Je ne sais pas si c'est ce que vous attendiez, Raoul, mais ma collègue Roselyne m'a fait dire que ce soir, vers 5 heures, le Pr Casals est venu dans le service pour faire une visite au jeune Champsaur.

— C'était la première fois qu'il venait ?

— Depuis l'affaire, oui.

Un frisson parcourut l'échine du reporter du *Petit Provençal*.

— Je parierais qu'il a demandé des détails sur l'évolution de l'état du jeune homme.

— Gagné, dit sobrement l'infirmier.

22

Où, dans le calme vespéral
d'une calanque marseillaise, est imaginée en secret
l'opération « faire sortir le loup du bois ».

LES deux promeneurs venaient de quitter leur automobile – un Phaéton Panhard et Levassor – arrêtée sur un promontoire rocheux dominant le cap Croisette. En ombres chinoises sur le feu d'artifice chromatique d'un couchant somptueux, ils descendaient à présent sans se presser, par le chemin côtier qui mène à la calanque de Callelongue. Le duo était contrasté.

Le plus âgé, massif, de taille imposante sous son canotier, le teint fleuri et le visage rond barré par une imposante moustache noire, avait la démarche débonnaire du plantigrade.

Le plus jeune, mince et élancé, coiffé d'un panama de paille claire, paraissait frêle, mais cela n'était dû qu'à un effet de comparaison. Un œil attentif lui accordait les épaules larges d'un athlète et l'allure à la fois légère et énergique d'un sportif.

Les deux hommes avaient des façons de conspirateurs, alors qu'au plus loin où portait le regard on n'apercevait âme qui vive.

La mer était déjà dans l'ombre de la calanque étroite, cachée dans un repli de la côte, mais on entendait son léger ressac qui faisait se dandiner les coques des pointus amarrés aux anneaux scellés sur les rochers blancs de ce fjord égaré en Méditerranée. Le calcaire lactescent diffusait une douce clarté dans le crépuscule qui s'installait sur Callelongue.

Le plus âgé des deux promeneurs arrêta net ce qu'il était en train de confier à son compère et, se tournant vers le large, où l'île Maïre découpait sa silhouette de dinosaure marin, il le prit à témoin :

— Regarde-moi ça si c'est beau, Raoul ! On dirait que le soleil, pour se faire pardonner de nous abandonner jusqu'à demain matin, nous joue la scène finale avec toute la troupe.

Eugène Baruteau ouvrit les bras comme s'il voulait presser sur sa vaste bedaine cette débauche de lumières. Le disque pourpre du couchant traçait sur la mer apaisée une éblouissante coulée de vif-argent.

Figés par la beauté du spectacle, l'oncle et le neveu, côte à côte, attendirent jusqu'à l'engloutissement total du disque solaire avant de reprendre leur marche. Puis les deux promeneurs poursuivirent leur dialogue de conspirateurs :

— J'ai vu cet après-midi même M. Mastier, notre distingué préfet, pour lui causer de l'affaire que tu sais dans le tuyau de l'oreille, dit le policier.

— Qu'est-ce qu'il en dit, le bon Georges ?

— Comme d'habitude. Courageux mais pas téméraire, il ouvre le parapluie. Il me dit d'y aller avec des pincettes. Que mêler à cette affaire sordide une célébrité aussi prestigieuse dans le monde médical que le Pr Casals est bien délicat, et risque de nous attirer des ennuis. Il exige que nous ayons des preuves irréfutables.

— Il a peur de quoi, monsieur le préfet ?

— De son ombre, mais je me mets un peu à sa place. Si nous sommes en train de prendre nos désirs pour des réalités, je ne donne pas cher de notre avenir, Raoul. Le mien, cocagne ! Il se raccourcit chaque jour. Mais toi, tu es jeune et tu as une famille à nourrir… Et si jamais nous nous étions mis le doigt dans l'œil jusqu'aux omoplates, le père Casals nous chanterait le grand air de *L'Offusqué*, opéra en cinq actes de sa composition. Ça me ferait suer de terminer ma carrière sur une cagade géante.

— Pourtant, il faut faire quelque chose, mon oncle !

— Mais quoi ? Tu es marrant, toi ! Tu nous vois aller avec un air de deux airs regarder *môssieu* le professeur sous le nez, pour lui demander ce qu'il est allé faire dans un service qui n'est pas le sien, à s'inquiéter des nouvelles de la santé d'un patient qu'il n'a jamais soigné ? À quel titre ? Où il est, le crime ? Il va où il veut, c'est un chef de service hospitalier. Que peux-tu officiellement lui reprocher ?

— Rien, je sais bien. Mais nous ne sommes pas là pour parler officiellement, mon oncle…

— Tu as raison : nous sommes là pour aller déguster une friture de petits rougets pêchés ce matin même du côté de Morgiou par mon ami Gaby, dit le Pirate.

Le journaliste ramena le policier aux soucis de l'heure.

— Casals n'est pas allé demander des nouvelles d'un patient ordinaire, mon oncle, mais d'un homme qu'il considère comme l'assassin de sa femme. Il ne s'en était à aucun moment soucié, jusqu'à hier. Comme par hasard, il débarque dès que la nouvelle se répand que Champsaur sort du cirage…

Baruteau ne voulait pas se rendre sans avoir combattu.

— Mets-toi à sa place ! Il n'a pas renoncé à l'idée de traîner le bougre devant ses juges. Ce qui redorerait par la même occasion sa médaille de cocu. Il ferait punir l'amant et le meurtrier. Coup double !

— Et il pourrait filer le parfait amour avec sa rousse incendiaire.

— Ça, c'est une autre histoire, Raoul. Elle ne nous regarde pas.

— D'accord, et entre nous, les amours du père Casals, je m'en balance. Mais ce qui me tarabuste, c'est pourquoi il s'amène juste au moment où il apprend que le jeune Champsaur pourrait avoir des choses à vous raconter, à vous autres, les poulets. Pour moi, il y a anguille sous roche. Et il y a un moment qu'elle frétille…

Baruteau ne répliqua pas, mais on voyait bien à sa mine qu'il partageait l'opinion de Raoul.

— Avez-vous eu les résultats de l'analyse faite sur le marbre du cabinet de toilette de la villa ?

Le policier se frappa le front :

— Ouh, quelle tête ! J'allais oublier de t'en parler.

Il sortit un papier plié en quatre de sa poche de poitrine.

— Sais-tu ce qu'est le chlorure d'éthyle ?

— Je donne ma langue au chat du laboratoire de chimie.

Le policier parcourut ses notes, et poursuivit :

— Le chlorure d'éthyle, c'est le nom que donnent les chimistes à un liquide qui, en s'évaporant, provoque une baisse rapide de la température de la zone sur laquelle on l'applique. Un peu comme l'éther, mais en moins volatil. Bref, on l'applique sur la peau et ça insensibilise momentanément la zone à traiter. C'est la raison pour laquelle on l'utilise dans les petites interventions en chirurgie.

— Et alors ?

— Alors, ce sont des traces de chlorure d'éthyle que tu avais repérées sur le marbre du cabinet de toilette à la Villa aux Loups. Car le liquide est légèrement corrosif, et le marbre est une roche poreuse, tu le sais. Elle « marque » facilement. En raison de ce caractère irritant, on évite de projeter le chlorure d'éthyle sur les parties trop sensibles de l'épiderme : les muqueuses, ou près des yeux.

Tout en écoutant son oncle, Raoul Signoret déroulait dans sa vaste mémoire les divers épisodes de l'enquête. Le rapport de police n'avait-il pas précisé que la peau du visage d'Henri Champsaur, selon les premiers témoins, était rougie, comme irritée ?

Le reporter ne voulut pas interrompre son oncle, mais se promit d'aller vérifier ce détail qui n'en était peut-être pas un.

Baruteau achevait de relire ses notes :

— À une concentration plus élevée, on observe, paraît-il, des symptômes voisins de ceux que procure une intoxication éthylique. Au-delà d'une telle concentration, l'inhalation entraînerait une perte de conscience, des désordres du fonctionnement cardiaque, et pourrait se révéler fatale, etc.

— Vous a-t-on expliqué comment on se sert du produit, quand on veut l'appliquer à quelqu'un ?

— Oui. Si c'est dans le cadre d'une intervention chirurgicale bénigne, on vide le contenu d'une ampoule sur une compresse, ou directement sur la partie à traiter. Ça insensibilise le temps de l'intervention. Mais pourquoi demandes-tu ça ?

— Je me demandais s'il existait un appareil qui permette de projeter le produit sur quelqu'un. Un peu comme un vaporisateur, par exemple.

— Ma parole, tu fais dans le tarot divinatoire, toi ! L'expert-chimiste venu nous communiquer le résultat des analyses nous a justement parlé d'un truc, un appareil appelé Élythos, dont les médecins se servent quand ils sont en déplacement.

Le policier ajusta son pince-nez et se pencha de nouveau sur sa feuille :

— L'appareil est généralement en métal, pour le modèle rechargeable, ou en verre si on ne s'en sert qu'une fois. Figure-toi une sorte d'extincteur miniature, de vingt à vingt-cinq centimètres de hauteur, muni d'un bouchon qui fonctionne comme un piston sur lequel on appuie pour propulser le produit. Ça se met dans une trousse de médecin, et les praticiens de ville s'en servent pour obtenir de petites anesthésies locales à domicile.

Le policier regarda son neveu plongé dans une réflexion intense.

— À quoi penses-tu, beau blond ?

— Qu'on peut utiliser votre propulseur à domicile… et que la Villa aux Loups en est un.

— Un quoi ?

— Un domicile.

Raoul Signoret eut l'impression que son oncle vacillait comme si on venait de le bousculer.

— Ça voudrait dire que…

— Vous savez très bien ce que ça voudrait dire. Je m'en doute depuis un moment. Il y avait quelqu'un dans la villa au moment où les amants s'y trouvaient. Quelqu'un qui était probablement sur place avant eux. Quelqu'un qui a eu tout le temps de préparer son petit frichti chimique, et qui a même pris la peine de tester le fonctionnement du vaporisateur en balançant une giclée de produit sur le marbre du lavabo. Quelqu'un qui a aveuglé Henri Champsaur pour le neutraliser et prendre le temps de tirer deux balles dans la tête de Marguerite Casals. Quelqu'un qui a ensuite tenté de faire subir le même sort au jeune homme, mais qui s'y sera mal pris pour ajuster son coup. Quelqu'un, enfin, qui a foutu le camp par la porte de derrière, dont il avait la clef, en sautant le mur de clôture pour aller se perdre dans la pinède, pendant que les premiers témoins étaient occupés à défoncer la porte d'entrée.

Eugène Baruteau secouait la tête comme si chacun des arguments de son neveu lui portait un coup. Il réussit à articuler :

— Mais enfin, Raoul, je ne vois pas le père Casals en train…

— Je n'ai pas dit que c'était lui, mon oncle ! D'abord, au moment où avait lieu le drame, il était en salle d'opération. Vous m'avez dit l'avoir fait vérifier. Donc, il est exclu de ce jeu-là. Mais il a pu demander ce service à un autre. J'y pensais l'autre jour en écoutant *Rigoletto* au Grand Casino. Ce n'est pas le bouffon lui-même qui tente de tuer le duc : il a recours à un spadassin.

Eugène Baruteau fit une grimace :

— Nous ne sommes pas à l'opéra, Raoul. Et je manque de bon librettiste.

Tout en parlant, les deux hommes étaient arrivés devant la guinguette Chez Gaby. Le patron était sur le seuil et souriait aux arrivants qu'il avait repérés depuis un bon moment.

— On n'attendait plus que vous, monsieur le commissaire central, lança-t-il de sa grosse voix en serrant chaleureusement la main du policier. Quel honneur, un client pareil, pour mon petit cabanon qui mérite même pas le nom de restaurant !

Baruteau entra dans le jeu, et répliqua avec un clin d'œil :

— N'en fais pas trop, tout de même ! Maintenant que tu es devenu un commerçant respectable, tu n'as plus rien à craindre de moi.

Le policier faisait référence à d'autres activités passées un peu moins avouables, qui avaient jadis conduit le pêcheur jusqu'à son bureau de la Sûreté. Gaby s'était racheté une conduite, et quand on parlait avec lui de maquereaux, c'était seulement de ceux qu'il faisait frire dans sa poêle.

Ils s'installèrent à une petite table ronde en terrasse, un peu à l'écart des autres convives. Sans leur demander leur avis, le pêcheur posa sur la table une carafe de vin blanc bien frais, pour meubler l'attente d'une petite friture.

Chez Gaby, il n'y avait ni carte ni menu. On mangeait ce que le patron avait pêché au petit matin. Et quand « y avait eu mistral », les volets de bois peints en bleu de la guinguette demeuraient clos.

La friture arriva bientôt, servie par le patron.

Baruteau cligna de l'œil à son neveu :

— Qui lui a dit que je n'avais pas faim, à celui-là ?

Gaby mêla son rire à ceux de ses clients.

— Vous allez voir : ça se mange sans faim.

— Tu as des rougets, au moins ? s'inquiéta le policier.

— Pas beaucoup. Je sais pas ce qu'ils avaient, ce matin, ils m'ont boudé. Pourtant je suis été dans un coin où y en a toujours. Mais vous savez, la mer, hé, on est jamais sûr de rien !

— Il y en a assez pour deux, tout de même !

— Pour deux, oui, mais à condition qu'un des deux, ce soit pas vous.

Le policier joua l'offusqué :

— Cette maison n'est plus ce qu'elle était. Le personnel est d'une insolence !

— Pour me faire pardonner, dit Gaby, voilà ce que je vous propose. Je vous sers ce que j'ai en rougets, et je vous ajoute deux petits loups de ligne, que vous m'en direz des nouvelles.

Il tardait au policier de voir Gaby regagner ses fourneaux afin de reprendre la conversation là où l'expansif l'avait interrompue.

C'est Raoul qui commença :

— Je vous sens soucieux de ne pas commettre un impair qui pourrait vous plonger dans l'embarras, vous-même et la police que vous dirigez. Alors, si vous n'opposez pas une fin de non-recevoir à la proposition que je vais vous faire, j'ai une idée à vous soumettre.

— Dis toujours.

— Eh bien voilà. Il y a des choses qu'un policier ne peut pas faire. Notamment arrêter quelqu'un qui n'a pas encore commis son crime. En revanche, on peut – on, c'est moi – pousser ce quelqu'un à *tenter* de commettre un crime. Comment ? En lui tendant un appât, un leurre dans lequel il aura envie de mordre. Les chasseurs de fauves, en Afrique, se servent d'une chèvre pour attirer le lion. Eh bien, je vous propose de jouer le rôle de la chèvre, ou de l'appât, comme vous voudrez. La chose que je vais vous proposer, dit Raoul, ne va pas trop plaire à votre adjoint Grandjean, mais…

Baruteau eut un bref reliquat de colère contre le chef de la Sûreté.

— Oui, eh bien, qu'il ne la ramène pas trop, celui-là ! L'histoire du cadenas de la villa, « un coup je te vois, un coup je te vois pas », elle m'est restée en travers. Le moindre inspecteur stagiaire aurait dû se rendre compte que le rapport du policier et le témoignage du cocher ne collaient pas sur ce point. Les estafiers de la Sûreté, eux, n'ont rien vu du tout. Notamment que quelqu'un ait pu passer par cette porte arrière, le jour même du drame.

— Peut-être même tout juste après, ajouta le reporter, en se disant que son oncle se trouvait dans d'excellentes dispositions pour écouter et accepter ce qu'il avait à lui dire.

Alors, tout en dégustant ces merveilles tout juste sorties de la mer pour vous persuader que rien ne vaut le goût des choses simples si elles sont de première qualité, Raoul Signoret détailla à Eugène Baruteau son plan d'attaque. Les deux hommes, sans doute inspirés par ce qu'ils avaient dans leur assiette, le baptisèrent d'un commun accord : opération « faire sortir le loup du bois ».

23

Où, dans la nuit d'une chambre d'hôpital, le piège est tendu dans lequel se prend l'âme damnée qui a manigancé toute l'affaire.

LORSQU'IL arriva à l'hôpital de la Conception, au pavillon des Officiers, le lendemain soir à la nuit tombée, Raoul Signoret constata que les consignes transmises par le commissariat central avaient été suivies : le gardien de la paix en faction avait disparu. Habituellement, il somnolait sur une chaise dans le couloir du rez-de-chaussée devant la chambre d'Henri Champsaur. Les instructions avaient été passées sous la forme d'une note de service émanant de la Sûreté. On y précisait que, compte tenu de l'état de santé du patient Champsaur Henri, il avait paru inutile de mobiliser plus longtemps un fonctionnaire de police à la garde d'un blessé hospitalisé qui n'était pas en état de se déplacer seul. En conséquence, une surveillance du personnel hospitalier paraissait suffisante pour s'assurer de la présence du malade consigné.

Ainsi se mettait-on à l'abri du zèle éventuel d'un gardien de la paix. Au cas où ce fonctionnaire eût été à cheval sur le règlement, il pouvait à lui seul faire capoter le plan mis au point dans le plus grand secret par Eugène Baruteau et son neveu.

Félix Raspail, l'infirmier de nuit, prévenu de la venue du reporter, l'attendait devant l'entrée du pavillon. Il accueillit Raoul avec chaleur. Avant même que le journaliste ait posé sa question, il apportait la réponse en baissant la voix :

— Il est revenu…

— Casals ? Quand ça ?

— En début d'après-midi. Ma collègue de jour, Roselyne Chabaud, m'a fait prévenir. C'est sa troisième visite en quatre jours.

— Diable ! Serait-il inquiet, le cher homme ? demanda Raoul avec un clin d'œil. A-t-il demandé à voir Champsaur en personne ?

— Ah, non, tout de même ! se récria l'infirmier. Il se méfie. Il sait bien que ça serait suspect. Il se contente de demander des nouvelles, en passant, comme par hasard.

— Et que lui a-t-on raconté ?

— Ce que vous nous aviez dit. Comme prévu, Roselyne a informé Casals de la fausse visite de deux inspecteurs de la Sûreté ce matin même, venus poser des questions au ressuscité. Vous la connaissez pas, ma collègue, c'est une comédienne de première. Elle fait partie d'une troupe d'amateurs. Elle a raconté que « la police, ils étaient pas trop restés longtemps pour pas le fatiguer la première fois, mais qu'ils reviendraient demain matin et un petit peu tous les jours. Que déjà, ce qu'avait dit le jeune homme, ce matin, c'était intéressant et qu'on finirait bien par savoir ce qui s'était passé. »

Le reporter du *Petit Provençal*, tout excité, se frottait les mains.

— Parfait, parfait, tout ça ! Vous remercierez bien votre collègue. Maintenant, à nous deux, Félix ! On va passer à la phase suivante.

Raoul se figea brusquement.

— Au fait, avec tout ça, je ne vous ai pas demandé : comment va-t-il vraiment ?

L'infirmier eut une moue qui disait tout :

— Risque pas qu'il réponde à qui que ce soit. De temps à autre, il grogne un peu « adieu ! » quand on lui parle, mais c'est tout. Le Pr Acquaviva, qui l'a opéré, dit qu'on ne sait jamais. Il faut être patient. C'est vrai, mais vous savez, ces choses-là, ça peut durer longtemps. On en a vu rester dans le coma des années ! Et pendant ce temps, la cervelle s'arrange pas. Je me demande si, à son âge, s'il doit rester comme ça, il vaudrait pas mieux qu'il y passe tout de suite… Enfin, c'est pas nous qui décidons.

Raoul soupira :

— Bon, tout ça ne doit pas nous faire oublier pourquoi nous sommes là. Quelle heure est-il ?

Il consulta sa montre à gousset :

— 9 heures. Attendons encore une bonne heure. Trop de monde circule dans les galeries, avec la relève. Il faut agir dans la plus grande discrétion. Mais je ne serais pas autrement surpris de voir que ce que j'espère arrive cette nuit même. Ou alors, c'est que je n'ai rien compris à l'histoire. Avec cette menace de voir les policiers revenir demain matin pour reprendre leur interrogatoire, on devrait assister d'ici là à une saynète instructive. Elle pourrait nous fournir la clef de l'énigme.

Le jeune infirmier sourit au reporter :

— Avec le mal que vous vous êtes donné, ça serait que justice.

Le reporter eut un rire bref :

— Vous croyez donc à la récompense du mérite, dans ce monde sans morale qui est le nôtre ?

— J'essaie d'y croire. Ça aide à espérer.

En attendant que la nuit noire s'installe et que la fourmilière hospitalière retrouve son calme, les deux hommes continuèrent à bavarder, tout en prêtant attention aux bruits propres au milieu hospitalier : le gémissement d'un malade en souffrance, un écoulement d'eau, une porte que l'on referme, le pas discret d'une infirmière de nuit faisant sa ronde ou répondant à un appel venu de la salle commune.

Au bout d'une heure, le reporter s'assura que plus personne ne circulait dans les galeries en inspectant les moindres recoins du pavillon, et il fit signe à Félix. Ce dernier savait ce qu'il avait à faire. Se déplaçant en silence, il gagna une pièce où étaient entreposés des brancards montés sur roulettes servant au transport des malades, de leur lit à la salle d'opération ou au service de radiologie. Il en choisit un qu'il fit rouler jusqu'au couloir. Tout aussi discrètement, il entra dans la chambre particulière où gisait Henri Champsaur. Raoul y pénétra sur ses talons.

Une veilleuse à gaz diffusait une faible lueur, suffisante pour distinguer la disposition de la chambre et la position du lit. Le jeune blessé respirait régulièrement. Il vagissait par moments, agité de petits spasmes. Seule sa tête, entièrement bandée, dépassait du drap, tiré jusque sous son menton.

Les deux visiteurs s'approchèrent et, avec précaution, ils transférèrent le corps inerte sur le chariot roulant. Félix Raspail, après avoir recouvert le gisant d'un drap, ouvrit la porte, jeta un coup d'œil dans le couloir et, le voyant vide de toute présence, alla ouvrir la porte d'une seconde chambre particulière inoccupée. Le transport du corps d'une chambre à l'autre ne prit que quelques secondes.

Après s'être assuré que le blessé ne risquait pas de choir du brancard, en ayant calé le chariot entre le lit vide et le mur de la chambre, les deux hommes sortirent de la pièce. L'infirmier en ferma la porte avec le passe-partout dont il s'était muni.

— À moi, maintenant, souffla Raoul, tandis que tous deux regagnaient la chambre particulière d'Henri Champsaur.

Le reporter ôta son veston, le pendit dans un placard métallique au pied du lit, se débarrassa de ses chaussures, conserva sa chemise et son pantalon, puis se tourna vers l'infirmier. Celui-ci avait saisi un bandage Velpeau, et il mit tout son savoir-faire à entourer la tête de Raoul, à l'exception d'une fente pour les yeux et la bouche.

— À l'examen, j'avais eu la meilleure note de la promotion pour les pansements, dit-il au reporter en clignant de l'œil.

— Vous êtes bon pour l'atelier de restauration des momies du Louvre, souffla ce dernier à travers le tissu crêpé.

Félix Raspail se recula pour juger de l'effet et dit :

— Vous pouvez y aller.

Le journaliste prit place dans le lit, l'infirmier le recouvrit avec soin d'un drap ne laissant dépasser que la tête bandée, sans toutefois border le drap, qu'il laissa pendre de chaque côté du lit.

— Y a plus qu'à attendre… Et à espérer, dit-il avant de se diriger vers la porte.

Au moment de la fermer, il précisa :

— Je suis juste en face, à l'*agachon*. S'il se passe quoi que ce soit, vous appelez, j'arrive.

Le reporter, en raison des circonstances, limita sa réponse à un clignement des deux yeux.

Le temps semblait s'être arrêté. Raoul Signoret, en position de gisant, luttait pour ne pas céder à l'engourdissement qui le gagnait. L'inconfort de son équipement et la sensation d'étuve procurée par le bandage serré l'aidaient à rester éveillé. C'était le bon côté de la chose.

Il lui avait semblé entendre une cloche lointaine sonner 3 heures. Sans doute celle du couvent du Refuge, jouxtant l'enceinte de la Conception, côté boulevard Baille. On y enfermait des filles mineures raflées par la police des mœurs, pour les placer « sur la voie de la rédemption » dans ce qui n'était qu'une maison de redressement déguisée en œuvre de relèvement moral.

Le journaliste songeait à l'existence de ces malheureuses, à qui leur séjour au Refuge n'apportait qu'un court répit, car la plupart, aussitôt dehors, retombaient dans les sales pattes de ceux qui les avaient réduites à l'état d'esclaves.

Perdu dans ses pensées, le journaliste faillit ne pas entendre le faible crissement que produisit la poignée de la porte quand une main la fit tourner avec lenteur.

Raoul suspendit sa respiration et tourna son regard vers la gauche.

Pas de doute, le panneau se décollait peu à peu du chambranle. Les yeux du reporter, habitués par son long séjour dans la pénombre sous la veilleuse baissée à son minimum, distinguèrent bientôt une clarté sur le côté de la porte. Quelqu'un entrait dans la pièce en prenant un maximum de précautions.

Bientôt une silhouette blanche apparut en ombre chinoise. Elle se glissa par l'entrebâillement et referma aussitôt. L'apparition demeura un instant immobile contre le panneau de la porte. Sous son drap, Raoul, tendu, écoutait une respiration haletante en provenance de la silhouette claire et figée qu'il distinguait à peine. Il crut deviner que ce vêtement était un sarrau, sans pouvoir établir s'il était porté par une femme ou par un homme. S'agissait-il de quelqu'un appartenant au personnel soignant venu faire une ronde ? Pourquoi donc cette attention à ne pas faire le moindre bruit face à un comateux qui ne risquait pas d'être tiré de son sommeil par une maladresse ?

Ne s'agirait-il pas plutôt de la visite à laquelle le reporter s'attendait ? À force de tourner les yeux vers la gauche sans bouger sa tête, Raoul sentait ses muscles oculaires latéraux se tétaniser.

Le rythme cardiaque du journaliste s'accéléra quand la silhouette blanche, se détachant du mur, s'approcha lentement du lit. Elle n'y vint pas en droite ligne, mais fit un léger crochet pour se placer sous la veilleuse, les deux bras levés. Raoul put alors deviner quel était l'objet tenu en main : une seringue de belle taille, déjà équipée de son aiguille. Le verre émit un faible éclat lorsqu'elle fut présentée à la veilleuse et que le poussoir fit gicler quelques gouttes du liquide. La piqûre était prête. Dans la tête du reporter, les idées se bousculaient. Il fallait laisser faire, afin de ne pas gâcher par une réaction prématurée le processus en cours, tout en s'apprêtant à la riposte.

La silhouette, à présent tout près du corps gisant, masqua la veilleuse, et c'est une ombre que le reporter vit se pencher sur lui. Une main se glissa sous le drap à la recherche de son bras gauche, qu'elle saisit à hauteur du poignet pour le ramener à l'air libre.

Le bras fut reposé sur le drap, et des doigts partirent à tâtons à la recherche d'une veine au creux du coude.

C'est alors que se produisit un choc violent auquel il était difficile de s'attendre de la part d'un malade dans le coma depuis des jours : celui d'un poing fermé s'écrasant sur un visage avec une telle force qu'elle fit éclater les lèvres et brisa la cloison nasale.

La silhouette blanche partit en arrière et s'abattit de tout son long sur le carrelage avec un long cri de douleur. Le reporter entendit le crâne heurter le carrelage. Du verre se brisa.

Déjà, Félix Raspail, alerté par le bruit de la chute, entrait en trombe dans la pièce en poussant la porte à la volée. Il enjamba le corps sur le sol, et se précipita vers la veilleuse dont il tourna la molette à fond. On entendit le gaz siffler, et une grande clarté inonda la chambre. Raoul aperçut les débris de la seringue qui s'était brisée en heurtant un carreau. Du liquide se répandait autour des éclats de verre :

— Vite ! Félix, une compresse ! Il faut savoir ce qu'on avait mis là-dedans !

Des compresses, il y en avait en réserve dans le placard métallique à la tête du lit. L'infirmier s'en servit pour éponger le liquide, qu'il transféra aussitôt en pressant le tissu dans une fiole de verre.

Le reporter se débarrassa de ses bandages afin de mieux respirer, et il se pencha sur le corps allongé qui se tordait de douleur. Les deux mains réunies cachaient le visage ensanglanté.

Raoul observa un moment la scène avant de saisir les deux poignets et de dévoiler les traits de sa victime. Puis il détacha de la tête le long voile d'infirmière resté accroché à la chevelure rousse.

Quand leurs regards se croisèrent, le journaliste dit calmement :

— Ça n'est pas très prudent de sortir si tard la nuit, mademoiselle Tardieu… Une femme seule peut faire de mauvaises rencontres.

24

Où, au cours d'une partie de pêche « miraculeuse », sont dévoilés un à un les mystères de la Villa aux Loups.

GALINETTE – le pointu du commissaire central Eugène Baruteau – fut positionné de façon à aligner son *capian*, l'extrémité de l'étrave de la barquette, avec la pointe sud de l'île de Ratonneau et le phare de Planier, planté au large de Marseille comme un crayon blanc sur le bleu de la mer.

— Capitaine ! s'écria l'homme d'équipage, s'adressant au commandant qui tenait fermement la barre, voyez-vous le clocher de la Bonne-Mère s'inscrire au centre de la colline en forme de V qui est derrière elle ?

— Je le vois, matelot !

— Alors, la triangulation est faite, capitaine. Jetez l'ancre, nous y sommes. Si j'en crois le *Guide des postes de pêche secrets de la rade* que m'a prêté mon brave ami Escarguel, les fonds, sous notre coque, doivent grouiller de poissons de roche à ne plus savoir qu'en faire.

— Si j'en crois mes yeux, dit une voix appartenant à un troisième membre de l'équipage, au nombre de barquettes qui nous entourent, j'ai bien peur que les secrets cachés de votre guide soient depuis longtemps éventés.

En effet, une bonne dizaine d'embarcations surchargées de pêcheurs se balançaient, quasi bord à bord, sur un poste en principe connu des seuls spécialistes. Mais on sait ce qu'il en va des secrets à Marseille.

C'était le Dr Théodore Fourcade qui venait de dresser le constat.

Le médecin était partie prenante de l'équipée nautique organisée par Eugène Baruteau et Raoul Signoret pour fêter ensemble la conclusion heureuse d'une enquête qui leur avait donné bien du tracas.

Il avait été décidé de passer ce dimanche ensoleillé de juillet en famille, au cabanon de la Madrague de Montredon. Le policier comptait bien y vivre le reste du temps que lui accorderait sa future retraite, à contempler depuis sa terrasse en surplomb sur les rochers ce qu'il qualifiait, avec le chauvinisme qui lui était natif, de « plus belle rade du monde ».

Les dames de la famille, Thérésou, l'épouse du commissaire central, Adrienne, sa sœur, mère du journaliste, et Cécile, l'épouse de celui-ci, accompagnées d'Adèle et Thomas, avaient gagné directement le cabanon des Baruteau à bord d'un fiacre afin d'organiser le déjeuner promis aux cap-horniers du Frioul, au retour triomphant de la pêche miraculeuse annoncée.

Les deux enfants s'étaient vu confier la délicate mission de préparer à temps le feu et d'entretenir les braises aromatisées de fenouil sur lesquelles grésilleraient les rougets, girelles, roucaous, vieilles, voire rascasses promis, si Neptune était de bonne humeur.

Le commandant jeta l'ancre, affala la voile latine, puis l'oncle et le neveu installèrent le taud de toile goudronnée qui mettrait les trois *pescadous* à l'abri d'un soleil déjà haut en ce début de matinée.

Ils montèrent leurs lignes, après avoir abondamment appâté avec une mixture dont la composition, tenue secrète par le commissaire central, lui avait été communiquée par un de ses adjoints. Son odeur redoutable avait fait reculer d'un même mouvement ses équipiers.

— On peut parler tout en pêchant ? demanda le Dr Fourcade, peu familier des mœurs et habitudes des spécialistes en halieutique.

— Bien sûr ! assura le policier. Chacun sait que les poissons sont sourds. On est sûrs qu'ils ne répéteront rien.

— Alors, dit le neurologue, racontez-moi ce qui s'est passé depuis notre voyage à Paris. Vous savez bien que le monde commence pour moi au-delà du mur entourant le parc du château Bertrandon. En deçà, les seules nouvelles qui m'arrivent sont celles que me donnent mes patients sur leur état de santé.

Il ajouta en se tournant, l'air navré, vers Raoul :

— Je ne lis aucun journal, pas même le vôtre, vous m'en voyez honteux.

Le reporter eut une mimique signifiant : la faute est pardonnée.

— On va te faire un résumé, alors, dit Baruteau. Pour faire court, disons que nous nous apprêtons à faire expédier à Cayenne, avec un billet aller simple, un professeur de chirurgie, spécialiste reconnu en urologie. Quant au gentleman assis à côté de toi, il a cassé la figure à une dame. Ce qui n'est guère délicat de sa part, car on ne frappe pas une femme à mains nues, sinon à quoi sert la matraque ?

— Arrêtez de me donner des remords, mon oncle ! s'écria le reporter, je me ronge bien assez tout seul.

— Ça te suffit comme explication ? demanda le policier à son vieil ami.

— Pour une fois que je sors prendre l'air, je m'attendais à plus palpitant, s'étonna le Dr Fourcade. Une équipée criminelle où l'hypnotisme aurait joué un rôle primordial dans la résolution de l'énigme ! Je croyais que mon savoir avait été utile à l'enquête…

— Non, je rigolais, mon vieux Théo ! dit Baruteau. C'est en effet un peu plus compliqué que ça. Raoul pourra témoigner que tes leçons particulières sur l'hypnose et le somnambulisme lui ont été précieuses. Elles l'ont mis sur une piste à laquelle je n'aurais pas pensé tout seul. Sans ton aide, nous ne serions pas remontés jusqu'au Pr Casals. La partie essentielle et la plus subtile de son plan nous aurait échappé. Par bonheur, il avait péché par orgueil.

— C'est-à-dire ?

— Les gens les plus intelligents peuvent parfois se conduire comme le premier couillon venu. Casals a cru que sa position lui assurerait l'impunité. Bref, il s'est fait piéger parce qu'il s'estimait au-dessus de tout soupçon.

Baruteau lança sa ligne, et Raoul prit le relais après avoir remonté au bout de la sienne une belle daurade qui, faisant un trouble de la personnalité, s'était prise pour un poisson de roche.

— Casals avait bien préparé son affaire, dit le reporter en détachant sa prise de l'hameçon. Il était tellement sûr de lui qu'il n'a pas cru utile de prendre les précautions élémentaires dont se serait muni le moindre voyou. Notamment en laissant traîner sur son bureau un objet qui l'a dénoncé. Je vous dirai quoi et comment tout à l'heure.

— Ce que n'ose te dire mon neveu, trop modeste, intervint le policier, c'est que, du haut de sa chaire, monsieur le professeur ignorait avoir affaire à un duo d'investigateurs d'élite, qui renvoie Sherlock

Holmes en classe élémentaire à l'école des détectives. En deux mots, ou plutôt en deux noms, par ordre chronologique : Eugène Baruteau et Raoul Signoret. On les applaudit bien fort !

En écoutant son vieil ami faire le bateleur, le bon Dr Fourcade arborait un sourire amusé, mais on le voyait désorienté. Il vivait sur une autre planète, et sa méconnaissance de l'affaire exigeait des explications plus circonstanciées. Raoul Signoret s'en chargea.

— Je ne reviens que pour mémoire sur le point de départ, puisque je vous l'avais détaillé lors de notre première rencontre. On retrouve dans une chambre de la villa d'été des Casals, à La Panouse, l'épouse du professeur dénudée sur un lit avec deux balles dans la tête. Au pied du lit gît un jeune homme tout habillé, Henri Champsaur, un étudiant, familier de la famille Casals. On déduit de sa position qu'il vient de se tuer avec le pistolet visible dans sa main crispée, le même que celui avec lequel il a supprimé sa maîtresse.

Le Dr Fourcade, pêcheur néophyte, venait de se planter un ardillon dans le pouce et s'efforçait de cacher sa douleur à ses acolytes en redoublant d'attention. Mais son sourire s'était crispé, tandis que le reporter poursuivait :

— Pour les témoins qui défoncent la porte et les policiers alertés, il ne fait pas de doute que ces deux-là se sont suicidés d'un commun accord, puisqu'on découvre, en évidence sur un guéridon proche du lit, des vers écrits par le jeune homme semblant le confirmer. Quant à la mère de celui-ci, elle reçoit, trois jours plus tard, une lettre d'adieu de la main de son fils qui le réaffirme. Donc l'enquête est vite bouclée, trop vite sans doute, car la version du double suicide consenti a fait négliger nombre de détails qui auraient pu mettre les enquêteurs sur la voie d'un double assassinat.

Baruteau intervint :

— Mais c'était compter sans la perspicacité de M. Signoret, connu place de Lenche et aux alentours sous le pseudonyme de Raoul-la-Fouine. Nous autres, simples mortels, nous contentons de déduire ce qui s'est passé de ce que nous observons. Pas lui ! Il a le troisième œil. Celui qui permet de voir dans les coins. Et que voit-il ? Tout ce qu'on s'efforce de lui cacher ! Notamment qu'à un moment du drame ils n'étaient pas deux dans la villa de La Panouse, mais trois. Et le troisième personnage avait une mentalité cachottière qui nous a donné bien du fil à retordre.

— Attendez, dit Fourcade. Si j'ai bien compris, Casals surprend son épouse en compagnie de son jeune amant dans la villa et les tue tous les deux ? Mais comment s'y est-il pris pour faire passer ça pour un suicide ?

— Malgré les sarcasmes de mon oncle, je vais vous le dire, répondit Raoul. Il cherche à faire diversion pour que nous ne remarquions pas qu'il n'a pas encore ramené le moindre poisson.

Baruteau jeta un œil par-dessus son épaule :

— C'est vrai que, toi, ton seau déborde !

— Moi, j'en ai au moins un. Tout le monde ne peut pas en dire autant. Je ne sais pas faire deux choses à la fois, comme vous : parler et être bredouille. Donc, après avoir comptabilisé ma prise, je vais me consacrer un moment au Dr Fourcade, afin de laisser un sursis à mes futures proies et vous donner une chance d'accrocher un rouget suicidaire.

— Petit vantard ! lança le policier tout en fixant une crevette à son hameçon.

Le reporter reprit calmement :

— Casals n'a tué personne, docteur. Il a *fait* tuer. C'est le commanditaire.

Baruteau ne put s'empêcher de mettre son grain de sel :

— Son plan a bien failli réussir. D'abord, le professeur avait un alibi en acier chromé. Au moment où l'on tuait sa femme, il était en salle d'opération, dans son service, salle Malen, à la Conception. Des dizaines de témoins l'ont confirmé. Ensuite, il nous a bluffés en jouant le rôle de l'accusateur public de celui qui était en réalité sa seconde victime. Raoul va t'expliquer ça, pendant que je m'apprête à ramener la plus grosse rascasse jamais vue en Méditerranée.

Le reporter prit le relais :

— Cet homme possède un culot à ne pas croire. Je ne parle pas de mon oncle, mais du Pr Casals. Il a si bien joué le rôle du mari soucieux de réhabiliter la mémoire de sa femme déshonorée par un jeune homme sans scrupules que nous ne l'avons soupçonné que tardivement.

Baruteau poussa un cri de joie, qui fit sursauter le neurologue, en décrochant de sa ligne un petit rouget furieux d'avoir été piégé.

Fourcade essayait de retrouver l'extrémité de son fil de pêche tout emmêlé. Pour masquer sa gêne, il multipliait les questions :

— Vous parlez d'un plan longuement préparé par Casals. Je n'ai pas encore compris en quoi il consiste.

— Le professeur avait remarqué le manège du jeune Champsaur, amoureux transi de son épouse, expliqua Raoul. Loin de s'en offusquer, il l'a exploité. Le garçon cherchait à séduire cette femme par son esprit, sa conversation, sa culture un peu ostentatoire. Deux âmes, affectées par des deuils récents, se prodiguaient une consolation mutuelle. Ça n'allait pas bien loin. Sauf pour Henri, réellement épris de cette femme qui lui avait manifesté son soutien moral. Ils se réchauffaient le cœur, mais pas au même niveau. Lui croyait que c'était de l'amour ; pour elle, c'était de la compassion. Sur ce quiproquo, Casals a joué en virtuose. Il a laissé faire, a même favorisé la présence fréquente d'Henri Champsaur chez lui, au prétexte de lui confier les leçons particulières de ses fillettes et en recevant le jeune homme comme un ami de la famille.

— Dans quel but ? demanda Fourcade.

— Cet homme ne savait comment se débarrasser d'une épouse pour laquelle il n'éprouvait plus rien, surtout pas de l'amour, s'il en avait jamais eu pour elle. Il a cru trouver dans l'idylle platonique nouée sous ses yeux l'occasion de voir l'attentat préparé contre sa femme retomber sur un autre.

— Pourquoi tenait-il tant à supprimer son épouse ?

La réponse vint de Baruteau.

— Ah, c'est une affaire de passion, cher Théo ! Le démon de midi, le retour de flamme, appelle ça comme tu veux ! Il a perdu la boule pour une belle rousse du nom de Jeanne Tardieu, *mademoiselle Jeanne*, une ancienne infirmière dont il a fait sa gouvernante afin de l'avoir sous la main.

— Casals avait la réputation d'être un modèle d'époux et de père, remarqua le neurologue.

— Certes, acquiesça le policier, mais il faut croire que sa belle rousse avait suffisamment d'expérience et d'arguments pour lui faire changer de cantine. À vingt-huit ans, elle avait déjà un sacré palmarès, récolté du côté d'Alger et de Constantine, dont elle est originaire. Elle y avait fait des études d'infirmière avant d'entamer une carrière de collectionneuse de cœurs en jachère. On lui doit quelques bris de ménages qui ont fait du bruit sur la rive d'en face.

— Elle est arrivée chez nous en janvier 1904, continua Raoul

Signoret. Et elle a travaillé quelque temps à la Conception. C'est là que Casals l'a remarquée et a suffisamment apprécié ses qualités extra-médicales pour l'engager comme gouvernante à domicile.

Baruteau précisa :

— Jeanne Tardieu était de ces femmes qui possèdent le savoir-faire propre à ferrer les hommes par le bon bout.

Comme pour répondre à l'image halieutique, une modeste girelle un peu pâlotte vint s'empaler sur l'hameçon du policier. Baruteau salua son arrivée par un barrissement de triomphe :

— Deux à un !

Puis il poursuivit son récit à l'intention de Théodore Fourcade, dont le regard réclamait la suite.

— Le résultat est là : *mademoiselle Jeanne* nous a dévergondé l'austère. Non seulement il a jeté aux orties les principes en cours dans la société dont il est le fleuron, mais il a accéléré le programme destiné à se débarrasser de celle qui entravait ses projets amoureux.

— Quelle idée ! s'offusqua le neurologue. Et le divorce, c'est fait pour les chiens ?

— Pour les gens de cette caste humaine-là, oui. On peut prendre une maîtresse, mais on ne brise pas une union sacrée par Dieu. Or *mademoiselle Jeanne* voulait à tout prix se caser. On devait donc d'abord éliminer la gêneuse. La rouquine aura trouvé les arguments propres à faire partager cette idée à son amant. Car non seulement nous avons affaire à une femme qui sait ce qu'elle veut, mais elle s'en donne les moyens.

Fourcade s'inquiéta :

— Ce qui veut dire que Casals a laissé faire et ne s'en est pas mêlé ?

— Oh que non, Théo. Il y est jusqu'au cou, au contraire ! Sûr, il ne tenait pas le revolver, mais il a doublement armé le bras. En imaginant l'embuscade, puis en envoyant sa maîtresse en mission après lui avoir fourni les moyens de l'accomplir.

Le reporter intervint en clignant de l'œil vers son oncle :

— À moins qu'elle ait fait ça uniquement pour rendre service.

Le Dr Fourcade tentait de renouer le fil des explications :

— C'est donc cette femme qui a…

Baruteau vint au secours de son ami :

— C'est elle qui s'est chargée de la corvée du double assassinat, oui. Elle a reconnu que c'est elle seule, arrivée dans la Villa aux Loups avant Marguerite et Henri, qui les a abattus. Puis elle a maquillé le double meurtre en suicide.

— Comment était-elle entrée dans la villa ? s'inquiéta le neuro-logue, incrédule.

— Casals lui avait confié un double des clefs, parbleu ! Elle s'est cachée dans la cave à l'arrivée du couple…

— Attends, c'est une voyante ta demoiselle ? Elle savait qu'il allait venir ?

— Oui, Théo. On va te l'expliquer, mais pas tout de suite, dit Baruteau. Sinon, tu vas ressembler à ton fil de pêche. Une chose après l'autre, si tu veux y voir clair. La rouquine, prévenue par Casals, savait, en effet, qu'ils allaient arriver.

Le policier reprit son récit là où la question du Dr Fourcade l'avait interrompu :

— Jeanne Tardieu, venue discrètement par la colline, s'est cachée dans la villa. Elle a attendu que le couple s'installe. Guidée par les bruits de voix en provenance de la chambre du devant, elle est remontée de la cave. Arrivée au rez-de-chaussée, elle a bouclé la porte d'entrée de la maison à double tour, puis a rejoint le premier étage. Elle a d'abord gagné le cabinet de toilette, où elle a préparé son intervention. Elle était munie d'un flacon métallique rempli d'un mélange de chlorure d'éthyle et de chloroforme, équipé d'un piston-propulseur, et d'un revolver qui non seulement devait servir à liquider le couple, mais aussi à rendre vraisemblable le double suicide. Elle a attendu le moment propice pour entrer en trombe dans la chambre, les traits dissimulés par une écharpe, et, à bout portant, elle a aspergé d'anesthésique le visage du jeune homme. Ceux qui ont découvert le jeune Champsaur ont noté l'irrita-tion de ses traits. À la fois aveuglé et à demi anesthésié, le jeune homme est tombé à terre. Jeanne Tardieu s'est aussitôt jetée sur Marguerite Casals, l'a renversée sur le lit et lui a tiré deux balles dans la tempe gauche. Selon ses propres aveux, la rouquine s'apprêtait à en faire autant à l'étudiant. Mais, soit qu'une partie de l'anesthésique ait man-qué sa cible, soit que le jeune homme ait été plus résistant qu'on aurait pu s'y attendre, Champsaur avait repris suffisamment conscience pour se relever et s'accrocher à elle. Sans doute l'aura-t-il démasquée, puisque, dans son coma, c'est d'elle qu'il parle. Il l'a donc reconnue.

Raoul compléta :

— Quand il émerge, de temps à autre, il ne fait que répéter « à

Dieu », ou « adieu ». Nous n'avons pas compris tout de suite. C'est « Tardieu », qu'il veut nous dire.

— Précisons, rappela Baruteau, que notre Cécile nous a mis sur la bonne piste.

Puis il continua :

— Dans le corps à corps, Champsaur a basculé en arrière. Jeanne Tardieu a paré au plus pressé. Elle a tiré sans ajuster. La balle a traversé la mâchoire de l'étudiant et s'est logée dans le temporal gauche. Sinon, nous l'aurions retrouvé avec un trou dans la tempe, lui aussi, comme il était prévu par les deux complices, pour conforter la thèse du double suicide. Afin de compléter la mise en scène, la rouquine a déshabillé Marguerite et mis le revolver dans la main de l'étudiant, tel qu'on l'a découvert. Enfin, elle a placé sur un guéridon, bien en vue, un poème de Jean-Jacques Rousseau faisant allusion à la mort volontaire de deux amoureux désespérés : « Les Amants d'Irigny ». Le jeune Henri l'avait offert naguère à Marguerite, recopié de sa main. Casals avait subtilisé et conservé le texte dans le but de s'en servir comme d'un leurre. On y a cru un bon moment.

— Comment donc cette femme s'est-elle débrouillée pour vider les lieux sans se faire repérer ? demanda Fourcade.

Raoul se chargea de la réponse :

— Pendant que les témoins, attirés par les coups de feu, s'employaient à défoncer la porte d'entrée fermée de l'intérieur, elle a filé en emportant le classeur de l'étudiant et son flacon d'anesthésique. Elle est passée par la porte de derrière, en libérant le cadenas de la chaîne qui maintenait close cette issue de secours. Mais, pour effacer les traces de son passage, elle n'a pu refermer le cadenas que de *l'extérieur*. Où je l'ai trouvé. Si, dans sa fuite, en sautant du mur, elle n'avait pas perdu la clef du cadenas, nous chercherions encore celle qui a bouclé si longtemps nos cervelles.

Le Dr Fourcade s'étonna encore :

— Cette jeune femme a pu sauter du mur en dépit des jupes longues que portent les femmes à la mode ?

— Oui, dit Raoul, car elle avait pensé à s'équiper pour. Elle portait une culotte bouffante comme en ont les dames adeptes de la bicyclette. C'est en bicyclette, comme moi, qu'elle s'était rendue à La Panouse, et c'est avec cet engin, caché dans la pinède un peu plus bas, qu'elle a pris la fuite.

Baruteau, inoccupé à cause de la mauvaise volonté des poissons, compléta l'explication :

— Le lendemain du double crime, quand les détails sont parus dans la presse, Casals et sa maîtresse ont appris que le jeune homme avait survécu. Ils se sont affolés. D'où l'envoi de la fausse lettre à la mère, expédiée *postérieurement* au 4 juin, jour du drame. Ce texte, pris en note par la main de l'étudiant, ils l'ont découvert dans le classeur où le jeune Henri conservait les citations se rapportant à ses cours de littérature. Un classeur que le jeune homme avait lui-même récupéré, un moment auparavant, dans la villa maternelle où il l'avait laissé. Il s'agit d'un court extrait tiré d'un roman, faisant allusion à un projet de suicide. Il pouvait donc passer pour une lettre d'adieu du jeune Champsaur à sa maman, puisqu'il était de sa main. Ainsi, Casals était libre de répandre sa version du drame : Champsaur avait assassiné Marguerite après avoir abusé d'elle, puis s'était supprimé pour échapper à son châtiment.

— Vous m'en direz tant…, commenta sobrement le neurologue.

— L'artifice a bien failli nous tromper, ajouta le reporter. Surtout à partir du moment où le professeur a osé affirmer devant moi qu'Henri Champsaur avait envoûté, manipulé son épouse, inconsciente au point d'oublier tous ses devoirs. J'y ai suffisamment cru pour penser que l'étudiant avait découvert la fragilité de Marguerite Casals, sujette à un somnambulisme naturel. Et qu'il l'hypnotisait pour arriver à ses fins ! C'est à ce moment-là que je suis venu réclamer vos lumières, cher docteur.

Fourcade était de plus en plus ahuri :

— Quelle histoire ! Je croyais avoir affaire à des esprits tourmentés, au château Bertrandon, mais je constate qu'ils ne sont pas tous chez moi…

Un détail le fit soudain tiquer :

— Pourquoi donc cette femme a-t-elle subtilisé le classeur de l'étudiant ?

Baruteau se chargea d'éclairer son ami :

— Parce qu'il fallait à tout prix que l'on croie à l'escapade de deux amants venus là pour s'offrir une sieste coquine, Théo ! Le cahier de cours, au milieu, faisait tache. D'autant qu'il ne s'est rien passé entre ces deux amoureux transis.

— Rien passé ?

— Rien, je te dis. Le légiste n'a trouvé aucune des traces tangibles qui suivent à coup sûr un acte sexuel. Ça nous a surpris, et, en même temps, nous a embrouillés. On ne comprenait plus rien. Je vois à ta tête qu'il en va de même.

— Mais enfin, si ça n'est pas pour… ? Que sont-ils donc allés faire dans cette villa vide et dans cette chambre close ? C'est ahurissant !

— Il se sont parlé.

— Parlé de quoi ?

— Ça ! Nous n'en savons rien. Et nous resterons ignorants si le jeune Henri ne retrouve ni mémoire ni parole. Mais, grâce aux interrogatoires conduits par la Sûreté auprès de ceux que la presse marseillaise surnomme déjà « les amants diaboliques », et auprès de Paul Chabert, l'ami intime d'Henri, nous pouvons formuler des hypothèses. Chabert détenait des lettres – enfin, des billets – écrits par Marguerite Casals à Henri Champsaur. Grâce à eux, nous avons pu reconstituer le puzzle.

Fourcade leva les bras au ciel :

— Mais enfin, une femme mariée n'écrit pas en cachette de son mari à un jeune homme ! Il y avait donc autre chose qu'une idylle platonique ?

— Non, docteur, vous n'y êtes pas. Nous avons cru nous aussi qu'il s'agissait de lettres d'amour échangées discrètement à l'insu du mari. En réalité, la majeure partie sont des petits mots répondant probablement à des déclarations passionnées ou à des demandes pressantes de l'étudiant. Cette femme vertueuse, bourrée de principes, ne voulait pas céder. Mais elle s'en voulait d'être la cause des tourments de ce jeune homme excessif, qu'elle aimait sincèrement, au fond. Comme une grande sœur. La malheureuse tentait de dissuader son amoureux. Mais elle le faisait à demi-mot. Pour ne pas le peiner. Son seul tort aura été de n'avoir pas su être ferme dans son propos. Il avait dû lui faire le chantage à l'exil : « Ne partez pas, ne m'écoutez pas », lui écrit-elle. Mettons-nous à la place de l'amoureux : il devait prendre ça pour des sortes d'encouragements. Surtout quand elle le suppliait de ne pas la quitter. « Ne plus vous voir, l'idée me désespère », lui dit-elle. On ne pouvait pas mieux inciter Henri Champsaur à prendre ses désirs pour des réalités. Une phrase comme « J'aurais dû savoir ne pas me faire aimer » pouvait avoir un double sens pour celui qui espère envers et contre tout. C'est pourquoi nous avons d'abord cru qu'elle ne le décourageait pas. Et que Casals avait raison : c'était une affaire d'adultère ou de crime passionnel.

Le policier, tourné vers son neveu, l'écoutait avec la même attention que le neurologue, comme s'il découvrait l'affaire. Le Dr Fourcade avait renoncé à débrouiller son fil et posé sa canne dans le fond de la barque.

— Enfin, poursuivit Raoul, il y a les trois dernières lettres. Celles-ci, ce n'est pas Marguerite Casals qui les a écrites. Ou plutôt, *elle ne savait pas qu'elle les avait écrites.* Car elle les a rédigées à son insu, en état de sommeil hypnotique.

— Diable ! s'exclama Fourcade, et qui est celui…

— Celui qui les lui a dictées sous hypnose, docteur, se nomme Alexandre Casals. Il l'a lui-même reconnu. Non sans mal. Dans le premier des trois billets, pour émoustiller le jeune homme, il a joint une mèche de cheveux gris et fait jouer à sa femme un rôle de coquette : « Je suis vieille, mais vous m'avez rendu ma jeunesse », lui fait-il écrire. Le deuxième proclame : « Il faut que cela finisse. Je ne puis plus supporter cette existence-là. » Cela peut s'interpréter de deux façons : « Je veux mettre fin à ma double vie », ou bien : « Je veux mettre fin à ma vie. » Dans ses excès verbaux, Henri Champsaur lui-même avait évoqué cette possibilité devant témoins, au cours d'une réception chez les Casals. Le professeur a su s'en servir au profit de son complot.

Le neurologue secoua la tête, accablé. Raoul acheva :

— Enfin, la dernière lettre. Celle-là ne joue plus sur les mots. On y lit : « Allons nous tuer tous les deux. » Ou encore : « Nous mourrons dans un baiser. Ensemble à jamais. » On y fixe même le rendez-vous. C'est clair ! Or, c'est en état de complète inconscience que Marguerite Casals a tracé ces mots.

— J'ignorais que Casals fût compétent en matière d'hypnose.

— Nous aussi, répliqua Baruteau. Mais c'est grâce à toi que nous l'avons découvert.

— À moi ?

— Dans l'ordre, grâce à Raoul, puis à toi. Si mon *testard* de neveu ne s'était pas acharné sur cette affaire d'hypnose qui le tarabustait, jamais je ne te l'aurais adressé afin qu'il arrête de nous bassiner avec ça. Avec ton aide, nous avons appris deux choses capitales pour la suite de notre réflexion. D'abord, qu'il était possible de pratiquer une hypnose *différée dans le temps.* Qu'un ordre dicté par l'hypnotiseur au patient durant le sommeil somnambulique pouvait être exécuté plus tard, au jour et à l'heure dite. Pour expliquer ce qui ne pouvait pas l'être autrement à ce stade de l'enquête, nous avons pensé que le jeune Champsaur attirait par cette technique la pauvre Marguerite à la Villa aux Loups afin d'abuser d'elle sans qu'elle en garde le souvenir. Mais ça ne collait pas. Il eût fallu que l'étudiant et la bourgeoise se fussent trouvés seuls suffisamment longtemps et sans témoins en dehors de la maison de La Panouse pour que la suggestion à échéance s'accomplisse. Car nous ne comprenions toujours pas comment Marguerite Casals avait été attirée à la villa, si elle n'était pas consentante. C'est alors que Raoul a été convoqué par le Pr Casals. Il a remarqué, parmi le bric-à-brac qui encombrait le bureau de l'urologue, un appareil qui sert à hypnotiser, dénommé boule de Fournier.

— Je connais cet attrape-nigaud, dit Fourcade.

— Mais à ce moment-là, Raoul n'était pas capable de l'identifier, il n'en avait jamais vu. C'est en montant à Paris avec toi qu'il a découvert la chose et son emploi à la Librairie de l'Art indépendant. Nous avons donc commencé à nous intéresser à Casals sous un autre angle. Pourquoi possédait-il ce machin, si ce n'était pas pour s'en servir ? Et dans quel but ? J'ai expédié un inspecteur du côté de la Salpêtrière, voir si Casals, dans sa jeunesse, ne serait pas venu assister aux leçons de Charcot. Mon flic est revenu bredouille. Mais la lumière est venue de notre Cécile, cent fois plus futée que son reporter de mari. Elle s'est souvenue que, durant le voyage en chemin de fer, tu nous avais appris l'existence d'une équipe rivale de la Salpêtrière. « Si vous alliez voir du côté de Nancy ? » nous suggéra-t-elle. Bon sang, c'était bien sûr ! L'école de Nancy, dirigée par ton bon maître Henri Beaunis. Je lui ai aussitôt téléphoné, afin de savoir si dans ses archives ne se trouvait pas trace du passage d'un certain Casals Alexandre… Et j'ai décroché la timbale ! Deux jours plus tard, Beaunis me faisait savoir que le salopard, encore étudiant, avait suivi auprès de Liévaud, Bernheim et Liégeois l'enseignement de la suggestion hypnotique, du somnambulisme provoqué, de la double conscience, et autres jeux de société dont toi et tes semblables occupez les longues soirées d'hiver.

— Une bonne école, se défendit Fourcade.

— D'où sortent parfois des assassins, commenta Raoul. À force de voir en permanence la boule de Fournier avec laquelle il hypnotisait son épouse posée devant lui sur son bureau, Casals n'y prêtait plus cas et n'a pas pensé à la faire disparaître. C'est en retrouvant un exemplaire de l'engin à la Librairie de l'Art indépendant, à Paris, que j'ai fait le rapprochement…

Baruteau contempla un instant l'air ahuri de son vieil ami :

— Sais-tu à partir de quoi Casals a pu manigancer tout ça ? C'est tout bête. Quelque temps auparavant, Henri Champsaur, invité avec quelques amis des Casals, avait dit, en toute innocence, devant Marguerite et son époux : « À la fin des vacances de Pâques, j'ai laissé un classeur rempli de citations se rapportant à mon cours de littérature chez ma mère, à La Panouse. Il me faudra aller le récupérer pour mes révisions. »

— Dans la nuit même, le professeur hypnotise sa femme et lui *ordonne* de proposer à l'étudiant d'y monter en sa compagnie. Ça ne rate pas. Le jeudi, jour où Henri assure sa répétition auprès des fillettes, Marguerite *obéit* à l'ordre reçu : « Je monte lundi à la Villa aux Loups, chercher des vêtements pour la tombola annuelle de l'association dont je suis la présidente. Allons-y ensemble, je prendrai mon linge, vous votre classeur, et ça vous évitera des frais de transport. Passez donc me prendre vers 2 heures. » La nuit suivante, Casals hypnotise de nouveau Marguerite et lui dicte la lettre délirante où elle propose à Henri : « Allons nous tuer tous les deux. » Jeanne Tardieu la dépose au domicile des Champsaur, boulevard Notre-Dame, comme s'il s'agissait d'un mot destiné à l'étudiant pour déplacer un horaire de leçon, ou d'une invitation à participer à une réception, telle qu'il en recevait souvent. En fait, c'est une bombe pour ce garçon. « Mourir dans un baiser ! » Ce thème, romantique s'il en fût, Henri en était familier. Il avait dit son admiration pour ceux qui savaient mourir de la sorte, affirmé, avec l'outrance d'une jeunesse studieuse saoulée de grands textes, que « ce serait une grande beauté de mourir comme cela. On deviendrait objet d'admiration… » Ça n'était pas tombé dans l'oreille d'un sourd. L'étudiant devenait le truchement idéal pour l'exécution du traquenard imaginé par Casals.

Le reporter eut une moue désolée :

— La seule faute de ce malheureux aura été de tomber amoureux d'une femme qui, sans le savoir jamais, l'a entraîné dans une spirale infernale parce qu'elle-même était condamnée à mort !

Le Dr Fourcade n'osait plus interrompre les explications et regardait tour à tour, d'un air toujours plus étonné, ses interlocuteurs.

Le policier compléta ce que le reporter venait de révéler au neurologue :

— Ce n'est pas à toi, Théo, que je vais apprendre que non seulement la malheureuse ignorait ce qu'elle avait écrit, et qui fixait *l'heure de sa propre mort*, mais qu'elle avait tout oublié au réveil.

— Je donnerais cher, intervint le reporter, pour savoir ce qui a pu se passer dans la tête d'Henri Champsaur à la lecture de cette lettre démente où la femme qu'il vénère lui demande brusquement de mourir avec lui.

— Peut-être nous le dira-t-il un jour, suggéra le neurologue.

Raoul était tout à sa réflexion à haute voix :

— Il y a un abîme entre des élucubrations romantiques et le passage à l'acte. La beauté du geste, tu parles ! On a vu où ça l'a mené… Selon le témoignage de son meilleur ami, Henri n'était pas du tout décidé à tuer Marguerite. Il était venu à la villa pour le lui signifier. Il préférait la perdre. Ah ! j'aurais payé cher pour être une mouche dans la chambre et écouter ce que ces deux-là ont pu se dire. Ni l'un ni l'autre ne devait comprendre pourquoi l'un parlait du contenu d'une lettre dont l'autre, le prétendu auteur, ignorait l'existence !

Baruteau reprit la main :

— Voilà comment nous avons soupçonné le père Casals. Mais encore fallait-il le piéger, partie plus délicate. Elle a été menée de main de maître par mon sacripant de neveu, que je ne savais pas si retors, ni si menteur, quand il a répandu, avec l'aide de ses complices, à la Conception, ses bobards à propos de la résurrection prématurée de l'étudiant. Comme nous l'avions espéré, le poisson a mordu et le loup est sorti du bois, si j'ose ce rapprochement zoologique audacieux.

Le Dr Fourcade, un peu étourdi par cette avalanche de révélations, commençait à y voir plus clair. Il n'en réclama pas moins une précision :

— Mais ne m'avais-tu pas dit que le sacripant en question avait tabassé une femme, à l'occasion ?

— Oui, *mademoiselle Jeanne*, qui s'est pris un marron en pleine poire.

— Elle nous avait énervé notre Raoul à ce point ? suggéra le neurologue, qui retrouvait le goût de la farce de carabin.

— C'était plutôt pour éviter que, le prenant pour Henri Champsaur dans la pénombre d'une chambre d'hôpital, elle lui injecte le contenu d'une seringue remplie d'une dose de chlorure de potassium suffisante pour exterminer les vingt et un éléphants du cirque Barnum, cornacs inclus.

Le policier détailla la nuit de veille au pavillon des Officiers qui avait permis de démonter la machination et d'arrêter les coupables.

La partie de pêche était passée au second plan.

— Trois poissons, dont deux nains, en trois heures… C'est pas bézef, constata le commissaire central en regardant son neveu.

— C'est ma faute, dit Théodore Fourcade. Avec toutes mes questions, je vous ai déconcentrés.

— Il faut rentrer, constata le policier en tirant sa montre. Nous allons connaître un retour humiliant, mes enfants. J'entends d'ici les sarcasmes de Thérésou et de ma sœur. Sans parler des petits… Tu es sûr que ton ami Escarguel ne s'est pas trompé de guide, Raoul ?

— Il est peut-être piégé, mon oncle. Combarnous l'a offert à Escarguel, persuadé que notre poète ne se risquerait jamais sur un bateau. Les vrais coins de pêche, c'est comme les sources ou les truffes : ça ne se dit pas.

Eugène Baruteau espérait que Thérésou avait prévu un plan B pour le déjeuner. Il venait de hisser la voile, et *Galinette* avait mis le cap sur la Madrague de Montredon. Aux plis qui barraient son front sous le canotier, on voyait le policier plus soucieux que devant une énigme criminelle. Il demeura un long moment silencieux à ruminer de sombres pensées.

Mais tout à coup, sa grosse moustache frémit et son visage s'éclaira d'un large sourire. D'un geste ferme le nautonier changea de cap. On entendit sa grosse voix, celle qui faisait trembler les voyous du port, retentir :

— Je viens d'avoir une idée géniale, matelots ! Pour ne pas perdre la face, nous allons faire un détour. Mais jurez-moi d'abord le secret absolu.

Les deux autres, entrant dans le jeu, jurèrent aveuglément, levant la main droite et crachant dans l'eau.

Alors le commissaire central de Marseille, penché sur ses confidents, leur glissa à mi-voix :

— Nous allons faire une brève escale à Callelongue. Mon ami Gaby, qui a dans sa guinguette les poissons les plus frais du monde, ne refusera pas de me donner un coup de main en m'en cédant quelques kilos à prix modéré. Ainsi notre honneur de *pescadous* hémiplégiques sera-t-il sauf.

La proposition fut adoptée à l'unanimité dans des transports d'enthousiasme.

C'EST ainsi que, sur le coup de midi, on vit débarquer de *Galinette*, amarrée face au cabanon familial, trois pêcheurs arborant des mines réjouies comme seuls des pêcheurs comblés peuvent en arborer. Raoul Signoret et le Dr Fourcade suivaient Eugène Baruteau, porteurs d'une caisse pleine à ras bord de poissons de roche, de daurades, de sars, de rascasses, de pageots, accompagnés d'un gros poulpe que, dans sa générosité, Gaby avait ajouté « pour amuser les enfants ».

Adèle et Thomas avaient entamé une danse du scalp autour des trophées, tandis que ces dames s'extasiaient.

— Tout ça ? Mais comment vous avez fait ? Ma parole, c'est la pêche miraculeuse ! La Bonne-Mère vous a donné un coup de main ?

Thérèse Baruteau et Adrienne Signoret ne pouvaient pas s'empêcher de « mettre les mains » dans tant de merveilles ruisselantes de fraîcheur. Cécile, de son côté, se contentait d'un sourire entendu. Mais il allait merveilleusement bien à son genre de beauté.

Dans une attitude dont la modestie était inhabituelle, Eugène Baruteau se contentait d'expliquer en montrant la caisse :

— C'est mon ami Théo qui a tout fait. Il les a placés sous suggestion hypnotique. C'est bien simple, ils se battaient pour mordre à l'esque. Il a même fallu en rejeter à la mer…

« Écrire est un métier d'artisan. Il faut être sur l'établi et ça finit par venir. »

Jean Contrucci

La dixième enquête des héros de Jean Contrucci sera-t-elle la dernière ? L'auteur laisse planer le suspense… Pendant dix ans Baruteau et Signoret l'ont accompagné, et il semblerait que le temps de dire adieu à ce fameux tandem soit venu. Jean Contrucci travaille à présent à « un roman de cape et d'épée qui se passe à Marseille lors de la venue de Louis XIV ». Marseille bien sûr, la ville où il est né et qu'il connaît si bien. Il a été journaliste à *Provence-Magazine*, puis au *Provençal* avant d'être correspondant du *Monde*. Il a publié plusieurs essais sur la cité phocéenne, dont *Ça s'est passé à Marseille* (chroniques en 5 volumes) et *Marseille, 2 600 ans d'histoire*, une somme coécrite avec Roger Duchêne. Ses romans aussi, en particulier la série des « Nouveaux Mystères de Marseille », ont supposé d'importantes recherches : « au moins trois mois pour chaque livre, car tout ce que je décris autour de l'histoire est d'époque, les noms de lieux, des gens, les spectacles, les événements etc. » Le principe de la série ? Partir d'un fait divers réel et situer chaque intrigue dans un quartier différent, huppé ou populaire, de La Blancarde à l'avenue du Prado, de la Panouse à la Belle de Mai… Ces enquêtes se déroulent à la Belle Époque, âge d'or du roman-feuilleton policier, un genre que l'auteur affectionne. « Arsène Lupin et Rouletabille, avant Fantômas, faisaient les délices de leurs lecteurs. Il fallait imaginer un héros de cette trempe, Raoul Signoret, archétype du journaliste débrouillard, futé, loyal, généreux, intrépide, beau garçon, adepte de la boxe française et de l'investigation approfondie. » Quant à la couleur locale, elle est omniprésente grâce aux bonnes recettes de Thérésou, la femme du commissaire épicurien, et grâce au parler si savoureux des personnages qui nous évoquent César, Marius ou Panisse.

Amours & autres

SARAH ADDISON ALLEN

TRADUIT DE L'AMÉRICAIN PAR DELPHINE RIVET

enchantements

Un arbre magique ? Cela n'existe que dans les contes de fées... Et pourtant, dans un jardin de Bascom, en Caroline du Nord, terre chargée de croyances ancestrales, se trouve un pommier aux vertus étranges. Il appartient aux sœurs Waverley qui, dit-on, auraient hérité les dons peu ordinaires de leur aïeule... Après tout, qui peut prétendre que la vie est toujours rationnelle ? Ne laisse-t-elle pas parfois une place au rêve et au merveilleux ?

1

À CHAQUE lune montante, Claire rêvait immanquablement de son enfance. Elle essayait donc de rester éveillée tandis que les étoiles clignaient de l'œil ; l'astre, mince croissant d'argent, regardait le monde de haut avec le même sourire provocateur que les jolies femmes sur les affiches publicitaires rétro. Ces nuits-là, en été, Claire jardinait à la lumière des lampes qui bordaient le sentier ; elle désherbait et taillait les fleurs nocturnes : la belle-de-nuit et la trompette des anges, le jasmin et le tabac. Celles-ci ne faisaient pas partie des espèces comestibles du patrimoine Waverley. Claire les avait plantées pour occuper ses insomnies, lorsqu'elle était si énervée que la frustration consumait le bord de sa chemise de nuit et allumait de minuscules incendies au bout de ses doigts.

Elle faisait constamment le même rêve. De longues routes semblables à des serpents sans fin. Les nuits dans la voiture tandis que Lorelei, sa mère, retrouvait des hommes dans des bars et des dancings. Le guet pendant qu'elle volait du shampooing, du déodorant et du rouge à lèvres (et parfois des bonbons pour sa fille) dans toutes les supérettes du Midwest. Enfin, juste avant de se réveiller, elle voyait toujours apparaître sa sœur Sydney dans un halo de lumière. Lorelei la prenait dans ses bras pour courir jusqu'à la demeure des Waverley à Bascom, et si Claire réussissait à les suivre, c'est seulement parce qu'elle s'agrippait obstinément à la jambe de sa mère.

Ce matin-là, lorsqu'elle se réveilla dans le jardin, elle avait un goût de regret dans la bouche. Elle cracha et fronça les sourcils. Elle s'en voulait d'avoir été une telle peste avec sa sœur quand elles étaient petites. Mais les six années qui avaient précédé la naissance de Sydney s'étaient passées sous l'emprise constante de la peur de se faire prendre, la peur qu'on leur fasse du mal, la peur de manquer de nourriture ou de vêtements chauds pour l'hiver. Sa mère s'en tirait toujours in extremis. Au bout du compte, on ne les prit jamais, on ne lui fit jamais de mal, mais si, aux yeux de Lorelei, cette vie de cavale avait été acceptable pour Claire, elle avait dû estimer en revanche que Sydney méritait mieux, qu'elle méritait de naître avec des racines. C'est ce que l'enfant effrayée en Claire ne lui avait pas pardonné.

Elle ramassa le sécateur et la bêche, se releva, ankylosée, et se dirigea vers le cabanon à travers l'aube brumeuse. Le pommier capricieux au fond du terrain tressaillait doucement, comme s'il rêvait. Ce jardin avait été cultivé par des générations de Waverley. Leur histoire s'inscrivait dans cette terre, tout comme leur avenir. Quelque chose allait arriver, un événement que le jardin n'était pas encore disposé à révéler. Il faudrait qu'elle garde les yeux ouverts.

Claire entra dans le cabanon et essuya avec soin les vieux outils trempés de rosée avant de les accrocher à leur place. Elle verrouilla le portillon, remonta l'allée jusqu'à la porte à l'arrière de l'imposante bâtisse de style Queen Anne[1] héritée de sa grand-mère. Claire s'arrêta dans le solarium, où elle nettoyait et faisait sécher les herbes et les plantes. Cela sentait fort la lavande et la menthe poivrée, comme si elle avait pénétré dans un souvenir de Noël qui ne pouvait pas être le sien.

La journée promettait d'être longue. On lui avait commandé un dîner et, en ce dernier jeudi de mai, elle devait faire sa livraison mensuelle de gelées de lilas, de menthe et de pétales de rose, ainsi que de vinaigre à la capucine et à la fleur de ciboulette au Farmer's Market et à l'épicerie fine. On frappa à la porte alors qu'elle se faisait un chignon dans sa chambre. Elle descendit l'escalier pieds nus, vêtue d'une robe bain de soleil blanche et ouvrit en souriant à la vieille dame bâtie comme un pot à tabac qui se tenait sous le porche.

Evanelle Franklin avait soixante-dix-neuf ans, en paraissait cent vingt, mais réussissait cependant à marcher mille six cents mètres sur

---

1. Style architectural de la fin du XIXe siècle, caractérisé par son exubérance. (*N.d.T.*)

la piste d'athlétisme d'Orion College, cinq fois par semaine. Cette parente éloignée, une cousine au second ou au troisième degré, était la seule autre Waverley vivant encore à Bascom. Claire, qui ressentait le besoin d'un lien familial depuis le départ de Sydney à dix-huit ans et la mort de sa grand-mère la même année, s'accrochait à elle comme à un aimant.

Quand Claire était petite, Evanelle lui apportait des pièces de monnaie bien avant qu'apparaisse la camionnette du glacier, ou encore une lampe de poche à glisser sous son oreiller deux semaines avant que la foudre s'abatte sur un arbre dans la rue et que tout le quartier soit privé d'électricité pour la nuit entière. Lorsque Evanelle vous donnait quelque chose, vous en trouviez l'usage tôt ou tard.

— Voyez-vous ça, si elle ne fait pas italienne avec ses cheveux bruns et sa robe à la Sophia Loren ! commenta Evanelle.

Vêtue de son survêtement en velours vert, elle portait un grand cabas plein de pièces de monnaie, de timbres, de minuteurs et de savons, qu'elle distribuerait quand le besoin s'en ferait sentir.

— Je m'apprêtais à faire du café, dit Claire. Entre donc.

— Ce n'est pas de refus, dit Evanelle en la suivant dans la cuisine. Tu sais ce que je déteste ? Je déteste l'été.

Claire se mit à rire. Elle adorait recevoir la visite d'Evanelle. Depuis des années, elle essayait de convaincre la vieille dame de s'installer dans la maison pour qu'elle puisse s'occuper d'elle.

— Et pourquoi cela ? C'est merveilleux, l'été. La douceur de l'air, les fenêtres ouvertes, les tomates toutes gorgées de soleil.

— Je déteste l'été parce que presque tous les étudiants quittent la ville, du coup il n'y a presque plus de coureurs sur la piste et je n'ai aucun joli derrière masculin à regarder quand je marche.

— Tu es une vieille dame dépravée, dit Claire en posant une tasse de café devant Evanelle, qui y jeta un regard méfiant.

— Tu n'as rien mis dedans, hein ?

— Tu sais bien que non.

— Parce que la branche des Waverley à laquelle tu appartiens veut toujours ajouter des trucs partout. Moi, j'aime les choses simples et nature. À propos, je t'ai apporté un truc.

Evanelle sortit un briquet Bic jaune de son cabas.

— Merci, Evanelle, dit Claire en glissant l'objet dans sa poche. Je suis sûre qu'il va me servir.

— Je sais seulement que je devais te le donner.

Evanelle, qui était un bec sucré, prit sa tasse en couvant des yeux le moule à gâteau couvert sur l'îlot en Inox.

— Qu'est-ce que tu as préparé ?

— Un gâteau blanc. J'ai incorporé des pétales de violette dans la pâte. C'est le dessert d'un dîner que je dois livrer ce soir.

Claire saisit un Tupperware et le tendit à Evanelle.

— Celui-ci, je l'ai fait pour toi. Il n'y a rien de bizarre dedans, promis.

— Tu es adorable. Quand vas-tu te marier ? Qui veillera sur toi quand je m'en irai ?

— Tu ne t'en iras nulle part. Et cette maison convient parfaitement à une vieille fille. Je vieillirai ici, et quand les enfants du voisinage m'agaceront à essayer de grimper sur le pommier au fond du jardin, je les chasserai avec un balai.

— Ton problème, c'est que tu aimes trop ta petite vie, fit Evanelle en secouant la tête. Tu tiens ça de ta grand-mère. Tu es trop attachée à cette maison, tout comme elle l'était.

Claire sourit, la comparaison lui faisait plaisir. Elle ignorait la stabilité que procure un nom de famille jusqu'à ce que sa mère l'amène ici. Alors qu'elles étaient à Bascom depuis trois semaines, juste après la naissance de Sydney, Claire s'était assise sous le tulipier devant la maison pendant que les voisins venaient admirer Lorelei et son nouveau bébé. Un couple de visiteurs avait regardé Claire en sortant de la maison – la petite fille construisait patiemment une cabane en rondins miniature avec des brindilles.

— C'est bien une Waverley, cette petite, avait dit la femme. Elle est dans son monde.

Depuis ce jour-là elle avait suivi sa grand-mère chaque matin dans le jardin pour l'observer, désirant ardemment l'imiter, ressembler à une authentique Waverley.

— J'ai des cartons de gelée et de vinaigre à livrer, dit-elle à Evanelle. Si tu veux bien patienter une minute, je te dépose.

— Tu fais une livraison chez Fred ?

— Oui.

— Alors, je t'accompagne. Il me faut du Coca. Et des GooGoo Cluster. Et des tomates. Tu m'as donné une envie folle de tomates.

Claire partit chercher quatre cartons dans la resserre pour empaqueter ses produits. Quand elle eut terminé, Evanelle la suivit jusqu'à la camionnette blanche portant l'inscription Waverley Traiteur.

Claire tendit à la vieille dame la boîte contenant son gâteau blanc nature et un sachet en papier.

— C'est quoi ? demanda Evanelle en regardant à l'intérieur pendant que Claire s'installait au volant.

— Une commande spéciale.

— C'est pour Fred, fit Evanelle d'un air entendu.

— Tu crois qu'il ferait encore affaire avec moi si je te le disais ?

Ses affaires prospéraient parce que tous les gens du coin savaient que les plats préparés avec les fleurs qui poussaient autour du pommier du jardin des Waverley avaient un pouvoir mystérieux. Les boutons de pissenlit frits sur du riz aux pétales de souci attiraient l'attention de vos convives sur la beauté de votre maison et jamais sur ses défauts. Le beurre au miel d'hysope anisée sur un toast rendait les enfants songeurs. Le vin de chèvrefeuille vous donnait la faculté de voir dans l'obscurité, tandis que la salade de chicorée et de menthe vous procurait le sentiment qu'un événement positif allait se produire, que cela se vérifie ou non par la suite.

Le dîner que Claire devait préparer était donné par Anna Chapel, la directrice du département des arts à Orion College, pour célébrer la fin du second semestre. Claire était le traiteur attitré de ces soirées depuis cinq ans. Une bonne manière de se faire connaître des professeurs de l'université.

Claire apporta d'abord la gelée et le vinaigre au Farmer's Market, sur la grand-route, puis elle retourna en ville et se gara devant Fred Gourmet, anciennement Fred Alimentation, rebaptisé depuis qu'une clientèle plus chic venait y faire ses courses.

Elle entra dans la boutique avec Evanelle. La vieille dame se dirigea vers les tomates tandis que Claire frappait à la porte du fond.

— Bonjour, Fred.

Assis derrière le bureau qui datait de l'époque de son père, Fred examinait des factures, mais, à en juger par la manière dont il sursauta lorsque Claire ouvrit la porte, son esprit était manifestement occupé par d'autres pensées. Il se leva brusquement.

— Claire ! Ravi de te voir.

— J'ai ta commande.

— Parfait.

Il attrapa la veste blanche pendue au dossier de son fauteuil et l'enfila sur sa chemisette noire, puis il accompagna Claire à la camionnette.

— Est-ce que, euh, tu m'as aussi apporté ce dont nous avions parlé ? lui demanda-t-il.

Elle eut un léger sourire et lui tendit le sac en papier contenant une bouteille de vin de géranium rosat.

Fred la prit avec un air gêné, puis il donna à Claire une enveloppe qui contenait un chèque. Rien de plus naturel, puisqu'il la payait à chaque livraison mensuelle. Mais ce chèque-là était d'un montant dix fois plus élevé que d'habitude, et l'enveloppe semblait phosphorescente, comme remplie de vers luisants, illuminée par son espoir.

— Merci, Fred. À la prochaine fois.

— OK. Au revoir, Claire.

FRED WALKER l'observa tandis qu'elle attendait près de la porte qu'Evanelle ait payé ses emplettes. C'était une jolie femme, au teint mat, aux cheveux et aux yeux noirs. Les gens traitaient Claire poliment, mais la jugeaient un peu distante. C'était une Waverley, et les Waverley étaient toutes bizarres, chacune à sa manière. La mère de Claire avait été une fauteuse de troubles qui avait laissé ses enfants à leur grand-mère, et qui était morte dans un carambolage à Chattanooga quelques années plus tard ; une grand-mère qui ne sortait que rarement de chez elle ; quant à leur cousine éloignée Evanelle, elle ne cessait de faire des cadeaux étranges. Les Waverley étaient comme ça. Mais Claire entretenait bien la vieille demeure familiale, qui constituait une attraction touristique non négligeable. L'important pour les habitants de Bascom était de pouvoir compter sur la jeune femme lorsqu'ils avaient un problème qui ne pouvait être résolu que grâce aux fleurs de son jardin.

Fred, la main serrée sur le sac contenant sa bouteille, regagna son bureau. Il ôta son blazer et se rassit, les yeux fixés sur la petite photo encadrée d'un beau quinquagénaire. Fred et son compagnon James vivaient ensemble depuis plus de trente ans maintenant, mais James et lui s'éloignaient l'un de l'autre ces derniers temps, et des graines d'angoisse commençaient à germer en lui. Depuis quelques mois, James restait dormir à Hickory, où se trouvait son bureau, en prétextant qu'il finissait de travailler tellement tard que cela n'avait aucun sens de rentrer à Bascom. Fred restait donc seul trop souvent, désœuvré. C'était James qui suggérait toujours : « Toi qui fais de délicieux raviolis chinois, si tu nous en préparais pour ce soir ? » ou bien : « Il y a un film que j'aimerais qu'on voie à la télé… » James prenait toujours les bonnes décisions et Fred se faisait une montagne d'un rien quand il se retrouvait seul. Que préparer à dîner ? Devait-il porter ses vêtements chez le teinturier le soir même ou le lendemain matin ?

Toute sa vie, Fred avait entendu parler du vin de géranium rosat des Waverley. En le buvant, on revivait en pensée les bons moments, or Fred voulait retrouver son bonheur passé avec James. Claire ne produisait qu'une seule bouteille par an et elle coûtait la peau des fesses, mais cela en valait la peine.

Il appela James à son travail afin de lui demander ce qu'il devait préparer pour le dîner.

Quelle viande pourrait bien se marier avec du vin magique ?

CLAIRE arriva chez Anna Chapel en fin d'après-midi. Elle vivait dans un quartier en impasse derrière Orion College. Anna apparut à la porte.

— Bonjour. Vous connaissez le chemin. Avez-vous besoin d'aide ? lui demanda-t-elle en s'effaçant pour la laisser entrer.

— Non, merci, je me débrouillerai.

L'été était la période la plus chargée pour Claire, et pourtant celle où elle employait le moins d'extras. Pendant l'année universitaire, elle embauchait des étudiants en art culinaire d'Orion pour la seconder parce qu'ils n'étaient pas de Bascom et ne posaient que des questions techniques. De malheureuses expériences lui avaient appris à éviter le plus possible d'employer des gens du coin. Ces derniers cherchaient toujours à apprendre des tours de magie, ou au moins à s'approcher du pommier du jardin pour vérifier si la légende était vraie, si les pommes leur révéleraient véritablement le plus grand événement de leur vie.

Claire se rendit dans la cuisine pour mettre au frais le contenu de sa glacière, puis elle rapporta le reste en passant par l'entrée de service. Bientôt, la cuisine fut emplie de vapeur tiède et de senteurs subtiles qui se propagèrent dans la maison. Elles firent l'effet d'un baiser maternel aux invités d'Anna.

Au menu, elle avait préparé de la salade, une soupe de yucca, un filet mignon de porc assaisonné de capucine, ciboulette et fromage de chèvre, puis un sorbet à la citronnelle en entremets et enfin le gâteau blanc à la violette. Claire n'eut pas le temps de souffler, entre les plats à réchauffer et le service adroit et discret à assurer lorsque les invités avaient terminé un plat. C'était un dîner aussi formel que les autres. Lorsqu'elle devait travailler seule, elle ne faisait pas attention aux invités, seulement à ce qu'elle avait à faire. Ce soir, c'était particulièrement épuisant après avoir dormi sur la terre dure de son jardin. De toute façon, elle n'était pas très douée pour les rapports humains.

Cependant, elle ne put s'empêcher de le remarquer, non loin d'Anna qui présidait la table. Tous les autres regardaient les plats quand elle disposait les assiettes. Mais lui regardait Claire. Ses cheveux bruns touchaient presque ses épaules, il avait des bras et des doigts longs et les lèvres pleines. Des ennuis en perspective…

— Est-ce que nous nous sommes déjà rencontrés? demandat-il lorsqu'elle arriva à sa hauteur avec le dessert.

Il avait un sourire si agréable et si ouvert qu'elle faillit lui sourire elle aussi.

Elle posa devant lui une part de gâteau.

— Je ne crois pas, répondit-elle.

— C'est Claire Waverley, le traiteur, dit Anna avec gaieté, les joues rosies par quelques verres de vin. Je fais toujours appel à ses services pour nos dîners. Claire, je vous présente Tyler Hughes qui termine sa première année avec nous.

La jeune femme hocha la tête, très mal à l'aise de sentir tous les regards converger dans sa direction.

— Waverley…, murmura Tyler, pensif.

Elle fit mine de s'éloigner mais il lui attrapa doucement le bras.

— Mais bien sûr! s'exclama-t-il. Vous êtes ma voisine. Pendland Street, c'est ça? Vous habitez dans la grande maison Queen Anne?

Elle était tellement surprise qu'il l'ait touchée qu'elle parvint seulement à hocher nerveusement la tête. Comme s'il se rendait compte qu'elle s'était raidie, il relâcha son étreinte.

— Je viens d'acheter la maison bleue à côté de chez vous, dit-il. J'ai emménagé il y a quelques semaines.

Claire le dévisagea sans mot dire.

— En tout cas, je suis ravi de faire votre connaissance.

Elle hocha une nouvelle fois la tête et se retira. Elle lava et rangea ses ustensiles, laissa le reste de salade et de gâteau dans le réfrigérateur d'Anna. Puis elle sortit par la porte de derrière pour regagner lentement sa camionnette. Lorsqu'elle atteignit le trottoir, elle sentit un étrange souffle de vent. En se retournant, elle aperçut une silhouette sous le chêne du jardin.

Un homme s'écarta de l'arbre et elle sentit son regard sur elle.

— Attendez ! dit Tyler. Auriez-vous du feu ?

Claire sortit de sa poche le briquet jaune qu'Evanelle lui avait donné le matin même. C'était donc à cela qu'il devait servir ?

Lorsqu'elle s'avança pour lui tendre le briquet, elle eut l'impression d'être emportée par une lame de fond qui l'entraînait vers le large. Elle s'arrêta à quelques pas de lui, enfonçant les talons pour s'opposer à cette mystérieuse force qui la poussait en avant.

Décontracté, Tyler souriait, sous le charme. Il retira sa cigarette toujours éteinte de ses lèvres.

— Est-ce que vous fumez ?

— Non, répondit-elle, la paume toujours ouverte.

Il ne prit pas le briquet.

— Je ne devrais pas, je sais. J'ai réduit ma consommation à deux par jour. Cela se fait de moins en moins dans les dîners.

Comme elle ne répondait pas, il poursuivit :

— Le repas était merveilleux.

— Merci.

— Nous pourrions peut-être nous revoir ?

Son cœur s'emballa. Elle n'avait pas besoin de lui dans sa vie. Toute relation nouvelle finirait par la faire souffrir.

— Gardez-le, lança Claire en lui tendant le briquet avant de s'éloigner.

LORSQU'ELLE arriva chez elle, quelqu'un était assis sur les marches du perron. Claire laissa les phares allumés et la portière ouverte, puis traversa le jardin en courant, sa fatigue envolée à cause de la panique qui s'était emparée d'elle.

— Evanelle, que se passe-t-il ?

La vieille dame se releva avec raideur, pâle et frêle à la lueur des réverbères. Elle tenait à la main deux paires de draps et un paquet de Pop-Tarts à la fraise.

— Je ne pouvais pas dormir avant de t'avoir donné ça. Allez, prends-les, que je puisse aller me coucher.

Claire monta prestement les marches et prit les paquets, puis elle enveloppa Evanelle d'un bras.

— Tu m'attends depuis longtemps ?

— À peu près une heure. J'étais au lit quand ça m'est tombé dessus. Tu as besoin de draps propres et de Pop-Tarts.

— Pourquoi ne pas m'avoir téléphoné ? J'aurais pu passer les prendre.

— Cela ne fonctionne pas ainsi. Je ne sais pas pourquoi. Je ne sais pas pour qui ils sont ! Je ne sais jamais à quoi servent mes cadeaux ! (Evanelle prit une longue inspiration, puis chuchota :) Je veux juste rentrer chez moi.

Claire gratifia Evanelle d'une caresse rassurante sur le bras.

— D'accord. Je te raccompagne, dit-elle en posant les paquets sur un fauteuil en osier sous le porche. Viens, ma chérie, ajouta-t-elle en guidant la vieille dame ensommeillée vers la camionnette.

Lorsque Tyler Hughes arriva devant chez lui, il vit que la maison de Claire était plongée dans le noir. Il gara sa Jeep dans la rue et descendit, mais attendit dans l'allée. Il ne voulait pas rentrer tout de suite.

Tyler appréciait la routine plus que beaucoup de gens. Entre le dernier semestre et les cours qu'il allait donner cet été, il avait deux semaines de vacances, or l'absence de rythme quotidien le perturbait. La discipline lui procurait une certaine sérénité. Il se demandait parfois s'il était né ainsi, ou si cela tenait à son éducation. Ses parents, des potiers hippies, avaient encouragé sa fibre artistique. C'est seulement à l'école primaire qu'il avait appris que l'on ne dessinait pas sur les murs. Quel soulagement ! L'école lui avait donné une structure, des règles, un objectif, et il n'avait pas eu envie de la quitter. Il avait donc décidé d'enseigner.

Après son master, il avait d'abord enseigné dans un lycée en Floride. Au bout d'un an, il avait commencé à donner des cours du soir à l'université de la région. Quelques années plus tard, pendant des vacances d'été où il ne tenait plus en place, il avait appris qu'il y avait un poste à pourvoir au département des arts d'Orion College. Il avait passé un entretien et obtenu la place.

Il entendit un bruit mat sur le côté de sa maison et se dirigea vers le jardin de derrière. La lumière de la véranda à l'arrière de sa maison illuminait le petit jardin, bien plus modeste que celui des Waverley, séparé de chez lui par une clôture métallique couverte de chèvrefeuille. À deux reprises depuis son emménagement, Tyler avait dû faire descendre des gamins de la clôture. Ils essayaient de monter dans le pommier des Waverley. Ce pommier-là, selon eux, était spécial.

Il longea la clôture, inspirant de profondes bouffées de chèvrefeuille. Son pied heurta quelque chose et, en se baissant, il découvrit une pomme. Il en aperçut alors toute une colonne qui menait à un petit tas près de la haie. Une autre tomba sur le sol avec un bruit sourd. C'était la première fois qu'il en trouvait dans son jardin. Pourtant, il ne voyait même pas l'arbre depuis chez lui.

Il ramassa une petite pomme rose, la frotta sur sa chemise pour la faire briller et croqua dedans.

Il rentra lentement chez lui, en pensant qu'il rapporterait les fruits à Claire le lendemain. Ce serait un bon prétexte pour la revoir.

La dernière chose qu'il se rappela fut d'avoir posé le pied sur la première marche du perron.

Ensuite, il fit un rêve extraordinaire.

2

SYDNEY s'approcha du lit de sa fille.

— Réveille-toi, ma chérie.

Lorsque Bay ouvrit les yeux, sa mère lui posa un doigt sur les lèvres.

— Nous allons partir, mais il ne faut pas que Susan nous entende, alors pas de bruit. Souviens-toi, on fait comme on a dit.

Bay se leva sans un mot et se rendit aux toilettes, mais ne tira pas la chasse d'eau pour éviter de réveiller Susan, la voisine. Elle enfila ses chaussures à semelles de crêpe et revêtit les vêtements préparés par sa mère.

Sydney faisait les cent pas pendant que Bay s'habillait. David, parti en voyage d'affaires à Los Angeles, demandait toujours à la vieille voisine de les surveiller en son absence. Depuis quelques jours, Sydney avait sorti petit à petit de la maison des vêtements et de la nourriture en utilisant son sac fourre-tout, sans s'écarter de la routine à laquelle l'astreignait David, sous le contrôle de Susan. Elle avait la permission d'emmener Bay au parc les lundi, mardi et jeudi, et d'aller faire les courses le vendredi. Deux mois plus tôt, elle avait rencontré une mère de famille qui avait eu le cran de lui poser des questions indiscrètes. Pourquoi avait-elle tant de bleus ? Pourquoi était-elle si nerveuse ? Cette femme, Greta, l'avait aidée à acheter une vieille Subaru pour trois cents dollars, une bonne partie de ce que Sydney avait amassé au cours des deux dernières années en prenant des billets de temps en temps dans le portefeuille de David. Elle avait apporté l'argent et les vêtements à Greta pour qu'elle les dépose dans la voiture. Sydney priait le Ciel que son amie ait bien garé la Subaru à l'endroit convenu. David rentrait ce soir-là.

Tous les deux ou trois mois, David se rendait à Los Angeles pour s'assurer en personne de la bonne marche du restaurant qu'il y avait acheté. Il en profitait toujours pour faire la fête avec ses associés. Il rentrait à la maison content, dans un état d'euphorie qui durait jusqu'au moment où il voulait faire l'amour et ne trouvait pas sa femme à la hauteur des filles avec lesquelles il avait couché à L.A. Il y a bien longtemps, elle était comme ces filles-là. Elle s'était fait une spécialité des hommes dangereux, tout comme sa mère, d'après ce qu'elle croyait savoir. C'était une des nombreuses raisons pour lesquelles elle avait quitté Bascom avec pour tout bagage un sac à dos et quelques photos de Lorelei en guise de compagne de voyage.

— Je suis prête, souffla Bay.

Sydney se mit à genoux pour serrer sa fille dans ses bras. À cinq ans, elle était déjà capable de comprendre ce qui se passait autour d'elle. La jeune femme avait fait en sorte que David n'ait pas d'influence sur leur fille et, par un accord tacite, il ne lui faisait aucun mal, pourvu que Sydney lui obéisse.

Auparavant, elle était très douée pour fuir. Elle l'avait fait maintes fois, avant de rencontrer David. Maintenant, la peur l'empêchait de respirer.

Lorsqu'elle avait quitté la Caroline du Nord, Sydney était allée tout droit à New York. Elle avait vécu avec des acteurs qui s'étaient servis d'elle pour perfectionner leur accent du Sud tandis qu'elle s'échinait à se débarrasser du sien. Au bout d'un an, elle était partie pour Chicago avec un homme qui gagnait bien sa vie en volant des voitures. Lorsqu'il s'était fait prendre, elle lui avait subtilisé son magot, grâce auquel elle avait vécu un an à San Francisco. Pour éviter qu'il ne la retrouve, elle avait changé son nom en Cindy Watkins. Une fois l'argent épuisé, elle était allée à Seattle où elle avait travaillé comme serveuse chez David's.

Sydney avait été follement attirée par le propriétaire, David. Il était puissant, et elle aimait ça. Les hommes puissants sont excitants, jusqu'au moment où ils deviennent effrayants, alors elle les quittait. Sa relation avec David prit un tour menaçant au bout de six mois. Elle avait prévu de s'enfuir, mais elle avait découvert qu'elle était enceinte.

Bay était née sept mois plus tard. La première année, Sydney avait rendu ce bébé responsable de tout ce qui avait mal tourné. David la dégoûtait et lui faisait peur au-delà de ce qu'elle aurait pu imaginer. Lui le sentait et la battait encore plus. Tout cela ne correspondait en rien à ses projets. Elle ne voulait pas de famille. Elle n'avait jamais cherché à s'attacher à un homme et maintenant Bay l'y obligeait.

Un jour, tout avait changé. Bay avait à peine un an et elle jouait calmement avec le linge propre par terre. Soudain, Sydney s'était vue en train de jouer toute seule à Bascom dans la maison de famille, tandis que sa mère faisait les cent pas en se tordant les mains, avant de l'abandonner sans un mot. Une puissante émotion avait surgi en elle et sa peau l'avait picotée. Ce fut à ce moment-là qu'elle cessa d'essayer de ressembler à sa mère. Lorelei s'était efforcée de s'occuper correctement de ses filles, mais elle n'avait jamais été une bonne mère. Elle les avait quittées sans explication et n'était jamais revenue. Sydney voulait être une bonne mère, et cela impliquait de protéger son enfant. Elle avait mis un an à se rendre compte qu'elle n'était pas obligée de rester à cause de Bay : elle pouvait l'emmener.

Elles s'étaient enfuies à Boise. Mais comme personne ne l'avait jamais poursuivie auparavant, elle s'était sentie faussement en sécurité. Elle avait eu le temps de suivre une formation de coiffeuse et d'obtenir un poste dans un salon de la ville, lorsqu'elle s'était trouvée nez à nez avec David sur le parking. Avant de le remarquer à côté de sa voiture, elle se rappelait avoir tourné son visage face au vent et senti une odeur de lavande, comme dans son enfance. Il l'avait frappée si fort qu'elle avait perdu connaissance. Ils étaient ensuite allés récupérer Bay à la crèche. Voilà comment il les avait retrouvées. Il avait usé de son charme et les puéricultrices l'avaient cru quand il avait prétendu que Sydney avait eu un accident de voiture.

Au cours des deux années suivantes, de retour à Seattle, il était souvent arrivé à Sydney de se réveiller en humant du chèvrefeuille.

L'odeur semblait toujours provenir d'une fenêtre ou d'une porte – d'une issue. La solution lui était apparue une nuit. C'était le parfum de la maison de Bascom qu'elle avait senti. Elles devaient rentrer chez elles.

Elle descendit en silence avec Bay dans l'obscurité qui précédait l'aube. La voisine pouvait voir aussi bien la porte de derrière que celle de devant, c'est pourquoi elles sortirent par la fenêtre du salon qui donnait sur l'étroite bande de jardin du côté. Sydney avait enlevé la moustiquaire dans l'après-midi et elle n'eut qu'à ouvrir doucement la fenêtre et à faire descendre Bay la première. Puis elle lança son sac fourre-tout, une valise et le petit sac à dos de Bay. Elle grimpa et fit passer Bay à travers les hortensias. Greta était censée laisser la Subaru au parking situé face au numéro 100 de la rue d'à côté, les clés cachées au-dessus du rétroviseur. Elle n'avait pas d'assurance et les plaques d'immatriculation n'étaient pas valides, mais qu'importe. Cette voiture leur permettrait de fuir, c'était tout ce qui comptait.

Sous une pluie fine, elles coururent sur le trottoir. La frange de Sydney était trempée et lui tombait dans les yeux lorsqu'elles parvinrent enfin au numéro 100. Ses yeux fouillèrent les environs. Où était sa voiture? Elle laissa Bay et fit le tour du parking en courant. Sa Subaru n'était pas là.

Hors d'haleine, elle rejoignit Bay, horrifiée à l'idée que sa panique l'avait éloignée de sa fille même si ça n'avait duré qu'un instant. Elle devenait négligente, et ce n'était pas le moment. Elle s'assit sur le trottoir et enfouit son visage dans ses mains. Tout ce courage gaspillé. Comment ramener Bay maintenant, comment revenir en arrière? Sydney ne pouvait plus, ne voulait plus être Cindy Watkins.

Bay s'assit à côté d'elle et Sydney passa un bras autour de ses épaules.

— Ça va aller, maman.

Sydney sursauta en entendant une voiture approcher. La voiture s'arrêta. Une portière claqua.

— Cindy?

Elle releva la tête et aperçut Greta, une petite blonde qui portait toujours des bottes de cow-boy et deux grands anneaux turquoise aux oreilles.

— Ô mon Dieu! soupira Sydney.

— Je suis vraiment désolée, fit Greta en s'agenouillant près d'elle.

J'ai essayé de me garer à l'endroit prévu mais le gars qui habite là-bas m'a menacée d'appeler la fourrière. Je suis repassée toutes les demi-heures.

Greta remit Sydney sur ses pieds et conduisit la mère et la fille à un break Subaru dont la vitre passager avait été remplacée par un morceau de plastique et dont les ailes étaient tachées de rouille.

— Faites attention. Partez le plus loin possible.

— Merci.

Après un dernier signe de tête, Greta monta dans la Jeep qui l'avait suivie jusqu'au parking.

— Tu vois, maman ? fit Bay. Je savais que tout irait bien.

— Moi aussi, mentit Sydney.

CLAIRE se rendit dans le jardin pour y cueillir de la menthe. Elle voulait commencer à préparer le banquet de l'Association des botanistes amateurs qui aurait lieu à Hickory le vendredi. L'idée de fleurs comestibles plaisait à ces botanistes ; et comme il s'agissait de vieilles dames riches et excentriques, elles payaient bien et pourraient recommander Claire. Elle était ravie d'avoir décroché ce contrat, mais elle devrait engager quelqu'un pour le service.

Le jardin était ceint d'une épaisse clôture métallique, tel un cimetière gothique, et le chèvrefeuille qui s'y accrochait avait presque cinquante centimètres d'épaisseur par endroits. Même la porte en était couverte, et peu de gens savaient trouver l'emplacement secret de la serrure.

En entrant, elle le remarqua tout de suite.

De minuscules feuilles de lierre poussaient.

Du lierre dans le jardin.

En une nuit.

Comme pour la prévenir que quelque chose essayait d'entrer chez elle, un intrus qui semblait joli et inoffensif mais qui supplanterait tout s'il en avait l'occasion.

Elle arracha vivement le lierre, puis creusa pour extirper les racines. Dans sa hâte, elle n'avait pas refermé la porte, et elle sursauta, une demi-heure plus tard, quand elle entendit le crissement de pas sur le sentier en gravier qui serpentait autour des fleurs.

C'était Tyler, les bras chargés d'un carton, qui regardait tout autour de lui avec émerveillement comme s'il venait de pénétrer dans un endroit irréel. Tout fleurissait en même temps ici, alors que ce n'était pas la saison pour certaines de ces plantes. Il s'arrêta en apercevant Claire, à genoux, qui dégageait des racines de lierre sous le lilas.

— Je suis Tyler Hughes, déclara-t-il comme si elle ne le reconnaissait pas. Votre voisin.

— Je me souviens de vous, dit-elle avec un signe de tête.

Il s'approcha d'elle, s'accroupit et posa le carton par terre.

— Des pommes ; elles sont tombées par-dessus la clôture. Je me suis dit que vous en auriez besoin, alors je vous les ai rapportées. J'ai sonné mais personne n'a répondu.

— Je n'en ai pas besoin. Mais merci. Vous n'en mangez pas ?

— Seulement de temps en temps, dit-il en secouant la tête. Ce que je ne comprends pas, c'est comment elles ont pu atterrir chez moi. L'arbre est loin de mon jardin.

Il n'évoqua aucune vision, ce qui soulagea Claire. Il n'avait pas dû en manger.

— C'est sans doute le vent, suggéra-t-elle.

— Vous savez, les pommiers du campus n'ont pas de pommes mûres à cette période de l'année.

— Celui-ci fleurit en hiver et il donne des fruits tout au long du printemps et de l'été.

— Impressionnant, commenta Tyler en se relevant pour observer l'arbre situé au fond du verger.

Ses longues branches se déployaient tels les bras d'une danseuse ; les pommes poussaient aux extrémités, comme s'il les présentait dans la paume. C'était un bel et vieil arbre, dont l'écorce grise et ridée se détachait par endroits.

Claire en ignorait la raison, mais, de temps à autre, l'arbre lançait littéralement ses fruits, comme s'il s'ennuyait. Claire foudroya le pommier du regard ; parfois cela suffisait à le faire tenir tranquille.

— Ce n'est qu'un arbre, lança-t-elle en se retournant vers le lilas pour reprendre sa tâche.

Tyler enfonça les mains dans ses poches et la regarda travailler. Après des années de jardinage solitaire, elle se rendit compte qu'elle appréciait la compagnie. Cela lui rappelait les heures passées avec sa grand-mère. Cette activité n'était pas faite pour être accomplie dans la solitude.

— Vous êtes à Bascom depuis longtemps ? demanda enfin Tyler.

— Depuis presque toujours.

— Presque?

— Ma famille est d'ici. Ma mère y est née. Elle est partie, puis elle est revenue quand j'avais six ans. Je n'ai pas bougé depuis.

— Donc vous êtes d'ici.

Claire se figea. Comment avait-il fait? Il venait de prononcer les cinq petits mots qu'elle avait toujours voulu entendre. Il s'insinuait dans sa vie sans effort. C'était lui le lierre, non? Elle tourna lentement la tête et la leva vers Tyler, vers son corps dégingandé, ses traits irréguliers, ses beaux yeux bruns.

— Oui, fit-elle, le souffle court.

— Et qui sont vos invitées? demanda-t-il.

Les mots mirent quelques instants à s'imprimer.

— Je n'ai pas d'invitées.

— En passant devant la maison, j'ai vu se garer une voiture pleine de sacs et de cartons. J'ai cru que ses passagères venaient ici.

— C'est bizarre, dit Claire en se relevant et en ôtant ses gants.

Elle sortit du jardin en s'assurant que Tyler la suivait. Elle ne faisait pas assez confiance au pommier pour le laisser seul avec lui, même s'il ne mangeait pas de pommes.

Elle avança vers le trottoir et s'immobilisa près du tulipier.

Une petite fille d'environ cinq ans courait dans le jardin, les bras écartés comme les ailes d'un avion. Une femme était appuyée contre un vieux break Subaru garé dans la rue, les bras serrés sur la poitrine. Elle semblait petite, frêle, avec ses cheveux châtain clair sales. On aurait dit qu'elle s'empêchait de trembler.

Retrouvant l'usage de ses jambes, Claire traversa le jardin, laissant Tyler derrière elle.

— Sydney?

Celle-ci s'écarta vivement de la voiture en sursautant. Ses yeux s'attardèrent sur Claire avant de sourire, et la femme fragile disparut, remplacée par l'ancienne Sydney.

— Salut, Claire.

Claire s'arrêta à quelques pas d'elle. La Sydney que Claire connaissait n'aurait jamais laissé ses cheveux dans un état pareil. Elle serait morte plutôt que de porter un tee-shirt avec des taches de nourriture.

— Où étais-tu?

— Partout.

Sydney la gratifia de son sourire éblouissant ; alors, malgré les cheveux sales et les vêtements tachés, Claire la retrouva.

La fillette accourut et Sydney passa un bras autour d'elle.

— Voici ma fille, Bay.

Claire la regarda et parvint à sourire. La petite avait les cheveux foncés, comme elle, mais les yeux bleus de sa mère.

— Bonjour, Bay.

— Qui est-ce ? demanda Sydney en regardant Tyler.

— Tyler Hughes, déclara l'intéressé en tendant la main devant Claire qui sursauta, surprise qu'il l'ait suivie jusqu'ici. J'habite à côté, ajouta-t-il.

Sydney serra la main de Tyler en hochant la tête.

— Je suis Sydney Waverley, la sœur de Claire.

— Enchanté. Je vais vous laisser. Claire, si je peux faire quelque chose…

Il serra l'épaule de Claire, puis s'éloigna. Sydney haussa les sourcils.

— Il est beau gosse.

— Waverley, dit Claire.

— Comment ?

— Tu as dit que tu t'appelais Waverley. Je croyais que tu détestais ce nom.

Sydney haussa les épaules.

— Et Bay ?

— Elle s'appelle Waverley aussi. Tu peux aller t'amuser, ma chérie, dit Sydney à sa fille qui partit en courant. Je n'en reviens pas, la maison est superbe. La façade, les fenêtres, le toit, tout est comme neuf ! Je ne m'étais jamais rendu compte qu'elle pouvait être aussi belle.

— J'ai utilisé l'argent de l'assurance-vie de grand-maman pour les travaux.

Sydney se détourna un instant. Elle s'était raidie et Claire comprit que sa sœur était sous le choc. S'était-elle vraiment attendue à retrouver leur grand-mère en vie et en pleine forme ?

— Quand est-elle morte ?

— Il y a dix ans. La veille de Noël, l'année où tu es partie. Je n'avais aucun moyen de te joindre. Nous ne savions pas où tu étais.

— Grand-maman le savait, elle. Je le lui avais dit, répliqua Sydney.

Bon, est-ce que ça te gênerait que je gare ma vieille voiture derrière la maison ? Elle n'est pas franchement décorative.

— Qu'est-il arrivé à l'ancienne voiture de grand-maman, celle qu'elle t'avait donnée ?

— Je l'ai revendue à New York.

— Alors, c'est à New York que tu étais ?

— Je n'y suis restée qu'un an. J'ai voyagé. Comme maman.

Elles se regardèrent dans les yeux et le silence se fit.

— Qu'es-tu venue faire ici, Sydney ?

— J'ai besoin d'un endroit où habiter.

— Combien de temps ?

— Je n'en sais rien, avoua Sydney après avoir pris une longue inspiration.

— Tu ne peux pas laisser Bay ici.

— Quoi ?

— Comme maman nous a abandonnées. Tu ne peux pas me la laisser.

— Je n'abandonnerai jamais ma fille ! s'exclama Sydney, la voix teintée d'hystérie.

Claire songea alors à l'histoire que Sydney ne voulait pas raconter. Il avait dû se passer quelque chose de grave pour qu'elle soit revenue.

— Qu'attends-tu de moi, Claire ? Que je te supplie ?

— Mais non, je ne veux pas que tu me supplies.

— Je n'ai aucun autre endroit où aller, déclara Sydney en crachant ses mots.

Que faire ? Sydney était sa sœur. La vie avait durement enseigné à Claire qu'on ne peut pas toujours compter sur les membres de sa famille. Elle lui avait même appris qu'ils peuvent vous infliger les plus graves blessures.

— Est-ce que vous avez pris votre petit déjeuner ?

— Non.

— Je vous retrouve dans la cuisine.

— Viens, Bay, je vais mettre la voiture à l'arrière, lança Sydney à sa fille, qui accourut aussitôt.

— Bay, est-ce que tu aimes les Pop-Tarts à la fraise ? demanda Claire.

Bay sourit et Claire crut revoir Sydney enfant. Cela lui fit presque mal de se rappeler tout ce qu'elle aurait aimé changer : quand Sydney voulait regarder ce que faisaient sa sœur et sa grand-mère, Claire la chassait du jardin ; elle cachait aussi les recettes sur les étagères les plus hautes pour que Sydney ne découvre jamais leurs secrets. Claire s'était toujours demandé si c'était elle qui avait poussé Sydney à détester son nom.

En quelques minutes, la vie de Claire avait basculé. Sa grand-mère avait accepté de recueillir les deux fillettes. Claire ferait de même pour Sydney et Bay. Sans poser de questions. C'est ainsi qu'agissent les vraies Waverley.

— Les Pop-Tarts, ce sont mes biscuits préférés ! s'écria Bay.

Sydney eut l'air stupéfaite.

— Comment le savais-tu ?

— Je ne savais pas, dit Claire en tournant les talons. C'est Evanelle.

SYDNEY gara la Subaru à côté d'une camionnette blanche derrière la maison, devant le garage. Bay en sortit d'un bond, mais Sydney s'extirpa plus lentement. Elle prit son fourre-tout et le sac à dos de Bay, puis elle dévissa la plaque minéralogique de l'État de Washington et la fourra dans son sac. Voilà. Plus d'indices.

Bay se tenait debout dans l'allée.

— C'est vraiment ici que nous allons habiter ? demanda-t-elle pour la seizième fois depuis leur arrivée.

— Oui.

— C'est une maison de princesse ! s'exclama la fillette avant de se retourner et de montrer du doigt le portillon ouvert. Est-ce que je peux aller voir les fleurs ?

— Non, elles sont à ta tante.

Sydney entendit un bruit sourd et regarda une pomme traverser le jardin en roulant jusqu'à ses pieds. Elle l'observa un instant.

— Et reste à l'écart du pommier.

— Je n'aime pas les pommes.

Sydney se mit à genoux devant Bay, la recoiffa.

— Bon, comment t'appelles-tu ?

— Bay Waverley.

— Où es-tu née ?

— Dans un car Greyhound.

— Qui est ton père ?

— Je ne sais pas.

— D'où viens-tu?

— De partout.

Elle prit la main de sa fille dans les siennes.

— Tu as compris pourquoi tu devais dire tout ça?

— Parce que nous sommes différentes, ici. Nous ne sommes plus les mêmes.

— Tu es épatante.

Elles se rendirent à la cuisine en passant par la véranda, et Sydney regarda autour d'elle, ébahie. La cuisine avait été redessinée. Tout respirait l'Inox et l'efficacité – il y avait deux réfrigérateurs industriels et deux fours.

Elles s'assirent à table sans un mot et regardèrent Claire servir le café et glisser les Pop-Tarts dans le grille-pain. Elle avait changé, pas de manière frappante, mais dans certains détails, comme la lumière change au cours de la journée. Une différence d'inclinaison, de teinte. Elle semblait à l'aise, comme sa grand-mère l'avait été. Installée dans un confort éternel.

En la regardant, il apparut soudain à Sydney que sa sœur était belle. L'homme avec lequel elle l'avait vue ce matin était de cet avis. Il était à l'évidence attiré par elle. Bay semblait captivée elle aussi, et ne détourna pas les yeux lorsque Claire posa devant elle les Pop-Tarts chauds et un verre de lait.

— Alors tu es devenue traiteur? demanda enfin Sydney lorsque Claire lui tendit une tasse de café. J'ai vu la camionnette.

— Oui, répondit sa sœur en se retournant, dans des effluves de menthe et de lilas.

Ses cheveux étaient plus longs qu'avant et ils recouvraient ses épaules. Elle s'en servait pour se protéger. S'il y avait une chose que Sydney connaissait bien, c'était les cheveux. Elle avait adoré son école de coiffure et son travail dans le salon de Boise. Les cheveux en disent long sur les gens, et Sydney comprenait naturellement ce langage. Elle avait été surprise que d'autres filles à l'école le trouvent difficile à apprendre. Pour elle, c'était une seconde nature.

Elle n'avait pas l'énergie de faire la conversation à sa sœur quand celle-ci y mettait elle-même si peu de bonne volonté, donc elle se contenta de siroter son café et découvrit que Claire y avait ajouté de la cannelle, comme le faisait leur grand-mère. Quand avait-elle dormi pour la dernière fois? Elle n'était pas sûre de pouvoir tenir le coup encore longtemps avant de s'effondrer.

— Allez, viens, Bay, lança Sydney dès que sa fille eut fini son petit déjeuner. On monte.

— J'ai laissé sur les lits des draps neufs qu'Evanelle a apportés, dit Claire.

— Quelle chambre?

— Tu as toujours la tienne. Bay peut dormir dans mon ancienne chambre. Je dors dans celle de grand-maman maintenant.

Sydney conduisit Bay tout droit vers l'escalier sans regarder autour d'elle parce qu'elle était suffisamment désorientée et qu'elle n'avait pas envie d'affronter d'autres changements. Bay grimpa les marches avant elle et l'attendit en souriant. Voir sa fille heureuse justifiait d'avoir traversé toutes ces épreuves.

Sydney la conduisit d'abord dans l'ancienne chambre de sa sœur. Bay courut à la fenêtre.

— J'aime cette chambre.

— Ta tante Claire a passé des heures à cette fenêtre à observer le jardin. Je vais commencer à monter nos affaires. Viens avec moi.

Bay la regarda avec espoir.

— Est-ce que je peux rester ici?

Elle était trop fatiguée pour discuter.

— Alors reste dans la chambre. Si tu veux explorer la maison, on le fera ensemble.

Sydney quitta Bay, mais au lieu de redescendre pour aller chercher les sacs dans la voiture, elle se dirigea vers son ancienne chambre. Quand elle était enfant, elle aimait y rester des après-midi entiers, s'imaginant parfois qu'elle était prisonnière d'une méchante sœur, comme dans un conte de fées. Les deux années qui avaient suivi le départ de sa mère, Sydney avait même gardé sous son lit des draps noués pour être prête à descendre par la fenêtre lorsque Lorelei viendrait à son secours. Puis elle avait grandi, et elle avait compris que sa mère ne reviendrait pas. Elle avait aussi compris que Lorelei avait pris la bonne décision en quittant cette ville. Sydney avait aussi eu hâte de partir, de suivre son petit ami Hunter John Matteson à l'université, parce qu'ils s'aimeraient toujours.

Elle pénétra avec respect dans ce temple du souvenir. Son lit et sa commode étaient toujours là. Certains de ses vieux autocollants décoraient encore le miroir en pied. Il n'y avait pas de poussière et cela sentait bon les clous de girofle et le cèdre. Claire l'avait entretenue, ne l'avait pas transformée en salon ou en débarras, et n'avait pas jeté les affaires de Sydney.

Ce fut le coup de grâce.

Sydney s'assit sur le bord du lit et mit la main sur sa bouche tandis qu'elle pleurait, pour que Bay, qui chantonnait calmement dans la chambre voisine, ne puisse pas l'entendre. Tant de choses avaient changé, sa chambre cependant était restée telle quelle.

Elle rampa jusqu'à l'oreiller, se recroquevilla et s'endormit en quelques secondes.

3

CE matin-là, au lieu d'aller sur la piste d'Orion College, Evanelle décida de marcher jusqu'au centre-ville avant l'ouverture des magasins. Lorsqu'elle passa devant Fred Gourmet, elle regarda inopinément par la fenêtre. Habituellement, Fred n'ouvrait sa boutique que bien plus tard, mais ce jour-là elle le vit en chaussettes, en train d'attraper un yaourt dans le rayon crémerie. Ses vêtements chiffonnés indiquaient qu'il avait passé toute la nuit dans son magasin.

Elle décida d'attendre un instant pour voir si son don allait se manifester. Elle fixa Fred des yeux mais rien ne lui vint à l'esprit. Elle n'avait rien d'autre à lui proposer qu'un conseil, et la plupart des gens ne prenaient guère ses conseils au sérieux.

Elle regarda Fred avancer jusqu'au rayon du matériel de pique-nique et ouvrir une boîte de couverts en plastique. Il en sortit une petite cuillère et la plongea dans son yaourt. Elle remarqua soudain qu'il s'était interrompu, la petite cuillère dans la bouche, et qu'il l'observait par la fenêtre. Elle lui sourit et lui fit un petit signe de la main. Il s'approcha pour ouvrir la porte.

— Puis-je t'aider, Evanelle? demanda-t-il en sortant sur le seuil.

— Non. Je ne faisais que passer quand je t'ai vu.

— Tu voulais me donner quelque chose?

— Non.

— Ah! fit-il comme s'il avait espéré qu'elle lui offrirait un objet qui puisse tout arranger. (Il observa les alentours, puis se pencha pour murmurer :) Hier et avant-hier, il n'est pas rentré du tout. Je ne sais pas quoi faire de mon temps à la maison quand il n'est pas là. Il est si doué pour prendre les bonnes décisions. Hier soir, je me suis endormi sur le canapé de mon bureau. Je ne sais pas où j'en suis.

Evanelle secoua la tête.

— Tu ne fais que repousser l'échéance, voilà tout. Quand on a quelque chose à faire, il faut le faire. Tergiverser ne fait qu'aggraver la situation. Crois-en mon expérience.

— J'essaie, dit Fred. J'ai acheté du vin de géranium rosat à Claire.

— Ce que je veux dire, c'est que tu dois lui parler. N'attends pas qu'il rentre à la maison. Téléphone-lui et pose-lui les vraies questions. Cesse d'atermoyer.

Devant le regard buté de Fred, Evanelle se mit à rire.

— Bon, d'accord, ce n'est pas ce que tu veux entendre. Peut-être que le vin fera effet, si tu réussis à le lui faire boire. Mais quelle que soit ta décision, enfile d'abord des chaussures.

Fred contempla ses chaussettes, horrifié, et rentra précipitamment dans la boutique.

Avec un soupir, Evanelle remonta le trottoir en regardant les vitrines. Elle devait passer chez elle prendre une douche avant de rendre visite à Sydney. Claire l'avait appelée la veille au soir pour lui faire part de l'arrivée de la jeune femme.

Evanelle passa devant la Porte blanche, le salon de coiffure où des femmes disposant de trop de temps et d'argent payaient des fortunes pour une coupe de cheveux ou un massage aux pierres chaudes. Puis elle s'arrêta devant chez Maxine, la boutique de vêtements chics que ces mêmes femmes aimaient fréquenter après s'être fait coiffer. Dans la vitrine se trouvait un chemisier en soie.

Elle entra, bien que la pancarte OUVERT ne fût pas encore installée. Elle ressentait comme une démangeaison, qui ne lui laisserait aucun répit tant qu'elle n'aurait pas fait le nécessaire. Il fallait qu'elle achète sans délai ce chemisier pour Sydney.

SYDNEY se réveilla en sursaut et regarda sa montre. Elle n'avait pas voulu s'assoupir. Elle gagna en trébuchant la salle de bains, but au robinet et s'aspergea le visage d'eau froide.

En ressortant, elle voulut aller voir Bay, mais sa fille n'était pas dans sa chambre. Son lit était fait, et quelques-unes de ses peluches préférées étaient alignées sur l'oreiller. Elle regarda dans toutes les pièces de l'étage, puis descendit en courant, tentant de faire refluer la vague d'angoisse qui montait. Où était-elle?

Sydney entra dans la cuisine et se figea.

Elle venait d'arriver au paradis. Et sa grand-mère était juste là, dans tous ces effluves. La douceur du sucre. La vivacité des herbes. La fraîcheur de la levure. C'était ainsi que grand-maman cuisinait.

Il y avait deux grands saladiers sur l'îlot en Inox, l'un plein de lavande et l'autre de feuilles de pissenlit. Des miches de pain chaud fumaient. Bay, debout sur une chaise à côté de Claire, recouvrait délicatement des pensées de blanc d'œuf à l'aide d'un pinceau. Claire prenait ensuite les fleurs une par une pour les tremper dans du sucre extrafin avant de les poser sur une feuille de papier sulfurisé.

— Comment avez-vous réussi à faire tout ça en deux heures? demanda Sydney, incrédule.

— Salut! lança Claire en la regardant attentivement. Comment te sens-tu?

— Bien. J'avais seulement besoin d'un petit somme.

Bay sauta de sa chaise, courut vers sa mère et se jeta dans ses bras. Elle portait un tablier bleu, avec l'inscription Waverley Traiteur brodée en blanc, et qui traînait par terre.

— J'aide Claire à cristalliser des pensées pour les mettre sur les coupelles de crème anglaise. Viens voir.

Elle courut de nouveau vers sa chaise.

— Tout à l'heure, ma puce. On va sortir nos affaires de la voiture et laisser Claire travailler.

— Bay et moi avons tout rangé hier, dit Claire.

Sydney regarda de nouveau sa montre.

— Qu'est-ce que tu racontes? Je n'ai dormi que deux heures.

— Tu as dormi vingt-six heures.

Sydney dut s'asseoir. Bay avait-elle parlé de David? Était-elle restée recroquevillée, seule, effrayée, dans une maison étrangère?

— Bay...

— Elle m'a aidée, compléta Claire. Elle apprend vite. Nous avons cuisiné toute la journée d'hier, elle a pris un bain hier soir avec de la mousse, et ensuite je l'ai mise au lit. Nous avons recommencé à cuisiner ce matin.

Claire avait-elle pensé qu'elle était une mauvaise mère? C'était la seule chose dont Sydney puisse être fière, et voilà qu'elle gâchait même ça.

— Prends donc un café et du pain à la lavande. Evanelle doit passer aujourd'hui.

Est-ce que Claire se faisait du souci pour elle? Elle avait beaucoup pensé à sa sœur au cours des dernières années, principalement sur le mode de la pitié : cette pauvre Claire qui ne savait rien faire d'autre que rester bêtement à Bascom tandis que Sydney menait une vie pleine d'aventures. C'était cruel, mais cela lui faisait du bien parce qu'elle avait toujours été jalouse de l'assurance de Claire quant à son identité.

Après avoir avalé trois tranches de pain à la lavande, Sydney se mit à faire le tour de la grande cuisine.

— Impressionnant. J'ignorais que tu savais faire ça. Ce sont des recettes de grand-maman?

— Certaines. Par exemple la quiche aux pissenlits et le pain à la lavande.

— Tu m'empêchais toujours de vous regarder les préparer quand j'étais petite.

Claire se retourna vers elle et s'essuya les mains sur son tablier.

— Écoute. C'est pour un banquet demain à Hickory. J'ai appelé deux adolescentes qui m'aident parfois en été, mais si tu as besoin d'argent, tu peux m'accompagner à leur place. Tu seras encore là demain?

— Bien sûr que je serai là, fit Sydney.

— Pendant ton séjour, ton aide me serait utile.

Claire sourit imperceptiblement et cet instant de complicité fit plaisir à Sydney. Encouragée, elle lui demanda sur un ton affable :

— Bon, parle-moi un peu de ce Tyler.

Claire baissa les yeux et se retourna.

— Quoi, Tyler?

— Il est venu aujourd'hui?

— Il ne vient pas tous les jours. Hier, c'était la première fois. Il me rapportait des pommes tombées dans son jardin.

— Tu les as enterrées?

— Comme toujours, dit Claire.

Bay lui lança un regard curieux.

— Alors, ce Tyler, reprit Sydney avant que Bay se mette à poser des questions, il t'intéresse?

— Non, répondit Claire avec une véhémence de collégienne.

— Sa place est ici, dit Bay.

Claire se tourna vers elle.

— Elle fait souvent ça, dit Sydney. Elle a une opinion très arrêtée sur la place des gens et des choses.

— Ça explique tout. Je lui ai demandé une fourchette et elle est allée tout droit au bon tiroir. Je lui ai demandé comment elle savait qu'elles étaient là et elle m'a dit que c'était leur place, raconta Claire en regardant Bay, songeuse.

— Non, fit Sydney. Ce n'est pas ça. Ne la force pas.

— Mais non ! rétorqua Claire, l'air blessée. Toi, personne ne t'a forcée à rien. D'ailleurs, tu t'es enfuie le plus loin possible de tout ça et personne ne t'en a empêchée.

— C'est toute la ville qui m'y a contrainte ! J'ai essayé d'être normale, mais personne ne me laissait tranquille.

Les pots alignés dans le râtelier au-dessus du plan de cuisson se mirent à vaciller anxieusement, comme une vieille femme qui se tordrait les mains. Sydney avait oublié à quel point la maison était sensible, avec ses planchers qui vibraient quand on se mettait en colère, ses fenêtres qui s'ouvraient quand tout le monde riait.

— Je suis désolée. Je ne voulais pas qu'on se dispute. Que puis-je faire pour t'aider ?

— Rien pour le moment. Bay, tu peux y aller, toi aussi, dit Claire en dénouant le tablier de la fillette. (Puis elle s'adressa à Sydney :) As-tu une jupe noire et un chemisier blanc pour le banquet de demain ?

— J'ai un chemisier blanc.

— Je te prêterai une jupe. Tu as déjà fait le service ?

— Oui.

— Tu as été serveuse, alors, ces dernières années ?

Sydney ne lui dirait rien de ce qu'elle avait fait ces dix dernières années. Pas tout de suite.

— Entre autres.

Plus tard dans l'après-midi, Sydney était assise sous le porche tandis que Bay faisait la roue dans le jardin. Elle vit Evanelle arriver sur le trottoir et sourit. Elle portait un jogging bleu et son cabas familier. Autrefois, Sydney adorait deviner ce qu'il y avait dedans. Elle espérait que cela plairait aussi à Bay. Il n'y avait pas beaucoup de côtés positifs à faire partie de la famille Waverley, c'est pourquoi Evanelle était précieuse.

La vieille dame s'arrêta pour discuter avec Tyler, qui se trouvait dans son jardin, devant un gros tas de déchets de tonte. Il s'ennuyait – Sydney reconnaissait les symptômes. Ses cheveux étaient un peu longs, comme pour les empêcher de boucler naturellement. Cela révélait une nature créative, qu'il essayait de contrôler, par exemple en passant une bonne partie de sa journée à ratisser un gros tas d'herbe d'un bout à l'autre de son jardin.

Dès qu'Evanelle eut pris congé de Tyler, Sydney courut à sa rencontre.

— Evanelle ! s'écria-t-elle en la serrant dans ses bras. Ça fait du bien de te voir ! Tu n'as pas changé.

— Toujours vieille.

— Toujours belle. Que faisais-tu avec Tyler ?

— Il s'appelle comme ça ? Il avait l'air d'avoir besoin de sacs à gazon. Par chance, j'en avais sur moi. Voilà son numéro de téléphone, ajouta-t-elle en tendant un bout de papier à Sydney.

Sydney regarda le papier, mal à l'aise.

— Evanelle, je ne veux pas…

Evanelle lui caressa la main.

— Oh, ma puce, je ne sais pas ce que tu dois en faire. Il fallait seulement que je te le donne. Je n'essaie pas de te caser…

Sydney se mit à rire. Quel soulagement.

— J'ai autre chose pour toi.

Evanelle farfouilla dans son cabas un long moment, puis tendit à Sydney un sac en plastique portant le nom d'un magasin chic. Sydney ouvrit le sac et en sortit un beau chemisier en soie bleu. Il faisait à peu près trois tailles de trop, mais elle n'avait rien porté de si sophistiqué depuis longtemps. Sydney s'assit sur les marches.

— Il est magnifique, dit-elle.

Evanelle s'assit à côté d'elle et fouilla dans son cabas.

— Je sais qu'il est trop grand. Voilà le ticket. Je me promenais en ville ce matin. Devant chez Maxine, j'ai pensé à toi et j'ai su que je devais te prendre ça. Ce modèle-là, cette taille-là.

Bay s'était approchée pour toucher timidement le doux chemisier entre les mains de sa mère.

— Evanelle, je te présente ma fille, Bay.

Evanelle lui fit une pichenette sur le menton et Bay pouffa de rire.

— C'est le portrait de ta grand-mère quand elle était jeune. Les cheveux noirs, les yeux bleus. Elle a du Waverley en elle, ça c'est sûr.

Sydney passa un bras protecteur autour de sa fille. *Non, pas du tout.*

— Les Pop-Tarts à la fraise, c'est son petit déjeuner préféré. Merci.

— Ça fait plaisir de savoir quand les choses trouvent une utilité, répliqua la vieille dame en tapotant le genou de Sydney. Où est Claire ?

— Dans la cuisine. Elle prépare un déjeuner.

— Souviens-toi de ça à propos de Claire : elle déteste demander quoi que ce soit.

Un instant s'écoula avant qu'Evanelle ajoute :

— Ce n'est pas toujours facile de demander de l'aide. Tu as eu le courage de revenir ici. Je suis fière de toi.

Sydney croisa le regard de la vieille dame et vit qu'elle savait.

Il était presque dix-sept heures le vendredi lorsque Claire, Sydney et Bay revinrent du déjeuner qu'elles avaient servi à Hickory. Bay s'était endormie dans la camionnette. Sydney avait peur que cela n'agace Claire de devoir l'emmener, mais sa sœur n'avait pas bronché lorsque Sydney lui avait dit qu'elle n'avait pas le cœur de la laisser à la garde d'Evanelle. Elles n'étaient arrivées que depuis trois jours et elle ne voulait pas laisser sa fille seule dans un endroit inconnu. Claire avait répondu : « Mais bien sûr. Elle va venir avec nous. » Tout simplement.

Bay s'était bien amusée. Chaque fois que Sydney et Claire regagnaient la cuisine après avoir rempli les verres ou débarrassé un plat, Bay avait dégagé un endroit ou organisé les boissons à sa façon, trouvant d'instinct la place de chaque chose.

Sydney porta Bay à l'étage et la déposa dans son lit, puis elle enfila un short et un tee-shirt, persuadée que Claire allait faire de même avant de décharger la camionnette. Mais lorsque Sydney redescendit, Claire avait déjà tout rapporté à la cuisine ; elle chargeait le lave-vaisselle et remplissait les carafes de bicarbonate de soude et d'eau chaude pour les faire tremper.

— J'allais t'aider ! protesta Sydney.

Claire eut l'air surprise de la trouver là.

— Je m'en occupe. Quand j'embauche des gens, c'est seulement pour servir. Tu peux te reposer. Je ne savais pas si tu préférais un chèque ou du liquide, alors j'ai opté pour le liquide. L'enveloppe est là, dit-elle en indiquant la table de la cuisine.

Sydney resta silencieuse. Elle ne comprenait pas. N'avaient-elles pas fait du bon travail ensemble ? Qu'était-elle censée faire ? Elle allait devenir folle si elle ne faisait rien d'autre que donner un coup de main de temps à autre. Claire ne la laissait même pas s'occuper du ménage.

— Il n'y a pas un petit service que je pourrais te rendre ?

— Ne t'inquiète pas. J'ai l'habitude.

Sans un mot de plus, Sydney ramassa son enveloppe et sortit par-derrière. Appuyée contre sa Subaru, elle compta l'argent. Claire s'était montrée généreuse.

Après avoir plié l'enveloppe, elle la glissa dans la poche arrière de son short. Elle n'avait aucune envie de rentrer regarder Claire travailler. Elle alla dans le jardin devant la maison et vit la Jeep de Tyler garée devant chez lui. Sur une impulsion, elle alla frapper à sa porte et attendit.

Quand il vint lui ouvrir, il portait un jean et un tee-shirt éclaboussés de peinture. Il était tout ébouriffé et semblait distrait.

— Salut, dit-elle après qu'il l'eut fixée longuement, l'air déconcerté. Je suis Sydney Waverley, votre voisine.

Il sourit enfin.

— Ah oui, je me souviens.

— Je me suis dit que j'allais passer dire bonjour.

Le regard de Tyler flotta derrière elle, puis à côté d'elle. Sydney comprit bien pourquoi et elle se demanda comment sa sœur s'était débrouillée pour ensorceler ce garçon. Peut-être qu'il craquait pour les maniaques du contrôle.

— Claire n'est pas avec moi.

— Dommage, dit-il en s'effaçant. Je vous en prie, entrez.

Elle était déjà venue quand elle était petite, mais il y avait eu du changement : la maison était beaucoup plus lumineuse et un joli canapé rouge ornait désormais le salon. Il y avait des rangées entières de tableaux non encadrés appuyés contre les murs et des cartons partout.

— J'ignorais que vous veniez d'emménager.

— Ça fait un mois. Il faudrait que je songe à ranger. J'étais en train de peindre dans la cuisine.

— Vous la peignez de quelle couleur?

Il secoua la tête en riant.

— Non, non. Je peins dans la cuisine. C'est là que j'ai installé mon chevalet.

— Oh! vous êtes artiste?

— Je suis prof d'arts plastiques à Orion.

Il dégagea quelques journaux d'un fauteuil et les posa par terre.

— Asseyez-vous, je vous en prie.

— Depuis combien de temps êtes-vous à Bascom? demanda-t-elle en prenant le fauteuil.

— Environ un an.

Il chercha des yeux un autre endroit pour s'asseoir, passant de nouveau sa main dans ses cheveux, les écartant de son front.

— Vous savez, je pourrai rafraîchir un peu votre coupe de cheveux, si vous voulez.

— J'oublie toujours de les faire couper. Vous sauriez?

— Vous avez devant vous une authentique diplômée d'école de coiffure.

— D'accord. Très bien. Merci.

Il enleva un carton du canapé et s'assit.

— Ça me fait plaisir que vous soyez passée. Je ne connais encore aucun de mes voisins.

— J'apporterai mon matériel demain pour vous faire cette coupe. Ça vous ennuie si j'amène ma fille?

— Pas du tout.

Sydney le scruta un instant.

— Alors comme ça, ma sœur vous plaît.

Elle l'avait pris au dépourvu mais il ne lui vint pas à l'esprit d'éluder la question.

— Vous allez droit au but, on dirait? Je ne connais pas très bien votre sœur. Mais je… oui, elle me plaît. Elle me fascine. (Il sourit et se pencha en avant.) J'ai rêvé d'elle. Je n'avais jamais fait un rêve comme ça. Elle avait les cheveux courts et portait un bandeau… (Il se tut et se redressa.) Je vais m'arrêter avant de me ridiculiser.

Il n'avait pas l'air ridicule mais sympa. Et si gentil qu'elle se mit à envier un petit peu Claire.

— Ma fille aussi l'aime beaucoup.

— Ça n'a pas l'air de vous faire plaisir.

— Non, ce n'est pas ce que je voulais dire, soupira Sydney. C'est juste que je ne m'y attendais pas. Claire et moi, nous nous disputions sans arrêt quand nous étions enfants. Nous avons été toutes les deux ravies que je quitte la ville. Elle ne m'aimait pas beaucoup. Je pensais qu'elle n'apprécierait pas Bay.

— Combien de temps êtes-vous partie ?

— Dix ans. Jamais je n'aurais imaginé remettre un jour les pieds ici. (Elle secoua la tête, comme pour chasser cette pensée.) Ça vous ennuie que je sois passée ? J'ai seulement besoin de sortir de cette maison de temps en temps.

Tyler la considéra d'un air songeur.

— Vous pouvez venir me voir quand vous voulez, mais dix ans d'absence, c'est long. Il n'y a pas de vieux amis que vous avez envie de revoir ?

Elle faillit en rire. Des hypocrites prêts à vous poignarder lâchement dans le dos, oui. De vieux amis, certainement pas.

— Non. C'est aussi à cause de cela que je ne pensais pas revenir.

— Vous avez brûlé vos vaisseaux ? demanda Tyler.

— En quelque sorte.

4

CETTE nuit-là à l'autre bout de la ville, alors qu'elle se préparait pour le bal de charité, Emma Clark ignorait que son univers allait s'écrouler. Elle attendait avec impatience cette soirée où elle serait sans doute très admirée – comme toujours. Les femmes de la famille Clark avaient un besoin maladif de la lumière des projecteurs. Elles adoraient particulièrement être l'objet des attentions masculines.

Le mari d'Emma Clark, Hunter John Matteson, était le meilleur parti de la ville. Il était beau, athlétique et héritier d'un empire familial dans le bâtiment. La mère d'Emma, en femme rusée, avait préparé le terrain pour sa fille dès son enfance. Les deux familles évoluaient dans les mêmes cercles, et il n'avait pas été difficile d'émettre quelques suggestions et de les faire jouer ensemble. « Regardez comme ils sont mignons, tous les deux », disait la mère en toute occasion.

Le seul problème, malgré les manœuvres maternelles, la beauté, le statut social d'Emma, et l'attirance irrésistible qu'elle exerçait sur tout homme normalement constitué, était que, pendant toutes ses années de lycée, Hunter John avait été désespérément amoureux de Sydney Waverley.

Oh ! il savait bien qu'il n'aurait pas dû la fréquenter. Dans son milieu, on ne frayait pas avec ces gens-là. Lorsqu'il eut seize ans, son seul et unique acte de rébellion fut d'inviter Sydney à sortir avec lui. À la surprise générale, ses parents ne s'y opposèrent pas. « Laissons ce garçon s'amuser, disait son père. C'est la plus jolie des Waverley, et elle n'a pas l'air d'avoir leur bizarrerie. Ça ne prêtera pas à conséquence. Notre fils sait ce que nous attendons de lui après le lycée. »

Cela avait été le pire jour de la vie d'Emma, ou presque. Au cours des deux années suivantes, la bande d'Hunter John n'avait pas eu d'autre choix que d'accepter Sydney, parce qu'ils étaient inséparables. La mère d'Emma disait qu'on doit tenir sa langue et connaître ses ennemis, alors, même s'il lui en coûtait, Emma s'était liée d'amitié avec Sydney. Celle-ci avait beau n'être qu'une Waverley, elle était intelligente et drôle, et elle avait beaucoup de goût en matière de coiffure. Emma n'avait jamais oublié le jour où elle avait laissé Sydney la coiffer. Tout s'était bien passé ce jour-là, comme par magie, et Hunter John lui avait même dit qu'elle était jolie. Emma n'avait jamais pu reproduire cette coiffure.

Sydney avait quitté la ville après qu'Hunter John eut rompu avec elle lors de la remise des diplômes. Elle avait été anéantie en découvrant que le lycée n'était qu'un cocon, qu'elle et Hunter John ne pouvaient pas rester ensemble dans la vraie vie, pas plus que ses amis ne pouvaient demeurer les siens. Ils devaient faire leur entrée dans la société de Bascom et accomplir ce que leurs parents attendaient d'eux. Et Sydney n'était qu'une Waverley. Elle avait été blessée et furieuse. Personne ne s'était douté qu'elle ignorait la règle du jeu.

Emma aurait été désolée pour elle s'il n'avait pas été évident qu'Hunter John souffrait tout autant. Même une fois qu'elle eut déployé tous ses artifices, il parlait encore d'aller à l'université, et disait même parfois que Sydney avait bien fait de quitter la région. Il n'avait pas besoin de cette ville. Emma avait donc fait la seule chose en son pouvoir. Elle était tombée enceinte.

Hunter John était resté à Bascom, il l'avait épousée et ne s'était jamais plaint. Ils avaient même décidé, ensemble cette fois, d'avoir un deuxième enfant quelques années plus tard. Il avait travaillé pour son père dans l'affaire familiale de maisons préfabriquées, puis, à la retraite de ce dernier, il avait repris les rênes de l'entreprise. Lorsque ses parents avaient déménagé en Floride, Emma et Hunter John s'étaient installés dans le manoir des Matteson. Tout semblait parfait, mais Emma n'avait jamais été sûre des sentiments de son mari, ce qui l'avait toujours troublée.

Ce qui nous amène au pire jour de la vie d'Emma Clark.

En ce vendredi soir, Emma n'avait pas encore conscience que quelque chose de grave allait se produire. Lorsqu'elle arriva au bal avec Hunter John, tout semblait aller pour le mieux. Tout était parfait en réalité. Le bal donné au profit de l'hôpital se tenait toujours à Harold Manor, un bâtiment datant de la guerre de Sécession, qui était un endroit de choix pour les réceptions mondaines. Elle y était allée un nombre incalculable de fois. Le cadre était magnifique, comme hors du temps, et Emma fut immédiatement le centre d'attraction de tous les regards, comme d'habitude. Mais quelque chose clochait, comme si les gens parlaient d'elle et cherchaient à l'approcher pour de mauvaises raisons.

Hunter John n'avait rien remarqué – mais il ne remarquait jamais rien –, aussi chercha-t-elle immédiatement sa mère. Celle-ci la rassurerait.

En cherchant sa mère, elle tomba sur Eliza Beaufort. C'était l'une de ses meilleures amies au lycée. « Reste amie avec les Beaufort, disait sa mère, et tu sauras toujours ce que les gens racontent sur toi. »

— Ô Seigneur ! j'avais tellement hâte que tu arrives ! fit Eliza. Allez, je veux tout savoir. Tu l'as appris comment ?

Emma sourit légèrement, distraitement.

— Comment j'ai appris quoi ? demanda-t-elle en regardant par-dessus l'épaule d'Eliza.

— Tu n'es pas au courant ? *Sydney Waverley est de retour*, persifla Eliza comme si elle jetait un sort.

Emma planta son regard dans les yeux d'Eliza, mais sans qu'un seul muscle ne bouge. Était-ce pour cela que tout le monde se comportait étrangement ce soir ?

— Elle est arrivée mercredi et elle habite chez sa sœur, poursuivit Eliza. Tu ne savais vraiment pas ?

— Non. Elle est de retour. Et alors ?

Eliza haussa les sourcils.

— Je ne pensais pas que tu le prendrais aussi bien.

— Elle n'a jamais rien signifié pour nous, de toute façon. Et Hunter John est très heureux. Je n'ai aucune inquiétude. On déjeune ensemble la semaine prochaine, d'accord ?

Elle trouva enfin sa mère assise à une table, occupée à siroter du champagne et à distraire ceux qui étaient venus la saluer. Ariel avait l'élégance d'une reine. Comme Emma, elle était blonde et avait une forte poitrine. Elle conduisait une décapotable, portait des diamants même avec des jeans. Elle était tellement sudiste qu'elle sentait toujours imperceptiblement le coton et les pêches.

Elle leva la tête à l'approche de sa fille et Emma vit tout de suite qu'elle savait. Non seulement elle savait, mais cela ne lui plaisait pas.

— Sortons faire quelques pas, proposa Ariel en prenant sa fille par le bras pour la conduire fermement à l'extérieur.

Elles croisèrent de petits groupes de fumeurs, et leur sourirent. Une fois qu'elles eurent trouvé un coin tranquille, Ariel commença.

— Tu as appris sans aucun doute le retour de Sydney Waverley ? Ne t'inquiète pas. Tout va bien se passer.

— Je ne suis pas inquiète, maman.

Ariel ignora sa réponse.

— Je vais organiser une fête en ton honneur chez vous la semaine prochaine. Invite tous tes amis. Tout le monde verra combien tu es merveilleuse. Hunter John remarquera comme on t'envie. Lundi, nous irons faire les boutiques pour t'acheter une robe. Le rouge est la couleur qui te va le mieux et Hunter John t'adore en rouge.

— Maman, le retour de Sydney ne m'inquiète pas.

Ariel prit le visage d'Emma dans ses mains.

— Oh ! ma puce, tu devrais t'inquiéter. Le premier amour est le plus puissant. Mais si tu fais en sorte que ton mari se rappelle pourquoi il t'a choisie, tu n'auras pas de problèmes.

LUNDI après-midi, Claire raccrocha le téléphone de son bureau dans la réserve, mais elle garda la main sur le combiné. Parfois, quand on sait que quelque chose cloche, mais que l'on ignore quoi exactement, l'air change autour de vous. Claire le sentait. Si elle sortait dans le jardin, sans doute trouverait-elle les ipomées écloses en plein milieu de la journée.

— Claire ?

Elle se retourna et découvrit Sydney sur le seuil de la porte.

— Oh! coucou. Vous êtes revenues depuis longtemps?

Sydney et Bay étaient de nouveau allées rendre visite à Tyler, pour le quatrième jour d'affilée.

— Depuis quelques minutes. Qu'y a-t-il?

— Je ne sais pas, répondit Claire en ôtant la main du téléphone. Je viens d'avoir un appel pour préparer un dîner chez les Matteson le week-end prochain.

Sydney hésita avant de poser sa question.

— Les Matteson de la grande maison Tudor de Willow Springs Road?

— Oui.

— Ça fait court, remarqua Sydney, prudente, curieuse.

— Oui. Elle a dit qu'elle doublerait mon tarif, mais seulement si j'avais assez d'aide pour la soirée.

— J'ai toujours aimé Mme Matteson, dit Sydney. Tu vas accepter? Je t'aiderai.

— Tu en es sûre? demanda Claire, à qui la situation semblait étrange.

Sydney avait eu une histoire d'amour avec Hunter John et elle avait été amie avec Emma. Si elle avait voulu les revoir, elle l'aurait fait plus tôt.

— Mais oui, j'en suis sûre.

Claire haussa les épaules.

— Dans ce cas, d'accord. Merci.

Sydney sourit et tourna les talons.

— Pas de problème.

Claire la suivit à la cuisine. Certaines choses n'avaient pas changé chez Sydney, comme ses cheveux châtain clair qui bouclaient juste assez pour ressembler à des vagues de glaçage au caramel sur un gâteau. Elle avait perdu du poids mais sa silhouette était toujours magnifique.

Quant au reste, mystère. Elle était là depuis presque une semaine et Claire ne l'avait toujours pas percée à jour. Elle était une excellente mère, c'est certain. Mais elle se montrait inquiète, alors que ce n'était pas le cas autrefois. Elle se levait plusieurs fois dans la nuit pour vérifier que toutes les portes étaient bien verrouillées. Qu'avait-elle fui? Cela ne servirait à rien de lui poser des questions, car Sydney les éludait toujours. Elle était partie pour New York, c'est tout ce que savait Claire. Quant à Bay, elle ne livrerait aucun secret. Selon elle, elle était née dans un bus Greyhound et elles avaient vécu *partout*.

Claire regarda sa sœur s'approcher de la soupière fumante sur la gazinière.

— Au fait, j'ai invité Tyler à dîner, dit Sydney en respirant les effluves du potage au poulet et à la camomille. Ça ne te dérange pas ?

Claire la regarda, bouche bée.

— Tu as fait quoi ?

— Claire, allons ! Aie pitié de ce garçon. Tyler est un type bien.

— C'est pour ça que tu passes tellement de temps là-bas ? Tyler t'intéresse ?

— Non. Mais pourquoi, toi, il ne t'intéresse pas ?

Claire fut sauvée par quelqu'un qui frappait à la porte.

— C'est pour toi, lui dit Sydney.

— C'est *ton* invité, répliqua Claire.

Sydney alla ouvrir tandis que Claire tendait l'oreille.

— Merci pour l'invitation, entendit-elle. La maison est magnifique.

— Tu veux visiter ? demanda Sydney, ce qui angoissa Claire.

Elle n'avait pas envie que Sydney lui montre la maison, ni que Tyler découvre tous ses secrets.

— Bien sûr.

Claire ferma les yeux pendant un instant et réfléchit. Qu'est-ce qui pourrait aider Tyler à l'oublier, à se désintéresser d'elle ? Elle devait essayer de le dissuader avec véhémence, voire avec grossièreté si nécessaire. Il n'y avait pas de place pour lui dans sa vie. Il y avait déjà trop de monde.

Bay arriva en galopant dans la cuisine devant Sydney et Tyler, et se jeta dans les bras de Claire, comme si c'était la chose la plus naturelle du monde, et Claire l'étreignit quelques instants. Puis Bay se dégagea et courut s'asseoir à table.

Sydney entra, suivie de Tyler. Claire remarqua tout de suite sa coupe de cheveux. Cela lui allait bien, lui donnait l'air plus sérieux.

— Cela a dû être extraordinaire de grandir dans cette maison, dit Tyler.

— C'était très intéressant, répondit Sydney. Il y a une marche qui grince dans l'escalier, la troisième. Quand on était petites, dès que quelqu'un la faisait craquer, une souris sortait la tête de son trou, juste au-dessus de la marche, pour voir ce qui avait causé ce bruit.

Claire regarda sa sœur, surprise.

— Tu savais cela ?

— Je ne suis pas une vraie Waverley, mais moi aussi j'ai vécu ici.

— Étiez-vous proches, toutes les deux ?

— Non, répondit Sydney avant sa sœur.

Claire remplit trois bols de soupe et les posa sur la table avec le plat de canapés au beurre d'amandes et à la gelée au gingembre.

— Bon appétit, lança-t-elle avant de sortir dans le jardin.

Au bout de quarante-cinq minutes, Claire avait fini de creuser un trou près de la clôture et elle rassemblait les pommes tombées. L'air était humide, présage annonciateur de l'été.

— Arrête, enjoignait-elle sans cesse à l'arbre qui lançait des pommes autour d'elle pour la contrarier. Tout ce que tu lances, je l'enterre.

Il lui balança une petite pomme sur la tête.

— C'est ça ton secret ?

Elle se retourna et vit Tyler. Depuis quand était-il là ? Elle ne l'avait même pas entendu approcher. Satané pommier.

— Mon secret ? demanda-t-elle prudemment.

— Ton secret avec ce jardin. Tu parles aux plantes.

— Oh ! fit-elle en se tournant pour ramasser d'autres pommes. Oui, c'est ça.

— Le dîner était excellent.

— Je suis ravie qu'il t'ait plu. Je suis un peu occupée, ajouta-t-elle en voyant qu'il ne bougeait pas.

— Sydney m'a prévenu que tu dirais ça. Elle m'a suggéré de venir quand même.

— Son assurance est séduisante, je sais, mais je crois qu'elle a juste besoin d'un ami en ce moment, déclara Claire en s'étonnant elle-même.

Les mots lui avaient échappé, il allait croire qu'elle enviait sa sœur. Certes, elle voulait que Tyler s'intéresse à quelqu'un d'autre, mais pas à Sydney. Elle ferma les yeux. Elle croyait avoir surmonté cette jalousie.

— Et toi, as-tu besoin d'un ami ?

Elle le dévisagea. Il semblait tellement sûr de lui, avec son jean large, d'où sortait sa chemise. Pendant un court instant, elle eut envie de s'approcher de lui, de se glisser dans ses bras et de se laisser envelopper par cette sensation de calme. Quelle mouche l'avait piquée ?

— Je n'ai pas besoin d'amis.

— As-tu besoin de quelque chose ?

Elle n'avait guère d'expérience avec les hommes, mais elle comprit ce qu'il voulait dire.

— J'aime ma vie comme elle est.

— Moi aussi, Claire. Tu es belle. Voilà, je l'ai dit. Je ne pouvais plus garder ça pour moi.

Il n'avait pas peur de souffrir. Il semblait même s'y préparer. Il fallait que l'un d'eux se montre raisonnable.

— J'étais sérieuse quand j'ai dit que j'étais occupée.

— Moi, j'étais sérieux quand j'ai dit que tu étais belle.

Elle s'approcha du trou dans le sol et y jeta les pommes.

— Je vais être occupée très, très longtemps.

Lorsqu'elle se retourna, Tyler souriait.

— Eh bien, pas moi.

Elle le regarda partir, mal à l'aise. Essayait-il de lui dire quelque chose ? Était-ce un avertissement ?

J'ai tout mon temps pour m'insinuer dans ta vie.

La demeure des Matteson était bien la même que dans son souvenir. Elle aurait sans doute pu retrouver les yeux fermés la chambre d'Hunter John. Lorsqu'ils étaient seuls dans la maison, elle faisait comme si c'était la leur. Mais quand il avait rompu à la remise des diplômes, il s'était étonné : « Je croyais que tu comprenais. »

C'est seulement aujourd'hui qu'elle comprenait. Elle l'avait aimé, et c'était sans doute le seul homme qu'elle aimerait jamais de cette façon, avec un tel espoir. Mais elle savait aussi qu'elle aurait de toute façon quitté Bascom, avec ou sans lui.

Lorsque Claire se gara devant l'entrée de service et qu'elles pénétrèrent dans la cuisine, elle eut un petit frisson d'excitation à l'idée qu'elle n'aurait pas dû se trouver là. L'intendante les accueillit et se présenta. Joanne avait une quarantaine d'années et des cheveux si lustrés et si raides qu'ils bougeaient à peine, ce qui voulait dire qu'elle ne tolérait pas les erreurs.

— On m'a demandé d'attendre votre arrivée pour disposer les

fleurs, dit Joanne. Lorsque vous aurez fini de décharger, vous me trouverez dans le patio.

Joanne disparut derrière les portes battantes de l'office.

Dès que les victuailles furent mises au frais, Sydney conduisit Claire au patio. Une tiède brise estivale pénétrait à l'intérieur de la maison, chargée d'effluves de roses et de chlore. En sortant, Sydney découvrit des tables rondes en fer forgé disposées autour de la piscine et un bar sophistiqué installé dans un coin. Les buffets étaient dressés le long des murs où se trouvait Joanne, entourée de vases vides et de seaux de fleurs.

Sa tête tournait. C'était tellement féerique, ces nappes blanches qui flottaient au vent, les lumières de la piscine qui projetaient des reflets mouvants dans le patio, la lumière des étoiles sur le massif d'arbustes. Lorsqu'elle était jeune, elle désirait par-dessus tout cette prospérité, cette vie de rêve. Même si cela s'était révélé être un mensonge.

Elle écouta Claire donner des instructions à Joanne sur la place des roses, des fuchsias et des glaïeuls. Les glaïeuls là, disait-elle, avec le poulet au fenouil et les fleurs de courge farcies à la noix muscade. Des roses ici, avec les scones aux pétales de rose. Tout cela était un plan complexe et manipulateur pour faire ressentir quelque chose de bien précis aux convives. Cela ne ressemblait pas du tout à Mme Matteson. Pourtant, Claire avait passé une bonne partie de la soirée du lundi à discuter du menu avec elle au téléphone. Sydney avait glané des bribes de conversation : « Si vous voulez représenter l'amour, des roses » ou bien : « La cannelle et la noix muscade évoquent la prospérité. »

Après s'être occupée des arrangements floraux avec Joanne, Claire s'apprêtait à regagner l'intérieur de la maison lorsqu'elle s'aperçut que Sydney ne la suivait pas.

— Est-ce que ça va ? lui demanda-t-elle.

— C'est beau, hein ? fit Sydney comme si elle était fière, comme si tout cela lui appartenait.

Au moins pour un instant.

— C'est très… (Claire hésita une seconde.)… travaillé. Viens, il ne faut pas prendre de retard.

Les soirées donnaient à Emma un sentiment d'enchantement, comme si elle était une petite fille qui évoluait dans un univers de sa création. Sa mère avait ressenti les mêmes émotions. « Laisse la magie aux Waverley », disait-elle à Emma quand elle était petite et qu'elle regardait Ariel essayer d'innombrables robes avant une soirée. « Nous avons mieux que cela. Nous avons le rêve. »

Emma se tenait près du bar pour ne pas s'éloigner d'Hunter John. Elle adorait les fêtes, mais elle n'avait jamais donné une soirée aussi réussie : la moitié des réflexions que lui faisaient ses invités étaient des compliments ou des remarques envieuses. C'était merveilleux.

Ariel s'approcha d'elle et l'embrassa.

— Ma chérie, tu es superbe. Ce rouge est parfait pour toi. Tout simplement parfait.

— Merci d'avoir organisé cette fête, maman. Qui est le traiteur ? On me complimente sur la qualité des plats.

Ariel fit pivoter Emma pour la placer face aux portes du patio.

— Ça, ma belle, c'est ton plus beau cadeau de la soirée.

— Que veux-tu dire ?

— Attends. Regarde. Je vais te montrer.

Emma ne comprenait pas mais riait d'impatience.

— Maman, qu'as-tu fait ? Est-ce que tu m'as acheté quelque chose ?

— En un sens, oui. Ah, voilà ! dit Ariel en tendant sa main qui tenait une flûte de champagne.

— Où ? fit Emma, tout excitée.

Les yeux d'Emma se posèrent sur deux femmes qui sortaient de la maison avec des plateaux. Des serveuses apparemment. Elle s'apprêtait à détourner les yeux lorsqu'elle découvrit l'identité d'une des serveuses.

— Claire Waverley ? C'est elle qui s'est occupée du repas ?

Elle comprit soudain ce qu'avait fait sa mère et ses yeux se posèrent sur la femme qui accompagnait Claire.

— Ô mon Dieu !

— Ne te donne pas en spectacle, persifla Ariel en s'approchant, et vas-y. Tu dois lui faire comprendre qu'elle n'appartient pas à notre monde et qu'elle n'a aucune chance de récupérer ce qu'elle a cru avoir autrefois. Montre à ton mari que tu es la reine du bal et qu'elle n'est qu'une domestique. Maintenant, vas-y.

La traversée de la pièce lui parut interminable. Hunter John l'avait précédée et il regardait Sydney qui disposait les nouveaux plateaux sur les buffets. Feignait-elle de ne pas le voir par coquetterie ? Emma les avait presque rejoints lorsque Hunter John se racla la gorge.

— Sydney Waverley, c'est bien toi ?

Plusieurs choses se produisirent en même temps. Sydney releva la tête d'un seul coup et plongea son regard dans celui d'Hunter John. Eliza Beaufort, à la table voisine, pivota sur ses talons. Et Carrie Hartman, qui faisait partie de leur bande au lycée, s'approcha.

— Sydney Waverley ! s'exclama-t-elle de sa voix monocorde.

Sydney était cernée. Emma se sentit terriblement gênée pour elle.

— Nous avons toutes entendu dire que tu étais revenue, dit Eliza. Tu as été absente un bout de temps. Où étais-tu ?

Sydney s'essuya les mains sur son tablier et remit ses cheveux derrière ses oreilles.

— Un peu partout, répondit-elle d'une voix tremblotante.

— À New York ? s'enquit Hunter John. Tu en parlais toujours.

— J'y ai vécu un an. Euh, où sont tes parents ?

— Ils ont déménagé en Floride il y a deux ans. J'ai repris l'entreprise.

— Alors tu habites ici ?

— Nous habitons ici, rectifia Emma en prenant le bras d'Hunter John et en pressant son décolleté plongeant contre lui.

— Emma ? Toi et Hunter John ? Vous êtes… mariés ? s'étonna Sydney avec un air surpris qui déconcerta Emma.

Comment osait-elle être choquée qu'il l'ait choisie, elle ?

— Nous nous sommes mariés l'année de la remise des diplômes. Juste après ton départ, Sydney, ajouta-t-elle. Je vois deux plateaux vides ici.

Emma essayait de se dire que Sydney s'était mise elle-même dans cette situation et qu'elle était la seule responsable de son humiliation. Mais cela ne lui faisait pas plaisir de rabaisser Sydney. Après tout, elle avait déjà gagné, non ? Mais c'était ce que sa mère aurait fait et dit. Et elle avait su garder longtemps son mari.

Hunter John regarda les deux femmes l'une après l'autre.

— Je voudrais te parler en privé, dit-il en conduisant fermement Emma à travers la foule jusqu'à la maison, tandis que Sydney les suivait du regard.

— Qu'y a-t-il, mon chéri ? demanda Emma lorsque Hunter John l'eut introduite dans son bureau et eut refermé la porte.

Elle avait décoré cette pièce pour lui, avec des couleurs crème et chocolat, les photos encadrées de son heure de gloire sur le terrain de football du lycée et l'immense bureau en noyer. Elle s'y adossa en prenant une pose provocante.

Mais il restait près de la porte, le regard noir comme du charbon.

— Tu l'as fait exprès ! Tu as humilié Sydney délibérément.

— Pourquoi t'en soucier ?

— Je me soucie de ce que les gens vont penser ! Pourquoi l'avoir fait venir chez nous, nom de Dieu ?

— Chut, mon chéri, calme-toi. Je n'ai rien à voir là-dedans, je te le jure.

Elle s'approcha de lui et caressa les revers de sa veste. Ses mains glissèrent et se frottèrent contre son entrejambe.

Il lui encercla les poignets de ses doigts.

— Emma, non, coupa-t-il pour la première fois depuis dix ans, avant de s'éloigner.

CLAIRE détestait se sentir nerveuse et indécise. Comment savoir si sa sœur aurait souhaité son intervention ou si elle allait se fâcher d'être interrompue alors qu'elle les revoyait pour la première fois depuis dix ans ? Elle eut la réponse lorsque Sydney regagna la cuisine d'un pas furieux et le visage crispé.

Dès que la porte se fut refermée, Sydney lâcha son plateau vide sur le plan de travail.

— Pourquoi ne m'as-tu pas dit que les M. et Mme Matteson en question étaient Hunter John et Emma Clark ?

Claire prit les plateaux de Sydney et les emboîta dans les siens.

— Il ne m'est pas venu à l'idée que tu l'ignorais. Qui croyais-tu qu'il avait épousé ?

— Je pensais que tu parlais des parents d'Hunter John ! Comment aurais-je pu savoir qu'Hunter John et Emma s'étaient mariés ?

— Parce que, lorsque tu as rompu avec lui, il s'est mis à sortir avec Emma, argumenta Claire en essayant d'ignorer son estomac qui se tordait.

— Comment l'aurais-je su puisque je n'étais pas là ! cria Sydney. Et ce n'est pas moi qui ai rompu, c'est lui. Pourquoi crois-tu que je suis partie ?

Claire hésita.

— Je croyais que c'était à cause de moi. Parce que je t'empêchais d'apprendre des choses, que je te faisais détester d'être une Waverley.

— Ce n'est pas toi qui me l'as fait détester, c'est cette ville ! corrigea Sydney avec impatience.

Puis elle secoua la tête comme si elle était déçue par Claire.

— Mais si ça peut te réconforter, cette fois, je pars à cause de toi.

— Attends, Sydney, s'il te plaît.

— C'était un coup monté ! Tu ne t'en es pas rendu compte ? Emma Clark m'a piégée pour que j'aie l'air d'une... domestique devant Hunter John et mes anciennes amies.

Sydney fixa Claire un bon moment, de ses yeux brillants de larmes.

— Pourquoi m'as-tu laissée venir ici ? Tu ne t'es pas dit que c'était bizarre de la part d'Emma de te commander un dîner qui fasse étalage d'un style de vie que tout le monde connaissait déjà ? Ce tableau m'était destiné.

— Cette soirée a été organisée par sa mère. Je n'ai pas parlé à Emma personnellement. Peut-être était-ce une simple coïncidence, Sydney ? Peut-être qu'il n'y a pas de sens caché derrière ce dîner ?

— Comment peux-tu dire ça, toi, une Waverley, pour qui toute chose a une signification ! Et comment peux-tu prendre leur défense ? Est-ce que tu appréciais la manière dont on nous traitait ? Je voyais bien, quand on était petites, que les garçons ne s'intéressaient pas à toi. Je pensais que c'était la raison qui t'avait poussée à te réfugier dans ce genre d'activité, fit Sydney avec un geste qui englobait la nourriture et les fleurs, parce que tu te disais que la maison et grand-maman te suffisaient. Moi, je voulais davantage. J'ai été anéantie quand Hunter John m'a laissée tomber, mais tu ne l'as même pas remarqué. Et là, ce soir, j'ai été blessée. Est-ce que ça te laisse de marbre ?

Claire ne savait pas quoi répondre, ce qui sembla irriter encore plus Sydney. Elle prit un bout de papier dans son sac à main et composa un numéro de téléphone sur l'appareil mural.

— Tyler ? dit-elle dans le combiné. C'est Sydney Waverley. Je suis coincée et j'aurais bien besoin que tu passes me chercher... Willow Springs Road, numéro 32, une grande maison Tudor. Passe par-derrière. Merci beaucoup.

Sydney ôta son tablier et le laissa tomber par terre. Puis elle prit son sac à main et sortit.

Claire la regarda partir, impuissante. Elle ne pouvait pas se résoudre à perdre le peu de famille qui lui restait. Elle ne voulait pas provoquer le second départ de Sydney.

Ces femmes dans le patio, elles avaient organisé tout cela exprès. Sydney avait raison; tout a un sens et elle était restée aveugle aux signes. Elle prit une grande inspiration et se redressa. Elle allait régler la situation.

S'approchant du téléphone, elle appuya sur la touche *bis*.

Au bout de quelques instants, la voix de Tyler se fit entendre, légèrement essoufflée.

— Allô?

— Tyler? C'est Claire Waverley.

Il y eut un instant de silence surpris.

— Claire. C'est bizarre. Je viens d'avoir ta sœur. Elle avait l'air bouleversée.

— Oui, en effet. J'ai un service à te demander.

— Tout ce que tu voudras, dit-il.

— Il faudrait que tu passes chez moi avant de venir chercher Sydney. Pourrais-tu m'apporter des choses du jardin et de la maison? Je vais t'expliquer où sont cachées les clés.

En attendant Tyler, Claire avait préparé les plats et les fleurs. Puis elle avait inscrit la liste des ingrédients sur des fiches en carton pour ne pas se tromper dans une recette et envoyer des signaux erronés. C'était trop important. Les roses devaient mettre en scène l'amour d'Emma et Hunter John, mais si on y ajoutait un peu de tristesse, cela causait le regret. La noix muscade évoquait la richesse mais, ajoutée à la culpabilité, elle causait l'embarras.

Elle espérait que Tyler ne lui poserait pas de questions. Mais après tout, il n'était pas d'ici et il ignorait la nature subversive de ce qu'elle pouvait faire.

LORSQUE Claire arriva chez elle, Sydney et Bay étaient déjà couchées. Sydney avait dû demander à Tyler de passer chez Evanelle sur le chemin du retour pour récupérer sa fille. Au moins, elles allaient rester pour la nuit, ce qui laisserait à certaines choses le temps de s'arranger.

Claire veilla tard pour préparer les six douzaines de petits pains à la cannelle qu'elle livrait de bonne heure au café de la place tous les dimanches matin. Vers minuit, elle se dirigea vers sa chambre, tout ensommeillée. Elle venait de passer devant la chambre de sa sœur lorsqu'elle entendit celle-ci l'appeler.

— J'ai reçu plein de coups de téléphone, tout à l'heure avant que tu rentres.

Claire fit un pas en arrière et passa la tête dans la chambre de Sydney. Elle était allongée sur le dos, les bras derrière la tête.

— Eliza Beaufort, Carrie, et d'autres que je ne connaissais pas. Elles m'ont toutes présenté leurs excuses. Eliza et Carrie m'ont même dit qu'elles m'aimaient bien au lycée et qu'elles auraient voulu que les choses se passent autrement. Que leur as-tu raconté?

— Rien du tout.

Sydney resta silencieuse et Claire vit qu'elle commençait à comprendre.

— Que leur as-tu donné à manger?

— Du sorbet de mélisse servi dans des corolles de tulipe. J'ai mis des pétales de pissenlit dans la salade de fruits et des feuilles de menthe dans la mousse au chocolat.

— Ce n'était pas prévu au menu, fit remarquer Sydney.

— Je sais.

— Emma Clark et sa mère n'ont même pas téléphoné.

Claire s'appuya contre le montant de la porte.

— Elles se sont rendu compte de ce que je faisais et elles n'ont pas touché au buffet de desserts. Elles m'ont ordonné de partir.

— Est-ce qu'elles t'ont payé le solde de ta prestation?

— Non. Et deux de leurs amies ont annulé leurs commandes. Mais elles me rappelleront quand elles auront besoin de quelque chose. Elles me demanderont seulement de garder le secret.

— J'ai mis la pagaille. Je suis désolée.

— Pas du tout, dit Claire. S'il te plaît, ne pars pas, Sydney, j'ai envie que tu restes ici. Je ne le montre peut-être pas beaucoup, mais c'est vraiment ce que je veux.

— Je ne partirai pas, c'est impossible, soupira Sydney. Nous sommes en sécurité, ici. Bay en a besoin. Je suis sa mère, je lui dois bien ça.

Les mots restèrent suspendus en l'air et Claire s'aperçut immédiatement que Sydney aurait voulu ne pas les avoir prononcés.

— Parce que là d'où tu viens, tu n'étais pas en sécurité? ne put-elle s'empêcher de demander.

Mais elle aurait dû se douter que Sydney ne lui répondrait pas. Elle donna quelques coups dans son oreiller.

— Réveille-moi demain matin pour que je t'aide à livrer les petits pains à la cannelle, lança-t-elle en se laissant retomber.

— Non, je peux… Claire s'interrompit. D'accord, merci.

5

L E mardi après-midi, Claire annonça qu'elle allait à l'épicerie et Sydney lui proposa de l'accompagner avec Bay. Elle voulait acheter un journal pour consulter les offres d'emploi, et bien que cela lui fît de la peine, elle devait aussi rendre le chemisier qu'Evanelle lui avait offert. Il lui fallait acheter de la nourriture qui plaise aux enfants. Claire était un vrai cordon-bleu et, la veille, elle avait regardé Bay avec stupéfaction quand sa nièce avait réclamé une pizza.

En arrivant chez Fred, Claire et Bay entrèrent dans le magasin tandis que Sydney remontait le trottoir. Elle se fit rembourser le chemisier chez Maxine. En sortant, elle passa devant la Porte blanche. Une cliente sortit dans des effluves de produits chimiques adoucis par le parfum sucré du shampooing. C'était une odeur capable de la transporter et de la faire flotter dans les airs. Oh ! comme tout cela lui manquait !

Elle avait obtenu son brevet de coiffeuse sous son véritable nom de famille, que David ne connaissait pas. Il ne surgirait pas juste quand elle aurait retrouvé un travail. S'il l'avait rattrapée à Boise, c'est parce qu'elle avait été obligée de donner le nom du père de Bay pour l'inscription à la crèche, celui qui figurait sur son acte de naissance. Elle avait cru que David ne rechercherait que Cindy Watkins, pas Bay. Elle ne commettrait plus la même erreur. Ici, Bay s'appelait Waverley.

Elle tapota sa coiffure, contente d'avoir rafraîchi sa frange le matin même. Elle redressa les épaules et poussa la porte.

ELLE se sentait encore un peu étourdie lorsqu'elle retrouva Claire et Bay à la camionnette. Elle avait un large sourire en les aidant à charger les sacs de provisions.

— Devine !

Claire sourit, amusée par la bonne humeur de Sydney.

— Quoi?

— J'ai trouvé du travail! Je t'avais bien dit que j'allais rester.

Claire avait l'air sincèrement perplexe.

— Mais tu as déjà un travail!

— Claire, tu bosses comme trois! Et tu n'as besoin d'aide que de temps à autre. Je pourrai toujours te donner un coup de main à l'occasion.

— Où vas-tu travailler?

— J'ai loué une cabine à la Porte blanche.

Cela engloutirait toutes ses économies, y compris l'argent du chemisier qu'elle venait de se faire rembourser, mais elle se sentait merveilleusement bien. Elle allait bientôt gagner suffisamment d'argent, et les habitants de Bascom verraient qu'elle était douée. Ils viendraient la trouver pour ses talents, comme ils le faisaient pour Claire.

— Tu es coiffeuse-styliste? demanda Claire.

— Oui, m'dame.

— Je l'ignorais.

Elle risquait de lui poser d'autres questions auxquelles Sydney n'était pas prête à répondre. Elles se remirent à charger les courses. Sydney regarda dans un sac et demanda :

— Qu'est-ce que c'est que ça? Des myrtilles? Des châtaignes d'eau?

— Je vais préparer quelques plats pour Tyler, expliqua-t-elle.

— Ah bon? Je croyais que tu ne voulais rien avoir à faire avec lui.

— C'est vrai. Ce sont des recettes spéciales.

— Tu ne vas pas l'empoisonner, quand même?

— Bien sûr que non, protesta Claire. Mais peut-être parviendrai-je à faire en sorte qu'il se désintéresse de moi.

Cela fit rire Sydney, pourtant elle tint sa langue. Elle en connaissait un rayon sur les hommes, mais les rendre indifférents, ce n'était pas sa spécialité. Elle laissait cela à sa sœur.

BAY s'étira dans l'herbe, le visage au soleil. Les événements qui s'étaient produits la semaine passée s'estompaient dans son esprit. De quelle couleur étaient les yeux de son père? Combien de marches avait le perron de leur ancienne maison? Elle ne s'en souvenait plus.

Bay avait toujours pressenti qu'elles quitteraient Seattle. Leur place n'était tout simplement pas là-bas, et elle savait où était la place de chaque chose. Parfois, lorsque sa mère rangeait le linge dans leur ancienne maison, Bay se faufilait après coup pour le remettre là où son père voulait qu'il soit. Mais parfois les désirs de son père changeaient si rapidement que Bay ne pouvait pas suivre, alors il criait et faisait des choses méchantes à sa mère. Ç'avait été épuisant, et elle était heureuse de se trouver dans une maison où les objets avaient une place bien définie. Les ustensiles étaient toujours rangés dans le tiroir à gauche de l'évier. On mettait toujours le linge dans le placard en haut de l'escalier. Claire ne changeait jamais l'ordre établi.

Bay avait rêvé de cet endroit il y a bien longtemps. Dans son rêve, elle était étendue sur l'herbe, près de ce pommier. Cependant, dans son rêve, il y avait des arcs-en-ciel et de petites taches de lumière sur son visage, comme si quelque chose scintillait au-dessus d'elle. Il manquait aussi un bruissement comme du papier qui claque au vent ; le seul bruit audible autour d'elle était le murmure des feuilles du pommier qui lui lançait des fruits.

Une pomme heurta sa jambe et Bay ouvrit un œil pour regarder l'arbre. On aurait dit qu'il voulait jouer.

Elle se redressa vivement en entendant Claire l'appeler. C'était le premier jour de travail de Sydney et Claire gardait Bay.

— Je suis là ! s'écria-t-elle en se relevant.

Claire portait un plat à gratin recouvert de papier d'aluminium.

— Je vais porter ça chez Tyler. Viens avec moi.

Bay s'élança dans l'allée de graviers, ravie de revoir Tyler. La dernière fois qu'elle lui avait rendu visite avec sa mère, il l'avait laissée dessiner sur un chevalet et il avait accroché son dessin sur son réfrigérateur.

Claire referma la grille derrière elles et la verrouilla, puis elles contournèrent la maison en direction du jardin de Tyler.

— Tatie Claire, pourquoi le pommier me lance tout le temps des pommes ?

— Il veut que tu en manges une.

— Mais je n'aime pas les pommes.

— Il le sait.

— Pourquoi tu les enterres, les pommes ?

— Pour que personne ne les mange.

— Pourquoi tu ne veux pas que quelqu'un en mange ?

Claire hésita un moment avant de répondre.

— Parce que si tu manges une pomme de cet arbre, tu verras le plus grand événement de ta vie. Si c'est une bonne chose, tu sauras que rien d'autre ne te rendra jamais aussi heureuse. Et si c'est une mauvaise nouvelle, tu passeras le restant de tes jours à penser à l'événement terrible qui va arriver. Personne ne devrait jamais savoir cela.

— Il y a des gens qui veulent savoir ?

— Oui, mais aussi longtemps que cet arbre se trouvera dans notre jardin, c'est à nous que reviendra la décision.

Elles atteignirent les marches de chez Tyler.

— Tu veux dire que c'est mon jardin à moi aussi ?

— Parfaitement. C'est ton jardin à toi aussi.

— QUELLE agréable surprise ! fit Tyler en ouvrant la porte.

Claire avait pris une profonde inspiration avant de frapper et elle oublia d'expirer en le voyant. Il était en jean et tee-shirt éclaboussé de peinture. Parfois, elle ressentait une telle nervosité, jusque sur sa peau, qu'elle aurait voulu échapper à son propre corps. Elle se demandait quel effet ça ferait de recevoir un baiser de lui. Est-ce que cela arrangerait les choses ou est-ce que ça les aggraverait ?

— Je t'ai fait un ragoût, dit-elle en lui tendant le plat.

— Ça sent délicieusement bon. Je t'en prie, entre.

Il s'effaça pour les laisser entrer, ce que Claire n'avait pas du tout envie de faire. Bay la dévisagea avec curiosité. Elle pensait que quelque chose clochait. Claire sourit et franchit le seuil pour que la petite fille ne s'inquiète pas.

Tyler les conduisit à une cuisine blanche avec des placards aux portes vitrées. Il y avait un vaste coin repas, avec de grandes baies vitrées. Une bâche recouvrait le sol et deux chevalets étaient dressés.

— C'est la raison pour laquelle j'ai acheté cette maison. Cette magnifique lumière, expliqua Tyler en posant le plat sur le bar de la cuisine.

— Je peux dessiner, Tyler ? demanda Bay.

— Bien sûr, ma grande. Ton chevalet est juste là. Attends, je vais y mettre du papier.

Tandis que Tyler ajustait le chevalet à la hauteur de Bay, la petite fille montrait à Claire le dessin coloré d'un pommier sur le réfrigérateur.

— Regarde, Claire, c'est moi qui l'ai fait.

Claire apprécia le fait que Tyler ait conservé le dessin.

— Il est très beau.

Dès que Bay fut installée, Tyler revint vers la jeune femme en souriant. Elle regardait son plat avec inquiétude. C'était un ragoût de poulet aux châtaignes d'eau, cuit à l'huile de graines de gueules-de-loup. Les gueules-de-loup étaient censées écarter mauvaises influences et sortilèges, or Tyler devait s'ôter Claire de la tête.

— Tu ne veux pas manger ? l'exhorta-t-elle.

— Maintenant ?

— Oui.

Il haussa les épaules.

— Bon, d'accord. Pourquoi pas ? Tu te joins à moi ?

— Non, merci, j'ai déjà mangé.

— Alors assieds-toi avec moi.

Il prit une assiette dans le placard et se servit un peu de ragoût. Il amena Claire vers les deux tabourets de bar.

— Alors, comment ça se passe avec Bay maintenant que Sydney travaille ? demanda-t-il en s'asseyant. Elle est passée hier me parler de son nouvel emploi. Elle a un don pour la coiffure.

— Nous nous entendons très bien, répondit Claire en regardant Tyler porter la fourchette à sa bouche.

Tandis qu'il mâchait et avalait, elle songea qu'elle ne devrait peut-être pas l'observer. C'était presque sensuel, ces lèvres pleines, ce mouvement rapide de la pomme d'Adam. Non, elle ne devait pas s'intéresser ainsi à un homme qui ne ressentirait plus rien pour elle dans quelques secondes.

Il pointa son assiette avec sa fourchette.

— C'est délicieux. Je crois que je n'ai jamais aussi bien mangé que depuis notre rencontre.

Peut-être fallait-il attendre quelques minutes pour que cela fasse effet.

— Tu vas bientôt me dire que je te fais penser à ta mère.

— Non, tu n'as rien en commun avec ma mère. Sa liberté d'esprit la préservait d'obligations telles que la préparation des repas.

Elle leva les sourcils. Il lui sourit en continuant à manger.

— Allez, vas-y, tu as envie de me poser une question.

Elle hésita un moment, puis céda à la tentation.

— Sa liberté d'esprit, c'est-à-dire ?

— Mes parents sont potiers. J'ai grandi dans une communauté artistique du Connecticut. Mais cette vie n'était pas faite pour moi. Je ne peux pas nier ma nature artistique, mais la sécurité et la routine ont plus d'importance pour moi que pour mes parents. J'aimerais seulement être un peu plus doué pour ça.

« Tu as devant toi une experte », songea-t-elle sans dire un mot. Il risquait d'aimer ce trait de sa personnalité.

Encore deux bouchées et l'assiette serait vide. Elle le regarda avec impatience.

— Alors, comment te sens-tu ?

Il croisa son regard et elle faillit tomber de son tabouret en ressentant l'intensité de son désir. C'était comme une grande rafale de vent d'automne qui balaie les feuilles mortes avec une telle force qu'elles peuvent vous couper. Le désir est une chose dangereuse pour les gens à la carapace trop fine.

— Je me sens l'envie de t'inviter à sortir avec moi. Il y a des concerts dans la cour d'honneur d'Orion tous les samedis soir pendant l'été. Viens avec moi samedi.

— Non, je serai occupée.

— À quoi ?

— À te préparer un autre ragoût.

Le troisième jour de travail de Sydney fut le troisième sans aucun client. Ses collègues étaient sympa et ne cessaient de lui assurer que cela allait s'arranger. Mais Sydney devait découvrir un moyen de leur montrer combien elle était douée.

Comme elle n'avait toujours rien à faire, elle rassembla des mèches de cheveux autour d'un fauteuil à l'autre bout du salon.

— Merci, Sydney, fit la coiffeuse, les deux mains occupées à exécuter le balayage de sa cliente.

Celle-ci releva la tête et Sydney s'aperçut que c'était Ariel Clark. Elle la gratifia d'un sourire poli, tout en serrant le manche de son balai. Si elle voulait réussir à la Porte blanche, elle ne pouvait pas donner de coups sur la tête des clientes, même à celles qui le méritaient.

— Bonjour, madame Clark, comment allez-vous ? Désolée de ne pas avoir eu l'occasion de vous saluer à la réception.

— C'est normal, ma petite. Tu étais en plein travail. Cela n'aurait pas été approprié.

Ses yeux glissèrent sur le balai jusqu'au triste tas de cheveux que Sydney avait rassemblés.

— Tu travailles ici, à ce que je vois.

— Oui.

— Mais tu ne coupes pas les cheveux tout de même ? demanda-t-elle comme si elle était horrifiée par cette idée.

— Si, je « coupe les cheveux ».

— Il ne faut pas un diplôme pour faire ça, ma petite ?

Elle avait le bout des doigts tout blanc et insensible à force de serrer le manche du balai.

— Si.

— Hum, fit Ariel. Alors, tu as une fille, paraît-il. Qui est son père ?

— Vous ne le connaissez pas.

— Oh ! c'est certain.

— Autre chose, madame Clark ?

— Ma fille est très heureuse. Elle rend son mari très heureux. Je ne sais pas ce que tu espérais en revenant ici. Mais tu ne l'auras pas.

C'était donc ça ?

— Cela va sans doute vous surprendre, mais je ne suis pas revenue pour le récupérer.

— C'est toi qui le dis. Vous, les Waverley, vous avez vos ruses. Ne crois pas que je l'ignore.

Elle ouvrit son téléphone portable.

— Emma, ma chérie, j'ai une nouvelle tout à fait délicieuse à t'apprendre.

VERS dix-sept heures, Sydney, découragée par l'absence de clients, s'apprêtait à partir lorsqu'elle vit un homme en beau costume gris à la réception. Son cœur chavira.

Hunter John s'adressa à la réceptionniste qui se tourna et tendit la main vers Sydney.

Il traversa la salle. À vingt-huit ans, son crâne se dégarnissait. Pourtant, une coupe adéquate aurait permis à Hunter de cacher sa calvitie naissante.

— J'ai entendu dire que tu travaillais ici, dit-il en s'approchant.

— Oui, j'imagine, répondit-elle en croisant les bras sur la poitrine. Alors, tu as repris l'entreprise familiale ?

— Oui.

Les entreprises Matteson étaient un groupe d'usines fabriquant des maisons en bois. Sydney avait travaillé comme réceptionniste au siège les étés où Hunter John y avait fait des stages. Ils se retrouvaient pour s'embrasser dans le bureau de son père lorsque celui-ci partait déjeuner.

— Puis-je m'asseoir ? demanda Hunter John.

— Tu veux que je te coupe les cheveux ? Je suis douée pour ça.

— Non, c'est juste pour ne pas avoir l'air d'être passé bavarder, dit-il en s'asseyant.

— Oh ! Dieu nous en préserve, se moqua Sydney en levant les yeux au ciel.

— Je voulais seulement mettre les choses au clair. Cela me paraissait plus correct.

Hunter John faisait toujours ce qu'il convenait de faire. Il était connu pour cela. Le golden boy. Le bon fils.

— Je ne savais pas que tu serais à notre soirée. Emma non plus. Je suis désolé que les choses se soient passées de cette manière, mais c'est mieux ainsi. Je suis heureux en ménage, maintenant.

— C'est fou, quand même ! s'exclama Sydney. Tout le monde croit-il que je suis revenue pour toi ?

— Je t'aimais autrefois, Sydney. Te quitter a été une des choses les plus difficiles que j'aie faites.

— Si difficile que tu t'es consolé en épousant Emma ?

— Emma et moi, nous nous sommes rapprochés après ton départ. Elle est la meilleure chose qui me soit arrivée.

Il prétendait maintenant que si sa vie était merveilleuse, c'était grâce à leur rupture. C'était au tour de Sydney de ne pas apprécier.

— Es-tu allé à l'université ? As-tu voyagé en Europe comme tu le voulais ? demanda-t-elle.

— Non. C'étaient des rêves d'adolescent.

— J'ai l'impression que tu as renoncé à beaucoup de rêves.

— Je suis un Matteson. Je devais faire ce qui était le mieux pour mon nom.

— Et moi, je suis une Waverley, donc je peux te jeter un sort.

Il sursauta légèrement, mais ensuite il sourit.

— Allons, je croyais que tu détestais être une Waverley.

— Tu devrais t'en aller, dit Sydney.

Hunter John se leva et sortit son portefeuille.

— Et ne t'avise pas de laisser de l'argent pour une prétendue coupe de cheveux.

— Je regrette, Sydney. Je suis comme je suis, je n'y peux rien. Apparemment, c'est la même chose pour toi.

Tandis qu'il s'éloignait, elle songea combien c'était triste de se dire qu'elle n'avait aimé qu'un seul homme : celui-là.

Elle regrettait vraiment de ne pas savoir jeter des sorts.

— Je commençais à m'inquiéter, lança Claire lorsque Sydney entra dans la cuisine ce soir-là. Bay est là-haut.

Sydney ouvrit le réfrigérateur et en sortit une bouteille d'eau.

— J'ai terminé tard, répondit-elle en s'approchant de l'évier dans lequel Claire lavait des myrtilles. Alors, qu'est-ce que tu fais ? Encore un plat pour Tyler ?

— Oui. Je vais saupoudrer la tarte aux myrtilles d'œillets.

— Et quel est leur effet ?

— Ils aident les gens à voir avec plus d'acuité, pour retrouver par exemple des clés ou un agenda égaré, répondit Claire avec décontraction.

Cela avait l'air de couler de source pour elle.

— Donc tu veux faire prendre conscience à Tyler que tu n'es pas ce qu'il cherche ?

Claire sourit imperceptiblement.

— Sans commentaire.

Sa sœur la regarda travailler un moment.

— Je me demande pourquoi je n'en ai pas hérité, fit-elle remarquer d'un air absent.

— Hérité de quoi ?

— De cette mystérieuse sensibilité Waverley que vous avez, Evanelle et toi. Et grand-maman aussi. Est-ce que maman l'avait ?

Claire ferma le robinet et attrapa un essuie-mains.

— C'est difficile à dire. Elle détestait le jardin, ça, je m'en souviens. Elle ne voulait pas s'en approcher.

— Le jardin ne me dérange pas, mais sinon, je ressemble plus à maman que quiconque dans la famille. Je suis venue ici pour que Bay ait un endroit stable où vivre et aller à l'école, comme maman l'a fait pour toi.

— Maman n'est pas revenue à cause de moi, déclara Claire,

comme si elle était surprise que Sydney ait pu avoir une telle pensée. Elle est revenue ici pour que tu naisses ici.

— Elle est partie quand j'avais six ans, lança Sydney. Sans ces photos que grand-maman m'a données, je ne me rappellerais même pas de quoi elle avait l'air. Si j'avais eu de l'importance pour elle, elle ne serait pas partie.

— Qu'est-ce que tu as fait de ces photos ? demanda Claire. Je les avais oubliées.

Sydney fut emportée par un coup de vent jusqu'à Seattle. Elle atterrit dans le salon de leur maison. Là, sous le canapé, se trouvait une enveloppe portant l'inscription MAMAN. Des portraits de Lorelei en vadrouille, une vie que Sydney avait longtemps voulu imiter. On y voyait sa mère, à dix-huit ans, devant Fort Alamo. Elle souriait et tenait à la main une pancarte sur laquelle était écrit à la main : *Adieu Bascom ! La Caroline du Nord, ça craint !* Mais si David découvrait l'enveloppe ? S'il faisait le lien ?

— Sydney ?

Claire lui secouait le bras.

— J'ai oublié de les emporter, murmura-t-elle. Les photos. Je les ai laissées.

— Tu te sens bien ?

Sydney hocha la tête en essayant de reprendre ses esprits.

— Ça va. Je pensais juste à maman.

Elle haussa les épaules pour essayer de se débarrasser de la tension qu'elle ressentait. David ne savait pas où étaient les photos. Il ne les retrouverait pas.

CE soir-là, Evanelle revêtit une robe de chambre par-dessus sa chemise de nuit et se fraya un chemin jusqu'à sa cuisine parmi les caisses de pansements et d'allumettes, d'élastiques et de décorations de Noël. Puis elle se mit à la recherche de pop-corn à cuire au micro-ondes. Tout ce bazar ne lui plaisait guère, mais un jour ou l'autre, quelqu'un aurait besoin de quelque chose, donc autant tout avoir sous la main plutôt que de devoir courir à l'épicerie de nuit à trois heures du matin.

Elle entendit frapper et elle se retourna. Il y avait quelqu'un à la porte. Pour une surprise, c'était une surprise. Elle ne recevait pas beaucoup de visites.

Elle alluma la lumière du porche, puis ouvrit la porte. Un homme trapu, d'âge moyen, se tenait sur le seuil. Il avait posé une petite valise à ses pieds.

— Fred !

— Bonsoir, Evanelle.

— Mais que fais-tu ici ?

— Je… J'ai besoin d'un endroit où dormir. Tu es la première personne à qui j'ai pensé.

— Entre donc.

Fred prit sa valise et entra, puis il resta debout dans le salon comme un petit garçon fugueur.

— Shelly est arrivée tôt ce matin et elle m'a surpris en pyjama dans mon bureau.

— Est-ce que vous avez discuté, James et toi ?

— J'ai essayé, comme tu me l'as conseillé. Après la première nuit où j'ai dormi dans mon bureau, je l'ai appelé. Il était à son travail. Il m'a répondu qu'il ne voulait pas en parler, et que si je ne m'apercevais que maintenant que quelque chose n'allait pas, cela voulait dire que je serais incapable de tout arranger. Je ne comprends pas ce qui s'est passé. On dirait qu'il m'a quitté graduellement et que je ne m'en suis pas rendu compte. Comment est-il possible de ne pas s'apercevoir d'un truc pareil ?

— Tu peux rester ici tant que tu voudras. Et si quelqu'un pose la question, je dirai que c'est mon irrésistible féminité qui t'a ramené dans le droit chemin.

— Je sais faire d'excellentes gaufres, avec une merveilleuse compote de pêches. Dis-moi simplement ce dont tu as envie et je le préparerai.

Elle lui tapota la joue.

— De toute façon, personne ne me croirait.

Elle lui montra la chambre d'amis. Fred posa sa valise sur le lit et regarda autour de lui.

— J'allais faire du pop-corn et regarder le journal. Ça te dit ? proposa Evanelle.

— Bien sûr, répondit Fred en la suivant, comme s'il était content qu'on propose quelque chose à faire.

« C'est bien agréable », songea Evanelle lorsqu'ils s'assirent ensemble sur le canapé avec un saladier de pop-corn. Ils regardèrent les informations de vingt-trois heures.

— C'est vrai que tu as donné une petite cuillère à mon père quand vous étiez enfants ? Et qu'il s'en est servi pour déterrer une pièce de vingt-cinq cents qu'il avait vu briller par terre ? Qu'il s'est offert une place de cinéma avec et qu'il a rencontré ma mère comme ça ?

— C'est vrai que je lui ai donné une petite cuillère. Mais je n'ai pas le pouvoir d'influencer le cours des choses, Fred.

— Oh ! je sais bien. Je me posais seulement la question.

Evanelle comprit soudain la véritable raison de la venue de Fred. Il s'était installé à demeure, dans l'attente du moment où elle lui donnerait quelque chose qui lui permettrait de comprendre ce qui s'était passé avec James, la petite cuillère qui l'aiderait à se tirer de cette situation.

SYDNEY, Bay et Claire étaient assises sous le porche en ce dimanche et elles mangeaient des petits pains à la cannelle que Claire avait préparés en plus de sa commande pour le Coffee House. Il faisait chaud et le cours normal de la vie s'était déréglé. Les boutons de porte censés être à droite se retrouvaient à gauche, le beurre fondait dans le réfrigérateur. Les non-dits s'accumulaient et mijotaient dans l'air brûlant.

— Voilà Evanelle, lança Sydney, et Claire tourna la tête pour la regarder arriver.

Evanelle monta les marches en souriant.

— Ah çà ! votre mère a eu deux ravissantes filles, on peut le dire. Mais vous ne m'avez pas l'air bien gaies, toutes les deux !

— C'est la première vague de chaleur. Ça rend tout le monde irritable, déclara Claire en servant à Evanelle un verre de thé glacé. Comment vas-tu ? Cela fait plusieurs jours qu'on ne t'a pas vue.

Evanelle prit le verre et s'assit dans le rocking-chair en osier près de Claire.

— J'ai un invité.

— Qui ça ?

— Fred Walker loge chez moi.

— Oh ! fit Claire, surprise. Ça ne te dérange pas ?

— Au contraire. C'est agréable de savoir qu'il n'y a pas que vous deux qui appréciez ma compagnie. (Evanelle reposa son thé et fouilla dans son cabas.) Je suis venue pour te donner ceci, dit-elle en sortant un bandeau blanc, qu'elle tendit à Claire. Fred a essayé de m'en dissuader. Il dit que tu utilises des peignes, pas des bandeaux, et que c'est pour les cheveux courts. Il ne comprend pas. C'est bien ça que je dois te donner. Alors, Sydney, ton travail, comment ça se passe?

Bay et Sydney étaient assises sur la balancelle. Sydney se servait de son pied nu pour se balancer doucement.

— Je dois te remercier. Si tu ne m'avais pas offert ce chemisier que j'ai dû rapporter, je ne serais jamais entrée à la Porte blanche.

— Fred m'a dit qu'il t'avait vue balayer cette semaine.

— Je ne suis bonne qu'à ça pour l'instant.

— Que se passe-t-il? demanda Claire.

Sydney avait l'air si enthousiaste lorsqu'elle avait débuté au salon de coiffure, mais à mesure que les jours passaient, elle rentrait de plus en plus tôt à la maison et elle souriait de moins en moins.

— On dirait que tous les clients de la Porte blanche connaissent les Clark et les Matteson. Hunter John est venu me voir le troisième jour. Apparemment, cela n'a pas plu à certaines personnes que je ne nommerai pas, et elles ont fait passer le mot.

— Alors, tu veux dire que les gens t'ont snobée? demanda Claire. Personne ne t'a donné ta chance?

— Si ça continue, je ne pourrai plus louer ma cabine. Mais c'est peut-être aussi bien, déclara Sydney en passant le bras autour des épaules de sa fille. Je pourrai passer plus de temps avec Bay. Et je serai toujours disponible pour t'aider quand tu voudras.

CLAIRE n'était allée que trois fois chez le coiffeur de toute sa vie adulte. Lorsque ses cheveux devenaient trop longs et qu'il fallait les raccourcir de quelques centimètres, elle allait chez Mavis Adler, au bord de la grand-route. Mavis venait coiffer sa grand-mère à domicile, et puisque sa grand-mère en était satisfaite, cela convenait aussi à Claire.

Claire ne se considérait pas comme une plouc, mais lorsqu'elle y entra et qu'elle découvrit les canapés en cuir, les œuvres d'art et un groupe de femmes parmi les plus riches de la ville, chez qui elle avait servi des brunchs, des déjeuners et des thés, elle se sentit terriblement mal à l'aise.

Elle repéra Sydney, au fond, qui balayait autour du fauteuil d'une collègue. Elle était belle et réservée. Elle avait l'air solitaire.

En voyant sa sœur, Sydney s'approcha de l'accueil.

— Claire? Que se passe-t-il? Où est Bay? Elle va bien?

— Très bien. J'ai demandé à Evanelle de la garder une heure ou deux.

— Pourquoi?

— Parce que je veux que tu me coupes les cheveux.

Un attroupement de coiffeuses et de clientes se fit autour de Sydney et Claire. Des commentaires murmurés au sujet des beaux cheveux longs de Claire et des compétences encore non éprouvées de Sydney flottaient dans l'air comme des particules de poussière.

— Tu me fais confiance? demanda Sydney en remontant le fauteuil après lui avoir lavé les cheveux.

Le regard de Claire rencontra celui de sa sœur dans le miroir.

— Oui, dit-elle.

Sydney la fit pivoter, en lui tournant le dos à la glace.

Au cours des minutes qui suivirent, la tête de Claire s'allégea de plus en plus à mesure que des paquets mouillés de cheveux sombres tombaient sur la blouse qu'elle portait, comme de minces bâtons de sucre d'orge. De temps à autre, Rebecca, la propriétaire du salon, posait une question à Sydney et celle-ci y répondait avec assurance, utilisant des expressions telles que « carré en biseau » et « frange effilée ». Claire ne comprenait pas.

Lorsque Sydney fit pivoter le fauteuil, tout le monde applaudit.

Claire n'en croyait pas ses yeux. Sydney lui avait enlevé au moins trente centimètres. La coupe était plongeante; plus long devant, plus court et plus épais derrière. La fine frange rendait les yeux de Claire pétillants, et non plus ternes et sévères. Dans le miroir, Claire contemplait la personne qu'elle avait toujours voulu être.

Sydney ne lui demanda pas si cela lui plaisait.

La question ne se posait pas. C'était une transformation effectuée de main de maître. Tout le monde considérait Sydney avec respect et celle-ci rayonnait.

Claire sentit les larmes lui monter aux yeux, la joie d'une naissance, d'une rédemption. Ce don qu'elle avait toujours eu en elle et qui ne demandait qu'à être révélé.

— Tu ne peux plus le nier maintenant, dit Claire.

— Nier quoi?

— La voilà, ta magie Waverley.

6

Lester Hopkins était assis dans un fauteuil de jardin en aluminium sous un noisetier. Au loin, un ruban de poussière signalait l'arrivée d'une voiture qui montait la longue piste jusqu'à la maison à côté de la laiterie.

De son attaque de l'année précédente il avait conservé une claudication et une paralysie à la commissure des lèvres ; il passait beaucoup de temps assis, maintenant, mais ça ne le dérangeait pas. Cela lui donnait du temps pour réfléchir. À dire vrai, il avait attendu depuis toujours de prendre sa retraite.

Mais il y avait eu quelques accrocs en cours de route. Il avait dû travailler dur après la mort de son père, et gérer la laiterie tout seul dès l'âge de dix-sept ans. Sa femme et lui avaient eu un fils. Puis son fils avait épousé une femme qui ne rechignait pas à l'ouvrage et ils vécurent tous ensemble ; son fils eut un fils et tout se passa bien. Jusqu'au jour où la femme de Lester mourut d'un cancer et que son fils disparut dans un accident de voiture deux ans plus tard. Perdue et éplorée, sa belle-fille préféra partir pour Tuscaloosa où vivait une sœur. Mais Henry, le petit-fils de Lester, qui avait alors onze ans, avait voulu rester.

Ainsi Lester n'avait connu dans sa vie que deux choses sur lesquelles il pouvait compter : sa ferme et Henry.

Tandis que la voiture se rapprochait, il entendit la porte-moustiquaire claquer. Henry sortait de la maison pour voir qui leur rendait visite. Trop tard pour une visite professionnelle. Le soleil était presque couché.

— Tu attends quelque chose, papy ? lança Henry.

— Mon heure, mais elle n'est pas encore arrivée.

Henry s'approcha du noisetier et Lester leva les yeux vers lui. C'était un beau garçon, mais, comme tous les hommes de sa famille, il était né vieux et il passerait toute sa vie à attendre que son corps le rattrape. C'est la raison pour laquelle les Hopkins épousaient toujours des femmes plus âgées. Henry n'avait cependant pas l'air pressé et son grand-père avait entrepris de lui donner un coup de pouce. Il le chargeait de la visite guidée de la laiterie pour les écoliers quand leurs enseignantes étaient célibataires et avaient l'âge adéquat. Et comme le comité de la paroisse se composait principalement de femmes divorcées, Lester les invitait à venir ramasser du foin à l'automne et du houx en hiver, toujours avec l'aide d'Henry. Mais il ne se passait jamais rien. Solide et sûr de lui, gentil et travailleur, Henry aurait fait un bon parti, si seulement il n'avait pas été si content de lui. C'est ce qui arrive quand on naît vieux.

La voiture s'arrêta. Si Lester ne reconnut pas le conducteur, ce ne fut pas le cas de la passagère.

Il gloussa. Les visites d'Evanelle Franklin lui faisaient toujours plaisir. C'était comme de tomber sur un rouge-gorge en hiver.

— On dirait qu'Evanelle est venue nous apporter un cadeau.

L'homme resta dans la voiture tandis qu'Evanelle traversait la cour.

— Lester, dit-elle en s'arrêtant devant lui et en posant les mains sur les hanches, tu as meilleure mine chaque fois que je te vois.

— Tu devrais te faire opérer de la cataracte, se moqua-t-il. Qu'est-ce qui t'amène par ici?

— Je devais te donner ça, dit-elle en lui tendant un bocal de cerises au marasquin.

— Eh bien, ça fait longtemps que je n'en avais pas eu. Merci, Evanelle.

— Je t'en prie.

— Dis-moi, qui t'a amenée ici?

— C'est Fred, de l'épicerie du centre-ville. Nous nous verrons à la fête du 4 Juillet?

— Nous y serons, lui assura Lester en la regardant s'éloigner.

— Elle m'a donné une bobine de fil un jour, raconta Henry. Je devais avoir quatorze ans et nous faisions une sortie en ville avec le collège. La semaine d'après, j'en ai eu besoin pour un exposé.

— Les hommes de cette ville apprennent vite à compter avec les femmes Waverley, commenta son grand-père. Quand il y en a une dans les parages, conclut-il en se relevant doucement, sois attentif.

L'APRÈS-MIDI suivant, Claire entendit la voix de Sydney au rez-de-chaussée.

— Où êtes-vous?

— Je suis en bas, répondit Claire.

Elle perçut bientôt le craquement de l'escalier poussiéreux tandis que Sydney descendait au sous-sol, en direction de la lueur projetée par la lampe de Claire. Toutes les ampoules avaient grillé en 1939, et ce qui avait commencé par la flemme de les remplacer était devenu une tradition familiale. Aujourd'hui, personne ne savait pourquoi on laissait cette pièce dans le noir, mais il en avait toujours été ainsi.

— Où est Bay? demanda Sydney. Elle n'est pas avec toi?

— Non, elle aime bien rester dans le jardin la plupart du temps. Elle ne risque rien. Le pommier a arrêté de lui lancer des pommes quand elle s'est mise à riposter. Tu veux bien m'aider? demanda Claire en tendant la lampe-torche à Sydney. Éclaire par ici.

— Le vin de chèvrefeuille?

— La fête du 4 Juillet a lieu la semaine prochaine. Je compte les bouteilles pour voir combien nous pouvons en apporter.

— J'ai vu une bouteille sur la table de la cuisine en arrivant, dit Sydney tandis que Claire comptait.

— C'est le vin de géranium rosat que Fred m'a rendu, expliqua Claire en claquant dans ses mains pour se débarrasser de la poussière. Trente-quatre bouteilles. Je croyais en avoir fait quarante l'année dernière. Ce n'est pas grave, ça devrait suffire.

— Tu vas donner le vin de géranium rosat à Tyler?

— En fait, j'espérais que tu voudrais bien le lui apporter de ma part.

— Il donne des cours cet été, dit Sydney. Il est moins souvent chez lui.

— Oh!

Claire se sentait rassurée que Sydney ne puisse pas deviner sa confusion. Elle avait parfois l'impression de devenir folle. La première chose qu'elle faisait en se réveillant le matin était d'essayer de le chasser de son esprit. Elle restait pourtant aux aguets, espérant l'apercevoir dans son jardin, tout en mitonnant des plats qui le libéreraient d'elle. Cela n'avait aucun sens.

Elles atteignirent la cuisine et Claire referma la porte du sous-sol.

— C'est un type bien, Claire, dit Sydney. Je sais, ça m'a surprise moi aussi, mais apparemment ça existe, les types bien. Qui l'aurait cru?

— Il ne constitue pas un élément stable dans ma vie, répliqua Claire. Le pommier est une constante, comme le chèvrefeuille et cette maison. Mais pas Tyler Hughes.

— Et moi ? demanda Sydney.

Claire ne répondit pas. Sydney avait-elle trouvé sa place à Bascom ou bien repartirait-elle ? Claire ne voulait pas y penser. La seule chose qu'elle puisse faire était de ne pas provoquer le départ de sa sœur et, au contraire, de lui donner des raisons de rester.

— Alors, et ton travail ? demanda-t-elle gaiement.

— Oh ! je suis débordée. C'est grâce à toi. Maintenant, les gens me considèrent comme une styliste de génie ou je ne sais quoi. Je n'y comprends rien.

— Tu viens de découvrir le secret de ma réussite, dit Claire. Lorsque les gens croient que tu es la seule à pouvoir leur fournir ce qui leur manque, ils sont prêts à payer cher pour l'obtenir.

Sydney se mit à rire.

— Tu es en train de me dire que, tant qu'à être anormales, autant en tirer profit, c'est ça ?

— C'est exactement l'idée.

— Tu as de la toile d'araignée dans les cheveux, observa Sydney en s'approchant d'elle pour l'ôter du bout des doigts.

Elle prenait à présent un soin jaloux des cheveux de Claire, et il lui arrivait souvent de recoiffer sa frange ou de lui remettre une mèche derrière l'oreille.

— Où as-tu exercé ? demanda Claire.

Sydney recula.

— Cela fait quelques années. Mais j'ai travaillé à Boise, pendant un moment.

Elle fit volte-face. Puis, attrapant la bouteille de vin sur la table, elle sortit précipitamment par la porte de derrière, suivie par une curieuse odeur d'eau de toilette pour homme.

— Je vais passer voir Bay, puis j'apporterai ça à Tyler.

Depuis le jour où Sydney était retournée mentalement dans leur maison de Seattle où elle avait oublié les photos de sa mère, le parfum de David se faisait sentir de temps à autre sans crier gare. Claire sentait parfois l'eau de Cologne dans la maison et se demandait à haute voix quelle en était la provenance. Mais cette odeur avait fait prendre conscience à Sydney du danger qu'elle avait fait courir à sa sœur en venant chez elle. Claire avait tant fait pour elle.

Lorsque Sydney sortit, le parfum s'évanouit dans le jardin, annihilé par celui des pommes, de la sauge et de la terre. Sydney s'assit avec Bay sous l'arbre pour parler de leur journée et de la fête du 4 Juillet. Bay passait des heures allongée sous le pommier. Lorsque Sydney lui demandait pourquoi, elle répondait qu'elle essayait de comprendre quelque chose. Sydney ne voulait pas la presser de questions, et, avec tout ce qui s'était produit, il était naturel que Bay ait besoin de temps pour assimiler la situation.

Après avoir parlé à sa fille, Sydney se rendit chez Tyler. Elle le trouva dans son jardin, occupé à sortir une tondeuse du petit abri.

— J'apporte un cadeau de la part de Claire, dit-elle en lui montrant la bouteille de vin.

Tyler hésita, comme s'il censurait mentalement la première phrase qui lui était venue à l'esprit.

— Tu sais, je ne parviens toujours pas à comprendre ta sœur. Elle me fait des cadeaux alors qu'à l'évidence elle ne m'apprécie pas. C'est typiquement sudiste ?

— Détrompe-toi ! Elle t'apprécie. C'est pour ça qu'elle t'envoie cette bouteille. Ça t'ennuierait que j'en boive un peu ? Je suis un peu secouée.

— Pas de problème, entre.

Ils passèrent par-derrière pour entrer dans la cuisine et Tyler sortit deux verres à vin. Dès qu'il eut servi Sydney, elle but une grande gorgée.

— Qu'y a-t-il ? demanda Tyler.

— Il y a quelque temps, mon esprit s'est aventuré jusqu'à un endroit qu'il aurait été préférable d'éviter. J'en suis encore toute retournée.

— Tu veux en parler ?

— Non.

— Bon. Alors, que buvons-nous ? fit-il en se servant un verre qu'il porta à ses narines.

— Du vin de géranium rosat. Il est censé convoquer les bons souvenirs.

Tyler leva son verre.

— Aux bons souvenirs !

Avant qu'il ait pu boire, Sydney se lança :

— Elle espère que tu vas te souvenir de quelqu'un d'autre, et l'oublier, elle. C'est comme pour le ragoût à l'huile de gueule-de-loup.

— Je ne comprends pas, dit-il en reposant son verre.

— Les fleurs qui poussent dans notre jardin sont spéciales. Elles ont une influence sur ceux qui les ingèrent. Manifestement, tu es immunisé. Ou alors, peut-être qu'elle fait trop d'efforts et que ça nuit à leur efficacité. Je ne sais pas.

Tyler la regarda, incrédule.

— Elle essaie de faire en sorte que je me désintéresse d'elle ?

— Oui ; donc, tu ne lui es pas indifférent. Je vais te dire quelque chose à propos de Claire : elle aime ce qui est immuable. Alors, ne t'en va pas.

Sydney se demanda un instant si elle avait bien fait de révéler un détail aussi intime de la personnalité de sa sœur. Mais Tyler sourit et elle comprit qu'elle avait eu raison.

— Je n'irai nulle part, déclara-t-il.

— Tant mieux, fit Sydney en détournant les yeux.

Un type bien. Elle en avait les larmes aux yeux et se mit à envier Claire. Elle avait connu de nombreux hommes après avoir quitté Bascom, mais aucun de bien.

— Allez, bois, ordonna-t-elle.

Tyler leva son verre et but une gorgée.

— Alors, quels sont tes bons souvenirs ? demanda-t-il.

— C'est vraiment étrange. Ils datent tous de ces derniers jours. C'est cette semaine la meilleure de ma vie. Et toi ?

— Le vin est bon, mais je ne vois rien. Je pense juste à Claire.

Elle sourit en prenant une nouvelle gorgée.

— Tu es irrécupérable.

À Bascom, les festivités du Jour de l'Indépendance se déroulaient chaque année sur la place du centre-ville. Sur la pelouse près de la fontaine, les familles et les associations de la paroisse dressaient des tables, et chacun apportait des plats à partager avec les autres avant le feu d'artifice. La contribution des Waverley était toujours le vin de chèvrefeuille qui permettait de voir dans l'obscurité, mais il occasionnait aussi fréquemment – les habitants le savaient-ils ? – des révélations. Après tout, voir dans l'obscurité revient à voir des choses dont on n'avait pas conscience jusque-là.

La table des Waverley était placée un peu à l'écart des autres. Bay était dans le coin des enfants, occupée à fabriquer des chapeaux en papier et à se faire maquiller, Claire et Sydney se trouvaient donc seules avec le vin de chèvrefeuille. Les gens s'avançaient en silence pour se faire servir un gobelet, et de temps à autre le shérif passait demander :

— C'est bien une boisson sans alcool, hein ?

Claire répondait, imperturbable comme toutes les Waverley qui l'avaient précédée :

— Bien sûr.

Adolescente, Sydney avait toujours passé le 4 Juillet chez des amis, dans la piscine, arrivant juste à temps pour le feu d'artifice. Maintenant, elle se sentait plus vieille que les gens de son âge, comme ses anciennes copines de lycée, qui avaient toutes l'air d'arriver d'un barbecue ou d'une fête au bord de l'eau, avec leur bronzage et les bretelles de leurs maillots de bain visibles sous leurs tee-shirts. Emma était à la table de l'Église presbytérienne où elle bavardait avec Eliza Beaufort. Sydney, aujourd'hui, n'enviait plus cette vie privilégiée.

Evanelle s'approcha et prit une tasse de vin.

— Waouh, j'en avais bien besoin ! s'exclama-t-elle après avoir bu cul sec. J'ai tellement à faire. Je dois donner ceci à Bay.

Elle posa sa tasse et sortit de son cabas une broche franchement tape-à-l'œil. D'inspiration années cinquante, elle était faite de cristaux transparents mais jaunissants, en forme d'étoile.

— Tu trouveras Bay au stand de maquillage.

— D'accord, j'y passerai. Avec Fred, nous faisons des rangements chez moi. J'ai trouvé ça dans une vieille boîte à bijoux et j'ai su que je devais la donner à Bay.

Claire se pencha en avant.

— Fred t'a aidée ?

— Il a trouvé un système pour mettre de l'ordre dans tout mon bazar. Ça s'appelle un tableur.

— Ça fait des années que je te propose de venir t'aider, Evanelle.

Claire semblait blessée.

— Je sais. Je ne voulais pas te déranger. Mais puisque Fred habite chez moi…

— Habite chez toi ? s'étonna Claire. Je croyais que tu l'hébergeais seulement un moment.

— Eh bien, nous avons pensé qu'il ferait aussi bien de se mettre à l'aise. Il s'aménage un petit appartement dans le grenier et fait quelques améliorations dans la maison.

— Tu sais que si jamais tu as besoin de moi, je suis là, insista Claire.

— Je sais. Tu es gentille, répliqua la vieille femme en remettant la broche dans son sac. Après, je dois apporter des clous au révérend McQuail et un miroir à Mary-Beth Clancy. À plus tard !

— Salut, Evanelle, appelle-moi en cas de besoin !

Quelques minutes plus tard, après une nouvelle ronde du shérif, Sydney donna un coup de coude à Claire.

— Au cas où tu ne l'aurais pas remarqué, Tyler n'arrête pas de te regarder.

Claire jeta un coup d'œil discret et poussa un soupir.

— Zut. Pourquoi a-t-il fallu que tu lui fasses signe ? Maintenant il va venir nous voir.

— Oh, quel malheur !

— Oui, eh bien, je ne suis pas la seule qu'on observe. Tu as un admirateur, toi aussi.

Claire montra un chapiteau portant l'inscription LAITERIE HOPKINS. Il y avait un bel homme blond, bronzé, mince mais robuste, qui servait avec une machine électrique de la crème glacée dans des coupelles en carton. Il scrutait sans cesse la table des Waverley.

— C'est Henry Hopkins, dit Claire.

— Henry ! Je l'avais presque oublié. On était… amis à l'école primaire. Ensuite nous nous sommes éloignés.

— Pourquoi ? demanda Claire, les yeux fixés sur Tyler qui se rapprochait.

— Parce que j'étais une idiote bornée au lycée, dit Sydney.

— Mais non.

— Mais si.

— Bonsoir, mesdames. Vous avez besoin d'un arbitre ?

— Bonsoir, Tyler.

— Claire, tes cheveux ! fit-il.

Elle porta la main à sa tête d'un air gêné. Elle avait mis le bandeau blanc d'Evanelle.

— C'est très joli. J'ai rêvé de toi. Tu étais coiffée comme ça. Désolé, ça doit te sembler un peu mièvre. (Il rit et se frotta les mains.) Bon, tout le monde me dit qu'il faut que je goûte le vin de chèvrefeuille des Waverley. Soit c'est une tradition locale, soit ça fait partie du jeu de Claire pour se débarrasser de moi.

— Quoi ?

— Sydney m'a dit pourquoi tu me préparais ces petits plats.

Claire se tourna vers sa sœur qui essaya d'adopter un air penaud, tout en se sentant parfaitement dénuée de remords.

— Le vin de chèvrefeuille aide à voir dans l'obscurité, déclara Claire avec raideur. Tu peux en boire ou pas. Rentre dans un arbre, tombe du trottoir, ça m'est égal !

Tyler prit un gobelet en carton et but son vin sans la quitter des yeux. Sydney se cala dans son siège en souriant. Ils étaient comme deux danseurs, sauf qu'un seul connaissait la chorégraphie.

Lorsque Tyler fut parti, Claire s'en prit à sa sœur.

— Tu lui as dit !

— Tu aurais dû t'en douter. Je suis si prévisible.

— Mais non.

— Mais si.

— Oh, allez, fréquente les gens et arrête de faire ton importante comme une Waverley ! s'écria Claire en secouant la tête.

Mais elle souriait presque et un sentiment nouveau de complicité naissait entre elles.

C'était bon.

HENRY se souvenait encore du jour où Sydney Waverley et lui étaient devenus amis. Sydney était assise toute seule à l'intérieur de la cage à poules pendant la récréation. Elle semblait si triste qu'il s'était approché et avait commencé à escalader l'échelle horizontale au-dessus d'elle. Elle l'avait dévisagé longuement.

— Henry, est-ce que tu te rappelles ta mère ?

Il s'était moqué d'elle.

— Bien sûr. Je l'ai vue ce matin. Tu ne te souviens pas de la tienne ?

— Elle est partie l'année dernière. Je commence à l'oublier. Quand je serai grande, je n'abandonnerai jamais mes enfants.

Henry se rappelait qu'il avait ressenti une honte si intense qu'il était tombé de la cage à poules. Depuis ce jour-là, ils étaient devenus inséparables à l'école. Pendant quatre ans, ils avaient joué à la récré, déjeuné ensemble, comparé leurs devoirs.

Il n'avait aucune raison de croire que ce serait différent le jour de la rentrée au collège, après les vacances d'été. Mais elle s'était transformée d'une manière qui fit tourner la tête au jeune garçon pubère.

Quand elle essayait de lui adresser la parole, il en était tout étourdi et il s'enfuyait. Au bout d'un moment, elle avait baissé les bras.

Cette attirance si inattendue l'avait fait souffrir. Il aurait voulu retrouver leur amitié. Il était sûr que Sydney pensait qu'il l'avait abandonnée, comme sa mère. Il était malheureux. Puis Hunter John Matteson tomba fou amoureux d'elle et fit ce qu'Henry n'avait jamais réussi à faire : il se déclara. Henry vit les amis d'Hunter John devenir ceux de Sydney, et elle-même se mettre à leur ressembler, à se moquer des gens dans les couloirs, même de lui.

— Tu la dévisages si intensément qu'elle va en tomber à la renverse.

Henry se tourna vers son grand-père, assis dans son fauteuil en aluminium derrière les tables.

— Je la dévisage ?

— Depuis une bonne demi-heure, dit Lester. Tu n'as pas écouté un seul mot de ce que je disais.

— Désolé.

— Attention, la voilà qui s'en va.

Henry se retourna et vit Sydney se diriger vers le coin des enfants. Ses cheveux brillaient au soleil, qui leur donnait des reflets de miel. Elle s'approcha de sa fille et rit lorsque celle-ci lui mit un chapeau en papier sur la tête. Sydney lui murmura quelques mots, l'enfant hocha la tête et elles avancèrent main dans la main. *Vers lui.*

Arrivée au stand, Sydney lui sourit.

— Bonsoir, Henry. Tu te souviens de moi ?

Henry n'osait bouger de peur d'exploser, tout son corps en ébullition. Il hocha la tête.

— Voici ma fille, Bay.

Nouveau hochement de tête.

Sydney eut l'air déçue, mais elle haussa les épaules et se mit à discuter des parfums de glace avec sa fille. Il y avait chocolat menthe, rhubarbe fraise, pêche caramel et vanille café.

— Puis-je avoir deux chocolat menthe ? demanda finalement Sydney.

Henry prépara deux petites boules qu'il mit dans des coupelles en carton. Sydney l'étudia tandis qu'il leur tendait les glaces. Mais il n'articula pas un mot. Il ne parvint même pas à sourire.

— Ravie de t'avoir revu, Henry. Tu as l'air en forme.

Elle fit demi-tour et s'éloigna avec sa fille ; à mi-chemin, sur la pelouse, elle lui jeta un regard.

— C'est la scène la plus pitoyable que j'aie jamais vue, déclara enfin Lester en gloussant.

— Je n'arrive pas à y croire, je n'ai pas prononcé une phrase, soupira Henry.

EVANELLE et Fred étaient assis sur le banc en pierre qui entourait la fontaine. Ils firent signe à Bay et à Sydney qui passaient en mangeant leur glace. Bay avait épinglé l'affreuse broche sur son tee-shirt rose et Evanelle se sentit coupable. Ce n'était pas un bijou d'enfant. Pourquoi donc ce cadeau ? Elle ne le saurait peut-être jamais.

— J'ai le trac, conclut Fred en frottant ses mains sur son bermuda bien repassé. Il m'a dit qu'il viendrait ici pour parler. Dans un lieu public. Pourquoi ? Il croit que je vais faire quoi si on est seuls ? L'abattre ?

— Les hommes. On ne peut pas vivre avec, on ne peut pas les abattre.

Evanelle lui tapota le genou.

— Il se fait tard, dit Fred. Les gens commencent à étendre des couvertures pour le feu d'artifice. Je l'ai peut-être manqué.

Evanelle vit James approcher avant Fred. C'était un bel homme de grande taille. Evanelle n'avait aucun reproche à adresser à James. Ni elle ni personne, d'ailleurs. Réservé, il travaillait dans une banque d'affaires à Hickory. Fred avait été son seul et unique confident depuis plus de trente ans, mais soudain tout avait changé, et Fred ne comprenait pas pourquoi.

Fred se figea à l'approche de James.

— Je suis désolé d'être en retard.

James était un peu essoufflé et un fin voile de transpiration perlait sur son front.

— Je suis passé à la maison. J'ai pris quelques affaires mais le reste est à toi. Je voulais te dire que j'ai un appartement à Hickory maintenant.

« Ah ! songea Evanelle, c'est pour ça que James souhaitait le retrouver là, il voulait récupérer ses affaires en son absence, avant de lui parler. » Fred l'avait compris lui aussi.

— Je vais prendre ma retraite anticipée l'année prochaine et j'irai sans doute m'installer en Floride. Ou peut-être en Arizona. Je n'ai pas encore décidé.

— Alors c'est fini? demanda Fred, en qui, visiblement, se bousculaient trop de questions.

Pourtant, une seule réussit à sortir :

— C'est vraiment fini?

— Je suis fatigué de te montrer le chemin, dit James. J'ai interrompu mes études pour toi, je suis venu ici vivre avec toi parce que tu ne savais pas quoi faire. Je devais prévoir les menus des repas et ce que nous faisions de notre temps libre. Je croyais bien faire. Quand ton père est mort et que tu as dû rentrer chez toi, j'étais terrifié à l'idée que tu ne puisses pas t'en sortir tout seul. J'ai mis longtemps à prendre conscience que je t'avais fait beaucoup de tort, Fred. En voulant te rendre heureux, je t'ai empêché d'apprendre à te débrouiller tout seul. En essayant de t'apporter le bonheur, j'ai perdu le mien.

— Je peux m'améliorer. Dis-moi juste…

Fred s'interrompit et se rendit compte en une terrible seconde que tout ce qu'avait dit James était vrai.

Ce dernier ferma les yeux un instant, puis il se leva.

— Je dois y aller.

— S'il te plaît, James, non, chuchota Fred en lui attrapant la main.

— Je n'en peux plus. Je ne peux pas te dire comment vivre. J'ai presque oublié moi-même comment on fait, expliqua James avant d'hésiter. Écoute, tu sais, ce prof d'art culinaire à Orion, Steve, avec qui tu échanges des recettes. Tu devrais faire sa connaissance.

Fred laissa retomber sa main, l'air étourdi comme s'il venait de recevoir un coup de poing dans l'estomac.

Sans un mot de plus, James s'éloigna lentement, avec une démarche si raide qu'on aurait dit un acrobate sur des échasses.

SYDNEY regardait sa fille courir sur l'herbe avec un cierge magique et elle se retourna lorsqu'elle vit quelqu'un approcher sur sa droite.

Henry Hopkins s'arrêta sur le bord de la couverture. Il s'était transformé en un bel homme aux courts cheveux blonds et aux bras musclés. Plus jeune, il avait une silhouette dégingandée, d'où émanait cependant une dignité calme qu'elle appréciait beaucoup à l'époque. Ils s'étaient perdus de vue en grandissant et elle ignorait pourquoi. Tout ce qu'elle savait, c'est qu'elle s'était montrée odieuse avec lui une fois qu'elle avait cru avoir obtenu tout ce qu'elle désirait. Elle ne lui en voulait pas de ne pas avoir eu envie de lui parler au stand de glaces.

— Salut, fit Henry.

Sydney ne put retenir un sourire.

— Mais il parle !

— Ça te dérange si je m'assieds à côté de toi ?

— Comme si je pouvais refuser quelque chose à un homme qui m'offre des glaces, dit-elle tandis qu'Henry s'installait.

— Désolé pour tout à l'heure, dit-il. J'étais surpris de te voir.

— Je croyais que tu m'en voulais.

Henry eut l'air sincèrement étonné.

— Pour quelle raison ?

— Je n'ai pas été très sympa avec toi au lycée. Je suis désolée.

— Je ne t'en ai jamais voulu. Même maintenant, je ne peux pas passer devant une cage à poules sans penser à toi.

— Ah ! c'est vrai, fit Sydney. Beaucoup d'hommes me disent ça.

Il rit. Elle aussi. Tout allait bien. Il croisa son regard une fois le silence retombé.

— Alors tu es revenue. Ça me fait plaisir.

Sydney secoua la tête. Cette soirée prenait un tour inattendu.

— Tu sais, je crois que tu es la première personne à prononcer ces mots.

— Tout vient à point à qui sait attendre.

— Tu ne restes pas pour le feu d'artifice ? demanda Tyler à Claire qui rangeait les bouteilles de vin vides.

Il s'était glissé derrière elle, mais elle ne s'était pas retournée. Sinon, elle redeviendrait cette femme perturbée qui ne pouvait supporter qu'un homme s'intéresse à elle.

Elle avait l'impression de se désagréger et elle se sentait terriblement désarmée. Un moment mal choisi pour affronter Tyler.

— J'ai déjà vu le spectacle, dit-elle en lui tournant toujours le dos. Ça se termine par un bang !

— Tu as tout gâché maintenant. Je peux t'aider ?

Elle empila les caisses et emporta les deux premières – elle prendrait les autres au voyage suivant.

— Non.

— Bon, dans ce cas, dit Tyler en saisissant les cartons, je vais juste porter ça.

Il la suivit jusqu'à sa camionnette, garée dans la rue. Elle sentait son regard sur sa nuque. Elle ne s'était jamais rendu compte à quel point les cheveux courts peuvent rendre vulnérable. Cela expose des endroits autrefois cachés, comme le cou, les épaules.

— De quoi as-tu peur, Claire ? demanda-t-il d'une voix douce.

— Je ne sais pas de quoi tu parles.

Alors qu'elle chargeait ses cartons, Tyler posa les siens et s'approcha d'elle.

— Tu as peur de moi ?

— Bien sûr que non, railla-t-elle.

— Tu as peur de l'amour ? Tu as peur d'un baiser ?

— Quelle personne saine d'esprit aurait peur d'un baiser ?

Après avoir refermé la camionnette, elle se retourna et le trouva plus près d'elle qu'elle ne s'y attendait. Trop près.

— N'y pense même pas, murmura-t-elle, le dos contre la camionnette, alors qu'il avançait encore.

— C'est seulement un baiser, dit-il en s'approchant, incroyablement près mais sans la toucher. Il n'y a pas de quoi avoir peur, n'est-ce pas ?

Il s'appuya d'une main sur le véhicule, près de son épaule. Elle pourrait partir bien sûr. Filer et lui tourner le dos encore une fois. Mais il baissa la tête.

Doucement, les lèvres de Tyler effleurèrent les siennes et elle ressentit un chatouillement tiède comme de l'huile de cannelle. Puis il inclina imperceptiblement la tête et il se produisit une secousse. Venue de nulle part, elle lui traversa tout le corps. Elle entrouvrit les lèvres sous le coup de la surprise et perdit alors tout contrôle. Son esprit fut assailli par un million d'images folles. Ses mains se mirent à le toucher, à l'agripper, à l'attirer vers elle. Il se pressait contre son corps et sa force la faisait presque flotter dans les airs. C'en était trop, elle allait sûrement mourir, et pourtant, la perspective de rompre l'étreinte avec cet homme, cet homme si beau, lui brisait le cœur.

Elle entendit des sifflements et, en relevant la tête, aperçut des adolescents qui passaient en souriant.

— Laisse-moi ! dit-elle.

— Je ne crois pas que j'y arriverai.

Elle se glissa entre la camionnette et lui. Il prit appui contre le véhicule. Il semblait avoir à peine la force de tenir debout. Elle comprit pourquoi lorsqu'elle essaya d'ouvrir la portière du côté conducteur : elle aussi était faible, comme si elle n'avait pas mangé depuis des jours.

« Tout ça pour un baiser ! Si jamais nous faisons l'amour, il me faudra une semaine pour m'en remettre. »

Elle ne se sentait pas capable de se lancer là-dedans, parce que cela avait une fin. Elle ne pouvait pas s'accorder ce moment de plaisir, pour passer ensuite sa vie à le regretter et à souffrir.

— Laisse-moi tranquille, Tyler, dit-elle alors qu'il s'écartait, hors d'haleine, de la camionnette. Cela n'aurait jamais dû se produire. Et cela ne se reproduira plus.

Elle monta et démarra en trombe, coupant les virages et grillant les stops jusque chez elle.

7

PLUS d'un siècle auparavant, la famille Waverley était riche et respectée à Bascom. Lorsqu'elle perdit sa fortune à la suite de quelques mauvais investissements, les Clark s'en réjouirent secrètement. Ceux-ci, prospères propriétaires terriens, possédaient des champs qui regorgeaient de coton de la meilleure qualité et des vergers de pêches particulièrement sucrées. Les Waverley n'étaient pas aussi fortunés, mais ils avaient construit à Bascom une demeure opulente et leur situation financière avait toujours été un peu trop bonne au goût des Clark.

Lorsque la nouvelle de la ruine des Waverley leur parvint, les femmes Clark esquissèrent quelques pas de danse à la lueur furtive de la demi-lune. Après quoi, elles s'estimèrent très charitables d'apporter aux Waverley des écharpes mitées et des gâteaux sans sucre. Au fond, elles avaient seulement envie de voir dans quel état serait la maison maintenant qu'il n'y avait plus de domestiques pour s'en occuper et que les pièces avaient été vidées de la moitié de leur mobilier.

Ce fut l'arrière-arrière-grand-tante d'Emma Clark, Reecey, qui ramassa des pommes dans le jardin, et c'est ainsi que tout avait commencé. Les Waverley avaient voulu montrer aux Clark leurs fleurs, leur seule réussite personnelle. Reecey Clark en fut jalouse, parce que le jardin de sa famille ne pouvait soutenir la comparaison. Le jardin regorgeait de pommes, brillantes et parfaites, dont elle remplit discrètement ses poches et son sac à main. Pourquoi les Waverley posséderaient-elles toutes ces magnifiques pommes alors qu'elles ne les mangeaient même pas ?

Une fois chez elle, Reecey apporta les pommes à la cuisinière et lui demanda d'en faire de la confiture. Pendant plusieurs semaines, chacune des femmes de la famille Clark eut des visions érotiques merveilleuses, si bien qu'elles se levèrent de plus en plus tôt pour prendre leur petit déjeuner. Les plus grands événements de la vie des Clark, apparemment, étaient tous liés à la sexualité, ce qui n'aurait pas surpris leurs maris exténués.

Mais bientôt la confiture fut épuisée et les petits matins érotiques terminés. On en refit, mais ce n'était pas la même chose. Reecey comprit alors que cela venait des pommes. Les pommes des Waverley. Elle devint folle de jalousie. Ce n'était tout simplement pas juste que les Waverley disposent d'un tel arbre et pas les Clark.

Ce ressentiment persista au sein de la famille Clark, longtemps après que ce qui l'avait provoqué eut disparu.

Le lendemain des festivités du 4 Juillet, Emma Clark Matteson essaya d'utiliser l'ancestrale tactique des Clark pour obtenir ce qu'elle voulait. Elle fit l'amour avec Hunter John et les oreillers volèrent, les draps se défirent. Hunter John était éreinté et étourdi, aussi Emma en profita-t-elle pour l'inciter à parler de Sydney : elle voulait qu'il se rende compte combien elle était sexy comparée à cette pauvre Waverley. Mais il refusa de la suivre sur ce terrain. Il se leva pour aller prendre sa douche.

Il ne restait plus à Emma qu'une chose à faire pour calmer son angoisse : appeler sa mère en pleurant.

— Tu n'aurais pas dû lui parler de Sydney, dit Ariel.

— Mais tu m'as dit de susciter des comparaisons entre nous, pleurnicha Emma, pelotonnée dans son lit contre un oreiller. Comment faire sans parler d'elle ?

— Tu n'as pas bien écouté, ma puce. J'ai organisé cette soirée pour qu'il puisse faire la comparaison entre Sydney et toi lorsqu'elle servait et que tu étais l'hôtesse. Seulement à cette occasion. Maintenant, il faut arrêter, pour l'amour du ciel !

Emma avait la tête qui tournait. Elle n'avait jamais douté des connaissances de sa mère au sujet des hommes, mais cela semblait trop compliqué… elle n'arrivait pas à suivre. Hunter John allait finir par se douter de quelque chose.

— Tu ne l'as pas laissé s'approcher d'elle depuis la dernière fois, n'est-ce pas ? Cette entrevue au salon de coiffure, c'était une grosse erreur.

— Non, maman. Mais je ne peux pas savoir à chaque instant où il se trouve.

— Tu dois faire des efforts pour le garder. Achète-toi quelque chose de neuf et de sexy, rien que pour lui. Surprends-le.

— Oui, maman.

— Les Clark ne perdent pas leurs maris. Elles les rendent heureux.

— Oui, maman.

— Où est Bay ? demanda Sydney en arrivant dans la cuisine. Je croyais qu'elle t'aidait.

Sydney profitait de son premier lundi de congé depuis le 4 Juillet.

— Oui, mais elle a entendu passer un avion et elle a couru dans le jardin. Elle fait ça chaque fois.

Sydney se mit à rire.

— Je ne comprends pas. Elle n'a jamais eu cette passion des avions avant.

Claire se tenait devant l'îlot de la cuisine où elle confectionnait des petits fondants au chocolat pour les Haversham, qui habitaient quatre maisons plus loin. Ils donnaient une fête sur le thème des pirates pour le dixième anniversaire de leur petit-fils. À la place d'un gâteau, ils voulaient six douzaines de cakes individuels avec une surprise à l'intérieur, comme une bague, une pièce ou une fève.

Sydney regardait Claire opérer.

— Alors, c'est quand, cette fête ?

— L'anniversaire ? Demain.

— Je serais heureuse de prendre un jour de congé pour t'aider.

Claire sourit, touchée par cette offre.

— Je suis parée. Merci.

Bay entra à ce moment-là et Sydney se mit à rire.

— Oh ! ma chérie, tu n'es pas obligée de porter cette broche tous les jours. même pour faire plaisir à Evanelle.

La fillette baissa le menton pour regarder le bijou épinglé à son tee-shirt.

— Mais j'en aurai peut-être besoin.

— Prête pour aller voir l'école?

— Tu n'as pas besoin de moi, tatie? demanda Bay.

— Tu m'as déjà beaucoup aidée, répondit Claire. Merci. Je peux terminer seule.

— Nous ne serons pas longues, précisa Sydney.

— OK, répondit Claire qui eut soudain la chair de poule. Zut. Tyler arrive. Peux-tu lui dire que je ne veux pas le voir?

Sydney pouffa quand on frappa à la porte.

— Comment le savais-tu?

— Je le savais, c'est tout.

TYLER et Bay attendaient ensemble sur la balancelle du porche. Tandis qu'ils se balançaient, Bay se rappela son rêve, celui du jardin. Sa vie ici ne pourrait être parfaite qu'une fois qu'elle l'aurait reproduit dans la réalité. Mais elle ne savait pas comment faire chatoyer des reflets sur son visage, pas plus qu'elle ne parvenait à imiter le bruit exact de feuilles de papier claquant au vent – elle avait pourtant essayé avec des cahiers qu'elle avait emportés dans le jardin.

— Tyler?

— Oui?

— Quel genre d'objet pourrait créer des reflets scintillants sur ton visage? Par exemple si tu étais allongé au soleil? Parfois je vois passer des avions qui brillent et parfois le soleil les fait étinceler, mais quand j'essaie de m'allonger dans le jardin, les avions passent sans faire de reflets sur moi.

— Tu veux dire des éclats lumineux?

— Oui.

Il réfléchit un instant.

— Eh bien, quand le soleil se reflète dans un miroir, il y a des éclairs de lumière. Les carillons éoliens en métal ou en cristal peuvent réfléchir le soleil quand le vent les fait bouger. L'eau aussi scintille à la lumière.

— Bonne idée, merci!

— De rien, dit-il en souriant.

Sydney sortit à ce moment-là, et Tyler interrompit le va-et-vient de la balancelle si brusquement que Bay dut s'accrocher à la chaîne pour ne pas tomber. C'était l'effet que produisaient sa mère et sa tante Claire sur les gens.

— Salut, Tyler ! dit Sydney, debout devant la porte-moustiquaire. (Elle lança un regard hésitant à l'intérieur.) Euh, Claire a dit qu'elle ne voulait pas te voir.

Tyler se leva, ce qui remit la balancelle en mouvement.

— Je le savais. Je lui ai fait peur.

— Qu'est-ce que tu as fait ? demanda Sydney.

Tyler baissa les yeux.

— Je l'ai embrassée.

Sydney se mit à rire, mais se couvrit la bouche de sa main dès que Tyler releva la tête.

— Excuse-moi. Mais c'est bien tout ? Attends que je lui aie parlé, d'accord ? Si tu frappes, elle ne répondra pas.

Sydney fit signe à Bay de les rejoindre et ils descendirent les marches tous les trois.

— Un baiser, hein ?

— Oui, mais pas n'importe lequel !

— Je ne savais pas qu'elle en était capable.

— Moi si, dit Tyler en leur faisant un signe d'adieu une fois arrivé devant sa maison.

— Tatie Claire a des soucis ? demanda Bay lorsqu'elles tournèrent au coin de la rue. Ce matin, elle a oublié où on rangeait les couverts. C'est moi qui ai dû lui montrer.

— Elle n'a pas de soucis, ma puce. C'est juste qu'elle n'aime pas les choses qu'elle ne peut pas contrôler. Certaines personnes ne savent pas comment tomber amoureuses, comme d'autres ne savent pas nager. Elles sont en proie à la panique la première fois qu'elles se jettent à l'eau.

— Moi, je suis déjà tombée amoureuse.

— Ah bon ?

— Oui, de notre maison.

— Tu ressembles chaque jour de plus en plus à Claire, déclara Sydney lorsqu'elles arrivèrent devant un bâtiment en briques rouges de forme allongée. Voilà, nous y sommes. Ta tante Claire et moi sommes allées à l'école ici. C'est un endroit agréable.

Bay regarda le bâtiment. Elle savait où se trouverait sa salle de classe, troisième porte à gauche après le hall d'entrée.

— C'est l'école qu'il me faut, approuva-t-elle en hochant la tête.

— Oui, dit Sydney. Tu as raison. Alors, tu es impatiente ?

— Ce sera bien. Dakota sera dans ma classe.

— Qui est-ce ?

— Un garçon que j'ai rencontré le 4 Juillet.

— Oh ! je suis contente que tu te fasses des amis.

— Toi aussi, maman, tu devrais te faire des amis.

— Ne t'inquiète pas pour moi, ma chérie.

Sydney passa le bras autour des épaules de sa fille et la serra contre elle tandis que l'odeur de l'eau de toilette de David passait en flottant à côté d'elles. Cela fit peur à Bay, non pour elle mais pour sa mère.

— Nous ne sommes pas loin du centre-ville. Allons chez Fred acheter des Pop-Tarts ! suggéra Sydney d'une voix enjouée, cette voix qu'utilisent les adultes pour cacher aux enfants que quelque chose leur donne du souci.

Bay ne discuta pas. Après tout, elle aimait bien les Pop-Tarts.

Chez Fred, alors que Sydney avait pris un panier et qu'elles venaient de passer devant les fruits et légumes, elles entendirent un grand fracas. Soudain, des centaines d'oranges roulèrent partout, dans le rayon du pain, sous les chariots des clients. Le coupable se tenait tout près du présentoir d'oranges vide, et, au lieu de se morfondre après ce qu'il venait de faire, il dévorait Sydney des yeux.

C'était Henry Hopkins, l'homme qui avait donné une glace à Bay le 4 Juillet. Bay l'aimait bien. Il était calme, comme Claire. Solide. Sans quitter Sydney du regard, il avança vers elle.

— Salut, Sydney, salut, Bay.

— Tu sais, dit Sydney en tendant le doigt vers les oranges, tu n'avais pas besoin de faire ça pour attirer notre attention.

— Je vais te dire un secret sur les hommes. Nos maladresses ne sont jamais intentionnelles mais, en général, elles ne sont pas dues au hasard.

— Bay et moi, nous sommes venues chercher des Pop-Tarts.

— C'est la journée de la gourmandise. Il y a deux semaines, Evanelle a apporté à mon grand-père un bocal de cerises au maras-quin et, en les voyant hier, il a pensé que si nous faisions plus de glace, nous pourrions préparer des banana split. La seule chose qui nous manque, c'est les bananes. Donc j'ai terminé le travail un peu plus tôt aujourd'hui pour venir en acheter.

— Ah, ce qu'on ne ferait pas pour des sucreries ! dit Sydney.

— Si vous veniez avec moi ? Vous êtes occupées ? Il y aura plein de banana split. Et je pourrai montrer les vaches à Bay.

— Allons voir les vaches ! s'écria Bay avec enthousiasme en essayant de convaincre sa mère. Les vaches, c'est génial !

Sydney la regarda, intriguée.

— D'abord les avions et maintenant les vaches. Depuis quand es-tu devenue une amie des vaches ?

Bay tira sur la chemise de sa mère. Ne voyait-elle pas combien elle était calme auprès de lui, comment leurs cœurs battaient à l'unisson ?

— S'il te plaît, maman !

Sydney regarda Bay, puis Henry.

— On dirait que je suis en minorité.

— Super ! fit Henry. On se retrouve à la caisse.

— Alors, belle des champs, qu'est-ce qui t'arrive ? demanda Sydney.

— Tu ne vois pas ? fit Bay tout excitée. Tu lui plais. Comme Claire plaît à Tyler !

— Ce n'est pas tout à fait pareil, ma chérie. C'est un ami.

Bay fronça les sourcils. Ce serait plus dur qu'elle le croyait. Habituellement, tout allait mieux dès l'instant où Bay trouvait leur place aux choses. Il fallait vraiment qu'elle réussisse à reproduire son rêve dans la réalité. Rien n'irait parfaitement bien avant ça.

Henry les conduisit à son beau camion argenté. La cabine était immense et Bay put s'asseoir sur la banquette arrière, ravie.

La journée se révéla merveilleuse. Henry et son grand-père s'entendaient comme deux frères et Bay appréciait leur assurance empreinte de sérénité. Le vieux M. Hopkins avait tout de suite demandé son âge à Sydney, et lorsqu'il avait découvert qu'elle avait cinq mois de plus qu'Henry, il avait ri et donné des claques dans le dos de son petit-fils.

Bay en était certaine maintenant : la place de sa mère était ici.

Mais Sydney l'ignorait. Elle avait toujours eu du mal à déterminer à quel univers elle appartenait.

Heureusement pour elle, c'était la spécialité de sa fille.

HENRY les avait raccompagnées chez elles à la nuit tombée et Bay s'était endormie à l'arrière du camion. Une fois garés devant la maison, ils avaient discuté de l'avenir, de ce qu'ils voulaient faire de leur vie, de ce qu'ils imaginaient qu'elle serait plus tard. C'était comme si le passé n'existait plus. Sydney aimait cette sensation.

Elle parla jusqu'à ne plus avoir de voix. Il fut bientôt minuit.

Elle venait d'entrer dans la maison avec Bay dans les bras lorsque Claire apparut en chemise de nuit.

— Où étais-tu ?

— Nous avons rencontré Henry Hopkins à l'épicerie. Il nous a invitées à manger des banana split, dit Sydney.

Puis elle dévisagea Claire et son cœur bondit dans sa poitrine. Sa sœur avait le visage fermé et ses mains étaient jointes devant elle comme si elle avait une terrible nouvelle à lui annoncer. Ô mon Dieu ! C'était David. Il les avait retrouvées !

— Qu'y a-t-il ?

— Rien, dit Claire avant de se diriger vers la cuisine. Tu aurais simplement pu m'appeler pour me tenir au courant.

Sydney la suivit, serrant Bay contre elle. Le temps qu'elle rattrape Claire, celle-ci était déjà dans la véranda, en train de prendre son attirail de jardinage.

— C'est tout ? demanda Sydney, le souffle court. Rien d'autre ?

— J'étais inquiète. Je croyais…

— Quoi ? Que croyais-tu ?

— Je croyais que vous étiez parties, dit Claire doucement.

Sydney eut du mal à comprendre.

— C'est pour ça que tu es bouleversée ? Tu as cru que nous étions parties ? Pour de bon ?

— Si tu as besoin de moi, je serai dans le jardin.

— Je suis désolée de t'avoir causé de l'inquiétude. J'aurais dû téléphoner. Je t'ai dit que nous ne partirions nulle part. Je suis désolée.

— Ça va, concéda Claire en ouvrant la porte de la véranda.

Sydney la regarda traverser l'allée et ouvrir le portillon du jardin. Lorsqu'elle eut disparu, elle regagna la cuisine. Elle resta un moment pensive, puis elle s'assit, Bay recroquevillée sur ses genoux. Elle tendit alors la main vers le téléphone.

COMME toute personne amoureuse, Tyler Hughes se demandait ce qui ne tournait pas rond chez lui.

Il avait senti chez Claire une immense énergie qui était sortie d'elle pour passer à travers lui lorsqu'ils s'étaient embrassés. Chaque fois qu'il y pensait, il devait s'asseoir et boire deux verres d'eau pour apaiser sa fièvre.

Mais que savait-il d'elle en fait ? Qui connaissait vraiment Claire Waverley ?

Cet après-midi-là, assis dans son bureau d'Orion College, il avait interrogé Anna Chapel, la directrice du département des arts, qui passait par là.

— Dis-moi, est-ce que tu connais bien Claire Waverley ?

— Claire ? avait fait Anna en haussant les épaules et en s'appuyant sur le montant de la porte. Voyons. Je la connais depuis environ cinq ans. Elle s'occupe de tous nos dîners.

— Je veux dire personnellement.

— Ah ! Eh bien, « personnellement », je ne la connais pas bien. Tu es là depuis un an et je suis sûre que tu as remarqué certaines… excentricités dans cette ville.

Tyler se pencha en avant, curieux de découvrir où elle voulait en venir.

— J'ai remarqué.

— Les légendes locales ont leur importance ici, comme dans beaucoup de petites villes. Les gens du coin croient que ce qui pousse dans le jardin des Waverley a des vertus magiques. Et les Waverley possèdent un pommier dont la réputation est quasi mythique. Mais ce ne sont qu'un jardin et un pommier. Les ancêtres de Claire étaient mystérieux, donc elle est mystérieuse. Pourtant, elle n'est pas différente de toi ou moi. D'ailleurs, elle est peut-être même plus futée que le pékin moyen, parce qu'elle a su transformer une légende locale en une entreprise lucrative.

Il y avait sans doute du vrai dans les propos d'Anna.

— J'ai comme l'impression que ce n'est pas ce que tu voulais savoir, dit-elle.

— Pas exactement, fit Tyler en souriant.

— Bon, je sais qu'elle a une demi-sœur.

— Demi-sœur ? releva Tyler.

— Elles n'ont pas le même père, d'après ce que j'ai entendu dire. Leur mère a fait les quatre cents coups. Elle a quitté la ville, elle a eu des enfants, elle les a amenées ici, puis elle est repartie. Je suppose que tu t'intéresses à Claire ?

— Oui, répondit Tyler.

— Eh bien, bonne chance ! Mais fais attention. Je ne veux pas avoir à changer de traiteur parce que tu lui auras brisé le cœur.

Plus tard ce soir-là, il s'était assis sur son canapé pour essayer de se concentrer sur les dessins à la plume de ses étudiants, mais il était obsédé par Claire. Le téléphone sonna et il se précipita sur l'appareil posé sur la table basse.

— Oui ?

— Tyler, c'est Sydney. Claire est dans le jardin. Le portillon est ouvert. Tu devrais y aller.

— Elle ne veut pas de moi. N'est-ce pas ? ajouta-t-il après une hésitation.

— Hum, par contre, elle a peut-être besoin de toi. Je ne l'ai jamais vue dans cet état. C'est une vraie ligne à haute tension. Elle brûle littéralement tout ce qu'elle touche.

— J'arrive.

Il traversa le jardin et contourna la maison des Waverley. Le portillon n'était pas verrouillé et il n'eut qu'à le pousser.

Il fut immédiatement accueilli par un parfum de menthe tiède et de romarin : il avait la sensation d'entrer dans une cuisine où des herbes aromatiques mijotaient sur le feu.

Les lampes au bord du sentier, tel l'éclairage d'une piste d'atterrissage miniature, diffusaient une lueur jaune. Au fond du jardin se dressait la silhouette floue du pommier. En découvrant Claire sur la pelouse, il s'arrêta net. Ses cheveux courts étaient toujours retenus par le bandeau blanc. Elle était à genoux, vêtue d'une longue chemise de nuit blanche à bretelles, garnie de dentelle en bas. Elle grattait le sol avec un petit râteau. En inspirant profondément, il s'approcha lentement d'elle, pour ne pas la faire sursauter. Il était presque à côté d'elle lorsqu'elle cessa enfin de ratisser la terre. Elle leva vers lui des yeux rougis.

Bon Dieu, était-elle en train de pleurer ?

Elle détourna la tête en le voyant.

— Va-t'en, Tyler !

— Qu'y a-t-il ?

— Rien, fit-elle laconiquement, recommençant à travailler la terre. Je me suis cogné le pouce. Ça fait mal. Ouille !

— Sydney ne m'aurait pas téléphoné pour une blessure au pouce.

Cette remarque la fit réagir. Elle tourna vivement la tête.

— *Elle t'a appelé ?*

— Elle m'a dit que tu étais bouleversée.

— Je n'arrive pas à croire qu'elle t'ait appelé ! Est-ce que ça va soulager sa conscience que tu sois là quand elle partira ? Toi aussi, tu t'en iras. Elle n'a pas compris ? Bien sûr, elle n'en sait rien, c'est elle qui part. On ne l'a jamais laissée tomber, elle.

— Elle s'en va ? demanda Tyler, désorienté. Je m'en vais ?

Les lèvres de Claire tremblaient.

— Tout le monde me quitte. Ma mère, ma grand-mère, Sydney.

— Premièrement, je ne vais nulle part. Deuxièmement, où va Sydney ?

— Je ne sais pas, répondit Claire en se détournant. J'ai juste peur qu'elle ne s'en aille.

Elle aime la stabilité, lui avait dit Sydney. Cette femme avait été trop souvent abandonnée pour s'attacher de nouveau à quelqu'un. Cette révélation le mit à genoux. Ses jambes se dérobèrent littéralement sous lui. Il comprenait tant de choses à présent. Anna avait raison sur un point : Claire était comme tout le monde. Elle souffrait comme les autres.

— Oh ! Claire.

À présent, ils étaient à genoux côte à côte.

— Ne me regarde pas comme ça.

— Je n'y peux rien, dit-il en tendant la main pour effleurer ses cheveux.

Il s'attendait qu'elle se dérobe, mais, à sa grande surprise, elle inclina légèrement la tête contre sa main.

Il s'approcha et prit la tête de la jeune femme entre les mains. Leurs genoux se touchèrent et elle posa la tête sur son épaule. Elle avait les cheveux d'une douceur de soie. Il y passa les doigts, puis effleura ses épaules. Sa peau était satinée. Il lui massa le dos pour la réconforter.

Au bout d'un moment, Claire s'écarta et le regarda. Elle avait les yeux encore mouillés de larmes et il lui sécha les joues avec les pouces. Elle leva les mains vers son visage pour le caresser. Elle traça le contour de ses lèvres et il la regarda, comme s'il était sorti de son corps, se pencher pour l'embrasser. « Ce n'est pas le moment de s'évanouir », songea-t-il. Lorsqu'elle interrompit le baiser, il rejoignit son corps et pensa : « Non ! » Il la suivit alors qu'elle se dérobait, ses lèvres trouvèrent les siennes.

Des minutes s'écoulèrent ainsi.

— Dis-moi d'arrêter, lança-t-il.

— Ne t'arrête pas, chuchota-t-elle en l'embrassant dans le cou. Au contraire.

Elle l'enlaça. Il sentit sa peau se tendre à ce contact.

« Je vais sûrement en mourir, songea-t-il dans une brume d'ivresse. Mais c'est une sacrée façon de mourir. »

Il l'embrassa de nouveau. Elle le poussa, et il tomba sur le dos mais ils n'interrompirent pas leur baiser. Il était allongé sur ce qui devait être du thym, et les brins parfumaient l'air autour d'eux. La scène lui était vaguement familière, sans qu'il sache en quoi.

Claire se redressa pour reprendre son souffle. Elle avait toujours les joues baignées de larmes.

— Je t'en supplie, arrête de pleurer. Je ferai n'importe quoi pour toi.

— N'importe quoi? Est-ce que tu pourras avoir oublié ça demain?

Il hésita.

— C'est toi qui me le demandes?

— Oui.

— Alors d'accord.

Il eut de nouveau du mal à respirer. Il l'enlaça en la faisant rouler sur de la sauge. De nouveau, cette sensation familière. Tout à coup, il se rappela. Il avait rêvé cette scène.

Il savait exactement ce qui allait se passer. Tout lui criait que Claire lui était promise. C'était le destin qui l'avait amené à Bascom, à la recherche de rêves qui ne se réalisaient jamais.

Mais celui-ci était devenu réalité.

Le lendemain matin, Claire sentit un souffle d'air et perçut un écho sourd, à côté d'elle. Elle ouvrit les yeux et vit une petite pomme à une dizaine de centimètres de son visage. Un autre bruit suivit et une autre pomme apparut.

Elle s'était encore endormie dans le jardin. Cela lui était arrivé tant de fois qu'elle ne prit pas le temps de convoquer ses souvenirs. Elle se redressa et se mit à chercher ses outils de jardinage.

Mais quelque chose clochait. Elle baissa la tête et resta bouche bée.

Tyler était allongé à côté d'elle! Il avait les yeux ouverts et souriait.

— Bonjour !

Tout lui revint en mémoire.

— Ne dis rien, fit-elle en se levant. Tu m'as promis de tout oublier. Ne dis pas un mot à propos de ce qui s'est passé.

Il se frotta les yeux, encore ensommeillé, toujours souriant.

— OK.

De grosses gouttes de pluie commencèrent à tomber ; le temps qu'elle atteigne la maison, le ciel s'était déchiré et il pleuvait à verse.

8

SI tu as besoin de nous, nous serons, Bay, Henry et moi, au réservoir des Lunsford. Nous serons de retour à cinq heures au plus tard, répéta Sydney comme si elle essayait de détendre sa sœur.

Claire referma le couvercle du panier de pique-nique, souleva les poignées et le tendit à Sydney. Elle avait dû vraiment lui faire peur la semaine précédente. Mais tant qu'elle réussirait à se convaincre que tout allait bien, peut-être serait-ce vrai. Sydney et Henry avaient passé beaucoup de temps ensemble ces derniers jours, surtout des dîners avec Bay. Le dimanche, ils étaient allés au cinéma. Claire essayait de voir cela sous un jour positif. Elle profitait de sa solitude pour faire des conserves, jardiner et s'occuper de sa paperasse. Elle avait besoin de ces activités routinières, qui apportaient une permanence dans sa vie.

— Ce n'est pas dangereux ? demanda Claire en suivant Sydney à l'extérieur.

— Bien sûr que non, pourquoi ?

— C'est assez loin et vous serez tout seuls.

Sydney éclata de rire et posa le panier près de la porte.

— Nous aurons de la chance si nous trouvons une place pour pique-niquer. Le réservoir est toujours bondé en été.

— Oh ! fit Claire, embarrassée. Je ne savais pas. Je n'y suis jamais allée.

— Alors viens avec nous ! proposa sa sœur en lui prenant la main. S'il te plaît ! Ce sera rigolo. Tu as vécu ici presque toute ta vie et tu n'es jamais allée au réservoir. Viens. S'il te plaît !

— Je ne crois pas.

— J'ai vraiment envie que tu viennes, insista Sydney en serrant la main de Claire, pleine d'espoir.

Celle-ci ressentait une angoisse familière à l'idée de faire quelque chose de purement social. Dans le cadre du travail, c'était différent. Claire ne bavardait pas lorsqu'elle travaillait, elle ne disait que le strict nécessaire. Malheureusement, cette façon de se comporter n'était pas bien tolérée en société. Elle passait pour être impolie ou distante, alors qu'elle faisait seulement un effort sincère et désespéré pour ne rien commettre ou dire de stupide.

— Je suis sûre qu'Henry et toi avez envie d'être seuls tous les deux.

— Mais non, fit Sydney avec sérieux. Nous sommes seulement amis. Cette sortie, c'est pour Bay. Allez, tu as préparé le pique-nique, viens au moins y goûter. Cours te changer !

Claire n'arrivait pas à croire que sa sœur était sincère. Elle baissa les yeux sur son pantacourt blanc et son chemisier sans manches.

— Pour mettre quoi ?

— Un short. Ou un maillot si tu as envie de te baigner.

— Je ne sais pas nager.

Sydney sourit.

— Tu veux que je t'apprenne ?

— Non ! s'exclama Claire immédiatement. Je veux dire, non merci. Je n'aime pas trop les grandes étendues d'eau. Bay sait nager ?

Sydney alla dans le salon chercher deux plaids et un sac de plage rempli de serviettes. Elle les rapporta dans l'entrée et les posa près du panier de pique-nique.

— Oui, elle a pris des leçons à Seattle.

Claire releva aussitôt.

— Seattle ?

Sydney prit une profonde inspiration et hocha la tête. Cette parcelle d'information ne lui avait pas échappé. Elle la lui avait donnée volontairement. Un premier pas.

— Seattle. C'est là que Bay est née.

Pour l'instant, elle avait mentionné New York, Boise et Seattle.

Il y eut un coup de Klaxon à l'extérieur et Sydney appela Bay.

La fillette dévala l'escalier, vêtue d'un maillot de bain sous une robe jaune.

— Enfin ! s'écria-t-elle en franchissant la porte comme une flèche.

— Bon, pas besoin de te changer, fit Sydney en posant sur la tête de Claire un chapeau en toile rose. Parfait. Allons-y.

Elle entraîna sa sœur au-dehors et Henry accueillit sa passagère supplémentaire avec courtoisie. Sydney disait qu'ils étaient seulement amis, mais Claire n'était pas sûre qu'Henry ressente la même chose. Par moments, lorsqu'il regardait sa sœur, tout son corps semblait devenir transparent, comme s'il se perdait en elle. Il était gravement atteint.

Claire et Bay montèrent à l'arrière et Sydney s'apprêtait à se hisser sur la banquette avant lorsque Claire l'entendit s'adresser à quelqu'un.

Elle se retourna sur son siège et découvrit Tyler qui sortait de sa Jeep devant chez lui. Il portait un short à poches cargo et une chemise hawaïenne.

C'est la première fois qu'elle le revoyait depuis l'épisode du jardin et sa respiration se fit haletante. Comment se comporter après cela ? Comment faisaient les gens pour vivre quand ils avaient exposé leur intimité ? C'était comme de révéler un secret à quelqu'un et de le regretter immédiatement après. La pensée de devoir lui adresser la parole lui brûla l'intérieur des joues comme du piment.

— Nous partons faire un pique-nique au réservoir, tu veux venir ? proposa Sydney.

— Sydney, mais qu'est-ce que tu dis ? demanda Claire.

— Je t'apprends à nager, expliqua mystérieusement Sydney à sa sœur.

— Je donne un cours ce soir, objecta Tyler.

— Nous serons revenus à temps.

— Alors d'accord, je me joins à vous, accepta-t-il en s'approchant.

Lorsque Claire vit que Sydney allait ouvrir la portière arrière, elle passa presque par-dessus Bay pour que la petite se retrouve au milieu, minuscule rempart entre elle et Tyler. Mais elle se sentit ridicule quand elle comprit que Tyler n'était pas dupe de la manœuvre.

— Claire ! s'exclama-t-il. Je ne savais pas que tu venais aussi.

Lorsqu'elle trouva enfin le courage de soutenir son regard, elle n'y décela aucun signe suggérant qu'il pensait à leur secret. Il était juste Tyler. Devait-elle en être soulagée ou inquiète ?

Dès qu'ils eurent démarré, Tyler se tourna vers elle.

— Alors, c'est quoi, ce réservoir ?

Claire essaya de trouver une banalité.

— Je n'y suis jamais allée, avoua-t-elle enfin. Demande à Sydney, notre directrice des loisirs.

Sydney se retourna.

— C'est un lieu de baignade très fréquenté. Beaucoup d'adolescents et de familles avec de jeunes enfants y vont en été. Le soir, c'est là que se retrouvent les amoureux.

— Ah! et comment le sais-tu? demanda Tyler.

Sydney sourit en haussant les sourcils.

— Tu y es allée la nuit? demanda Claire. Grand-maman était au courant?

— Tu plaisantes! Elle m'a dit qu'elle y allait tout le temps quand elle était ado.

— Elle ne me l'a jamais raconté.

— Sans doute avait-elle peur que tu ne gobes des mouches en restant bouche bée trop longtemps.

Claire referma la bouche.

— Je ne pensais pas qu'elle faisait des choses comme ça.

— Tout le monde le fait au moins une fois dans sa vie, dit Sydney en haussant les épaules. Elle a été jeune.

Claire jeta un regard à Tyler à la dérobée. Il souriait. Il avait été jeune un jour, lui aussi.

Claire s'était toujours demandé comment c'était.

Le réservoir des Lunsford se trouvait au milieu d'un bois épais de quarante-cinq hectares qui se transmettait de génération en génération au sein de la paresseuse famille Lunsford. Cela leur aurait donné trop de mal d'empêcher l'accès au réservoir, et l'entretien aurait été trop pénible s'ils l'avaient transformé en base de loisirs. Mais on était dans le Sud rural et ils se seraient fait pendre plutôt que de vendre leur terre, voire pis : la donner au gouvernement. Voilà pourquoi ils s'étaient juste contentés d'installer des panneaux Défense d'entrer que tout le monde ignorait.

Tyler marcha derrière Claire tout le long du chemin qui menait du parking au lac.

Elle avait l'impression de sentir son regard, mais lorsqu'elle tournait la tête, elle constatait qu'il regardait ailleurs. Peut-être éprouvait-elle cette impression parce que c'était ce qu'elle désirait. C'était peut-être cela, l'intimité. Lorsque l'on dit un secret à quelqu'un, embarrassant ou non, cela crée un lien. Cette personne signifie quelque chose pour vous, rien que par ce qu'elle sait.

Au bout d'un certain temps, le chemin s'élargit et le brouhaha s'enfla. Le réservoir lui-même était un lac de forêt bordé d'un côté par une plage naturelle et surmonté de l'autre par un promontoire couvert de pins qui servait de plongeoir. Comme Sydney l'avait supposé, la plage était bondée, mais ils trouvèrent de la place au fond pour étendre leurs couvertures.

Claire avait préparé des galettes roulées au poulet et à l'avocat et des beignets à la pêche ; Sydney avait apporté des Cheetos et du Coca. Ils s'assirent et mangèrent en discutant, fréquemment interrompus par des gens qui passaient dire bonjour. Des clientes de Sydney pour la plupart, qui venaient lui dire combien leur nouvelle coupe leur donnait de l'assurance ; leurs maris les remarquaient davantage. Claire était incroyablement fière de sa sœur.

Dès que Bay eut fini de déjeuner, elle voulut aller se baigner, aussi Henry et Sydney l'emmenèrent-ils au bord de l'eau.

Claire et Tyler restèrent seuls. Tyler suivit des yeux Henry et Sydney qui surveillaient Bay au bord de l'eau. Quelqu'un appela Sydney et celle-ci glissa quelques mots à l'oreille d'Henry avant de s'éloigner vers un groupe de femmes qui discutaient.

Tyler se leva et se débarrassa de ses chaussures.

— Je crois que je vais aller me baigner.

— Mais tu es tout habillé !

— Il y a beaucoup de choses que j'aime chez toi, Claire, dit-il en ôtant sa chemise par la tête, mais tu réfléchis trop.

Il courut vers l'eau et plongea. Une seconde. Est-ce qu'il pensait vraiment cela ? Il l'aimait ? Ou bien était-ce le genre de truc que disent les gens ? Elle aurait voulu comprendre la règle du jeu. Peut-être alors aurait-elle pu jouer elle aussi. Peut-être aurait-elle pu faire quelque chose de ses sentiments pour Tyler qui la pinçaient et la caressaient tour à tour, à la fois douloureux et si bons.

Henry continuait à surveiller Bay, tandis que Sydney rejoignait Claire.

— C'était Tyler ?

— Oui, répondit Claire en regardant sa tête émerger de l'eau et les mèches de cheveux noirs mouillés collés à son visage.

Bay se moquant de lui, il nagea vers elle pour l'arroser et elle lui rendit la pareille. Henry, debout au bord de l'eau, leur dit quelque chose ; ils échangèrent un regard et se mirent aussitôt à l'éclabousser. Henry retira son tee-shirt et sauta dans l'eau à leur poursuite.

— Waouh ! s'exclama Sydney. Ça lui a plutôt réussi, le lait. Quel corps !

— Si je suis comme ça, il y a une raison, tu sais, lâcha Claire qui avait besoin de s'épancher.

Sydney attrapa une canette de Coca et se tourna vers elle.

— Maman et moi, nous n'avions pas de chez-nous, pendant les six premières années de ma vie. Nous dormions dans la voiture ou dans des foyers pour sans-abri. Elle volait beaucoup et couchait avec tout le monde. Tu ne le savais pas, hein ?

Sydney secoua lentement la tête et reposa son Coca.

— Je ne sais pas si, au départ, elle avait l'intention de rester à Bascom, mais moi, j'ai su dès notre arrivée que je ne voudrais jamais en partir. La maison et grand-maman étaient des choses immuables et, quand j'étais jeune, c'est tout ce dont je rêvais. Mais quand tu es née, j'ai été très jalouse. À peine venue au monde, tu recevais cette sécurité que je n'avais pas eue. C'est ma faute si nous ne nous entendions pas étant petites. Je regrette de ne pas être une meilleure sœur, de ne pas mieux me comporter avec Tyler. Je sais que ça te rendrait heureuse. Mais je suis comme je suis. Je ne peux m'empêcher de penser que tout est temporaire et ça me fait peur. J'ai peur que les gens ne me quittent.

— Vivre, c'est faire des expériences, Claire, dit Sydney. Tu ne peux pas tout maîtriser.

Claire secoua la tête.

— Je crois qu'il est trop tard pour moi.

— Mais non, fit Sydney en tapant la couverture avec colère. Comment maman a-t-elle pu croire que cette vie conviendrait à un enfant ? C'est inexcusable. J'ai honte de l'avoir tant enviée ; parfois, je pense que je suis devenue comme elle sur certains points, mais je ne te quitterai plus. Jamais. Claire, regarde-moi. Je ne partirai pas.

— Il m'arrive de me demander ce qui lui a pris. Elle était intelligente. Evanelle m'a raconté que c'était une étudiante brillante, et, tout à coup, elle a tout laissé en plan. Il a dû se passer quelque chose.

— Quelle que soit la raison, elle n'a aucune excuse pour avoir bousillé nos vies ainsi. Abandonnons tout cela derrière nous, Claire. Elle ne doit pas gagner, d'accord ?

C'était plus facile à dire qu'à mettre en œuvre, alors Claire répondit simplement : « D'accord », puis elle se demanda comment elle allait bien pouvoir s'y prendre pour laisser derrière elle un mode de vie qu'elle avait pratiqué pendant des décennies.

Elles contemplèrent la surface de l'eau un bon moment. Bay, fatiguée de jouer à éclabousser, nagea vers la rive et rejoignit sa mère et sa tante. Henry et Tyler se battaient toujours, chacun essayant de faire le plus d'éclaboussures possible avec sa main.

— Regarde-les, dit Sydney. De vrais gamins tous les deux.

— On est bien ici, dit Claire.

— Oui, dit Sydney en passant un bras autour de ses épaules.

— Tu sais ce qu'Eliza Beaufort m'a raconté aujourd'hui ? lança gaiement Emma au dîner. Sydney et Claire Waverley sont allées avec deux hommes au réservoir des Lunsford. Qu'est-ce qu'elle croit, Sydney ! Personne de notre âge ne va là-bas ! Et Claire ! Franchement, tu l'imagines au réservoir ?

Hunter John ne détacha pas les yeux du dessert qu'Emma avait commandé exprès pour lui : son gâteau au chocolat préféré, couvert d'un glaçage à la crème au beurre.

Sans répondre à sa femme, il s'essuya la bouche et reposa sa serviette.

— Venez, les garçons, dit-il en repoussant sa chaise. On va se faire quelques passes.

Josh et Payton bondirent immédiatement. Hunter John consacrait beaucoup de temps à ses fils, qui adoraient jouer avec leur père.

— Je viens avec vous, annonça Emma. Attendez-moi, d'accord ?

Emma courut à l'étage pour enfiler son Bikini rouge, celui qu'Hunter John aimait tant, mais lorsqu'elle descendit, ils n'étaient plus là. Elle sortit du salon carrelé et s'appuya sur la balustrade de la piscine pour regarder la pelouse où se trouvaient son mari et ses fils. Ils étaient déjà trempés de sueur. À 19 h 30, la lumière était encore éclatante et la chaleur toujours suffocante. Mais Emma ne voyait pas l'utilité de se mouiller les cheveux si Hunter John ne comptait pas la regarder nager. Elle se drapa donc d'un paréo et se mit à encourager les garçons depuis le patio. Lorsque le soleil commença à se coucher, Emma apporta un pichet de limonade. Bientôt, les garçons et leur père remontèrent en direction de la piscine.

— Limona…, proposa-t-elle, mais les garçons avaient déjà plongé pour se rafraîchir.

Emma secoua la tête avec indulgence. Hunter John s'approchait d'elle. Elle sourit et lui tendit un verre.

— Limona…

Mais il passa devant elle et entra dans la maison.

Emma ne voulait pas que les enfants se doutent de quelque chose, aussi attendit-elle qu'ils aient joué un peu avant de leur tendre des serviettes en leur demandant de sortir de l'eau. Elle les expédia dans leur chambre pour se changer et regarder la télévision, puis elle s'en alla à la recherche d'Hunter John.

Il était dans la douche hammam. Emma attendit qu'il sorte.

Lorsque la porte s'ouvrit, elle eut le souffle coupé. Il était si beau. Il venait de se laver les cheveux. On discernait sa calvitie naissante, mais elle s'en moquait. Elle l'aimait tant.

— Il faut qu'on parle, déclara-t-elle. J'ai besoin de savoir pourquoi tu refuses qu'on discute de Sydney.

Il leva les yeux, étonné de la trouver là. Il attrapa une serviette et se sécha vigoureusement le crâne.

— Je crois que la véritable question, c'est pourquoi elle t'obsède autant, toi? As-tu remarqué que Sydney ne faisait pas partie de notre vie? Aurait-il échappé à ton attention qu'elle ne nous a absolument rien fait?

— Si : elle est revenue, lança-t-elle. Tu refuses de parler d'elle. Comment saurais-je que ce n'est pas parce que tu as des sentiments pour elle? Comment savoir si, après lui avoir jeté un regard, tu ne t'es pas rappelé toutes les possibilités qui s'offraient à toi avant que je tombe enceinte? Comment savoir si tu ferais la même chose, si tu pouvais revenir en arrière? Aurais-tu couché avec moi? M'aurais-tu épousée?

Il s'approcha d'elle, le visage fermé. Le cœur d'Emma se mit à battre à la fois de peur, car il avait l'air furieux, et d'excitation, à cause de son charme fou.

— Comment savoir? répéta-t-il incrédule, d'une voix grave et vibrante. Comment savoir?

— Elle a voyagé, comme tu as toujours eu envie de le faire.

— À quoi as-tu pensé, Emma, ces dix dernières années? Au sexe, à la chirurgie esthétique, aux fringues! Les dîners parfaits et les matchs de foot! Est-ce que tu as fait tout cela parce que tu croyais que je n'avais pas envie d'être là? Est-ce que tu l'as fait parce que tu m'aimais un peu? Ou t'es-tu crue en compétition avec Sydney pendant tout ce temps?

— Je ne sais pas, Hunter John.

— Mauvaise réponse, Emma, rétorqua-t-il en quittant la pièce.

— CLAIRE, tu dors? demanda Sydney, sur le seuil de la chambre ce soir-là.

Elle ne fut pas surprise d'entendre la voix de sa sœur lui répondre d'entrer.

Elle pénétra dans la chambre située dans la tourelle, qui avait été celle de leur grand-mère. Les murs étaient jaune pastel et le plancher couvert de nattes en coton coloré. Une pile de livres se trouvait sur le sol juste à côté de la confortable banquette sous la fenêtre.

Sydney s'approcha et posa la main sur le pied du lit.

— Il faut que je te dise quelque chose. (Claire se redressa en prenant appui sur ses oreillers.) Au sujet des dix dernières années.

— D'accord, répondit doucement Claire.

Sydney avait eu l'occasion de se confier sur la plage, mais elle ne s'en était pas sentie capable. Elle avait attendu la nuit parce que c'était le genre de récit à faire dans l'obscurité.

— Je suis d'abord allée à New York, tu le sais. Ensuite, Chicago. Puis San Francisco, Vegas et enfin Seattle. J'ai connu beaucoup d'hommes. J'ai commis pas mal de vols. J'ai changé mon nom en Cindy Watkins, une identité que j'ai volée.

— Tout comme maman, dit Claire.

— Tu crois qu'elle faisait ça pour l'adrénaline? C'était excitant bien sûr, mais épuisant aussi. Ensuite, Bay est arrivée.

Sydney alla s'asseoir aux pieds de Claire, pour la sentir près d'elle.

— Le père de Bay vit à Seattle. C'est là que je l'ai rencontré. David Leoni. (Elle ravala sa salive, effrayée d'avoir prononcé son nom à haute voix.) Leoni est le véritable nom de famille de Bay mais pas le mien. Nous ne nous sommes pas mariés. David était un type dangereux quand je l'ai rencontré, mais je pensais pouvoir contrôler la situation. Je me préparais à le quitter, ce que je faisais toujours quand les circonstances l'exigeaient, lorsque j'ai découvert que j'étais enceinte. Je ne savais pas qu'un bébé pouvait rendre aussi vulnérable. David a commencé à me frapper et il est devenu de plus en plus violent. Quand Bay a eu un an, je l'ai quitté. J'ai emmené Bay à Boise, j'ai suivi une formation de coiffeuse-styliste et j'ai trouvé un travail. Tout semblait bien se passer. Puis David nous a retrouvées. Il s'est vengé avec une telle violence que j'ai perdu une dent et je n'ai plus vu que d'un œil pendant des semaines. Si j'étais morte, que serait devenue Bay ? Alors je suis revenue avec lui et il a rétréci mon univers peu à peu, le rendant infernal. Mais un jour, dans le parc où j'emmenais Bay, j'ai rencontré une femme. Elle a tout deviné. Elle m'a aidée à acheter une voiture et à m'enfuir. David ne connaît pas mon vrai nom et il croit que je suis de New York, donc venir chez toi était la solution idéale, puisque je savais qu'il ne me chercherait pas ici.

Claire se redressait de plus en plus dans son lit à mesure que Sydney parlait.

— Bon, voilà mon secret, soupira Sydney. Il n'était pas aussi terrible à raconter que je croyais.

— C'est toujours ainsi. Tu sens cette odeur ? demanda soudain Claire. Ce n'est pas la première fois. On dirait de l'eau de Cologne !

— C'est lui, chuchota Sydney comme s'il allait l'entendre. J'ai ramené ce souvenir avec moi.

— Vite, monte dans le lit, lança sa sœur en ouvrant le drap.

Sydney s'exécuta et son aînée la borda. La nuit était moite et toutes les fenêtres de l'étage étaient ouvertes ; Sydney eut subitement froid et elle se blottit contre sa sœur. Claire passa un bras autour d'elle et la serra.

— Tout va bien, chuchota l'aînée en posant la joue contre la nuque de sa cadette. Tout va bien se passer.

— Maman ?

Sydney se retourna et aperçut Bay sur le seuil.

— Viens vite, ma puce, viens avec ta tante et moi.

Elles s'agrippèrent les unes aux autres tandis que la réminiscence de David s'envolait lentement par la fenêtre.

Le jour se leva, avec ses couleurs douces et vives comme des bonbons acidulés. Claire prépara le petit déjeuner pour Sydney et Bay. C'était une matinée magnifique, pleine de bavardages et de bons sentiments, sans odeur menaçante dans l'air. Sydney sortit par-derrière pour aller travailler.

— Il y a un gros tas de pommes ici ! lança-t-elle avant de s'éloigner.

Claire alla donc chercher une caisse et, en compagnie de Bay, elle ramassa les fruits que le pommier avait lancés contre la porte.

— Pourquoi a-t-il fait ça ? demanda Bay tandis qu'elles sortaient dans la lumière vive et changeante du matin.

— Cet arbre ne peut s'empêcher de se mêler des affaires des autres, répondit sa tante en ouvrant le portillon. Nous étions toutes les trois ensemble et il voulait participer.

— Il doit se sentir un peu seul.

Claire secoua la tête et alla chercher une pelle dans la cabane à outils.

— Il est grincheux et égoïste, Bay. Ne l'oublie pas. Il cherche à révéler aux gens des choses qu'ils doivent ignorer.

Elle creusa un trou près de la clôture tandis que Bay, debout sous l'arbre, riait en recevant une pluie de petites feuilles vertes.

— Regarde, Claire, il pleut !

L'arbre n'avait jamais été aussi affectueux.

— Heureusement que tu n'aimes pas les pommes.

— Je déteste ça. Mais j'aime bien l'arbre.

Dès que Claire eut fini, Bay et elle rentrèrent à la maison.

— Alors, demanda la jeune femme d'un ton aussi détaché que possible, est-ce que Tyler donne un cours ce soir, comme hier ?

— Non, les cours ont lieu le lundi et le mercredi. Pourquoi ?

— Je me posais juste la question. Tu sais ce qu'on va faire aujourd'hui ? On va regarder de vieilles photos ! suggéra Claire avec enthousiasme. J'ai envie de te montrer à quoi ressemblait ton arrière-grand-mère. C'était une dame merveilleuse.

— Tu as des photos de votre mère, à maman et toi ?

— Non, hélas !

Claire songea à ce que Sydney avait dit à propos de photos de leur mère qu'elle aurait laissées quelque part. Elle avait eu l'air terrifiée quand elle s'était souvenue qu'elle les avait oubliées.

Claire prit note mentalement de lui poser la question.

Est-ce qu'une robe, ça faisait trop ? Claire se regarda dans le miroir de sa chambre. Avait-elle l'air de s'être mise sur son trente et un ? Elle n'avait jamais fait cet effort auparavant, donc elle ne savait pas. Elle portait la même robe blanche que le jour où elle avait rencontré Tyler, celle qui la faisait ressembler à Sophia Loren, selon Evanelle. Elle toucha sa nuque. Ses cheveux étaient plus longs la dernière fois.

Était-elle stupide ? Elle avait trente-quatre ans – et l'impression d'en avoir seize. Pour la première fois de sa vie.

Elle franchit le seuil et descendit le perron. Elle portait rarement des talons, et ceux-là, hauts et fins, l'obligèrent à passer par la rue plutôt que par les jardins.

Lorsqu'elle atteignit la maison voisine, elle se sentit réconfortée par une lueur chaleureuse et une musique douce qui s'échappait des fenêtres ouvertes. Il écoutait du classique, un morceau lyrique. Elle lissa sa robe et frappa à la porte.

Il ne répondit pas.

Elle fronça les sourcils et regarda la Jeep garée devant la maison. Elle tournait le dos à la porte quand celle-ci s'ouvrit, effleurant l'ourlet de sa robe.

— Bonjour, Tyler.

Il resta planté là, comme s'il s'était changé en pierre. S'il comptait lui laisser l'initiative, ils étaient vraiment dans le pétrin. « Procédons par étapes, songea-t-elle, comme pour une recette. Prenez un homme et une femme, mettez-les dans un saladier. »

— Puis-je entrer ?

Il hésita et regarda derrière lui.

— Euh, bien sûr. Entre, dit-il en s'effaçant.

Elle passa devant lui en le touchant presque, pour qu'il sente l'électricité qui la traversait. Il ne s'y attendait pas et lui demanda s'il était arrivé quelque chose.

— Non, rien, répondit-elle.

C'est alors qu'elle la vit. Une femme, une petite rousse menue, assise en tailleur sur le sol devant la table basse où étaient posées deux bouteilles de bière. Elle était pieds nus et penchée en avant, si bien que l'on apercevait son soutien-gorge couleur pêche. Manifestement, Claire n'était pas la seule à s'apprêter à séduire Tyler ce soir-là.

Comment avait-elle pu être si bête ? Croyait-elle vraiment qu'il allait l'attendre en se tournant les pouces ?

— Oh ! Tu as de la compagnie, balbutia-t-elle en reculant et heurtant Tyler. Je ne savais pas. Je suis désolée.

— Il n'y a pas de raison d'être désolée. Rachel est une vieille amie de retour de Floride. Elle est passée me voir avant de rentrer à Boston. Elle va rester quelques jours chez moi. Rachel, je te présente Claire, ma voisine. Elle est traiteur, spécialiste des fleurs comestibles et elle est extraordinaire.

Tyler prit Claire par le bras et essaya de l'amener plus loin dans la pièce, mais au bout de quelques secondes, il dut la lâcher en secouant la main comme s'il s'était brûlé. Il croisa son regard et commença à comprendre.

— Je regrette. Il faut vraiment que j'y aille. Je ne voulais pas vous déranger.

— Mais tu ne…, commença Tyler.

Claire était déjà sortie.

CLAIRE ôta sa robe et passa un vieux peignoir. Elle cherchait ses pantoufles lorsque la porte de sa chambre s'ouvrit.

Abasourdie, elle regarda Tyler entrer et refermer la porte gravement derrière lui.

— Pourquoi es-tu venue chez moi tout à l'heure ?

— Je t'en prie, oublie ça.

— J'en ai assez d'oublier. Je me rappelle tout de toi. Je n'y peux rien. Tu te compliques trop la vie, dit-il. Alors, voilà ta chambre. J'aurais dû me douter que c'était celle de la tourelle.

Il se mit à inspecter la pièce et elle dut se forcer à rester immobile, à ne pas lui dire de reposer la photo qu'il avait prise sur le bureau, de ne pas toucher à la pile de livres près de la banquette, parce qu'ils étaient classés. Elle s'était apprêtée à partager son corps avec cet homme et elle ne pouvait supporter de partager sa chambre ?

— Rachel ne t'attend pas ? demanda-t-elle avec anxiété lorsqu'il jeta un coup d'œil à sa penderie ouverte.

— Rachel est juste une amie. Nous avons été en couple, à l'époque où j'ai enseigné en Floride. Cela a duré un an. Nous n'étions pas faits l'un pour l'autre, mais nous sommes restés amis.

— Comment est-ce possible ?

— Je ne sais pas. C'est possible, pourtant.

Il s'avança vers elle. Claire aurait pu jurer que les chaises et les tapis s'écartaient pour lui faciliter le passage.

— Tu voulais discuter ? M'inviter à dîner ? À voir un film ?

Elle était littéralement dos au mur. Il s'approcha d'elle de sa façon si particulière, sans la toucher vraiment mais en l'effleurant.

— Si je dois le dire à voix haute, je vais mourir, murmura-t-elle. Ici. Je vais m'écrouler et mourir de honte.

— C'est à propos de ce qui s'est passé dans le jardin ?

Elle opina. Il posa les mains sur ses épaules.

— Pas si facile à oublier, hein ?

— Non.

Il l'embrassa et l'éloigna du recoin, la dévorant littéralement.

— Donne-moi dix minutes pour me débarrasser de Rachel.

— Tu ne peux pas t'en débarrasser comme ça !

— Mais elle va être là pendant trois jours !

Ils se regardèrent, puis il prit une profonde inspiration.

— L'attente a ses avantages, j'imagine, dit-il. Trois jours entiers à attendre.

— Trois jours entiers, répéta-t-elle.

— Qu'est-ce qui t'a fait changer d'avis ? s'enquit-il.

Elle ferma les yeux. Comment pouvait-elle vouloir à ce point une chose qu'elle ne comprenait même pas ?

— Je dois laisser les gens entrer dans ma vie. S'ils partent, ils partent. Cela arrive à tout le monde. N'est-ce pas ?

Il la regarda.

— Tu crois que je vais partir ?

— Ça ne peut pas durer toujours.

— Pourquoi ?

— Je ne connais personne pour qui cela ait duré toujours.

— Je pense tout le temps à l'avenir. Toute ma vie, j'ai poursuivi des rêves. C'est la première fois que j'en tiens un.

Il l'embrassa.

— Vivons au jour le jour, Claire. Mais souviens-toi, j'en ai déjà des milliers d'avance.

FRED passait sa première nuit dans le grenier aménagé et Evanelle l'entendait au-dessus d'elle. C'était agréable d'avoir quelqu'un dans la maison, qui faisait de petits bruits de souris.

Tout à coup, Evanelle se redressa.

Mince. Il fallait qu'elle donne un objet à quelqu'un. Elle réfléchit. À Fred.

Elle alluma sa lampe de chevet et revêtit sa robe de chambre. Une fois dans le couloir, elle s'interrogea. Les deux pièces du rez-de-chaussée avaient été remeublées avec des commodes à tiroirs et de belles étagères en bois pour toutes ses affaires.

Elle actionna l'interrupteur, ouvrit un tiroir marqué G. S'y trouvaient des gants, une géode et des graines de gazon soigneusement étiquetées. À GADGETS, elle trouva ce qu'elle cherchait, un ustensile de cuisine encore emballé, un dénoyauteur de mangues.

Elle se demanda comment Fred allait le prendre. Il s'était installé chez elle dans l'espoir qu'elle lui donnerait un objet qui l'aiderait à reconquérir James. Et, après tout ce temps, elle s'apprêtait à lui offrir une chose qui n'avait rien à voir avec James. Peut-être était-ce pour le mieux. Il y verrait sans doute le signe qu'il avait bien fait d'aller de l'avant. Ou alors le signe qu'il devait manger plus de mangues.

Elle frappa un seul coup à la porte du grenier, puis monta l'escalier. Une fois en haut, elle vit Fred en train de téléphoner, assis dans son fauteuil de lecture en cuir, près du meuble d'angle qui contenait son téléviseur. Un magazine d'antiquités était posé sur l'ottomane devant lui. La pièce sentait encore la peinture fraîche.

— D'accord, dit-il tout en faisant signe à Evanelle d'entrer. Faites pour le mieux. Merci d'avoir appelé.

— Je t'ai interrompu ? demanda la vieille dame quand il eut raccroché.

— Non, c'était le boulot. Un retard dans une commande. Qu'est-ce qui t'amène ? fit-il en se mettant debout. Tu te sens bien ? Tu n'arrives pas à dormir ? Veux-tu que je te prépare quelque chose ?

— Non, je vais bien, dit-elle en lui tendant le paquet. Je devais juste te donner ceci.

9

CLAIRE découvrit que l'attente était plaisante dans certaines circonstances – Noël, le pain qui lève – mais pas dans d'autres. Par exemple, attendre qu'une certaine invitée plie bagage.

Chaque matin, juste avant l'aube, Tyler retrouvait Claire dans le jardin. Ils se caressaient et s'embrassaient, et il lui murmurait des mots qui la faisaient rougir quand elle y repensait au cours de la journée. Mais ensuite, juste avant que l'horizon ne rosisse, il partait en promettant : « Plus que trois jours. » « Plus que deux. » « Un. »

Claire invita Rachel et Tyler à déjeuner la veille du départ de celle-ci, sous couvert de bonnes manières, mais en réalité parce que c'était la seule façon de passer un peu de temps avec Tyler.

Elle dressa la table sous le porche et servit de la dinde en salade avec des fleurs de courgette. Elle savait que Tyler était immunisé contre ses recettes mais pas Rachel, c'est pourquoi elle avait préparé ce plat qui facilitait la compréhension. Celle-ci devait prendre conscience que Tyler lui appartenait. C'était aussi simple que cela.

Bay avait pris place à table et Claire venait d'y poser le pain lorsque Tyler et Rachel montèrent les marches du perron.

— C'est ravissant, lança Rachel.

En s'asseyant, elle détailla Claire de la tête aux pieds. Elle était sans doute très sympa, mais à l'évidence elle éprouvait encore des sentiments pour Tyler et sa réapparition soudaine était suspecte.

— Je suis content que vous puissiez faire connaissance avant le départ de Rachel demain, déclara Tyler.

— Tu sais, mon emploi du temps est flexible, répondit Rachel.

Claire faillit en lâcher la carafe d'eau.

— Goûte aux fleurs de courgette, proposa-t-elle.

Le repas fut catastrophique : la passion, l'impatience et le ressentiment s'entrechoquaient tels trois courants d'air venus de directions différentes qui se rencontraient au-dessus de la table. Le beurre fondait, le pain grillait tout seul, les verres d'eau se renversaient.

— C'est bizarre ici, constata Bay qui essayait de manger.

Elle prit une poignée de chips de patates douces et s'en alla dans le jardin, où le pommier ne lui semblait plus si étrange. Comme quoi cette notion était très subjective.

— Nous devons y aller, dit enfin Tyler.

— Merci pour le déjeuner, fit Rachel en se levant immédiatement.

Bien qu'elle n'eût pas prononcé la phrase : « Il part avec moi et ne reste pas avec toi », Claire l'avait tout de même entendue.

CLAIRE ne parvint pas à dormir cette nuit-là. Au petit matin, elle se glissa dans la chambre de Sydney pour regarder par la fenêtre qui donnait sur la maison de Tyler. Elle resta agenouillée là jusqu'à l'aube, et le vit accompagner son invitée à sa voiture en portant ses bagages. Il lui fit une bise et Rachel partit.

Tyler resta sur le trottoir à scruter la maison. C'est ce qu'il avait fait tout l'été : observer la propriété de Claire, en souhaitant faire partie de sa vie. Il était temps de l'y autoriser. Il fallait vivre ou mourir. Tyler resterait ou bien il partirait. Pendant trente-quatre ans, elle avait tout gardé à l'intérieur, et maintenant elle laissait tout sortir, comme si elle avait ouvert une boîte pleine de papillons.

Elle descendit en chemise de nuit. Les yeux de Tyler l'accompagnèrent à travers le jardin. Ils se retrouvèrent à mi-chemin et bientôt leurs doigts s'enlacèrent.

Ils se regardèrent et eurent une conversation muette.

Tu es sûre ?

Oui. C'est ce que tu veux ?

Plus que tout.

Ensemble, ils regagnèrent la maison de Tyler et se construisirent de nouveaux souvenirs. L'un en particulier naîtrait neuf mois après et s'appellerait Mariah Waverley Hughes.

QUELQUES jours plus tard, Sydney et Henry se promenaient dans le parc du centre-ville. Henry avait pris l'habitude de la rejoindre à son travail presque tous les jours pour prendre un café. Ils ne passaient que vingt minutes ensemble parce qu'elle devait retrouver Bay et lui son grand-père, mais chaque jour, vers cinq heures, elle commençait à avoir hâte de le voir et elle surveillait la porte. Dès qu'il apparaissait avec deux cafés glacés, elle s'exclamait :

— Henry, mon sauveur !

Lorsque Sydney avait dit à ses collègues qu'il n'était qu'un ami, elles avaient toutes semblé déçues, comme si elles savaient quelque chose qu'elle ignorait.

— Dis-moi, vous viendrez, ton grand-père et toi, au dîner de Claire ? demanda Sydney tout en marchant.

Claire n'avait jamais invité personne auparavant. Mais à présent qu'elle avait Tyler, l'amour la transformait.

— C'est noté dans mon agenda. Nous serons là, répondit Henry. Je trouve ça génial que tu t'entendes si bien avec ta sœur. Maintenant, tu t'habilles comme elle.

Sydney baissa les yeux sur le chemisier sans manches qu'elle portait et qui appartenait à Claire.

— C'est vrai. Sans compter que j'ai apporté très peu de vêtements quand je suis revenue ici.

— Tu es partie en coup de vent ?

— Oui, répondit-elle sans plus d'explication.

Elle aimait leur relation telle qu'elle était, la même que lorsqu'ils étaient gosses. David n'existait pas quand elle était avec Henry. Et aucune pression ne pesait sur cette amitié, ce qui était un grand soulagement.

— Alors, tu as eu beaucoup de petites copines ? Je ne me rappelle pas t'avoir vu dans les endroits où les jeunes aimaient sortir.

— Parfois, fit-il en haussant les épaules. En terminale, j'ai eu une petite amie de l'université de Caroline du Sud.

— Oh, une étudiante ! s'exclama-t-elle avec gaieté en le poussant du coude. Tu aimes les femmes plus âgées, on dirait !

— Mon grand-père croit dur comme fer que les Hopkins mâles épousent toujours des femmes plus vieilles qu'eux. Je joue le jeu pour lui faire plaisir mais il y a sûrement un fond de vérité là-dedans.

— Alors c'est pour ça que ton grand-père m'a demandé mon âge dès que je suis arrivée chez vous !

— Oui.

Sydney avait reculé ce moment parce qu'elle aimait passer du temps avec Henry, pourtant elle crut sincèrement lui faire une fleur en lui disant enfin :

— Tu sais, Amber, notre réceptionniste, elle a presque quarante ans et elle t'apprécie. Je peux t'arranger un rendez-vous.

Henry baissa les yeux sur son café sans rien répondre. Elle espérait qu'elle ne l'avait pas embarrassé.

Il se tourna vers elle avec un regard étrange, presque triste.

— Tu te souviens de ton premier amour ?

— Oh ! oui. Hunter John Matteson. C'était le premier garçon à m'inviter à sortir avec lui, dit Sydney avec mélancolie. Et toi, ton premier amour ?

— C'était toi.

Sydney rit en croyant à une blague.

— Moi ?

— Le premier jour de sixième, ça m'est tombé dessus d'un coup. Je n'ai plus été capable de te parler ensuite. Je le regretterai toujours. Quand je t'ai vue le 4 Juillet, tout a recommencé.

Sydney ne comprenait pas tout à fait.

— Que veux-tu dire, Henry ?

— Que je n'ai aucune envie de sortir avec ta copine Amber.

La dynamique changea en un éclair. Elle n'était plus assise à côté du petit Henry. Elle était aux côtés d'un homme amoureux d'elle.

EMMA entra dans son salon cet après-midi-là après avoir tenté sans succès de se remonter le moral grâce au shopping. Elle était tombée sur Evanelle Franklin en ville, qui lui avait donné deux pièces de vingt-cinq cents.

Pour preuve de la piètre qualité de sa journée, la rencontre avec cette vieille excentrique en avait été le meilleur moment.

Elle avait commis l'erreur de retrouver sa mère pour déjeuner afin de lui montrer ses emplettes. Celle-ci lui avait immédiatement reproché de ne pas avoir pris plus de lingerie et l'avait envoyée acheter quelque chose de sexy pour séduire Hunter John. Cela ne servirait à rien. Ils n'avaient pas fait l'amour depuis plus d'une semaine.

Elle lâcha soudain ses sacs en voyant Hunter John, assis dans le canapé, qui feuilletait un gros livre posé sur la table basse. Il avait ôté sa veste, détaché sa cravate et remonté ses manches.

— Oh, Hunter John! s'exclama-t-elle avec un sourire éclatant, tandis que son estomac se nouait. Que fais-tu là à cette heure-ci?

— J'ai pris mon après-midi. Je t'attendais.

— Où sont les garçons? demanda-t-elle.

— La nounou les a emmenés au cinéma et ils doivent dîner dehors ensuite. J'ai pensé que nous devions discuter.

— Oh! fit-elle en laissant ses bras retomber sur ses flancs avec anxiété.

Elle tendit la main vers le livre.

— Qu'est-ce que tu regardes?

— Notre album de l'année de terminale.

Le cœur d'Emma se serra. C'était une époque dont il pouvait être fier, où tout était envisageable. Une époque qu'elle lui avait dérobée.

Abandonnant sacs et paquets, elle alla doucement s'asseoir à côté de lui, de peur qu'il ne s'enfuie si elle allait trop vite. Le livre était ouvert à une double page de clichés instantanés. Sydney, Emma et Hunter John figuraient presque sur tous.

— J'étais amoureux de Sydney, déclara Hunter John.

Emma se sentit étrangement soulagée. Il admettait enfin que le problème venait d'elle. Mais il poursuivit.

— Aussi amoureux qu'on peut l'être à l'adolescence. Cela me semblait réel sur le moment. Sur chacune de ces photos, je la regarde. Mais je m'aperçois que toi aussi. Je l'ai oubliée depuis longtemps, Emma. Mais toi, tu ne l'as pas oubliée, hein ? Est-ce que Sydney a fait partie de notre mariage depuis dix ans sans que je le sache ?

Emma regarda l'album en essayant de ne pas pleurer.

— Je ne sais pas. Ce dont je suis certaine, c'est que je me suis toujours demandé ce que tu ferais si tu avais la possibilité de tout recommencer. Est-ce que tu me choisirais ?

— C'était donc ça ? Tous ces efforts… parce que tu croyais que je n'avais pas envie d'être là ?

— Ces efforts, c'est parce que je t'aime ! s'écria-t-elle, désespérée. Mais je t'ai privé de tes choix. Je t'ai obligé à rester à la maison au lieu de partir pour l'université. Tu as eu des enfants au lieu de voyager un an en Europe. J'ai ruiné tous tes projets. J'ai essayé de me racheter chaque jour depuis.

— Mon Dieu, Emma ! Mais tu ne m'as privé d'aucune de mes libertés. Je t'ai choisie.

— Quand tu as revu Sydney, n'as-tu pas pensé à ce que tu aurais fait si je n'avais pas été là ?

— Non, répondit-il, l'air sincèrement étonné. Je n'ai pas pensé à elle plus d'un instant au cours des dix dernières années. Mais c'est toi qui n'arrêtes pas de mettre le sujet sur la table. Toi, tu t'es mis dans la tête que son retour a changé les choses. Pour moi, cela n'a rien changé.

— Oh ! fit-elle en détournant la tête pour essuyer ses larmes.

Il passa un doigt sous le menton d'Emma pour qu'elle lève les yeux vers lui.

— Je referai tout de la même façon, Emma. J'ai une vie merveilleuse avec toi. Tu es un bonheur et un émerveillement quotidiens pour moi. Tu me fais rire, réfléchir, tu me séduis. À certains moments, je ne te suis pas très bien, mais c'est un plaisir de me réveiller le matin à tes côtés et de te retrouver le soir, ainsi que les garçons. Je suis l'homme le plus chanceux du monde.

— Sydney…

— Non ! coupa-t-il avec rudesse en la lâchant. Non. Ne recommence pas. Qu'ai-je bien pu faire pour que tu croies que je regrettais de t'avoir choisie ? Je t'aime. Je n'aime pas Sydney. Nous ne sommes plus les mêmes personnes, conclut-il en refermant l'album du lycée, le livre des rêves enfantins. En tout cas, moi, je ne suis plus la même personne.

— Moi aussi, je veux changer, Hunter John. Vraiment.

— Essaie, Emma. C'est là tout ce que je te demande.

FRED, assis à son bureau, scrutait son dénoyauteur de mangues. Qu'est-ce que cela pouvait bien signifier ?

James aimait les mangues. Fred devait-il l'appeler pour… l'inviter à manger des fruits ? Pourquoi l'instruction n'était-elle pas plus claire ? En quoi cela favoriserait-il le retour de James ?

On frappa à la porte et Shelly, son adjointe, passa la tête dans la pièce.

— Fred, il y a quelqu'un pour toi.

— J'arrive, dit-il en enfilant sa veste.

Lorsqu'il sortit, il vit Shelly en train de parler à un homme près du présentoir à vins. C'était Steve Marcus, qui enseignait l'art culinaire à Orion. Ils avaient eu d'agréables conversations au fil des ans à propos d'aliments et de recettes. Fred fut cloué sur place. La dernière chose que James lui avait dite était qu'il devrait sortir avec Steve. « Sa visite n'a rien à voir avec cela », se persuada-t-il, tout en avançant à contrecœur. Il n'avait pas la moindre envie de sortir avec Steve.

— Fred, ravi de te voir, dit Steve en lui tendant la main.

— Que puis-je faire pour toi ?

— Je voulais t'inviter à un cours portes ouvertes que j'organise, financé par l'Orion College, déclara Steve avec affabilité.

C'était un homme robuste, doté d'un bon caractère.

— Ce sera un cours rigolo sur les petits trucs et les petites astuces pour cuisiner plus simplement. Tu pourrais apporter beaucoup au groupe grâce à ta connaissance des produits locaux.

C'était trop. Trop tôt.

— Je ne sais pas. Mon emploi du temps…

— C'est demain soir. Tu es pris ?

— Demain ? Eh bien…

— Je demande à chacun de venir avec des gadgets originaux. Aucune obligation, d'accord ? Demain soir, à dix-huit heures, si tu peux venir.

Il sortit son portefeuille de sa poche arrière et tendit sa carte à Fred.

— Si jamais tu as des questions.

— J'y réfléchirai.

— Super. À bientôt.

Fred regagna son bureau et se laissa tomber lourdement sur son fauteuil.

Des gadgets originaux. Comme un dénoyauteur de mangues.

Il avait attendu si longtemps qu'Evanelle lui donne quelque chose qui arrange tout. Têtu, Fred décrocha son téléphone. Il appellerait James. Il fallait que cet objet serve à les réunir, à n'importe quel prix.

Il composa le numéro de portable de James. Au bout de la dixième sonnerie, il commença à s'inquiéter. « Au bout de la vingtième, décidat-il, je saurai que tout cela n'a aucun rapport avec lui. » Puis la trentième. La quarantième.

BAY, sous le pommier, observait les préparatifs de la fête. Tout semblait aller très bien et elle ne s'expliquait pas l'angoisse qu'elle ressentait. Peut-être était-ce à cause des minuscules ronces qui s'infiltraient au bord du jardin, si petites et si bien cachées que même Claire ne les avait pas encore vues. À moins qu'elle n'ait préféré les ignorer. Elle était heureuse, or le bonheur pouvait vous faire oublier la présence du mal dans le monde. Bay n'était pas assez heureuse pour oublier. Rien n'était encore parfait.

Peut-être qu'elle s'inquiétait de ne pas avoir réussi à reproduire son rêve du jardin. Rien ne fonctionnait. Elle ne trouvait rien qui fasse scintiller son visage, et sa mère avait refusé de la laisser faire de nouvelles expériences avec des verres en cristal. Impossible également de reproduire le claquement du papier au vent. Il n'y avait pas de vent depuis des jours, jusqu'à cet après-midi, mais dès que Claire et Sydney essayèrent de disposer la nappe ivoire sur la table du jardin, une brusque rafale la souleva et elle échappa aux deux sœurs pour s'envoler, comme si un enfant s'en était drapé les épaules et courait avec. Elles se lancèrent à sa poursuite en riant.

Sydney et Claire étaient heureuses. Elles parsemaient leurs flocons d'avoine de pétales de rose le matin, et, le soir, en faisant la vaisselle, elles se tenaient côte à côte en pouffant et chuchotant. Peut-être était-ce là l'essentiel. Bay ne devrait pas tant s'inquiéter.

De gros nuages, blancs et gris comme des éléphants, se mirent à traverser le ciel, poussés par le vent. Bay les regarda.

— Salut, pommier, chuchota-t-elle. Que va-t-il se passer ?

Les feuilles tremblèrent et une pomme tomba par terre à côté d'elle. Elle l'ignora.

Elle attendrait et elle verrait bien.

— Excusez-moi, lança un homme de l'autre côté de la pompe à essence.

Il était apparu tout à coup devant Emma et se découpait sur la masse du ciel orageux.

Emma était en train de faire le plein de la décapotable de sa mère tandis que celle-ci rectifiait son maquillage en se regardant dans le rétroviseur. Au son de cette voix masculine, Ariel se retourna. Elle sourit immédiatement et sortit de la voiture.

— Bonjour, lança-t-elle en rejoignant sa fille.

Elles étaient de nouveau allées faire du shopping. Emma et Hunter John partaient en week-end en amoureux à Hilton Head. Ariel avait insisté pour acheter à sa fille un nouveau Bikini, et Emma s'était laissé faire par facilité. Mais quoi que puisse dire sa mère à présent, Emma était sûre de son couple. Elle n'en voulait pas à Ariel de ses mauvais conseils.

L'homme était beau. Il avait un sourire à un mégawatt.

— Bonjour, mesdames. J'espère que je ne vous dérange pas. Je cherche quelqu'un. Peut-être pourrez-vous m'aider ?

— Avec plaisir, dit Ariel.

— Le nom de Cindy Watkins vous dit-il quelque chose ?

— Cindy Watkins, répéta Ariel avant de secouer la tête. Non, je regrette.

— Nous sommes bien à Bascom, Caroline du Nord, n'est-ce pas ?

— Vous êtes pile sur la limite de la commune.

Il tira de la poche de sa veste bien coupée un petit paquet de photos et tendit la première à Ariel.

— Connaissez-vous cette femme ?

Emma coinça la poignée de la pompe afin qu'elle continue à fonctionner, puis se pencha pour regarder la photo avec sa mère. C'était un cliché en noir et blanc d'une jeune femme devant Fort Alamo. Elle tenait une pancarte qui donnait clairement son opinion sur la Caroline du Nord. D'après le style des vêtements, c'était il y a plus de trente ans.

— Non, désolée, dit Ariel qui fit mine de lui rendre la photo avant de se raviser. Attendez. Ce pourrait être Lorelei Waverley.

Emma regarda le cliché plus attentivement.

— Mais la photo a été prise il y a très longtemps. Elle est morte maintenant.

— Sauriez-vous pour quelle raison cette femme, demanda-t-il en montrant une photo plus récente, conserverait des photos de cette Lorelei Waverley?

Emma avait du mal à croire ce qu'elle voyait. Une photo de Sydney aux côtés de cet homme. Elle portait une robe très moulante et il la tenait de manière très possessive. Elle n'avait pas l'air heureuse. Elle semblait avoir désespérément envie d'être ailleurs.

Ariel fronça les sourcils.

— C'est Sydney Waverley, dit-elle sèchement en lui rendant les photos, presque comme s'il lui répugnait de les toucher.

— Sydney? répéta l'homme.

— Lorelei était sa mère. Une dévergondée. Entre nous soit dit, Sydney est exactement comme elle.

— Sydney Waverley, articula-t-il comme s'il s'exerçait à prononcer ce nom. A-t-elle une petite fille?

— Oui, Bay, dit Ariel.

— Maman! s'exclama Emma, sur le ton de l'avertissement.

Ce n'était tout bonnement pas le genre de choses que l'on raconte à un étranger.

L'homme battit en retraite, comme s'il avait senti le malaise d'Emma.

— Merci de votre aide. Passez une excellente journée, mesdames.

Il monta dans un grand 4×4 luxueux. Le ciel s'assombrit à mesure qu'il s'éloignait, comme s'il semait la désolation sur son passage.

Emma fronça les sourcils, saisie d'une sensation bizarre. Elle raccrocha le tuyau sur la pompe. Sydney n'était pas franchement sa meilleure amie mais quelque chose clochait.

— Je vais payer, maman, dit Emma en voulant prendre son sac à main où se trouvait son téléphone.

Mais Ariel avait déjà sorti sa carte de crédit.

— Ne sois pas idiote. C'est moi qui paie. Voilà, dit-elle en glissant sa carte entre les mains d'Emma avant de remonter dans le coupé. Arrête de discuter et va à la caisse.

Emma entra dans la boutique et tendit la carte à l'employé. Tandis qu'elle attendait que la carte soit débitée, elle mit les mains dans sa poche et sentit les deux pièces. Elle devait porter cette même veste le jour où Evanelle les lui avait données.

— Excusez-moi, dit-elle à l'employé, avez-vous un téléphone à pièces ?

Le vent continua à souffler tout l'après-midi. Sydney et Claire durent attacher les extrémités de la nappe aux pieds de la table et elles ne purent utiliser de bougies. À la place, Claire prit des sachets transparents de tons ambre, framboise et vert pâle, et elle y mit les lanternes électriques, ce qui faisait comme de petits cadeaux lumineux disposés autour de la table et du pommier.

Evanelle arriva la première.

— Bonsoir, Evanelle. Où est Fred ? s'enquit Claire lorsqu'elle entra dans la cuisine.

— Il n'a pas pu venir. Il avait un rendez-vous, dit-elle en posant son cabas sur la table. Il était furieux, d'ailleurs.

— Fred fréquente quelqu'un ?

— En quelque sorte. Un professeur de cuisine d'Orion lui a demandé de participer à un cours qu'il donnait. Fred voit ça comme un rendez-vous.

— Pourquoi est-il furieux, alors ?

— Parce que je lui ai donné un objet qui l'a conduit à ce prof et non à James comme il l'espérait. Et, bien sûr, Fred s'est mis en tête qu'il allait devoir passer le restant de ces jours avec ce type. Il faudra bien qu'un jour prochain il prenne conscience qu'il est le seul responsable de ses choix. Tu sais, il m'a même demandé si je pourrais dérober une pomme ce soir, au cas où elle lui dirait quoi faire.

Claire frissonna légèrement.

— Tu ne peux jamais savoir ce que te dira cet arbre.

— C'est bien vrai. Nous n'avons su ce que ta mère avait vu qu'au moment de sa mort.

Tout se figea dans la cuisine. Sydney et Claire se rapprochèrent instinctivement l'une de l'autre.

— Que veux-tu dire ? demanda Claire.

— Ô Seigneur ! fit Evanelle en posant les mains sur ses joues. Seigneur, j'avais promis à votre grand-mère de ne rien vous dire.

— Notre mère a mangé une pomme ? demanda Sydney, incrédule. De ce pommier-là ?

Evanelle leva les yeux vers le plafond.

— Je suis désolée, Mary, déclara-t-elle comme si elle était habituée à dialoguer avec des fantômes.

Elle s'assit avec un soupir à la table de la cuisine.

— Lorsque votre grand-mère a appris la mort de Lorelei dans cet énorme carambolage, elle a compris. D'après ce que nous savons, Lorelei a mangé une pomme lorsqu'elle avait à peu près dix ans. Ce jour-là, elle a sans doute vu la façon dont elle mourrait et toutes les folies qu'elle a faites ensuite étaient probablement une manière de conjurer le mauvais sort. Mary m'a raconté que la nuit qui a précédé sa nouvelle disparition, elle avait trouvé Lorelei dans le jardin, pour la première fois depuis son enfance. Peut-être a-t-elle mangé une autre pomme cette nuit-là. Sa vie se passait bien ici et elle a pu croire que son destin avait changé. Mais ce n'était pas le cas. Elle vous a laissées ici pour que vous soyez en sécurité. Elle devait mourir seule dans ce carambolage. Comment vous sentez-vous, les filles ?

— Bien, répondit Claire.

Sydney avait l'air un peu sonnée. Sa mère n'avait pas choisi son destin. Elle n'avait pas choisi ce mode de vie, contrairement à elle, qui avait voulu l'imiter.

— Je sors, annonça Evanelle.

— Fais attention. L'arbre est de mauvaise humeur aujourd'hui. Nous espérons qu'il ne va pas effrayer Tyler et Henry.

— Si ces garçons doivent faire partie de votre vie, vous feriez bien de tout leur expliquer.

Evanelle prit son cabas et sortit.

— Tu crois qu'elle a raison ? demanda Sydney. À propos de maman ?

— Ça semble logique. Tu te rappelles qu'après le coup de téléphone annonçant sa mort, grand-maman a mis le feu à l'arbre ?

Sydney hocha la tête.

— Je n'arrive pas à croire que j'ai quitté Bascom pour ressembler à maman alors qu'elle était partie parce qu'elle avait eu la vision de sa mort. Comment ai-je pu me tromper de la sorte ?

— Tu es une Waverley. Nous en savons ou trop ou pas assez. Il n'y a jamais de juste milieu.

Sydney secoua vigoureusement la tête.

— Je hais cet arbre !

— Nous ne pouvons pas nous en débarrasser. Nous sommes coincées. Evanelle a raison, ajouta Claire en apportant un plat près de la cuisinière pour y déposer les épis de maïs cuits. Nous devrions tout expliquer à Henry et à Tyler.

— Henry est déjà au courant. C'est l'avantage avec quelqu'un qui t'a connue et acceptée depuis toujours. Il sait déjà que nous sommes bizarres.

— Nous ne sommes pas « bizarres ».

— Henry m'a fait un aveu l'autre jour, dit Sydney. tout en frottant une tache invisible sur le plan de travail. Quelque chose que j'ignorais.

— Il t'a dit qu'il t'aimait ? demanda Claire.

— Comment le sais-tu ?

Claire se contenta de sourire.

— J'aime être avec lui, pensa tout haut Sydney. Je devrais l'embrasser. Histoire de voir ce qui se passe.

— Et Pandore dit : « Je me demande ce que contient cette boîte », lança Tyler en entrant dans la cuisine.

Il embrassa Claire dans le cou et Sydney se détourna en souriant.

Henry avait appelé pour prévenir qu'il serait en retard, et lorsqu'il frappa à la porte d'entrée, Tyler, Evanelle et Bay étaient déjà assis tandis que Claire et Sydney apportaient les derniers plats sur la table.

Sydney posa les tomates à la mozzarella et alla ouvrir tandis que Claire se dirigeait vers le jardin avec son pain aux mûres.

— Tu arrives juste à temps, dit Sydney en ouvrant la porte-moustiquaire à Henry.

Il se comportait comme d'habitude. Elle aussi. Alors, qu'est-ce qui avait changé ?

— Désolé de n'avoir pas pu arriver plus tôt, dit-il en entrant.

— C'est dommage que ton grand-père n'ait pas pu venir.

— C'est étrange. Alors que nous nous apprêtions à partir, Fred a accompagné Evanelle chez nous. Elle a donné à Pap un livre qu'il mourait d'envie de lire. Il a eu envie de rester à la maison.

— Evanelle ne nous en a pas parlé.

— Elle était pressée. Fred voulait se débarrasser de je ne sais quel cours. Bon, fit-il en se frottant les mains. Je vais enfin avoir le privilège de voir le célèbre pommier Waverley.

— Il faut savoir deux choses à son sujet. Premièrement, ne mange pas de pomme. Deuxièmement, esquive.

— Esquive ?

— Tu verras, dit-elle avec un sourire, avant d'ajouter : Tu es très élégant ce soir.

— Et toi, tu es belle.

Sydney s'était acheté une nouvelle jupe pour le dîner, rose avec des broderies argentées.

— Tu savais que je m'asseyais derrière toi en quatrième, pour pouvoir te caresser les cheveux sans que tu t'en aperçoives ?

Sydney ressentit une sensation curieuse dans la poitrine. Sans plus réfléchir, elle fit deux pas vers Henry et l'embrassa. Sa fougue lui fit heurter le réfrigérateur. Elle bascula avec lui, pour ne pas perdre le contact, et les serviettes en papier colorées que Claire avait posées sur le frigo voletèrent autour d'eux comme des confettis.

Lorsqu'elle s'écarta, Henry avait l'air sous le choc. Il monta lentement, doucement la main pour lui caresser les cheveux et elle en eut la chair de poule.

Elle avait embrassé beaucoup d'hommes qui la désiraient, mais cela faisait bien longtemps qu'elle n'avait pas embrassé un homme qui l'aimait.

Henry lui demanda, hors d'haleine :

— Et ça, c'était en quel honneur ?

— Je voulais juste m'assurer d'un truc.

— De quoi ?

— Je te le dirai plus tard, fit-elle avec un sourire.

— Je te préviens, il n'est plus question que je sorte avec ta collègue Amber.

Sydney éclata de rire et, d'une main, elle souleva le plat de tomates à la mozzarella tandis que, de l'autre, elle entraînait Henry vers la porte. Le téléphone sonna tandis qu'ils sortaient. Elle ne l'entendit pas, pas plus que le répondeur qui prit le message.

« Sydney ? C'est Emma. Je… Je voulais te prévenir qu'il y a un homme qui vous cherche, ta fille et toi. Il n'a pas l'air très… enfin je veux dire il a quelque chose qui… (Il y eut une pause au bout du fil.)… Je voulais juste te recommander d'être prudente. »

Ils mangèrent et rirent toute la soirée. Une fois le repas terminé, Claire leva son verre.

— Que chacun porte un toast. À la nourriture et aux fleurs !

— À l'amour et à la rigolade, fit Tyler.

— À l'ancien et au nouveau, proposa Henry.

— À l'avenir, dit Evanelle.

— Au pommier, déclara Bay.

— À…, commença Sydney lorsqu'elle le sentit.

Non, non, non. Pas ici. Pas maintenant. Pourquoi penser à David en ce moment ?

Le pommier trembla. Une pomme fit un bruit sourd en heurtant quelqu'un à l'entrée du jardin, près du portillon.

— Putain ! s'exclama une voix d'homme.

Tout le monde se retourna, sauf Sydney. Elle eut l'impression que subitement son corps se couvrait d'hématomes.

— Bay, va te cacher derrière l'arbre, fit-elle. Cours. Vite !

Bay, qui comprenait ce qui se passait, obéit immédiatement.

— Sydney, qu'y a-t-il ? demanda Claire à sa sœur qui se levait et se tournait lentement.

— C'est David.

Claire se mit aussitôt debout. Tyler et Henry se regardèrent, percevant la peur qui émanait des deux sœurs.

— Qui est David ? demanda Henry.

— Le père de Bay, répondit Claire.

Sydney fut terriblement soulagée de ne pas avoir à le dire elle-même.

David surgit de la zone d'ombre du chèvrefeuille près de la clôture.

— Alors, comme ça, tu organises une fête sans m'inviter ? s'écria-t-il.

Ses chaussures provoquaient de bruyantes explosions à chaque pas sur le gravier. Sydney essaya de se dire que ce n'était pas si grave, que David était peut-être inquiet ou qu'il désirait voir sa fille. Mais elle ne réussit pas à s'en convaincre. Elle devait protéger Bay, Claire et les autres. Le simple fait d'être revenue les avait mis dans une situation dangereuse. C'était entièrement de sa faute.

— Tout va bien. David et moi, nous allons partir pour discuter, dit-elle. (Puis elle chuchota à Claire :) Occupe-toi de Bay.

— Non, non, fit David en s'approchant.

Le corps de Sydney devenait insensible. Les larmes lui montèrent aux yeux. Ô mon Dieu, il a un pistolet. Où se l'est-il procuré ?

— Je ne voudrais pas vous interrompre.

— David, tout cela ne les concerne pas. Je vais venir avec toi.

— Mais enfin, qu'est-ce qui se passe ici ? s'exclama Tyler en voyant l'arme. Allez, posez ce truc-là.

David visa Tyler.

— C'est avec lui que tu baises, Cindy ?

Elle sut ce qu'Henry allait faire quelques secondes avant qu'il passe à l'action.

— Henry, non ! hurla Sydney tandis qu'il se jetait sur David.

Un coup de feu déchira le silence comme un coup de tonnerre. Une tache rouge vif se mit à grossir sur la chemise d'Henry au niveau de l'épaule droite. Puis il tomba à genoux. Evanelle se laissa tomber à côté de lui, aussi petite et légère qu'une feuille.

— Bon, fit David. Maintenant nous savons avec lequel tu baises.

Il leva la jambe, et d'une seule poussée la table bascula, les assiettes se brisèrent. Tyler attira Claire à lui pour qu'elle ne soit pas blessée par les débris.

— Comment as-tu fait pour me retrouver ? demanda Sydney pour attirer l'attention sur elle.

Henry était étendu sur le flanc. Evanelle avait sorti un châle bleu de son cabas et elle l'appuyait contre son épaule. Il y avait du sang partout.

— Je t'ai retrouvée grâce à ça.

Il sortit le paquet de photos.

— Celle-ci m'a particulièrement aidé. « Adieu Bascom ! La Caroline du Nord, ça craint ! »

David jeta les photos à Sydney tandis qu'elle s'écartait de lui, de la table et de tous ceux qu'elle aimait.

— Tu te rends compte de quoi j'ai eu l'air à cause de toi ? J'ai ramené Tom à la maison à mon retour de L.A. Imagine ma surprise en constatant que Bay et toi, vous n'étiez plus là.

Tom était un copain de fac et l'associé de David. S'être ridiculisé devant lui l'avait conduit à la pourchasser avec une arme. Il détestait être ridicule. Elle le savait.

— Arrête de reculer, Cindy. Je sais ce que tu es en train de faire. Tu ne veux pas que je la remarque. Je peux savoir qui c'est ?

— Je suis Claire, la sœur de Sydney.

— Sydney, répéta-t-il en riant et en secouant la tête. Je n'arrive toujours pas à m'y faire. Sa sœur, hein ? Tu es sans doute aussi stupide, sinon tu saurais qu'on ne touche pas à ce qui m'appartient.

Tyler s'était avancé devant Claire.

— Où est Bay ? Je l'ai vue. Viens faire un câlin à papa.

— Bay, reste où tu es ! cria Sydney.

— Je ne te permets pas de saper mon autorité en présence de notre fille !

David s'avançait vers elle quand une pomme roula à ses pieds.

— Ma petite Bay est derrière l'arbre ? Tu veux que papa mange une pomme ?

Sydney, Claire et Evanelle le regardèrent toutes les trois sans bouger, pendant que David ramassait le fruit. Tyler s'apprêtait à s'élancer pour profiter du moment de distraction de David, mais Claire lui prit le bras et chuchota :

— Non, attends.

David porta la pomme rose et parfaitement ronde à sa bouche. Le craquement juteux résonna dans le jardin ; les fleurs se tordirent et se flétrirent, comme apeurées.

Il mâcha un moment, puis resta étrangement immobile.

Ses yeux se mirent à faire des allées et venues comme s'il regardait un film que lui seul pouvait voir. Il jeta à la fois la pomme et son arme.

— Qu'est-ce que c'était ? balbutia-t-il.

Il n'obtint pas de réponse.

— Mais c'était quoi, putain ? hurla-t-il.

Sydney regarda les photos de sa mère éparpillées dans l'herbe à ses pieds. Elle se sentit envahie par une étrange sensation de calme.

— Tu viens de voir ta mort, n'est-ce pas ? Est-ce que ta plus grande peur s'est réalisée, David ? Est-ce que quelqu'un a réussi à te faire du mal cette fois ?

David devint livide.

— Des années et des années à faire souffrir les autres ; à présent c'est ton tour.

Elle s'approcha, plus intimidée du tout.

— Fuis aussi loin que tu peux, David, murmura-t-elle. Peut-être que tu pourras y échapper. Si tu restes ici, ta vision se réalisera. Crois-moi, je ferai tout pour qu'elle se réalise.

Il fit volte-face et tituba un instant avant de s'enfuir du jardin à toute vitesse.

Dès qu'il eut disparu, Sydney appela Bay qui s'élança en courant dans ses bras. Elle n'était pas près de l'arbre mais sur le côté du jardin. Sydney la serra fort contre elle, puis elles rejoignirent Henry.

Sydney s'agenouilla à côté de lui et lui soutint la tête, qu'elle posa sur ses cuisses.

— Il va s'en tirer, dit Evanelle. Je vais appeler une ambulance.

— Donne son signalement à la police! cria Tyler, parti ramasser le pistolet. Ils réussiront peut-être à attraper ce fou. C'est quoi le modèle de sa voiture, Sydney?

— Il est parti pour de bon, dit Sydney. Ne t'inquiète pas.

— Ne t'inquiète pas? Mais qu'est-ce que vous avez tous?

Tyler se rendit soudain compte que tous, même Henry, savaient quelque chose qu'il ignorait.

— De quoi a-t-il eu si peur? Et comment la pomme a-t-elle bien pu faire pour rouler jusqu'à lui si Bay était de l'autre côté du jardin?

— C'est le pommier, répondit Claire.

— Quoi, le pommier? Pourquoi suis-je le seul à m'affoler? Vous avez vu ce qui vient de se passer? Il faut communiquer le numéro de sa plaque d'immatriculation à la police!

Il s'élança, mais Claire le retint par le bras.

— Tyler, écoute-moi, dit-elle. Quand tu manges une pomme de cet arbre, tu vois le plus grand événement de ta vie. Je sais, ça paraît impossible, mais David a dû voir comment il mourrait. C'est ce qui l'a fait fuir. Tout comme cela avait fait fuir notre mère. Pour certaines personnes, le plus grand événement de leur vie est aussi le pire. Il ne reviendra pas.

— Oh! allons, dit Tyler. J'ai mangé une pomme et je ne me suis pas enfui en hurlant.

— Tu en as mangé une? demanda Claire, horrifiée.

— Le soir où on s'est rencontrés. Lorsque j'ai retrouvé toutes ces pommes de mon côté de la clôture.

— Qu'est-ce que tu as vu? demanda-t-elle.

— Je n'ai vu que toi, dit-il. Qu'est-ce…?

Il ne put rien ajouter parce que Claire s'était jetée sur lui pour l'embrasser.

— Hé! s'écria Bay, où sont passées toutes les photos?

10

ON avait essayé de cacher à Bay les détails de ce qui était arrivé à David après qu'il se fut enfui du jardin, mais elle collait son oreille aux portes lorsqu'on en parlait. Son père avait été arrêté près de Lexington dans le Kentucky. Il avait démoli son 4×4 en voulant échapper à la police. Lorsqu'ils l'avaient extrait de l'épave sans une égratignure, il avait supplié les policiers de ne pas l'incarcérer. Il ne pouvait pas aller en prison. Il ne pouvait pas. Le soir même, il avait essayé de se pendre dans sa cellule. Quelque chose de terrible devait lui arriver dans la prison du comté et il le savait. Ça devait avoir un rapport avec la vision qu'il avait eue en mangeant la pomme et la raison pour laquelle il avait fui.

Bay se demandait si elle pourrait jamais lui pardonner. Elle espérait qu'elle ne se souviendrait pas de lui assez longtemps pour répondre à cette question.

À présent, elle était allongée dans l'herbe, un bras replié sous sa tête. En ce dimanche après-midi, elle somnolait dans le jardin, mais la voix de sa mère lui avait fait ouvrir les yeux. Claire et Sydney avaient installé une vieille échelle en bois contre le tronc du pommier. Sydney était en haut et fouillait parmi les branches tandis que Claire stabilisait la base de l'échelle.

— Hé ! je pensais bien vous trouver là ! s'écria quelqu'un.

Les deux sœurs se retournèrent et aperçurent Evanelle.

— Bonjour, Evanelle, fit Sydney en descendant de l'arbre.

— Que faites-vous, les filles ? demanda la vieille dame.

— On essaie d'arracher les photos de maman à l'arbre, expliqua Claire. Cela fait six semaines. Je ne comprends pas pourquoi il ne veut pas nous les rendre.

Evanelle leva les yeux vers les carrés noir et blanc qui apparaissaient parmi les feuilles et les pommes sur les branches les plus hautes. Le soleil commençait à décolorer les images.

— Qu'est-ce qui t'amène, Evanelle ? demanda Claire. Je croyais que Fred et toi deviez déjeuner avec Steve. Il croit toujours qu'il est obligé de sortir avec Steve à cause du dénoyauteur de mangues ?

— Fred prend du bon temps. Il est heureux. Mais il ne veut pas encore l'admettre. Il l'acceptera tôt ou tard. Je ne lui dirai rien. Fred attend dans la voiture, mais je devais passer vous donner ça.

Evanelle sortit un sachet blanc de son cabas.

— Des graines de gypsophile ? fit Sydney. Pour laquelle de nous ?

— Vous deux. Je devais vous les donner à toutes les deux.

— Ce doit être pour toi, dit Sydney en tendant le paquet à Claire. Les gypsophiles, c'est pour un bouquet de mariée, non ? Toi et Tyler, vous allez bientôt fixer une date !

— Non, c'est pour toi ! protesta Claire. Je suis sûre qu'Henry meurt d'envie de t'enlever pour un petit mariage dans l'intimité.

Bay espéra que c'était vrai. Elle était impatiente. N'ayant toujours pas réussi à reproduire son rêve, elle attendait avec angoisse de voir de quelle façon évolueraient les choses.

Ce fut alors qu'elle entendit le claquement de papier au-dessus d'elle et regarda les photographies qui oscillaient légèrement.

Un instant. Non. Était-ce aussi simple que cela ?

Elle pinça les lèvres en s'appliquant pour détacher la broche de son tee-shirt.

L'herbe était douce comme dans son rêve. Le parfum des herbes et des fleurs était le même. Le bruit du papier qui claquait flottait autour d'elle tandis que l'arbre continuait à osciller. Elle leva l'étoile en strass au-dessus de sa tête sans oser respirer. Sa main tremblait, par peur d'être déçue. Elle fit tourner le bijou dans la lumière jusqu'à ce que, tout à coup, comme une papillote de Noël, elle se diffracte et que des particules multicolores inondent son visage. Elle les sentait, ces couleurs si fraîches qu'elles semblaient tièdes, comme des flocons de neige. Tout son corps se détendit et elle se mit à rire.

Oui, tout allait bien se passer maintenant.

Tout était parfait.

« Quand on grandit dans le Sud, et plus particulièrement dans les Appalaches, on apprend très jeune l'importance des traditions. Elles sont profondément ancrées chez nous, qu'il s'agisse des traditions culinaires, artisanales, musicales ou des superstitions. »

Sarah Addison Allen

Comme ses héroïnes, Sarah Addison Allen est originaire de Caroline du Nord. Elle est née et a grandi à Asheville, « une drôle de ville, bohème et progressiste », dit-elle. Son père était l'éditorialiste du *Citizen-Times*, le quotidien local. Alors qu'elle étudiait la littérature à l'université de Caroline du Nord, elle n'avait toujours pas idée du métier vers lequel s'orienter. À seize ans, elle avait essayé d'écrire un roman, « une ridicule histoire d'amour futuriste », avoue-t-elle. Ce n'est qu'une fois son diplôme de lettres en poche qu'elle se remet à l'écriture. En attendant de trouver un éditeur, elle enchaîne les petits boulots : « J'ai présenté des objets dans une salle des ventes. J'ai été vendeuse dans un magasin de vêtements, où j'avais pour seule fonction de me tenir près du présentoir des pulls en souriant. J'ai travaillé pour un comptable qui, après le déjeuner, aimait faire la sieste sur le canapé de la salle d'attente au milieu de ses clients. J'ai été l'assistante d'un expert en antiquités. » En 2003, elle publie un premier roman sentimental sous le pseudonyme de Katie Gallagher. Puis deux de ses nouvelles sont retenues pour figurer dans des recueils consacrés aux écrivains du Sud. Le succès lui vient enfin avec la parution d'*Amours et autres enchantements*, immense best-seller aux États-Unis. Entre romance et fantaisie, elle a trouvé son style et a écrit depuis trois autres romans, dont *La Reine des délices*. À propos d'*Amours et autres enchantements*, elle raconte que l'idée d'introduire une part de magie dans l'intrigue ne lui est venue qu'en cours d'écriture : « J'avais juste l'intention de raconter l'histoire de deux sœurs qui se retrouvent après de nombreuses années de séparation. Mais le pommier a commencé à lancer ses fruits et l'intrigue a pris vie toute seule… et depuis ma vie n'est plus la même ! »

À l'attention de nos lecteurs

La version intégrale des condensés
que vous avez lus dans ce volume
a été publiée en langue française
par les éditeurs suivants :

BELFOND

Robert Crais
La Sentinelle de l'ombre

ÉDITIONS ROBERT LAFFONT

Martine Marie Muller
La Servante noire

ÉDITIONS JEAN-CLAUDE LATTÈS

Jean Contrucci
La Somnambule de la Villa aux Loups

BELFOND

Sarah Addison Allen
Amours et autres enchantements